D1876137

Zum Buch:

River Best weiß, dass ihre Freundinnen es nur gut mit ihr meinen. Und sie hatte sich wirklich vorgenommen, mehr unter Leute zu gehen und weniger zu arbeiten. Aber dass sie dieses Jahr die Rolle der Schneekönigin in Wishing Tree übernehmen und damit allen Weihnachtsveranstaltungen der Stadt vorstehen wird, hatte sie da nicht direkt im Sinn. Nie hätte River andererseits auch erwartet, dass ausgerechnet ihr Schneekönig Dylan Tucker ihr Herz zum Schmelzen bringen würde. Doch er hütet ein Geheimnis, das ihr die Festtagsstimmung gründlich verdirbt. Aber wenn man liebt, dann nicht nur zur Weihnachtszeit!

Zur Autorin:

Die SPIEGEL-Bestsellerautorin Susan Mallery unterhält ein Millionenpublikum mit ihren herzerwärmenden Frauenromanen, die in 28 Sprachen übersetzt sind. Sie ist dafür bekannt, dass sie ihre Figuren in emotional herausfordernde, lebensnahe Situationen geraten lässt und ihre Leser mit überraschenden Wendungen zum Lachen bringt. Mit ihrem Ehemann, zwei Katzen und einem kleinen Pudel lebt sie in Washington.

Lieferbare Titel:

Wishing Tree-Reihe:
Man liebt nicht nur zur Weihnachtszeit (2)
Wo Liebe ist, wird Weihnachten ein Fest (1)

Happily Inc-Reihe:
Und dann steht die Liebe vor der Tür (6)
Wer lieben kann, ist klar im Vorteil (5)
Einmal für immer, bitte (4)
Familie ist, wenn man trotzdem liebt (3)
Die Liebe trägt Giraffenpulli (2)
Planst du noch oder liebst du schon? (1)

Es geschehen noch Küsse und Wunder

Susan Mallery

Man liebt nicht nur zur Weihnachtszeit

Roman

Aus dem amerikanischen Englisch von
Ivonne Senn

HarperCollins

Die Originalausgabe erschien 2022 unter dem Titel
Home Sweet Christmas bei HQN Books, Toronto.

1. Auflage 2023
© 2022 by Susan Mallery, Inc.
Deutsche Erstausgabe
© 2023 by HarperCollins Taschenbuch in der
Verlagsgruppe HarperCollins Deutschland GmbH, Hamburg
Published by arrangement with
HARLEQUIN ENTERPRISES II B.V./SARL
Umschlaggestaltung von bürosüd, München
Umschlagabbildung von A7880S, GoodStudio, Modvector,
TatiVovchenko / Shutterstock
Gesetzt aus der Stempel Garamond
von GGP Media GmbH, Pößneck
Druck und Bindung von GGP Media GmbH, Pößneck
Printed in Germany
ISBN 978-3-365-00395-4
www.harpercollins.de

Klimaneutral
Druckprodukt
ClimatePartner.com/15109-2009-1001

FSC
MIX
Papier
FSC® C014496

1. Kapitel

»Ihre Zähne sind ganz wunderbar, Camryn. Haben Sie als Kind eine Spange getragen?«

Camryn Neff ermahnte sich, dass es sich bei der Frau, die ihr gegenübersaß, nicht nur um eine sehr wohlhabende potenzielle Kundin handelte, sondern sie selbst auch dazu erzogen worden war, älteren Mitmenschen gegenüber höflich zu sein. Dennoch musste sie sich sehr anstrengen, um bei dieser seltsamen Frage nicht vom Stuhl zu kippen.

»Nein. Die sind so gewachsen.«

Hm, das klang irgendwie komisch. Allerdings hatte sie auch keine Erfahrungen mit Unterhaltungen, die plötzlich ins Dentale abglitten.

Schnell konzentrierte sie sich wieder auf das eigentliche Thema ihres Meetings. Wobei sie auch da nicht sicher war, warum Helen Crane, Leiterin der *Wishing Tree Society* und alleinige Besitzerin des beeindruckenden Crane-Hotels, sich mit ihr hatte treffen wollen. Die Bitte, sich heute um zwei Uhr mit ihr in dem weitläufigen Anwesen am Wolfsee zu treffen, war in Form einer handgeschriebenen Einladung gekommen.

Und so hatte Camryn das Kostüm angezogen, das seit über einem Jahr ungetragen in ihrem Kleiderschrank hing, und war hergefahren. Der Dresscode für den Einzelhandel in Wishing Tree und der für den Job in der Finanzwelt, den sie in Chicago zurückgelassen hatte, waren sehr unterschiedlich. Und auch wenn es Spaß gebracht hatte, ihre wunderschönen Stiefel abzustauben, ihre Seidenbluse hervorzuholen und festzustellen, dass der Rock ihr noch passte, war sie nun bereit, auf den eigentlichen Punkt ihres Treffens zu kommen.

»Wie kann ich Ihnen helfen, Mrs. Crane?«, fragte sie.

»Nennen Sie mich doch bitte Helen.«

Camryn lächelte. »Helen. Ich richte gerne eine Einpackparty aus. Entweder hier oder in meinem Laden. Wenn es Ihnen lieber ist, kann ich auch alle Ihre Geschenke abholen und für Sie einpacken.«

Unauffällig schaute sie sich in dem Raum mit den hohen Decken um. Es gab einen riesigen Kamin, reich verzierten Stuck und einen Blick auf den See, der selbst bei einem halben Meter Schnee spektakulär war. Auch wenn es ein paar bezaubernde Blumengestecke gab, konnte sie nirgendwo einen Anflug von Weihnachtsschmuck entdecken. Was für die Woche vor Thanksgiving in Wishing Tree allerdings typisch war, denn hier wurde traditionell erst am Freitag danach geschmückt.

»Ich habe ein paar Geschenkpapiermuster dabei«, fuhr sie fort und holte mehrere Bögen aus ihrer Aktentasche. »Das Design kann natürlich angepasst werden, und es ist kein Problem, die Farben auf die Dekorationen abzustimmen, die Sie für dieses Jahr geplant haben. Verpackte Geschenke unter dem Baum sind ein so eleganter Touch.«

»Sie sind sehr gründlich«, murmelte Helen. »Beeindruckend.« Sie machte sich eine Notiz. »Sind Sie verheiratet, meine Liebe?«

»Was?« Unwillkürlich umklammerte Camryn die Geschenkpapiermuster. »Nein.«

Helen nickte. »Ihre Mutter ist letztes Jahr verstorben, nicht wahr?«

Es war, als zöge sich ein Eisenring um Camryns Herz zu. »Ja. Ende Oktober.«

»Ich erinnere mich an sie. Sie war eine bezaubernde Frau. Sie und Ihre Schwestern müssen am Boden zerstört gewesen sein.«

So kann man es auch ausdrücken, dachte Camryn grimmig. Der Verlust hatte ihr Leben in seinen Grundfesten erschüttert. Innerhalb weniger Wochen war sie von einer relativ sorgenfreien, verlobten, glücklichen Juniormanagerin in Chicago zum Vormund ihrer beiden Zwillingsschwestern geworden und hatte gleichzeitig dafür sorgen müssen, *Schleifchen drum*, die Papeterie der Familie, am Leben zu halten. Die ersten Monate nach dem Tod ihrer Mutter waren im Rückblick immer noch verschwommen. Das Einzige, woran sie sich von den Feiertagen im letzten Jahr erinnerte, war eine alles durchdringende Traurigkeit.

»Dieses Jahr wird die Adventszeit so viel fröhlicher werden«, sagte Helen mit fester Stimme. »Victoria und Lily machen sich in der Schule großartig. Natürlich vermissen sie ihre Mutter noch, aber sie sind glückliche, gesunde Teenager.« Sie lächelte. »Ich weiß, dass diese Jahre herausfordernd sein können, aber ich muss zugeben, dass ich sie mit Jake sehr genossen habe.«

Camryn runzelte leicht die Stirn. »Woher kennen Sie die beiden?«

Helens Lächeln blieb fest. »Das hier ist Wishing Tree, meine Liebe. Jeder weiß mehr, als die anderen denken. Nun, Sie fragen sich vermutlich, warum ich Sie heute hierher eingeladen habe?«

»Um über Geschenkpapier zu sprechen?« Doch noch während Camryn das sagte, ahnte sie, dass das nicht der wahre Grund war.

Helen Crane war beinahe sechzig. Sie hatte eine perfekte Haltung und kurze dunkle Haare. Ihr Blick war direkt, ihre Kleidung stylish. Sie sah aus, als hätte es ihr nie an etwas gefehlt. Und als wäre sie es gewohnt, ihren Willen durchzusetzen.

»Natürlich werden Sie sich um alle meine Verpackungen kümmern«, sagte sie leichthin. »Und mir gefällt Ihre Idee, das Geschenkpapier für die Dekopäckchen auf den übrigen Weihnachtsschmuck abzustimmen. Ich werde meiner Dekorateurin Bescheid sagen, dass sie sich mit Ihnen in Verbindung setzt. Aber der wahre Grund, warum ich Sie hergebeten habe, ist, um über Jake zu reden.«

Camryn hatte Schwierigkeiten, ihr zu folgen. Der Auftrag für das Einpacken der Geschenke war eine gute Neuigkeit, aber warum wollte Helen mit ihr über ihren Sohn reden?

Sie wusste, wer Jake war – jeder in der Stadt kannte ihn. Er war der attraktive, erfolgreiche Erbe des Crane-Hotel-Vermögens. Auf der Highschool war er der Star der Footballmannschaft gewesen. Danach hatte er in Stanford studiert. Nachdem er das

Hotelgewerbe in einigen kleineren Crane-Hotels von der Pike auf gelernt hatte, war er nach Wishing Tree zurückgekehrt und hier zum General Manager des größten, luxuriösesten Hotels der Kette ernannt worden.

Als Kinder hatten sie nicht viel miteinander zu tun gehabt, was zum Teil daran lag, dass sie ein paar Jahre jünger war als er. Ihre einzig echte Verbindung mit Jake war die Tatsache, dass er einst mit ihrer Freundin Reggie verlobt gewesen war.

Helen seufzte. »Ich bin zu dem Schluss gekommen, dass Jake, wenn man ihn sich selbst überlässt, mir niemals Enkelkinder schenken wird. Vor achtzehn Monaten habe ich meinen Ehemann verloren, was sehr schwer für mich war. Es ist an der Zeit, dass mein Sohn jemanden findet und heiratet, um mir die Enkel zu geben, die ich verdient habe.«

Tja, das lässt die »Haben Sie eine Spange getragen«-Frage in einem ganz anderen Licht erscheinen, dachte Cam und war nicht sicher, ob sie lachen oder Mitleid mit Jake empfinden sollte. Seine Mutter war eine mächtige Frau, mit der Camryn sich auf keinen Fall anlegen wollte.

»Mir ist nicht ganz klar, was das mit mir zu tun hat«, gestand sie.

Helen tippte auf den Block auf ihrem Schoß. »Ich habe einen Plan. Ich nenne ihn *Projekt: Jakes Braut*. Ich werde für meinen Sohn eine Frau finden, und Sie sind eine potenzielle Kandidatin.«

Camryn verstand zwar die individuellen Worte, die Helen sagte. Aber zusammengefügt ergaben sie für sie überhaupt keinen Sinn.

»Entschuldigen Sie, aber … was?«

»Sie sind hübsch. Sie sind klug. Sie haben sich bei *Schleifchen drum* prima geschlagen. Sie sind fürsorglich – da muss man sich nur ansehen, wie Sie sich um Ihre jüngeren Schwestern kümmern.« Wieder lächelte Helen. »Ich gestehe, mir gefällt die Idee, sofort Enkel zu haben, das ist also ein Plus für Sie. Natürlich gibt es noch andere Kandidatinnen, aber Sie stehen definitiv sehr weit oben auf der Liste. Ich brauche jetzt nur noch eine Bestätigung

Ihrer Frauenärztin, dass Sie fruchtbar sind, und dann können wir uns daranmachen, dafür zu sorgen, dass Sie und Jake sich ineinander verlieben.«

»Sie wollen wissen, ob ich fruchtbar bin?«

Camryn steckte die Geschenkpapiermuster in die Aktentasche zurück und stand auf. »Mrs. Crane, ich weiß nicht, was Sie glauben, in welchem Jahrhundert wir leben, aber das hier ist keine Unterhaltung, die ich bereit bin, mit Ihnen zu führen. Meine Fruchtbarkeit geht Sie nichts an. Genauso wenig wie mein Liebesleben. Sie sollten Ihren Plan noch einmal überdenken. Und vielleicht einen Termin bei *Ihrem* Arzt machen, denn irgendetwas stimmt mit Ihnen nicht.«

Helen wirkte erstaunlich ungerührt. »Sie haben recht, Camryn. Ich entschuldige mich. Die Fruchtbarkeit zu erwähnen, ging ein wenig zu weit. Sie sind die erste Kandidatin, mit der ich spreche, deshalb verzeihen Sie, wenn ich noch ein wenig ungeschickt bin.« Sie machte sich erneut eine Notiz. »Ich werde das Thema nicht wieder anbringen. Aber was den Rest angeht: Was halten Sie davon?«

Camryn ließ sich wieder auf den Sessel sinken. »Lassen Sie das lieber bleiben. Ihm ein wenig auf die Sprünge zu helfen ist eine Sache, aber Sie sprechen davon, eine regelrechte Kampagne zu starten, um eine Braut für Ihren Sohn zu finden. Und das geht einfach nicht. Zum einen, weil Sie ihn damit vermutlich ziemlich verärgern, und zum anderen, weil eine Frau, die bereit ist, bei so etwas mitzumachen, niemand ist, den Sie in Ihrer Familie haben wollen.«

Helen nickte langsam. »Ein interessanter Punkt. Es ist nur … In den Realityshows sieht das alles immer so leicht aus.«

»Glauben Sie mir, nichts an diesen Shows ist leicht. Die Beziehungen halten nicht. Jake wird schon jemanden finden. Geben Sie ihm etwas Zeit.«

»Ich habe ihm schon zwei Jahre gegeben. Ich werde nicht jünger, wissen Sie.« Ein wehmütiger Ausdruck trat in ihre Augen. »Ich will doch nur Enkelkinder.«

»Wenn Sie mich am richtigen Tag fragen, können Sie die Zwillinge haben.«

Helen lachte. »Ich wünschte, das wäre wahr.« Dann wurde sie wieder ernst. »Kennen Sie meinen Sohn?«

»Nicht wirklich.«

»Wir könnten mit einem Kaffeetrinken anfangen.«

Camryn seufzte. »Helen, ernsthaft. Das wird nicht klappen. Lassen Sie ihn selbst sein Mädchen finden.«

»Aber das tut er nicht. Das ist ja das Problem. Nun gut, ich sehe, dass ich Sie nicht davon überzeugen kann, mitzumachen. Ich danke Ihnen für Ihre Zeit.« Sie stand auf. »Was ich über das Verpacken gesagt habe, meinte ich ernst. Ich werde alle meine Geschenke zu Ihnen in den Laden liefern lassen. Und meine Weihnachtsdekorateurin meldet sich, was das Papier angeht.«

»Unterscheidet sich Ihre Weihnachtsdekorateurin von Ihrer normalen Dekorateurin?«, platzte es aus Camryn heraus, bevor sie sich zurückhalten konnte.

Helen lachte leise. »Ja. Mein normaler Dekorateur ist temperamentvoll und erschaudert bei dem Gedanken an Fröhlichkeit und Traditionen. Vor ein paar Jahren war er kurz vor Weihnachten hier und wäre beim Anblick des Weihnachtsbaums im Wohnzimmer beinahe ohnmächtig geworden.«

Sie beugte sich vor und senkte die Stimme zu einem verschwörerischen Flüstern. »Er ist mit all den Basteleien geschmückt, die Jake für mich gemacht hat, als er noch klein war. Es gibt Handabdrücke in Gips und kleine Sterne aus Lollistielen. Mein Lieblingsornament ist eine Thunfischdose mit einem winzigen Jesus darin. Er liegt auf Stroh, und über ihm leuchtet ein Stern.« Sie presste ihre Hände aufs Herz. »Allein bei dem Gedanken kommen mir die Tränen.«

Das Jesuskind in einer Thunfischdose? Helen war eine sehr seltsame Frau.

Camryn nahm ihre Aktentasche und folgte Helen zur Haustür. Dort schaute die ältere Frau sie noch einmal an.

»Sind Sie sicher, dass Sie nicht an *Projekt: Jakes Braut* teilnehmen wollen?«

»Ja. Ganz sicher«, sagte Camryn mit fester Stimme, um bloß keinen Zweifel aufkommen zu lassen.

»Wie schade. Aber ich schätze Ihre Ehrlichkeit.«

Camryn ging zu ihrem SUV und legte die Aktentasche auf den Rücksitz. Sobald sie hinter dem Lenkrad saß, schaute sie noch einmal zu dem dreistöckigen Haus, das sich stolz vor dem Schnee und dem grauen Himmel erhob.

Reiche Leute sind wirklich anders, dachte sie und fuhr los in Richtung Hauptstraße. Und zwar auf ziemlich verrückte Art.

Sie bog links auf die Nördliche Schleifchenstraße ein. Als sie den Zypressen-Highway erreichte, hielt sie sich zunächst rechts, um auf kürzestem Weg in die Stadt zurückzukommen. Doch in letzter Minute entschied sie sich, geradeaus weiterzufahren. Es geht mich nichts an, sagte sie sich. Vielleicht wusste Jake ja von den Plänen seiner Mutter. Womöglich hieß er sie sogar gut.

Okay, das wohl nicht, dachte sie, während sie am Outletcenter vorbeifuhr und dann auf den Hemlocktannen-Highway abbog, der in die Berge führte. Sie kannte Jake zwar nicht gut, aber Reggie war für ein paar Monate mit ihm zusammen gewesen. Sie war eine Süße, die niemals mit einem Armleuchter ausgehen würde. Also musste Jake ein normaler Mann sein, und normale Männer hießen es nicht gut, wenn ihre Mütter versuchten, eine Frau für sie zu finden.

Außerdem bezweifelte sie, dass Jake in dieser Hinsicht Unterstützung brauchte. Er war groß, sportlich und sah gut aus. Sie hatte ihn schon öfter an ihrem Laden vorbeijoggen sehen und gab gerne zu, dass sie den Anblick jedes Mal sehr genossen hatte. Und er war reich. Männer wie er brauchten keine Hilfe, um Frauen kennenzulernen.

Das Eingangsschild des Resorts kam in Sicht. Camryn verlangsamte und seufzte, als sie vor dem Hotel vorfuhr. Vielleicht war das hier ein Fehler, aber sie konnte das, was sie eben erfahren hatte, nicht für sich behalten. Das wäre so, als würde man jemanden nicht darauf aufmerksam machen, dass er Toilettenpapier am Schuh kleben hatte.

Wenn Jake es bereits wusste, würde es eine kurze Unterhaltung werden. Wenn es ihm egal wäre, würde er in ihrer Achtung stillschweigend ein wenig sinken. Und wenn er so entsetzt wäre, wie sie es annahm, hatte sie ihre gute Tat für diese Woche erledigt. Was auch immer passierte, sie hätte das Richtige getan und könnte heute Nacht gut schlafen. Manchmal war das das Höchste, was sie erwarten konnte.

Jake Crane stand am Fenster seines Büros und schaute hinaus auf die Berge. Die Luft war still, der Himmel grau. Über Nacht waren ungefähr sechzig Zentimeter Pulverschnee gefallen. Sein Meeting um vierzehn Uhr war auf die nächste Woche verschoben worden, und die Sonne würde erst in zweieinhalb Stunden untergehen. Es gab also keinen Grund, warum er sich nicht seine Ausrüstung schnappen und mit dem Snowboard rausgehen sollte. Danach könnte er immer noch ins Büro zurückkehren und seine Arbeit beenden. Einer der Vorteile seiner Position war die Möglichkeit, seine Arbeitszeit flexibel zu gestalten, wenn er wollte. Nur wollte er gar nicht snowboarden.

Oh, er liebte den Sport, den Rausch der Geschwindigkeit, die Herausforderung, die Balance zu halten und sich selbst am Berg zu beweisen. Er genoss die Kälte, die Geräusche, das Adrenalin, wenn er eine schwierige Abfahrt gemeistert hatte. Er mochte es, draußen zu sein. Nur nicht allein.

Er hatte Freunde, die er anrufen könnte. Dylan konnte sich in seinem Job ebenfalls jederzeit freinehmen. Und er war immer dafür zu haben, mit dem Snowboard rauszugehen. Aber irgendwie war das nicht die Gesellschaft, nach der Jake sich sehnte. Eine Frau im Leben – das war es, was ihm fehlte.

Vor dieser Wahrheit verschloss er nun schon eine ganze Weile die Augen. Angesichts seiner katastrophalen Erfolgsbilanz auf diesem Gebiet hatte er Beziehungen abgeschworen. So wie er es sah, gab es nur eine Möglichkeit, es nicht zu vermasseln. Und das war, sich aus romantischen Verwicklungen komplett rauszuhalten. Das war eine einfache, praktische Lösung. Womit er nicht gerechnet hatte, war die Einsamkeit.

Sex zu finden war leicht. Er könnte nach Seattle oder Portland fahren, eine Frau kennenlernen, ein tolles Wochenende mit ihr verbringen und wieder nach Hause zurückkehren. Keine Verpflichtungen, kein Risiko, sich das Herz brechen zu lassen. Nur hatte er erkennen müssen, dass ihm diese Art von Kurzzeitbeziehungen nicht gefiel. Er wollte mehr. Er wollte jemanden richtig kennenlernen und kennengelernt werden. Er wollte Erfahrungen teilen, gemeinsam lachen, und – das war das Schlimmste – er wollte eine Verpflichtung eingehen. Er wollte das, was bei anderen Menschen immer so einfach aussah.

Doch wenn er sich auf jemanden einließe, würde er es wieder vermasseln. Oder so werden wie sein Vater, was es auf jeden Fall zu vermeiden galt. Also unternahm er nichts. Was aber nicht länger funktionierte. Womit er wieder am Ausgangspunkt angelangt war, nämlich, auf die Berge zu starren und keine Ahnung zu haben, was er mit seinem Privatleben anfangen sollte.

Das Telefon auf seinem Schreibtisch klingelte.

»Jake, hier ist eine Camryn Neff, die dich sehen will. Sie hat keinen Termin, meint aber, es wäre etwas Persönliches.«

Camryn Neff? Die Geschäftswelt in Wishing Tree war klein genug, um zu wissen, wer sie war. Ihr gehörte *Schleifchen drum*, ein Geschäft, in dem es Geschenkpapier gab und wo man Geschenke einpacken und verschicken lassen konnte. Das Hotel verwies seine Gäste bei Bedarf gern an sie.

Er kannte sie gut genug, um sie bei den Treffen des Wirtschaftsverbands zu grüßen, aber mehr auch nicht. Ihm war irgendwie, als hätte sie jüngere Schwestern.

»Ich komme sofort«, antwortete er.

Er durchquerte sein großes Büro und trat hinaus in den Empfangsbereich der Büroetage. Camryn, eine attraktive Frau mit einem wilden roten Lockenkopf und großen braunen Augen, wartete an Margies Tisch.

Wishing Tree war ein eher lässiger Ort, deshalb überraschte es ihn, dass sie ein teuer aussehendes Kostüm und hochhackige Lederstiefel trug. Ihre Haltung war steif, ihre Miene wirkte defensiv.

Sie ist nicht vorbeigekommen, um mir Geschenkpapier zu verkaufen, dachte er.

»Hallo, Camryn«, sagte er locker.

»Jake.« Sie schien sich zu einem Lächeln zwingen zu müssen. »Danke, dass du so kurzfristig Zeit hast. Ich war nicht sicher, ob ich vorbeikommen sollte, aber ich konnte auch nicht *nicht* mit dir reden und …« Sie presste die Lippen zusammen. »Können wir uns irgendwo ungestört unterhalten?«

»Natürlich.« Er bedeutete ihr, voranzugehen, und folgte ihr in sein Büro. Dort wies er auf die Sitzecke, in der eine Couch und zwei Sessel standen.

»Kann ich dir etwas zu trinken anbieten?«, fragte er. »Kaffee? Wasser? Bourbon?«

Nun endlich zeigte sie ein echtes Lächeln. »Schön wär's, aber dafür ist es noch ein wenig zu früh. Außerdem bin ich keine Bourbontrinkerin. Brauner Alkohol ist nicht mein Ding.«

»Wir haben in der Hauptbar eine gute Auswahl an Wodkas.«

Camryn setzte sich leise lachend in einen der Sessel und schien sich etwas zu entspannen. »Verlockend, aber nein.«

Jake nahm auf dem Sofa Platz, beugte sich ein wenig vor und fragte: »Womit kann ich dir helfen?«

Camryns Lächeln verschwand. Unbehaglich schlug sie die Beine übereinander. »Äh, also, ich wollte dir etwas sagen. Wobei, es geht mich eigentlich gar nichts an.« Sie hielt inne und fing seinen Blick auf. »Wenn ich Ja gesagt hätte, würde es mich schon etwas angehen, aber das habe ich nicht. Das wollte ich nur klarstellen.«

»Bitte, fass das nicht falsch auf, aber bisher hast du noch gar nichts klargestellt.« Er lächelte. »Außer, dass du keinen braunen Alkohol magst.«

»Entschuldige. Tut mir leid. Ich versuche, die richtigen Worte zu finden. Ich sollte es einfach sagen. Es geradeheraus aussprechen.«

Jake hielt sich für einen ziemlich entspannten Typ, der mit jeder Krise umgehen konnte, aber Camryn fing an, ihn langsam etwas nervös zu machen. Was konnte sie ihm nur zu sagen haben? Nicht, dass sie schwanger war – sie waren nie zusammen ausgegangen, geschweige denn, dass sie miteinander geschlafen hatten. Er bezweifelte auch, dass sie Geld brauchte. Ihr Laden lief gut, und wenn sie ein Darlehen bräuchte, würde sie sicher nicht zu ihm kommen. Ein Problem mit einem gemeinsamen Freund war auch unwahrscheinlich. Sie hatten zwar viele gemeinsame Bekannte, verkehrten aber nicht in den gleichen Kreisen.

»Ich habe mich heute mit deiner Mutter getroffen.«

Jake unterdrückte ein Stöhnen. Diese Worte bedeuteten immer Probleme. Und meistens für ihn.

Camryn hielt seinen Blick fest. Ihre braunen Augen waren voller Mitgefühl und Besorgnis. »Sie hat mich zu sich nach Hause eingeladen. Ich wusste nicht, warum, hoffte aber, dass sie speziell angefertigtes Geschenkpapier kaufen wollte. Wir können beinahe jeden Designwunsch erfüllen. Ehrlich gesagt habe ich sogar Ideen für Geschenkpapier für das Resort. Ich habe ein wenig mit dem Logo gespielt und …«

»Camryn?«

Sie blinzelte. »Ja?«

»Meine Mutter.«

»Oh. Stimmt. Also.« Sie schluckte und sah ihn wieder an. »Sie will eine Frau für dich finden. Sie hat einen Plan. Sie nennt ihn: *Projekt: Jakes Braut*. Sie interviewt Frauen als potenzielle Kandidatinnen. Offenbar ist sie es leid, darauf zu warten, dass du selbst jemanden findest.«

Er stand auf, wusste aber nicht, was er tun sollte. Auf und ab tigern? Weglaufen? Brüllen? Seine Mutter hatte sich schon immer in alles eingemischt, aber das hier war selbst für ihre Verhältnisse schlimm. *Projekt: Jakes Braut*? Ernsthaft? *Ernsthaft?*

»Sie will Enkelkinder«, ergänzte Camryn hilfreich.

Er ließ sich wieder aufs Sofa sinken und widerstand dem Drang, den Kopf in den Händen zu vergraben. »Sie ist dabei, den Verstand zu verlieren.«

»Das glaube ich nicht. Sie wirkte sehr klar und kontrolliert. Ich war mir nur nicht sicher, ob du von ihrem Plan weißt.«

Er starrte sie an. »Nein, wusste ich nicht.«

»Ja, das verrät mir der Ausdruck in deinem Gesicht.«

»Horror und mordlüsterne Wut?«

Sie lächelte. »Du bist nicht wütend. Resigniert vielleicht. Du liebst deine Mutter, deshalb kannst du sie nicht hassen. Aber ich verstehe, dass die Situation nicht ideal ist.«

Jake ließ sich gegen die Sofalehne fallen. »Meine Mutter versucht, eine Frau für mich zu finden, Camryn. Ich denke, *nicht ideal* trifft es da nicht ganz.«

Er stieß einen leisen Fluch aus, als ihm bewusst wurde, dass er keine Ahnung hatte, was er diesbezüglich unternehmen sollte. Seiner Mutter zu sagen, dass sie sich zurückhalten sollte, wäre genauso wie hochzuschauen und mit dem Himmel übers Wetter zu diskutieren, nämlich unbefriedigend und schlussendlich nutzlos.

»Ich verschiffe sie nach Bali. Sie mag das tropische Klima. Ich kaufe ihr ein hübsches Apartment, besorge ein paar Angestellte. Dann kann sie anfangen zu malen. Wie dieser Künstler. Wie hieß er noch mal?« Er hielt kurz inne. »Ah, Paul Gauguin. Wobei, das war Tahiti, nicht Bali. Was auch in Ordnung ist. An beiden Orten ist es um diese Jahreszeit sehr schön.«

»Wie kommst du darauf, dass sie da mitmachen würde?«, fragte Camryn. »Deine Mutter scheint sehr an deinem Privatleben interessiert zu sein.«

»Ich trickse sie aus. Ja, das könnte klappen.« Er würde ihr sagen, dass er durchbrennen und sie bei der Hochzeit dabeihaben wollte. Dann würde er sie in dem neu erstandenen Apartment einschließen und …

Er sah Camryn an. »Warum hat sie dir das alles erzählt?«

Sie senkte den Kopf, doch er sah, wie ihre Wangen sich röteten. »Sie, äh, glaubte, ich wäre eine gute Kandidatin.«

Jake hatte nicht damit gerechnet, dass die Situation noch schlimmer werden könnte, doch das hätte er tun müssen. Denn was Helen Crane anging, bestand diese Möglichkeit immer.

»Meine Mutter hat dich in ihr Haus eingeladen, um mit dir über die Möglichkeit zu sprechen, dass wir beide heiraten?«

Camryn nickte langsam. »Wobei sie meinte, wir sollten erst einmal mit einem Date anfangen. Um einander kennenzulernen.«

»Du verteidigst sie?«

»Nein. Es ist nur … Sie war sehr beeindruckend, und so über sie zu reden, lässt sie so …«

»Unmöglich klingen?«

»Ein wenig. Ich verstehe, warum du aufgebracht bist. Sie wollte von mir einen Beweis meiner Fruchtbarkeit, was der Moment war, in dem ich dem Ganzen ein Ende setzen musste.«

Einen Beweis ihrer … Jake stand erneut auf, um dann zu merken, dass er immer noch nicht wusste, wo er hinsollte.

»Das alles tut mir furchtbar leid«, sagte er steif. »Dass sie sich in dein Leben gedrängt und dich in einen ihrer verrückten Pläne hineingezogen hat. Ich sorge dafür, dass das aufhört.«

Irgendwie musste es ihm gelingen, dem Ganzen einen Riegel vorzuschieben.

Camryn stand auf. »Es gibt andere Kandidatinnen. Ich weiß nicht, wen, aber sie hat sie erwähnt. Einige haben möglicherweise Kinder. Sie meinte, meine jüngeren Schwestern wären ein Pluspunkt. Sie hat sie ihre ›sofortigen Enkelkinder‹ genannt.«

Er unterdrückte ein Stöhnen. Andere Kandidatinnen? Nichts ahnende Frauen, die von seiner Mutter angesprochen werden würden?

Camryn sah ihn an. »Sie ist einsam, Jake. Sie hat ihren Mann vor nicht einmal zwei Jahren verloren und lebt ganz allein in diesem riesigen Haus. Ich weiß, dass sie Freundinnen und ein Leben hat, aber das ist etwas anderes, als seinen Mann bei sich zu haben. Und in ihrem Alter ist es auch ganz normal, sich Enkelkinder zu wünschen.« Sie hob eine Hand. »Ich will sie gar nicht verteidigen, ich kann sie nur verstehen, und wenn man genauer darüber nachdenkt, ist das, was sie da vorhat, eigentlich ziemlich süß.«

»Dann werden wir ihr einen Ehemann suchen. Mal sehen, wie süß sie dann wirkt.«

Camryn lachte. »Guter Punkt. Wie auch immer, ich wollte nur, dass du es weißt.«

»Danke, dass du hergekommen bist und mich gewarnt hast. Ich bin dir was schuldig.«

Ihre Augen leuchteten auf. »Wirklich? Ich könnte dir ein paar Muster des Geschenkpapiers vorbeibringen, das ich für euch entworfen habe. Es würde unter den Dutzenden von Weihnachtsbäumen, die ihr immer aufstellt, ganz bezaubernd aussehen.«

»Ja, gern. Mach einen Termin mit Margie, und bring sie vorbei. Wir unterstützen den örtlichen Handel, wo wir nur können.«

»Dann sehen wir uns bald wieder. Mit Mustern.«

»Ich freue mich darauf.«

Er begleitete sie zur Tür. Sobald sie gegangen war, schaltete er seinen Computer ab, schnappte sich seinen Mantel und verließ das Büro. Am Tisch seiner Assistentin blieb er stehen.

»Ich bin für ein paar Stunden weg. Schick mir eine Nachricht, wenn es einen Notfall gibt. Ansonsten bin ich gegen vier wieder zurück.«

Margie, eine brünette Frau Mitte vierzig mit drei Söhnen im Teenageralter und einem Mann, der sie anbetete, runzelte die Stirn. »Geht es dir gut, Boss? Du siehst, ich weiß nicht, irgendwie gestresst aus.«

»Ja, mir geht's gut«, log er. »Ich fahre kurz bei meiner Mutter vorbei und komme dann wieder.«

Margie seufzte. »Ich hoffe, wenn meine Jungs mal groß sind, sind sie genauso gut zu mir wie du zu deiner Mutter.«

Jake nickte nur, denn er konnte nicht laut sagen, was ihm gerade durch den Kopf ging. Der Bali-/Tahiti-Plan ergab am meisten Sinn, aber wenn sie dem nicht zustimmte, würde er eine Art Babysitter für sie einstellen. Und ihr den Laptop und das Handy wegnehmen. Vielleicht auch ihr Auto. Er verstand, dass sie seinen Vater vermisste, und er wollte für sie da sein. Aber auf keinen Fall würde er sie mit diesem verrückten Projekt weitermachen lassen. Nicht jetzt. Und niemals.

2. Kapitel

Jake betrat das Haus, in dem er aufgewachsen war. Nachdem er seinen Mantel auf das Tischchen am Eingang geworfen hatte, ging er durch die große, zweigeschossige Eingangshalle und den Flur hinunter. Er wusste, dass er seine Mutter um diese Zeit im Wohnzimmer finden würde. Außer, sie interviewt gerade eine weitere potenzielle Braut, dachte er grimmig. Er konnte nur hoffen, dass eine Kandidatin pro Tag ihr Limit war.

Als Kind war er diesen Weg nach der Schule jeden Tag gegangen. Und genauso nach seiner Rückkehr vom College. In diesem Raum mit den großen Fenstern mit Blick auf den See hatte er von seinem Tag erzählt, über seine Schulprobleme gesprochen und gehört, dass alles gut werden würde. Im Büro seines Vaters wurde Disziplin ausgeteilt, aber im Wohnzimmer seiner Mutter ging es nur um Liebe.

An der offenen Tür blieb er stehen. Seine Mutter telefonierte gerade und machte sich Notizen.

»Ja, das klingt nach einem ausgezeichneten Vorschlag für das Menü. Perfekt. Das wird allen schmecken.«

Er musterte sie und stellte erfreut fest, dass sie so aussah wie immer. Kompetent, intelligent und immer noch schön mit ihren sechzig Jahren. Er wusste, eines Tages würde er dieses Zimmer betreten und erkennen, dass seine Mutter alt geworden war, aber heute war das zum Glück noch nicht der Fall.

Sie schaute hoch und hieß ihn sofort mit einem Lächeln willkommen. Dann bedeutete sie ihm, einzutreten. Nachdem sie aufgelegt hatte, stand sie mit ausgebreiteten Armen auf.

»Was für eine Überraschung«, sagte sie erfreut. »Hatte ich mit dir gerechnet?«

»Nein.«

Er umarmte sie und gab ihr einen Kuss auf die Wange. Gemeinsam gingen sie zu dem bequemen Sofa vor einem der Fenster und nahmen ihre üblichen Plätze ein.

»Müsstest du nicht im Büro sein?«, zog sie ihn auf. »Immerhin leitest du ein Hotel.«

»Ich fahre nach unserem Gespräch wieder zurück.«

»Gut. Worüber wollen wir reden?«

Er sah sie an. »Wirklich, Mom? Das musst du fragen?« Er schüttelte den Kopf. *»Projekt: Jakes Braut*? Was hast du dir nur dabei gedacht?«

Anstatt beschämt zu wirken, strahlte seine Mutter ihn an. »Sie hat es dir erzählt. Ich hatte mich gefragt, ob sie das tun würde.« Dann presste sie die Hände zusammen. »Das zeugt von einem guten Charakter und bringt sie ganz oben auf meine Liste.«

»Nein.« Tahiti ist nicht weit genug weg, dachte er. »Mom, hör auf. Das kannst du nicht machen. Du kannst mir keine Frau suchen.«

»Ich wüsste nicht, warum nicht. Einer von uns muss es schließlich tun, und du machst es ja offensichtlich nicht. Seit einem Jahr bist du wieder in der Stadt, und soweit ich weiß, bist du nicht ein einziges Mal mit einer Frau ausgegangen. Wenn ich so darüber nachdenke, glaube ich, dass du nach der Trennung von Reggie überhaupt keine Freundin mehr hattest.«

Damit hatte sie recht. Es hatte die Wochenenden in Seattle und Portland gegeben, aber darüber würde er sich nicht mit seiner Mutter unterhalten. Außerdem waren es nicht die Art Dates gewesen, wie sie ihr vorschwebten. Es war um Sex gegangen und um nichts anderes.

»Du hättest Reggie niemals gehen lassen dürfen«, sagte sie entschieden. »Du hättest versuchen müssen, sie zurückzugewinnen.

»Da gab es nichts zurückzugewinnen. Außerdem sind wir beide viel zu schnell über die Sache hinweggekommen, als dass wir so verliebt hätten sein können, wie wir dachten. Sie ist jetzt glücklich verheiratet, und ich wünsche ihr nur das Beste.«

»Wenn sie nicht deine wahre Liebe war, warum triffst du dich dann nicht mit anderen Frauen? Ich brauche Enkelkinder, Jake. Ich will sie nicht nur, ich *brauche* sie in meinem Leben.«

»Dann adoptier welche.«

Ihr Blick wurde stählern. »Das ist nicht lustig.«

»Du machst mir keine Angst. Hör damit auf, dich in mein Leben einzumischen. Keine Interviews mit Frauen mehr. Wer tut so etwas überhaupt?«

»Ich bin proaktiv.«

»Das ist schlimm, selbst für dich«, erklärte er. »Du hast dich immer eingemischt, aber noch nie so. Lass es bitte sein. Das meine ich ernst. Pfusch nicht in meinem Leben herum.«

Sie seufzte. »Ich kann nicht anders. Ich liebe dich.« Ihre Miene wurde weich. »Ich will, dass du glücklich bist. Eine gute Ehe ist etwas Wundervolles.«

Das erzählte sie ihm schon sein ganzes Leben. Dummerweise hatte er entdeckt, dass ihre Ehe mit seinem Vater nicht ganz so perfekt gewesen war, wie sie immer behauptete. Der Schock wirkte noch immer in ihm nach. Es war nicht ihre Schuld gewesen, sondern die seines Vaters.

»Ich weiß, was du denkst, aber du irrst dich. Er war ein guter Mann, und ich habe ihn von ganzem Herzen geliebt. Er hat mich glücklich gemacht.«

»Abgesehen von seinem Fremdgehen.«

Seine Mutter wandte den Kopf ab. »Ich ziehe es vor, nicht daran zu denken. Niemand ist perfekt.«

»Es gibt einen Unterschied zwischen einer drolligen Marotte und dem, was er getan hat, Mom. Vielleicht konntest du über sein Verhalten hinwegsehen, aber ich kann es nicht.«

Ein wissender Ausdruck trat in ihre Augen. »Aber das ist nicht das Problem, oder?«

Sie kannte ihn zu gut. Das hatte sie schon immer. Ja, er war wütend, dass sein Vater nicht so gewesen war, wie er immer gedacht hatte. Aber das größere Problem war, dass er nicht so werden wollte wie sein alter Herr. Er hatte seine Freundinnen nie betrogen, aber er hatte es das eine oder andere Mal vermasselt. Das war der Hauptgrund, warum seine Mutter nicht die Enkelkinder hatte, nach denen sie sich so sehr sehnte.

Er stand auf und beugte sich vor, um ihr noch einmal einen Kuss auf die Wange zu geben. »Ich hab dich lieb. Halte dich aus meinem Leben raus.«

Seine Mutter lächelte. »Wir wissen beide, dass das niemals passieren wird. Also wegen Camryn. Findest du nicht, dass sie sehr hübsch ist?«

»Ich höre dich nicht«, sagte er auf dem Weg zur Tür. »Kein einziges Wort.«

Camryns Tag, der so seltsam begonnen hatte, normalisierte sich nach ihrem Ausflug zum Resort. Jakes Wut hatte ihre eigenen Gefühle wegen dieser ganzen *Projekt: Jakes Braut*-Sache beruhigt. Sie war froh, dass er nichts davon geahnt hatte, und fühlte sich jetzt besser. Wie er seine sehr entschlossen wirkende Mutter aufhalten wollte, wusste sie zwar nicht, aber das konnte ihr auch egal sein. Der positive Punkt in dem Gespräch mit seiner Mutter und mit ihm war die Aussicht auf Aufträge – für das Verpacken der Geschenke und für das speziell für das Resort angefertigte Geschenkpapier. Wenn sie das Hotel dazu bringen könnte, es auch im Souvenirshop anzubieten, wäre das einfach perfekt.

Um kurz vor fünf war Camryn mit der Bestellung für die nächste Woche fertig. Sie winkte Wendy zu, die um sieben den Laden schließen würde, und ging hinaus zu ihrem SUV.

Die grauen Wolken hatten sich verzogen, und über ihr funkelten nun die Sterne an einem nachtblauen Himmel. Um diese Jahreszeit ging die Sonne bereits gegen halb fünf Uhr unter. Die Temperaturen waren leicht unter den Nullpunkt gefallen, und Camryn atmete die eisige Luft ein und genoss den leichten Duft nach Rauch, der aus den Kaminen der umstehenden Häuser aufstieg.

Sobald sie den Wagen gestartet hatte, gab sie dem Motor einen Moment, um warm zu werden. Die Fahrt nach Hause würde keine zehn Minuten dauern. In Wishing Tree war nichts wirklich weit.

Der Umzug nach Chicago nach dem College war für sie ein Schock gewesen. Nicht nur die unglaublich vielen Leute dort, sondern auch die Entfernungen. Einige ihrer Freunde hatten Arbeitswege von über einer Stunde gehabt.

Das passiert einem hier nicht, dachte sie, als sie rückwärts ausparkte und auf die Straße einbog. Hier gab es auch keine Staus oder verstopfte Straßen oder Einbruchswellen. Wishing Tree war ein Ort, an dem die Nachbarn einander kannten und Touristen ausreichend Geld in die Kassen spülten. Vor allem um diese Zeit im Jahr.

Auch wenn sie gerne hier aufgewachsen war, hatte sie nicht vorgehabt, zurückzukommen. Sie hatte ihr Leben in Chicago geliebt – ihre Freundinnen, ihre Arbeit, ihre wunderschöne Wohnung. Aber die Krankheit und dann der Tod ihrer Mutter hatten alles verändert. Camryn war zurückgekommen, um sich um ihre Schwestern zu kümmern. Lily und Victoria waren fünfzehn und auf der Highschool. Nach einem Jahr, in dem sie damit gekämpft hatten, den grausamen Verlust ihrer Mutter zu verarbeiten, waren sie jetzt endlich wieder glücklich.

Und auch Camryns Wunde heilte langsam. Der Schmerz war nicht mehr so scharf, das Vermissen nicht mehr so zerstörend. Ihre Mutter würde ihr immer fehlen, aber inzwischen konnte sie an sie denken, ohne dass ihr die Trauer den Atem raubte.

Sie bog in die vertraute Einfahrt ein und drückte auf den Knopf, um das Garagentor zu öffnen. Während sie wartete, schaute sie nach links und grinste, als sie sah, dass die Nachbarjungs im Vorgarten eine große Burg aus Schnee gebaut hatten. Sie hatte ein wenig Schlagseite, aber es gab Wände und sogar ein paar bunte Fahnen, die im Abendwind flatterten.

In der Garage schaltete sie den Motor ab und ging dann durch den Vorraum in die Küche. Oben spielte jemand »Stille Nacht« auf der Flöte, und aus dem Wohnzimmer hörte sie Gelächter. Das Haus war warm, alle Lampen brannten. Das Geschirr vom nachmittäglichen Snack der Zwillinge stand in der Spüle.

Alles ganz normal, dachte Camryn zufrieden. Und normal war das Beste.

»Ich bin wieder da!«, rief sie und ging ins Wohnzimmer.

Victoria lag auf dem Boden, die Füße auf dem Sofa. Als sie Camryn sah, setzte sie sich lächelnd auf.

»Sie ist zu Hause. Ich muss auflegen. Aha. Ja, wir sehen uns morgen.«

Sie ließ ihr Handy auf den Teppich fallen und stand auf, um ihre Schwester zu umarmen.

»Angie glaubt, dass Braydon sie angelächelt hat, aber wir alle wissen, dass das nicht stimmt. Und Lily spielt schon seit zwei Stunden ›Stille Nacht‹. Kannst du sie dazu bringen, damit aufzuhören?«

Camryn grinste. »Mir geht es gut. Danke, dass du fragst. Wie war dein Tag?«

Victoria lachte. »Sorry. Hi. Ich bin so froh, dass du zu Hause bist. Kannst du Lily bitte dazu bringen, mit diesem Lied aufzuhören?«

Lily kam ins Zimmer gestürzt. »Ich habe ein Solo beim Weihnachtskonzert. Ich muss üben. Das ist nichts Neues.«

»Ich weiß, aber es fängt an, mir auf die Nerven zu gehen.«

Lily streckte ihr die Zunge heraus, dann umarmte sie Camryn. »Sie ist nur neidisch auf meinen Ruhm.«

»Ruhm?«, erwiderte Victoria mit einem Schnauben. »Du machst bei einem Highschool-Konzert mit und trittst nicht im Fernsehen auf oder so.«

Camryn legte die Arme um die beiden. »Victoria, ist das hier der Punkt, an dem ich dich daran erinnere, wie du nach der Kunstausstellung letztes Jahr warst? Du bist ein wenig außer Kontrolle geraten, als du den Preis für das beste Aquarell gewonnen hast. Wir alle bekommen unsere fünfzehn Minuten im Scheinwerferlicht.«

»Ach, es ist mir egal, ob Lily im Scheinwerferlicht steht. Nicht egal ist mir, wenn sie zum fünftrillionsten Mal ›Stille Nacht‹ spielt«, erwiderte sie mit einem strahlenden Lächeln.

Gemeinsam gingen sie in die Küche. Lily, die gerade einmal eins sechzig groß war und lange, glatte, flammend rote Haare hatte, trat an die Spüle und fing an, das Geschirr in die Maschine zu räumen. Victoria, die fast zehn Zentimeter größer war und die gleichen kastanienbraunen Locken hatte wie Camryn, öffnete den Kühlschrank, um die Zutaten fürs Abendessen herauszuholen.

»Hast du ihr von Angie und Braydon erzählt?«, fragte Lily. »Als ob das wahr wäre.«

»Ja, oder?« Victoria legte einen großen Plastikbeutel mit Gemüse auf den Tisch. »Er würde niemals was mit ihr anfangen.«

»Warum sind alle so besessen von Braydon?«, wollte Camryn wissen, während sie sich die Hände wusch.

»Weil er *der* Typ ist.« Lily sah sie mitleidig an. »Hattet ihr so einen nicht, als du auf der Highschool warst? Jemanden, für den alle schwärmen? Du weißt schon, gut aussehend und ein bisschen älter?« Sie seufzte. »Ich liebe ihn so sehr.«

»Du liebst den, für den du ihn hältst«, warf Victoria ein. »Genau wie ich. Wir kennen ihn eigentlich gar nicht.«

Camryn verteilte das Gemüse auf einem Backblech. Bevor sie zur Arbeit gegangen war, hatte sie alles klein geschnitten und mit Olivenöl, Salz und Pfeffer gewürzt, sodass sie abends Zeit sparte. Außerdem hatte sie den Hühnchen-Tortellini-Auflauf vorbereitet, der nun nur noch in den Ofen geschoben werden musste.

In den ersten Monaten nach dem Tod ihrer Mutter hatten sie von Aufläufen gelebt, die von Freunden und Nachbarn vorbeigebracht worden waren, sowie vom Lieferservice. Doch Camryn hatte schnell gemerkt, dass sie einen Weg finden musste, *Schleifchen drum* zu führen, sich um ihre Schwestern zu kümmern und jeden Abend etwas zu essen auf den Tisch zu bringen. Also hatte sie eine Liste mit Gerichten erstellt, die sie alle mochten, und dann im Internet nach einfachen Rezepten gesucht.

»Und, gab es so einen?«, hakte Victoria nach. »Einen Jungen wie Braydon?«

Camryn lachte. »Ich bin mir sicher, dass jede Klasse einen Braydon hat. Unserer war Jake Crane. Und ja, er war älter als ich.« Er war damals auf der Schule ein wahrer Herzensbrecher gewesen. Und wo sie so darüber nachdachte … Das war er heute noch.

»Woher kenne ich den Namen?«, fragte Lily.

»Seiner Familie gehört das Resort.«

»Also ist er reich«, merkte Victoria nachdenklich an. »Braydon ist nicht reich. Bedeutet das, wir sind weniger oberflächlich als du?«

»Würdest du Braydon weniger lieben, wenn er reich wäre?«

Lily und Victoria schauten einander an und grinsten.

»Nein«, gab Victoria zu. »Ich würde ihn noch mehr lieben.«

Camryn grinste. »Dann seid ihr nicht weniger oberflächlich, meine Süße. Sorry, dass ich euch enttäuschen muss.«

»Ich kann damit leben, oberflächlich zu sein«, erklärte Victoria. »Ich bin erst fünfzehn. Wenn ich erwachsen bin, werde ich bestimmt auch emotional tiefgründiger sein.«

»Du wirst niemals erwachsen«, beschied Lily ihr. »Ich bin die Erwachsene von uns.«

»Bist du gar nicht.«

»Bin ich wohl.«

Camryn lauschte ihrem liebevollen Geplänkel und freute sich, dass die beiden laut, selbstbewusst und ab und zu auch egoistisch waren. In einem Wort: Teenager. Letztes Jahr um diese Zeit waren sie viel zu still gewesen. Aber jetzt geht es uns besser, dachte sie. Und zwar ihnen allen dreien. Die Adventszeit stand vor der Tür, und Camryn war entschlossen, sie dieses Jahr mit Lachen und Fröhlichkeit zu füllen. Wir werden gute Erinnerungen schaffen, schwor sie sich. Nach allem, was sie durchgemacht hatten, brauchten sie die.

»Das ist ein Fehler«, sagte Dylan Tucker lässig und tippte auf die Mappe vor sich.

Helen lächelte ihn quer über die Kücheninsel an. »Ist das Wort *Fehler* nicht etwas zu heftig?«

»Wie wäre es mit Katastrophe? Ist das besser?«

Helen lachte und tätschelte seine Hand. »Du kümmerst dich um mich. Das gefällt mir. Aber ich weiß, was ich tue.«

»Würdest du eine Wette darauf abschließen?«

Helen war seit seinem ersten Schultag ein fester Bestandteil seines Lebens. Damals hatte er ihren Sohn Jake kennengelernt, und sie waren schnell beste Freunde geworden. Sie hatte sich immer um ihn gekümmert und war wie eine Ersatzmutter gewesen, wenn seine eigene Mutter abwesend oder indifferent gewesen war. Sie war die Person, an die er sich wandte, wenn er einen Rat brauchte. Und nervigerweise war sie auch oft die Stimme in seinem Kopf.

Aber sie war auch eine Frau, die sich zu gerne in Dinge einmischte und glaubte, sie wisse alles besser. Ein manchmal sehr anstrengender Charakterzug für alle Beteiligten. Ein Beispiel dafür war die Mappe, die vor ihm lag. Darin befand sich ein detaillierter Plan mit Listen, Namen und Strategien.

»*Projekt: Jakes Braut*?«, fragte er trocken. »Willst du deinen Sohn wirklich so unter die Haube bringen?«

»Jemand muss das endlich in die Hand nehmen. Jake unternimmt nichts, um seinen Singlestatus zu ändern. Ich sage dir das Gleiche, was ich ihm gestern gesagt habe: Ich habe geduldig darauf gewartet, dass er die richtige Frau findet und sesshaft wird, aber er ist seit einem Jahr wieder in der Stadt und war nicht auf einem einzigen Date.«

Sie hielt erwartungsvoll inne, als fordere sie Dylan auf, die fehlenden Informationen beizusteuern. Keine Chance, dachte er amüsiert. Er und Jake hatten einander noch nie verpetzt.

»Also hast du vor, eine Frau für ihn zu finden?«, fragte er. »Was lässt dich glauben, dass er da mitmacht?«

»Er liebt mich«, verkündete Helen entschlossen. »Ich bin seine Mutter. Er hat keine Wahl. Im Moment ist er nicht glücklich darüber, aber er wird schon noch einsehen, dass es so am besten für ihn ist.« Ihr Lächeln kehrte zurück. »Ich bin inzwischen wirklich gut darin, euch beiden Schuldgefühle zu bereiten. Es ist eine Gabe.«

»Du bist ziemlich verschlagen.«

»Ja, das kann ich sein.« Sie griff nach ihrer Kaffeetasse. »Hast du dich schon für ein Wohltätigkeitsprojekt in der Adventszeit entschieden?«

»Bücher«, antwortete er. »Ich werde jedem Kind in Wishing Tree ein Buch schenken.«

»Das ist wundervoll. Was für eine fabelhafte Idee. Natürlich bestellst du die bei *Ihr Bücherlein kommet* im Ort. Oh, ich habe eine Idee: Du kannst Camryn von *Schleifchen drum* engagieren, um sie für dich einzupacken. Ich habe sie gestern kennengelernt, und sie ist eine bezaubernde junge Frau.«

Da war etwas in Helens Stimme. Eine Art von Gewissheit.

»Bei welcher Gelegenheit hast du sie kennengelernt?«

»Ich habe sie eingeladen, damit wir uns unterhalten können.«

Sein Blick fiel auf die Mappe. »Ist sie eine Kandidatin?«

»Ich denke, das könnte sie sein.«

Dylan wusste nicht, ob er beeindruckt sein oder lieber in Deckung gehen sollte. Egal wie, er würde ein langes Gespräch mit Jake führen müssen. Sein Freund konnte zwar nichts tun, um Helen aufzuhalten, aber es wäre besser für ihn, wenn er wüsste, was seine Mutter plante, damit er … Nun ja, wenn Dylan ehrlich war, hatte er keine Ahnung, was Jake tun könnte, um sich vor der Naturgewalt zu schützen, die sich Helen nannte.

»Hast du ihr von deinem Projekt erzählt?«

Helens blaue Augen weiteten sich. »Natürlich. Ich würde niemals lügen.«

»Das muss eine interessante Unterhaltung gewesen sein. Wie hat sie es aufgenommen?«

»Ich bin mir nicht sicher, ob sie mir geglaubt hat.«

Camryn sollte ihre Ignoranz genießen, solange sie noch konnte, dachte Dylan. Denn Helen gab selten auf, bevor sie ihren Willen bekommen hatte. Aber er kannte Camryn nicht gut genug, um sie zu warnen. Ja, sie grüßten einander, aber sie verkehrten nicht in den gleichen Kreisen. Sie war ein paar Jahre jünger, und wenn er sich richtig erinnerte, war sie nach dem College weggezogen.

»Ich nehme an, du hast noch andere Kandidatinnen?«, fragte er.

»Ja. Einige von hier, andere von außerhalb. Ich werde einen Computerexperten anheuern, um sie alle gründlich durchleuchten zu lassen. Das ist alles sehr hightech.«

Dylan unterdrückte ein Lächeln. »Volle Kraft voraus.«

»Ganz genau.« Sie musterte ihn mit schief gelegtem Kopf. »Hast du eine Freundin?«

»O nein. Wir reden nicht über mein Privatleben. Du hast genug damit zu tun, Jake unter die Haube zu bringen. Lass mich aus der Sache raus.«

»Willst du nicht auch eine besondere Frau finden und sesshaft werden?«

Sie wusste, dass er das wollte. Das Problem war jedoch, eine Frau zu finden, in die er sich verlieben konnte.

»Helen, ich liebe dich sehr, also sage ich das mit großer Zuneigung: Halte dich aus meinem Privatleben raus.«

»Aber nicht aus Jakes.«

»Aus seinem solltest du dich auch raushalten, aber er ist dein Sohn, also hast du da mehr Macht.«

Sie nahm die gläserne Kaffeekaraffe mit dem silbernen Griff und schenkte ihnen nach. »Ich habe mich so gefreut, zu hören, dass die Stadt dieses Jahr die Tradition des Schneekönigs und der Schneekönigin wieder aufleben lässt.«

»Wirklich? Es ist schon ein paar Jahre her, oder?« Er erinnerte sich vage daran, dass es früher immer einen Schneekönig und eine Schneekönigin gegeben hatte. Sie waren bei Veranstaltungen in der Stadt aufgetreten.

»Schon eine ganze Weile, ich weiß nicht mehr genau. Zum Glück haben sie die Regeln geändert. Dass jeder seinen Namen einfach in den Ring werfen konnte, hat überhaupt nicht funktioniert. Beim letzten Mal war der Schneekönig ein Sechsjähriger und die Schneekönigin war Mrs. Percy.« Helen seufzte. »Sie war siebenundachtzig.«

»Ich bin mir sicher, dass sie eine ganz bezaubernde Schneekönigin war.«

Helen schüttelte den Kopf. »Die Situation war einfach unmöglich. Beim Weihnachtsball ist sie gestürzt, und wir alle fürchteten, dass sie sich die Hüfte gebrochen hat. Zum Glück war das nicht der Fall.«

»Daran kann ich mich gar nicht erinnern.«

»Du warst noch nie politisch interessiert, mein Lieber.«

Er lachte leise. »Der Schneekönig und die Schneekönigin sind politisch?«

»Natürlich nicht. Das war ein Scherz. Du warst damals ein Teenager. Was haben dich da Traditionen interessiert? Was ich sagen will, ist, dass sie die Regeln geändert haben und jeder, der teilnehmen will, nun Single und zwischen einundzwanzig und fünfunddreißig Jahre alt sein muss. Ich freue mich schon darauf, zu sehen, was daraus erwächst. Mit Beginn des Adventskalenders werden sie zusammen auftreten. Übrigens ist das große Stadtevent dieses Mal eine Schatzuche.«

»Woher weißt du das?«

»Ich habe so meine Quellen.«

»Du bist Furcht einflößend.«

Helen reckte stolz die Brust. »Ja, ich weiß. Ist das nicht toll? Oh, und der Schneekönig und seine Königin werden an den Keksdienstagen in der Jury sitzen. Das sind dieses Jahr drei Dienstage. Willst du die Kekskategorien wissen?«

Bildete er sich das ein, oder musterte sie ihn wie ein Spatz einen fetten Wurm? »Helen? Was ist hier los? Hast du vor, es so zu drehen, dass Jake der Schneekönig wird?«

»Warum sollte ich das tun?« Sie deutete auf die Mappe. »Ich habe bereits einen Plan für ihn. Allerdings habe ich eine großzügige Spende an das Festkomitee getätigt. Sie waren sehr dankbar.«

Ein Kribbeln überlief ihn. Nein, sagte er sich. Helen liebte ihn. Sie würde niemals …

»Du bist es, Dylan«, erklärte Helen mit zuckersüßer Stimme. »Ich habe arrangiert, dass du der nächste Schneekönig wirst. Offiziell wird der Name am Samstag gezogen, also wäre es schön, wenn du überrascht tun könntest.«

»Was?« Er stand auf. »Nein. Auf keinen Fall, Helen. Das mache ich nicht.«

Sie lächelte weiter. »Habe ich erwähnt, dass es eine Krone gibt? Du wirst so gut aussehen.«

3. Kapitel

River Best hatte einen schlechten Tag gewählt, um das Trinken von Cola light aufzugeben. Ihr fehlte das Kribbeln, der leicht chemische Nachgeschmack, das Klirren von Eiswürfeln in einem Glas. Sie war nun seit über vierundzwanzig Stunden wach, hatte Kopfschmerzen und wollte wirklich, wirklich eine kühle, zischende Dose von irgendetwas öffnen, um durchzuhalten.

»Konzentrier dich«, ermahnte sie sich und tippte wild weiter, wobei sie das schmerzhafte Pochen in ihrem Rücken ignorierte. Der dreckige Mistkerl, den sie seit vierzehn Stunden jagte, musste doch irgendwo eine Spur hinterlassen haben. Sie hatte sich in seinen Computer gehackt und angefangen zu graben. Sie hatte seine Online-Konten geknackt, seine E-Mails und seine gesamte eklige Internethistorie gelesen. Sie hatte viel über diese menschliche Laus in Erfahrung gebracht, aber noch hatte sie ihn nicht gefunden.

Seufzend wirbelte sie mit ihrem Stuhl herum und studierte die große Landkarte der Vereinigten Staaten, die an der Wand hing. Daneben stand ein Whiteboard mit unzähligen handgeschriebenen Notizen. Devon Greene, fünf Jahre alt, war von ihrem Onkel entführt worden. Ian Greene, ein Kredithai mit vermuteten Verbindungen zur Mafia und einigen Anklagen wegen Mordes, die er irgendwie abgeschüttelt hatte, hatte seine Nichte entführt, um seinen Bruder zu überzeugen, nicht gegen ihn auszusagen. Sechsundzwanzig Stunden wurden die beiden nun schon vermisst. Nach zwölf Stunden waren den Behörden die Spuren ausgegangen, und sie hatten River angerufen, damit sie mit dem Computer ihre Magie wirkte.

Nun stand sie auf und stöhnte, als ihr Rücken sich verkrampfte. Sie atmete durch den Schmerz hindurch, bevor sie zu der Landkarte humpelte und die Spur der Stecknadeln nachfuhr, die sie in all die Orte gesteckt hatte, an denen Ian laut seinen Kreditkartenabrechnungen in den letzten fünf Jahren gewesen war. Den Großteil der Zeit operierte er aus Chicago. Er war regelmäßig nach Las Vegas geflogen und zweimal in Florida gewesen. Er war ein Stadtmensch, der lieber flog, als mit dem Auto zu fahren.

Warum also hatte es im Abstand von zwei Wochen zwei Tankstopps in Sioux Falls, South Dakota, gegeben?

Sie zog eine Linie von Chicago nach Sioux Falls. Die offensichtliche Route war über die Interstate 90, aber wohin? Der Highway endete in Seattle, doch da war Ian nie gewesen. Montana war nicht wirklich seine Gegend, und Idaho …

River eilte an ihren Computer zurück und überflog noch einmal die Kreditkartenabrechnungen. Sie hatte etwas gesehen. Es war ungefähr vier Jahre her. Etwas, das sich vom Rest unterschied. Eine Eintrittskarte in den Yellowstone National Park.

Eine schnelle Internetsuche verriet ihr, dass die meisten Straßen in dem Nationalpark Anfang November geschlossen wurden. Heute war der Sechzehnte, doch *geschlossen* bedeutete nicht *unpassierbar.*

Sie nahm ihr Handy und wählte eine Nummer.

»Sag mir, dass du was hast«, begrüßte Sergeant Griffin sie mit angespannter Stimme. »Irgendetwas.«

»Der Yellowstone National Park. Dort war er vor vier Jahren.«

»Greene? Der ist kein Naturbursche.«

»Kreditkartenabrechnungen lügen nicht. Er hat um die Zeit herum in Sioux Falls getankt, als er in den Park gefahren ist.«

»Das ist ein Tausende Hektar umfassendes Gebiet.«

Und uns läuft die Zeit davon, dachte sie grimmig. »Du hast gesagt, dass er kein Naturbursche ist. Also wird er nicht zelten. Schon gar nicht mit einem Kind. Sucht nach einer Hütte, aus deren Kamin Rauch aufsteigt. Ihr braucht eine Drohne mit Wärmebildkamera.«

»Okay. Such du in der Zwischenzeit weiter nach einem anderen möglichen Aufenthaltsort«, sagte Griffin. »Ich melde mich.«

Er legte auf, bevor sie etwas erwidern konnte.

River richtete ihre Aufmerksamkeit wieder auf den Bildschirm. Greene hatte keine Social-Media-Accounts, aber es gab andere Wege, um digitale Spuren zu hinterlassen, und sie würde jede einzelne davon finden.

Sechs Stunden später klingelte das Telefon.

»Wir haben sie«, sagte Griffin. »Eine Hütte im Yellowstone. Genau wie du gesagt hast.«

River sackte auf ihrem Stuhl zusammen. »Geht es ihr gut?«

»Sie hat Hunger, will zu ihrer Mom und ihrem Dad, aber ja, sie ist okay. Du hast was bei uns gut.«

Erleichterung legte sich wie eine Decke um sie. »Ich schicke euch eine Rechnung.«

Griffin lachte leise. »Daran habe ich keinen Zweifel. Das Team bedankt sich.«

»Gern geschehen.«

Sie legte auf und ließ das Handy auf den Schreibtisch fallen. Erschöpfung machte sich in ihr breit, und damit die quälende Erkenntnis, dass sie seit über zwanzig Stunden am Computer gesessen hatte. Sie schaltete ihn aus und stand langsam auf.

Sie war ein Wrack. Dr. Chi, ihr orthopädischer Chirurg, wäre fuchsteufelswild, wenn er wüsste, wie lange sie gesessen hatte, ohne sich zu strecken. Er würde sie darauf hinweisen, dass er sie nicht dreimal operiert hatte, nur damit sie seine harte Arbeit leichtsinnig verspielte. Und dann würde er wissen wollen, ob es ihr gut ginge.

»In diesem Moment nicht«, flüsterte sie, als ein stechender Schmerz durch sie hindurchschoss.

Sie humpelte zur Wand und lehnte sich dagegen. Dann atmete sie tief durch. Nach ein paar Minuten entspannten sich ihre Muskeln langsam, und der Schmerz ließ ein wenig nach. Dann begann sie mit den vertrauten Dehnübungen, die sie in den letzten zwei Tagen vernachlässigt hatte, und wechselte die Positionen langsam und mit Bedacht. Nach ungefähr zwanzig Minuten konnte sie wieder aufrecht stehen und beinahe die Schultern straffen, ohne vor Unbehagen die Zähne zusammenzubeißen. Sobald sie zu

Hause wäre, würde sie die Übungen noch einmal machen und sich dann ein schönes heißes Bad einlassen. Es würde ein paar Tage dauern, bis ihre Muskeln sich beruhigt hatten, aber Devon gefunden zu haben war den Schmerz wert.

Dieser Sieg sollte gefeiert werden, dachte sie und ging zu dem kleinen Kühlschrank in der Ecke, um sich eine Dose Cola light herauszunehmen. Sie öffnete sie und trank einen großen, erfrischenden Schluck. Das fröhliche, leckere Kribbeln füllte ihren Mund.

»Du wirst mich umbringen, aber ich werde glücklich sterben«, sagte sie laut, bevor sie die Dose abstellte, um die Essensbehälter aufzuräumen, die sich im Laufe der letzten zwei Tage angesammelt hatten.

Sie hatte sich den Taco-Salat aus dem *Navidad Café* bestellt. Den Salat hatte sie beiseitegelassen, aber alles andere hatte sie verschlungen, darunter alle Nachos mit Salsa. Außerdem lagen ein paar Verpackungen von *Judys Pasteten* herum. Normalerweise lieferten sie nicht, aber Shaye war eine Freundin und hatte auf dem Heimweg ein halbes Dutzend Pasteten vorbeigebracht. Zwischen all dem standen To-go-Becher vom *Jingle Café* und drei leere Wasserflaschen. Es war wirklich erstaunlich, wie viel Müll jemand in ihrem Job produzieren konnte.

River warf die Verpackungen in eine Mülltüte, dann öffnete sie die Tür ihres kleinen Dachbodenbüros und trat auf den Flur hinaus, um den Müll nach unten zu bringen.

Es war wie ein Schock, wieder die reale Welt zu betreten. Erstens fiel Sonnenlicht durch die großen Fenster. Sicher, vom Kopf her wusste sie, dass es mitten am Tag war, aber ihr unter Schlafentzug leidender Körper hatte angenommen, es wäre immer noch Mitternacht. Zweitens war der Laden – *Schleifchen drum* – voller Kunden, die in Erwartung der anstehenden Feiertage Geschenkpapier kauften. Das fröhliche Geplapper und Gelächter und die allgemeine Umtriebigkeit weckten in River den Wunsch, sich wieder in die Stille und Sicherheit ihres Büros zurückzuziehen.

Müll wegbringen, ermahnte sie sich. Danach würde sie ihre Sachen holen und nach Hause gehen, wo sie nach einem ausgiebigen

Schaumbad fünfzehn oder zwanzig Stunden schlafen würde. Und *danach* wäre sie wieder bereit, es mit der normalen Welt aufzunehmen.

Als sie nach draußen trat, schlug ihr die eiskalte Luft ins Gesicht. Trotz des strahlend blauen Himmels waren die Temperaturen unterhalb des Gefrierpunkts, wie der liegen gebliebene Schnee bezeugte.

Schnell warf River den Müll in den Container und eilte in den Laden zurück, wo Camryn – Besitzerin von *Schleifchen drum* und Rivers Freundin und Vermieterin – sie aufhielt.

»Warst du wirklich zwei Tage durchgehend auf?«, fragte Camryn, die Hände in die Hüften gestemmt.

»Ich habe gearbeitet.«

»Zwei volle Tage?«

River dachte an die verängstigte Fünfjährige, die von jemandem entführt worden war, von dem sie glaubte, ihm vertrauen zu können.

»Es war ein Notfall.«

Die Augen ihrer Freundin verdunkelten sich vor Besorgnis. »Werde ich in den Nachrichten davon hören, was du gemacht hast?«

»Vermutlich. Aber sie werden meinen Namen nicht nennen.«

»Ich mache mir Sorgen um dich. Hast du überhaupt geschlafen?«

»Nicht, seitdem ich den Job erledigt habe. Ich gehe jetzt nach Hause.«

»Treffen wir uns trotzdem morgen zum Lunch?«

River musste sich durch ihre Erschöpfung kämpfen, um die Frage zu verstehen. Sie und Camryn trafen sich jeden Donnerstag mit ein paar anderen Frauen aus der Stadt zum Mittagessen. Da sie seit dem frühen Dienstagmorgen im Büro gewesen war, musste es jetzt Mittwochnachmittag sein.

»Natürlich.«

»Wenn du zu müde bist …«, setzte Camryn an.

River unterbrach sie mit einem Kopfschütteln. »Ich will dabei sein«, sagte sie schnell.

Lunch mit ihren Freundinnen war eines der Highlights ihrer Woche. Mit dem Konzept von Schnee hatte sie zwar noch zu kämpfen, aber was ihre Freundinnen anging, war sie voll dabei. Nachdem sie den Großteil ihres Lebens eine Außenseiterin gewesen war, war es aufregend, Teil einer Gruppe zu sein. Sicher, sie brauchte ihren Schlaf, aber ihre Freundinnen brauchte sie genauso sehr.

»Dann sehen wir dich um zwölf im *Blitzen's Pub.*« Camryns Lächeln wurde breiter. »Ich freue mich schon auf den neuesten Klatsch und Tratsch.«

»Ich auch«, antwortete River fröhlich, bevor sie sich mit einem Winken der Treppe zuwandte.

Sie musste jede Stufe langsam nehmen, denn ihr Körper protestierte gegen die Anstrengung. Doch ihr Büro war es wert. Nicht nur war sie die Einzige auf der Etage, sondern sie konnte auch kommen und gehen, wie sie wollte. Den Aktivitäten im Laden so nah zu sein, ohne Teil davon sein zu müssen, war das Sahnehäubchen. Sie konnte sich zu ihren eigenen Bedingungen einlassen und sich zurückziehen, wenn es ihr zu viel wurde.

Wieder im Büro, packte sie sich für den Heimweg warm ein. Pullover, Mantel, Schal, Mütze. Die Handschuhe zog sie erst an, nachdem sie sich den Rucksack aufgesetzt und die Bürotür abgeschlossen hatte.

Sie nahm die Hintertür, ging um das Gebäude herum und überquerte den Weihnachtskranz, wie der Marktplatz hieß. Die Luft war so kalt, dass River ihren eigenen Atem sah. Wenn später die Wolken aufzogen, wie vorhergesagt, würde es noch mehr Schnee geben.

Für sie war alles an Wishing Tree seltsam. Sie war die Anonymität einer Großstadt gewohnt, wo man überall mit dem Auto hinfahren musste, anstatt zu Fuß zu gehen. In L. A. hatte sie in den Supermarkt gehen können, ohne drei Leuten über den Weg zu laufen, die sie kannte. Früher hatte nie jemand mit ihr gesprochen. Jetzt führte sie ein Dutzend Unterhaltungen am Tag. Wishing Tree war nun ihr Zuhause, und sie schuf sich hier ihren eigenen Platz.

Genau das wollte ich, rief sie sich in Erinnerung, während sie die Handschuhallee entlangging. Vertrautheit. Zugehörigkeit. Der Umzug nach Wishing Tree hatte ihr die Möglichkeit geschenkt, ihr Leben grundlegend zu verändern, und sie war entschlossen, diese Gelegenheit zu nutzen. Sie war es leid, einsam zu sein. Was bedeutete, dass sie, nachdem sie fünfzehn bis zwanzig Stunden geschlafen hatte, duschen, sich anziehen und ihr strahlendstes Lächeln aufsetzen würde, bevor sie sich mit ihren neuen Freundinnen zum Mittagessen traf. Denn diese Frauen waren ihre letzte und beste Hoffnung darauf, herauszufinden, wie sie so wie die anderen sein konnte. Und das wollte sie mehr als alles andere auf der Welt.

»Mit deiner Mutter stimmt etwas nicht«, verkündete Dylan, sobald er Jakes Büro betrat.

»Das merkst du erst jetzt?«, fragte Jake. »Ich weiß, was sie mir angetan hat, aber was hast du für ein Problem mit ihr?«

Dylan ging zu der Sitzecke und warf sich auf das große Ledersofa, auf dem er schon viel Zeit verbracht hatte. Das Büro war groß mit breiten Fenstern und Ausblick auf die Berge. Doch Dylan war weniger von den Anzeichen für Reichtum beeindruckt als davon, dass man von Jakes Büro aus mehrere Skipisten sehen konnte.

»Sie will, dass ich der Schneekönig bin«, sagte er, als Jake in einem der Sessel Platz nahm. »Nein, sie meinte, ich *werde* der Schneekönig sein. Laut ihrer Aussage ist das alles schon arrangiert.«

Jake grinste. »Ich würde dich ja gerne damit aufziehen, aber ich erinnere mich nur noch dunkel, was ein Schneekönig ist.«

»Ging mir auch so. Aber ich habe im Internet recherchiert.« Er atmete hörbar ein. »Also: Das war früher mal eine große Sache hier. Am Samstag vor Thanksgiving haben die Leute ihren Namen in einen Hut geworfen. Dann wurden daraus der Schneekönig und die Schneekönigin gezogen. Sie sind quasi die Gastgeber für alle Veranstaltungen in der Stadt. Sie entzünden den Weihnachtsbaum auf dem Marktplatz, sind Jury bei den Keksdienstagen, eröffnen den Adventskalender am ersten Dezember. Ihre Regentschaft endet am Abend des Weihnachtsballs, wenn der Schneekönig und die Schneekönigin zum ersten Mal miteinander tanzen.«

Er richtete sich auf und funkelte Jake an. »Ich will nicht der Schneekönig sein.«

»Warum nicht? Jury bei einem Kekswettbewerb zu sein, ist nicht gerade eine Bürde. Wer ist die Schneekönigin?«

»Keine Ahnung. Die Regeln haben sie geändert. Nun müssen die Kandidaten zwischen einundzwanzig und fünfunddreißig und Single sein oder so.« Dieser Teil hatte ihn nicht sonderlich interessiert. »Das hat irgendetwas damit zu tun, dass eine alte Dame vor ein paar Jahren auf dem Ball gestürzt ist.«

Jake zog die Stirn kraus. »Geht es ihr gut?«

»Helen meinte ja.« Er setzte sich auf. »Warum tut deine Mutter mir das an? Sie liebt mich. Ich bin ihr Favorit.«

Jake schnaubte. »Das bezweifle ich.«

»Ich sehe besser aus und habe die bessere Ausbildung.«

»Ich habe einen Stanford-Abschluss.«

»Und ich habe einen Abschluss in der Schule des Lebens, mein Freund.« Sein Humor schwand. »Ich verstehe das echt nicht. So etwas hat sie noch nie gemacht …«

»Sich eingemischt?«, fragte Jake trocken. »Sie war schon immer ein sehr engagierter Elternteil.«

»Aber nicht so. Und nicht bei mir.«

Jake wirkte nicht so, als hätte er Mitgefühl mit ihm. »Ist das jetzt der Moment, in dem ich dich daran erinnere, wie oft du dich darüber beschwert hast, dass du keine Frau in deinem Leben hast? Dass du nach der einen suchst, sie aber nicht findest?«

Dylan stöhnte. »Ja, das habe ich vielleicht ein oder zwei Mal erwähnt.«

»Oder jede Woche. So etwas kannst du vor meiner Mom nicht sagen. Sie will, dass wir glücklich sind. Das ist ihre wichtigste Aufgabe. Du hast ihr ein Problem präsentiert, und jetzt will sie es lösen.«

»Wie stehen die Chancen, dass ich die Frau mag, die als Schneekönigin ausgewählt wird?«

»Darum geht es nicht. Sie sorgt dafür, dass du rauskommst und Menschen treffen musst.«

»Ich habe kein Problem damit, Menschen zu treffen.«

Jake sah ihn nur schweigend an.

»Wirklich nicht«, sagte er, aber mit etwas weniger Überzeugung in der Stimme, denn in Wahrheit waren die einzigen Leute, mit denen er sich traf, Kunden. Und es gab nur wenige Singlefrauen, die wegen maßgefertigter Schränke zu ihm kamen. Bei seinen Kunden handelte es sich meistens um wohlhabende Paare aus Seattle oder Boise.

Was die Möglichkeiten in der Nähe anging, so hatte er bisher noch keine Frau getroffen, die ihn an ein zweites Date denken ließ, geschweige denn an eine feste Beziehung. Wishing Tree lief nicht gerade über vor Gelegenheiten. Es war eher eine Stadt, in der man sich niederließ, als eine, in der man die Liebe seines Lebens fand.

»Ich sollte umziehen«, grummelte er.

»Nur, um nicht Schneekönig zu sein?«, fragte Jake. »Das erscheint mir ein bisschen übertrieben.«

»Nein, um jemanden kennenzulernen. Hier wird das nicht passieren.«

»Du würdest es hassen, woanders zu leben.«

Das stimmt, dachte Dylan. Er war hier geboren und hatte vor, den Rest seines Lebens hier zu verbringen. Die Stadt passte zu ihm. Er mochte die Schrulligkeiten, die Leute, die Traditionen. Er hatte ein tolles Haus mit großem Grundstück und einer Werkstatt, die er genau nach seinen Wünschen ausgebaut hatte. Auf keinen Fall würde er so etwas woanders finden. Außerdem lebte seine Familie hier. Jake und Helen waren alles, was er hatte.

»Vielleicht sollte ich es mit Online-Dating probieren«, sagte er zögernd. »Hast du das je gemacht?«

»Nein.« Um Jakes Mundwinkel zuckte es. »Du weißt, es gibt eine Website für Farmer, die auf der Suche nach Liebe sind. Vielleicht gibt es ja auch eine für mittelerfolgreiche Handwerker.«

»Warum gebe ich mich überhaupt mit dir ab?«

Jake grinste ungerührt. »Ich würde dir helfen, dein Profil zu verfassen. Wobei ich keine Ahnung habe, wie wir deine Vertrauensprobleme handhaben wollen. Vielleicht ist eine Frau noch zu viel für dich. Du solltest mit einem Hund anfangen und dich langsam hocharbeiten.«

Dylan bemühte sich, nicht zu lachen. »Ich ignoriere dich.«

Jake nickte. »Ich hab's: ›Alternder Tischler sucht Singlefrau für Sex und Babys‹.«

»Alternd? Wir sind beide dreiunddreißig.«

»Du siehst älter aus.«

»Du bist so ein Spinner. Du bist eher der Anzugtyp, während ich auf robuste Art attraktiv bin.«

»Du riechst nach Kiefer.«

»Einige Frauen mögen das.«

»Ich glaube, sie ziehen einen Mann vor, der nicht riecht.«

Sie lachten beide.

Dylan lehnte sich wieder auf dem Sofa zurück. »Ich bin geliefert.«

»Hey, es sind drei Wochen voller Weihnachtsfreude. Du wirst eine nette Frau kennenlernen, leckere Kekse essen und auf einem Ball tanzen. Das ist keine große Sache. Vielleicht hast du sogar Glück, und sie ist die eine, nach der du suchst.«

»Ja, vielleicht.« Dylan hörte selbst den Zweifel in seiner Stimme. Auch wenn er sich wünschte, dass Jake, was seine Zukunft anging, richtiglag, musste er doch ehrlich sein: Wie standen die Chancen? »Ich kann immer noch nicht fassen, dass Helen mir das antut.«

»Sie würde dir sagen, dass es ein Zeichen ihrer Liebe ist.«

»Ich glaube, es hat mehr damit zu tun, dass sie ein Hobby braucht.« Er warf seinem Freund einen Blick zu. »Aber es könnte schlimmer sein. Ich könnte du sein.«

»Sie hat es dir erzählt?«

»O ja. *Projekt: Jakes Braut*. Sie tut immer das, was man am wenigsten erwartet.«

Jake war sich immer noch nicht sicher, was er wegen seiner Mutter unternehmen sollte. Noch mal mit ihr zu reden würde nichts bringen – sie hatte keinen Grund, ihm zuzuhören. Sobald sie einmal entschieden hatte, dass sie wegen irgendetwas recht hatte, war ihre Meinung unverrückbar.

»Sie will Enkelkinder«, grummelte er.

»Welche Überraschung. Das ist so ein Mutterding. Sie hätte mehr Kinder haben sollen. Dann würde nicht die ganze Aufmerksamkeit auf dir liegen.«

»Das wäre schön gewesen, aber dafür ist es jetzt zu spät.«

Dylan zog die Augenbrauen zusammen. »Warum bist du eigentlich ein Einzelkind?«

Jake sah seinen Freund an. »Das liegt an meinem Dad. Er hat sich einer Vasektomie unterzogen, als ich fünf oder sechs war.«

Dylan riss die Augen auf. »Was? Woher weißt du das? Welches Kind weiß so etwas von seinen Eltern?«

»Er hat es mir mal erzählt, als ich ihn mit seinen Affären konfrontiert habe.«

Jake war am Boden zerstört gewesen, als er seinen Vater mit einer anderen Frau gesehen hatte. Er hatte sie zwar nicht in flagranti ertappt, die beiden aber in einem schicken Hotelrestaurant gesehen. Damals war er nach Los Angeles geflogen, um sich mit seinem Vater zu treffen. Aus einem Impuls heraus war er einen Tag früher angereist, um ein wenig Zeit am Strand zu verbringen. Während er abends an der Bar gesessen und in Ruhe einen Drink genossen hatte, war sein Vater mit einer wunderschönen jungen Frau am Arm hereingekommen.

Jake war den beiden ins Restaurant gefolgt und hatte beobachtet, wie sie sich an einen Tisch setzten. Er hatte nicht gewusst, was er denken, was er sagen sollte, zu groß waren seine Wut und seine Enttäuschung gewesen. Sein gesamtes Leben lang hatte seine Mutter ihm von ihrer wunderbaren Ehe vorgeschwärmt und davon, wie glücklich sie wären. In dem Moment hatte er begriffen, dass das alles eine Lüge war.

Jake richtete seine Aufmerksamkeit wieder auf seinen Freund. »Ich wollte wissen, wie viele Kinder er auf seinem Weg zurückgelassen hat, und da erzählte er mir von der Vasektomie. Bis heute weiß ich nicht, ob meine Mutter es weiß, aber ich werde es ihr garantiert nicht erzählen.«

Helen war von dem Mann, den sie ihr ganzes Leben lang geliebt hatte, schon genug verletzt worden. Jake würde diese Wunde nicht noch weiter aufreißen, indem er mit etwas so Schmerzhaftem herausplatzte.

»Du bist nicht wie er«, sagte Dylan leise. »Das bist du nie gewesen.«

»Bist du dir da sicher?«, fragte Jake. »Ich sehe aus wie er. Ich bin geschäftlich genauso erfolgreich wie er. Ich habe seinen Sinn für Humor, das gleiche Lächeln.«

»Du hast nie jemanden betrogen und würdest es auch niemals tun.«

»Stimmt. Aber trotzdem frage ich mich manchmal …«

Dylan stieß hörbar den Atem aus. »Damals ist nichts passiert. Iona ist aufgetaucht und hat dir gesagt, dass sie es bedauert, dich gehen gelassen zu haben. Sie meinte, sie wäre immer noch in dich verliebt. Es war der Schock, und für eine Sekunde – und nicht mehr – hast du dich gefragt, ob du noch in sie verliebt bist. Das ist kein Betrug. Das ist ein Fall von Die-richtige-Frage-Stellen.«

»Ich wusste nicht, was ich empfand«, gestand Jake. »In dem Moment war ich verwirrt und verärgert und ein Dutzend Sachen mehr. Ich hatte Reggie gerade gefragt, ob sie mich heiraten will. Am Abend zuvor hatten wir unsere Verlobung gefeiert. Und dann tauchte Iona plötzlich am Sonntagmorgen vor meiner Tür auf.«

Damals hatte er sie ungläubig angestarrt und sich gefragt, warum sie von allen Tagen ausgerechnet diesen hatte wählen müssen. Sie hatte ihn angefleht, sie zurückzunehmen, hatte ihm gesagt, dass sie immer noch verzweifelt in ihn verliebt sei. Er hatte nicht gewusst, was er dazu sagen sollte, und sie hatte sein Schweigen als Interesse aufgefasst.

Sie hatte ihn daran erinnert, wie gut sie zusammengepasst und was sie einander bedeutet hatten. Und für eine Sekunde hatte er sich gefragt, ob er noch in sie verliebt war.

Was nicht der Fall gewesen war. Reggie war die Frau gewesen, mit der er zusammen sein wollte. Aber dass die Frage überhaupt in ihm aufgekommen war, hatte ihn erschüttert. Er hatte seine Integrität infrage gestellt und die Hingabe an seine zukünftige Frau. Wenn er sich seiner Liebe und Loyalität zu Reggie nicht sicher war, bedeutete das dann, dass er wie sein Vater war?

Da er sich nicht in der Lage gesehen hatte, dieses Problem, das er nicht mal definieren konnte, zu lösen, hatte er Iona rausgeschmissen und mit Reggie Schluss gemacht – womit er ihrer beider Herzen zerschmettert hatte. Danach war er in das Familienresort in Aspen gezogen, um sich ein wenig Zeit zum Nachdenken zu geben.

Iona war ihm gefolgt. Anfangs hatte er sie ignoriert, aber eines Nachts hatte er sich dem ergeben, was sie ihm angeboten hatte – um sich danach zu fragen, ob er nun noch einen Schritt näher dran war, wie sein Vater zu werden.

»Ich habe es verbockt«, erklärte er nun offen heraus. »Ich hatte Dutzende von Gelegenheiten, gute Entscheidungen zu treffen, und jedes Mal habe ich mich für die schlechte Variante entschieden. Ich habe Reggie wehgetan, ich habe Iona wehgetan, und ich habe mir selbst wehgetan. Ich bin es leid, es immer falsch zu machen.« Er warf Dylan einen Blick zu. »Es ist einfacher, allein zu sein.«

»Aber es bringt nicht so viel Spaß.«

»Stimmt.«

»Willst du der Schneekönig sein? Ich habe gehört, da gibt es Kekse.«

Jake lachte leise auf. »Danke, aber *ich* habe gehört, dass sie ihren Mann schon gefunden haben.«

»Es macht mir nichts aus, wenn du meinen Platz übernimmst.«

»Ich habe eigene Probleme. Oder hast du *Projekt: Jakes Braut* schon vergessen?«

Dylan grinste. »Ganz bestimmt nicht. Camryn Neff ist also das erste Opfer? Kennst du sie?«

»Sie kam gestern her, um mir von dem Plan meiner Mutter zu erzählen. Sie wollte sichergehen, dass ich davon weiß.«

»Gut gemacht. Was hat sie gesagt?«

»Sie hat mir von ihrem Treffen mit meiner Mutter berichtet und was das alles für mich bedeutet.«

Sie war ein wenig schockiert gewesen. Genau wie er. Das hatten sie schon mal gemeinsam.

»Man muss ihre Ehrlichkeit bewundern«, merkte Dylan an.

Jake verengte den Blick. »Wage es ja nicht. Ich habe schon genug mit den Verkupplungsversuchen meiner Mutter zu tun.«

Dylan grinste breit. »Sie ist hübsch, oder? Ich glaube, ich kenne sie. Rote Locken.« Er hielt inne. »Du magst Frauen mit Locken.«

»Halt den Mund.«

»Sie hat auch Schwestern, oder? Ich glaube, die sind jünger und von einem anderen Vater.«

»Du bist so ein altes Klatschweib. Und ja, sie hat jüngere Schwestern. Oder, wie meine Mutter sie nennt, sofortige Enkeltöchter.«

»Du solltest sie auf ein Date bitten.«

Jake stand auf und zeigte zur Tür. »Geh. Jetzt. Geh, und komm nie wieder.«

Lachend erhob Dylan sich. »Heute soll es noch mal schneien und morgen dann klar sein. Ich kann ein paar Dinge verschieben, wenn du mit dem Snowboard rauswillst.«

»Klar. Ich gucke mal in meinen Kalender und schicke dir dann ein paar mögliche Zeiten.«

Dylan winkte und verließ das Büro. Jake ging um seinen Schreibtisch herum und stellte sich ans Fenster, um auf die Berge hinauszuschauen.

Ja, Camryn ist hübsch, das musste er zugeben. Und er schätzte ihre Ehrlichkeit und Aufrichtigkeit. Aber mehr war da nicht. Er kannte seine Grenzen – und auch wenn sie ihm nicht gefielen, respektierte er sie. Auf keinen Fall würde er es noch einmal vermasseln und Herzen brechen. Nicht nur, weil er niemandem wehtun wollte, sondern auch, weil er es leid war, sich selbst zu verbrennen.

4. Kapitel

River schlief vierzehn Stunden am Stück, und als sie aufwachte, fühlte sie sich endlich wieder wie ein Mensch. Nachdem sie ihre morgendlichen Dehnübungen gemacht hatte und kurz unter die Dusche gesprungen war, schaute sie in ihr E-Mail-Postfach und ging dann nach unten in ihre große, helle Küche. Ihr zweigeschossiges Stadthaus war relativ neu. Die untere Etage hatte einen offenen Grundriss, und im ersten Stock gab es zwei Schlafzimmer und Bäder. Es war größer, als nötig war, aber sie hatte sich in die endlosen Arbeitsflächen aus Quarzstein und die beiden Öfen verliebt. Außerdem lag es an der Handschuhallee. Wie hätte sie dem widerstehen können?

Es war erst kurz nach sieben Uhr am Morgen, als sie die beiden Öfen anschaltete. Nach der kraftraubenden Recherche hatte sie sich ein wenig Spaß verdient, und so lange sie sich zurückerinnern konnte, war Backen ihr einziges Vergnügen, das nichts mit Computern zu tun hatte. Sie holte alle Zutaten aus der Speisekammer und stellte sie neben ihre Knetmaschine.

Zuerst würde sie Red-Velvet-Kekse mit Käsekuchenfüllung machen und danach Eierlikörkugeln. Wenn sie es zeitlich geschickt einrichtete, wären sie ausreichend abgekühlt, um sie zum Lunch mit ihren Freundinnen mitzunehmen. Sie hatte kleine, weihnachtlich dekorierte Dosen gekauft, in die jeweils acht oder neun Kekse passten.

River ging sehr methodisch vor. Nur ab und zu warf sie einen Blick in die Rezepte, die sie beinahe auswendig kannte, und bald schon zog der Duft von frisch gebackenen Keksen durchs Haus.

Um exakt fünfzehn Minuten vor zwölf stellte sie vier Dosen in eine kleine Tragetasche und begann dann den aufwendigen Prozess, sich gegen die Kälte draußen zu wappnen. Zuerst schlüpfte sie in ihre gefütterten Stiefel. Dann zog sie den dicken Daunenmantel, einen Schal, eine Mütze und Handschuhe an. Das Restaurant lag nah genug, dass sie zu Fuß gehen konnte, und so schnappte sie sich ihre Handtasche und die Tragetasche und bereitete sich mental darauf vor, das Haus zu verlassen.

Als sie auf ihre kleine Veranda trat, ließ sie die Kälte beinahe stolpern. Ernsthaft, was war das für ein scharfer Stich, als sie einatmete? Warum hielten es die Menschen für eine gute Idee, so weit im Norden zu wohnen? River erschauderte, dann schloss sie die Haustür ab und stapfte mutig hinaus in die Todesfalle dieses eisigen Tages.

Während der Nacht hatte es geschneit, aber die Bürgersteige waren bereits freigeräumt worden. Auf dem Weg in Richtung Weihnachtskranz redete sie sich gut zu, dass sie den zehnminütigen Fußweg hin und zurück überleben würde, egal, wie sehr ihr die Zähne klapperten.

Sie versuchte, sich von der Kälte abzulenken, indem sie die Dekorationen bewunderte, die beinahe jeden Vorgarten und jede Veranda schmückten. Es gab Kürbisse und in Herbstfarben gehaltene Girlanden sowie Schneemänner. Sehr, sehr viele Schneemänner.

In der Stadt galt die Regel, dass bis zum ersten Schneefall kein Schneemann aufgestellt werden durfte. Im letzten Jahr war der Schnee sehr spät gekommen, wie River gehört hatte – erst weit im Dezember. Zu ihrem Pech hatte es in diesem Jahr allerdings bereits im Oktober geschneit. Sie hatte die Flocken bewundert, die vom Himmel rieselten, und sich gefreut, zum ersten Mal in ihrem Leben Schnee zu erleben. Doch die Aufregung darüber war schnell verflogen, als sie nach draußen gegangen war und feststellen musste, dass mit Schnee auch drastisch sinkende Temperaturen einhergingen.

»Ich bin dazu geboren, in wärmeren Gefilden zu leben«, murmelte sie vor sich hin. Aber anstatt sich auf einer der hawaiianischen Inseln niederzulassen, war sie in dieser Stadt gelandet und saß nun hier fest. »Im eisigen Wunderland«, sagte sie zu sich, als sie an einigen Läden vorbeiging und den Weihnachtskranz betrat.

Der große runde Marktplatz war Schauplatz verschiedener Veranstaltungen. Freie Konzerte, der wöchentliche Bauernmarkt – wobei, beides gab es nur im Sommerhalbjahr. Nach allem, was sie auf der Website der Stadt gelesen hatte, würde es im Laufe der Vorweihnachtszeit aber verschiedene andere Aktivitäten geben, darunter das Entzünden der Weihnachtsbaumbeleuchtung und einen Adventskalender für die ganze Stadt.

Sie überquerte den Platz in Richtung *Blitzen's Pub*. Tagsüber war es ein ganz normales Restaurant, das von Familien und Touristen frequentiert wurde und verschiedene Varianten klassischer Pubgerichte anbot. Doch pünktlich um vier Uhr nachmittags wurden die Gäste jünger und ausgelassener. *Blitzen's Pub* war der Ort, an den man ging, wenn man einen Abend zwischen lauten, fröhlichen Gästen verbringen wollte. Als River endlich die Tür erreichte, konnte sie es kaum erwarten, ins Warme zu kommen und ihre Freundinnen zu sehen.

In Los Angeles hatte sie keine Freundinnen gehabt, sondern nur ihre Computerfreunde – hauptsächlich Jungs, die auf der ganzen Welt verteilt saßen. Als Kind und Teenager war sie zu ruhig und schüchtern gewesen, um irgendwo reinzupassen. Ihre Skoliose war auch nicht gerade hilfreich gewesen. Vor allem weil es sich um eine sehr aggressive Form handelte und sie ein unförmiges Korsett hatte tragen müssen. Sie war deswegen oft von anderen Kindern gehänselt worden. Dann hatten die Operationen angefangen, wodurch sie mehrmals mehrere Wochen in der Schule hatte fehlen müssen. Ja, dazuzugehören war ihr nicht leicht gemacht worden.

Ihre Arbeit war einsam, und sie war von Natur aus zurückhaltend. Freundschaften zu schließen war ihr schon immer schwergefallen, und sie fand es leichter, sich in ihre eigene Welt zurückzuziehen. Im Laufe der Zeit hatte sie jedoch gelernt, dass das, was einfach war, nicht unbedingt gesund sein musste. Als sie und ihre Schwester Kelsey das erste Mal in Wishing Tree gewesen waren, hatten sie sofort das Potenzial der Stadt erkannt.

River hatte Camryn kennengelernt und das Büro von ihr gemietet. Dann hatte sie Camryns Freundinnen getroffen. Sie hatte die Frauen auf Anhieb gemocht und wusste, dass das auf Gegenseitigkeit beruhte.

Sie zog die schwere Tür auf und betrat den warmen Pub. Er war im englischen Stil mit holzvertäfelten Wänden und dunklen Deckenbalken eingerichtet. Die meisten Tische waren besetzt, genau wie die Hocker an der Bar. Der Duft von Pommes frites vermischte sich mit dem Aroma von Schokolade.

River schaute sich um und erblickte Paisley Lovell. Die umwerfende Blondine winkte ihr zu. Shaye und Reggie saßen auch schon in der großen Sitznische in der Ecke.

»Du hast es geschafft.« Paisley stand auf, um sie zur Begrüßung zu umarmen. »Ich hatte mir Sorgen gemacht. Es ist so eisig, und ich weiß, dass du die Kälte nicht magst.«

Reggie und Shaye umarmten sie ebenfalls. Eine solche Körperlichkeit war für River auch neu. Anfangs hatte sie das unangenehm gefunden, aber inzwischen freute sie sich auf diese Sekunden herzlichen Kontakts.

Reggie, eine Brünette mit einem fröhlichen Lächeln, lachte. »Du wirst dich daran gewöhnen. In fünf Jahren wirst du nicht mal mehr einen Mantel anziehen, bis die Temperaturen unter den Gefrierpunkt fallen.«

»Das kann ich mir nicht vorstellen«, gestand River. In dem Moment betrat Camryn den Pub.

Wieder umarmten alle einander, dann hängten River und Camryn ihre Mäntel und Schals an die Haken neben der Sitznische, und alle setzten sich. River verteilte ihre Keksdosen.

Camryn nahm ihre lachend entgegen. »Ich gebe zu, als ich merkte, dass dein Job länger als zehn Stunden dauert, wusste ich, dass du was backen würdest. Die Zwillinge und ich danken dir.«

Shaye öffnete die Dose und seufzte. »Die sehen umwerfend aus. Du bist so eine gute Bäckerin. Ich kann kochen, aber die Geheimnisse des Backens sind mir immer verschlossen geblieben.«

Paisley lehnte sich vor und atmete tief ein. »Die riechen köstlich. Ich werde zwar mehr Zeit auf dem Laufband verbringen müssen, aber das ist es mir wert.«

Die Kellnerin kam und nahm ihre Bestellung auf. River versuchte, stark zu bleiben, aber schlussendlich bestellte sie doch eine Cola light sowie Fish and Chips. Als die Kellnerin wieder gegangen war, fragte sie: »Also, was macht ihr alle an Thanksgiving?«

Paisley rümpfte die Nase. »Ich besuche die Familie. So wie meine Brüder. Und zwar alle.« Sie seufzte. »Sie werden mich wieder wegen meines mangelnden Liebeslebens grillen und mir ihre glücklichen Ehen unter die Nase reiben.«

»Aber sie lieben dich«, sagte Shaye. »Das ist doch was.«

»Stimmt. Was ist mit dir?«

Shaye grinste strahlend. »Lawson und ich werden wie üblich bei seiner Familie sein.«

Reggie grinste ebenfalls. »Ich liebe Tobys Oma, und ich verstehe total, warum du Zeit mit deiner Schwiegerfamilie verbringen willst, aber deine Liebe für sie geht über alles hinaus, was ich kenne.«

»Das stimmt«, gestand Shaye lachend. »Ich kann nicht anders. Wir werden das lange Wochenende über in der Stadt sein.«

»Ich auch«, sagte Reggie. »Mit der üblichen Truppe: Dena, Micah und der kleinen April. Dazu Belle und Burt.«

River lachte. »Du führst die Hunde auf der Gästeliste?«

Reggie grinste. »Burt und Belle gehören zur Familie.«

»Belle ist besser angezogen als wir alle zusammen«, warf Camryn ein. »Sie ist ein großes Mädchen, aber sie hat Stil.«

Da hat Camryn recht, dachte River. Reggie nähte die Kleidung für ihre Dänische Dogge selbst, darunter Mäntel und Pullover, um sie im Winter warm zu halten.

»Die Zwillinge und ich werden Thanksgiving gemütlich zu Hause feiern«, erklärte Camryn. »Ich arbeite gerade an dem Menü. Es wird eine Mischung aus Lieblingsgerichten und etwas Neuem.«

Reggie stieß sie mit der Schulter an. »Dieses Jahr wird besser, weil es nicht mehr das erste Thanksgiving ohne eure Mom ist.«

»Darauf zähle ich«, gestand Camryn. Dann wandte sie sich an River. »Was ist mit dir? Wollten deine Schwester und ihr Verlobter über die Feiertage nicht wegfahren?«

»Ja, sie besuchen Xaviers Familie in Upstate New York. Meine Mom kommt mich aber über das lange Wochenende besuchen.«

Worauf sie sich sehr freute. Der einzige Nachteil daran, in Wishing Tree zu wohnen, war – abgesehen von der Kälte –, dass sie ihre Mutter vermisste.

»Dann seid ihr nur zu zweit?« Camryn beugte sich zu ihr. »Wollt ihr mit mir und den Zwillingen zusammen feiern? Wir könnten das Backen der Kekse und den Truthahn teilen.«

Die Einladung kam unerwartet, war aber schön. »Das wäre super. Vielen Dank.«

Camryn lächelte. »Ich glaube, wir werden Spaß haben. Ich melde mich in ein paar Tagen bei dir, damit wir alles koordinieren können.« Ihr Lächeln wurde breiter. »Und ich schätze, du wirst etwas backen?«

River lachte. »Versprochen. Genau wie meine Mom. Sie hat mir alles beigebracht.«

Camryn fasste sich dramatisch ans Herz. »Ich kann es nicht erwarten.«

Die Kellnerin brachte ihre Getränke. Paisley wartete, bis sie wieder gegangen war, bevor sie sagte: »Übrigens, die Box für den Schneekönig und die Schneekönigin ist aufgestellt. Werfen wir alle unsere Namen ein?« Sie hielt kurz inne. »Okay, bis auf Reggie und Shaye, weil man Single sein muss. Aber Camryn und River, ihr solltet definitiv mitmachen.«

»Ich weiß nicht mal, was eine Schneekönigin ist«, gestand River.

»Gibt es die noch?«, fragte Camryn. »Ich dachte, die Stadt hätte diese Tradition abgeschafft.«

»Sie ist wieder zurück«, erklärte Paisley. »Der Schneekönig und die Schneekönigin werden am Samstag gewählt. Ich glaube, sie ziehen die Namen tatsächlich aus einem Hut. Wenn man gewählt wird, ist man so etwas wie eine Feiertagsbotschafterin. Man entzündet die Lichter am Weihnachtbaum auf dem Marktplatz, nimmt an der Eröffnung des Adventskalenders teil und sitzt am Keksdienstag in der Jury.«

Das klingt nach einem ziemlich strammen Programm, dachte River. »Was ist ein Keksdienstag?«

Alle schauten zu Camryn.

»Das hast du ihr noch nicht erzählt?«, fragte Shaye. »Dabei ist sie die beste Bäckerin, die wir kennen.« Sie sah River an. »Zwischen Thanksgiving und Weihnachten gibt es jeden Dienstag einen Kekswettbewerb. Jeder hat ein eigenes Motto, wie Zuckerkekse oder Spekulatius.«

»Das würdest du total rocken«, warf Reggie ein. »Am ersten Keksdienstag werden die Kekse für einen guten Zweck versteigert. Die Schüler der Highschool veranstalten die Auktion für ihr Wohltätigkeitsprojekt.« Sie lächelte. »Das hat mir meine Mutter erzählt. Sie hält sich immer über den neuesten Klatsch im Ort auf dem Laufenden.«

»Offensichtlich«, sagte Camryn lachend. »Und sie hat recht. Die Zwillinge haben es schon acht oder neun Mal erwähnt. Sie sind ziemlich aufgeregt.«

Paisley nickte. »Das Ganze findet oben im Resort statt. River, du musst einfach mitmachen.«

»Das geht nicht«, sagte Camryn. »Sie wird die Schneekönigin.«

»Was?«, sagten Reggie, Shaye und Paisley wie aus einem Mund.

River schüttelte kurz den Kopf. »Wie bitte?« Schneekönigin? Sie? Das konnte nicht sein. »Das geht nicht. Ich bin zu schüchtern und kann nicht gut mit Menschen umgehen.«

Paisley winkte ab. »Das kannst du sehr wohl.« Sie sah Camryn an. »Woher weißt du, dass sie die Schneekönigin wird?«

»Weil wir sie alle nominieren werden. Wir haben jede eine Stimme, oder? Shaye und Reggie können selbst nicht teilnehmen, also müssen sie einen anderen Namen einwerfen. Lasst uns alle River nehmen.«

»Lieber nicht«, warf River schwach ein. »Dann müsste ich so Furcht einflößende Dinge tun wie vor einer Menschenmenge stehen.« Das war so weit außerhalb ihrer traurigen kleinen Komfortzone, dass sie es sich nicht einmal vorstellen konnte.

»Du hast mir doch gesagt, dass du einen Weg finden willst, mehr an dem Leben in dieser Stadt teilzunehmen«, rief Camryn ihr in Erinnerung. »Das ist die perfekte Lösung. Es ist nur für begrenzte Zeit, du wirst eine Menge lustige Sachen machen und neue Leute kennenlernen. Schneekönigin zu sein wäre gut für dich.«

Paisley nickte langsam. »Ja, das sehe ich genauso. Wenn wir alle River nominieren, sind das schon mal fünf Stimmen.«

»Ich werde nicht kandidieren«, sagte River schnell. Vielleicht hätte sie Camryn doch besser nicht gesagt, wie sehr sie Teil der Gemeinschaft in dieser Stadt sein wollte.

Paisley winkte ab. »Wir können mit allen reden, die wir kennen, und sie auch Rivers Namen einwerfen lassen.«

Ging es nur ihr so, oder war es hier auf einmal ungewöhnlich warm? River zupfte am Kragen ihres Pullovers. »Ehrlich, Leute, das ist keine gute Idee. Ich bin nicht dafür gemacht, Schneekönigin zu sein.«

Sie konnte nicht vor Menschen stehen. Was, wenn die mit ihr reden wollten? Dann würde sie ohnmächtig werden. Oder sich übergeben. Und beides wäre nicht gut.

Aber ihre Freundinnen waren nicht mehr aufzuhalten. Als ihr Essen kam, hatten die vier einen Plan.

»Wenn ihr das ernst meint, sehe ich mich gezwungen, mich in das System der Stadtverwaltung zu hacken und die Wahl so zu manipulieren, dass jemand anderes gewinnt.«

Camryn und Paisley sahen erst einander und dann River an.

»Tut mir leid, dir das sagen zu müssen«, sagte Paisley, wobei sie überhaupt nicht so klang, als würde es ihr leidtun. »Wir sind eine altmodische Stadt. Wir schreiben die Namen auf ein Stück Papier. Ich meine, statistisch gesehen könnte auch eine andere gewinnen, aber wir geben unser Bestes, damit das nicht passiert.«

»Ich dachte, ihr wärt meine Freundinnen«, flüsterte River und fragte sich, wie alles so schnell hatte außer Kontrolle geraten können.

»Das sind wir«, sagte Camryn und tätschelte ihr die Schulter. »Und deshalb werden wir dafür sorgen, dass es so kommt wie geplant.«

Nach dem Lunch verließen Camryn und River den Pub gemeinsam, um zu *Schleifchen drum* zurückzukehren. Camryn war gut gesättigt von ihrem Spinatsalat mit schottischen Eiern und glücklich, weil sie Zeit mit ihren Freundinnen verbracht hatte. Eines der Dinge, die ihr am besten daran gefielen, wieder in Wishing Tree zu sein, war das Aufleben der Freundschaft mit den Frauen, die sie seit ihrer Kindheit kannte.

Aber meine neue Freundin mag ich auch, dachte sie mit einem Seitenblick auf River.

»Habe ich dich wegen der Schneekönigin zu sehr bedrängt?«, fragte sie. »Du hast gesagt, dass du dazugehören möchtest, und das ist eine sehr gute Möglichkeit dafür. Aber wenn es zu viel ist, sage ich Paisley, dass wir den Plan verwerfen.«

»Ich würde gerne sagen, dass ich das nicht kann, aber ehrlich gesagt glaube ich auch, dass es gut für mich wäre, meine Komfortzone zu verlassen.« River biss sich auf die Unterlippe. »Müsste ich irgendwelche öffentlichen Reden halten?«

»Nein. Du musst nur bei verschiedenen Veranstaltungen auftauchen und hübsch aussehen.« Camryn runzelte die Stirn. »Wow, das klang sexistisch. Aber du weißt, was ich meine. Die Pflichten sind rein zeremonieller Art. Außerdem stehen die Chancen gut, dass unser Plan misslingt und ein anderer Name gezogen wird.«

River atmete aus. »Na gut. Dann werde ich euch machen lassen und gucken, was passiert.«

»Du bist sehr mutig.«

»Ich bemühe mich.«

Was Camryn bewunderte. Nicht jeder war bereit, sich seinen Ängsten und Sorgen so direkt zu stellen. Aber die Menschen sollten das verfolgen, was sie sich wünschten.

»Hierherzuziehen, obwohl weder du noch deine Schwester irgendjemanden kannten, war der schwere Teil«, sagte sie. »Schneekönigin zu sein wird wesentlich leichter.«

»Das hoffe ich«, erwiderte River lachend.

»Sieh mich an, ich bin zu einer dieser Freundinnen geworden, die sich einmischen«, sagte Camryn kopfschüttelnd, als sie den

Laden betraten. »Das muss an der Jahreszeit liegen. Zuerst Helen Crane, dann Paisley und ich.«

»Wer ist Helen Crane?«, fragte River und zog ihren Mantel aus.

»Den Cranes gehört das *Mistelzweig-Resort* in den Bergen. Sie sind die reiche Familie der Stadt. Helen Crane hat mich am Montag auf ein Gespräch zu sich gebeten.« Camryn zog River mit sich in den kleinen Raum hinten im Laden und senkte die Stimme. »Jake Crane ist ihr Sohn. Du hast ihn bestimmt schon mal gesehen. Er sieht gut aus, ist erfolgreich und Single.«

»Ich bin mir nicht sicher.«

Camryn dachte daran, wie oft ihr Jake aufgefallen war, wenn er an ihrem Laden vorbeigejoggt war. »Er ist einen zweiten Blick wert. Wie auch immer, Helen hat ihren Ehemann vor knapp zwei Jahren verloren und ist einsam und bereit für Enkelkinder. Offenbar geht Jake das Thema ihrer Meinung nach nicht ernsthaft genug an, also hat sie beschlossen, ihm eine Frau zu suchen.«

River riss die Augen auf. »Wie?«

»Sie nennt es *Projekt: Jakes Braut*. Sie hat eine Liste mit möglichen Kandidatinnen erstellt und will diese irgendwie mit Jake zusammenbringen.« Camryn hielt kurz inne. »Jetzt, wo wir darüber reden, fällt mir auf, dass ich über die Einzelheiten nicht wirklich viel weiß.«

»Bist du eine der Kandidatinnen?«

»Nein. Ich meine, sie wollte, dass ich es bin, aber ich habe ihr gesagt, dass das überhaupt nicht infrage kommt. Dann bin ich zu ihm gegangen und habe ihm erzählt, was los ist. Er war ein wenig erstaunt und meinte, er würde sich darum kümmern.«

»Ich frage mich, ob sie eine Dating-App nutzt, um die passenden Frauen zu finden. Es gibt da draußen einige Apps, die sehr gut sind.«

Camryn lächelte ihre Freundin an. »Nein. Hilf ihr bitte nicht. Sie ist eine Bedrohung.«

»Vielleicht würde es dir gefallen, mit Jake verheiratet zu sein«, zog River sie auf.

»Äh, das ist ein klares Nein.«

Im Moment war Camryn nicht daran interessiert, Liebe zu finden. Sie hatte vor, Wishing Tree zu verlassen, sobald ihre Schwestern die Highschool abgeschlossen hatten. Ja, es wäre besser, mit der Liebe zu warten, bis sie wieder in Chicago wäre, wo sie vorhatte, sich dauerhaft niederzulassen und das Leben wiederaufzunehmen, das sie dort zurückgelassen hatte. Nicht, dass sie ihre Heimatstadt nicht liebte. Das tat sie. Aber das hier war nicht der Plan, den sie für ihr Leben gehabt hatte. Der Tod ihrer Mutter hatte alles verändert. Doch das würde nicht für immer so bleiben.

»Der arme Jake«, sagte River, als sie zu der Treppe ging, die zu ihrem Büro hinaufführte. »Was seine Mutter da macht, stellt alle anderen Mütter in den Schatten. Ich zumindest werde mich erst mal nicht mehr über meine Mom beschweren.«

»Ich weiß, was du meinst.« Camryn nickte. »*Projekt: Jakes Braut*. Was hat sie sich nur dabei gedacht?«

River schob die schwarze Skulptur eines tanzenden Hasen beiseite und stellte ihre Teetasse auf den Couchtisch. Obwohl das Feuer im Kamin brannte, wurde ihr einfach nicht warm.

»Ist die Heizung gar nicht an?«, fragte sie.

Kelsey, ihre Schwester, grinste. »Sie steht auf zwanzig Grad, im Kamin brennt ein Feuer, und du trägst einen dicken Pullover.«

»Ich habe aber auch dünnes Kalifornienblut. Ich friere, sobald die Temperaturen draußen unter zweiundzwanzig Grad fallen.«

»Dann wird es ein langer Winter für dich.«

»Wem sagst du das.« River seufzte. »Wie hast du dich so schnell akklimatisiert? Du müsstest das gleiche Blut haben.«

»Ich habe wohl einfach Glück gehabt.«

»Oder es liegt an der Macht der Liebe«, zog River sie auf. »Du musstest dich wegen Xavier anpassen.«

»Dann müssen wir jemanden für dich finden, damit dir nicht mehr so kalt ist.«

»Geht klar«, erwiderte River leichthin.

Das hohe Lachen einer Zehnjährigen drang aus dem Keller zu ihnen hinauf. Kelsey warf einen Blick zur Treppe, einen glücklichen, entspannten Ausdruck im Gesicht.

»Brooklyn hat Freunde«, sagte River leise. »Sie gehört dazu.«

»Ich weiß. Und dafür bin ich so dankbar. Ich habe mir Sorgen gemacht, weil sie die Neue war, aber alle waren so offen.« Kelsey lachte leise. »Ich habe doch tatsächlich eine E-Mail von ihrer Lehrerin erhalten, dass sie im Unterricht ein wenig zu redselig ist und besser aufpassen muss.« Sie presste sich eine Hand an die Brust. »Meine Tochter, die nie freiwillig mit jemandem gesprochen hat! Ich war begeistert.«

»Hast du das ihrer Lehrerin gesagt?«

»Nein. Ich habe ihr geschrieben, dass ich mit Brooklyn darüber reden würde.«

»Eine diplomatische Antwort.«

Kelsey nahm ihren Becher in die Hand und trank einen Schluck Tee. »Hierherzuziehen war die beste Entscheidung, die ich je getroffen habe.«

»Und die impulsivste.«

Vor sieben Monaten war Kelsey völlig unerwartet von einem Anwalt angeschrieben worden, dass ihr Großvater väterlicherseits verstorben sei und ihr ein Haus in Wishing Tree vermacht habe. Kelsey hatte noch nie von dem Mann oder der Stadt gehört, war aber pflichtbewusst hergeflogen, um sich mit dem Anwalt zu treffen und ihr Erbe anzusehen. Nach ihrer Rückkehr nach Los Angeles hatte sie verkündet, dass sie und Brooklyn umziehen würden.

River, besorgt, dass Kelsey einen Fehler beging, hatte darauf bestanden, sie zu begleiten. Um ihr mit den logistischen Details zu helfen, aber vor allem, um ein Auge darauf zu haben, was vor sich ging. Doch Kelsey und Brooklyn hatten sich sofort eingelebt. Brooklyn hatte Freunde gefunden, und Kelsey hatte Xavier Lauris, einen einheimischen Arzt, kennengelernt und sich in ihn verliebt.

River hatte eigentlich im September nach Südkalifornien zurückkehren wollen, aber als der Monat anbrach, hatte Wishing

Tree bereits seine Magie an ihr gewirkt, und sie hatte beschlossen, ebenfalls zu bleiben.

»Manchmal weiß man einfach, wenn etwas richtig ist«, sagte Kelsey.

River hob fragend die Augenbrauen. »Reden wir noch über deinen Umzug oder schon von deinem attraktiven Verlobten?«

»Vermutlich von beidem.« Kelsey wurde ernst. »Ich will nicht, dass du an Thanksgiving allein bist. Ich hätte nicht zusagen sollen, mit Xavier zu seinen Eltern zu fliegen.«

River ließ sich seitlich aufs Sofa fallen und vergrub das Gesicht in den Kissen. »Stopp! Ich werde nicht allein sein.« Sie richtete sich wieder auf. »Mom kommt, und wir sind eingeladen worden, mit Camryn und ihren Schwestern zu feiern.«

Kelsey wirkte nicht überzeugt. »Willst du da wirklich hingehen?«

»Ja. Wir teilen uns das Kochen. Noch haben wir nicht über die Einzelheiten gesprochen, aber wir gehen hin. Du musst dir keine Sorgen um mich machen.«

»Ich kann nicht anders. Sich Sorgen zu machen gehört dazu, wenn man die ältere Schwester ist.«

River wusste, dass das stimmte. Kelsey hatte immer auf sie aufgepasst.

»Mir geht es hier besser«, sagte sie. »Genau wie deine Tochter habe ich entdeckt, dass Menschen nett sind und mir helfen wollen, dazuzugehören.«

Kelsey sah sie an. »Ich möchte, dass du glücklich bist.«

»Das bin ich.«

Ihre Schwester musterte sie weiter, und River seufzte.

»Mir geht es gut. Warum glaubst du mir nicht?«

»Weil ich weiß, dass ›normal‹ zu sein, wie du es nennst, für dich nicht leicht ist. Und dass du nur meinetwegen nach Wishing Tree gekommen bist. Ich will sicher sein, dass du hierbleibst, weil du es willst, und nicht, um mich im Auge zu behalten.«

»Ich bin meinetwegen hier«, sagte River, entschlossen, ihre Schwester davon zu überzeugen, dass es ihr gut ging. Wie konnte sie ihr nur erklären, dass sie zwar nicht die kontaktfreudigste Person auf der Welt war, aber dennoch Fortschritte machte? Sie war …

Grinsend setzte sie sich auf. »Ich werde die Schneekönigin sein.«

Kelsey starrte sie an. »Wie bitte?«

»Der Schneekönig und die Schneekönigin sind zeremonielle Gastgeber für die weihnachtlichen Veranstaltungen in Wishing Tree. Alle meine Freundinnen werden meinen Namen für die Wahl abgeben, und ich mache das nachher auch. Du solltest mich ebenfalls nominieren.«

Kaum hatte sie das gesagt, wollte sie den Vorschlag am liebsten wieder zurücknehmen. Jedes Mal, wenn ihr Name in die Box gegeben wurde, stiegen ihre Chancen, gezogen zu werden. Wenn jemand ihr die Gesamtanzahl der abgegebenen Stimmen nennen würde, könnte sie ihre genauen Chancen ausrechnen, aber so konnte sie leider nur schätzen.

Kelsey stellte ihren Becher ab. »Das würdest du wirklich machen?«

Nein. Nicht mal für Geld und gute Worte. *Oh, oh.* Wenn sie das sagte, würde Kelsey sich nur wieder Sorgen machen, und das wollte River nicht. Außerdem wusste sie, dass sie zwar wahnsinnig nervös wäre, sollte sie zur Schneekönigin ernannt werden, aber es wäre auch gut für sie, denn sie müsste neue Leute kennenlernen und sich aus ihrer ruhigen, schüchternen Komfortzone herausbewegen.

»Es gibt einen Kekswettbewerb«, wich sie der Frage deshalb aus. »Es wird nicht leicht, die Kekse anderer Leute zu bewerten. Aber ansonsten bin ich für die Pflichten bereit, die mit der Rolle einhergehen.«

»Ich bin beeindruckt«, gab ihre Schwester zu. »Wann ist die Krönung?«

River zuckte zusammen. »Es gibt keine Krone.«

»Woher willst du das wissen?« Kelsey grinste. »Vielleicht ist es eine mit ganz viel Glitter und funkelnden Verzierungen.«

»Niemand macht Verzierungen an eine Krone.«

»Aber wenn doch, würde derjenige hier leben.«

Eine Krone? Darüber wollte River nicht mal nachdenken. »Die Ziehung der Namen findet morgen statt. Auf dem Weihnachtskranz.«

»Xavier muss arbeiten, aber Brooklyn und ich werden da sein, um dir zuzujubeln.« Sie seufzte dramatisch. »Meine Schwester, die Schneekönigin.«

River funkelte sie an. »Du kannst so nervtötend sein.«

»Dann ist meine Arbeit hier erledigt.«

5. Kapitel

»Wie wäre es hiermit?«, fragte Victoria und zeigte Camryn ein Design auf ihrem Tablet. Stilisierte Initialen, die gelbe und blaue Blumen auf einem perlmuttfarbenen Hintergrund bildeten.

»Das ist wunderschön. Mir gefällt der Schimmer. Darauf wäre ich nicht gekommen. Lass mal sehen, wie es auf Papier aussieht.«

Victoria ließ ein Lächeln aufblitzen, bevor sie zu den Regalen an der Rückwand ging. Hunderte verschiedener Geschenkpapiere hingen dort an Stahlseilen. Sie waren nach Themengebieten geordnet – Hochzeiten, Geburtstage, Feiertage – und innerhalb der Themen nach Farben sortiert. Außerdem gab es schlichte Papiere in allen Farben des Regenbogens. Victoria suchte drei verschiedene Weißschattierungen heraus und brachte sie zu Camryn. Gemeinsam betrachteten sie die Auswahl.

Camryn legte das Tablet auf das am wenigsten schimmernde Papier. »Ich weiß, das ist sehr subtil, aber so sticht das Muster mehr heraus. Wenn es so gut wird, wie ich denke, habe ich auch schon Ideen für die dazu passenden Geschenkbänder.«

Victoria nickte. »Ja, in diesem Fall könnte weniger tatsächlich mehr sein. Mal sehen, wie es wirkt.«

Während sie das Design hochlud, gab Camryn das unbedruckte Geschenkpapier in den Tintenstrahldrucker. Wenige Minuten später kamen die ersten Muster heraus.

Schleifchen drum bot individuell gestaltete Geschenkpapiere an. Die Kunden konnten entweder ein eigenes Muster erstellen und es über einen der im Laden bereitstehenden Drucker drucken lassen. Oder sie konnten ein Design in Auftrag geben. Im vorliegenden Fall wollte Shelley, die Trauzeugin, die Braut mit Geschenken überraschen, die in eigens für sie entworfenem Papier eingepackt waren. Sie hatte vor, die Gäste anzuschreiben und sie zu bitten, ihre Geschenke an *Schleifchen drum* zu schicken. Camryn würde diese dann verpacken und dekorieren. Sie hatte ein paar eigene Designs vorgeschlagen, aber es war Victoria gewesen, die mit der Idee gekommen war, die Initialen von Braut und Bräutigam zu nutzen, um die stilisierten Blüten zu erschaffen.

Nun gesellte Victoria sich zu Camryn an einen der großen Packtische. Sie stellte einen kleinen, leeren Karton mitten auf das Papier und begann, ihn einzupacken. Camryn schaute derweil nach einem passenden Schleifenband und Verzierungen. Sie wählte eins in einem schimmernden Blau und eines in Blassgelb, dazu eines aus feiner Spitze. Nachdem sie die drei Bänder zusammengelegt hatte, wickelte sie sie um das Paket.

»Das sieht zauberhaft aus«, sagte Victoria und berührte die Schleife.

»Finde ich auch. Ich mache Fotos davon und schicke sie gemeinsam mit Bildern von dem Papier und einem Kostenvoranschlag an Shelley.« Sie lächelte ihre Schwester an. »Ich überlege, dieses Design in unseren Katalog aufzunehmen. Was meinst du?«

Victorias Augen leuchteten auf. »Das würdest du tun? Ich könnte noch andere Initialen in anderen Farben entwerfen, um zu zeigen, wie es aussehen könnte.«

»Das wäre super.«

Victoria machte sich sofort mit ihrem Tablet an die Arbeit und zeichnete verschiedene Initialen.

Camryn beobachtete sie einen Moment. Victoria muss ihr Talent von ihrem Vater haben, dachte sie. Camryn und ihre Mom hatten zwar schlichte Designs erstellen können, aber die waren kein Vergleich zu dem, was Victoria erschuf. Die Zwillinge arbeiteten jeweils ein paar Stunden in der Woche im Laden. Sie packten Geschenke ein und kümmerten sich um den Versand. Lily übernahm manchmal die Kasse, während Victoria mehrere Stunden pro Woche an neuen Mustern arbeitete.

Abgesehen von ihrer Zeit auf dem College und den fünf Jahren, die sie in Chicago verbracht hatte, hatte Camryn immer eine Verbindung zu dem Laden gehabt. Sie erinnerte sich noch gut daran, wie sie aus den Schnittabfällen Kleidung für ihre Papierpuppen gebastelt hatte. Als sie zehn oder elf gewesen war, hatte sie angefangen, mit verschiedenen Verpackungstechniken zu spielen. Ihre Mom hatte immer ein »Paket der Woche« in der Auslage, mit dem sie demonstrierte, wie man mit wenigen Kniffen aus jedem Geschenk etwas Besonderes machen konnte. Lily und Victoria waren genauso aufgewachsen. *Schleifchen drum* war ein Teil ihres Lebens, und Camryn schätzte, dass das auch immer so bleiben würde.

River bemühte sich, nicht an die Zeremonie zu denken, die mit jeder Minute näher rückte. Stattdessen konzentrierte sie sich auf ihren aktuellen Auftrag: die Durchführung von einigen Background-Checks. Die ersten beiden waren gut gelaufen, doch der dritte ging in eine seltsame Richtung, fand sie, während sie auf ihren Bildschirm starrte.

»Zukünftige Nannys sollten ihren Ex auf Facebook nicht durch den Dreck ziehen«, murmelte sie und kopierte einige ziemlich feindselige Posts. »Und jemandem zu wünschen, dass ihm der Schwanz abfällt, ist auch kein feiner Zug.«

Sie wechselte zu Instagram und klickte ein wenig herum. Es gab ein halbes Dutzend an Pornografie grenzende Fotos der Kandidatin mit verschiedenen Männern und viele von ihr, auf denen sie offensichtlich betrunken war.

»Das Internet vergisst nichts«, murmelte sie und kopierte einige der anrüchigen Bilder in ihren Ordner. »Warum kapieren die Leute das nicht?«

Eine weitere Stunde stocherte sie auf verschiedenen anderen Internetseiten herum, bevor sie sich daranmachte, ihren Bericht zu tippen. Mit ihrer schlechten Schufa-Auskunft und den fragwürdigen Social-Media-Beiträgen war diese Frau niemand, den River als Nanny für ihre Kinder anheuern würde. Aber diese Entscheidung hatte sie nicht zu treffen. Ihr Job bestand lediglich darin, ihren Klienten einen detaillierten Hintergrundbericht zu liefern. Gerade hatte sie ihre Ergebnisse abgeschickt, als Camryn an ihre halb offen stehende Tür klopfte.

»Ich bringe dir einen Kaffee und deinen leeren Teller«, sagte sie grinsend und stellte einen übergroßen Teller auf Rivers Schreibtisch. »Die Kaffeeküchlein waren ein großer Hit bei den Kunden und den Zwillingen. Du bist so süß zu ihnen.«

River lachte. »Ich liebe es, zu backen, und sie sind immer so dankbar. Ich denke, wir bilden ein gutes Team.«

Camryn reichte ihr den Kaffeebecher und setzte sich auf einen der Besucherstühle. »Und ich freue mich, dass ich mich weniger schuldig fühlen muss, weil ich ihnen keine selbst gemachten Snacks gebe. Wie geht es dir?«

Der Themenwechsel verwirrte River kurz. Doch dann erinnerte sie sich wieder an das, was in ein paar Stunden passieren würde.

»Mir geht es gut.«

»Bist du nervös?«

»Ein wenig, aber ich sage mir, dass mein Name wahrscheinlich gar nicht gezogen wird. Die Zufälligkeit der Ziehung gibt jedem eingereichten Namen die gleichen Chancen. Abhängig von der Anzahl der Zettel und davon, wie oft mein Name draufsteht, schätze ich meine Chancen, gezogen zu werden, auf eins zu sechs. Vielleicht eins zu fünf.«

»Du hast das ausgerechnet?«

»Ich mag Statistik. Die Zahlen zu kennen beruhigt mich.«

Camryn wirkte von diesem Geständnis ein wenig irritiert, aber River war es gewohnt, dass die Leute nicht verstanden, wie erträglich numerische Details eine unangenehme Situation machen konnten. Bei Zahlen konnte sie darauf vertrauen, dass sie sich auf eine gewisse Weise verhielten – sie waren konstant und verlässlich. Von ihnen wurde sie nie missverstanden, und sie hielten sie auch nicht für seltsam. Sie waren einfach nur da.

»Ich kann mich nicht entscheiden, ob ich dir wünsche, Schneekönigin zu werden, oder nicht«, gab Camryn zu. »Was wäre dir lieber?«

»Du weißt schon, dass dein Wunsch keinen Einfluss auf das Ergebnis hat, oder?«

Camryn grinste. »Du meinst, ich habe keine magischen Kräfte? Komm schon, du solltest ein bisschen mehr an mich glauben.«

»Ich will zu gleichen Teilen gewählt und nicht gewählt werden.«

Camryn nickte. »Das ergibt Sinn. Aber eines weiß ich: Wenn du gewählt wirst, wirst du eine ganz bezaubernde Schneekönigin abgeben. Du bist so zierlich und hast so feine Gesichtszüge. Vielleicht siehst du etwas mehr wie eine Prinzessin als wie eine Königin aus, aber ich vertraue auf deine Fähigkeit, das durchzuziehen. Und es tut mir leid, wir hätten uns besser nicht einmischen sollen.«

»Ist schon gut. Ich weiß, dass du das nur getan hast, weil ich gesagt habe, dass ich gerne mehr dazugehören möchte.« River trank einen Schluck von ihrem Kaffee. »Was nett ist, wenn ich so darüber nachdenke.«

»Danke, dass du das sagst. Ich meine, es könnte schlimmer sein. Deine Mutter hätte ein *Projekt: Rivers Mann* ins Leben rufen können.«

»Im Gegensatz zu Jakes Mutter mischt sich meine Mom zum Glück nicht in mein Leben ein. Hast du noch was von der Sache gehört?«

»Nein. Ich habe Helen gesagt, dass ich nicht interessiert bin, und ich bin mir sicher, dass sie mich von der Liste gestrichen hat.« Camryn hielt inne. »Okay, um ehrlich zu sein, hoffe ich es. Nein, ich bin mir ziemlich sicher.«

»Aber du klingst überhaupt nicht sicher«, neckte River sie. »Du meintest, dass du Jake kaum kennst. Warum willst du die Möglichkeit dann so schnell ausschlagen? Was ist, wenn er der eine ist?«

»Das ist er nicht. Außerdem bin ich im Moment nicht daran interessiert, jemanden zu finden. Mein Aufenthalt in Wishing Tree ist nur vorübergehend.«

»Das verstehe ich nicht«, sagte River. »Was soll das bedeuten?«

»Sobald die Zwillinge ihren Highschool-Abschluss haben, werde ich nach Chicago zurückziehen. Da habe ich gewohnt, bevor meine Mom krank wurde und ich hierher zurückgekommen bin. Ich habe mein Leben dort geliebt, und auch wenn Wishing Tree toll ist, vermisse ich, was ich hatte. Als Mom starb, wusste ich, dass ich die Zwillinge nicht entwurzeln kann, deshalb bin ich geblieben. Aber es sollte nie auf Dauer sein.«

»Sie sind erst in der neunten Klasse. Also hast du noch knapp drei Jahre, bevor sie mit der Schule fertig sind.«

»Ich weiß.«

»Das ist ganz schön lange, um sein Leben auf Eis zu legen.«

Camryn bedachte sie mit einem Blick, der River fürchten ließ, etwas Falsches gesagt zu haben.

»Mein Leben ist nicht auf Eis gelegt«, murmelte Camryn und hielt kurz inne. »Doch, du hast recht, das ist es.« Sie seufzte. »Ich liebe meine Schwestern und den Laden und die Stadt, aber es fühlt sich nicht wirklich wie mein Leben an. Verstehst du das?«

River nickte. »Du hast den Platz deiner Mutter eingenommen, sowohl was deine Schwestern als auch was *Schleifchen drum* angeht.«

Camryn entspannte sich sichtlich. »Genau. Ich hatte einen Beruf, den ich geliebt habe, und Freunde. Und ohne jede Vorwarnung hat sich alles geändert.«

»Also gehst du zurück nach …«

»… Chicago. Das ist der Plan. Was bedeutet, dass ich mich nicht in jemanden verlieben kann, der unverrückbar mit Wishing Tree verbunden ist.«

River verstand das Problem. »Drei Jahre sind eine lange Zeit, um damit zu warten, den Richtigen zu finden. Außerdem musst du so das Gründen einer Familie aufschieben.« Sie hielt inne, weil sie nichts Falsches sagen wollte. »Ich meine, natürlich muss nicht jeder davon träumen, zu heiraten und Kinder zu bekommen.«

»Das will ich. Aber nicht hier.«

»Okay. Was ist mit dem Laden?«, fragte sie. »Wirst du ihn verkaufen?«

Camryn schüttelte den Kopf. »Nein, ich werde ihn für die Zwillinge behalten und eine Geschäftsführerin anheuern.« Ein sehnsüchtiger Ausdruck huschte über ihr Gesicht. »Meine Großmutter hat den Laden gegründet und ihn meiner Mom hinterlassen. Sie wiederum hat ihn den Zwillingen und mir hinterlassen. Es ist ein Familienbetrieb und sollte auch in der Familie bleiben.«

»Traditionen sind etwas Schönes.«

»Das sehe ich auch so.« Camryn stand auf. »Okay, meine kluge Freundin, ich lasse dich dann mal weiterarbeiten. Wollen wir uns um Viertel vor drei unten treffen und gemeinsam zur Krönungszeremonie gehen? Oh, und nur, damit du es weißt, die Zwillinge wollen unbedingt, dass du die Schneekönigin wirst.«

»Ihre moralische Unterstützung weiß ich sehr zu schätzen. Und ja, ich komme nachher runter, und wir können gemeinsam rübergehen.«

Um vierzehn Uhr zweiundvierzig schloss River ihr Büro ab. Sie hatte sich einen zweiten Pullover übergezogen und wärmere Handschuhe als üblich. Die Ziehung der Namen würde draußen auf dem Weihnachtskranz stattfinden, und sie wusste nicht, wie lange die Prozedur dauerte. Warm zu sein – oder zumindest nicht allzu sehr zu frieren – war für sie das Wichtigste.

Da es ein Samstagnachmittag war, wimmelte es in *Schleifchen drum* nur so vor Kunden. Es gab Verpackungspartys in den separaten Räumen, die die Kunden anmieten konnten, dazu über ein Dutzend Leute, die sich Geschenkpapier und Schleifenbänder anschauten. Camryn stand mit ihren Schwestern zusammen, und River ging auf sie zu. Victoria sah sie als Erste und winkte ihr.

»Wir sind so aufgeregt«, verkündete sie grinsend. »Wir haben noch nie eine Schneekönigin gekannt. Die letzte gab es, als wir noch klein waren, und daran erinnern wir uns kaum.«

»Stimmt«, sagte Lily und hielt einen kleinen Kranz hoch, den sie aus Spitze und Geschenkband angefertigt hatte. »Wir dachten, du solltest eine Krone haben, egal, ob du zur Schneekönigin ernannt wirst oder nicht.«

Bei dieser unerwarteten und süßen Geste zog sich Rivers Brustkorb zusammen. Für einen Moment fehlten ihr die Worte, als sie die Spitze berührte. »Ich hatte noch nie eine Krone«, flüsterte sie dann und setzte sie sich auf den Kopf. »Passt sie?«

»Perfekt.« Victoria hakte sich bei ihr unter. »Du siehst sehr majestätisch aus. Das gefällt mir.« Sie streckte eine Hand aus und zerzauste Rivers kurze, stachelige Haare ein wenig.

Camryn und Lily nickten zustimmend.

»Okay, gehen wir, bevor es auf dem Weihnachtskranz zu voll wird«, sagte Camryn. »Wir müssen einen Platz finden, von dem aus wir alles sehen können.«

Sie sammelten ihre Mäntel und Mützen ein. Widerstrebend nahm River die Krone ab und verstaute sie vorsichtig in ihrer Umhängetasche, bevor sie sich ihre Wollmütze aufsetzte. Dann wand sie sich den langen Schal dreimal um den Hals und zog Handschuhe an.

Lily grinste. »Du magst die Kälte wirklich nicht, oder?«

»Ja … sie gehört nicht zu meinen Favoriten.«

»Vielleicht hättest du das bedenken sollen, bevor du dich für den Posten als *Schnee*königin zur Wahl gestellt hast.«

River lachte. »Das ist ein guter Punkt.«

Sie traten in den sonnigen, eisigen Nachmittag hinaus. *Schleifchen drum* lag direkt am Weihnachtskranz. River sah eine große Menge an Leuten vor einer kleinen Bühne stehen. Links davon lagen übergroße Kunststoffkürbisse, rechts ein großer Pilgerhut. Der Schnee war geräumt worden, und verschiedene Händler hatten ihre Buden aufgebaut und verkauften heiße Schokolade und geröstete Maronen.

Die Szene ist idyllisch, dachte River. Aber es fühlte sich auch irgendwie nicht real an. Sie war in Van Nuys aufgewachsen – mitten im San Fernando Valley –, wo die örtlichen Bauernmärkte lange nicht so magisch gewirkt hatten wie das hier. Sie hatte einige ihrer Nachbarn gekannt, aber nicht viele. Was unter anderem daran gelegen hatte, dass sie lieber Zeit vor ihrem Computer verbrachte, als rauszugehen und mit echten Menschen zu reden.

Doch hier ist das Leben anders, sinnierte sie, während sie sich in den Strom an Besuchern einreihten, die auf dem Weg zur Bühne waren. Hier kannten die Menschen einander beim Namen und grüßten sich. Einkaufen zu gehen war in Wishing Tree eher ein gesellschaftliches Event als eine reine Notwendigkeit.

Victoria zeigte nach vorne und winkte. »Guckt mal! Da sind Brooklyn und Kelsey.«

River sah ihre Schwester und Nichte, die sofort auf sie zugeeilt kamen. Kelsey grinste beim Näherkommen.

»Ich bin so aufgeregt, weil ich mit einer Adligen verwandt bin«, scherzte sie.

»Oh, wir sind nicht sicher, ob River wirklich gewinnt«, erklärte Camryn ihr lachend. »Ich habe gehört, die Chancen stehen eins zu fünf.«

»Ich hatte auf wenigstens eins zu vier gehofft«, sagte Kelsey und umarmte ihre Schwester. »Ich habe für dich gestimmt und Xavier auch. Außerdem hat er allen im Krankenhaus gesagt, sie sollen für dich stimmen.«

Rivers Magen zog sich zusammen. »Das würde die Wahrscheinlichkeit verändern.«

Sie lenkte sich ab, indem sie die Spitzenkrone aus der Tasche holte. »Guck mal, die haben Victoria und Lily für mich gemacht«, sagte sie und setzte ihrer Nichte die Krone auf den Kopf. »Was hältst du davon?«

Brooklyn grinste. »Steht sie mir?«

Victoria musterte sie kritisch, dann nickte sie. »Du siehst damit umwerfend aus. Lily, wir sollten alle Kronen tragen. Das könnte unser Ding sein.«

Lily sah sie zweifelnd an. »Meinst du?«

»Ja. Wir würden fabelhaft aussehen.«

»Oder albern.«

Shaye und ihr Mann Lawson kamen, um Hallo zu sagen. Während alle miteinander plauderten, spürte River, dass ihr jemand auf die Schulter klopfte. Sie drehte sich um und sah Howard Troll, den Besitzer vom *Geist der Weihnacht*, einer Bar, die am Weihnachtskranz lag.

Er bedeutete ihr, ihm zu folgen, und blieb ein paar Schritte von der Gruppe ihrer Freunde entfernt stehen.

»Ich schulde dir noch einen Drink«, sagte er ernst. »Du musst mal vorbeikommen, damit ich meine Schulden begleichen kann.«

»Du schuldest mir gar nichts«, beschied River ihm. »Howard, ich habe dir meine Zeit in Rechnung gestellt, und du hast diese Rechnung bezahlt. Wir sind quitt.«

Vor zwei Monaten war Howard panisch in ihrem Büro aufgetaucht. Sein Computer war mit einem Virus infiziert worden, und die Hacker verlangten fünftausend Dollar von ihm, um den Rechner wieder freizugeben. River hatte das Problem innerhalb einer Stunde gelöst und eine bessere Firewall installiert.

»Du hast mich gerettet«, sagte Howard. »Komm, hab einen Drink.«

»Jetzt?«

Er lachte leise. »Nein. Ein andermal. Bring eine Freundin mit.«

Damit ging er. River kehrte zu den anderen zurück. Sie hatte keine Ahnung, warum Howard das Bedürfnis verspürte, mehr zu tun, als nur seine Rechnung zu bezahlen. Auch wenn ihm der Vorfall große Sorgen bereitet hatte, war es für River kein besonders schwerer Job gewesen. Dennoch, Howard hatte mehr als einmal erwähnt, dass sie vorbeikommen solle, und sie hatte gelernt, wenn Menschen etwas wiederholten, versuchten sie damit meistens zu übermitteln, wie ernst es ihnen war.

Interaktionen zwischen Menschen sind kompliziert, dachte sie. Ganz anders als Zahlen oder Computer

»Gleich ist es so weit«, sagte Brooklyn und ergriff Rivers Hand. »Tante River, ich will wirklich, dass du die Schneekönigin wirst. Bist du gar nicht aufgeregt?«

»Doch«, erwiderte River schlicht, denn einer Zehnjährigen zu sagen, dass sie panische Angst hatte und es ihr vor dem graute, was gleich vielleicht passieren würde, schien ihr unpassend.

»Ganz schön viele Menschen«, sagte Jake weit fröhlicher, als der Moment verdient hatte.

»Halt den Mund«, murmelte Dylan.

Jake sah ihn mit gespielter Überraschung an. »Bist du nicht froh darüber, dass die guten Bewohner von Wishing Tree gekommen sind, um zu sehen, wie du zum nächsten Schneekönig gekrönt wirst?«

»Das weißt du ganz genau. Aber vielleicht habe ich Glück, und deine Mutter hat ihre Meinung geändert.«

Jake lachte. »Du kennst meine Mutter und weißt, dass sie so etwas niemals tun würde.«

»Ist das hier der Moment, in dem ich *Projekt: Jakes Braut* anbringe?«

Sofort schwand Jakes gute Laune. »Super Trick, um die Stimmung zu töten.«

»Wir werden gemeinsam leiden.«

»Wieso leiden? Du tauchst an den Keksdienstagen auf und entzündest die Kerzen an ein paar Weihnachtsbäumen. Meine Mutter ist auf der Suche nach einer Frau für mich. Die beiden Dinge sind nicht miteinander vergleichbar.«

Dylan musste zugeben, dass Jake recht hatte. Schneekönig zu sein war eine kurzfristige Verpflichtung, aber eine Frau war für immer. Zumindest sah er das so. Eine lebenslange Verbindung, die er nur zu gerne eingehen wollte. Wenn er bloß die richtige Frau finden würde.

»Hast du was darüber gehört, wer die Schneekönigin wird?«, fragte er.

Jake schüttelte den Kopf. »Nein. Ich glaube, sie wird auf die altmodische Art gewählt – indem ihr Name aus einem Hut gezogen wird. Ganz im Gegensatz zu deiner Regentschaft, die schon in Korruption ertrinkt, bevor sie überhaupt begonnen hat.«

»Du hast recht. Ich sollte disqualifiziert werden.«

»So viel Glück hast du leider nicht.«

Alle klatschten, als die Musik einsetzte und mehrere Stadtvertreter die Bühne betraten. Geri Rodden, die City-Managerin, trat ans Mikrofon.

»In fünf Minuten beginnt die Wahl zum Schneekönig und seiner Schneekönigin«, verkündete sie.

Camryn schaute zu River, die sich mit Paisley und Shaye unterhielt. Sie wirkte eher nervös als glücklich. Vielleicht war es ein Fehler, ihren Namen so oft in die Box zu werfen, dachte sie. Auch wenn River gesagt hatte, dass sie sich mehr einbringen wollte, würde sie es vielleicht nicht genießen, Schneekönigin zu sein. Aber jetzt war es zu spät, die ganzen Abstimmungszettel zurückzunehmen.

Ich werde aus dieser Lektion lernen, versprach Camryn sich. Ab sofort würde sie sich nicht mehr in das Leben anderer Leute einmischen. Was ein leicht einzuhaltendes Versprechen war, denn das hier war ihr erster Versuch gewesen. Im Gegensatz zu Helen Crane und ihrem lächerlichen Plan, ihren Sohn zu verheiraten, dachte sie.

Der Gedanke an Helen ließ sie an Jake denken. Und als hätte sie ihn damit heraufbeschworen, erblickte sie ihn, in ein Gespräch mit seinem Freund Dylan vertieft.

Er sah wirklich gut aus. Groß mit breiten Schultern und dunklen lockigen Haaren. Trotz der lässigen Atmosphäre strahlte er eine Aura des Selbstbewusstseins aus – als gäbe es keine Situation, mit der er nicht umgehen könnte.

Ein paar Sekunden später wurde Camryn bewusst, dass sie ihn anstarrte, und sie befahl sich, den Blick abzuwenden. Doch bevor sie das tun konnte, schaute Jake in ihre Richtung und lächelte. Ohne den Blick von ihr zu nehmen, sagte er etwas zu Dylan und kam dann auf sie zu.

Sofort kribbelte ihr gesamter Körper, was albern war, schließlich kannte sie den Mann gar nicht. Ja, sie grüßten einander, und sie hatten eine etwas seltsame und intime Unterhaltung über *Projekt: Jakes Braut* geführt, aber ansonsten konnten sie einander nicht mal als Bekannte bezeichnen. Also ergab es überhaupt keinen Sinn, so etwas wie Nervosität zu empfinden.

»Bist du auch für die Krönung hier?«, fragte er, als er sie erreicht hatte.

»Natürlich. Es ist ja die erste seit Jahren. Sie haben definitiv ein Event daraus gemacht.«

Er schaute zu ihren Freundinnen und zeigte dann auf ihre Schwestern. »Die potenziellen Enkelkinder?«, fragte er mit einem Funkeln in den Augen.

Camryn grinste. »Jupp. Genau die. Victoria und Lily.« Sie senkte die Stimme. »Ich habe ihnen noch nicht erzählt, wie sie mir bei dem Wettbewerb helfen würden. Deine Mutter war beeindruckt von meinem Lächeln *und* den Zwillingen. Du hast Glück, dass ich nicht interessiert war, ansonsten wäre ich sofort auf Platz eins der Liste geschossen.«

Jake sah sie wieder an. »Bei dir klingt das, als wäre das etwas Schlechtes.«

Sie wusste, dass er sie nur aufzog und nett sein wollte, aber das erklärte nicht ihren plötzlichen Drang, die Haare nach hinten zu werfen. »Ich bleibe bei meiner anfänglichen Einschätzung, dass du an der Initiative deiner Mutter nicht interessiert bist.«

Er erschauderte. »Stimmt. Das bin ich nicht.« Er beugte sich zu ihr. »Ich habe ihr übrigens gesagt, dass sie sich zurückhalten soll. Also solltest du nicht wieder von ihr hören.«

»Du glaubst nicht ernsthaft, dass es so leicht ist, sie zum Aufgeben zu bringen, oder? Ich meine, ich kenne die Frau kaum, aber ich bin überzeugt, dass es sehr schwer ist, sie von etwas abzubringen, das sie sich einmal in den Kopf gesetzt hat.«

Er hob leicht die Augenbrauen. »Dylan und ich haben gerade über genau das Gleiche gesprochen.« Kopfschüttelnd fuhr er fort: »Du hast recht. Ich werde mich noch mal mit ihr darüber unterhalten müssen, dass sie sich aus meinem Privatleben heraushalten muss. Oder ich muss sie auf die Insel schicken.«

»Du kannst nicht einfach deine Mutter ausweisen lassen.«

»Nein, aber ich kann wenigstens davon träumen.«

6. Kapitel

Dylan wartete darauf, dass die Zeremonie begann. Alle um ihn herum unterhielten sich und lachten in der kühlen Nachmittagsluft, als würden sie sich auf das freuen, was hier gleich passierte. Er versuchte, sich einzureden, dass es Helen vielleicht doch nicht gelungen war, den Wahlverantwortlichen zu bestechen, aber er wusste, dass das reines Wunschdenken war.

Pünktlich auf die Minute kehrte Geri ans Mikrofon zurück und verkündete, dass sie zuerst den Schneekönig ziehen würde. Dann griff sie in einen bereitstehenden schwarzen Zylinder und zog einen Zettel heraus.

»Dylan Tucker«, sagte sie und schaute in die Menge hinaus. »Dylan, bist du hier?«

Er hörte Jubel und fröhliche Pfiffe, als er die drei Stufen zur Bühne hinaufging, wo ihm tatsächlich eine Plastikkrone aufgesetzt wurde. Geri zwinkerte ihm zu.

»Nicht jeder Mann kann eine Krone tragen. Du siehst gut aus«, sagte sie.

»Danke.«

Geri lachte immer noch in sich hinein, als sie in den anderen Zylinder griff und eine kleine weiße Karte herauszog. Sie warf einen Blick auf den Namen.

»River Best.«

Dylan hatte gedacht, die meisten Frauen seines Alters in der Stadt zu kennen, aber von River Best hatte er noch nie gehört. Er ließ seinen Blick über die Menge gleiten, bis er eine zierliche Frau auf die Bühne zukommen sah. Sie hielt den Kopf gesenkt, und ihre Schritte wirkten zögerlich.

Ohne nachzudenken, überquerte er die Bühne. Am Fuß der Treppe blieb River stehen und schaute zu ihm hoch. In ihren großen grünen Augen lag ein Anflug von Furcht. Sie wirkte nervös und unsicher, als wollte sie überall sein, nur nicht hier.

»Ist schon gut«, sagte er leise. »Du kriegst das hin.«

»Ich wusste nicht, dass ich vor einer Menschenmenge auftreten muss.«

»Findest du nicht, dass die Plastikkrone das wert ist?«

Ihr Blick schoss zu seinem Kopf, und für eine Sekunde zuckten ihre Mundwinkel, als würde sie gleich lächeln.

»Nicht wirklich«, murmelte sie dann.

»Alles ist gut. Ich bin hier.«

Er streckte ihr die Hand hin. Nach einem kurzen Moment des Zögerns legte River ihre behandschuhte Hand auf seine bloße Handfläche. Trotz des dicken Materials spürte er den Kontakt; es war, als hätte ein Blitz mitten in seiner Brust eingeschlagen.

River kam die drei Stufen zu ihm hinauf und umklammerte seine Hand dann fest.

»Ich kann das nicht«, sagte sie zu ihm. »Das ist Furcht einflößend.«

»Ich bin hier.« Mit seiner freien Hand nahm er ihr die Wollmütze ab und enthüllte kurze, stachelige dunkle Haare. »Du kriegst das hin.«

Sie starrte ihn an. »Das kannst du nicht wissen. Vielleicht bin ich die schlimmste Schneekönigin aller Zeiten.« Sie hielt inne. »Also nicht, dass ich in dem Job schlecht sein will. Es ist nur … die Krone und alles.«

»Ich weiß. Ich bin trotzdem hier.«

Sie nickte und drehte sich dann zu Geri. Er spürte, wie River am ganzen Körper zitterte, als ihr die Krone aufgesetzt wurde. Sie brauchte zwei Anläufe, um ein Lächeln zustande zu bringen.

»Wir werden den kleinen Menschen jetzt zuwinken«, erklärte er ihr und hob seine Hand.

River warf ihm einen dankbaren Blick zu und winkte ebenfalls.

»Du bist sehr nett«, sagte sie. »Danke.«

»Wir sind ein Team. Außerdem sind wir die einzigen Adligen in der Stadt. Wir müssen zusammenhalten.«

Nun wurde ihr Lächeln aufrichtig, und bei dem Anblick spürte er, wie sein Herz einen Schlag aussetzte. Sie war umwerfend – mit großen Augen und einem Mund, von dem ein Mann nur träumen konnte. Er wusste nichts über River Best, hoffte aber mit jeder Faser seines Seins, dass sie Single und heterosexuell war und sich wahnsinnig gern in einen Tischlermeister verlieben wollte.

River hatte zwar gewusst, dass viele Leute kommen würden, um der Krönungszeremonie beizuwohnen, aber erst auf der Bühne wurde ihr bewusst, wie groß die Menge wirklich war. Egal, wo sie hinschaute, standen Menschen, die sie anstarrten. Familien und Gruppen und Pärchen. Dutzende Gesichter. Hunderte. Im Zentrum der Aufmerksamkeit zu stehen hatte ihr noch nie gefallen, und das hier war die absolute Hölle. Der einzige Fixpunkt in einer sich ansonsten viel zu schnell drehenden Welt war der Mann, der neben ihr stand.

Dylan. Der neue Schneekönig. Er ist nett, dachte sie dankbar. Und lustig.

»Schön, dass ihr alle heute gekommen seid«, sagte die City-Managerin. »Die Aktivitäten von Schneekönig und Schneekönigin werden auf der Website der Stadt www.WishingTreeWashington.com veröffentlicht. Und denkt daran, dass die Registrierung für die Keksdienstage am Montag öffnet. Der zweite Keksdienstag hat das Thema Lebkuchen, für diejenigen von euch, die sich das in den Kalender eintragen wollen. Am nächsten Freitag wird die Weihnachtsbaumbeleuchtung feierlich entzündet, und ich hoffe, euch dann alle wiederzusehen.«

Damit schaltete sie das Mikrofon ab, und sofort setzte wieder Musik ein. Geri wandte sich an Dylan und River und lächelte.

»River, ich bin Geri Rodden, die City-Managerin. Ich freue mich, dich kennenzulernen.«

Erst als sie ihr die Hand hinstreckte, fiel River auf, dass sie Dylans Hand noch immer im Todesgriff umklammert hielt. Sie ließ sie los und schüttelte die von Geri.

»Gleichfalls«, brachte sie hervor. »Ich bin ein wenig nervös.«

»Du hast das gut gemacht. Eure Pflichten sind relativ einfach und rein zeremonieller Art.« Sie reichte ihnen je eine Visitenkarte. »Schickt mir eure Kontaktinformationen per E-Mail, und ich werde euch den offiziellen Terminplan zusenden. Da steht genau drauf, wann ihr wo zu sein habt. Am ersten Advent findet natürlich die Illumination des Weihnachtsbaums statt, gefolgt vom Start des Adventskalenders am ersten Dezember. Sobald der Dezember beginnt, werden wir euch beide dreimal die Woche brauchen. Den Höhepunkt bildet dann der Weihnachtsball an Heiligabend.« Sie hielt inne. »Kennt ihr beide euch?«

»Nein«, sagte Dylan leichthin.

»Dann wollt ihr das vielleicht ändern. Ihr werdet viel Zeit zusammen verbringen. Okay, ich denke, das war es erst einmal. Ihr wisst, wie ihr mich erreichen könnt, wenn ihr noch Fragen habt. Oh.« Sie nahm ihnen die Kronen ab. »Die bewahre ich auf. Sie sind nur für offizielle Auftritte.«

Damit nickte sie ihnen zu und verließ die Bühne. River sah ihr nach, wobei sie weit weniger besorgt war wegen der Krone als wegen der offiziellen Pflichten. Sobald sie zu Hause wäre, würde sie Geri eine E-Mail schicken. Hoffentlich bekäme sie den Terminkalender schnell, sie musste wissen, was von ihr erwartet wurde. Vielleicht würde der Job dann etwas weniger herausfordernd wirken. Auch wenn sie da so ihre Zweifel hatte.

»Ich wollte die Krone so gern behalten«, sagte Dylan schwer seufzend. »Du weißt schon, sie zur Arbeit tragen, um die Jungs zu beeindrucken.«

River starrte ihn an, auch wenn sie wusste, dass er scherzte. Für ihn war das hier keine große Sache. Vermutlich könnte er auch eine öffentliche Rede halten, wenn er müsste.

Er lächelte sie an. »Geht es dir gut?«

Gut genug, um zu bemerken, dass er ein nettes Lächeln hatte. Und sie mochte die kleinen Fältchen, die sich dabei neben seinen blauen Augen bildeten. »Ich zittere nicht mehr, was aber vermutlich daran liegt, dass mich niemand mehr anstarrt. Das hier war eine ganz schlechte Idee.«

»Warum? Du wirst eine großartige Schneekönigin sein.«

»Das kannst du nicht wissen.«

»Vorhin hast du noch gehofft, keine schlechte Schneekönigin zu sein. Und die Tatsache, dass du dir Gedanken darüber machst, den Job gut zu erledigen, bedeutet, dass du es super machen wirst.«

»Ich würde dir gerne glauben, aber ich fürchte, deine Argumentation hat ein paar Löcher.«

»Wir sind uns noch gar nicht offiziell vorgestellt worden. Ich bin Dylan.«

»River.«

»Ich habe mein ganzes Leben hier verbracht, und doch haben wir uns noch nie zuvor getroffen. Wann bist du hergezogen?«

»Vor ungefähr einem halben Jahr. Es ist schön hier. Die Stadt gefällt mir. Ich habe ein Büro über *Schleifchen drum*.« Sie biss sich auf die Unterlippe, weil sie nicht sicher war, was sie noch sagen sollte. »Ich habe meinen Freundinnen gesagt, dass ich mich in der Stadt mehr einbringen und neue Leute kennenlernen will. Ich arbeite im Bereich Computersicherheit, also bin ich den ganzen Tag allein. Ich meine, ich bin diejenige, die man anruft, wenn man jemanden digital durchleuchten will. Aber der Rest, das ganze soziale Drumherum, ist schwer für mich. Ich bin introvertiert und, nun ja, schüchtern. Meine Freundinnen haben mich nominiert. Ich meine, alle meine Freundinnen und ihre Freunde. Deshalb bin ich jetzt hier. Aber das war ein Fehler.«

Während ihrer langen Rede hatte er nicht ein einziges Mal den Blick von ihr abgewandt. »Du hast *ehrlich* ausgelassen.«

»Was?«

»Du bist ehrlich.« Er zog ihre Mütze aus seiner Jackentasche und setzte sie ihr auf. »Wie gesagt, ich bin in dieser Stadt aufgewachsen und kenne alle Traditionen. Du machst das hier nicht allein. Ich bin dein Schneekönig, und du kannst auf mich zählen. Wir stehen das gemeinsam durch, und ich denke, wir werden dabei viel Spaß haben.«

»Danke. Jetzt fühle ich mich schon besser.«

»Gut.«

Sie gingen zur Treppe. Dylan nahm die Stufen als Erster, dann streckte er River die Hand hin. Sie nahm sie, bis sie neben ihm stand, und ließ sie dann los.

Bevor sie noch darüber nachdenken konnte, was sie nun sagen sollte, kam eine gut gekleidete ältere Dame auf sie zu.

»Dylan, du warst ein sehr charmanter Schneekönig. Ich freue mich schon darauf, dich bei deiner nächsten Amtshandlung zu sehen.« Dann wandte sie sich an River. »Hallo, meine Liebe. Ich bin Helen Crane. Schön, Sie kennenzulernen.«

»Hallo.«

Helen Crane? Das Mastermind hinter *Projekt: Jakes Braut*? River trat einen Schritt zurück.

»Ich würde gerne einen Termin mit Ihnen ausmachen. Montag, fünfzehn Uhr bei mir zu Hause. Können Sie das einrichten?«

Ein Termin? Wofür? River wollte sagen, dass sie eine ganz furchtbare Kandidatin wäre, war sich aber nicht sicher, ob das angemessen wäre.

»Ja, da habe ich Zeit«, sagte sie stattdessen.

»Ausgezeichnet. Ich war auf Ihrer Website und habe gesehen, dass Sie dort ein Kontaktformular haben. Ich schicke Ihnen eine E-Mail mit meiner Adresse. Ich freue mich schon darauf, mit Ihnen Geschäfte zu machen. Wir sehen uns am Montag.«

»Ja, Ma'am.«

Helen tätschelte Dylans Arm und ging.

Dylan sah ihr nach. »Ich hatte gehofft, sie würde es fallen lassen«, sagte er, bevor er seine Aufmerksamkeit wieder auf River richtete. »Ich schätze, sie wird dich anheuern, um ein paar Background-Checks durchzuführen.«

»Du kennst sie?«

Sein Lächeln kehrte zurück. »Ja. Jake und ich sind seit der ersten Klasse beste Freunde. Ich bin praktisch bei ihnen zu Hause aufgewachsen. Helen ist schon seit Jahren wie eine Mutter für mich.«

»Und die Background-Checks?«, fragte sie.

Er zögerte. »Das solltest du dir besser von ihr erklären lassen.«

»Ich weiß von *Projekt: Jakes Braut*«, platzte River heraus.

»Meine Freundin Camryn ist eine der Kandidatinnen. Oder besser gesagt, das war sie. Sie hat mit Jake gesprochen, und ich glaube, sie haben das Problem gelöst. Es ist okay, wenn Helen mich engagieren will, aber ich will nicht auf die Liste.«

Sie hielt inne, als ihr bewusst wurde, dass sie vielleicht das Falsche gesagt hatte. »Nicht, dass ich glaube, Helen würde mich in Betracht ziehen. Ich bin nichts Besonderes oder so. Damit will ich nicht sagen, dass ich kein guter Mensch bin, aber ich glaube nicht, dass sie mich auf dem Radar hat, und das ist für alle Beteiligten besser so.«

Hör auf zu reden!, schrie sie sich innerlich an. Denn sie wusste, wenn ihre Lippen sich weiterbewegten, würde es nur noch schlimmer werden. Also senkte sie den Kopf und wünschte, menschliche Interaktionen wären nicht so schwierig.

»River?«

Sie schaute auf und direkt in seine gütigen blauen Augen. »Ja?«

»Du bist charmant. Und ich freue mich darauf, dass wir einander besser kennenlernen.«

»Wirklich?«

»Sehr sogar.«

Er fand sie charmant? Das hatte noch nie jemand zu ihr gesagt.

»Ich freue mich auch«, gab sie schüchtern zu. »Danke, dass du mir geholfen hast, die Zeremonie zu überstehen.«

»Gern geschehen.«

»Also sehe ich dich beim Entzünden der Weihnachtsbaumbeleuchtung?«

Er schenkte ihr ein schiefes Lächeln. »Ich denke, wir werden uns schon vorher wiedersehen.«

»Wir sind um neun zu Hause«, sagte Lily, als die Krönungszeremonie sich dem Ende zuneigte.

Victoria nickte ernst, bevor sie anfügte: »Auch wenn morgen keine Schule ist.«

Camryn unterdrückte ein Lächeln. »Ihr seid sehr verantwortungsbewusst«, sagte sie. »Und nun zieht los, und habt Spaß.«

Die Zwillinge schenkten ihr ein Lächeln, bevor sie losliefen, um sich mit ihren Freundinnen bei Angie zu Hause zum Essen und Fernsehgucken zu treffen.

»Sie werden so schnell groß«, sagte Jake gespielt sehnsüchtig. »In der einen Sekunde brauchen sie einen rund um die Uhr, und in der nächsten lassen sie einen allein, um mit ihren Freundinnen zusammen zu sein.«

Camryn lachte. »Ich komme damit klar, allein gelassen zu werden. Mir gefällt, dass sie glücklich sind.« Sie schaute zur Bühne, wo River sich mit Dylan unterhielt.

»Du kennst Dylan, oder?«, fragte sie.

»Klar. Wir sind seit unserer Kindheit beste Freunde. Er ist quasi wie mein Bruder.«

»Ich kenne ihn nur vom Grüßen.« Sie schaute in Jakes braune Augen. »Sag mir, dass er ein guter Mann ist.«

Für einen Moment wirkte Jake verwirrt. »Bist du an ihm interessiert?«

»Was? Nein. Es geht um River. Ich fühle mich für ihre Wahl zur Schneekönigin verantwortlich und will sichergehen, dass sie ihre Zeit mit jemandem verbringt, der nett ist.« Sie zögerte, weil sie nicht wusste, wie viel sie sagen sollte. »Sie ist ein wenig schüchtern und fühlt sich nicht immer ganz wohl im Umgang mit anderen Menschen.«

»Dann mach dir keine Sorgen. Dylan ist einer der Guten, und er wird sich um sie kümmern.«

»Danke. Jetzt fühle ich mich ein kleines bisschen weniger schuldig.«

»Wie wäre es, wenn ich dir ein Getränk ohne braunen Alkohol im *Geist der Weihnacht* ausgebe? Wir könnten die erfolgreiche Krönung von Schneekönig und Schneekönigin feiern.«

Diese Einladung kam überraschend. Camryn kannte Jake kaum. Nicht, dass ihr das etwas ausmachte. Bislang war es leicht, sich mit ihm zu unterhalten, und es passierte nicht oft, dass ein attraktiver Mann sie auf einen Drink einlud.

»Das klingt nett. Danke.«

Gemeinsam überquerten sie den Weihnachtskranz und betraten die Bar. Nur ein paar der Tische waren besetzt. Jake deutete auf einen im hinteren Bereich. Cam nickte und ging voran. Dann hängte sie ihren Mantel und Schal auf und setzte sich auf die weiche, gepolsterte Bank. Jake nahm ihr gegenüber Platz.

»Meine Mutter hat Dylans Wahl beeinflusst«, sagte er.

»Wie bitte?«

»Sie hat dafür gesorgt, dass er zum Schneekönig gewählt wird.«

Das hatte Camryn nicht gewusst. »Wie hat er das aufgenommen?«

»Resigniert, würde ich sagen.«

»Erinnere mich daran, niemals die Aufmerksamkeit deiner Mutter auf mich zu ziehen.«

Seine Augen blitzten amüsiert auf. »Sie ist tatsächlich jemand, mit dem man rechnen muss.«

»Was bedeutet, dass du dich vermutlich mit den Konsequenzen von *Projekt: Jakes Braut* herumschlagen musst.«

»Ja, das fürchte ich auch.«

Howard kam an ihren Tisch. Zu seinem karierten Hemd trug er eine mit Kürbissen bedruckte Fliege. »Die heutigen Specials stehen auf der Tafel. Meine Nichte ist in der Stadt. Sie ist gerade auf der Kochschule, deshalb bieten wir mit jedem Drink eine Auswahl an Appetithäppchen an.« Er funkelte sie an. »Gewöhnt euch bloß nicht daran.«

»Das werden wir nicht«, erwiderte Jake ernst, wobei er Camryn zuzwinkerte. »Ich nehme einen Scotch ohne Eis.«

Camryn warf einen Blick auf die Tafel. »Und für mich einen Cranberry-Martini, bitte.«

Howard notierte sich ihre Bestellung. »Bin gleich zurück.«

Camryn wartete, bis er gegangen war, bevor sie sich vorbeugte und flüsterte: »Essen im *Geist der Weihnacht.* Das passt so gar nicht zu Howard.«

Die Bar bot, was ihr Name versprach: hochprozentigen Alkohol. Und mehr erwarteten die Gäste auch nicht. Bier und Wein standen zwar auf der Karte, aber es wurde aktiv davon abgeraten, eines von beiden zu bestellen. Und abgesehen von den gelegentlichen Cocktail-Verkostungen gab es hier auch nichts zu essen.

»Ist dir aufgefallen, dass er nicht gesagt hat, um was für Häppchen es sich handelt?«, fragte Jake.

Camryn grinste. »Ich denke, er setzt voraus, dass es uns schmeckt.«

Sie schaute sich um und nahm die getäfelten Wände und die Truthahn-Dekorationen einen Moment in sich auf.

»Ich kann nicht glauben, dass nächste Woche schon Thanksgiving ist«, sagte sie. »Ich muss mich mit der Menüplanung wirklich ranhalten.«

»Hast du außer deinen Schwestern noch mehr Familie zu Besuch?«

»Nein. Aber ich habe River und ihre Mutter zum Dinner eingeladen, sodass wir zu fünft sind. Das wird sicher nett.«

Er musterte sie. »Deine Schwestern sind um einiges jünger als du.«

»Du meinst, die potenziellen Enkelkinder?«

Er ließ ein Lächeln aufblitzen, bei dem sie ein Kribbeln durchlief – was sie ignorierte.

»Ja, die meinte ich.«

»Meine Mom hat noch mal geheiratet. Die Zwillinge und ich haben unterschiedliche Väter.« Sie dachte an ihren Stiefvater. »Ihr Dad war ein toller Mann. Ein begabter Maler, dessen Karriere leider nie richtig Fahrt aufgenommen hat.« Sie zog die Nase kraus. »Also hat er Häuser angestrichen. Das war so eine Vergeudung von Talent. Ich glaube, Victoria hat ihre Kreativität von ihm. Denn ich habe sie ganz sicher nicht.«

»Was ist mit ihm passiert?«

»Er ist an einem Herzinfarkt gestorben. Es gab keine Vorwarnung. In der einen Sekunde hat er gearbeitet, in der nächsten war er tot.« Sie erinnerte sich noch immer an den Schock. »Ich war damals im letzten Jahr auf der Highschool. Wir waren alle am Boden zerstört.«

Er streckte den Arm über den Tisch aus und berührte sanft ihre Hand. »Das muss für eure Familie hart gewesen sein.«

»Das war es. Ich konnte nicht all die Dinge tun, die man im letzten Schuljahr tun sollte. Wie zum Abschlussball zu gehen. Ich war traurig und verloren. Beinahe wäre ich nicht aufs College gegangen, aber meine Mom hat darauf bestanden.« Sie sah ihn an. »Die Zwillinge brauchten sie noch, und ich glaube, das hat ihr sehr geholfen.«

Howard kehrte mit ihren Getränken und einem großen Glas Wasser für jeden zurück. Dann stellte er drei Teller vor sie.

»Geröstete Ravioli, gefüllte Champignons und Obstschaschliks mit Balsamico-Glasur.«

Sofort fing Camryns Magen an zu knurren. »Das klingt köstlich. Danke, Howard.«

»Wie gesagt, erwartet das jetzt nicht ständig.«

Er ging, und Jake griff nach einer der Ravioli. »Was ist mit deinem Vater?«

»An ihn erinnere ich mich nicht mehr. Er hat uns verlassen, als ich noch ein Baby war. Sehr lange hat es nur Mom und mich gegeben.« Sie nahm sich einen gefüllten Champignon. »Ich war glücklich, als sie wieder geheiratet hat und schwanger wurde, aber niemand hatte mit Zwillingen gerechnet.«

Sie nahm einen Bissen. Die leicht herbe Tomatensoße und der Käse vermischten sich perfekt mit dem erdigen Geschmack des Pilzes.

»Du hast deine Mutter letztes Jahr verloren?«, fragte Jake.

Camryn nickte. »Sie hat angerufen, um mir zu sagen, dass sie krank sei. Also bin ich hergeflogen, um sie zu besuchen. Nur war sie nicht krank, sondern lag im Sterben. Sie hat ihre Krankheit vor mir verheimlicht, weil sie mein Leben nicht unterbrechen wollte.«

Sein Blick ruhte auf ihr, seine Miene war mitfühlend. »Und dann musstest du hierher zurückziehen und dich um die Zwillinge kümmern.«

»Ich konnte sie nicht bitten, mit mir nach Chicago zu kommen. Sie hatten bereits so viel durchgemacht. Wir standen alle unter Schock. Um ehrlich zu sein, die letzten drei Monate des letzten Jahres sind in meiner Erinnerung immer noch verschwommen.«

»Das Gefühl kenne ich. Ich habe meinen Dad vor knapp zwei Jahren verloren. Das war schwer.«

»Wie geht es dir jetzt?«

»Es ist leichter. Ich vermisse ihn aber noch.«

In seiner Stimme schwang etwas mit … Vielleicht war es Bedauern. Und ein Anflug von Wut. Camryn fragte sich, ob diese Gefühle mit seinem Vater zu tun hatten oder mit etwas anderem. Nicht, dass sie ihn das fragen würde – so gut kannten sie einander nun auch wieder nicht.

»Für meine Mutter war es schwer«, fuhr er fort. »Sie ist ganz allein in diesem großen Haus und hat nichts zu tun.«

»Was ihr ausreichend Zeit lässt, Pläne zu schmieden, um dich unter die Haube zu bringen.«

Er zog eine Augenbraue in die Höhe. »Können wir bitte nicht darüber reden?«

»Ich meine, man muss ihren Einfallsreichtum bewundern.«

»Nein, muss man nicht.«

Sie lächelten einander an.

»Die potenziellen Enkelkinder schienen bei der Zeremonie Spaß zu haben«, sagte er.

»Den hatten sie. Worüber ich froh bin. Ich möchte, dass die Weihnachtszeit dieses Jahr für sie eine schöne Zeit wird, in der sie viele Dinge tun, die ihnen Spaß bringen. Nach dem letzten Jahr brauchen wir neue Erinnerungen.«

»Und einen richtig großen Weihnachtsbaum.«

Sie lachte. »Auf jeden Fall.«

»Vermisst du Chicago?«

»Ja. Allerdings weniger als letztes Jahr. Hier ist das Leben so anders, aber ich habe noch immer eine starke Bindung an Chicago. Meine Wohnung zum Beispiel. Als ich erkannt habe, dass ich für die Zwillinge hierbleiben muss, habe ich sie untervermietet, sodass ich wieder einziehen kann, wenn ich zurückgehe.«

Er sah sie überrascht an. »Du wirst Wishing Tree verlassen?«

»Jupp. Wenn die Zwillinge ihren Schulabschluss in der Tasche haben, ziehe ich wieder nach Chicago. Das war immer der Plan.

Ich habe es gemocht, in einer Großstadt zu leben. Ich hatte dort viele Freunde, und man konnte immer etwas unternehmen.«

»Was ist mit dem Laden?«

»Ich werde eine Geschäftsführerin anstellen, damit er in der Familie bleibt.« Sie lächelte. »Wobei *Schleifchen drum* natürlich nicht mit der Größe deines Unternehmens mithalten kann.«

»Das Konzept ist dasselbe. Wir beide haben Verbindungen zur Gemeinschaft und müssen mit den Erwartungen der Familie klarkommen. Wollte deine Mutter, dass du hierbleibst und den Laden führst?«

»Nein. Sie wollte, dass ich tue, was auch immer mich glücklich macht. Was ist mit dir?«

»Ich wusste immer, dass ich mal im Familienunternehmen landen würde. Das Hotelmanagement liegt mir im Blut.«

»Und es gefällt dir?«

»Ja. Mein Vater hat darauf bestanden, dass ich ganz unten anfange und mich hocharbeite. Seitdem ich fünfzehn war, habe ich jeden Sommer im Resort gearbeitet. Ich war Kofferträger, Kellner.« Das Killerlächeln kehrte zurück. »Ich habe sogar sechs Wochen im Reinigungsteam geschuftet.«

Das hatte sie nicht gewusst. »Du hast die Zimmer geputzt?«

»Fünf Tage die Woche. Damals habe ich mich darüber beschwert, aber es war eine gute Erfahrung. Ich habe äußersten Respekt für unser Reinigungspersonal.«

»Putzt du bei dir zu Hause selbst, oder hast du jemanden dafür?«

Er nippte an seinem Drink. »Dafür habe ich jemanden.«

»Du bist so ein guter Mann«, zog sie ihn auf.

»Ich weiß, wie man eine Wohnung putzt«, wehrte er sich lachend. »Ich habe mich nur entschieden, es nicht selbst zu tun.«

Camryn und Jake aßen die Appetithäppchen auf und bestellten eine weitere Runde Drinks. Es war beinahe sechs Uhr, als sie den *Geist der Weihnacht* verließen. Die Sonne war vor knapp zwei Stunden untergegangen, und nun funkelten Sterne am Himmel.

»Mir ist ein wenig schwindelig«, gab Camryn zu und atmete die kalte Abendluft ein. Das liegt am zweiten Cocktail, dachte sie. Normalerweise trank sie nicht so viel. »Aber auf gute Art.«

Jake legte eine Hand an ihren Rücken. »Du bist ein Leichtgewicht.

»Das liegt daran, dass ich keinen braunen Alkohol trinke.«

»Ja, vermutlich. Komm, ich begleite dich nach Hause. Ich will sichergehen, dass du dort ankommst.«

Sie schaute zu ihm auf. »Es sind nur sechs Straßenzüge. Das schaffe ich.«

»Ich begleite dich trotzdem.«

Während er sprach, lächelte er, und ihre Blicke verfingen sich ineinander. Camryn spürte, dass sie leicht in seine Richtung schwankte, und dachte, dass er einen wirklich hübschen Mund hatte und es sehr lange her war, dass sie geküsst worden war. Sie könnte einen Kuss von einem Mann gut gebrauchen, und wo sie schon dabei war, ein paar Berührungen auch.

»Was denkst du gerade?«, fragte Jake. »Du hast einen sehr interessanten Ausdruck im Gesicht.«

Auf keinen Fall würde sie ihre Gedanken mit ihm teilen. »Nur irgendein Zeug. Mädchenkram. Das willst du nicht wissen.«

»Ich bin mir nicht sicher, ob ich dir das glaube, aber ich werde nicht weiter nachfragen. Kannst du gehen? Soll ich mein Auto holen?«

»Nein, alles in Ordnung.«

Sie machte ein paar Schritte, um es zu beweisen, und wäre beinahe auf einer glatten Stelle ausgerutscht. Jake war sofort an ihrer Seite und legte einen Arm um ihre Taille, um sie aufrecht zu halten. Irgendwie endete ihre Hand an seiner Schulter und sein Gesicht sehr nah an ihrem.

»Du siehst wirklich unglaublich gut aus«, murmelte sie.

Er grinste. »Danke. Ich finde, dass du auch sehr gut aussiehst.«

Sie winkte mit ihrer freien Hand ab. »Nein, das tust du nicht. Das sagst du nur, weil ich es gesagt habe. Außerdem … die Haare.«

Er hob seinen Blick ein wenig. »Was ist mit deinen Haaren?«

»Die sind rot und lockig. Einige Männer mögen das nicht. Ich bin mal mit einem Typen ausgegangen, der nach dem zweiten Date mit mir Schluss gemacht hat. Er meinte, er käme nicht über die Locken hinweg. Ich würde immer so zerzaust aussehen, als würde ich mir keine Mühe geben. Er war ein Idiot.«

»Das war er. Ein dummer, unhöflicher Idiot. Ich entschuldige mich für ihn.«

»Das musst du nicht, aber es ist nett, dass du es tust.« Sie atmete tief ein. »Okay, jetzt kann ich gehen.«

»Bist du sicher?«

Das war sie. Aber wenn es nach ihr ginge, würde sie etwas anderes lieber tun. Zum Beispiel Jake küssen. Lustig, vor ein paar Tagen hatte sie ihn kaum gekannt, und jetzt träumte sie schon von seinen Lippen. Nicht, dass sie ihm das sagen würde. Sie bräuchte wesentlich mehr als zwei Cocktails, um mit so etwas herauszuplatzen.

Also tätschelte sie seine Schulter und trat einen Schritt zurück. Dieses Mal, ohne zu stolpern.

»Siehst du?«

Er musterte sie einen Moment, bevor er ihre behandschuhte Hand in seine nahm. »Nur um sicherzugehen.«

Gemeinsam gingen sie die Lebkuchenstraße hinunter.

»Nächste Woche soll es noch mehr schneien«, sagte Camryn. »Dieses Jahr haben wir den ersten Schnee wirklich genossen. Im letzten Jahr kam er so spät, und die Zwillinge und ich haben nicht wirklich darauf geachtet. Aber dieses Jahr sind wir auf den Weihnachtskranz gegangen und haben mit allen zusammen heißen Kakao getrunken. Das war super.«

»Ihr drei werdet dieses Jahr ganz fabelhafte Weihnachten haben. Das hilft beim Heilungsprozess.«

»Das hoffe ich. Meine Schwestern sind erst fünfzehn und haben schon so viel durchgemacht.«

»Du aber auch.«

»Ja, aber ich bin älter. Ich komme damit klar.«

»Älter zu sein bedeutet nicht, dass es weniger schmerzt.«

Sie sah ihn blinzelnd an. »Das ist sehr tiefgründig. *Du* bist sehr tiefgründig.«

Er lachte leise. »Danke.«

Sie gingen die letzten paar Meter zu ihrem Haus. Es gefiel ihr, wie Jake ihre Hand hielt. Gut, es war nur aus Sicherheitsgründen, aber es fühlte sich trotzdem schön an.

An ihrem Haus angekommen, wartete Jake, bis Camryn die Schlüssel aus ihrer Tasche geholt und die Haustür aufgeschlossen hatte.

»Das war schön«, sagte sie und wünschte, es gäbe einen Grund, ihn hereinzubitten. Wegen der Küsse und so.

Und so? Dachte sie etwa daran, Sex mit Jake zu haben?

»Das war es«, bestätigte er. »Außerdem gab es im *Geist der Weihnacht* etwas zu essen. Das macht es zu etwas ganz Besonderem.«

Sie zwang ihr leicht beschwipstes Gehirn, sich auf die Unterhaltung zu konzentrieren.

»Mir haben die gefüllten Champignons gefallen.«

»Mir auch.« Er lächelte sie an. »Du solltest jetzt ein paar Gläser Wasser trinken und vielleicht eine Kopfschmerztablette nehmen.«

»Warum?«

»Damit du morgen keinen Kater hast.«

»Es ist süß von dir, dir Sorgen zu machen, aber mir geht es gut.«

»Das hoffe ich.« Einen Moment musterte er sie schweigend. »Kommst du klar, so ganz allein?«

»Natürlich. Mir geht es gut.«

Sie sollte Wasser trinken, wie er es vorgeschlagen hatte, und dann versuchen, herauszufinden, woher die Idee gekommen war, mit Jake Sex zu haben.

Jake zögerte kurz, dann beugte er sich vor und gab ihr einen sanften Kuss auf die Wange. »Mir gefallen deine Locken. Sie sind sexy und passen zu dir.«

Damit drehte er sich um und ging.

Camryn betrat das Haus und schloss die Tür hinter sich. Auch wenn sie das Kompliment zu schätzen wusste, fragte sie sich, warum er sie nicht auf die Lippen geküsst hatte. Denn ein echter Kuss von Jake wäre noch besser als gefüllte Champignons, dessen war sie sich sicher.

7. Kapitel

Dylan schmirgelte die letzte Ecke des Hartfaserinlays und blies dann den Staub weg. Mit dem Finger fuhr er die Intarsien nach auf der Suche nach rauen Stellen. Als er keine fand, trat er an die Schranktür und fügte das Element an seinem Platz ein. Für die meisten seiner Projekte machte er sich nicht die Mühe, ein Probestück herzustellen, doch diese Türen hatten ein kompliziertes, verschlungenes Design. Jeder Wirbel war nur zehn Millimeter breit und aus Ebenholz. Die Technik vorab mit Hartfaserplatten auszuprobieren würde ihm später sehr viel Ärger ersparen.

Sobald das Inlay perfekt passte, würde er sich das nächste Stück vornehmen, bis er die komplette Tür fertig hatte. Die Einbauschränke waren für ein großes Haus in Seattle gedacht. Sie erstreckten sich über die gesamte Wand eines sieben Meter breiten Esszimmers und würden eine Platte aus italienischem Marmor bekommen.

Während er arbeitete, kehrten seine Gedanken zu einem Thema zurück, das ihn seit zwei Tagen beschäftigte. Nein, es war kein Thema. Es war eine Person. Er schaffte es einfach nicht, River aus dem Kopf zu kriegen.

Alles an ihr sprach ihn an. Sie war direkt, ehrlich und arglos. Okay, dachte er und unterdrückte ein Grinsen, außerdem ist sie hübsch und unerwartet sexy gewesen in ihrem dicken Mantel und der wenig schmeichelhaften Mütze. Er mochte ihr Lächeln und dass sie sich ihrer Angst gestellt hatte. Oh, und sie hatte Freundinnen, die auf sie achtgaben, was seiner Meinung nach viel bedeutete. Den Großteil seines Sonntags hatte er damit verbracht, sich etwas einfallen zu lassen, weshalb er sich bei ihr melden könnte. Doch dann war ihm aufgefallen, dass er zwar Leute kannte, die sie kannten, aber keinem von ihnen nahe genug stand, um nach Rivers

Telefonnummer zu fragen. Also hatte er noch einmal nachgedacht und sich einen Plan für heute überlegt. Was erklärte, warum er ständig auf die Uhr schaute und darauf wartete, dass es endlich Mittag wurde, damit er seinen Zug machen konnte.

Um Viertel nach elf machte er sich ein paar Notizen mit seinem roten Filzstift, dann wusch er sich die Hände und nahm seinen Mantel. Die drei Meilen von seiner Werkstatt zum Weihnachtskranz fuhr er mit dem Auto. Von dort war es nur ein kurzer Weg zu *Schleifchen drum*. Er würde ein paar Dinge mit Camryn besprechen und dann hoch zu Rivers Büro gehen.

Obwohl es ein Montagmorgen war, herrschte im *Schleifchen drum* reger Betrieb. Mehrere Kunden stöberten in der Geschenkpapierabteilung, und eine junge Mutter mit Kinderwagen stand vor dem Großformatdrucker. Dylan schaute sich nach Camryn um und ging auf sie zu, sobald er sie erblickte.

»Hast du eine Minute?«, fragte er.

Sie lächelte. »Sicher. Bist du in offiziellen Schneekönig-Angelegenheiten hier?«

»Nein, es ist etwas Persönliches.« Er schaute sich um und sah dann wieder Camryn an. »Können wir irgendwo ungestört reden?«

»Natürlich.«

Sie ging voran in einen Raum, in dessen Mitte mehrere rechteckige Tische zusammengeschoben worden waren. Ein Dutzend Stühle stand um die Tische herum, und an der Wand hingen Poster mit Anleitungen, wie man Geschenke verpacken konnte.

»Was passiert hier drinnen?«, fragte er, weil er keine Ahnung hatte, warum jemand Bänder und Spitze aufeinanderlegen und einen Glitzeranhänger an ein Geschenk hängen wollte. Andererseits war er auch nicht gerade dafür bekannt, seine Geschenke selbst einzuwickeln. Wie die meisten Bewohner von Wishing Tree gab er sie hier ab und holte sie später hübsch verpackt wieder ab. Vermutlich hatte er auch schon mit Geschenkband und Spitze verzierte Päckchen verschenkt, ohne dass er sich erinnerte.

Camryn legte eine leere Geschenkpapierrolle an ein Ende des Tisches, zog dann zwei Stühle hervor und setzte sich.

»Hier finden Verpackungspartys statt. Freunde bringen ihre Geschenke und verpacken sie gemeinsam.«

»So etwas gibt es?«

Sie grinste. »Hier schon. Wir bieten dazu ein Catering von den örtlichen Restaurants an, und *Geist der Weihnacht* kann Getränke liefern. Die Leute haben dabei immer viel Spaß.« Sie zeigte auf die Poster. »Je nachdem, um was für eine Party es sich handelt, machen wir Vorschläge. Wir stellen auch eine Auswahl an Papieren und Dekorationen bereit und liefern Ideen, wie jedes Geschenk zu etwas ganz Besonderem werden kann.«

Das war wohl etwas, das nur Frauen begriffen. Wenn er seine Geschenke hier abgab, sagte er immer nur, sie sollten am Ende hübsch aussehen.

Camryns Augen funkelten amüsiert. »Du musst das nicht verstehen, Dylan. Bring deine Geschenke einfach her, und wir kümmern uns darum, ohne über die Einzelheiten zu sprechen.«

»Gut. Danke.« Er hielt kurz inne. »Darüber wollte ich mit dir reden. Über das Einpacken einiger Geschenke.« Sobald sie damit fertig wären, würde er zu River hochgehen.

Vor Aufregung beschleunigte sich sein Herzschlag.

Camryn zog ein kleines Tablet aus ihrer Arbeitsschürze. »Ich bin beeindruckt, dass du mit deinen Weihnachtseinkäufen so früh anfängst. Die meisten Leute warten bis weit in den Dezember hinein.«

»Es geht nicht um Geschenke für Freunde«, sagte er, in Gedanken immer noch bei River. »Ich lasse tausendsiebenhundert Bücher herschicken. Die habe ich bei *Ihr Bücherlein kommet* bestellt und …«

Zwei Sekunden zu spät erkannte er, was er da gerade gesagt hatte. Er unterdrückte einen Fluch. Wieso hatte er sich nicht vorher überlegt, was er sagen wollte? Das hatte er bisher immer getan. Nur heute nicht.

Camryn sah ihn ausdruckslos an. »Entschuldige, hast du tausendsiebenhundert Bücher gesagt?«

»Ja.«

»Du hast tausendsiebenhundert Bücher gekauft und willst, dass wir sie einpacken?«

Er wusste, dass er die Sache jetzt nicht mehr retten konnte. »Ich will sie an alle Grundschulkinder der Stadt verschenken. Die genaue Zahl ist eintausendsechshundertundsiebenundachtzig, also bleiben dreizehn Bücher, die nicht verpackt werden müssen. Die gehen an die Bücherei.«

Camryn öffnete den Mund und schloss ihn wieder. Dann sagte sie: »Ich verstehe das nicht. Selbst wenn die Bücher nur fünf oder sechs Dollar pro Stück kosten, wären das knapp zehntausend Dollar. Dazu die Kosten fürs Einpacken. Und die Kosten, um sie ausliefern zu lassen.«

Sie stand auf und starrte ihn an. »Du bist der geheime Weihnachtsmann der Stadt. Du bist derjenige, der nach dem bösen Sturm im Oktober die Dächer repariert hat. Die Familien hatten keine Versicherung, weil sie sich die nicht leisten konnten, und jemand hat die Kosten für die Reparaturen übernommen.«

Sie ging zur Tür und drehte sich wieder um. »Du hast die Stipendien für das Sommercamp ins Leben gerufen. Das waren zwanzig, und niemand wusste, woher das Geld gekommen war.«

Nun kehrte sie an den Tisch zurück und setzte sich wieder. »Ich verstehe das nicht. Wie machst du das? Du machst Möbel, richtig? Ich meine, die sind hübsch und alles, aber wie kannst du es dir leisten …«

Sie presste die Lippen aufeinander. »Tut mir leid. Das geht mich nichts an. Lass mich ein paar Ideen für die Bücher ausarbeiten. Ich nehme an, dass du keine Namenskärtchen brauchst, also können wir einfaches, kinderfreundliches Geschenkpapier und ein wenig Schleifenband nehmen. Das sollte die Kosten niedrig halten.«

Innerhalb kürzester Zeit war sie von geschockt zu professionell gewechselt, wovon Dylan sehr beeindruckt war. »Danke. Meine E-Mail-Adresse solltest du im System haben.«

Sie tippte etwas in ihr Tablet und nickte. »Die habe ich. Bis Ende des Tages hast du das Angebot vorliegen.«

Er wartete darauf, dass sie noch mehr sagte, doch das tat sie nicht.

»Ich will nicht, dass irgendjemand weiß, dass ich es bin«, sagte er leise.

»Ich werde keinen Ton sagen.«

Er wusste, dass er keine andere Wahl hatte, als ihr zu vertrauen. »Danke.« Er stand auf. »Ist River im Büro? Sie meinte, sie arbeitet über dem Laden? Ich dachte, wir sollten einander besser kennenlernen, bevor wir mit unserer Regentschaft beginnen.«

Camryn stand auf. »Ja, sie ist da.« Sie ging zur Tür und hielt inne. »Dylan, River ist ein wenig schüchtern, also wäre es toll, wenn du nett zu ihr bist.«

Camryns Beschützerinstinkt gefiel ihm. »Das ist immer mein Ziel.«

»Gut.« Sie wedelte mit ihrem Tablet. »Ich habe viele Fragen, aber ich werde sie nicht stellen. Oder irgendjemandem etwas sagen.« Sie lächelte. »Die Kinder werden die Bücher lieben.«

»Das hoffe ich.«

Gemeinsam kehrten sie in den Laden zurück. Camryn widmete sich sofort einer Kundin, die eine Frage hatte, und Dylan ging zur Hintertür und stieg dann die Treppe hinauf. Oben klopfte er an die geschlossene Tür.

Er hatte keine Ahnung, ob das, was er am Samstag gefühlt hatte, nur dem Moment geschuldet gewesen war oder ob seine Anziehung echt war. Doch das würde er jetzt herausfinden.

Die Tür ging auf, und River sah ihn überrascht an. »Dylan. Äh, hi.«

Es war das erste Mal, dass er sie sah, ohne dass ein dicker Daunenmantel sie von den Schultern bis zu den Knien verhüllte. Sie war umwerfend. Stachelig gestylte dunkle Haare, große Augen und ein zögerliches Lächeln, das an ihren Mundwinkeln zupfte. Sie war klein und zierlich, hatte aber ausreichend Kurven, um einen Mann auf Ideen zu bringen.

Er wollte sie an sich ziehen und sie küssen, bis sie beide atemlos waren. Er wollte vieles tun, was unangemessen war, wovon zu träumen aber Spaß brachte. Doch im Moment musste er nicht träumen – sie stand direkt vor ihm.

»River«, sagte er und schenkte ihr sein bestes Lächeln. »Ich dachte, da wir als Schneekönig und Schneekönigin einige Zeit zusammen verbringen werden, wäre es hilfreich, wenn wir einander besser kennenlernen. Kannst du eine Pause machen und mit mir zu Mittag essen?«

Ihre Augen weiteten sich überrascht, und sie öffnete leicht den Mund. Vielleicht irrte er sich, aber es wirkte, als würde sie sich für eine Sekunde in sich selbst zurückziehen. Schon wappnete er sich für ihr Nein, als sie tief einatmete und sagte: »Das wäre schön. Ich habe mir die Liste unserer Pflichten angesehen, und das sind mehr, als ich dachte. Du hast recht, wir werden viel Zeit zusammen verbringen, also ergibt es Sinn, dass wir versuchen, uns miteinander wohlzufühlen.«

Er entspannte sich und lehnte sich gegen den Türrahmen. »Das heutige Angebot in *Joy's Diner* sind Monte-Christo-Sandwiches. Und sie machen die besten. Wärst du daran interessiert?«

Nun lächelte sie wirklich, und das traf ihn mitten in die Brust. Alle Luft verließ seine Lungen, und er musste sich anstrengen, um nicht laut zu stöhnen. Meine Güte, wie machte sie das nur?

»Ich mag *Joy's Diner* sehr, und ich hatte noch nie ein Monte-Christo-Sandwich.«

»Dann lass mich dich dazu einladen. Ich glaube, du wirst es mögen.«

Sie lachte leise. »Gib mir eine Sekunde, um meine Arbeit zu speichern.«

Damit öffnete sie die Tür weiter, um ihn eintreten zu lassen. Dylan schaute sich in ihrem Büro um. Der Raum war größer, als er gedacht hatte, und besaß mehrere Fenster, die auf den Weihnachtskranz hinausgingen. River hatte einen großen, L-förmigen Schreibtisch, auf dem drei Bildschirme und eine ergonomische Tastatur standen. An einer Wand hing eine Landkarte der Vereinigten Staaten, neben der ein großes Whiteboard stand. Links gab es eine Sitzecke und an den Wänden mehrere schwebende Regale mit Büchern und einer Schneekugel darauf. Er trat näher und sah darin eine fröhliche Comic-Biene.

»Ich bin so weit«, sagte River.

Er drehte sich in dem Moment um, als sie zu ihrem Kleiderständer ging. Dort streifte sie ihre Clogs ab, wobei sie dicke Socken in Regenbogenfarben enthüllte, und schlüpfte in ihre Schneestiefel. Danach zog sie den warmen Wintermantel über, schlang sich einen Schal um den Hals und setzte ihre Wollmütze auf.

Er unterdrückte ein Lächeln. »Wir gehen nur kurz ums Eck.«

»Draußen ist es kalt. Unnatürlich kalt.«

»Ich denke, die Temperatur ist ziemlich normal.«

Ihr Lächeln kehrte zurück, was ihm einen weiteren Schlag in die Brust versetzte. »Ich meinte für mich. Ich bin in Los Angeles aufgewachsen und fange an zu zittern, sobald die Temperaturen unter zweiundzwanzig Grad fallen.«

Sie verließen das Büro, und River schloss die Tür ab. Dann ging sie voran nach unten. Sobald sie nach draußen traten, holte sie Handschuhe aus ihrer Manteltasche und zog sie an, bevor sie Dylan anschaute.

»Du trägst keine Handschuhe?«

»So kalt ist es nicht. Außerdem verliere ich die immer.«

»Aber es sind Minusgrade. Bekommst du da keine Erfrierungen?«

»Nicht auf dem kurzen Weg.«

»Du trägst nicht mal eine Mütze.«

Er lachte leise. »Ich bin dieses Klima gewohnt. Frag mich noch mal, wenn es minus zwanzig Grad sind. *Das* ist kalt.«

River erschauderte sichtlich. »Wenn es jemals so kalt wird, werde ich mein Haus nicht verlassen.«

Sie gingen den kurzen Weg zu *Joy's Diner*. Als sie auf den Bürgersteig traten, schien River ein wenig zu schwanken, doch bevor er sie fragen konnte, ob alles in Ordnung wäre, marschierte sie schon auf die Tür zu. Sobald sie drinnen waren, zeigte Dylan auf einen freien Tisch im hinteren Bereich.

»Wie wäre es dort?«

Sie nickte und blieb vor dem Tisch stehen, um Schal und Mütze abzunehmen. Dann hängten sie ihre Mäntel auf und setzten sich einander gegenüber.

Dylan sagte sich, dass er sich cool geben sollte – keine Frau mochte einen Mann, der zu eifrig wirkte.

River schaute sich um. »Es ist nett hier. Die Atmosphäre ist so freundlich und willkommen heißend. Das scheint in allen Restaurants in der Stadt so zu sein. Was wirklich schön ist.«

»Du hast am Samstag gesagt, dass du erst seit gut sechs Monaten hier bist, und heute hast du verraten, dass du aus Los Angeles kommst. Wie bist du hier gelandet?«

Die Kellnerin trat an ihren Tisch, stellte zwei Gläser Wasser vor sie und gab ihnen die Speisekarten.

»Hey, ihr zwei. Das Angebot des Tages ist das Monte-Christo-Sandwich. Es kommt mit einem kleinen Salat. Und ich würde dazu eine Portion Pommes frites zum Teilen empfehlen. Was kann ich euch zu trinken bringen?«

Dylan bedeutete River, zuerst zu sprechen. Sie warf einen Blick auf die Getränkekarte und sah dann die Kellnerin an. »Ich nehme eine Cola light, bitte.«

»Und ich einen Kaffee«, sagte Dylan. »Schwarz.«

»Kommt sofort.«

Die Kellnerin ging, und River legte die Speisekarte weg.

»Ich werde das Tagesangebot probieren.«

»Ich auch. Willst du Pommes frites?«

Ihr Lächeln kehrte zurück. Dieses Mal war er besser auf den Schlag vorbereitet und schaffte es, normal weiterzuatmen.

»Auf jeden Fall.«

»Dann bestellen wir die. Also, du wolltest mir erzählen, wie du in Wishing Tree gelandet bist. Dazu muss es eine Geschichte geben, denn unsere Stadt ist nicht gerade ein Ort, der in Kalifornien allgemein bekannt ist.«

Sie lachte. »Das stimmt. Ich hatte definitiv noch nie etwas von Wishing Tree gehört. Meine Schwester Kelsey hat unerwartet ein Haus von ihrem Großvater geerbt. Sie wollte etwas in ihrem

Leben verändern, also hat sie beschlossen, mit ihrer Tochter Brooklyn hierherzuziehen.«

»Warte mal, deine Schwester hat von eurem Großvater geerbt, aber du nicht?« Das war nicht richtig.

»Es ist kompliziert«, murmelte sie und zupfte an ihrer Papierserviette.

»Wir haben den gesamten Lunch über Zeit, darüber zu reden. Außer, das Thema ist dir unangenehm.«

»Nein, das ist es nicht.« Sie atmete tief durch. »Kelsey und ich sind adoptiert. Wir haben die gleiche Mutter, aber verschiedene Väter. Das Erbe kam von Kelseys Großvater väterlicherseits. In seinem Testament hat er geschrieben, dass er ihr ganzes Leben über von ihr wusste, aber nie den Mut gefunden hatte, sich bei ihr zu melden. Im Alter hat er das sehr bedauert und ihr deshalb das Haus vermacht. Sie wusste nichts über die Stadt oder den Zustand des Hauses, aber sie ist hergeflogen, um es sich anzusehen, und ihr war sofort klar, dass sie hierbleiben wollte.«

River sah ihn an. »Ich konnte sie nicht ganz allein über tausend Meilen weit wegziehen lassen. Sie ist meine Schwester! Was, wenn ihr etwas passiert wäre? Also habe ich sie begleitet. Ich wollte nur ein paar Wochen bleiben, aber dann habe ich gemerkt, dass ich die Stadt mag, und gedacht, dass ich vielleicht hierherpasse. Außerdem kann ich von überall arbeiten.«

Die Kellnerin kehrte mit den Getränken zurück, und Dylan gab ihre Bestellung auf. Als sie wieder allein waren, fragte er: »Bist du froh, dass du hierhergezogen bist?«

»Ja. Das Wetter ist hart für mich, aber ansonsten gefällt mir mein Leben hier. Ich kann zu Fuß zur Arbeit gehen. Und ich habe viele neue Freundschaften geschlossen, was wirklich toll ist. Die Menschen scheinen hier netter zu sein. Vielleicht liegt es aber auch an mir. Vielleicht bin ich hier offener.«

»Hast du in Los Angeles Familie zurückgelassen?«

»Ja. Unsere Mutter.« River wickelte ihren Pappstrohhalm aus und steckte ihn in ihre Cola. »Es war nicht leicht, aber es war die richtige Entscheidung. Brooklyn, Kelseys Tochter, hatte

Probleme in der Schule. Sie ist sehr klug und still und wurde viel gemobbt. Sie hatte außerdem Probleme, Freundinnen zu finden.«

Sie hielt inne und überlegte kurz, dann fuhr sie fort: »Kelsey hatte sie bereits zweimal die Schule wechseln lassen, aber mit den sozialen Medien und der Art, die Kinder nun mal haben, hat das nicht geholfen. Hier entwickelt Brooklyn sich richtig gut. Sie liebt ihre Lehrer und hat eine Gruppe von Freundinnen.« Sie lächelte. »Kelsey und ich reden oft darüber, wie sie hier aufblüht. Das ist so eine Erleichterung.«

Sie ist unglaublich offen, dachte Dylan. Sie sagte einfach, wie es war – was einen gewissen Mut erforderte.

»Du stehst deiner Schwester und deiner Nichte sehr nahe«, merkte er an.

»Ja. Sie sind meine Familie.«

»Hast du jemand Besonderen zurückgelassen?«, fragte er weiter. »Einen Freund? Einen Ehemann?«

Sie riss geschockt die Augen auf. »Ich bin nicht verheiratet. Und ich habe auch keinen Freund.«

»Hm«, machte er und nahm seinen Kaffeebecher, um nicht vor Freude in die Hände zu klatschen. »Ich hätte die Männer in Los Angeles für klüger gehalten.«

Eine leichte Röte stieg ihr in die Wangen. »Ich weiß nicht, was ich darauf sagen soll.«

»Ich denke, etwas wie ›Danke, Eure Majestät‹ wäre angebracht.«

Sie lachte. Es war ein kleines, fröhliches Geräusch, das genauso tödlich war wie ihr Lächeln.

»Danke, Eure Majestät«, sagte sie. »Nein, warte. Ich kann das nicht so sagen, als ob ich es ernst meine. Das kriege ich einfach nicht hin.«

»Und wieder ist eine Hoffnung zu Staub zerfallen.« Er hielt kurz inne. »Dann ist deine Mom also die Einzige in eurer Familie, die noch in Los Angeles lebt?«

»Ja.«

»Und es war für sie in Ordnung, dass ihre beiden Töchter so weit weggezogen sind?« Die Frage war raus, bevor er überlegen konnte, ob das vielleicht ein sensibles Thema war.

»Sie wollte, dass Brooklyn glücklich ist, und wusste, dass Wishing Tree die beste Option ist. Außerdem war sie mit mir einer Meinung, dass Kelsey nicht allein gehen sollte.« River trank einen Schluck. »Meine Mom ist Bibliothekarin. Sie ist sehr gesellig und hat Unmengen von Freunden, also machen wir uns keine allzu großen Sorgen um sie. Sie kann sich gut um sich selbst kümmern.« Sie hielt inne. »Aber ich vermisse sie. Es gab immer nur uns vier, und wir stehen uns alle sehr nahe. Es ist schwer, sie nicht in der Nähe zu haben. Ich versuche, sie nicht zu sehr damit zu bedrängen, dass sie auch herziehen soll, aber ich erwähne es öfter, als ich sollte.« Nun schüttelte sie den Kopf. »Okay, ich muss aufhören, so viel zu reden. Erzähl mir etwas von dir.«

»Warum glaubst du, dass du zu viel redest?«

»Weil ich es tue.« Sie sah ihn an und senkte dann den Blick. »Es ist so leicht, mit dir zu reden. Bei dir fühle ich mich wohl.«

Er versuchte, nicht zu viel in diese Bemerkung hineinzulesen. Oder gar zu jubeln. Ja, das würde ihr definitiv Angst machen, und das war das Letzte, was er wollte.

»Ich mag es, wenn du redest«, sagte er. »Ich denke, der Grund, warum wir uns miteinander so wohlfühlen, ist, dass wir die einzigen Adligen in der Stadt sind. Mit wem sollten wir sonst abhängen?«

Wie erhofft brachte sie diese Bemerkung zum Lachen.

»Wow. Du nimmst diese Königssache langsam echt ernst«, zog sie ihn auf. »Wenn das so weitergeht, muss ich mal mit jemandem vom psychologischen Dienst sprechen, und ich bin mir nicht sicher, ob ich für so ein Gespräch gerüstet bin.«

Er grinste. »Du musst dir keine Sorgen machen. Ich bin geistig vollkommen gesund.«

Dann beugte er sich vor und berührte leicht ihre Hand. Es war nur ein Bruchteil einer Sekunde, in dem seine Fingerspitzen ihre Fingerknöchel berührten, doch diese Berührung löste einen

Funken aus. Zumindest auf seiner Seite. Aber was noch wichtiger war: River zog ihre Hand nicht zurück.

»Ich habe nie jemanden kennengelernt, der adoptiert wurde«, sagte er. »Habt du und Kelsey Kontakt zu eurer leiblichen Mutter gehalten?«

»Nein. Sie war eine entfernte Cousine unserer Mom und zu jung, um sich um zwei Kinder kümmern zu können. Kelsey war drei, als sie uns abgegeben hat, aber ich war noch ein Baby. Ich habe keine Erinnerungen an sie, was in Ordnung ist. Sie hat uns unserer echten Mom gegeben, und wir haben sie nie wiedergesehen.«

»Und das ist für dich in Ordnung?«

»Ich kenne es nicht anders. Und ich denke nicht wirklich an sie. Wir wurden geliebt, und das ist alles, was zählt.«

»Habt ihr immer gewusst, dass ihr adoptiert seid?«

»Nein. Falls Kelsey gewusst hat, dass sie anfangs von einer anderen Frau aufgezogen wurde, hat sie es ziemlich schnell vergessen. Als ich vierzehn war, hat unsere Mutter sich mit uns hingesetzt und uns erzählt, was passiert ist. Zu dem Zeitpunkt in ihrem Leben war ihr bewusst, dass sie vermutlich niemals heiraten und eigene Kinder haben wird, also hat sie uns als Geschenk und als Segen betrachtet.« Sie lächelte sanft. »Es ist schön, von jemandem als Geschenk angesehen zu werden.«

Dylan nahm die Informationen in sich auf und bemühte sich, nicht sichtlich darauf zu reagieren. Denn es fiel ihm schwer, sich vorzustellen, wie diese Unterhaltung verlaufen sein musste.

»Es gab keinerlei Hinweise, dass sie nicht eure leibliche Mutter war?«, fragte er. »Ich bin mir sicher, dass sie euch die Wahrheit sehr schonend beigebracht hat. Aber trotzdem, was für eine Art, euer Leben auf den Kopf zu stellen.«

Sie nickte. »Wir waren beide überrascht. Sie hat erklärt, als sie uns adoptierte, hätten ihr alle geraten, es so lange geheim zu halten, bis wir alt genug wären, um es verarbeiten zu können. Heute denkt man anders darüber. Ärzte und Psychologen sind sich einig, dass es am besten ist, wenn Kinder mit der Information aufwachsen, weil ansonsten ihr Selbstempfinden erschüttert werden kann.«

Sie zögerte. »Für eine Weile waren Kelsey und ich ziemlich verstört. Es war viel, was wir verarbeiten mussten. Ich habe länger gebraucht, um darüber hinwegzukommen. Eine ganze Zeit lang habe ich mich gefragt, ob ich meiner Mom jemals wieder vertrauen kann. Aber nach ein paar Monaten wurde mir klar, dass sie mich liebte und immer für mich da gewesen ist.«

Er konnte sich nicht vorstellen, wie es sein musste, mit vierzehn Jahren zu erfahren, dass er nicht der war, für den er sich gehalten hatte. »Du warst sehr mutig.«

Wieder lächelte sie. »Danke. Ich bin mir dessen nicht so sicher, aber es ist nett von dir, das zu sagen.« Sie hielt inne. »Sobald wir die Information verarbeitet hatten, hat Mom gefragt, ob sie unsere leibliche Mutter kontaktieren sollte. Wir waren uns einig, dass wir das nicht wollten. Wir waren glücklich. Wir waren eine Familie. Mehr brauchten wir nicht.«

Ihre Sandwiches kamen. River schnitt ihre beiden Hälften noch einmal durch und gab dann etwas Dressing auf ihren Salat. Dylan staunte erneut über ihre Fähigkeit, so offen mit jemandem zu sein, den sie kaum kannte. Bevor er seine Worte überlegen konnte, hörte er sich sagen: »Ich habe meinen Vater nie kennengelernt. Meine Mom wurde auf der Highschool schwanger. Erst hatte sie überlegt, mich zur Adoption freizugeben, aber dann hat sie beschlossen, mich zu behalten.«

River starrte ihn an. »Ernsthaft? Das hat sie dir erzählt?«

Er nickte. »Sie war keine schlechte Mutter, aber sie war auch nicht wirklich an mir interessiert. Sie hat mir sehr früh klargemacht, dass sie Wishing Tree verlassen wird, sobald ich achtzehn würde, und dass ich mich besser darauf vorbereiten sollte, allein klarzukommen.«

Rivers grüne Augen weiteten sich. »Das tut mir leid. Das muss sehr schmerzhaft gewesen sein.«

»Es muss dir nicht leidtun. Ich konnte damit umgehen.«

Sie wirkte nicht überzeugt. Er schätzte, ihre Besorgnis lag zum Teil daran, dass sie ein mitfühlender Mensch war. Und weil sie in dem Wissen aufgewachsen war, ein Geschenk zu sein.

Er biss von seinem Sandwich ab und kaute. Nachdem er runtergeschluckt hatte, sagte er: »Am ersten Tag in der ersten Klasse habe ich Jake kennengelernt. Wir haben uns sofort angefreundet und unsere gesamte Freizeit zusammen verbracht. Wir haben nie darüber gesprochen, aber ich bin mir sicher, dass Helen ziemlich schnell gemerkt hat, dass meine Situation zu Hause nicht ideal war. Am Ende habe ich mehr Zeit bei Jake zu Hause verbracht als bei mir. Jeden September ist Helen mit mir losgezogen, um Kleidung, Schuhe und alles, was ich für die Schule brauchte, zu kaufen.« Er lächelte. »Sie hat sich um mich gekümmert.«

»Sie klingt sehr nett.«

»Das ist sie. Oh, versteh mich nicht falsch, sie kann auch echt nervtötend sein, aber alles in allem ist sie meine Familie.«

»Ist deine leibliche Mutter wirklich weggezogen?«

»Ja.« Er sah sie an. »In dem Sommer, in dem ich sechzehn wurde, hat Helen ihr vorgeschlagen, dass sie ihr und ihrem Mann die Vormundschaft für mich überträgt und mich bei ihnen einziehen lässt. Sie wären dann dafür verantwortlich, dass ich die Schule beende und ins Erwachsenenleben eintrete.«

»Und sie hat zugestimmt?«

Nur allzu gut erinnerte er sich an die aufgeregte Freude seiner Mutter. »Am Ende derselben Woche war sie weg.« Er zuckte mit den Schultern. »Alle paar Jahre höre ich mal von ihr. Sie lebt jetzt in Miami. Wesentlich mehr weiß ich nicht.«

River musterte ihn. »Vermisst du sie?«

»Nicht wirklich. Wir standen einander nicht nahe. Helen ist wesentlich mehr meine Mutter. Sie ist diejenige, die sich um mich sorgt, und meistens ist sie auch die Stimme in meinem Kopf.«

River legt ihr Sandwich ab. »Also kommen wir beide aus unkonventionellen Familien.«

»So kann man das sagen.«

»Das ist schön«, erklärte sie. »Also, dich kennenzulernen. Ich mag es, dass alle hier so offen sind. Die Leute teilen sich mit und bringen sich ein. So etwas habe ich in Los Angeles nicht erlebt. Was zum Teil an mir lag, schätze ich. Hier fühle ich mich wohler.«

»Das ist der Charme einer Kleinstadt«, sagte er. »Wir sind unser gegenseitiges Entertainment.«

Das ließ sie lachen. »Leider bin ich nicht besonders lustig.«

»Dessen bin ich mir nicht so sicher. Und du bist sehr charmant.«

Sie senkt den Kopf. »Danke. Du auch.«

Er musste sich zusammenreißen, um nicht aufzuspringen und den anderen Gästen zu verkünden, dass River ihn für charmant hielt. Das hier war ein großartiger Anfang. Er konnte sein Glück kaum fassen. Wie sehr hatte ihm davor gegraut, Schneekönig zu sein! Doch dank Helens Intervention saß er nun hier beim Lunch mit einer wunderschönen, interessanten, süßen Frau, die seine Aufmerksamkeit auf eine Weise erregt hatte wie lange niemand mehr.

Geh es langsam an, ermahnte er sich. Er musste nachdenken, bevor er handelte. River war etwas Besonderes, und er wollte es nicht vermasseln. Was bedeutete, dass es einige Dinge gab, die er ihr nicht sagen konnte. Nein, korrigierte er sich. Nicht einige, sondern nur eine Sache. Bis er sie besser kannte, bis er sich sicher war, musste er die Wahrheit für sich behalten und auf das Beste hoffen, wenn sie es irgendwann herausfand.

8. Kapitel

Eigentlich fand Jake, dass er den besten Job der Welt hatte. Das Familienresort zu leiten konnte ab und zu herausfordernd sein, aber es war immer interessant, und er freute sich jeden Tag auf die Arbeit. Deshalb war es sehr ungewöhnlich für ihn, ständig auf die Uhr zu schauen, während er am Schreibtisch saß. Drei ganze Minuten waren seit dem letzten Mal vergangen. Was für ein Unsinn, dachte er. Sie würde hier sein, wenn sie hier wäre, und ihr Meeting war nicht einmal mit ihm. Also warum war er so nervös?

Die Antwort kannte er natürlich. Er hatte es genossen, Zeit mit Camryn zu verbringen, und es würde ihm nichts ausmachen, sie wiederzusehen. Die einzigen potenziellen Probleme, die er sehen konnte, waren zum einen, dass seine Mutter Camryn für ihr *Projekt: Jakes Braut* ausgewählt hatte und er nichts tun wollte, um ihr den Eindruck zu vermitteln, dass er bei ihrem verrückten Plan mitmachte. Und zweitens Camryn selbst. Sie hatte deutlich gemacht, dass sie nicht an einer Beziehung interessiert war – zumindest nicht jetzt und nicht in Wishing Tree. Ihr »echtes« Leben wartete in Chicago auf sie. Was bedeutete, sie auf ein Date einzuladen wäre reine Zeitverschwendung, sowohl für sie als auch für ihn. Also würde er es nicht tun. Nur wollte er sie wiedersehen, und sie hatte heute Nachmittag ein Meeting mit Lucia, seiner Dekorateurin. Weshalb er alle fünfzehn Sekunden auf die Uhr schaute.

Natürlich würde Lucia das Meeting sehr gut allein bewältigen, aber wäre es falsch, wenn er vorbeischaute und kurz Hallo sagte? Wäre das nicht einfach höflich? Schließlich waren er und Camryn befreundet. Oder so in der Art. Sie waren zusammen was trinken gewesen und hatten Spaß gehabt. Zumindest hatte es so gewirkt. Sie war charmant und reizend. Und wenn sie nicht erwähnt hätte, dass sie während ihres Aufenthalts in Wishing Tree nicht daran interessiert war, einen Mann kennenzulernen – und außerdem ein wenig beschwipst von ihren Cocktails gewesen war –, hätte er sie vor ihrem Haus küssen wollen. So richtig küssen. Aber das hatte er nicht getan, was vermutlich auch besser war.

Eine weitere Stunde lang tat er so, als würde er arbeiten, bevor er aufgab und sein Büro verließ. Er ging nach unten in den größeren der Ballsäle, wo Lucia gerade Camryn den Grundriss des Erdgeschosses des Hotels zeigte, auf dem die Standorte der Weihnachtsbäume und anderer Festtagsdekorationen eingezeichnet waren.

Die Frauen schauten auf, als er den Saal betrat, und auch wenn sie beide lächelten, musste er zugeben, dass er an Camryns Lächeln wesentlich interessierter war als an dem von Lucia.

»Wie läuft es?«, fragte er und trat an den Tisch, auf dem Lucia die Pläne ausgebreitet hatte.

Camryn schüttelte den Kopf. »Ich bin überwältigt«, gab sie zu. »Die Details der einzelnen Dekorationen sind unglaublich. Du hast hier ein ausgezeichnetes Team.«

»Das stimmt«, sagte er und zwinkerte Lucia zu, die daraufhin lachte.

»Ich kümmere mich schon seit über zwanzig Jahren um die Dekorationen im *Mistelzweig-Resort*«, sagte sie. »Und jede Saison ersetzen wir ein paar Elemente, versuchen uns an neuen Trends und geben generell alles, um den Gästen ein erinnerungswürdiges Erlebnis zu schenken.«

Camryn strich mit dem Finger über die Reihe an Weihnachtsbäumen, die für die Lobby geplant waren. »Das ist sehr viel Arbeit. Ich weiß nicht, wie ihr das alles rechtzeitig schafft.« Sie sah Jake an. »Wusstest du, dass es im Resort insgesamt fünfundvierzig Weihnachtsbäume gibt? Fünfundvierzig!!«

»Deshalb können wir mit dem Schmücken auch nicht bis zum Freitag nach Thanksgiving warten«, sagte Lucia. »Das Team fängt heute schon an.«

Camryn presste sich gespielt schockiert eine Hand auf die Brust. »Weiß der Stadtrat das? Habt ihr eine Erlaubnis dafür?«

»Darum kümmert Lucia sich«, sagte Jake verschwörerisch.

Sie lachte. »Natürlich tut sie das.« Dann nahm sie eine Rolle Geschenkpapier und breitete es auf dem Tisch aus. »Hierüber haben wir vorhin gesprochen. Gefällt es dir?«

Auch wenn er sich persönlich nie um die Dekoration des Hotels kümmerte, hatte er an ein paar Planungsmeetings teilgenommen und das Farbschema für dieses Jahr freigegeben – Rot und Burgund mit silbernen Akzenten. Camryns Geschenkpapier hatte einen Hintergrund aus roten und burgunderfarbenen Wirbeln, auf dem verschiedene silberfarbene Elemente verteilt waren. Es gab noch eine andere Rolle mit genau umgekehrten Farben. Auf einem Stuhl neben dem Tisch lagen zwei Dekogeschenke – Muster des fertigen Produkts, wie er annahm.

»Wir hatten nicht vor, Geschenke unter die Bäume zu legen, aber die Idee ist fabelhaft«, erklärte Lucia an Jake gewandt. Dann sah sie zu Camryn. »Doch wenn das klappen soll, müssen wir uns beeilen. Ich brauche das Angebot spätestens morgen früh und die Geschenke nicht später als Samstag.«

»Kein Problem«, sagte Camryn leichthin. »Sobald ich wieder im Büro bin, mache ich das Angebot fertig. Für kleinere Projekte bedrucke ich das Papier selbst, aber hierfür muss ich eine Druckerei beauftragen. Ich habe jedoch schon die Zeitslots reserviert, sodass sie mir das Papier bis morgen Nachmittag um drei Uhr liefern können. Die Kartons kommen per Overnight-Kurier und können ebenfalls morgen bei mir sein. Wenn wir uns preislich einig werden, kann ich die fertig verpackten Geschenke am Samstag liefern.«

»Über wie viele Päckchen reden wir?«, fragte Jake.

»Fünfhundertfünfzig«, sagte Lucia, während sie sich etwas auf ihrem Tablet notierte.

Mit einer so großen Zahl hatte er nicht gerechnet. »Bis Samstag?« Wie war das möglich? Donnerstag war Thanksgiving, was bedeutete, dass Camryn einen ganzen Tag verlor.

Camryn tätschelte seinen Arm. »Keine Sorge. Das schaffe ich. Ich habe Angestellte, und für Projekte wie dieses rufe ich die potenziellen Enkelkinder und ein paar Freunde zusammen. Sie arbeiten für kleines Geld und sind erstaunlich gut im Einpacken von Geschenken.«

Lucia erwähnte noch ein paar Details, dann stand sie auf. »Ich wollte Camryn das Hotel zeigen, damit sie sieht, wo die Weihnachtsbäume stehen werden.«

Jake nahm eines der Tablets zur Hand. »Das steht alles hier drin, oder?«

Lucia runzelte die Stirn. »Ja. Warum? Willst du eine Kopie des Plans?«

»Ich weiß, dass du dich noch um fünfundvierzig Bäume kümmern musst. Also geh ruhig. Ich übernehme die Führung für Camryn.« Er lächelte. »Keine Sorge, Lucia. Camryn und ich kennen uns schon lange. Wir waren zusammen auf der Highschool.«

»Oh, natürlich. Ich vergesse immer, dass hier jeder jeden kennt. Danke, Jake. Ich muss mich wirklich ranhalten.«

Sie schüttelte Camryn die Hand und entschuldigte sich.

Jake machte eine Geste, die den gesamten Saal umfasste.

»Das hier ist der Ballsaal«, sagte er. »Er ist groß.«

Camryn lachte. »Ja, das sehe ich.« Sie zeigte zum anderen Ende. »Da kommt der Weihnachtssternbaum hin, oder?«

»Ja. Den haben wir jedes Jahr. Er wird mit kleinen Lichtern geschmückt und sieht immer ziemlich dramatisch aus. Die Gäste lieben ihn. Ein Jahr haben wir ihn nicht aufgestellt und prompt mehrere Beschwerden bekommen. Den Fehler begehen wir nicht noch einmal.«

Sie steckte ihre Notizen in ihre Tasche und rollte die Geschenkpapiere auf. »Du hattest übrigens recht damit, dass ich nach den zwei Drinks am nächsten Morgen Kopfschmerzen haben würde. Danke für den Rat, Wasser zu trinken und Tabletten zu nehmen.«

»Du verträgst nicht so viel, nehme ich an?«

Sie grinste. »Offenbar nicht. Ich muss allerdings zu meiner Entschuldigung vorbringen, dass ich an dem Tag außer dem Frühstück nichts gegessen hatte. Aber es stimmt auch, dass ich nur mit meinen Freundinnen ausgehe und dann selten einen zweiten

Cocktail trinke. Ich hoffe, dass ich nichts Unangemessenes gesagt habe.«

»Du warst sehr charmant.«

Wieder lachte sie. »Das bezweifle ich, aber trotzdem danke.«

Sie sieht gut aus, dachte er. Sie trug eine schwarze Hose und einen hübschen, orange-grün gemusterten Pullover. Dazu war sie leicht geschminkt und trug die Haare offen, sodass sie ihr auf die Schultern fielen. Die Locken wirkten so weich, dass er den Drang verspürte, seine Hände darin zu vergraben.

»Sollen wir?«, fragte er und zeigte in Richtung Flur. »Die meisten Weihnachtsbäume werden in der Lobby aufgestellt und ein paar im Hauptflur.«

Cam nahm ihre Aktentasche, und Jake schnappte sich die Geschenkpapierrollen. Dann gingen sie zum Eingangsbereich des Hotels. Zwei knapp fünf Meter hohe Tannen standen am Haupteingang. Jede von ihnen wurde von einem Team aus drei Dekorateuren geschmückt. Zwei weitere Männer waren dabei, Girlanden am großen Kamin zu befestigen.

»Das wird so hübsch aussehen«, sagte Camryn und zog ein Blatt Papier aus ihrer Aktentasche. »Okay, Lucia meinte, es gäbe zwei Fünf-Meter-Bäume, zwanzig Bäume, die vier Meter hoch sind, und dreiundzwanzig von drei Metern Höhe. Ich denke, die größeren Pakete werden beeindruckender aussehen als die kleineren. Ich werde beide Geschenkpapiere mit demselben Schleifenband verwenden, um dem Ganzen einen durchgehenden Ton zu verpassen.« Sie sah ihn an. »Ich freue mich schon auf die Herausforderung.«

»Du wirst vierundzwanzig Stunden am Tag Geschenke einpacken müssen.«

»Ach was, nicht einmal ansatzweise. Vertrau mir. Ich habe ein tolles Team, und zusammen wuppen wir das mit Leichtigkeit.«

»War es schwer für dich, die Leitung des Ladens zu übernehmen?«, fragte er. »Ich meine, nachdem du deine Mutter verloren hast.«

»Ein wenig«, gab sie zu. »Aber sie lebte ja noch, als ich übernommen habe. Sie war krank, konnte aber alle meine Fragen beantworten. Dann war sie weg, und auf einmal hing alles von mir ab.« Um ihren Mund zuckte es. »Ich habe einen Abschluss in Finanzen, und auch wenn ich viele Theorien kenne, war ich nicht wirklich darauf vorbereitet, mich um die Gehaltsabrechnungen für meine Mitarbeiterinnen zu kümmern.« Sie schmunzelte. »Das Gute ist, ich weiß immer, was alle Leute zum Geburtstag oder zu Weihnachten bekommen.«

Er grinste und zeigte ihr dann die Lounge, wo einer der kleineren Weihnachtsbäume aufgestellt werden würde.

»Es muss hart gewesen sein, deine Freunde zurückzulassen«, merkte er an. »Hast du noch Kontakt mit ihnen?«

Sie nickte. »Ja, mit einigen. Es ist nicht so, wie es mal war, aber wir halten einander auf dem Laufenden. Manchmal erzählen sie mir aber auch Dinge, die ich lieber nicht hören würde. Wie zum Beispiel, dass Greyson sich verlobt hat.«

»Wer?«

»Oh, stimmt ja. Woher solltest du ihn kennen?« Sie wandte kurz den Blick ab. »Ich war verlobt, als ich herkam. Anfangs dachte ich ja, dass meine Mom zwar krank ist, sich aber bald erholen würde. Als ich erfuhr, dass sie Krebs im Endstadium hat, wusste ich, dass ich hierherziehen und mich um sie und meine Schwestern kümmern muss. Also habe ich meinen Job gekündigt, meine Wohnung ausgeräumt und sie untervermietet. Für Greyson gab es hier keine wirkliche Perspektive. Er ist Buchhalter in einer großen Bank, und das ist kein Job, den man einfach so umsiedeln kann. Er meinte, dass Fernbeziehungen nicht funktionieren, und so haben wir uns getrennt.«

Jake starrte sie fassungslos an. »Dein Ex-Verlobter war nicht bereit, dir Zeit zu geben, als deine Mutter im Sterben lag? Er konnte nicht ein paar Monate warten, um zu sehen, wie sich das Ganze entwickelt?«

»Bei dir klingt das so schrecklich.«

»Das ist es ja auch. Er war ein Arsch und ein Idiot.«

Es gab noch viele andere Wörter, die diesen Mann beschrieben, aber die behielt Jake für sich. Camryn war eine Frau, für die ein

Mann Berge versetzen würde, und ihr Verlobter hatte sie einfach im Stich gelassen?

»Es ist süß von dir, dass du mich verteidigst«, sagte sie.

»Ich spreche nur das Offensichtliche aus.« Er hielt inne und rechnete im Kopf nach. »Warte mal. Innerhalb von zwei oder drei Monaten hast du dein Zuhause in Chicago verloren, einen Job, den du geliebt hast, deine Freunde, deinen Verlobten und deine Mutter? Und parallel hast du den Familienbetrieb und die Vormundschaft für deine beiden Schwestern übernommen?«

Sie zuckte zusammen. »Wenn du es so ausdrückst, klingt das nach ganz schön viel.«

»Das war es ja auch. Ich bin beeindruckt, dass du noch stehst. Aber nicht nur das. Du blühst förmlich auf.«

Sie errötete. »So toll bin ich nun auch wieder nicht.«

»Doch, das bist du. Und nun wirst du bis Samstag über fünfhundert Geschenke einpacken und nebenbei deinen Laden führen. Sag mir, wie du das machst.«

»Ich ziehe mein Wonder-Woman-Kostüm an und mache mich an die Arbeit«, zog sie ihn auf.

»Besteht die Chance, dass ich dich in dem Kostüm mal zu sehen bekomme?«

Sie lachte. »Klar. Sag mir einfach, wann es dir am besten passt.« Sie warf einen Blick auf den Dekorationsplan. »Okay. Irgendwo hier in der Nähe befindet sich ein sehr langer, sehr breiter Flur.«

»Hier entlang.«

Während er ihr zeigte, wo die zwölf Weihnachtsbäume im Flur aufgestellt würden, dachte er über all das nach, was sie ihm erzählt hatte. Jetzt verstand er, warum Camryn zögerte, eine Beziehung einzugehen – der letzte Mann hatte sie im Stich gelassen und ihr das Herz gebrochen. Was für ihn die Frage aufwarf, ob ihre Abneigung, sich auf etwas einzulassen, wirklich daher stammte, dass sie nach Chicago zurückkehren wollte. Oder wagte sie vielleicht nur nicht, wieder jemandem zu vertrauen? Ihn beschlich das dumpfe Gefühl, dass die Antwort auf diese Frage für ihn ziemlich bedeutungsvoll wäre.

Unter normalen Umständen wäre River wegen ihres Treffens mit Helen Crane nervös gewesen, aber ihr Gehirn konnte nur mit einer Krise zurzeit umgehen, und derzeit war es damit beschäftigt, über das Mittagessen mit Dylan nachzudenken.

Nicht direkt über ihn – er war super gewesen. Lustig und aufmerksam. Und es war leicht, sich mit ihm zu unterhalten. Nein, ihre größere Sorge war, dass sie so viel über ihre Vergangenheit und ihr Leben erzählt hatte. Wo war ihre Bremse? Nicht, dass sie die normalerweise brauchte. In den meisten zwischenmenschlichen Interaktionen war sie ruhig und zurückhaltend. Doch wenn sie mit Dylan zusammen war, redete und redete sie.

Er schien damit kein Problem zu haben. Er hatte zugehört und gelacht, und die Zeit war nur so verflogen. Also hatte sie ihn mit ihrem Informationsfluss nicht abgeschreckt. Oder er war einfach nur extrem nett und hatte gut verbergen können, wie sehr sie ihn gelangweilt hatte.

Bevor sie entscheiden konnte, was es war, fuhr sie schon durch das offen stehende Tor und sah ein wunderschönes dreigeschossiges Haus, das zweifelsohne an dem großen See stand, den sie auf der Fahrt hierher gesehen hatte. Die Cranes sind wirklich reich, dachte sie, als sie den Motor abstellte. Reich zu sein war zwar nicht ihr Ding, aber einigen Menschen war es wichtig.

Sie stieg aus und ging auf die handgeschnitzte Tür zu, wo sie auf den Klingelknopf drückte. Ein paar Minuten später öffnete Helen ihr.

»Pünktlich auf die Minute«, sagte sie und bat sie, hereinzukommen. »Wir gehen in mein Büro, wenn das für Sie in Ordnung ist.«

»Natürlich«, sagte River. Auf dem Weg erhaschte sie Blicke auf auserlesen eingerichtete Zimmer, eine Küche, die größer war als ihr gesamtes Haus, und immer wieder Ausblicke auf den See.

Helens Büro war ein willkommen heißender, in Blau und Gelb eingerichteter Raum. Helen deutete auf ein bequem aussehendes Sofa und setzte sich dann River gegenüber in einen Sessel. Dann schenkte sie ihnen beiden eine Tasse Tee ein und schob einen Teller mit Keksen zu River hinüber.

»Wie war die Fahrt?«, fragte sie.

»Kein Problem. Die Stadt hält die Straßen erstaunlich frei. Ich bin immer noch nicht an das Fahren auf Schnee gewöhnt, deshalb weiß ich das sehr zu schätzen.« River nippte an ihrem Tee. »Ich habe Spikes an meinen Reifen. Davon hatte ich vorher nie gehört, aber Xavier, der Verlobte meiner Schwester, hat es mir vorgeschlagen. Und ich muss sagen, sie machen einen großen Unterschied.«

»Ja, sie sind eine kluge Erfindung«, bestätigte Helen. »Vor allem für Leute, die den Winter nicht gewohnt sind.«

Jakes Mutter war sehr gut gekleidet mit einem Twinset und dunkler Hose. Ihr Make-up war subtil, ihr Schmuck zurückhaltend, aber offensichtlich teuer. Sie trug immer noch ihren Ehe- und ihren Verlobungsring.

Rivers Blick blieb an dem großen Diamanten hängen. Er ließ sie an Hochzeiten denken, was sie an den Grund für ihr Treffen erinnerte.

»Ich bin keine gute Kandidatin«, platzte sie heraus. »Nehmen Sie es nicht persönlich, aber ich kann das nicht. Ich bin nicht gut unter sozialem oder emotionalem Druck, und dieser Lifestyle ist auch nichts für mich.«

Helen lächelte. »Ah, dann wissen Sie über *Projekt: Jakes Braut* Bescheid.«

»Camryn hat mir davon erzählt.«

»Richtig. Ihr Büro liegt über Camryns Laden, und Sie haben sich miteinander angefreundet. Es ist gut, Menschen zu haben, auf die man sich verlassen kann.« Helen nahm ihre Teetasse zur Hand. »Aber keine Sorge, River. Ich bin an Ihnen wegen Ihrer Fähigkeiten am Computer interessiert. Auch wenn Sie eine charmante junge Frau sind, glaube ich nicht, dass Sie für Jake die Richtige wären. Aber ich hätte gerne, dass Sie Background-Checks der Kandidatinnen durchführen. Ich würde gerne alles über ihre Online-Auftritte wissen und was Sie sonst noch so herausfinden können.«

Sie reichte River eine Liste, die diese überflog. Auf halbem Weg stolperte sie über einen bekannten Namen.

»Camryns Name steht hier drauf.«

Helen nickte. »Ja, ich weiß.«

»Ich werde Camryn nicht durchleuchten, ohne ihr davon zu erzählen.«

»Interessant. Aber ich verstehe Ihre Besorgnis. Sprechen Sie gerne mit ihr.«

Die anderen Kandidatinnen auf der Liste kannte River nicht. Sie erklärte Helen die verschiedenen Level an Checks, die sie durchführen könnte, und was ihr Honorar dafür wäre.

»Ausgezeichnet«, sagte Helen. »Dann nehmen wir den ausführlichsten Check für alle. Schicken Sie mir einen Vertrag, oder was immer Sie benötigen, damit Sie gleich anfangen können. Genießen Sie Ihre Regentschaft als Schneekönigin?«

Der abrupte Themenwechsel verwirrte River. »Ich weiß nicht«, gab sie zu. »Bisher hatte ich noch keine Auftritte. Die erste Veranstaltung ist die Entzündung des Weihnachtsbaums am Freitag.«

»Richtig. Sie sind neu in der Stadt, oder? Mal sehen ... Ich glaube, Sie sind mit Ihrer Schwester hierhergezogen.«

»Ja. Im letzten Sommer.«

»Gefällt Ihnen Wishing Tree?«, fragte Helen freundlich.

»Ja, sehr. Die Leute sind sehr nett.« River biss sich auf die Unterlippe. »Manchmal komme ich besser mit Computern als mit Menschen zurecht«, sagte sie. »Aber hier fühle ich mich wohler. Alle sind so freundlich.«

»Ja, wir versuchen, der Welt unsere besten Seiten zu zeigen. Was für Pläne haben Sie für Thanksgiving?«

»Oh, äh, Kelsey und Brooklyn fliegen mit Xavier an die Ostküste, um seine Familie zu besuchen. Meine Mom kommt zu mir, und wir werden gemeinsam mit Camryn und ihren Schwestern zu Abend essen. Noch steht das Menü nicht, aber wir teilen uns das Kochen.«

»Zum Kochen wird Camryn nicht viel Zeit haben«, merkte Helen an. »Sie hat einen Auftrag, der sie über den Feiertag beschäftigen wird.« Sie lächelte listig. »Verraten Sie es nicht Jake, aber ich habe ein paar Spione im Hotel. Sie halten mich auf dem Laufenden.«

River hatte keine Ahnung, was sie darauf antworten sollte. »Meine Mom und ich können das Kochen übernehmen«, sagte sie schließlich.

»Unsinn. Ihr kommt alle hierher. Ich habe so viel Platz und so viel zu essen, dass es schon fast peinlich ist. Es werden nur meine engsten Freunde und natürlich Jake da sein. Ich rufe Camryn an und lade sie und die Mädchen auch ein. Oh, und Dylan, weil er zur Familie gehört. Ihre Mutter und ich müssen in einem ähnlichen Alter sein. Ich würde sie sehr gerne kennenlernen. Warum kommen Sie nicht gegen Mittag vorbei? Wir essen erst um drei, aber es wäre nett, vorher ein wenig Zeit zum Plaudern zu haben.«

»Ich, äh …«

Helen stand auf. »Ausgezeichnet. Ich freue mich schon darauf. Sie nicht? Ich werde Camryn gleich morgen früh anrufen und alles bestätigen. Gut, meine Liebe, ich lasse Sie dann mal zurück an die Arbeit gehen. Schicken Sie mir den Vertrag, damit Sie mit Ihren Ermittlungen loslegen können. Ich hoffe, dass alle Frauen der Überprüfung standhalten, aber wenn nicht, kommen sie nicht in die engere Auswahl. Da bin ich strikt.«

Bevor sie wusste, wie ihr geschah, war River wieder an ihrem Auto. Sie hatte das Gefühl, von einer Expertin überrumpelt worden zu sein. Über den Auftrag freute sie sich natürlich, aber die Einladung zu Thanksgiving war eine Überraschung. Noch immer war sie nicht sicher, dass sie zugesagt hatte, aber Helen erwartete zweifelsohne, dass sie und ihre Mutter pünktlich auftauchen würden.

Vielleicht ist es ganz schön, mit einer größeren Gruppe zu feiern, dachte sie auf dem Rückweg in die Stadt. Ihre Mutter würde sich freuen, ihre Freunde kennenzulernen, und wenn Camryn wirklich einen großen Auftrag hatte, wäre sie sicher dankbar, nicht selbst kochen zu müssen. Außerdem wäre Dylan da, und um ehrlich zu sein, hätte sie nichts dagegen, mehr Zeit mit ihm zu verbringen. Doch dieses Mal würde sie ihm das Reden überlassen, schwor sie sich.

9. Kapitel

Fünfhundertfünfzig Kartons nehmen ganz schön viel Platz ein, dachte Camryn am Dienstagmorgen, als sie sie nach Größe sortierte. Die Lieferung des Geschenkpapiers war für den frühen Nachmittag bestätigt worden, und auch die Schleifen und Bänder sollten heute kommen. Sie hatte den Vertrag unterschrieben, ein paar Poster erstellt, auf denen erklärt wurde, wie der Look für das Resort aussehen sollte, und später am Tag – der Mittwoch vor Thanksgiving war nur ein halber Schultag – würde eine Gruppe von zwölf fünfzehn- und sechzehnjährigen Mädchen kommen, um von vier bis acht Uhr Päckchen einzupacken. Camryn würde Pizza bestellen und, wenn alles perfekt lief, abends gut zweihundert fertig haben.

Camryn und ihre Angestellten würden zusammen mindestens zweihundertfünfzig Pakete schaffen, womit für den Freitag nur noch gut einhundert übrig blieben. In der ersten Dezemberwoche kämen die Mädchen wieder, um die Bücher einzupacken, die Dylan gekauft hatte. Diese Päckchen waren weniger aufwendig, und das Verpacken würde schneller gehen.

»Hier wird viel los sein«, murmelte sie, während sie ihren Vorrat an Klebeband prüfte. Aber viel zu tun zu haben war gut. Mit beiden Projekten würde sie einen guten Umsatz erzielen.

Sie hörte, wie die Hintertür geöffnet wurde, und einen Moment später trat River ein.

»Guten Morgen«, sagte sie und fing an, ihren langen Schal abzuwickeln und ihren dicken, warmen Mantel auszuziehen. »Du bist früh da.«

»Ich will schon mal mit dem Projekt für das Resort anfangen. Später kommt eine Gruppe Schülerinnen, um mir zu helfen. Sie machen das gut, aber sie sind auch ein wenig laut. Außerdem werde ich Musik für sie anmachen, also solltest du deine Bürotür lieber geschlossen halten, damit es dich nicht stört.«

Lachend legte River Mantel, Schal und Mütze auf den Arbeitstisch. »Danke für die Warnung. Aber so ein Lärm stört meine Konzentration nicht.« Sie fuhr sich mit der Hand durch die Haare. »Ich habe mich gestern mit Helen Crane getroffen.«

»Mit Jakes Mutter?« Camryn war nicht sicher, ob sie lachen oder River aus Mitgefühl umarmen sollte. »Hat sie mit dir über *Projekt: Jakes Braut* gesprochen?«

River war durchaus hübsch und sehr klug, aber irgendwie konnte Camryn sie sich nicht an Jakes Seite vorstellen.

»Ich hatte befürchtet, dass es darum gehen könnte, aber zum Glück ist sie nur an meinen Recherchefähigkeiten interessiert. Sie hat mich angeheuert, um die Kandidatinnen zu durchleuchten.«

»Ernsthaft?« Camryn schüttelte den Kopf. »Ich bewundere sie und habe gleichzeitig Angst vor ihr. Sie meint es wirklich ernst damit, eine Frau für Jake zu finden. Der arme Kerl.«

Um ehrlich zu sein, konnte sie überhaupt nicht nachvollziehen, warum Jake Single war. Er war attraktiv, lustig, man konnte sich gut mit ihm unterhalten und viel Spaß haben. Bisher hatte sie alle ihre Begegnungen mit ihm genossen. Unter anderen Umständen hätte sie nichts dagegen, ihn besser kennenzulernen. Und wo sie schon dabei war, Geständnisse zu machen: Sie würde auch nicht Nein sagen, wenn er sie in sein Bett einlüde.

»Du stehst auf der Liste«, sagte River.

Camryn brauchte einen Moment, um zu verstehen, was sie da gehört hatte. »Was?«, quiekte sie dann. »Ich stehe immer noch auf der Liste?«

River zuckte zusammen. »Tut mir leid.«

Camryn stöhnte. »Nein, das muss es nicht. Es hat überhaupt nichts mit dir zu tun. Ich dachte, Helen und ich wären uns einig gewesen. Aber offenbar hat sie nicht zugehört. Wow. Okay.«

River sah sie weiter schweigend an.

»Ist schon gut«, sagte Camryn. »Du kannst mich gerne durchleuchten. Ich habe nichts zu verbergen.« Sie überlegte kurz. »Kann ich eine Kopie von dem haben, was du findest? Ich bin neugierig, welche Informationen da draußen über mich herumschwirren.«

»Da muss ich Helen fragen. Sie bezahlt für die Berichte.«

»Ja, das klingt logisch.« Camryn lachte. »Dein Job ist komplizierter, als ich dachte. Du musst deine Freundinnen durchleuchten, dich mit verrückten Müttern herumschlagen, und dann will ich auch noch wissen, was du herausgefunden hast.«

River entspannte sich. »Ist schon gut. Ich bin mir sicher, dass sie nichts dagegen hat, wenn du den Bericht siehst.« Sie zeigte auf die Kartons. »Sind die für den großen Auftrag vom Resort?«

»Ja. Sie brauchen fünfhundertfünfzig verpackte Kartons bis Samstag.«

»Das ist viel.« Angespannt zog River ihre Schultern hoch. »Als ich Helen gestern sah, fragte sie mich nach meinen Plänen für Thanksgiving. Ich habe ihr erzählt, dass meine Mom kommt und wir mit euch und den Zwillingen zusammen essen und uns das Kochen teilen.«

»Uff. Stimmt ja. Daran habe ich gar nicht mehr gedacht. Dieser neue Auftrag hat alles andere aus meinem Gehirn verdrängt. Wir müssen ein paar Entscheidungen treffen.«

River ballte nervös die Hände. »Äh, also, Helen hat uns zum Essen bei ihr zu Hause eingeladen. Sie meinte, du hättest zu viel zu tun, um zu kochen, und sie hätte so viel zu essen und will meine Mutter kennenlernen. Sie meinte, es kämen ein paar ihrer Freunde plus, nun ja, Jake. Ich habe nicht Ja gesagt, aber irgendwie geht sie davon aus, dass wir am Donnerstag da sein werden. Wir alle. Sie will dich heute anrufen, um mit dir darüber zu reden.«

»Wie bitte? Was?« Thanksgiving mit Helen und ihrer Familie feiern, was bedeutete mit Jake? »Das geht nicht. Ich kenne die Frau doch kaum.«

»Das dachte ich auch. Aber sie hat mich total überrumpelt, und dann war der Termin auf einmal vorbei, und ich stand wieder bei meinem Auto und habe keine Ahnung, wie das alles passiert ist.«

Was sehr nach Helen klingt, dachte Camryn. Diese Frau konnte Berge versetzen.

»Willst du gemeinsam mit Helen und wen auch immer sie noch eingeladen hat essen?«

»Ich weiß es nicht«, gestand River. »Es klingt irgendwie lustig und Furcht einflößend zugleich. Aber du hast gesagt, du möchtest, dass die Zwillinge ein schönes Thanksgiving haben, um neue Erinnerungen zu schaffen. Ich bin auch zufrieden, wenn wir nur zu fünft sind, aber wenn du zu Helen gehen willst, kommen meine Mom und ich gerne mit.«

Angesichts dessen, wie viel Arbeit vor ihr lag, klang es verlockend, nicht kochen zu müssen. Aber stattdessen zu Helen zu gehen? Wäre das nicht irgendwie seltsam?

»Lass mich mit ihr reden«, sagte Camryn. »Wenn sie die Einladung ernst meint, gehen wir. Wenn es wirkt, als würde sie es bedauern, uns eingeladen zu haben, setzen wir uns heute Nachmittag zusammen und überlegen uns ein Menü. Oh, und wir müssen dann einen Truthahn kaufen, damit er auftauen kann. Ist das für dich in Ordnung?«

»Ja. Ich warte darauf, von dir zu hören.« River nahm ihren Mantel und hielt kurz inne. »Gestern habe ich mich mit Dylan zum Mittagessen getroffen.«

»Mit deinem Schneekönig? Er war kurz hier, um mit mir über ein paar Geschenke zu sprechen, die er einpacken lassen will, und dabei erwähnte er, dass er zu dir hochgehen wollte. Hattest du Spaß?«

River lächelte. »Ja. Er ist sehr nett, und es ist so leicht, sich mit ihm zu unterhalten.«

»Oh, höre ich da einen leichten Unterton in deiner Stimme?«, zog Camryn sie auf. »Du magst ihn.«

River errötete. »Vielleicht. Ein wenig. Aber Beziehungen sind für mich nicht leicht. Ich weiß nie, wie viel ich sagen kann oder was der Mann erwartet.«

»Du meinst, abgesehen von Sex.«

River lachte. »Ja. Das ist der leichte Teil für mich. Ich verstehe, was sie wollen und wie ich mich verhalten muss. Schwieriger finde ich den normalen Kram.«

»Ich kenne ihn nicht gut«, sagte Camryn. »Er war auf der Schule ein paar Klassen über mir. Doch er lebt schon immer in Wishing Tree, und ich habe noch nie jemanden auch nur ein schlechtes Wort über ihn sagen hören. Jake meint, dass er ein guter Kerl ist. Ich habe das Gefühl, die beiden stehen sich sehr nahe.«

»Das hat Dylan auch gesagt.«

»Ich meine, ihr werdet bei euren königlichen Pflichten viel Zeit miteinander verbringen. Das gibt dir die Chance, ihn auf entspannte, natürlichere Weise kennenzulernen. Das könnte weniger stressig sein als normales Dating.«

»Da hast du recht.« River nickte. »Das Mittagessen war gut.« Nun seufzte sie. »Ich habe zu viel geredet, aber das schien ihm nichts auszumachen.«

»Wenn du mich fragst, wärt ihr ein süßes Paar.«

»Danke. Es ist lange her, dass ich einen Mann in meinem Leben hatte«, erwiderte River mit einem Anflug von Sehnsucht in der Stimme. »Ich hätte nichts dagegen, jemand Besonderen zu finden.«

Sie nahm ihre restlichen Sachen und ging zur Treppe. Camryn kehrte zu ihren Kartons zurück und ermahnte sich, sich auf die Arbeit zu konzentrieren. Mit der seltsamen, leicht verstörenden Thanksgiving-Einladung konnte sie sich später beschäftigen.

Um kurz vor zehn an diesem Morgen klingelte ihr Handy. Sie warf einen Blick auf die unbekannte Nummer, bevor sie ranging.

»Hallo?«

»Ich bin's, Helen Crane. Störe ich gerade?«

»Nein, gar nicht.« Camryn ging in ihr kleines Büro und schloss die Tür hinter sich.

»Hat River meine Thanksgiving-Einladung erwähnt? Ich hoffe, dass Sie und die Zwillinge uns Gesellschaft leisten können. Es gibt viel gutes Essen und noch bessere Unterhaltung. Wir sind eine kleine, aber interessante Gruppe.« Sie hielt kurz inne. »Ich würde Ihre Schwestern sehr gern kennenlernen.«

»Ich dachte, wir wären uns einig, dass Sie mich von der Kandidatenliste für *Projekt: Jakes Braut* streichen?«

»Wir haben darüber gesprochen«, wich Helen aus.

»Ich werde da nicht mitmachen. Und Sie sollten River nicht anheuern, um die anderen Frauen durchleuchten zu lassen. Ehrlich gesagt sollten Sie die ganze Idee fallen lassen.«

»Ich *sollte* Enkelkinder bekommen, aber darum geht es jetzt nicht. Bei meiner Einladung habe ich nur daran gedacht, dass ich Ihre Gesellschaft zu schätzen weiß. Mehr nicht. Ich verspreche, ich werde kein Wort darüber verlieren, dass Sie meinen Sohn heiraten sollen.«

Camryn zögerte. Es würde ihr sehr entgegenkommen, wenn sie dieses Jahr nicht kochen müsste und ihre Schwestern trotzdem einen schönen Tag hätten. Andererseits waren sie und Helen nicht gerade Freundinnen.

»Ich weiß, dass es River nicht leichtfällt, sich einzuleben«, fuhr Helen fort. »Und neue Leute kennenzulernen. Ich bin mir sicher, dass ihre Mutter sich Sorgen um sie macht. Wenn wir alle bei mir Thanksgiving feiern, kann ihre Mutter sehen, dass sie Freunde und ein Sozialleben hat. Außerdem kann ich sehr gut mit Teenagern umgehen, also bin ich mir sicher, dass Ihre Schwestern einen reizenden Tag haben werden.«

»Sie haben vergessen zu erwähnen, wie gut Sie darin sind, Menschen Schuldgefühle zu verursachen«, merkte Camryn trocken an.

Helen lachte leise. »Ja, das auch. Also kommen Sie? Sagen wir, gegen Mittag? Dann können wir alle ein wenig Zeit miteinander verbringen, bevor wir um drei Uhr essen. Vielleicht möchten Sie einen Salat mitbringen? Den können Sie und die Zwillinge am Morgen zubereiten und so die Tradition, gemeinsam zu kochen, weiterführen.«

»Woher wissen Sie, dass wir an Thanksgiving immer zusammen kochen?«

Helens Stimme wurde weich. »Weil Familien das so machen. Ich sehe Sie dann am Donnerstag.«

Damit legte sie auf und ließ Camryn mit dem Gefühl zurück, gerade meisterhaft manipuliert worden zu sein.

»Die Frau hat Talent«, murmelte sie.

Gerade wollte sie in den Laden zurückkehren, als ihr einfiel, dass es ein großes Problem mit Helens Einladung gab. Genauer gesagt ein ein Meter neunzig großes Problem, das sie oder ihre Schwestern vielleicht nicht an seinem Esstisch sitzen sehen wollte.

»Mist«, murmelte sie. »Mistmistmist.«

Sie warf einen Blick auf ihr Handy, doch dann fiel ihr ein, dass sie Jakes Nummer nicht hatte. Warum sollte sie auch? Nach kurzem Zögern suchte sie die Telefonnummer vom Resort heraus und bat, zu Jake durchgestellt zu werden.

»Jake Crane.«

»Hi, ich bin's, Camryn.«

Es folgte eine kurze Pause, bevor er sagte: »Hey, wieso rufst du mich auf meiner Büronummer an?«

»Weil das die einzige Nummer ist, die ich von dir habe. Äh, ich muss dir was sagen, und ich will, dass du komplett ehrlich bist und mir sagst, was du davon hältst. Wenn es zu seltsam ist oder du dich damit unwohl fühlst, reicht ein Wort, und ich blase das Ganze ab, okay?«

»Du weißt schon, dass ich keine Ahnung habe, wovon du sprichst, oder?«

Sie hörte das Lächeln in seiner Stimme und hoffte, dass er noch genauso amüsiert wäre, wenn sie ihm alles erzählt hatte.

»Okay. Gut. Also, durch eine Serie von Umständen, die nicht wichtig sind, hat deine Mutter mich und die Zwillinge für Thanksgiving zu euch eingeladen. Ich hätte ja gleich abgelehnt, aber sie hat auch River und deren Mutter eingeladen, und da wir vorhatten, zusammen zu feiern wäre es komisch, wenn ich Nein sage. Außerdem war das letzte Jahr für die Zwillinge so furchtbar, und ich möchte, dass sie ein schönes Thanksgiving haben. Irgendwo anders zu feiern, wäre eine nette Abwechslung. Aber wenn das ein Problem für dich ist, kommen wir natürlich nicht. Und es hat absolut nichts mit *Projekt: Jakes Braut* zu tun, auch wenn ich dich vermutlich warnen sollte, dass deine Mutter das noch nicht aufgegeben hat.« Sie hielt inne, um Luft zu holen. »Bist du sauer?«

»Gib mir deine Handynummer.«

»Was?«

»Gib mir deine Handynummer.«

Was sie tat. Sekunden später piepte ihr Handy mit einer eingehenden Nachricht.

»Ich habe dir gerade meine Kontaktdaten geschickt«, sagte er. »Jetzt kannst du mich direkt erreichen. Und was Thanksgiving angeht: Ihr solltet definitiv kommen. Meine Mom kann erstaunlich gut mit Teenagern umgehen.«

»Das hat sie auch gesagt.«

»Die Zwillinge werden Spaß haben. Und ich verstehe, dass dein Annehmen der Einladung nichts damit zu tun hat, dass du mich heiraten willst. Darüber werde ich mit meiner Mutter noch mal persönlich reden. Komm schon, wir werden einen tollen Tag haben.«

»Danke. Jetzt fühle ich mich besser. Und fürs Protokoll: Deine Mutter hat unglaubliche Überzeugungskräfte. Ich war mir nicht mal sicher, ob ich zusagen würde, und auf einmal waren wir uns einig, dass wir uns am Donnerstag sehen.«

»Das klingt ganz nach ihr.« Er lachte leise. »Also ist alles gut?«

»Ja.«

»Um es mit den Worten meiner Mutter zu sagen: Dann sehen wir uns am Donnerstag.«

»Definitiv. Bis dahin, Jake.«

»Ja, bis dahin.«

Sie legte auf und steckte das Handy in die Hosentasche, froh darüber, dass Jake das Ganze so locker sah. Und wenn sie ehrlich zu sich war, musste sie zugeben, dass sie sich darauf freute, ihn wiederzusehen.

»Ich hätte dich in Seattle abholen können«, sagte River zum dritten Mal innerhalb von zwanzig Minuten. »Das ist nicht so weit, Mom.«

Elizabeth, ihre Mutter, tätschelte ihren Arm. »Der Bus war einfacher und sehr komfortabel. Die Strecke zum Flughafen führt über einen Pass. Wenn du ein wenig mehr Erfahrung damit hast, im Schnee zu fahren, kannst du mich vom Flughafen abholen. Bis dahin nehme ich den Shuttlebus.«

Ihre Mutter war von Los Angeles nach Seattle geflogen und dann mit dem Wishing-Tree-Shuttle hergekommen.

»Ich bin froh, dass es noch hell war, als wir über die Bergstraße gefahren sind«, sagte sie. »Es sah so hübsch aus mit den schneebedeckten Bäumen.«

»Außerdem hast du auf der Fahrt neue Bekanntschaften geschlossen«, zog River sie auf. Ihre Mutter war der geselligste Mensch, den sie kannte. Ach, wenn ich nur wie sie wäre, dachte sie sehnsüchtig.

»Das stimmt. Ich habe eine sehr nette Dame kennengelernt, die ein Restaurant namens *Joy's Diner* leitet. Kennst du das?«

»Ja, das liegt im Zentrum am Weihnachtskranz.«

»Ah, der Marktplatz. Daran erinnere ich mich von meinem Besuch am Labor Day. Es ist so interessant, dass er rund ist. Wobei das vermutlich der Grund dafür ist, dass er Weihnachtskranz genannt wird.« Sie lachte. »Ich freue mich darauf, alles für die Feiertage geschmückt zu sehen. Und auf dein Haus. Das hattest du bei meinem letzten Besuch noch nicht. Oh, und natürlich dein Büro. Dafür hattest du letztes Mal gerade erst den Mietvertrag unterschrieben, und nun hast du dich hier schon eingelebt.«

River hatte den Morgen damit verbracht, ihr Büro für den Besuch ihrer Mutter aufzuräumen. In ihrem Haus herrschte normalerweise Ordnung, aber in ihrem Büro konnte es schnell chaotisch werden mit all den To-go-Behältern und Notizen.

»Ich werde dir alles zeigen«, sagte sie glücklich. »Wir werden eine gute Zeit haben. Bist du sicher, dass du mit den Thanksgiving-Plänen einverstanden bist?«

»Ich freue mich, deine Freunde kennenzulernen und das Haus zu sehen, das du mir beschrieben hast. Das klingt alles ganz wundervoll.«

»Gut. Ich glaube auch, dass wir Spaß haben werden. Oh, ich habe übrigens alle Zutaten gekauft, die wir zum Backen brauchen. Wir können heute Abend anfangen und die Kuchen morgen früh fertig machen.«

Ihre Mutter lächelte sie an. »Das klingt nach einem perfekten

Plan.« Ihr Magen knurrte. »Aber zuerst essen wir vielleicht etwas zu Abend?«

River lachte. »Auf jeden Fall. Ich dachte, wir könnten beim hiesigen Mexikaner essen. Die Enchiladas im *Navidad Café* sind wirklich gut.«

»Das klingt perfekt. Haben hier alle Geschäfte weihnachtliche Namen?«

»Die meisten von denen, die am Weihnachtskranz liegen, ja. Nur *Judys Pasteten* nicht. Und dann gibt es noch einen Laden, der *Alles außer Weihnachten* heißt und keine weihnachtlichen Sachen führt, aber trotzdem das Wort Weihnachten im Namen hat.«

Ihre Mutter lachte. »Diese Stadt ist wirklich so charmant, wie ich sie in Erinnerung habe.«

River bog in ihre Straße ein und hielt dann vor ihrer Doppelgarage an. Sie stieg aus und nahm den Koffer ihrer Mutter aus dem Kofferraum, bevor sie zur Haustür voranging. Sie hatte die Lichter im Haus angelassen, weil klar war, dass es bei ihrer Heimkehr bereits dunkel sein würde. Sie gingen ins Wohnzimmer, und ihre Mutter schaute sich mit großen Augen um.

»Das ist ganz bezaubernd, River. Dieses Haus passt zu dir. Bist du glücklich?«

River umarmte sie. »Ja, sehr sogar.«

»Gut.«

Sie hängte ihre Mäntel auf und stellte den Koffer an den Fuß der Treppe. Dann gab sie ihrer Mutter eine kleine Führung.

»Das hier ist der Wohnbereich. Die Schlafzimmer sind oben, und unter der Treppe befindet sich ein Gästebad.«

»Die Küche hat eine tolle Größe.«

»Ich weiß – sie ist der Hauptgrund, warum ich mich für dieses Haus entschieden habe. Das und der Straßenname.«

Sie versuchte, ihr Haus mit den Augen ihrer Mutter zu sehen. Die Möbel waren noch dieselben, die sie in ihrer Wohnung in Los Angeles gehabt hatte. Ein bequemes Sofa mit Ottomane und zwei Clubsessel, dazu ihre kleine Essecke.

Ihre Mutter ging zu dem kleinen Kamin und berührte das Galileo-Thermometer, das auf dem Sims stand.

»Ich sehe, es hat den Umzug überlebt«, sagte sie lächelnd. »Das freut mich.«

»Mich auch.« Als Kind war River von dem Thermometer mit seinen bunten Messkugeln fasziniert gewesen, und ihr Großvater hatte ihr dieses zum Highschool-Abschluss geschenkt.

Sie brachte den Koffer ihrer Mutter nach oben und zeigte ihr das Gästezimmer und das Bad.

»Es fühlt sich so heimelig an«, sagte ihre Mutter. »Das hast du wirklich gut gemacht.«

River lächelte. »Danke. Warum packst du nicht eben aus, bevor wir zum Essen gehen? Und danach: Kuchen.«

»Klingt nach einem Plan.«

River ging wieder nach unten, wo sie noch einmal prüfte, ob sie auch wirklich alle Zutaten hatte, die sie für die Kuchen benötigten. Sie stellte Mehl und Dosen mit eingelegten Kürbissen raus, dazu ein paar ihrer Kuchenformen. Dann hörte sie auch schon Schritte auf der Treppe, und kurz darauf kam ihre Mutter in die Küche und zog sich einen der Hocker vom Tresen vor.

»River, bevor wir essen gehen, würde ich gerne mit dir reden.«

Ihr Magen zog sich zusammen. »Okay. Ist alles in Ordnung?« Sie hätte gerne angefügt: »Erzähl mir nichts Schlimmes«, wusste aber, dass das nicht fair wäre.

Die tiefblauen Augen ihrer Mutter wirkten in diesem Licht noch dunkler. »Mir geht es gut, aber ich mache mir Sorgen um dich. Du bist immer so fröhlich, wenn wir reden oder chatten, aber ich frage mich, ob du dich hier wirklich einlebst.«

Erleichterung machte sich in River breit. »Das tue ich, Mom.«

Doch die Besorgnis verschwand nicht aus der Miene ihrer Mutter. »Ich will nur sicher sein, dass du glücklich bist und Freunde hast. Das war der Hauptgrund, warum du hierhergezogen bist. Um einen Ort zu finden, an dem du dich wohl und dazugehörig fühlst.«

River ging um den Tresen herum und umarmte ihre Mutter. »Mir geht es gut. Wirklich. Das musst du mir glauben. Ich habe

Freundinnen. Ich bin nicht mehr das kleine Mädchen mit dem Korsett, das von allen gemobbt wird.«

»Dein Schmerz hat mir das Herz gebrochen«, gestand ihre Mutter. »Es war so schwer, mit anzusehen, wie du körperlich leidest und dann auch noch von den Mädchen in der Schule gehänselt wirst.« Tränen stiegen ihr in die Augen. »Mädchen, die du für deine Freundinnen gehalten hast, haben sich gegen dich gewandt. Ich habe mir solche Sorgen gemacht, dass du nie wieder jemandem vertrauen würdest. Und dann habe ich dir und Kelsey so wehgetan, als ich euch von eurer Adoption erzählt habe.«

Sie wischte sich die Tränen von der Wange. »Das habe ich so falsch gehandhabt. Ich hätte es euch von Anfang an sagen sollen. Doch das habe ich nicht, und damit habe ich dir noch einen Grund mehr geliefert, nie wieder jemandem zu vertrauen.«

River drückte ihre Mutter ganz fest. »Nein. Sag das nicht. Es ist nicht deine Schuld. Du hast genau das gemacht, was der Kinderarzt dir geraten hat. Und in all den Büchern über Adoptionen stand das Gleiche. Das hat man eben damals geglaubt, als wir noch klein waren.«

Ihre Mutter sah sie an. »Ich habe eure Welt zerstört.«

»Das hast du nicht.« River erinnerte sich an den Schock und den Schmerz darüber, nicht zu wissen, wer sie war. Aber irgendwann hatten sie und Kelsey erkannt, dass Elizabeth sie von ganzem Herzen liebte und nur das getan hatte, was sie für richtig gehalten hatte.

»Mom, uns beiden geht es gut. Das verspreche ich dir. Kelsey hat Xavier, und ich habe Freunde und ein gutes Leben.«

»Ich möchte, dass du glücklich bist.«

»Das bin ich.«

»Versprochen?«

River drückte ihre Hand. »Ja.« Dann setzte sie sich auf den Hocker neben ihr. »Manchmal fällt es mir schwer, mich in gesellschaftlichen Situationen zurechtzufinden, und ich kann mich immer noch in meinem Computer verlieren. Aber das passiert nicht mehr so oft wie früher.« Sie lächelte. »Außerdem bin ich die aktuelle Schneekönigin.«

»Ich habe mich so gefreut, als du mir das erzählt hast. Es ist so wunderbar, dass alle deine Freunde für dich gestimmt haben. Sie kümmern sich gut um dich.«

»Das stimmt. Bei meinem ersten Auftritt wirst du dabei sein. Er ist am Freitag. Die Entzündung des Weihnachtsbaums.« River hatte am Morgen die Instruktionen erhalten, die relativ einfach waren. Sie musste nur rechtzeitig da sein und auf einen Knopf drücken. Sie war sich sicher, dass sie beides schaffen würde, ohne es zu vermasseln.

»Ich baue mir hier ein Leben auf«, sagte sie. »Ich gehe raus und unternehme was. Und hey, wir sind zu Thanksgiving eingeladen. Das sollte dich beeindrucken.«

Ihre Mutter lächelte. »Das tut es. Ich bin froh, dass du hier ein Netzwerk hast, auf das du dich verlassen kannst.«

River schüttelte den Kopf. »Ich höre da ein *aber* kommen.«

»Stimmt«, sagte ihre Mutter lächelnd. »Das gibt es. *Aber* … du gehst nicht mit Männern aus. Kelsey hat Xavier gefunden. Jetzt bist du dran, dich zu verlieben.«

»Das würde ich gerne«, gab sie zu. »Ich bin nur … vorsichtig. Männer sind kompliziert und unvorhersehbar. Also emotional gesehen. Ich bin mir nie sicher, wo ich mit ihnen stehe, und es fällt mir schwer, ihnen zu vertrauen.«

»Noch mehr schlechte Erfahrungen aus deiner Vergangenheit«, seufzte ihre Mutter. »An deiner Zurückhaltung bin ich zum Teil schuld.«

»Was? Nein, Mom, du warst nicht der wirklich schlimme Freund.«

»Nein. Aber als ich dich und deine Schwester adoptiert habe, habe ich die Liebe aufgegeben. Ich hatte zwei wundervolle Mädchen, meine Freundinnen, meine Arbeit. Um mein Liebesleben habe ich mich nie gekümmert, also hast du nie eine funktionierende romantische Beziehung kennengelernt.«

»Ich denke nicht, dass du hättest verheiratet sein müssen, um ein Vorbild zu sein. Nicht jeder braucht einen Partner. Dafür bist du der beste Beweis.«

»Ich weiß. Aber jetzt, wo ich älter werde, frage ich mich, ob ich mich mehr hätte bemühen sollen. Es wäre nett, jemand Besonderen in meinem Leben zu haben.« Sie sah River an. »Ich will nicht, dass du auch irgendwann diese Reue verspürst.«

»Danke. Und ich will das haben, was Kelsey hat.« Einen Mann, der sie liebte und dem sie ihr Herz schenken konnte. War das für sie möglich? Sie war sich nicht sicher. »Ich habe fürchterliche Angst, den Falschen zu wählen, stehe der Möglichkeit generell aber offen gegenüber. Was hältst du davon?«

»Das ist ein Anfang. Hast du jemand Interessanten kennengelernt?«

Sofort dachte River an Dylan.

Ihre Mutter lachte. »Du hast! Das sehe ich an deinen Augen. Erzähl mir alles. Wer ist er?«

»Er heißt Dylan und ist der Schneekönig. Wir haben uns gerade erst kennengelernt, aber er war sehr nett.«

»Und attraktiv?«, fragte ihr Mutter.

River lächelte. »Ja. Sehr sogar. Dunkelblonde Haare und blaue Augen. Er ist Tischler und wirkt, ich weiß nicht … solide. Wenn das Sinn ergibt. Unerschütterlich ist vielleicht das bessere Wort. Als könnte er mit allem umgehen. Du wirst ihn morgen beim Thanksgiving-Dinner kennenlernen.«

»Ich kann es kaum erwarten.«

»Fang aber nicht schon an, die Hochzeit zu planen. Ich habe ihn wirklich gerade erst kennengelernt.«

»Ich werde nichts über Brautjungfern sagen, versprochen. Aber ich drücke die Daumen.«

River nahm die Hand ihrer Mutter. »Ich bin so glücklich, dass du hier bist.«

»Ich auch. Und ich freue mich auf den Schnee.«

River richtete sich auf und rümpfte die Nase. »Der wird von wirklich kalten Temperaturen begleitet. Ich habe Schals und Handschuhe für dich. Wir werden hier beinahe überall zu Fuß hingehen, und draußen ist es eisig. Das ist das Einzige, das mir nicht gefällt.«

»Du wirst dich daran gewöhnen. Und die Stadt ist so hübsch.«

»Du solltest herziehen«, schlug River lachend vor. »Ich weiß, ich habe versprochen, das nicht alle fünfzehn Minuten zu erwähnen, aber Mom, das solltest du wirklich. Dann wärst du ganz nah bei uns beiden.«

Sie erwartete, dass ihre Mutter abwinken würde, doch stattdessen senkte sie den Blick, bevor sie River wieder anschaute. »Ich gebe zu, dass ich darüber nachgedacht habe. Nur ein wenig, aber …«

»Meinst du das ernst? Du hast darüber nachgedacht, nach Wishing Tree zu ziehen? Was ist mit deinem Job und deinen Freundinnen?« River bemühte sich, ihre Aufregung im Zaum zu halten. »Ich weiß, darüber nachzudenken ist nicht das Gleiche, wie es wirklich zu machen, aber ich freue mich, dass du die Vorstellung nicht völlig absurd findest.«

»Ich arbeite seit beinahe dreißig Jahren in der Bücherei. Meine Pension ist gesichert. Im nächsten Jahr werde ich zweiundsechzig, also könnte ich frühzeitig in Rente gehen.« Sie lächelte wehmütig. »Das Haus ist so leer, seitdem Kelsey und Brooklyn nicht mehr da sind. Und ich vermisse meine Mädchen. Ich glaube, die Preise für Wohnungen in Los Angeles sind wesentlich höher als hier, und mein Haus ist abbezahlt, also könnte ich es verkaufen und mir davon hier etwas kaufen und noch Geld fürs Alter zurücklegen.«

River musste sich zusammenreißen, um nicht vor Freude zu jubeln. »Das ist die beste Neuigkeit aller Zeiten, Mom. Ich werde dich nicht bedrängen, aber ich bin so glücklich.« Sie trat einen Schritt zurück und lächelte. »Wenn die Kuchen im Ofen sind, gehen wir online und gucken, ob es dieses Wochenende irgendwelche Hausbesichtigungen gibt. Nur um eine Vorstellung davon zu kriegen, was auf dem Markt ist.«

»Das klingt gut. Aber wir gucken nur. Ich bin noch nicht bereit, etwas zu kaufen.«

»Ich weiß. Wir werden den Immobilienmarkt von Wishing Tree erkunden, und wenn du irgendwann bereit bist, finden wir das perfekte Zuhause für dich.«

10. Kapitel

Um kurz nach zwölf Uhr mittags traf Dylan an Thanksgiving bei Helen ein. Auf der Auffahrt standen bereits einige Wagen. Er wusste, dass Helen ein paar ihrer Freunde eingeladen hatte. Jake kam natürlich auch, und laut der Nachricht, die er gestern von seinem Freund erhalten hatte, würden auch Camryn und ihre Schwestern hier sein.

»Helen ist nicht sonderlich subtil«, murmelte er auf dem Weg zur Haustür vor sich hin. Er klopfte einmal und trat ein. Dann folgte er den Stimmen ins Wohnzimmer.

»Hallo«, sagte er an der Türschwelle.

Helen, wie immer im Mittelpunkt der Aufmerksamkeit, stand auf, kam auf ihn zu und nahm seine Hände in ihre.

»Mein lieber Junge. Du bist da.«

Über ihre Schulter hinweg sah er Jake grinsend »lieber Junge« mit den Lippen formen. Dylan wusste, dass er sich das noch tagelang anhören konnte.

Er küsste Helen auf beide Wangen. »Danke für die Einladung.«

»Gern geschehen. Und die Blumen, die du geschickt hast, sind ganz bezaubernd.« Sie deutete auf die acht oder neun Leute im Raum. »Ich glaube, du kennst alle Anwesenden?«

Er nickte und machte die Runde, um alle zu begrüßen. Jake klopfte ihm auf den Rücken.

»Schleimer«, sagte er leise. »Du versuchst, mich schlecht dastehen zu lassen, indem du Blumen schickst.«

Dylan grinste. »Ich bin nur höflich. Was kann ich dafür, dass du ein Loser bist?«

In diesem Moment betrat Camryn den Raum und lächelte Dylan an.

»Hey, Dylan. Ich habe gerade nach meinen Schwestern gesehen. Sie sind oben im Fernsehzimmer und gucken sich eine Aufzeichnung der Macy's-Parade an. Hast du den riesigen Fernseher an der Wand gesehen? Der ist so groß wie eine Kinoleinwand.«

Jake stellte sich neben sie. »Wir kommen jeden Sonntag her, um uns das Footballspiel anzusehen«, sagte er. »Du bist herzlich eingeladen, dich dazuzugesellen.«

Sie schenkte ihm ein Lächeln. »Ich schaue mir die Spiele gerne an, aber die Zwillinge finden das langweilig.«

»Dann komm allein.«

Dylan beobachtete den kurzen Wortwechsel interessiert. Laut Jake hatte seine Mutter ihr *Projekt: Jakes Braut* aufgegeben und Camryn als potenzielle Kandidatin gestrichen. Dylan hatte da so seine Zweifel, was beides anging. Er würde sogar so weit gehen, zu behaupten, dass Camryns Anwesenheit hier das Gegenteil bezeugte. Und er nahm an, dass Jake an Camryn interessiert war, was für einen unterhaltsamen Nachmittag sorgen würde.

Es klingelte. Helen sah ihn an. »Dylan, bist du so nett und machst auf?«

»Na klar.«

Er ging nach vorne und öffnete die Tür. Vor ihm standen River und eine ältere Frau. Beide hielten Kuchengitter mit je zwei frisch gebackenen Kuchen darauf in den Händen.

»River?«

Sie schenkte ihm ein zögerndes Lächeln. »Hi. Helen hat mich und meine Mom zu Thanksgiving eingeladen.« Dann schwand das Lächeln. »Ist das in Ordnung?«

»Das ist mehr als in Ordnung«, sagte er und zog die Tür weiter auf. »Das ist super. Kommt rein.«

Er führte sie hinein und nahm ihnen die Kuchengitter ab, um sie auf den großen Tisch im Eingangsbereich zu stellen.

»Ich bin Dylan Tucker«, stellte er sich vor, als er Rivers Mutter aus dem Mantel half.

»Elizabeth Best.« Sie lächelte ihn an. »Sie sind der Schneekönig.«

»Das bin ich.« Er zwinkerte ihr zu. »Aber wir sind nicht sonderlich formell, Sie können mich also einfach Dylan nennen.«

Elizabeth lachte. »Nur wenn du mich auch Elizabeth nennst.«

Er wandte sich an River. »Ich wusste nicht, dass du auch hier sein wirst. Das ist wirklich eine wundervolle Überraschung.«

Sie senkte kurz den Kopf, bevor sie ihn wieder ansah. »Danke.«

»Es ist eine lustige Gruppe«, erklärte er und griff nach einem der Kuchengitter. River nahm das andere. »Jake und Camryn sowie ihre Schwestern kennst du ja schon. Helen hat auch ein paar alte Freunde eingeladen. Es gibt Unmengen zu essen. Helen lässt sich die Gerichte immer morgens von einem Caterer liefern und verleiht ihnen hier den letzten Schliff. Ungefähr eine halbe Stunde vor dem Essen heißt es alle Mann an Deck, was die Vorbereitung angeht, aber bis dahin ist alles ganz entspannt.«

Er führte sie ins Wohnzimmer. Wieder stand Helen auf, um River und ihre Mutter zu begrüßen und allen vorzustellen. Dylan brachte die Kuchen in die Küche. River folge ihm ein paar Minuten später.

»Müssen die irgendwie besonders aufbewahrt werden?«, fragte er.

Sie schüttelte den Kopf. »Wir haben die Kürbiskuchen gestern Abend gemacht, sie sollten also ausgekühlt sein. Raumtemperatur ist für sie in Ordnung. Die anderen beiden sind ein Apfelkuchen und ein Mincepie. Die haben wir heute früh gebacken, und sie können jetzt noch ein wenig abkühlen.«

Sie ist so schön, dachte er und starrte in ihre grünen Augen. Ernst und süß. Und sie roch nach Zimt und Vanille. Wie sollte er dem widerstehen?

»Ihr habt vier Kuchen in zwei Tagen gebacken?«

Ihr Lächeln kehrte zurück, und damit auch seine Reaktion darauf.

»Ich backe gerne. Sobald man den Teig fertig hat, ist es ziemlich leicht. Aber es hat Spaß gebracht, sie mit meiner Mom zusammen zu machen.«

»Dann habt ihr eine gute Zeit?«

»Ja.« Sie presste die Hände zusammen. »Meine Mom überlegt, in einem Jahr oder so herzuziehen, um näher bei Kelsey, Brooklyn und mir zu sein. Ich hoffe, sie entscheidet sich wirklich dazu.«

»Ich auch.« Er schwieg einen Moment. »Morgen steht für uns die Entzündung der Weihnachtsbaumbeleuchtung an.«

»Ich weiß. Ich habe die E-Mail erhalten.« Ihre Augen funkelten amüsiert. »Die Instruktionen waren ziemlich simpel: rechtzeitig da sein und einen Schalter betätigen.«

»Es könnte schneien.«

Sie seufzte. »Das habe ich auch gesehen. Ich verstehe, dass dann alles hübscher aussieht, aber es wird auch kälter.«

»Arme River, vom Wetter gebeutelt.«

»Ich habe nachgeschaut. Im Moment hat es in Los Angeles sechsundzwanzig Grad. Das kommt mir wesentlich normaler vor als Schnee.«

Er stöhnte. »Sechsundzwanzig Grad? Das ist einfach nicht richtig. Zu Weihnachten will man Schnee haben. Deshalb gibt es so viele Lieder darüber.«

»Das liegt nur daran, dass die Leute das Beste aus einer miesen Situation machen wollen.«

Er lachte. »Das glaubst du nicht wirklich.«

»Du weißt, dass ich recht habe.«

Immer noch leise lachend gestand er sich ein, dass es ihn freute, wie ungezwungen sie sich in seiner Gegenwart gab.

»Was kann ich dir zu trinken anbieten?«, fragte er. »Es gibt Rot- und Weißwein sowie Softdrinks und Bier.«

»Mit dem Wein warte ich bis zum Essen«, sagte sie. »Jetzt hätte ich gerne irgendetwas, das es als Light-Version gibt.«

Er füllte Eiswürfel in ein Glas und fand dann eine Dose Cola light. Nachdem River versorgt war, ging er ins Wohnzimmer, um Elizabeth nach ihrem Getränkewunsch zu fragen. Sie bat um ein Glas Weißwein, das er ihr in der Küche einschenkte und brachte.

Jake folgte ihm in die Küche. »Versuchst du, mich schlecht aussehen zu lassen?«

»Du warst mit Camryn beschäftigt«, erwiderte Dylan und fügte dann an: »Du magst sie.«

»Vielleicht. Nicht, dass das wichtig wäre. Sie hat nicht vor, sich dauerhaft in Wishing Tree niederzulassen. Sobald die Zwillinge ihren Schulabschluss haben, zieht sie nach Chicago zurück.«

»Vielleicht. Vielleicht aber auch nicht«, sagte Dylan. »Wie lange ist sie jetzt schon hier? Ein Jahr? Dann noch drei mehr, bis die Zwillinge mit der Schule fertig sind. Und ich bezweifle, dass sie sofort danach wegzieht. Was bedeutet, sie würde nach vier oder fünf Jahren in Wishing Tree nach Chicago zurückgehen wollen. Hat sie da Familie oder Freunde?«

»Ich weiß es nicht. Aber sie wirkte entschlossen.«

»Du könntest versuchen, ihre Meinung zu ändern.«

Jake grinste. »Steckst du mit meiner Mutter unter einer Decke?«

»Das muss ich nicht. Es ist schon lange her, dass du an einer Frau interessiert warst.«

»Ja. Und das hat seinen Grund.«

Dylan sah seinen Freund an. »Du bist nicht dein Dad.«

»Das kannst du nicht wissen.«

»Doch. Du bist ein guter Kerl, Jake. Du wirst es nicht so verbocken.« Er schaute in Richtung Wohnzimmer. »Ich meine nur, du bist interessiert, und ich sehe nicht, dass sie sich zurückzieht. Also guck doch einfach, wo die Sache hinführt.«

Jake folgte seinem Blick. »Vielleicht. Was ist mit dir und River?«

»Ich bin voll dabei und bereit, über Babys zu sprechen.«

Jake schüttelte den Kopf. »Wir wissen beide, dass das Unsinn ist.«

»Okay, ja. Aber ich finde sie faszinierend und will sie besser kennenlernen.«

»Du solltest noch warten, bis du das meiner Mutter erzählst«, riet ihm Jake. »Sie mischt sich so schon zu sehr ein. Wenn sie herausfindet, dass sie recht damit hatte, dich zum Schneekönig zu machen, wird sie etwas noch Dramatischeres probieren.«

»Ich finde es amüsant, dass du Angst vor deiner eigenen Mutter hast.«

»Als hättest du die nicht«, gab Jake zurück.

»Niemals. Und wenn du mich jetzt entschuldigen würdest, ich muss mich neben River setzen und ihr lustige Geschichten aus unserer Kindheit erzählen.«

»Lass mich raten«, sagte Jake. »In jeder einzelnen wirst du der Held sein.«

»Was denn sonst?«

Camryn teilte den Rest des Rotweins vom Weingut *Painted Moon* zwischen ihrem und Jakes Glas auf.

»Das ist der Vorteil davon, zum Aufräumteam zu gehören«, scherzte sie. »Man hat freie Auswahl bei den Resten.«

Er stieß mit ihr an. »Deine Art zu denken gefällt mir. Aber keine Sorge, meine Mom wird dich mit so vielen Resten nach Hause schicken, wie du nur tragen kannst.«

»Dazu sage ich nicht Nein. Denn das bedeutet, dass ich morgen nicht kochen muss.«

Sie schaute sich in der riesigen Küche um. Es gab endlose Arbeitsflächen, auf denen sich Schüsseln, Servierplatten und benutztes Geschirr stapelten.

»Okay, wir brauchen eine Strategie«, sagte sie.

Er gab ihr einen leichten Schubs in Richtung des Tisches vor dem Fenster. »Oder wir könnten uns hier hinsetzen, unseren Wein austrinken und uns *dann* eine Strategie überlegen. Um dich zu beruhigen, meine Mutter hat eine große Auswahl an Vorratsdosen, sodass es ein Leichtes wird, jedem das mitzugeben, was er mitnehmen will.«

»Sie denkt wirklich an alles.«

»Manchmal denkt sie auch an zu viel.«

Camryn setzte sich auf einen der Stühle. Sie hatte zu viel gegessen – wie immer an Thanksgiving – und war sehr glücklich. Obwohl außer ihnen nur Erwachsene da gewesen waren, hatten sich die Zwillinge sehr wohlgefühlt. Alle hatten sich mit ihnen unterhalten, und Dylan und Jake hatten sie während des Essens immer wieder zum Lachen gebracht.

»Meine Schwestern hatten heute eine tolle Zeit«, sagte sie. »Dafür bin ich sehr dankbar, und deshalb weigere ich mich, etwas Schlechtes über deine Mutter zu sagen.«

»Das respektiere ich. Ich werde für uns beide vor mich hin grummeln.«

»Oder du könntest dich dem Unvermeidlichen ergeben und akzeptieren, dass sie vielleicht die eine wahre Liebe für dich findet.«

Er schaute sie aus seinen braunen Augen ruhig an. »Wirklich? Wie hoch stehen die Chancen?«

»Die sind vermutlich klein, aber je nach Größe des Feldes, das sie abgrast, könnte es passieren.« Sie trank einen Schluck von ihrem Wein und hoffte vergeblich, dass Jake ihr Lächeln nicht sah.

»Ist der Gedanke an die Verkupplungsversuche auch dann noch lustig, wenn ich dich darauf hinweise, dass du nach allem, was wir wissen, noch auf der Liste stehst?«

»Ja, ich bin noch auf der Liste«, gab sie selbstzufrieden zurück. »Deine Mutter hat River gebeten, mich zu durchleuchten. Also, nicht nur mich, sondern alle Kandidatinnen. Offenbar gibt es mehrere.«

Er stöhnte. »Sag mir, dass das ein Scherz ist.«

»Ach Jake, wir wissen beide, dass es das nicht ist.«

Er seufzte schwer. »Was soll ich nur mit ihr machen?«

»Es aushalten.«

Sie musterte den Mann, der ihr gegenübersaß, und dachte, dass eine ernsthafte Beziehung zwar aus mehreren Gründen nicht infrage kam, sie aber zu etwas, das weniger … traditionell war, nicht Nein sagen würde. Jake war ein attraktiver, selbstbewusster Mann, der schon viele Frauen gehabt hatte. Vermutlich wusste er, was er im Bett tat, und das wäre doch ziemlich nett, oder? Eine geübte Verführung durch einen gut aussehenden Mann, dessen Gesellschaft sie genoss, das klang für sie nach dem perfekten Weihnachtsgeschenk für sich selbst.

Ihr Blick fiel auf seine Hände, und für einen Moment malte sie sich aus, wie es wohl wäre, diese auf ihrem Körper zu fühlen. Wenn es doch nur eine Möglichkeit gäbe, ihn ganz beiläufig zu fragen, ob er an unverbindlichem Sex interessiert wäre.

»Haben die Zwillinge und du heute über eure Mom gesprochen?«

Der Kontrast zwischen dem, was sie gerade gedacht hatte, und dem, was er sie fragte, war erschreckend.

»Woher weißt du das?«

»Es ist Thanksgiving. Ihr habt eure Mutter im Oktober verloren, oder? Und du hast erwähnt, dass die Feiertage letztes Jahr in euren Erinnerungen ganz verschwommen sind.«

Die Mischung aus Mitgefühl und Besorgnis in seiner Stimme weckte in ihr den Wunsch, sich ihm an den Hals zu werfen – und dieses Mal nicht für etwas Unschickliches. Nein, sie verspürte das Bedürfnis nach einer festen Jake-Umarmung. Einer, in der sie sich warm, sicher und geborgen fühlen würde.

»Ja, das haben wir.« Sie stellte ihr Weinglas ab. »Wir sind heute Morgen ein paar Kartons durchgegangen, die wir letztes Jahr in die Garage gestellt haben. Ihre Kleidung, ihr Schmuck und ein paar Erinnerungsstücke.« Sie sah ihn an. »Ihre Kleidung wollen wir spenden, und wir haben uns geeinigt, wer welches Schmuckstück bekommt.« Ihr Lächeln wurde traurig. »Natürlich sind das nicht viele. Aber nächste Woche werden wir alles in ein Bankschließfach tun. Wir waren traurig, aber ich glaube, wir sind auch ein wenig geheilt.«

Sie beugte sich zu ihm. »Manchmal habe ich das Gefühl, eher ihr Leben als meines zu leben. Der Laden, die Kinder aufziehen, all diese Sachen. Aber dann passiert irgendetwas, und mir wird bewusst, dass ich mich entschieden habe, hier zu sein, weil es das Richtige ist.«

»Für dich *und* die Zwillinge oder nur für sie?«

»Ich glaube, für uns alle. Sosehr sie mich für ihren Heilungsprozess brauchen, ich brauche sie auch. Ich habe den Entschluss gefasst, heute früh Moms Sachen durchzugehen, weil ich wusste, dass der Nachmittag hier sie danach ablenken würde.«

»Das verstehe ich. Heute ist unser zweites Thanksgiving ohne meinen Vater. Ich habe viel an ihn gedacht und weiß, dass es meiner Mom genauso ging.«

Da war etwas in seiner Stimme. Der Tonfall vielleicht? Sie konnte es nicht mit Gewissheit sagen.

»Du vermisst ihn, oder?«

»Klar.« Er wich ihrem Blick aus. »Er war mein Vater. Für meine Mom ist es anders. Er war ein größerer Teil ihres Lebens.«

Das ergab einen gewissen Sinn. Ein Elternteil war anders als ein Lebenspartner.

Die Zwillinge kamen in die Küche gestürmt.

»Helen meint, wir müssten uns unbedingt den See angucken«, sagte Victoria aufgeregt. »Ihre Freunde sind gegangen, also sind nur noch wir hier. Heute ist Vollmond, und sie meinte, es wäre superschön und gleichzeitig gruselig.«

»Gruselig ist nicht zu schlagen«, erklärte Jake und sah Camryn an. »Interessiert?«

Sie schaute aus dem Fenster, sah aber nur die Küche in der Scheibe gespiegelt. »Auf die Gefahr hin, wie River zu klingen, aber es sind bestimmt minus fünf Grad draußen, und ich bin nicht in der Stimmung für so viel Kälte.« Sie lächelte ihn an. »Du kannst aber gerne mit ihnen gehen. Ich fange dann schon mal an, hier aufzuräumen.«

»Ich habe den Vollmond schon mal gesehen.«

Lily seufzte. »Wenn ich beinahe dreißig bin, werde ich alles machen, was ich nur machen kann.«

»Ich verlasse meinen warmen Platz hier trotzdem nicht«, sagte Camryn lachend. »Aber zieht los, und habt Spaß.«

Die Zwillinge verließen die Küche.

»Ich dachte, die Schuldgefühlnummer würde wirken«, merkte Jake an.

»Das tut sie auch. Aber nur, wenn es sich um etwas Wichtigeres handelt als darum, nach draußen zu gehen, wenn ich genauso gut hier sitzen und meinen Wein und gute Gesellschaft genießen kann. Auch wenn ich mir sicher bin, dass der Mond über dem See wunderschön aussieht. Frag mich Mitte Juli noch mal, dann bekommst du ein fettes Ja.«

»Okay, abgemacht.«

Ihre Blicke trafen sich. Camryn spürte ein emotionales und körperliches *Ping* irgendwo tief in ihrer Brust. Interessant, dachte sie und fragte sich, ob es ihm genauso ging oder ob sie diese kleine Fantasie ganz allein hatte.

Irgendwo am anderen Ende des Hauses schlug eine Tür zu. Camryn nutzte die Ablenkung, um wegzusehen.

»Die Zwillinge freuen sich schon auf die Entzündung des Weihnachtsbaums morgen«, sagte sie. »Zum Glück findet das so spät statt, dass ich schon Feierabend habe.«

»Erwartest du viele Kunden am Black Friday?«

»Erst am Nachmittag. Die Leute gehen einkaufen und geben dann ihre Geschenke zum Einpacken bei mir ab.« Sie lächelte. »So habe ich den ganzen Vormittag, um die Päckchen für das Resort zu packen.«

»Wie läuft es damit?«

»Beinahe fünfhundert sind schon fertig.«

»Wirklich?«

»Ich habe dir doch gesagt, dass ich das schaffe. Und ja, vierhundertundsiebenundachtzig Dekogeschenke sind bereits wunderschön eingepackt. Ich werde mir einen Van mieten, um sie zum Resort zu bringen.«

»Das musst du nicht«, sagte er. »Wir haben mehrere Lieferwagen. Sag mir, wann es dir passt, und ich schicke sie zum Laden.«

»Bist du sicher?« Das würde ihr ein paar Hundert Dollar Mietwagengebühren sparen. »Ich habe schon einen Wagen reserviert.«

»Dann sag ihn ab. Wir können …«

Ein durchdringender Schrei drang von draußen zu ihnen herein. Sofort sprangen Camryn und Jake auf und eilten zu den großen Glastüren im Wohnzimmer, die Dylan bereits aufgeschoben hatte. Er war schon auf dem Weg nach draußen, und River und ihre Mom folgten ihm.

Die Zwillinge kamen aufs Haus zugerannt. Lily hielt etwas in den Armen.

»Sie ist tot!«, rief sie. »Camryn, sie ist tot!«

Victoria war ihr dicht auf den Fersen, mit Helen an ihrer Seite.

»Das wissen wir noch nicht«, sagte Helen entschlossen. »Lasst uns reingehen und nachsehen.«

Camryn hatte keine Ahnung, wovon die drei sprachen. Als Lily ins Wohnzimmer stürzte, sah Camryn, dass sie einen kleinen Hund hielt. Er hatte die Augen geschlossen, sein Fell war vereist.

»Dylan, hol ein paar Handtücher aus dem Wäscheschrank«, übernahm Jake ruhig das Kommando. »Mom, geh mit ihm, und bring mir ein paar. Dylan, steck die restlichen in den Trockner, um sie aufzuwärmen.«

Dylan verschwand im Flur. Helen und Elizabeth folgten ihm. Jake nahm Lily den winzigen Hund ab.

»River, geh mit den Mädchen hoch ins Fernsehzimmer.«

»Was hast du vor?«, fragte Victoria ängstlich. »Ist sie tot?«

»Ich weiß es nicht. Es könnte sein, dass sie nur sehr, sehr kalt ist. Aber das finden wir bald heraus.« Er sah sie an. »Wenn es ihr nicht gut geht, wäre es mir lieber, ihr wäret nicht dabei, okay?«

Die Zwillinge sahen einander an und nickten dann langsam. River legte ihre Arme um die Schultern der Mädchen und führte sie in Richtung Treppe. Camryn sah den kleinen Hund in Jakes Armen an, der sich nicht rührte. Konnte etwas so Kleines bei dieser Kälte überleben?

Helen und Elizabeth kehrten mit einigen Handtüchern zurück. Jake wickelte eines um den Hund und fing an, den Schnee und das Eis aus dem Fell zu wischen. Dann massierte er den kleinen Körper sanft, um den Blutfluss anzuregen. Ab und zu hielt er inne und sah den Hund an, wie um ihn zu zwingen, sich zu bewegen. Doch der Hund rührte sich nicht.

Camryn presste die Lippen aufeinander, um nicht zu weinen. Wer hatte einen so kleinen Hund im Schnee draußen gelassen? Sein Fell bot keinen großen Schutz, und er hätte leicht von einem Wolf gefressen werden können.

Jake massierte den Hund weiter, bis Dylan mit den warmen Handtüchern zurückkehrte. Er wickelte sie um den Hund und ging dann zum Sofa, wo er sich mit dem Hund auf dem Schoß hinsetzte.

»Komm schon, Kleine«, sagte er leise und streichelte ihren Kopf.

Eine Pfote zuckte.

»Jake«, sagte Camryn aufgeregt. »Hast du das gesehen?«

Sie setzte sich neben ihn und musterte den Hund aufmerksam. Der kleine Körper erschauderte einmal, dann fing er an zu zittern.

»Wir brauchen mehr warme Handtücher«, sagte Jake zu seiner Mutter, und Helen rannte sofort los.

Als sie mit zwei weiteren Handtüchern zurückkam, legte Camryn sie sich auf den Schoß. Jake übergab ihr den Hund, den sie schnell in die Wärme einhüllte. Das Hündchen wog kaum etwas, und Camryn konnte die Rippen durch das Fell fühlen.

»Alles wird gut, kleine Maus«, flüsterte sie. »Du schaffst das. Wir wärmen dich auf.«

Die kleine Hündin öffnete die Augen und starrte sie alle an. Sie wirkte verstört und verängstigt.

»Du bist in Sicherheit, Süße«, flötete Helen, die auf der anderen Seite neben Jake saß. »Armes kleines Mädchen. Wie um alles in der Welt ist sie hier draußen gelandet, so weit weg von allem?«

»Ich habe keine Ahnung«, sagte Jake.

Camryn fuhr fort, das Tier durch das Handtuch zu massieren. Irgendwann hob es den Kopf ein wenig und schaute sich um. Das Zittern ließ langsam nach.

Die Hündin versuchte, sich aufzusetzen, schaffte es jedoch nicht.

»Vermutlich ist sie kurz vorm Verhungern«, sagte Camryn. »Und hat Durst.«

»Komm, bringen wir sie in die Küche und geben ihr Wasser und Truthahnbrust«, schlug Jake vor. »Nur ein wenig. Wenn sie gehungert hat, braucht sie ein paar Tage, um ihren Magen wieder an Nahrung zu gewöhnen.«

»Woher weißt du das alles?«, fragte Camryn und stand mit dem Hund in den Armen auf.

»Ich leite ein Resort in den Bergen«, erwiderte er leichthin. »Da kommt es bei Kälte öfter vor, dass wir Tiere retten müssen. Wir haben ein Rettungsteam in der Nähe, aber ich habe auch selbst ein paar Kurse belegt, deshalb kenne ich mich ein wenig aus.«

»Angeber«, grummelte Dylan gut gelaunt. »Ich gehe nach oben und sage River und den Mädchen Bescheid, dass es dem Hund gut geht.« Er hielt kurz inne. »Was ist das überhaupt für einer?«

»Ein langhaariger Chihuahua«, sagte Elizabeth.

»Wenn du das sagst.«

Helen breitete mehrere Handtücher auf dem Küchentisch aus. Camryn setzte sich auf einen Stuhl und legte den immer noch eingewickelten Hund vorsichtig auf dem Tisch ab.

»Wie geht es dir?«, fragte sie leise. »Du hast uns einen ganz schönen Schrecken eingejagt.«

Jake brachte eine kleine Wasserschüssel. Die Hündin schlabberte ein paarmal, bevor sie sich wieder hinlegte und die Augen schloss.

»Sie ist erschöpft.« Camryn streichelte das seidige Fell. Die Hündin war hellbraun mit weißem Kopf, weißem Schwanz und weißen Vorderbeinen.

Helen schnitt ein paar Stückchen von der Truthahnbrust ab und reichte sie Camryn, die sie der Hündin anbot, die sie sofort herunterschlang.

»Geht es ihr gut?«, fragte Victoria, als sie und Lily in die Küche gestürmt kamen. Dylan und River folgten ihnen.

»Nicht so laut«, mahnte Camryn. »Sie hat Angst, deshalb müssen wir leiser sprechen.« Sie gab der Hündin noch ein wenig Truthahnbrust.

Die Zwillinge stellten sich neben den Tisch und betrachteten das winzige Wesen.

»Sie ist so klein«, flüsterte Lily. »Ich weiß nicht, wie wir sie gefunden haben. Ich habe irgendetwas aus dem Augenwinkel gesehen und bin hingegangen, um zu gucken, was es ist.«

Sie rückten ein Stück näher, und Lily hielt der Hündin die Hand vor die Nase. Die Kleine schnüffelte kurz und schleckte dann zögerlich einen Finger ab. Nun setzten sich die Zwillinge und wechselten sich damit ab, die Hündin zu streicheln, die sich nach ein paar weiteren Bissen Truthahnbrust wieder hinlegte und die Augen schloss.

Camryn musste Lily zustimmen – dass sie dieses kleine Wesen gefunden hatten, grenzte an ein Wunder. Und wieso war sie im Schnee ausgesetzt worden? Sie war viel zu klein und zart für dieses Klima.

»Ich frage mich, ob sie irgendwelchen Touristen weggelaufen ist«, sagte sie.

»Hier gibt es keine Ferienhütte in der Nähe«, erklärte Helen und presste die Lippen zusammen. »Das Haus steht auf zwei Hektar, wir sind hier also ziemlich allein. Und noch nie hat jemand einen Hund bei uns ausgesetzt. Ich weiß nicht, was ich davon halten soll.«

»Sie wurde ausgesetzt?« Victorias Augen füllten sich mit Tränen. »Damit sie stirbt?«

»Wir wissen nicht, was passiert ist«, schaltete Jake sich ruhig ein. »Aber wir haben sie gefunden, und es scheint ihr besser zu gehen. Die Frage ist: Was machen wir jetzt mit ihr?«

Sofort schauten die Zwillinge Camryn an.

»Wir können uns um sie kümmern«, sagten sie wie aus einem Mund. »Sie ist so klein, sie würde überhaupt nicht stören.«

»Sie gehört uns nicht«, erwiderte Camryn. »Sie könnte sich verlaufen haben. Wir müssen herausfinden, ob sie eine Familie hat, die sie vermisst.«

»Das Gefühl kann nicht allzu stark sein, wenn sie die Arme allein im Schnee zurückgelassen haben«, merkte Helen an.

»Mom.« Jake schüttelte den Kopf. »Das ist nicht hilfreich. Wir müssen mit ihr zum Tierarzt, um zu gucken, ob sie gechipt ist und wir so den Besitzer finden. Außerdem muss sie gründlich untersucht werden.«

Er hat recht, dachte Camryn. »Das kann ich nicht übernehmen«, sagte sie zu den Zwillingen. »Ich muss morgen früh noch weiter Pakete einpacken, nachmittags wird der Laden voll sein, und übermorgen ist Einzelhandelssamstag.« Für sie war Helen die offensichtliche Wahl, um den Hund zu behalten, aber das wollte sie nicht laut sagen.

»Aber sie braucht uns«, sagte Lily ernst. »Camryn, bitte. Sie ist so klein und allein. Wir können uns doch um sie kümmern, bis wir ihre Familie gefunden haben.«

»Und wenn sie keine hat …«, setzte Victoria an, nur um sofort von ihrer Schwester angestoßen und zum Schweigen gebracht zu werden.

»Ich kann den Laden nicht unbeaufsichtigt lassen«, wiederholte Camryn. Die Hündin würde vermutlich nicht viel Arbeit machen, aber sie musste vom Tierarzt untersucht werden. Und gab es nicht auch irgendeine Behörde, die informiert werden musste?

»Wenn es für dich in Ordnung ist, sie zu behalten«, sagte Jake, »kann ich sie morgen mit den Zwillingen zusammen zum Tierarzt bringen. Im Hotel ist es derzeit noch ruhig, deshalb kann ich durchaus mal weg, sobald wir einen Termin kriegen.«

»Das ist eine ausgezeichnete Idee«, verkündete Helen. »Das wäre dann also geklärt. Camryn und ihre Schwestern kümmern sich um die Kleine, und Jake bringt sie zum Tierarzt. In der Zwischenzeit können die Zwillinge im Internet recherchieren, was man tun muss, wenn man in Wishing Tree einen Hund gefunden hat. Mädels, ihr passt auf sie auf, während wir anderen das Essen aufteilen und die Küche aufräumen.«

Schneller als gedacht, war Camryn mit zwei Tüten voller Resten auf dem Weg zu ihrem Auto. Die Zwillinge saßen schon auf der Rückbank, den Hund eingepackt zwischen sich.

Jake half ihr, die Tüten auf den Beifahrersitz zu stellen, dann begleitete er sie zur Fahrerseite.

»Ich bin zu Hause«, sagte er. »Ruf mich gerne an, wenn du etwas brauchst.«

Sie nickte und warf ihren Schwestern einen Blick zu, bevor sie wieder ihn ansah. »Wir haben einen Hund. Ich meine, es ist vermutlich nur übers Wochenende, aber trotzdem. Wie konnte das passieren?«

»Ich habe keine Ahnung. Doch es scheint ihr besser zu gehen. Denk aber daran: nur kleine Mahlzeiten.«

»Hühnchen und Reis. Ich weiß. Wenn ich nach Hause komme, werde ich also doch kochen müssen.«

Er berührte sanft ihre Wange. »Du bist eine wirklich gute Schwester.«

»Und du ein wirklich guter Tierretter. Du hast unglaubliche Talente im Bereich Hundewiederbelebung.«

Er schenkte ihr ein sexy Lächeln, das in ihr den Wunsch weckte, mit ihm allein zu sein und vielleicht ein Glas Wein mehr getrunken zu haben, damit sie den Mut fand, ihm vorzuschlagen, ein wenig zu knutschen. Und wenn das gut lief, könnten sie einen Schritt weitergehen. Aber sie waren nicht allein, und sie hatte kein weiteres Glas Wein getrunken.

»Bitte richte deiner Mutter noch mal unseren Dank aus«, sagte sie. »Wir hatten einen tollen Tag.«

»Und nun auch noch einen Hund.«

Sie lachte. »Ja, das auch.«

»Ich melde mich bei den Zwillingen, sobald ich weiß, wann wir beim Tierarzt vorbeischauen können.«

»Du bist ein guter Mann, Jake Crane.«

»Das sagst du doch zu allen Männern.«

»Ehrlich gesagt bist du der Einzige, den ich Jake Crane nenne.«

11. Kapitel

Gleich am Freitagmorgen rief Jake im Tierheim von Wishing Tree an und erklärte, was passiert war. Die ehrenamtliche Helferin am Telefon sah schnell in den Berichten über vermisste Hunde nach.

»Ein Chihuahua, haben Sie gesagt?«, fragte sie zweifelnd. »Von denen gibt es hier oben nicht viele. Das klingt, als hätte ein Tourist seinen Hund verloren.«

»Ja, das dachten wir auch.«

»In unserer Datenbank gibt es keine Meldungen über vermisste Chihuahuas. Wir können hier alle Vermisstenmeldungen aus dem gesamten Staat einsehen, und innerhalb von hundert Meilen rund um Wishing Tree ist da nichts. Ich würde ja sagen, dass sie ausgesetzt wurde, aber das passiert in dieser Gegend nicht oft.«

Das ist doch schon mal was, dachte er und hoffte, dass wirklich niemand so gemein zu dem kleinen Hund gewesen war.

»Wir bringen sie nachher zum Tierarzt«, erklärte er. »Um sie durchchecken zu lassen und zu gucken, ob sie einen Chip hat. Was ist der nächste Schritt, wenn sie den nicht hat?«

»Dann können Sie sie zu uns bringen. Wir machen Fotos und posten die Informationen in den sozialen Medien. Wir haben auch Platz für sie. Es gibt eine zweiwöchige Wartefrist, für den Fall, dass der Besitzer sich meldet. Danach wird sie zur Vermittlung freigegeben. Wenn sie so süß ist, wie Sie sagen, wird sie schnell ein neues Zuhause finden.«

Das wird den Zwillingen gar nicht gefallen, dachte Jake.

»Kann sie während der Wartezeit dort bleiben, wo sie gerade ist?«, fragte er.

»In einer Pflegefamilie? Natürlich. Es ist immer besser für ein Tier, in einem normalen Haushalt zu sein, als im Tierheim. Dort fühlen sie sich sicherer und weniger gestresst. Über all das können wir reden, wenn Sie mit ihr herkommen.«

»Alles klar. Danke. Wir sind so gegen halb zwei da.«

Er legte auf und machte sich ein paar Notizen. An diesem Morgen hatte er schon viel geschafft. Er hatte organisiert, dass die Lieferwagen des Resorts bei Camryn vorbeifuhren, um die Pakete abzuholen. Die kleine Hündin hatte um zwölf Uhr einen Termin beim Tierarzt, und danach würden sie gleich zum Tierheim weiterfahren.

Er schickte Camryn eine Nachricht mit all den Informationen, die er gesammelt hatte, und bestätigte noch einmal, dass er die Mädchen um halb zwölf abholen würde. Dann wandte er sich wieder seiner Arbeit zu.

Um kurz nach elf verließ er das Hotel, um in die Stadt zu fahren. Als er bei Camryns Haus ankam, warteten die Zwillinge schon auf ihn. Victoria hielt den in eine warme Decke eingepackten Hund auf den Armen.

»Danke, dass du uns hilfst«, sagte sie sehr förmlich.

Auch Lily schaute ernst drein. »Ja, Jake. Wir wissen, dass du viel zu tun und einen wichtigen Job hast. Es ist sehr nett von dir, dir unseretwegen so viel Zeit zu nehmen, und wir sind dir sehr dankbar.«

Er lächelte die beiden an. »Hat eure Schwester euch das üben lassen?«

Sie sahen einander an, dann wieder zu ihm.

»Ja«, gestand Victoria. »Aber wir meinen es ernst und sind dir wirklich sehr dankbar. Genau wie Tinsel.«

»Tinsel?«

»Unsere Hündin.«

Lily stupste sie an. »Wir dürfen nicht sagen, dass sie unser Hund ist. Was ist, wenn sie einen Chip hat?« Sie schaute zu Jake. »Wir haben uns auf der Seite vom Tierheim erkundigt und wissen, wie das alles abläuft. Camryn meinte, wir können sie erst einmal bei uns behalten, aber wir müssen uns bewusst sein, dass die Besitzer kommen und sie abholen werden. Also sollen wir uns nicht zu sehr an sie gewöhnen.«

Dafür ist es wohl zu spät, dachte Jake und hielt den Mädchen die Wagentür auf.

Während der Tierarzt mit dem Scanner über den Hals der Hündin fuhr, hielten sich die Mädchen fest an den Händen. Kurz darauf schüttelte er den Kopf.

»Kein Chip.«

Die Schwestern fielen einander in die Arme und hüpften auf und ab. Der Tierarzt sah Jake an.

»Das sind gute Neuigkeiten, wie ich annehme?«

»Ich glaube, sie hoffen, sie behalten zu dürfen. Wir fahren jetzt gleich zum Tierheim, damit sie dort in die Datenbank aufgenommen werden kann.«

»Wenn ihre Besitzer sich melden, sollte jemand mit ihnen ein ernstes Wörtchen reden. Kein Hund sollte bei dieser Kälte draußen gelassen werden, aber schon gar nicht ein so kleiner wie dieser.«

Er untersuchte die Hündin sorgfältig. »Sie ist ungefähr drei oder vier Jahre alt und bei guter Gesundheit, angesichts dessen, was sie durchgemacht hat. Aber sie hat ernsthaftes Untergewicht. Ich würde sagen, sie muss ein bis anderthalb Pfund zunehmen.«

»Wir wissen, dass wir ihr nur kleine Mahlzeiten geben dürfen«, erklärte Lily ihm. »Unsere Schwester Camryn hat gestern Hühnchen und Reis für sie gekocht, und wir füttern sie alle drei Stunden, aber immer nur einen Löffel voll.«

»Das ist ein guter Anfang. Ich gebe euch den Namen eines Dosenfutters, das reich an Proteinen ist und ihr helfen wird, zuzunehmen. Das plus Trockenfutter sollte sie in den nächsten drei Wochen bekommen. Danach könnt ihr sie auf normales Hundefutter umstellen, aber auch das ganz langsam.«

Er gab ihnen ein paar Zettel mit Instruktionen und eine Liste mit Futtermarken, die er empfehlen konnte.

Dann schaute der Tierarzt noch einmal die Hündin an. »So etwas sage ich normalerweise nicht, aber ihr solltet ihr einen Pullover für drinnen und einen Mantel für Spaziergänge kaufen. Sie ist empfindlicher, was Kälte angeht, als größere Hunde.«

Lily und Victoria schauten einander an. »Sobald wir wieder zu Hause sind, werden wir mit Camryn reden«, sagte Victoria. »Damit sie in der Tierhandlung anruft und ihre Kreditkartendetails hinterlässt, wenn wir nachher hingehen und alles kaufen, was wir brauchen.«

»Ich bringe euch hin«, schlug Jake vor. »Zuerst aber fahren wir zum Tierheim und lassen Tinsel registrieren, bevor wir sie zu Hause absetzen. Dann können wir was zu Mittag essen und danach zum Laden fahren.«

Die Zwillinge sahen einander an, dann überraschten sie Jake, indem sie ihn stürmisch umarmten.

»Danke, Jake«, sagte Lily ernst. »Du bist der Beste.«

»Das stimmt«, bestätigte Victoria.

Er erwiderte die Umarmung und dachte nicht zum ersten Mal, dass er gerne Geschwister gehabt hätte.

Während Lily und Victoria es Tinsel zu Hause bequem machten, schickte Jake eine Nachricht an Camryn, um sie über die Pläne für den Nachmittag zu informieren. Als sie nicht sofort antwortete, nahm er an, dass sie mit Kunden beschäftigt war oder die letzten Päckchen für das Resort einpackte. Was vermutlich auch besser ist, dachte er grinsend. So konnte sie ihm nicht sagen, dass er zu viel für sie machte.

Er aß mit den Zwillingen im Burgerladen an der Eislaufbahn, bevor sie zu der großen Tierhandlung gegenüber dem Outlet-Center fuhren. Die Zwillinge hatten Tinsel genau vermessen, um Mantel und Geschirr in der richtigen Größe zu kaufen. Jake schob den Wagen, den sie mit Futter und Körbchen, einer rosafarbenen Leine und zwei winzigen Weihnachtspullovern füllten.

»Reggie macht die Kleidung für ihre Hündin selbst«, erklärte Lily. »Belle ist eine Dänische Dogge, und für die gibt es nicht so viele Sachen. Ich frage mich, ob sie uns beibringen könnte, etwas für Tinsel zu schneidern.«

»Sie ist nicht euer Hund«, sagte er zum gefühlt hundertsten Mal an diesem Tag.

»Aber sie könnte es werden«, erwiderte Victoria. »Wenn niemand sich meldet und wir Camryn überzeugen können, dass wir uns wirklich gut um sie kümmern.«

»Wir lieben sie jetzt schon«, fügte Lily an. »Wir haben zwar jede ein eigenes Zimmer, aber letzte Nacht haben wir zusammen in meinem geschlafen, damit Tinsel sich sicher fühlt.«

»Was für ein Opfer«, murmelte er. Camryn hat sich ein riesengroßes Problem aufgehalst, dachte er. Oder den Zwillingen würde es das Herz brechen, wenn die Besitzer auftauchten und den Hund zurückforderten.

»Wir brauchen Spielzeug«, sagte Lily und zeigte auf ein Regal mit Bällen.

»Der hier ist eher was für Belle.« Victoria hielt einen riesigen Tennisball hoch.

Sie lachten, dann nahm Lily ein Netz mit den kleinsten gelben Bällen in die Hand. »Die sind perfekt.«

»Sie braucht etwas, das quietscht«, erklärte Jake. »Und etwas, auf dem sie herumkauen kann.«

Während die Mädchen die Auswahl an Hundespielzeugen musterten und über die verschiedenen Optionen diskutierten, warf Jake einen Blick auf sein Handy und sah, dass Camryn ihm geantwortet hatte.

Du machst zu viel. Hör damit auf! Bitte. Ich stehe so schon für immer in deiner Schuld.

Lächelnd überlegte er, dass ihm die Idee gefiel. Unter anderen Umständen würden ihm viele sehr interessante Möglichkeiten einfallen, wie sie ihre Schulden bei ihm begleichen könnte. Aber sie hatte klargemacht, dass sie nicht an einer Beziehung interessiert war, und er sah sie nicht als den Typ Frau, der auf unverbindlichen Sex stand. Was die Frage aufwarf, warum er, was Beziehungen anging, immer den Kürzeren zog. Wobei man sagen konnte, dass er dieses Mal keine Schuld an seiner Enttäuschung trug. Vielleicht war das ein Fortschritt?

Dennoch, wenn er die Wahl hätte, hätte er lieber Camryn als eine Lektion fürs Leben bekommen – aber leider war das keine Option.

»Kommst du allein klar?«, fragte River, als sie und ihre Mom zum Weihnachtskranz gingen, wo in Kürze ihre erste Amtshandlung als Schneekönigin stattfinden würde.

Ihre Mutter lachte. »Natürlich. Ich treffe mich mit Helen, die mich einigen ihrer Freundinnen vorstellen will. Nach der Zeremonie gehen wir zusammen essen. Ich habe einen Schlüssel und kenne den Weg nach Hause. Du musst dir um mich keine Sorgen machen.«

Ja, das ist offensichtlich, dachte River und war mehr als nur ein wenig eifersüchtig auf die Fähigkeit ihrer Mutter, so leicht mit anderen Menschen in Kontakt zu kommen. Erst gestern hatte sie Helen kennengelernt, aber sie hatten sich auf Anhieb gut verstanden und würden vermutlich lebenslange Freundinnen werden. Was dieses Thema anging, war River wesentlich langsamer.

Was nicht schlimm ist, redete sie sich gut zu. Solange sie sich weiter bemühte. Es ging ihr besser als jemals zuvor, und sie sollte diese kleinen Fortschritte feiern.

Der Abend war kalt und bewölkt. Früher am Tag hatte es geschneit, aber neuer Schneefall wurde erst am nächsten Morgen erwartet. Als sie sich dem Weihnachtskranz näherten, sahen sie mehr und mehr Menschen. Der Marktplatz füllte sich rasch, denn alle Bewohner von Wishing Tree wollten beim ersten Event der Weihnachtssaison unbedingt dabei sein.

Schon von Weitem hörten sie die weihnachtliche Musik aus den Lautsprechern schallen. Alle an den Weihnachtskranz angrenzenden Läden waren mit Lichterketten geschmückt, und die großen Tannen standen direkt neben der Bühne.

»River!«

Sie drehte sich um und sah Dena, ihren Mann Micah und deren kleine Tochter.

»Freust du dich schon auf die Zeremonie?«, fragte Dena, eine hübsche Brünette.

»Ja«, antwortete River und merkte, dass das stimmte. Jedenfalls so halbwegs. Sie war nervös, weil sie vor so vielen Leuten würde stehen müssen, aber sie freute sich darauf, Dylan wiederzusehen. Beim Essen gestern hatte sie seine Gesellschaft sehr genossen.

Sie stellte allen ihre Mutter vor, dann erblickte sie Camryn und deren Schwestern und winkte ihnen.

»Wie geht es euch?«, fragte sie. »Was ist aus dem Hündchen geworden?«

»Tinsel«, sagte Lily und umarmte sie. »Wir haben sie Tinsel genannt.«

»Sie ist so süß«, ergänzte Victoria. »Sie ist nicht gechipt, also sind wir mit ihr zum Tierheim gefahren, um sie in die Datenbank aufnehmen zu lassen. Jetzt müssen wir zwei Wochen warten, ob sich jemand meldet.«

Lily nickte. »Und Jake ist mit uns zur Tierhandlung gefahren, wo wir Unmengen an Zeug für sie gekauft haben. Wir hoffen, dass wir heute Abend Reggie treffen, weil wir sie fragen wollen, ob sie uns beibringen kann, Kleidung für Tinsel zu nähen.«

Camryn sah River an. »Hi. Uns geht es gut, und unser Leben kreist um einen Hund. Offenbar sind wir nun Tinsels Pflegefamilie, bis ihre Besitzer auftauchen.«

»*Falls* sie überhaupt nach ihr suchen«, murmelte Victoria.

Camryn seufzte. »Die Mädchen haben die Kleine schon ins Herz geschlossen, und ihnen zu sagen, dass sie das nicht tun sollen, hilft überhaupt nicht.«

»Und was hältst du von dem Ganzen?«, fragte River.

Camryn lächelte. »Die Kleine ist wirklich süß, aber trotzdem ein Hund und damit viel Verantwortung. Aber wir kriegen das schon hin.«

Helen gesellte sich zu ihnen und fragte auch nach Tinsel. Paisley kam herüber und bekam die Geschichte der Hündin zu hören, und dann kamen Reggie, Toby, Tobys Sohn Harrison und Belle, die Dänische Dogge, dazu.

Während sich alle unterhielten und lachten, wurde River bewusst, dass sie sich in den letzten sechs Monaten tatsächlich mit vielen Menschen in dieser Stadt angefreundet hatte. So fühlt es sich also an, dazuzugehören, dachte sie glücklich.

Paisley tippte ihr auf die Schulter. »Okay, Schneekönigin, es ist an der Zeit für deinen Auftritt.«

River schaute zur Bühne und sah, dass Geri, die City-Managerin, dort schon neben den drei riesigen Weihnachtsbäumen stand.

Dann schaute sie zu ihrer Mom. »Ich nehme an, du bist bei Helen in guten Händen?«

Helen hakte sich bei Elizabeth unter. »Mach dir keine Gedanken. Wir haben einen schönen Abend geplant. Und ich sorge dafür, dass sie um Mitternacht zu Hause ist.«

»Habt Spaß«, wünschte River und ging dann in Richtung Bühne.

Je näher sie kam, desto mehr schwand das glückliche Gefühl, dazuzugehören, bis sie nur noch ein reines Nervenbündel war. Warum hatte sie sich nur hierauf eingelassen? Sie war nicht gut in so was …

»Hey.«

Sie drehte sich um und sah Dylan auf sich zukommen. Sofort beruhigte sich ihr Magen, auch wenn ihr Herzschlag sich beschleunigte. Er sah gut aus. Stark und attraktiv und mit einem Lächeln, das ihr versicherte, dass sie diesen Abend unbeschadet überstehen würde.

»Hey, Dylan.« Sie warf einen Blick auf seine Hände. »Es ist eisig. Du solltest Handschuhe tragen.«

»Ach was. Mir geht es gut.«

»Du holst dir noch einen Gefrierbrand.« Kurz zögerte sie, bevor sie ein Paar Männerhandschuhe aus der Manteltasche zog. »Hier. Meine Mom und ich waren heute shoppen, und da habe ich die gesehen und daran gedacht, dass du meintest, du würdest deine immer verlieren.« Ihre Stimme verebbte.

Dylan sah sie an, ohne ein Wort zu sagen. Sie hatte keine Ahnung, was er dachte. O nein. Hatte sie es verbockt? War er verärgert? Genervt? Fand er sie seltsam oder …?

Sein Lächeln kehrte zurück. »Du hast mir echt Handschuhe gekauft?«

Ihre Sorge wurde von Erleichterung ersetzt. »Du willst dir keine Erfrierungen zuziehen. Die sind schmerzhaft.«

»Ja, das habe ich gehört.« Er zog die Handschuhe an und beugte und streckte die Finger. »Die sind perfekt. Vielen Dank. Das war sehr fürsorglich von dir.«

»Gern geschehen.«

Gemeinsam gingen sie zur Bühne. Als sie davorstanden, erkannte River, dass die Bäume wesentlich größer waren, als sie gedacht hatte. Und sie waren alle unterschiedlich geschmückt.

»Das sind die Bäume der vergangenen, der gegenwärtigen und der zukünftigen Weihnacht«, erklärte Dylan. Vor dem ganz rechts blieben sie stehen. Er war mit wunderschönen antiken Ornamenten aus Holz, Glas und Porzellan geschmückt. An jedem Ornament hing ein kleiner Zettel.

»Wunderschön«, murmelte River und berührte vorsichtig eine kleine Ballerina.

»Das ist der Baum der vergangenen Weihnacht. Familien aus der Stadt stellen jedes Jahr ein besonderes Ornament für diese Zeremonie zur Verfügung. Einige von ihnen werden seit Generationen weitervererbt. Sie sind alle gekennzeichnet, damit jede Familie ihren Baumschmuck morgen wiederbekommt.«

Er ging zum mittleren Baum, an dem Schneemänner aus Tischtennisbällen, aus Holz geschnitzte Sterne und mit Glitzer bestäubte Schneeflocken hingen.

»Der Baum der gegenwärtigen Weihnacht. Vor ein paar Wochen gab es einen Nachmittag in den Schulen, an dem die Kinder Anhänger dafür hergestellt haben. Die Läden der Stadt haben die Materialien gespendet.«

River lächelte ihn an. »Jetzt wünschte ich mir, ich wäre hier aufgewachsen.«

»Ja, das wünschte ich mir auch. Dann hätte ich dich früher kennengelernt.« Er ging zum letzten Baum.

»Lass mich raten. Der Baum der zukünftigen Weihnacht.« Sie musterte die schlichteren Ornamente – Kreise, Quadrate und Herzen aus Papier, die mit Garn an die Zweige gebunden waren. »Was ist das?«

»Wünsche«, erklärte er. »Das hier ist der Wunschbaum. Die Leute schreiben ihre Wünsche auf und hängen sie an den Baum in der Hoffnung, dass sie wahr werden.«

River drehte ein ausgeschnittenes Herz um. »Ich wünschte, es gäbe keinen Hunger mehr«, las sie und sah Dylan an. »Also sind es nicht nur Wünsche, die an einem Nachmittag wahr gemacht werden können.«

»Einige von ihnen sind sehr ehrgeizig, aber andere durchaus praktischer Natur.« Er drehte ein Quadrat um. »Ich wünsche mir Basketballschuhe in Größe 5.« Er zeigte auf die dreistellige Zahl unten. »Das ist die Referenznummer. Wenn jemand ein Paar Basketballschuhe in dieser Größe spenden möchte, nimmt er den Wunsch ab und legt ihn gemeinsam mit den Schuhen in die Sammelkiste am Feuerwehrhaus. Einige Tage vor Weihnachten werden die Geschenke dann eingepackt und ausgeliefert.«

»Solche Bäume habe ich schon mal gesehen. Wir hatten einen im Einkaufszentrum, wo man Spielzeug kaufen konnte. Ich habe immer ein paar Sachen besorgt, aber das hier fühlt sich irgendwie persönlicher an. Also kann jeder hier Wünsche erfüllen?«

Er lächelte sie an. »Definitiv.« Dann zeigte er zur Bühne. »Wollen wir?«

Er nahm ihre Hand, und gemeinsam gingen sie die Treppe zur Bühne hinauf. Geri erwartete sie schon mit ein paar Zetteln in der Hand.

»Ihr habt es geschafft. Gut. Eure heutige Aufgabe ist ganz einfach. Ich werde ein paar Worte sagen, dann werden alle von zehn runterzählen, und bei *eins* legt ihr diesen Hebel um.« Sie zeigte auf einen langen Hebel mit einem Knauf am Ende. »Bitte wartet, bis alle *eins* gesagt haben. Vor zwei Jahren sind die Lichter bei drei angegangen. Das war sehr enttäuschend.«

Sie reichte ihnen ihre Kronen. »Die braucht ihr.«

»Nicht wirklich«, flüsterte Dylan nah an Rivers Ohr.

Sie lachte und zog ihre Mütze ab, um sich die Krone aufzusetzen. Geri nahm eine Fernbedienung aus ihrer Tasche und drückte auf einen Knopf, um die Musik auszuschalten. Dann trat sie ans Mikrofon.

»Guten Abend! Ich bin Geri Rodden, eure City-Managerin.«

»Das wissen wir!«, rief jemand.

Geri lächelte. »Ich wollte nur sichergehen. Heute werden wir ganz offiziell zum ersten Mal die Lichter der Weihnachtsbäume erstrahlen lassen. Wenn ihr uns ein Ornament für den Baum der vergangenen Weihnacht geliehen habt, könnt ihr es ab morgen früh im Rathaus abholen. Wünsche vom Baum der zukünftigen Weihnacht können ab heute Abend abgenommen werden. Aber denkt bitte daran: Wenn ihr einen Wunsch nehmt, verpflichtet ihr euch damit, ihn zu erfüllen.« Ihre Miene wurde ernst. »Wir wollen am Weihnachtsmorgen keine enttäuschten Kinder sehen.«

»Sie ist ein wenig einschüchternd«, murmelte River.

»Du machst das schon.«

»Woher willst du das wissen?«

»Du bist ein Mensch, der Regeln folgt.«

»Meistens.«

Zumindest heutzutage, dachte sie. Es hatte eine Zeit gegeben, in der es ihr nichts ausgemacht hatte, gegen diverse Gesetze zu verstoßen, um sich in die Computersysteme von Unternehmen und Regierungen zu hacken. Aber dafür hatte sie am Ende auch bezahlt.

Geri startete den Countdown. Als alle gemeinsam »Eins!« riefen, zogen River und Dylan am Hebel, und alle drei Bäume leuchteten auf. Die Bäume der Vergangenheit und der Zukunft hatten weiße Lichter, die funkelten, während der Baum der gegenwärtigen Weihnacht in bunten Farben erstrahlte. Die Musik ging wieder an, und die Menge sang den Text von »I'll Be Home For Christmas« mit.

Geri nickte zufrieden. »Perfektes Timing. Ich habe zwanzig Minuten für Fotos eingeplant. Stellt euch vor die Bäume. Sobald wir damit fertig sind, will ich die Kronen zurückhaben. Glaubt ja nicht, dass ihr sie mit nach Hause nehmen könnt. Sie sind Eigentum der Stadt.«

»Fotos?«, fragte River schwach.

»Du musst nichts tun, außer dazustehen und hübsch auszusehen«, beruhigte Dylan sie. »Und darin bist du gut.«

Sein Kompliment wärmte ihr das Herz.

In den nächsten zwanzig Minuten warteten die Leute, um Fotos mit dem Schneekönig und der Schneekönigin zu machen. River hielt Babys, umarmte Großeltern und lächelte, bis ihre Wangen schmerzten. Sobald das letzte Foto geschossen war, tauchte Geri auf.

»Für heute habt ihr eure Pflicht getan«, sagte sie, nahm ihnen die Kronen ab und steckte sie in eine große Einkaufstasche. »Jetzt habt ihr bis Donnerstag frei. Das ist der erste Dezember und damit der Beginn der Adventszeit. Ich schicke euch die Einzelheiten, aber was das Ereignis für die ganze Stadt ist, erfahrt ihr erst an dem Tag. So muss ich mir keine Gedanken machen, ob ihr das Geheimnis für euch behalten könnt.«

Dylan lachte. »Du bist kein besonders vertrauensseliger Mensch, oder?«

»Ich habe gelernt, vorsichtig zu sein«, erwiderte Geri. »Habt einen schönen Abend.«

Damit drehte sie sich um und verschwand in der Menge.

Dylan wandte sich an River. »Hast du Zeit, dich von mir auf einen heißen Kakao einladen zu lassen?«

Vor Aufregung zog sich ihr Magen zusammen. »Ja, das wäre sehr schön.«

12. Kapitel

River und Dylan gingen über den Marktplatz zum *Jingle Café*. Es standen zwar mehrere Menschen in der Schlange, doch es ging schnell. Gerade, als sie ihre Bestellung aufgaben, wurde ein Tisch in der Ecke frei.

»Willst du dich schon mal setzen?«, fragte Dylan. »Ich bringe den Kakao.«

River nickte und ging zu dem Tisch. Dort nahm sie Schal und Mütze ab und hängte beides an den Haken an der Wand. Ihr Mantel folgte, dann ließ sie sich auf einen Stuhl sinken.

Ihr Rücken schmerzte, was vermutlich daher kam, dass sie ihre Dehnübungen in der Hektik des Feiertagwochenendes vernachlässigt hatte. Heute Abend, versprach sie sich. Sie würde sich eine halbe Stunde dehnen und dann ein heißes Bad nehmen.

Während sie auf Dylan wartete, schaute sie sich um. Am Dienstagmorgen war sie auf dem Weg zum Büro hier gewesen. Wie der Rest der Stadt war auch das Café für Thanksgiving geschmückt gewesen. Doch jetzt, wo der Feiertag vorbei war, erstrahlte alles in weihnachtlichem Glanz. Auf den Regalen standen wunderschöne Chanukkaleuchter neben kleinen Weihnachtsbäumen. Es gab Stoffrentiere, Pinguine mit Hüten und eine Weihnachtsmaus. An den Wänden hingen Kränze aus Tannengrün, und die Tür wurde von einer Girlande geschmückt.

Dylan kam mit zwei Bechern heißer Schokolade an ihren Tisch. Als sie sein Lächeln sah, konnte sie nicht anders, als es zu erwidern.

»Ich habe um eine Extraportion Marshmallows gebeten«, sagte er, als er die Becher abstellte.

»Du verwöhnst mich.«

Er zog seinen Mantel aus und setzte sich River gegenüber.

»Fühlst du dich inzwischen besser, was deine Verpflichtungen als Schneekönigin angeht?«

»Ein wenig. Wenn sie alle so laufen wie heute.« Sie grinste. »Geri gibt mir das Gefühl, immer genau zu wissen, was von mir erwartet wird. Das finde ich beruhigend.«

Sie trank einen Schluck. »Die engen Verbindungen in dieser Stadt sind so befriedigend. Zum Beispiel der Wunschbaum. Zu Hause gab es so etwas Ähnliches, aber hier habe ich das Gefühl, wenn ich die Basketballschuhe kaufen würde, würde ich das Kind irgendwann sehen, das sie trägt. Was super wäre.« Sie hielt kurz inne. »Ich rede Unsinn.«

»Gar nicht. Du möchtest großzügig sein, und es ist schön, auf diese Großzügigkeit im realen Leben zu treffen.«

»Ganz genau.«

Sie schaute sich im Café um. Viele der Gäste kannte sie nicht mit Namen, aber ihre Gesichter waren ihr vertraut.

»In Los Angeles gab es nur meine Mom, meine Schwester und meinen Großvater. Er hat bis zu seinem Tod bei uns gelebt. Ich habe es gemocht, ihn bei uns zu haben. Zwar hat er nie verstanden, was genau ich mit Computern mache, aber er hat meine Leidenschaft respektiert.« Die Erinnerung ließ sie lächeln. »Sein Ding waren antike Taschenuhren. Als Junge hat er gelernt, sie zu reparieren. Es gab eine Zeit, da hatte er nicht viele Kunden, weil sich nur ein paar Sammler für die Stücke interessierten, aber in den 1980er-Jahren waren sie auf einmal wieder in. Er hat Kelsey alles beigebracht, was er wusste, und nun repariert sie die Uhren.«

Sie warf Dylan einen Blick zu. »Sammler aus der ganzen Welt schicken ihre Uhren zu Kelsey. Sie hat Lieferanten, die Ersatzteile mit der gleichen Technik herstellen, die vor Hunderten von Jahren benutzt wurde. Das passiert alles in Handarbeit. Natürlich handelt es sich bei den meisten ihrer Kunden um reiche Menschen, aber ab und zu meldet sich auch mal jemand bei ihr, der eine Uhr geerbt hat und sie wieder funktionsfähig machen möchte.«

Dylan krauste nachdenklich die Stirn. »Jakes Vater hatte eine Taschenuhr. Das glaube ich zumindest. Ich muss ihn mal fragen.«

»Es muss schwer für dich gewesen sein, als er starb. Er war für dich doch wie ein Vater, oder?«

»Ja. Er und Helen waren von dem Tag, an dem ich Jake kennengelernt habe, sehr gut zu mir. So, wie ich Helen heute kenne, bin ich mir sicher, dass ihr schnell klar war, wie schwer meine häusliche Situation war. Sie hat immer sichergestellt, dass ich hatte, was ich brauchte. Neue Kleidung und Schulsachen im September, Geschenke zu den Feiertagen.« Er legte die Hände um seinen Becher. »Mein Geburtstag ist im Sommer, und für den Tag haben sie immer einen Ausflug geplant und mich eingeladen. Ich verdanke ihnen viel.«

»Das klingt nett.«

»Ja, das war es auch.« Er sah sie eindringlich an. »Ich weiß, das klingt seltsam, aber manchmal habe ich das Gefühl, sie beschützen zu müssen. Vor allem jetzt, wo es nur noch Jake und Helen gibt.«

»Sie beschützen? Wie meinst du das?«

»Sie haben viel Geld, und wenn man reich ist, hegen die Menschen gewisse Vorurteile. Ich habe gesehen, dass manche Kinder Jake anders behandelt haben als mich. Wenn er eine Party gegeben hat oder in einen Vergnügungspark fahren wollte, haben sie immer versucht, mich zu überreden, dass ich ihn bitte, sie einzuladen. Als ich älter wurde, hat sich die Dynamik ein wenig verändert, aber sie ist nie ganz verschwunden. Es ist eine Art Respekt, der einfach da ist, egal, ob man ihn verdient hat.«

»Darüber habe ich nie nachgedacht, aber das stimmt«, sagte sie. »Ich habe wohlhabende Klienten, aber unser Kontakt beschränkt sich meist auf E-Mails und ab und zu ein Telefonat. Ich habe keinen persönlichen Kontakt mit ihnen.« Sie lächelte. »Und da ich selbst nicht reich bin, habe ich das Problem nicht.«

»Was gut so ist. So weißt du wenigstens, wer deine wahren Freunde sind.«

»Informationen sind wichtig«, murmelte sie. Sie war immer vorsichtig, wem sie vertraute, aber sobald das Vertrauen einmal verdient war, war sie loyal bis in den Tod. »Helens Haus ist riesig«, überlegte sie laut. »Es muss schwer für sie sein, ganz allein da draußen zu leben.«

»Ich bin überzeugt, dass sie oft einsam ist. Vermutlich würde sie lieber in der Stadt wohnen, aber sie will das Haus nicht verkaufen. Und Jake hat kein Interesse daran. Ich denke, sie hofft, dass er heiraten und dann mit seiner Familie dort einziehen wird.«

»Zu schade, dass Camryn und er kein Paar sind«, scherzte River. »Die Zwillinge würden es lieben, am See zu wohnen.«

»Außerdem gäbe es ausreichend Platz für den Familienzuwachs.«

»Tinsel?«

»Haben sie die Hündin so genannt?«

»Ja. Du weißt, dass sie nur ihre Pflegefamilie sind, oder?«

Dylan hielt ihren Blick fest. »Zwei Teenager und ein kleiner, süßer Hund. Glaubt da irgendjemand, dass das nur vorübergehend ist?«

»Camryn hofft es vermutlich.«

»Ich bezweifle, dass das für sie gut ausgehen wird.«

River lachte. »Ich weiß. Aber ich wollte ihr das nicht sagen.«

Sie unterhielten sich noch eine halbe Stunde, dann stellten sie ihre leeren Becher auf ein Tablett in der Ecke und zogen ihre Mäntel an.

»Danke noch mal für die Handschuhe«, sagte Dylan.

»Gern geschehen.« River band sich den Schal um. »Ich gehe fest davon aus, dass du sie verlierst, also musst du dich nicht schuldig fühlen, wenn es passiert.«

Er musterte sie einen Moment. »Du wärst nicht sauer? Ich meine, ich werde mich bemühen, sie nicht zu verlieren, aber es könnte passieren.«

»Sie sind ein Geschenk. In dem Moment, in dem du sie angenommen hast, gehörten sie dir. Ich habe keine Aktien darin. Ich freue mich, dass sie dir gefallen, aber wenn du sie verlierst, werde ich da nichts hineininterpretieren.«

Subtil zu sein gehörte nicht zu ihren Stärken. Sie hatte vor langer Zeit gelernt, dass es ihr das Leben erleichterte, wenn sie die Dinge so akzeptierte, wie sie waren.

Gemeinsam traten sie in die Kälte hinaus. River brauchte einen Moment, bis ihre Lungen sich an die eisige Luft gewöhnt hatten.

»Ich kann es nicht erwarten, dass Sommer wird«, murmelte sie auf dem Weg über den Weihnachtskranz.

»Genau genommen ist noch nicht mal Winter.«

»Ich weiß. Der Januar und Februar werden lang werden.«

»Vielleicht sollten wir die dunklen Monate mit einem Trip nach Hawaii unterbrechen.«

»Mach keine Witze über warmes Wetter«, schalt sie ihn. »Ich vermisse meine Tage mit fünfundzwanzig Grad und mehr.«

»Arme River. So wenig gemacht für Kälte und Schnee.«

»Ich bin wie eine Gewächshausorchidee: ein wenig seltsam und nicht in der Lage, draußen zu überleben.«

Er sah sie an. »Du hast *wunderschön* vergessen. Gewächshausorchideen sind sehr schön.« Seine Stimme war weich und beinahe zärtlich.

Wollte er damit andeuten, dass er sie auch schön fand? Flirtete er mit ihr? Sie hoffte es. Genauso wie sie hoffte, dass das mit Hawaii nicht nur ein Scherz war. Sicher, sie kannte ihn kaum, aber sie mochte das, was sie bisher gesehen hatte.

Sie bogen in die Handschuhallee ein, und bald schon standen sie auf Rivers Veranda.

»Die Lichter sind aus«, sagte sie mit Blick auf die Fenster. »Ich bin zu gleichen Teilen beeindruckt und beschämt.«

»Weil du kein Licht angelassen hast?«

Sie lachte. »Nein. Weil meine Mutter keine achtundvierzig Stunden in der Stadt ist und schon ein aufregenderes Sozialleben hat als ich. Ihr ist es schon immer leichtgefallen, Freunde zu finden.«

»Du machst das auch ganz gut.«

»Danke. Ich hatte einen sehr schönen Abend«, sagte sie und hoffte, dass er sie küssen würde.

Doch anstatt sich vorzubeugen, trat Dylan einen Schritt zurück. »Ich auch. Und ich freue mich darauf, herauszufinden, was die erste Aktion für den Adventskalender sein wird. Zieh dich warm an. Es könnte sein, dass es draußen stattfindet.«

»Dann solltest du versuchen, deine Handschuhe nicht zu verlieren.«

»Ich werde mich bemühen.«

Er wartete, bis sie die Tür aufgeschlossen hatte, bevor er auf den Gehweg trat.

»Gute Nacht!«, rief er und wandte sich in Richtung Weihnachtskranz.

»Gute Nacht.«

River trat ein und schloss die Tür hinter sich. Dann schaltete sie die Lampen an. Als sie ihren Mantel auszog und samt Schal und Mütze aufhängte, fragte sie sich, ob Dylan an ihr interessiert war. Manchmal war sie davon überzeugt und dann wieder nicht. Wie heute Abend. Im *Jingle Café* war er so warmherzig und freundlich gewesen, aber eben vor der Tür hatte er sie nicht geküsst. War er nur höflich? Las sie zu viel in das hinein, was für ihn nur Freundschaft war?

»Beziehungen sind schwierig«, murmelte sie und ging nach oben.

Die Treppe führte in einen großen, offenen Vorraum, in dem sich ein kleiner Schreibtisch mit Laptop darauf befand. River arbeitete zwar nie zu Hause, aber manchmal wollte sie ihre E-Mails checken oder ein wenig im Internet shoppen. Schon trat sie an den Laptop, um ihn aufzuklappen, doch dann hielt sie inne.

Nein, dachte sie und trat zurück. Sie würde nicht nach Dylan suchen. So etwas tat sie nicht mehr – also wenn, dann nur beruflich. Die Leute hatten es verdient, dass sie ihre Privatsphäre akzeptierte. Und sie musste lernen, darauf zu vertrauen, dass sie ihnen erzählten, was sie wissen musste. Dylan war kein Mann, der Geheimnisse hatte. Und das galt für viele Menschen. Zumindest versuchte sie immer, sich das einzureden.

»Ist das ein Weihnachtspullover?«, fragte Camryn ein wenig überwältigt von der Menge an Zeug, die ein so winziger Hund an einem Tag ansammeln konnte. Auf dem Teppich im Wohnzimmer lagen überall Spielzeuge, und am Kamin stand ein kuscheliges Körbchen. Die Arbeitsfläche in der Küche war unter Dosen und Tüten mit Hundefutter kaum noch zu sehen.

»Der Tierarzt meinte, sie solle drinnen einen Pullover und draußen einen Mantel tragen«, erklärte Lily, und Victoria nickte. »Sie hat mindestens ein halbes Kilo Untergewicht, was zwar nicht nach viel klingt, aber da sie nur zwei Kilo wiegt, sind das fünfundzwanzig Prozent ihres Gesamtgewichts.«

»Wir haben einen Futterplan für sie«, ergänzte Victoria. »So richtig mit Tabelle und allem. Wir kümmern uns gut um sie, und sie ist super darin, uns Bescheid zu sagen, wenn sie mal rausmuss. Dann stapft sie mit ihren Vorderpfoten auf.« Victoria lächelte. »Das ist total süß. Oh, und wir haben einen Weg auf der Terrasse freigeräumt und ein Stück vom Rasen, weil der Schnee höher war als sie.«

»Ihr wart schwer beschäftigt, wie es aussieht«, murmelte Camryn.

»Wir haben im Internet alles darüber gelesen, was man als Pflegefamilie für einen Hund beachten muss«, erklärte Lily. »In Tierheimen sind die Tiere unglaublichem Stress ausgesetzt, deshalb ist es besser, wenn sie in einer Familie sein können, wo sie sich sicher fühlen und sich daran erinnern, wie es ist, Teil einer Gruppe zu sein. Wenn ihre Familie gefunden wird, ist sie also gut gerüstet.«

Die Zwillinge tauschten einen Blick.

»Und wenn nicht …«, setzte Victoria an, was ihr einen Stoß in die Rippen von ihrer Schwester einbrachte.

»Gehen wir erst einmal davon aus, dass die Besitzer sich melden«, sagte Camryn und nahm ihr Handy zur Hand. »Ihr habt gesagt, dass Jake alles bezahlt hat?«

»Jupp.« Victoria hob Tinsel hoch und kuschelte mit ihr. »Er war super. Total geduldig. Und er hat zwei der Hundekörbchen ausgesucht.«

»Es gibt mehr als eins?«

Wieder tauschten die Mädchen einen Blick. Victoria streichelte Tinsel.

»Eins fürs Wohnzimmer, eins für die Küche, und je eines in unseren und deinem Schlafzimmer.«

»Fünf Hundekörbchen?«, wiederholte Camryn schwach und fragte sich, wie viel Geld Jake für sie ausgegeben hatte und wie sehr das ihr Monatsbudget durcheinanderbringen würde.

»Sie muss doch irgendwo schlafen«, sagte Lily.

Vermutlich würde es nicht gut ankommen, wenn Camryn jetzt sagte, dass sie das doch auch auf dem Boden tun könnte.

Es war nicht so, dass der kleine Hund ihr etwas ausmachte. Das Problem war mehr, dass es so schnell gegangen war. Dazu die Ungewissheit ihrer Situation. Die Zwillinge hatten Tinsel offensichtlich schon ins Herz geschlossen, und sie würden am Boden zerstört sein, wenn ihre Familie auftauchte. Und wenn nicht … Nun, darüber wollte Camryn gar nicht nachdenken.

»Ich werde Jake anrufen«, sagte sie und wedelte mit ihrem Handy. »Ich muss ihm einen Scheck ausstellen für all die Ausgaben, die er hatte.«

»Die Körbchen waren ein Sonderangebot«, erklärte Victoria. »Darauf haben wir geachtet. Ich glaube, das Spezialfutter war ziemlich teuer. Und natürlich die Tierarztrechnung.«

Richtig – die Rechnung vom Tierarzt. Camryn hatte das Gefühl, dass sie diesen Monat nicht die übliche Summe auf ihr Sparkonto zurücklegen konnte.

»Nach dem Essen müssen wir noch mal in die Schule«, informierte Lily sie. »Um die Dekorationen für die Keksauktion fertigzustellen. Wir können zu Fuß hingehen, aber vielleicht kannst du uns danach abholen? Wir sind um acht Uhr fertig.«

Natürlich – das Wohltätigkeitsprojekt in diesem Jahr. Die Klasse der Zwillinge war für die Keksauktion am ersten Keksdienstag verantwortlich. Sobald die Kekse von der Jury beurteilt waren, wurden sie versteigert. Der Erlös kam einem örtlichen Wohltätigkeitsverein zugute. Die Teenager würden die Auktion leiten und den Saal für die Veranstaltung schmücken, die oben im Resort stattfinden würde.

Irrte sie sich, oder geriet ihr Leben gerade außer Kontrolle?

»Ich hole euch ab«, sagte sie. »Lasst mich kurz Jake anrufen, dann können wir uns ans Abendessen machen.«

Sie zog sich ins Wohnzimmer zurück und ließ sich aufs Sofa fallen. Dann wählte sie Jakes Nummer. Erst als es klingelte, dachte sie, dass sie ihm lieber eine Nachricht hätte schicken sollen, anstatt zu riskieren, ihn zu stören. Doch es gab so viel zu sagen, und manchmal waren Textnachrichten einfach nicht das richtige Mittel.

»Zu viel Rosa?«, fragte Jake statt einer Begrüßung. »Ich habe versucht, sie in eine andere Richtung zu lenken, aber sie haben darauf bestanden.«

Der amüsierte Unterton in seiner Stimme ließ Camryn lächeln. »Ich habe keine Ahnung, wovon du redest.«

»Dann hast du die Hundebetten noch nicht gesehen. Ich persönlich finde, das mit dem Einhorn ist ein wenig übertrieben, aber ich bin mir sicher, dass Tinsel darin süß aussehen wird.«

»Du hast ein Einhornkörbchen gekauft?«

»Nein. Das waren deine Schwestern. Ich habe nur bezahlt.«

Sie dachte an die Zeit, die er sich für ihre Schwestern und den kleinen Hund genommen hatte.

»Du warst heute großartig«, sagte sie. »Ich kann dir nicht genug dafür danken. Aber ich werde es versuchen.«

»Das ist nicht nötig. Ich hatte Spaß. Deine Schwestern haben übrigens alle möglichen Geheimnisse über dich ausgeplaudert.«

Camryn lachte. »Ich bezweifle, dass sie über irgendetwas anderes als Tinsel gesprochen haben. Außerdem habe ich keine Geheimnisse. Dafür ist mein Leben nicht interessant genug.«

»Also haben sie gelogen, was das Tattoo angeht?«

Sie lächelte. »Ja. Ehrlich, Jake. Die Zwillinge sind glücklich und aufgeregt, und du hast so viel Zeug gekauft. Sag mir, wie viel das alles gekostet hat, und ich gebe dir gleich morgen früh einen Scheck.«

»Das ist nicht nötig. Habe ich gern gemacht.«

Camryn riss ein wenig die Augen auf, als sie an all die Spielzeuge, Körbchen und das Futter dachte. Ganz zu schweigen von der Tierarztrechnung.

»Du kannst das nicht übernehmen. Sie ist nicht dein Hund.«

»Deiner auch nicht.«

»Ich weiß. Aber offenbar sind wir ihre Pflegefamilie, also liegt es in meiner Verantwortung, mich um sie zu kümmern.« Und wenn sich kein Besitzer meldete, würde sie in zwei Wochen eine ernsthafte Unterhaltung mit den Zwillingen führen müssen. Camryn stünde die unangenehme Aufgabe bevor, den Mädchen zu sagen, dass sie Tinsel nicht behalten konnten. Wenn sie aber nicht gewillt wäre, den beiden das Herz zu brechen, würde sie sich an die Vorstellung gewöhnen müssen, einen Hund zu haben.

»Jake, du kannst das nicht alles bezahlen.«

»Zu spät«, sagte er leichthin. »Sie ist auf dem Grundstück meiner Mutter gefunden worden, also betrachte ich uns als gemeinsame Besitzer. Du kümmerst dich um Tinsel, und ich kümmere mich sozusagen um den Kindesunterhalt.«

»Du bist zu großzügig.«

»Wie wäre es damit? Ich bekomme von dir einen Freifahrtschein, wenn ich dir das nächste Mal auf die Nerven gehe.«

Sie lächelte. »Du gehst mir niemals auf die Nerven.«

»Dann freue ich mich, dass ich helfen konnte. Ich habe die Zeit mit Victoria und Lily genossen. Sie erinnern mich an dich.«

Sie hatte keine Ahnung, was das bedeutete. Inwiefern erinnerten sie ihn an sie?

»Auf gute Art«, sagte er neckend. »Sie sind sehr intelligente, fürsorgliche junge Frauen mit großem Herzen. Du und deine Mom, ihr solltet wirklich stolz auf sie sein.«

Unerwartete Tränen brannten in ihren Augen. »Sie würde sich freuen, dich das sagen zu hören.«

»Geht es dir gut?«

»Warum fragst du?«

»Du hast viel um die Ohren. Deine Arbeit, das Projekt für das Resort, Tinsel. Die Päckchen sehen übrigens super aus. Die Gäste sind sehr beeindruckt.«

»Ich freue mich, dass es euch gefällt.« Camryn blinzelte die Tränen fort. Zum Weinen hatte sie keine Zeit. »Denk an mich, wenn du mal wieder etwas einzupacken hast.«

»Du weißt, dass ich das tue.«

Da war etwas in seiner Stimme. Etwas Tiefes, das unglaublich sexy klang und kleine Schmetterlinge in ihrem Bauch auffliegen ließ. Kurz kam ihr der Gedanke, dass sie ihn jetzt gerne bei sich hätte. Es würde ihr nichts ausmachen, Jake in ihrem Leben zu haben – und zwar auf romantische Weise und nicht nur für Sex. Wobei sie natürlich sofort dabei wäre, wenn Sex auf dem Plan stünde. Doch Umarmungen und jemanden, auf den sie sich stützen konnte – selbst wenn es nur vorübergehend war –, wären schön. Seit über einem Jahr stand ihr Leben kopf, und ab und zu wünschte sie sich, die Last mit jemandem teilen zu können.

»Ich muss jetzt das Abendessen zubereiten«, sagte sie widerstrebend. »Die Mädchen müssen nachher noch den Raum für die Keksauktion dekorieren. Victoria sitzt im Komitee, und Lily geht mit, um ihr zu helfen.« Sie atmete tief ein. »Danke noch mal für alles. Du warst unglaublich, und ich stehe tief in deiner Schuld.«

»Ich habe gern geholfen. Und wenn du noch etwas brauchst, weißt du, wo du mich findest.«

»Danke, Jake.«

»Jederzeit.«

Sie legte auf und dachte sehnsüchtig daran, wie es wäre, ihn in ihrem Bett zu haben. Kurz erlaubte sie sich, sich in dieser Fantasie zu verlieren, dann stand sie auf und kehrte in das Chaos zurück, das sich ihr Leben nannte.

Bei den Gästen, die frühmorgens ins *Jingle Café* kamen, handelte es sich hauptsächlich um Leute auf dem Weg zur Arbeit. Ein paar Tische waren von Bauarbeitern, Büromenschen und einer Gruppe Kollegen aus dem Krankenhaus belegt. Dylan setzte sich an einen der Tische am Fenster und wartete auf Jake.

Er war müde und übellaunig, wofür er niemandem außer sich selbst die Schuld geben konnte. Er hatte es mit River verbockt. Es war ein Anfängerfehler gewesen, den er vielleicht nicht wieder ausbügeln konnte. Das Letzte, was er wollte, war, dass sie ihn in die Freunde-Kategorie einsortierte. Sobald man da einmal drin war, kam man nie wieder raus. Was das anging, waren Frauen seltsam – ein falscher Zug, und man war für sein Leben gestraft.

»Du siehst grimmig aus«, sagte Jake, als er an den Tisch kam und sich setzte.

Die Kellnerin, eine mollige Frau Mitte fünfzig, tauchte sofort mit einer Kanne Kaffee auf.

»Guten Morgen, Grace. Für mich bitte die Nummer fünf.«

»Für mich auch«, sagte Dylan. »Danke.«

Jake zog eine Augenbraue in die Höhe. »Das vegetarische Omelette?«, fragte er. »Sonst isst du doch immer Pfannkuchen zum Frühstück.«

»Ich bin dabei, einige Dinge in meinem Leben zu ändern.«

»Aha. Du bestrafst dich für irgendetwas.« Jake nahm seinen Kaffeebecher in die Hand. »Wofür?«

Dylan lehnte sich zurück, dann beugte er sich wieder vor und senkte die Stimme. »Ich habe es mit River vermasselt.«

»Wann?«

»Bei der Lichterzeremonie.«

»Wie? Ich habe gehört, dass es super gelaufen ist. Du hast sie nicht von der Bühne geschubst.« Er hielt inne. »Oder doch?«

»Natürlich nicht. Ich habe ihr die Geschichte hinter den Bäumen erzählt und sie nach der Zeremonie auf einen Kakao eingeladen. Wir haben uns unterhalten, und dann habe ich sie nach Hause begleitet.«

Jake unterdrückte ein Lächeln. »Und jetzt fürchtest du, dass du zu langweilig gewesen bist?«

»Das ist nicht hilfreich«, sagte Dylan.

»Das sollte es auch nicht sein. Also, was ist das Problem?«

Dylan unterdrückte ein Stöhnen. Wie dumm kann man sein?, dachte er grimmig. »Wir standen auf ihrer Veranda, und ich habe sie nicht geküsst. Eine verpatzte Gelegenheit, und ich kann es nicht rückgängig machen. Sie wird mich in die Kategorie ›Freunde‹ schieben, und du weißt, dass man sich davon nie erholt.«

»Ja, ich habe gehört, dass das stimmt.«

Dylan funkelte ihn an. »Tu nicht so, als wäre dir das nie passiert. Das hat jeder Mann schon mal erlebt. Es ist tödlich.«

»Ich habe gehört, dass Sex in dieser Kategorie immer einen Hauch von Mitleid hat«, sagte Jake leichthin.

Dylan zeigte auf seinen Mantel, der an einem Haken hing. »Sie hat mir Handschuhe gekauft.«

Jake zog die Augenbrauen zusammen. »Wie bitte?«

»Ich habe ihr erzählt, dass ich meine ständig verliere, und sie hat mir welche gekauft. Sie backt. Sie ist so verdammt hübsch und wird bei fremden Menschen immer so schüchtern und ängstlich. Und ich glaube, sie mag mich, und trotzdem habe ich sie nicht geküsst.«

»Dann küss sie einfach beim nächsten Mal.« Jake schüttelte den Kopf. »Dich hat es schwer erwischt, Dylan. Das ist peinlich. Reiß dich mal zusammen. Na und, dann hast du sie nicht geküsst. Du hast deine Lektion gelernt. Wenn sie dir Handschuhe gekauft hat, bist du nicht in der Freunde-Kategorie. Zumindest noch nicht. Offensichtlich magst du sie, also fang an, dich so zu verhalten. Sag ihr, dass sie hübsch ist. Lade sie auf ein Date ein.« Um seine Mundwinkel zuckte es. »Mach ihr Komplimente über ihre Schuhe.«

»Du bist ein Arsch, weißt du das?«

»Die ersten beiden Vorschläge waren gut. Wenn du River magst, unternimm etwas.«

Dylan wusste, dass sein Freund recht hatte. Und er mochte River wirklich. Sie war süß und hübsch und unerwarteterweise lustig. Dazu klug. Vermutlich klüger als er.

»Was ist, wenn sie …«, setzte er an.

Jake schüttelte den Kopf. »Nein. Denk nicht daran. Das Geld ist ihr nicht wichtig.«

»Das kannst du nicht wissen.«

»Ich weiß, dass sie nichts davon weiß, und das muss sie erst mal auch nicht. Also tu einfach so, als wärst du ganz normal, und lade sie ein.« Jake trank einen Schluck. »Was das Geld angeht, irrst du dich sowieso. Du nimmst das viel zu ernst.«

»Und du nimmst es nicht ernst genug.«

Grace tauchte auf und stellte je einen Teller vor ihnen hin. Dylan starrte das Eiweißomelett an, auf dem nur Gemüse lag. Kein Fleisch. Kein Käse. Dazu gab es Weizentoast und ein paar Orangenscheiben.

»Das ist ekelhaft«, sagte er und fragte sich, was ihn nur geritten hatte, das zu bestellen anstelle seiner üblichen Blaubeerpfannkuchen mit einer Extraportion Würstchen. Er hatte einen körperlich anstrengenden Beruf und musste seine Energiespeicher am Morgen auffüllen.

»Es ist gesund. Wenn du das alles aufisst, hast du zwei Portionen Gemüse und eine Portion Obst gegessen, und dabei ist es noch nicht mal sieben Uhr morgens. So essen Erwachsene. Du isst immer noch wie ein Siebzehnjähriger.«

»Ein glücklicher Siebzehnjähriger«, erwiderte er. Dann nahm er einen Bissen von dem Omelett und versuchte, nicht zu würgen. »Ich werde sie auf ein Date einladen. Du hast recht – die verlorene Gelegenheit bekomme ich nicht zurück, also darf ich es nicht noch mal vermasseln.« Er hielt inne. »Ich mag sie wirklich.«

»Ha. Wäre mir gar nicht aufgefallen.«

»Halt den Mund.«

Dylan nahm noch einen Bissen und schob den Teller dann von sich. »Das kann ich nicht essen.«

Jake grinste. »Das überrascht mich nicht. Und Grace auch nicht.«

Und richtig, in diesem Moment kam die Kellnerin mit einem großen Teller voller Blaubeerpfannkuchen und Würstchen zu ihnen. Sie tauschte ihn gegen den Teller mit dem Omelett.

»Ich wusste, dass du das nicht runterbringst«, sagte sie. »Aber glaub ja nicht, dass ich dir nicht beide Portionen in Rechnung stelle.«

»Das übernehme ich«, sagte Jake und zwinkerte ihr zu. »Dylan steht auf ein Mädchen, das ihn gerade in die Freunde-Kategorie gepackt hat. Er braucht Trost.«

»Männer sind Idioten«, murmelte Grace im Weggehen.

»Ich werde sie küssen«, verkündete Dylan, als sie wieder allein waren. »Und zwar wenn ich sie das nächste Mal sehe. Ich habe meine Lektion gelernt. Keine verpassten Gelegenheiten mehr für mich. Sie hat mir Handschuhe gekauft. Meinst du, das bedeutet, dass sie mich mag?«

»Ich glaube, es bedeutet, dass sie von dir geküsst werden wollte.«

13. Kapitel

Camryn stellte überrascht fest, dass Tinsel eine sehr angenehme Kollegin war. Sie war ruhig und höflich zu den Kunden, gab rechtzeitig Bescheid, wenn sie mal rausmusste, und liebte es, sich in den Bergen aus Papierschnipseln zu vergraben, die sich den Tag über ansammelten. Da Tinsel bei den Zwillingen schlief, hatte Camryn das Körbchen aus ihrem Zimmer in den Laden mitgenommen, sodass die Chihuahuahündin in ihrem Büro einen eigenen Platz hatte. Die Mädchen hatten ihr morgens einen der Weihnachtspullover angezogen und ihr eine kleine rote Gummikuh, die knisterte, als Spielzeug mitgegeben. Die trug Tinsel gerne im Maul mit sich herum, was sie noch süßer aussehen ließ.

»Du wirst ein Problem für mich«, erklärte Camryn der schlafenden Hündin. Tinsel ließ sich davon nicht stören, was nicht sonderlich überraschend war, denn sie hatte am Nachmittag bei zwei Verpackungspartys als Gastgeberin fungiert.

Camryn wusste, dass es ihren Schwestern das Herz brechen würde, sollten sich Tinsels Besitzer melden. Bislang hatte noch niemand Kontakt mit dem Tierheim aufgenommen oder auf die Veröffentlichungen im Internet reagiert. Aber es war noch über eine Woche Zeit. Wenn die Familie nicht gefunden würde, war es an Camryn, das Schicksal der Kleinen zu bestimmen. War sie gewillt, einen Hund und die damit einhergehende Verantwortung anzunehmen? Ja, die Zwillinge würden helfen, aber am Ende wäre sie Tinsels Mom.

»Du machst wirklich keine großen Probleme«, murmelte sie leise.

Wieder rührte Tinsel sich nicht.

Camryn wandte sich wieder ihrer Buchhaltung zu. Die Rechnung ans Resort hatte sie bereits verschickt, aber sie musste noch eine für Helen Crane über die Päckchen schreiben, die deren Dekorateur bestellt hatte. Helen hatte sich für Geschenke in verschiedenen Größen entschieden, was Camryns Zustimmung fand. Natürlich war dieser Auftrag nicht so groß wie der vom Resort, aber wer konnte damit auch schon mithalten?

Sie hatte gehofft, Jake am Freitagabend auf dem Weihnachtskranz zu treffen, hatte ihn in der Menge aber nirgendwo entdecken können. Ihr Wunsch war natürlich rein freundschaftlicher Natur gewesen; sie hatte sich noch mal bei ihm für seine Unterstützung in Sachen Tinsel bedanken wollen. Abgesehen von dem Telefonat, hatte sie nicht mehr mit ihm gesprochen. Was an und für sich normal war. Sie kannten einander ja kaum. Aber aus irgendeinem Grund war er in letzter Zeit ständig in ihren Gedanken, und es würde ihr nichts ausmachen, ein wenig Zeit in seiner Gesellschaft zu verbringen. Was seltsam war. Wieso sollte sie das wollen, wenn sie nicht wirklich Freunde waren und definitiv nicht miteinander ausgingen und sie sowieso keinen Mann in ihrem Leben haben wollte? Nur … wenn sie diesen Wunsch hätte, würde sie Jake wählen. Doch das hatte sie nicht, und das würde sie nicht und …

»Hi.«

Sie schaute auf und sah den Grund für ihre Verwirrung in der Tür zu ihrem Büro stehen. Er war so groß. Seinen Mantel hatte er über einen Arm gelegt, und er lächelte sie auf eine Weise an, die ganz seltsame Gefühle in ihr weckte.

»Hi.«

Tinsel öffnete die Augen, erblickte Jake und sprang aus dem Bett, um auf ihn zuzulaufen. Der winzige Chihuahua tänzelte auf den Hinterbeinen und kratzte mit den Vorderpfoten an Jakes Schienbein, um von ihm hochgehoben zu werden. Dabei gab er kleine, freudige Japser von sich.

»Hey, hübsches Mädchen.« Jake hob sie hoch und drückte sie an sich. Der lange Schwanz der Hündin wedelte hin und her, während sie Jakes Kinn abschleckte.

Er grinste Camryn an. »Dieses Mädchen weiß, was sie tun muss, damit sich ein Mann besonders fühlt.«

»Ich würde ja Unterricht bei ihr nehmen, aber ich glaube, wenn ich so herumtanze, würde das eher merkwürdig wirken.«

»Ach, ich weiß nicht. Es könnte sein, dass es mir gefällt.«

Sein Lächeln war so leicht, seine Haltung so selbstbewusst. Jake war ein Mann, der seinen Platz in der Welt kannte und wusste, wohin er gehörte. Das muss schön sein, dachte sie. Denn sie war immer noch dabei, herauszufinden, wohin sie mit ihrem Leben wollte. Vermutlich lag das daran, dass sich in so kurzer Zeit so viel verändert hatte. Und alles ohne ihre Einwilligung.

Er setzte Tinsel auf dem Boden ab. Die Hündin schüttelte sich einmal, bevor sie in ihr Körbchen zurückkehrte und sich zusammenrollte.

»Wie läuft es mit ihr?«, fragte Jake. »Kann sie schon Geschenke einpacken?«

»Was das Binden von Schleifen angeht, braucht sie noch ein wenig Übung, aber sie ist toll im Umgang mit den Kunden.« Camryn deutete auf den Stuhl, der vor ihrem Schreibtisch stand. »Setz dich doch.«

»Ich muss gleich wieder los, wollte aber kurz reinschauen und fragen, ob du mit mir zu Abend essen willst.«

Sie wartete auf den Rest des Satzes. Auf ein: »Weil ich ein Projekt habe, das ich mit dir besprechen will.« Oder ein: »Ich bin mit dem Einpacken meiner Geschenke überfordert.« Doch er sagte nichts weiter, sondern stand nur da und sah mit dem angedeuteten Lächeln unglaublich attraktiv aus.

»Du möchtest mich zum Abendessen einladen?«, fragte sie.

»Ja. Oh, und das hat nichts mit dem Projekt meiner Mutter zu tun.«

Abendessen? Im Sinne von … »Ein Date?«, hakte sie nach.

Sein Lächeln wurde breiter. »Ja.«

Er lud sie auf ein Date ein.

Sofort fing ihr gesamter Körper an zu kribbeln. Lustig, dass sie gerade hier gesessen, an ihn gedacht und sich gewünscht hatte, sie könnte ihn sehen, und nun war er hier.

»Das wäre schön.« Sie lächelte zurück.

»Super. Wie wäre es Freitag? Ich weiß, dass du Donnerstag viel zu tun hast und abends mit den Mädchen zur Eröffnung des Adventskalenders gehen willst.«

»Klingt gut.«

»Dann hole ich dich um halb sieben ab.«

»Ich werde da sein.«

»Ich freue mich darauf.«

Damit drehte er sich um und ging. Erst als er weg war, fiel Camryn wieder ein, dass sie sich während ihrer Zeit in Wishing Tree auf niemanden einlassen wollte. Dass sie diesen Teil ihres Lebens auf Eis gelegt hatte, bis sie wieder in Chicago wäre.

»Ach«, sagte sie zu Tinsel. »Es ist nur ein Abendessen.«

Die Hündin klopfte zustimmend mit dem Schwanz auf ihr Kissen.

Kelsey warf sich aufs Sofa. »Erzähl mir alles«, sagte sie und setzte sich auf. Dann nahm sie sich ein paar Früchtekekse und einen Pfefferminz-Kuss von dem Teller auf dem Couchtisch. »Okay.« Sie lachte. »Was habe ich alles verpasst?«

River zog die Füße unter sich und lächelte. »Wir hatten einen großartigen Tag. Mom hat sich sofort mit allen angefreundet und spricht davon, vielleicht irgendwann hierherzuziehen.«

»Das sind wirklich gute Neuigkeiten. Ich bin froh, dass du das Feiertagswochenende genossen hast.«

River dachte an die Zeremonie zum Entzünden des Weihnachtsbaums und die heiße Schokolade danach mit Dylan. »Ja, das habe ich. Sehr sogar.«

»Wie war Thanksgiving mit Helen Crane?«

»Gut. Leichter, als ich dachte. Helen hatte ein paar Freunde eingeladen, die alle sehr nett waren. Am nächsten Abend sind sie und Mom nach der Zeremonie zum Essen gegangen. Oh, und wir haben einen ausgesetzten oder entlaufenen Hund gefunden.«

River erzählte von Tinsel und dass sie jetzt erst einmal bei Camryn und den Zwillingen lebte. »Die Mädchen sind total verliebt in sie, und ich glaube, selbst Camryn wird traurig sein, sollte jemand kommen und sie zurückhaben wollen. Aber bisher hat sich noch niemand gemeldet.«

Sie nahm sich auch einen Pfefferminz-Kuss und knabberte daran. »Erzähl mir von eurem langen Wochenende. Ging es Brooklyn gut? Wie ist Xaviers Familie?«

Kelseys Miene wurde weich. »Wir hatten eine tolle Zeit. Der Flug war natürlich lang und voll, aber sobald wir dort waren, war es wunderschön. Ich liebe seine Eltern. Drei seiner vier Schwestern waren auch da, sodass ich beinahe seine ganze Familie kennengelernt habe.« Sie sah River an. »Du weißt, wie schüchtern Brooklyn sein kann.«

»Ja.« Das hatten sie und ihre Nichte gemeinsam.

»Aber da war sie so gesellig, wie ich sie noch nie gesehen habe.« Tränen stiegen Kelsey in die Augen. »Sie ist von sich aus auf Leute zugegangen und hat sich vorgestellt. Sie ist die ganze Zeit mit uns zusammen gewesen und hat sich unterhalten und gelacht.«

River erinnerte sich daran, wie Brooklyn sich in neuen Situationen oft in sich selbst zurückgezogen hatte. Genau wie sie, als sie in dem Alter gewesen war. »Das ist großartig. Du bist bestimmt außer dir vor Freude.«

»Das bin ich. Es war wie ein Wunder. Hierherzuziehen war die beste Entscheidung, die ich je getroffen habe.«

»Also magst du Xaviers Familie?«

»Ja, sehr. Sie waren alle so süß zu uns. Seine Mutter hat uns ständig nach unseren Hochzeitsplänen gefragt, aber ohne dabei aufdringlich zu sein. Ich kann es kaum erwarten, dass sie unsere Mom kennenlernt. Die beiden werden sich gut verstehen.« Kelsey nahm sich noch einen Keks und beäugte ihre Schwester. »Also … wie geht es Dylan?«

River spürte, dass sie rot wurde. »Ich nehme an, gut. Seit der Zeremonie habe ich ihn nicht mehr gesehen.«

Kelsey verzog den Mund. »Wirklich? Ich hätte gedacht, dass er dich auf ein Date einlädt oder so.«

Darauf hatte River auch gehofft. »Er war auf den bisherigen Veranstaltungen sehr süß und hat mir die Traditionen und so erklärt.«

»Und?«

»Das ist alles. Ich dachte, er wäre interessiert, aber wie es aussieht, ist er es nicht.«

»Du könntest ihn einladen.«

River starrte ihre Schwester an. »Nein, das könnte ich nicht. Bevor du anfängst, mir Vorhaltungen zu machen, dass ich mutig sein soll, lass mich dir sagen, dass du auch Xavier niemals auf ein Date hättest einladen können. Ich weiß, andere Frauen machen so etwas, aber wir können das nicht.«

Kelsey nickte. »Du hast recht. Ich wäre total durchgedreht. Wir sollten daran arbeiten, mutiger zu sein.«

»Im Moment konzentriere ich mich darauf, meine Pflichten als Schneekönigin durchzustehen. Im neuen Jahr kann ich dann mutiger sein.«

»Wenn Dylan dich doch einladen sollte, musst du Ja sagen. Ich habe Xavier nach ihm gefragt, und er sagte, dass Dylan ein guter Kerl ist. Er ist solide und anständig und ein sehr talentierter Tischler.«

Womit er nach einem Mann klang, der ziemlich passend für sie wäre. Vertrauenswürdigkeit war ihr sehr wichtig. Aber das behielt River für sich. Sie wusste, wenn sie es laut sagte, würde Kelsey ihr wieder vorhalten, dass nicht jeder Mann darauf aus war, sie zu hintergehen. Und dass nicht jeder Mensch Geheimnisse hatte und River nicht so misstrauisch sein sollte.

Das waren alles durchaus valide Argumente, die sie aber trotzdem nicht dazu bringen würden, weniger vorsichtig zu sein. Sie war zu oft verletzt worden, um ihr Herz leichtfertig zu verschenken. Was nicht bedeutete, dass sie nicht Ja sagen würde, sollte Dylan sie fragen … Und sie hoffte wirklich, dass er das tun würde.

Am Abend des ersten Advents war River gemäß Geris Anweisungen zwanzig Minuten vor Beginn der Veranstaltung auf dem

Weihnachtskranz. Man hatte ihr gesagt, sie solle sich dick anziehen und dass sie während der Adventsaktion mit einer guten Stunde Wartezeit rechnen müsse. Deswegen trug sie nun zwei Pullover unter ihrem Mantel und hatte einen Rucksack dabei, in dem sich Kekse, heißer Kakao, Slipper und eines der Bücher, die sie sich in der Bücherei ausgeliehen hatte, befanden. Dazu eine Taschenlampe, ein kleines Erste-Hilfe-Set und ein Ersatzakku für ihr Handy.

Der Adventskalender der Stadt war neben den Weihnachtsbäumen an der Bühne aufgestellt worden. Von eins bis vierundzwanzig durchnummerierte Kisten waren in sechs Reihen aufgestapelt worden. Hinter der Bühne stand ein großer Monitor. Aus den Lautsprechern erklang weihnachtliche Musik. River schätzte, dass sich bereits ein paar Hundert Leute auf dem Marktplatz versammelt hatten, und es kamen immer mehr.

Sie ging zur Bühne und überlegte, wie der Abend wohl laufen mochte. In den letzten Tagen hatte sie ein wenig über die Geschichte des Adventskalenders von Wishing Tree gelesen und wusste, dass es am ersten Abend immer eine Aktion für die ganze Stadt gab. Im letzten Jahr war auf dem Weihnachtskranz ein Minigolfplatz aufgebaut worden.

»Hi«, sagte Dylan und fiel in ihren Schritt mit ein. »Freust du dich auf heute Abend?«

»Ja. Aber ich bin auch nervös. Ich habe keine Ahnung, um was es bei der Aktion heute geht, aber Geri hat deutlich gemacht, dass wir damit zu tun haben.«

Er nahm ihr den Rucksack ab und hängte ihn sich über die Schulter. »Also bist du auf alles vorbereitet?«

Zog er sie auf, oder verurteilte er sie gar? »Ich habe ein paar Sachen dabei.«

Er grinste. »Ich kann es nicht erwarten zu sehen, was alles.«

An der Treppe zur Bühne blieben sie stehen, um auf Geri zu warten, die ein paar Minuten später auftauchte.

»Pünktlich auf die Minute«, sagte sie. »Das gefällt mir.« Sie schaute sich um, um sicherzugehen, dass niemand in Hörweite war. »Es gibt eine Schatzsuche«, flüsterte sie. »Und ihr seid der Schatz.«

Der Schatz? River trat einen Schritt zurück. »Was soll das heißen?«

»Ihr müsst gefunden werden«, erklärte Geri. »Die Leute werden sich in Gruppen von sechs bis acht zusammentun und den Hinweisen folgen. Das erste Team, das euch findet, gewinnt.«

»Und wir müssen nichts tun?«, fragte Dylan. »Sondern einfach nur darauf warten, dass wir gefunden werden?«

»Ganz genau.« Geri sah sie beide streng an. »Ich habe eure Kronen nicht mitgebracht, weil ihr die nicht brauchen werdet. Und ihr dürft niemandem sagen, wo ihr seid. Kann ich euch vertrauen?«

»Ich werde nichts verraten«, versprach River.

»Ich auch nicht.«

Geri sah weiterhin skeptisch drein, nickte aber dann. »Ich schätze, ich muss es euch verraten.« Sie beugte sich vor und senkte die Stimme. »Ihr werdet im Weihnachtsmuseum warten. Genauer gesagt im Wald der Lichter.« Sie hielt inne. »Ich frage mich, ob ich eure Handys konfiszieren sollte.«

Dylan trat näher an River heran und legte einen Arm um ihre Schultern. »Geri, warum sollten wir allen den Spaß verderben?«

Geris Miene entspannte sich ein wenig. »Das ist ein guter Punkt. Okay, auf mit euch. Verschwindet so unauffällig wie möglich. Und passt auf, dass euch niemand folgt.«

»Geht klar«, sagte Dylan und wandte sich an River. »Bist du bereit?«

»Um mich lässig, aber nahezu unsichtbar auf den Weg zum Museum zu machen? Na klar.«

Geri seufzte. »Ich bitte euch nur um eure Kooperation.« Dann ging sie auf die Bühne.

Mit Dylans Arm um ihre Schultern vergaß River Geris seltsame Art ziemlich schnell. Es gefiel ihr, wie er sie an sich zog. Es hatte so etwas Beschützendes. Sie fühlte sich nicht so, als würde er die Kontrolle übernehmen, sondern eher, als wüsste er, dass sie nervös war, und wäre bereit, sich jederzeit zwischen sie und das, was ihr Angst machte, zu stellen.

Vielleicht interpretierte sie aber auch zu viel in etwas hinein, das nur wenig mehr als eine Umarmung war.

Dylan nahm seinen Arm herunter. »Bist du bereit?«

»Ja. Ich war noch nie im Weihnachtsmuseum. Kelsey, Brooklyn und ich wollten letzten September gehen, aber da hatte es wegen Renovierung geschlossen.«

»Ja, sie schließen jeden Herbst für ein paar Wochen, um neue Ausstellungen aufzubauen. Der Großteil des Museums bleibt unverändert, aber es gibt jedes Jahr wechselnde Sonderausstellungen. Laut Geris Zeitplan haben wir eine Stunde, um das Museum zu erkunden.« Er lächelte sie an. »Als ich noch klein war, ist Helen jedes Jahr mit Jake und mir hingegangen. Es war eine echte Tradition. Zuerst sind wir ins Museum, dann haben wir in *Joy's Diner* zu Mittag gegessen, und danach waren wir shoppen. Sie hat mir immer geholfen, ein Geschenk für meine Mutter auszusuchen. Wo ich jetzt darüber nachdenke … bezahlt hat sie es auch. Wir haben es dann bei *Schleifchen drum* abgegeben und sind ins Kino gegangen. Auf dem Heimweg haben wir das verpackte Geschenk abgeholt, und Helen hat mich nach Hause gebracht.«

»Sie war sehr gut zu dir.«

»Das war sie. Auf so viele Arten ist sie meine wahre Mutter. Sie war es auch, mit der ich gesprochen haben, wenn ich Probleme in der Schule hatte.«

»Oder mit Mädchen«, zog River ihn auf.

Er lächelte schief. »Ja, das auch.«

»Was für Probleme mit Mädchen hattest du? Ich kann mir nicht vorstellen, dass du auf der Highschool nicht umschwärmt warst.«

Er war jemand, der Sport trieb und leicht Freundschaften schloss, dachte sie. Er hatte bestimmt immer gewusst, was er sagen sollte und tun musste, damit die Leute gerne Zeit mit ihm verbrachten.

»Es ging weniger darum, das Mädchen zu kriegen, als es zu behalten«, gab er zu. »Ein guter Freund zu sein ist eine Fähigkeit, die man erlernen muss.« Er beugte sich zu ihr und senkte die Stimme. »Inzwischen bin ich darin wesentlich besser. Nur für den Fall, dass du dich gefragt hast.«

»Gut zu wissen«, murmelte sie, während kleine Blitze der Hoffnung und Vorfreude durch ihren Körper zuckten.

Victoria und Lily hüpften auf und ab, als auf der großen Leinwand die Worte aufleuchteten: *Adventskalender – erster Tag.*

»Was glaubst du, was es heute ist?«, fragte Lily und packte Camryn am Arm. »Parker meint, es wäre ein Wohltätigkeitsprojekt, aber die gibt es nie am ersten Tag. Es ist immer etwas für die Gemeinschaft, wie Schlittschuhlaufen oder so.«

»Ich weiß gar nicht mehr, was es letztes Jahr war«, überlegte Victoria. »Sind wir überhaupt hingegangen?«

»Ich glaube nicht«, antwortete Camryn. »Aber heute Abend sind wir voll dabei.«

»Du nicht«, zog Victoria sie auf. »Du gehst nach Hause.«

»Meine Füße tun weh.«

»Du bist so alt.« Lily grinste.

»Hey, ich hatte einen langen Tag im Laden. Wir sind gerade mitten in der geschäftigsten Zeit des Jahres.«

Seit acht Uhr heute Morgen war sie auf den Beinen, was nicht ungewöhnlich war, aber zusätzlich zu ihren normalen Aufgaben hatte sie auch einen Berg Bücher aus Dylans Bestellung eingepackt.

Wobei sie sich keinesfalls beschweren wollte. Es war großartig, dass *Schleifchen drum* so gut lief. Dank des konstanten Einkommens aus dem Laden und der Ersparnisse aus der Lebensversicherung ihrer Mom musste sie sich über Geld keine großen Gedanken machen. Dazu hatte sie noch ihr Sparkonto aus der Zeit in Chicago, und es gab einen kleinen Collegefonds, den ihre Mutter für die Zwillinge hinterlassen hatte. Wenn alles gut lief, würden sie das Geld aus der Lebensversicherung gar nicht benötigen. Ihr Plan war, die Summe unter ihnen dreien aufzuteilen, sobald die Zwillinge mit dem College fertig waren. Dann könnten sie es anlegen oder als Anzahlung für eine Wohnung oder ein Haus nutzen.

Einige von Victorias und Lilys Freundinnen gesellten sich zu ihnen. Alle zählten lauthals mit, als der Countdown gestartet wurde. Auf der Leinwand blinkten die Zahlen auf, bis am Ende das Wort *Schatzsuche* erschien.

»Oh, da habe ich Lust drauf!«, rief Lily.

»Ich auch.«

»Und ich erst.«

Die Teenager jubelten so laut, dass Camryn ein wenig zusammenzuckte.

Geri betrat die Bühne und sprach ins Mikrofon.

»Hallo, ihr alle. Willkommen zum ersten Abend des Adventskalenders. Ihr werdet euch in Gruppen von sechs bis acht Personen aufteilen. Die Hinweise habe ich hier. Ihr werdet den Schneekönig und die Schneekönigin suchen.«

»Das ist so großartig«, sagte Lily. »Camryn, da entgeht dir was.«

Camryn lachte. »Ich werde es überleben. Während ihr hier euren Spaß habt, gehe ich nach Hause, ziehe meinen Bademantel an und kuschle mit Tinsel.«

Während sie das sagte, schaute sie sich unauffällig auf dem Weihnachtskranz um in der Hoffnung, Jake zu sehen. Nicht, dass sie ihn unbedingt sehen *musste*. Morgen würde sie mit ihm ausgehen, was eine unerwartete und interessante Wendung der Ereignisse war. Dennoch wäre es nett, ihm über den Weg zu laufen, und sei es nur für ein paar Minuten. Aber offensichtlich war er nicht gekommen.

Sie blieb lange genug, um sicherzustellen, dass die Zwillinge mit ihren Freundinnen in einer Gruppe waren und die Regeln der Schatzsuche verstanden hatten, dann erinnerte sie die Mädchen daran, um neun Uhr zu Hause zu sein, bevor sie sich ihren Weg durch die Menge suchte. Sie war kurz davor, den Marktplatz zu verlassen, als Jake neben ihr auftauchte.

»Du hast kein Interesse daran, den Schneekönig und die Schneekönigin zu finden?«, fragte er.

Sie grinste. »Nicht wirklich. Es war ein langer Tag. Ich dachte, ich genieße ein wenig Ruhe zu Hause.«

»Du willst nur Tinsel für dich allein haben«, zog er sie auf.

»Sie ist eine sehr angenehme Gesellschaft. Was ist mit dir? Kein Männerteam, das bereit ist, Dylan und River aufzuspüren?«

»Nicht heute. Lieber begleite ich dich nach Hause.«

Kurz überlegte sie, ihm zu sagen, dass sie den Weg kannte und es in Wishing Tree ungefährlich war, allein zu gehen, aber dann fiel ihr ein, dass sie Jakes Gesellschaft genoss. Außerdem hatte sie morgen ein Date mit ihm. Warum sollte sie sein Angebot also ablehnen?

»Hat Tinsel sich gut eingelebt?«, fragte er, als sie den Weihnachtskranz verließen.

»Ja, sehr gut sogar. Ich nehme sie jeden Tag mit zur Arbeit, und sie passt sich so viel besser an, als ich gehofft hatte. Die Kunden lieben sie, sie ist sehr ruhig und sagt immer Bescheid, wenn sie mal Gassi gehen muss.«

Jake lachte leise. »Sagt sie *Gassi gehen*?«

»Nicht mit Worten, aber sie führt diesen kleinen Tanz auf, daran erkenne ich es.«

»Sie hat dich schon gut trainiert.«

Camryn sah ein, dass das stimmte. »Was ziemlich beeindruckend ist. Die Zwillinge lieben sie – das ist allerdings nicht sonderlich überraschend. Ich mache mir jedoch Sorgen, wie sie damit klarkommen, wenn ihre Besitzer gefunden werden.«

»Und was du machst, sollte das nicht passieren.«

Ja, das auch, dachte sie. »Sie werden sie behalten wollen«, gab sie zu.

»Wirst du Nein sagen?«

»Vermutlich nicht. Aber wenn es dazu kommt, werden wir eine ernsthafte Unterhaltung darüber führen, dass sie einige der Pflichten übernehmen müssen.«

»Zumindest, bis sie aufs College gehen. Dann gehört sie ganz dir.«

»Ich weiß. Aber ich gewöhne mich an den Gedanken.«

Sie bogen um die Ecke und sahen Camryns Haus. Hm … sobald sie an der Tür wären, bräuchte sie einen Plan. Sollte sie ihm einfach einen schönen Abend wünschen und hineingehen? Oder sollte sie ihn für ein paar Minuten mit hereinbitten? Wäre das zu forsch? Würde er dann glauben, sie wolle mit ihm schlafen? Was im Prinzip durchaus stimmte, aber nicht heute, wenn die Zwillinge jeden Moment nach Hause kommen könnten. Außerdem war es ein großer Sprung von »Wir haben uns noch nicht mal geküsst« zu »Lass es uns jetzt gleich tun«. Aber wenn sie ihn einlüde, würde er sie vielleicht küssen, was ziemlich schön wäre.

Sie gingen die Stufen zu ihrer Haustür hinauf. Camryn holte den Schlüssel aus der Tasche und schaute dann zu Jake hoch. »Willst du noch auf ein Glas Wein mit reinkommen?«

Seine braunen Augen blitzten auf, und er lächelte. »Sehr gern.«

Er folgte ihr hinein. Tinsel sprang aus ihrem Körbchen und kam freudig bellend auf sie zugelaufen. Sie tänzelte um ihre Beine herum und versuchte, kleine Hundeküsse zu verteilen.

»Okay, okay.« Jake zog seinen Mantel aus und setzte sich auf den Boden. »Einem hübschen Mädchen wie dir kann ich einfach nicht widerstehen.«

Tinsel stürzte sich auf ihn, kletterte ihm auf den Schoß und stützte ihre Vorderpfoten auf seine Brust, bevor sie ihm das Kinn abschleckte. Jake strich mit der Hand über ihren Rücken.

»Hey du«, sagte er leise. »Lebst du dich gut ein? Du hast hier eine tolle Familie gefunden.«

Tinsel wedelte zustimmend mit dem Schwanz.

»Du hast Schlag bei den Frauen«, scherzte Camryn und hängte ihren Mantel auf. Dann wickelte sie den Schal ab und zog die Stiefel aus. »Jahrelange Übung, nehme ich an?«

»Tinsel ist ein sehr dankbares Publikum.«

»Ich glaube nicht, dass du Probleme damit hattest, Frauen für dich zu gewinnen.«

Er nahm Tinsel auf den Arm und stand auf. »Fragst du mich, warum ich Single bin?«

Das war nicht ihre Absicht gewesen, aber interessant wäre es schon zu wissen. »Ja. Warum bist du nicht verheiratet? Du bist ein attraktiver, kluger, talentierter Mann, und bisher habe ich noch keine offensichtlichen Makel an dir entdeckt.«

Er folgte ihr in die Küche. »Bei dir klinge ich wie ein Gott«, witzelte er.

»Nun ja, so weit würde ich nicht gehen.« Sie holte eine Flasche Weißwein aus dem Kühlschrank und nahm zwei Gläser aus dem Schrank. Während sie einschenkte, sagte sie: »Sieh dich nur mit Tinsel an. Sie ist nicht gerade ein Männer-Hund, aber du hast keine Probleme mit ihr.«

»Ich fühle mich nicht in meiner Männlichkeit bedroht, weil ich einen Chihuahua auf dem Arm habe.«

»Genau das meine ich. Also, was ist das Problem, Jake Crane?«

Gemeinsam gingen sie ins Wohnzimmer und setzten sich aufs Sofa. Tinsel raste zu Camryn und rollte sich mit Blick zu Jake auf ihrem Schoß zusammen. Er trank einen Schluck Wein, bevor er das Glas auf den Couchtisch stellte.

»Ich bin nicht gut, was Romantik angeht. Ich neige dazu, Beziehungen zu verbocken.«

Diese Aussage überraschte sie. »Was soll das heißen?«

»Ich bin nicht verheiratet und habe keine Kinder, weil ich mir ständig selbst ein Bein stelle und eine perfekte Beziehung kaputtmache, indem ich etwas Dummes anstelle.« Er drehte sich so, dass er sie ansehen konnte. »Vor fünf oder sechs Jahren habe ich eine Frau namens Iona kennengelernt. Sie war schön, temperamentvoll und faszinierend. Und ich bekam nicht genug von ihr.«

Das ist nicht gerade das, was ich hören wollte, dachte Camryn reumütig. »Klingt super.« Das war besser, als das zu sagen, was sie eigentlich dachte, nämlich: Jetzt fühle ich mich vollkommen unzulänglich.

»Sie war meine Welt«, gab er zu. »Wenn es nach mir gegangen wäre, hätte ich ihr an unserem ersten Abend einen Antrag gemacht.«

Wow. »Das war schnell.«

»Ich war verliebt.«

»Du warst vernarrt. Man kann niemanden lieben, den man nicht kennt.«

»Du hast recht«, stimmte er leichthin zu. »Die Liebe kam später. Wir sind ein Paar geworden und zusammengezogen. Sie sagte, ich wäre für sie der *eine*.«

»Also hast du ihr einen Antrag gemacht.«

»Ich wollte es gerade tun, als sie mit mir Schluss gemacht hat. Sie meinte, sie wäre nicht mehr in mich verliebt und wolle zu neuen Ufern aufbrechen. Ich habe das nicht kommen sehen, und es hat mich schwer getroffen.«

Camryn trank einen Schluck. »Das verstehe ich. Aber in diesem Fall hat sie es vermasselt, nicht du.«

»Da ist noch mehr.«

»Ah. Okay. Erzähl.«

»Ich brauchte über ein Jahr, um über sie hinwegzukommen. Eines Tages bin ich Reggie über den Weg gelaufen. Und das meine ich wörtlich. Kaffee spritzte, wir waren beide durchnässt. Dann hat sie gelächelt, und ich habe gelächelt …«

Stimmt, die beiden waren mal verlobt gewesen. Das hatte Camryn kurz vergessen. Außerdem bereute sie inzwischen, ihn gefragt zu haben, warum er nicht verheiratet war. Von anderen Frauen zu hören, die er geliebt hatte, war unangenehmer, als sie gedacht hatte.

»Wir haben angefangen, miteinander auszugehen, und den Rest kennst du.«

»Ich weiß, dass ihr verlobt wart und euch dann getrennt habt.«

Er runzelte die Stirn und nickte dann. »Stimmt. Du warst damals noch in Chicago. Ich habe ihr am Freitag nach Thanksgiving einen Antrag gemacht. Am Samstag hat Paisley eine Verlobungsparty für uns geschmissen. Und am Sonntag habe ich mit ihr Schluss gemacht, ohne ihr zu sagen, warum.«

»Wie bitte?«, fragte Camryn so laut, dass Tinsel den Kopf hob.

»Sorry«, sagte sie und streichelte die Hündin, bevor sie wieder Jake ansah. »Wie bitte?«, wiederholte sie leiser. »Du hast nur zwei

Tage, nachdem du ihr einen Antrag gemacht hast, mit Reggie Schluss gemacht?«

»Ich sagte doch, ich bin nicht gut, was Beziehungen angeht.«

»Nein. Das musst du schon näher ausführen. Du bist kein Arsch. Also, was ist passiert?«

Sein Blick war stet. »Am Sonntagmorgen tauchte Iona bei mir auf. Sie meinte, sie hätte einen Fehler gemacht und wollte, dass wir wieder zusammenkommen.«

»Das ist verdammt schlechtes Timing.«

»Wohl wahr. Ich habe ihr gesagt, dass ich eine andere Frau liebe und kein Interesse an ihr habe. Da ist sie gegangen.« Er hielt inne. »Aber sobald sie fort war, konnte ich nicht aufhören, an sie zu denken.«

»Natürlich nicht. Sie war dir mal wichtig gewesen. Du hast dich bestimmt gefragt, warum sie gerade in diesem Moment wieder in deinem Leben auftauchte. Wusste sie von deiner Verlobung? Wollte sie dich nur verwirren, oder waren ihre Gefühle echt? Und was hat sie erwartet, was du nach so langer Zeit mit dieser Information anfängst?«

»Gut zusammengefasst.« Er nahm sein Weinglas in die Hand. »Ich habe mir Sorgen gemacht, dass meine Unfähigkeit, nicht an sie zu denken, bedeutet, dass ich nicht so sehr in Reggie verliebt war, wie ich dachte.«

»Du hast Panik bekommen.«

»Ich habe überreagiert.«

»Das ist dasselbe.«

Er überraschte sie mit einem Lächeln. »Du klingst wie deine Schwestern.«

»Ich denke, wir haben alle ein fünfzehnjähriges Mädchen in uns.«

»Was ich niemals zugeben würde«, sagte er. Dann wurde er wieder ernst. »Ich habe mit Reggie Schluss gemacht und ihr damals nicht mal gesagt, warum. Aber inzwischen weiß sie es«, fügte er an.

»Einfach so.« Camryn wusste nicht, was sie dazu sagen sollte. »Was ist aus Iona geworden?«

»Sie hat mich später noch mal aufgesucht und um eine zweite Chance gebeten.«

»Die du ihr gegeben hast.«

»Ja. Vier Monate später wurde mir klar, dass ich einen großen Fehler begangen hatte. Sowohl was die Trennung von Reggie anging als auch den neuen Versuch mit Iona.«

Puh. Die Unterhaltung wurde mit jeder Minute unangenehmer. »Bereust du es, Reggie gehen gelassen zu haben? Bist du noch in sie verliebt?«

»Nein.« Sein Lächeln war sanft. »Wir sind beide zu schnell über die Trennung hinweggekommen, als dass eine Ehe zwischen uns überdauert hätte. Es tut mir leid, dass ich so ein Idiot war. Ich habe es vermasselt und uns beiden wehgetan. Ich hätte mit ihr reden sollen. Ich hätte das alles ganz anders handhaben müssen. Wie gesagt, ich habe es verbockt.«

»Ein einziges Mal.« Camryn dachte kurz nach. »Okay, vielleicht dreimal. Aber das heißt nicht, dass du nicht Erfolg in der Liebe haben kannst.«

»Ich bin vorsichtig«, sagte er.

Sie spürte, dass da noch mehr war, doch sie fragte nicht nach. Auch wenn sie sich von ihm angezogen fühlte, kannte sie ihn nicht gut genug, um in einen so persönlichen Bereich seines Lebens einzudringen. Wenn er wollte, dass sie es erfuhr, würde er es ihr erzählen.

»Ich war verlobt, als meine Mom krank wurde«, sagte sie. »Wenn mein Ex je wieder angekrochen käme, würde ich ihn wegjagen und mit dem Auto überfahren.«

»Das ist sehr gewalttätig.«

Sie lächelte. »Okay, das mit dem Auto würde ich nicht tun, aber ich könnte ihm nie wieder vertrauen.« Sie dachte über das nach, was Jake ihr über Iona erzählt hatte. »Ich habe noch nie eine solche Art Anziehung verspürt. Das muss ziemlich machtvoll gewesen sein.«

»Das war es. Aber es war auch trügerisch. Wegen dieses Gefühls glaubte ich, was ich über sie glauben wollte. Es hat länger gedauert, als nötig war, um zu erkennen, dass sie nicht so wundervoll war, wie ich gedacht hatte.«

»Dazu noch ihr gutes Aussehen. Davon lassen Männer sich gerne blenden.«

»Wie viele Männer hast du schon geblendet?«, neckte er sie. »Zwanzig? Mehr?«

»Was? Ich? Ich bin nicht schön.« Nicht mit den roten Locken. »Ich will damit nicht sagen, dass ich hässlich bin, aber ich bin niemand, nach dem die Leute sich umdrehen.«

»Oh, du könntest dich nicht mehr irren.« Er stand auf und bedeutete ihr, sitzen zu bleiben. »Ich will Tinsel nicht aufwecken. Ich finde selbst hinaus.«

Wie jetzt? Er konnte nicht andeuten, dass sie, nun ja, schön war, und dann einfach gehen.

Aber wie es aussah, konnte er das doch. Er beugte sich vor und gab Camryn einen sanften Kuss, dann zog er seinen Mantel an.

»Wir sehen uns morgen«, sagte er. »Zum Dinner.«

Und damit war er fort.

Camryn blieb auf dem Sofa sitzen. Ihre Gedanken rasten. Was genau war da gerade passiert? Jake hatte ihr ein paar sehr persönliche Dinge erzählt, dann wie nebenbei gesagt, dass sie attraktiv sei … und war dann gegangen. Was hatte das alles zu bedeuten?

»Männer sind so verwirrend«, sagte sie zu Tinsel. »Du solltest definitiv Single bleiben. Das ist wesentlich einfacher.«

Den Ratschlag sollte ich mir selbst zu Herzen nehmen, dachte sie, noch während eine kleine Stimme in ihrem Kopf flüsterte, dass es zwar leichter war, aber lange nicht so viel Spaß brachte.

14. Kapitel

Das Weihnachtsmuseum lag nordöstlich vom Weihnachtskranz – zu Fuß keine fünf Minuten entfernt. Aber River und Dylan nahmen einen Umweg, damit niemand mitbekam, wohin sie unterwegs waren. Sie kamen an *Long John Pyjama* und am *Weihnachtspunsch* vorbei und gingen dann über die Prachtallee zum Glöckchenstieg und weiter über den Nordmannweg und den Westlichen Mistelzweig zurück zum Museum. Dylan holte den Schlüssel aus der Tasche und schloss die Tür auf. Dann sah er nach links und hielt inne.

»Da drüben«, sagte er und zeigte nach links.

River drehte sich um und sah einen Elch, der ungefähr fünfzehn Meter entfernt stand. Das große Tier schaute kurz zu ihnen herüber und verschwand dann in nördliche Richtung.

»Kommt es häufig vor, dass Elche durch die Stadt laufen?«, fragte River flüsternd, als sie Dylan ins Museum folgte.

»Nein. Aber der hier wurde schon ein paarmal gesichtet. Normalerweise stört er niemanden, aber so ganz ungefährlich ist er auch nicht. Wenn ein Elch sich erschrickt, greift er an. Er ist groß und stark und kann mit seinem Geweih ziemlichen Schaden anrichten.«

Der Gedanke ließ River erschauern. »Okay, ich werde mich von ihm fernhalten.«

Dylan machte sich daran, die Lichter anzuschalten. Während verschiedene Bereiche zum Leben erwachten, sah River, dass das Museum wesentlich größer war, als sie gedacht hatte. Im Eingangsbereich gab es einen Ticketschalter gegenüber einem Buntglasfenster, das die Krippenszene zeigt. Auf offenen Regalen standen Dutzende Krippenspiele in verschiedenen Stilrichtungen. Es gab welche aus Holz und Porzellan, aber auch aus Glas, Ton, Stoff und etwas, das aussah wie LEGO-Steine. Aus den versteckten Lautsprechern erklang weihnachtliche Musik.

Dylan zeigte ihr, wo sie Mantel, Schal, Handschuhe und Mütze lassen konnte. River zog auch einen ihrer beiden Pullover aus und hängte ihn auf, doch ihre Stiefel behielt sie an. Dylan hob ihren Rucksack hoch.

»Sollen wir uns über deine Vorräte hermachen?«, fragte er.

Sie lachte. »Das ist vermutlich eine gute Idee. Ich habe heißen Kakao und Kekse sowie selbst gemachte Süßigkeiten dabei.« Das Erste-Hilfe-Set und die Taschenlampe ließ sie unerwähnt.

»Ein Traum von einer Frau«, sagte er und nahm ihre Hand. »Du bist lustig, süß und kannst Süßigkeiten herstellen. Wo ist der Fehler?«

River spürte, dass sie errötete. »Süßigkeiten zu machen ist nicht sonderlich schwer.«

»Das muss ich dir unbesehen glauben.« Er machte einen Schritt vor und hielt dann inne. »Zuerst gehen wir durch den Weihnachtsmannraum. Es hilft, ein paar tiefe Atemzüge zu nehmen, bevor wir eintreten.«

»Was heißt das?«

»Wie sehr magst du den Weihnachtsmann?«

»Sehr.«

»Gut. Dann wird dich das glücklich machen.«

Sie hatte keine Ahnung, was er damit meinte, bis sie den Raum betraten, der mit Weihnachtsmännern in allen Größen und Formen gefüllt war. Puppen und Schnitzereien und Plüschweihnachtsmänner. Lange, kurze, lebensgroße, runde und dünne Weihnachtsmänner. Es gab Weihnachtsmannposter, Baumanhänger, Kränze, Lichterketten. Grinch- und Snoopy-Weihnachtsmänner und alles dazwischen.

River lachte. »Es ist wundervoll.«

»Gut. Einige Leute finden diesen Raum gruselig.«

»Ich nicht. Ich war dieses Jahr sehr brav.«

Seine blauen Augen blitzten interessiert auf. »Wirklich?«

Sie sagte sich, dass sie mutig sein sollte, und hielt seinen Blick fest. »Ja.«

»Interessant.«

Im nächsten Raum gab es viktorianische Dorfszenen auf Tischen und Regalen. Einige waren neuer, aber viele sahen sehr alt aus. Als Dylan einen Schalter betätigte, fuhren kleine, weihnachtlich geschmückte Züge durch die Dörfer.

Es gab einen weiteren Raum mit skurril geschmückten Weihnachtsbäumen. An einem hingen nur Bierornamente, ein anderer war mit Käfern und Echsen dekoriert. Auf den Regalen an der Wand stapelten sich Notenblätter und Bücher mit Weihnachtsliedern.

»Okay, als Nächstes kommt mein Lieblingsraum«, verkündete Dylan. »Das ist zufällig der, in dem wir gefunden werden sollen.«

Sie gingen einen kurzen Flur hinunter und betraten den größten Raum, den River bisher im Museum gesehen hatte. Die Decke war sehr hoch, es gab keine Fenster, und egal, wo sie hinschaute, sah sie Bäume, die komplett aus Licht gemacht waren. Einige funkelten, andere strahlten mit konstantem Licht. Sie hatten alle Farben und Größen und wirkten unfassbar magisch.

»Der Wald der Lichter«, hauchte sie. »Das ist wunderschön.«

»Ja, das finde ich auch.« Um seinen Mund zuckte es. »Ich gebe zu, als Jake und ich als Kinder herkamen, sind wir hier rumgelaufen und haben Soldat gespielt. Was nicht wirklich zum Geist dieses Raumes passt.«

»Ihr wart Kinder, die Spaß hatten. Ich glaube, das geht in Ordnung.«

Er führte sie durch den Wald. Am anderen Ende gab es mehrere Tische und Stühle. Sie setzten sich, und River öffnete ihren Rucksack.

»Du hast tatsächlich heißen Kakao dabei«, zog Dylan sie auf.

»Natürlich. Ich bin gerne gut vorbereitet. Kelsey macht immer Witze, dass sie im Fall einer Apokalypse in meiner Nähe sein will. Sie weiß, dass ich die meisten Vorräte habe.«

Er lachte leise. »Wie haben ihr und Brooklyn die Feiertage mit Xaviers Familie gefallen? Gab es irgendwelchen Stress?«

»Nein. Sie hatten eine tolle Zeit.« Sie reichte ihm einen Plastikbecher. »Seine Eltern haben Brooklyn total gern, und sie hat es genossen, verwöhnt zu werden. Kelsey ist wirklich glücklich und freut sich schon darauf, dass alle zu ihrer Hochzeit am ersten Maiwochenende herkommen.«

River freute sich auch darauf. Sie wollte sehen, wie ihre Schwester und Xavier ihr gemeinsames Leben begannen.

»Während Kelsey und Xavier in den Flitterwochen sind, bleibe ich bei Brooklyn«, erklärte sie. »Wir werden viel Spaß zusammen haben.«

»Ihr versteht euch gut?«

River nickte und packte die Kekse und die Karamellbonbons aus. »Ich war bei ihrer Geburt dabei. Kelsey und ich haben gemeinsam gelernt, wie man sich um ein Baby kümmert. Meine Mom war da eine große Hilfe.«

»Was ist mit Brooklyns Vater?«

River dachte an Kelseys gebrochenes Herz und daran, dass Brooklyns Erzeuger der Verantwortung seiner Vaterrolle lieber ausgewichen war. »Er spielt in ihrem Leben keine Rolle. Was in Ordnung ist«, fügte sie an. »Wir brauchten ihn nicht. Und jetzt hat sie Xavier.«

»Was ist mit dir?«, fragte er leichthin. »Irgendwelche Ex-Männer, über die ich mir Sorgen machen müsste?«

»Ein paar Freunde, aber ich war nie verheiratet. Und du?«

»Ich war mal für ein paar Monate verlobt, aber es hat nicht funktioniert.«

Es hatte also mal eine Zeit gegeben, in der er geplant hatte, den Rest seines Lebens mit jemandem zu verbringen.

Er beugte sich zu ihr. »An der Trennung waren wir beide schuld. Ich habe mich von meinem Stolz leiten lassen und ein paar dumme Entscheidungen getroffen. Aber ich habe sie nicht betrogen«, fügte er schnell an. »So etwas würde ich nie tun.«

»Ich auch nicht.« Sie knabberte an einem Spekulatius. »Beziehungen sind kompliziert. Die Menschen wollen zu unterschiedlichen Zeiten unterschiedliche Dinge. Und Liebe bedeutet für jeden etwas anderes.«

»Du bist verletzt worden«, sagte er leise.

»Ein paarmal.« Sie sah ihn an. »Als Kind hatte ich eine seltene Form von Skoliose, die meine Wirbelsäule stark verdreht hat. Ich musste ein Korsett tragen und schließlich mehrere Operationen über mich ergehen lassen.«

Er hielt ihren Blick fest. »Geht es dir gut?«

»Jetzt ja. Aber es war auf mehrere Arten schwer.« Sie versuchte, die Geschichte zu erzählen, ohne die Erinnerungen noch einmal zu durchleben. »Ich bin von anderen Kindern viel gehänselt worden. Dazu bin ich von Natur aus schüchtern, was es noch schlimmer gemacht hat. Einige Mädchen, von denen ich dachte, sie wären meine Freundinnen, haben sich gegen mich gewandt. Als ich dann die Operationen hatte, musste ich mehrere Monate mit der Schule aussetzen, also war ich immer die Außenseiterin.«

Er berührte ihre Hand. »Das tut mir leid.«

»Danke. Es hat es mir erschwert, Menschen zu lesen, und ich denke, das ist mit ein Grund dafür, warum ich das nicht immer richtig hinbekomme. Ich fasse nur schwer Vertrauen. Natürlich erwarte ich nicht beim ersten Treffen, dass jemand mir seine Seele bloßlegt, aber ich mag keine Geheimnisse. Die bedeuten meist nichts Gutes.«

Sie war nicht sicher, glaubte aber, dass er sich bei ihren letzten Worten ein wenig verspannte. Doch bevor sie dem auf den Grund gehen konnte, lächelte er und sagte: »Ich weiß nicht. Einige Geheimnisse können auch schön sein. Was ist, wenn ich dir erzähle, dass ich es bedauere, dich an dem Abend, an dem ich dich nach Hause begleitet habe, nicht geküsst zu haben? Ist das ein gutes Geheimnis oder ein schlechtes?«

Sein Blick glitt zu ihrem Mund, und mit einem Mal wusste River nicht mehr, wohin mit ihren Händen.

»Das ist ein gutes Geheimnis«, flüsterte sie.

»Das finde ich auch.«

Er beugte sich vor. River wusste, dass sie sich problemlos zurücklehnen und dem Kuss ausweichen könnte, doch das wollte sie nicht. Sie mochte Dylan, und der körperliche Teil einer Beziehung war für sie so viel leichter zu verstehen. Körper logen nur selten.

Sie hob den Kopf ein wenig an und schloss die Augen. Einen Herzschlag später spürte sie seine Lippen an ihren – erst ganz sanft, dann etwas fester. Er rückte näher an sie heran und legte eine Hand auf ihren Arm.

River genoss es, wie sich seine Lippen auf ihren anfühlten. Hitze strahlte von ihm aus, und sie mochte seinen reinen männlichen Duft.

Dylan unterbrach den Kuss lange genug, um aufzustehen und River auf die Füße zu ziehen, bevor er sie in die Arme nahm. Sie folgte ihm willig und wollte sich an ihn pressen. Sein Pullover war so weich, seine Brust muskulös und breit. Sie legte die Arme um seinen Nacken, und er umfasste ihre Hüften, bevor er den Kopf für einen weiteren Kuss senkte.

In ihr erwachte Verlangen zum Leben, begleitet von einem ungekannten Gefühl der Geborgenheit, das sie in seinen Armen empfand. Eine Mischung, die schwer zu finden war.

Langsam strich er mit den Händen über ihren Rücken, während ihre Zungen einander umtanzten. In der Ferne hörte sie dumpf Stimmen und Gelächter. Sie drehte den Kopf, als Dylan einen Schritt zurücktrat.

»Wir sind gefunden worden«, sagte er bedauernd. »Ich muss mit ihnen über ihr Timing reden.«

Ihre Blicke trafen sich. In seinen Augen sah River Leidenschaft und Humor. Es gefiel ihr, dass er nicht verärgert war. Die Erfahrung hatte sie gelehrt, dass ein Mann, der bei Kleinigkeiten an die Decke ging, auf lange Sicht ein sehr anstrengender Partner war.

Sie trat in dem Moment einen Schritt zurück, als eine Gruppe Teenager in den Raum stürmte.

»Ihr seid hier!«, rief einer von ihnen. »Wir haben den Schneekönig und die Schneekönigin gefunden.«

»Komm rein.«

Bei den Worten drückte Jake die Tür von Camryns Haus auf und trat ein.

»Ich bin in der Küche!«, rief sie.

Tinsel stürmte ins Wohnzimmer und direkt auf ihn zu. Vor ihm hielt sie an und begann ihren kleinen Tanz mit stampfenden Pfoten und enthusiastisch wedelndem Schwanz. Ihre Augen strahlten vor Aufregung und Zuneigung.

»Hey, kleines Mädchen«, sagte er und nahm die Hündin auf die Arme.

Sie kuschelte sich an ihn, wobei sie ihn mit kleinen Küssen bedachte.

»Ja, ich habe dich auch vermisst«, sagte er lachend. »Ich kann an nichts anderes denken als an dich.«

Er ging in die Küche, wo Camryn gerade einen Karton öffnete. Sie sah ihn an und grinste.

»Wirklich? Sie ist meine Konkurrenz? Sie ist jünger, blonder und hat einen besseren Körperbau als ich. Bin ich dein Mitleidsdate?«

Er ließ seinen Blick über ihre wundervollen Haare gleiten, über das Kleid, das sich an ihre Kurven schmiegte, und die hochhackigen Lederstiefel, die Bilder von ihr in ihm aufsteigen ließen, auf denen sie nichts weiter als die Stiefel und ein Paar sexy Dessous trug.

Mit einem Mal fiel es Jake schwer, zu reden – und seine Erregung unter Kontrolle zu halten.

»Auf keinen Fall Mitleid«, stieß er hervor. »Du siehst unglaublich aus.«

Sie lächelte wissend. »In diesem ollen Ding? Du bist süß, dass du das sagst.«

Er entspannte sich. »Du weißt, dass du umwerfend bist.«

Sie lachte. »Das Wort hätte ich zwar nicht gewählt, aber ab und zu passt einfach alles.« Sie schaute sich um und senkte die Stimme. »Ich brauche noch fünf Minuten. Das hier ist heute gekommen, und ich will es auspacken und verstecken, bevor die Zwillinge nach

Hause kommen. Sie sind mit ihren Freundinnen Schlittschuhlaufen und kommen nur vorbei, um ihre Übernachtungstaschen und Tinsel abzuholen, dann gehen sie weiter zu ihrer Freundin.«

»Warum flüstern wir, wenn sie nicht hier sind?«

Sie lachte. »Weil sie irgendwie immer zu wissen scheinen, wenn ich ihre Weihnachtsgeschenke auspacke, und dann auftauchen. Es ist ein Talent, das muss ich ihnen lassen.«

Sie nahm zwei kleinere Kartons heraus und öffnete einen.

Jake runzelte die Stirn, weil er nicht ganz erkennen konnte, was sie da in der Hand hielt. »Ist das ein Taco-Halter?«, fragte er und betrachtete die bunten Farben und Spitzen.

»Das ist nicht einfach nur ein Taco-Halter«, schnaubte sie. »Es ist ein Dinosaurier-Taco-Halter für ihre Weihnachtsstrümpfe.«

»Sie sind Teenager.«

»Es ist albern, aber ich weiß, dass sie sie toll finden werden. Okay, lass mich die schnell hinten in meinem Aktenschrank verstecken, dann können wir los.«

Er streichelte eine glückliche Tinsel, während er wartete. Als Camryn zurückkehrte, nahm er den leeren Karton. »Den kann ich für dich recyceln«, sagte er. »Dann gibt es keine Beweise.«

»Danke. Das ist sehr nett. Ich hole eben meinen Mantel.«

Er setzte Tinsel in ihrem Körbchen im Wohnzimmer ab und half Camryn dann in ihren Daunenmantel. Mit ihren hohen Absätzen war sie beinahe so groß wie er, was ihm gefiel. Außerdem roch sie gut – eine Mischung aus Vanille und Verlockung.

Sie gingen nach draußen zu seinem SUV. Sie hätten auch zum Restaurant laufen können, aber angesichts der niedrigen Temperaturen und Camryns Stiefel schien es sinnvoller, mit dem Auto zu fahren.

»Ich habe uns einen Tisch im *Buon Natale* reserviert«, sagte er und hielt ihr die Tür auf.

»Ich liebe italienisches Essen.«

»Gut.«

Er stieg ein und startete den Motor, dann stellte er die Düsen der Heizung so, dass sie auf Camryn zeigten.

»Ich hätte gedacht, dass du mich ins Resort ausführst, da hast du immerhin die totale Kontrolle«, sagte sie und grinste.

»Ich hatte daran gedacht, aber ich wollte nicht, dass du dich bedrängt fühlst.« Er warf ihr einen kurzen Blick zu. »Das ist mein Terrain, wo ich, wie du richtig sagst, die Macht habe. Aber es gibt dort auch mehr als zweihundert Hotelzimmer, und ich wollte keinen falschen Eindruck erwecken.«

»Du meinst, dass du von mir erwartest, heute Nacht mit dir zu schlafen?«

»Ja, genau.«

»Interessant. Was wäre, wenn ich Ja gesagt hätte?«

Sofort wurde ihm heiß. Er sah sie an und versuchte, zu ergründen, wie ernst sie diese Frage meinte. »Hättest du?«

Sie seufzte schwer. »Ich schätze, das werden wir nie erfahren.«

»Wir könnten in fünfzehn Minuten im Resort sein.«

»Ah, aber wir haben eine Reservierung in der Stadt, Jake. Die wollen wir doch nicht verfallen lassen.«

Er musterte sie. »Du spielst mit mir.«

»Ein wenig.« Sie lächelte. »Weil ich es kann und weil du heute Abend besonders gut aussiehst.«

Er lachte leise. »Du bist eine ganz schöne Herausforderung, oder?«

»Das kann gut sein.«

Vor dem Restaurant hielt er an und übergab dem Parkwächter den Autoschlüssel. Dann kam er um den Wagen herum, um Camryn die Tür aufzuhalten. Als sie neben ihm stand, zog er sie an sich und flüsterte: »Fünfzehn Minuten. Zwölf, wenn ich aufs Gas trete.«

Sie lachte. »Frag mich noch mal, nachdem ich ein Glas Wein getrunken habe.«

Sie gingen hinein und wurden sofort zu einem ruhigen Tisch in einer Ecke geführt. Die Kellnerin nahm ihre Getränkebestellung auf, erklärte die Angebote des Tages und ging. Camryn sah sich um.

»Hier bin ich schon seit einer Ewigkeit nicht mehr gewesen. Für ein Treffen mit meinen Freundinnen ist es etwas zu fein. Ich weiß noch, als ich klein war, sind wir immer zu besonderen Anlässen hergekommen. Die Tradition sollte ich mit den Zwillingen wieder aufleben lassen.«

»Was ist mit Dates?«, fragte und hoffte, locker zu klingen.

Camryn sah ihn verblüfft an. »Ich gehe nicht auf Dates.«

»Weil du Wishing Tree in drei Jahren verlassen wirst?«

»Ja, das ist mit ein Grund. Um ehrlich zu sein, habe ich seit meiner Rückkehr keine Gedanken ans Ausgehen verschwendet. Anfangs hatte ich zu viel mit meiner Mom zu tun. Sie ist bald nach meiner Rückkehr ins Hospiz gekommen. Dann hat mich mein Verlobter sitzen lassen. Danach musste ich den Laden übernehmen, mich um meine Schwestern kümmern und mich mit dem Verlust meiner Mutter auseinandersetzen.«

Er streckte die Hand über den Tisch aus und legte sie auf ihre. »Ich wünschte, ich hätte dir helfen können.«

»Danke. Du bist der Typ, der gewusst hätte, was zu tun ist.« Sie zog die Stirn kraus. »Ich habe keine Ahnung, warum ich das gesagt habe. Ich meine, ich glaube es. Du bist kompetent und hast einen starken moralischen Kompass. Aber wir kennen einander nicht wirklich.«

Die Kellnerin kam mit den Cocktails zurück. Jake wartete, bis sie wieder gegangen war, bevor er sagte: »Wir waren zusammen auf der Highschool.«

Camryn lachte. »Aber nur gerade so eben. Vergiss nicht, du warst der attraktive, weltgewandte Oberstufenschüler und ich die Vierzehnjährige, die nicht fassen konnte, wie erwachsen die Jungs alle aussahen und klangen. Das war etwas, das uns alle fasziniert hat. Die tiefen Stimmen. Nach dem fiepsigen Krächzen in der Mittelstufe waren die ein Schock.«

»In dem Alter machen ein paar Jahre einen großen Unterschied.«

Sie nickte. »Außerdem warst du beliebt und ich einfach nur normal.«

»Das glaube ich nicht.«

»Es stimmt aber. Ich habe ganz normale Sachen gemacht. Du warst der Star der Footballmannschaft. Außerdem hat deine Familie Geld.« Sie hielt inne. »War das für dich komisch? Zu wissen, dass einige Leute nur wegen eures Reichtums an dir interessiert waren?«

»Ich kenne es nicht anders«, gab er zu. »Auf gewisse Weise war das mit dem Geld für Dylan schwerer als für mich. Er sah es aus einer anderen Perspektive. Mädchen haben sich an ihn rangemacht, um mir nahezukommen. Immer noch hat er das Gefühl, er muss mich vor jedem beschützen, der nicht mich will, sondern nur das, was ich habe.«

»Das ist eine gute Qualität in einem Freund.«

Er nippte an seinem Scotch. »Nur damit das klar ist, wenn du ein angemessenes Alter gehabt hättest, wäre ich sofort mit dir ausgegangen.«

Ihre Augen weiteten sich. »Wirklich? Das ist so nett von dir. Danke. Ich wäre auch mit dir ausgegangen.« Sie beugte sich vor. »Also, Jake Crane, hattest du mit deinen Freundinnen auf der Highschool Sex?«

Die Frage überraschte ihn. »Ein Gentleman genießt und schweigt.«

»Ach komm schon. Verrate mir ein wenig. Ich habe meine Jungfräulichkeit erst im Sommer nach der Highschool verloren. Hätten wir die wilden Sachen getan, wenn wir damals miteinander ausgegangen wären?«

»Ja.«

»Und hätte es mir gefallen?«

Ging das nur ihm so, oder war es hier drin unglaublich warm? »Flirtest du mit mir?«

»Ein wenig. Ich hoffe, das ist in Ordnung.«

»Sehr in Ordnung sogar. Es gefällt mir.«

Sie lächelten einander an.

»Okay«, sagte Camryn dann. »Lass uns über ein unverfänglicheres Thema sprechen. Meine Flirtkünste sind ein wenig eingerostet, und ich will es nicht übertreiben. Die Zwillinge haben bisher eine tolle Vorweihnachtszeit. Sie lieben die ganzen Traditionen. Und sie gehörten gestern mit zu den Ersten, die River und Dylan gefunden haben, worauf sie sehr stolz sind.«

»Das freut mich für sie.«

»Mich auch. Oh, und wo wir gerade von den Zwillingen sprechen …« Sie fischte ihr Handy aus der Handtasche und warf einen Blick auf das Display. Dann lächelte sie. »Alle ist gut. Sie haben Tinsel abgeholt und sind bei ihrer Freundin zu Hause.« Sie wedelte mit dem Handy. »Ich habe eine Nachricht von deren Mutter, die es bestätigt.«

Dann packte sie das Handy wieder weg. »Wie geht es deiner Mutter? Ich weiß, dass es erst ihr zweites Weihnachten ohne deinen Vater ist.« Sie hielt inne. »Wichtiger noch: Wie geht es dir?«

»Er fehlt mir«, gab er zu. »Und ihr auch, das weiß ich.«

»Sie waren lange verheiratet.«

»Beinahe vierzig Jahre.« Kurz senkte er den Blick, bevor er Camryn wieder ansah. Er sollte wirklich das Thema wechseln und nicht mit den Gedanken herausplatzen, die ihm immer durch den Kopf schossen, sobald er an seinen Vater dachte. Camryn musste nichts davon wissen. Dummerweise verspürte er mit einem Mal den Drang, mit ihr darüber zu reden, denn wenn er eines wusste, dann, dass Camryn eine sehr gute Zuhörerin war.

»Er hat sie betrogen«, sagte er tonlos. »Mehr als einmal. Ich habe es herausgefunden, als ich ihn bei einer Konferenz treffen sollte. Ich bin einen Tag früher angereist und habe ihn mit einer anderen Frau gesehen. Als ich ihn damit konfrontiert habe, meinte er, das wäre keine große Sache, und dass ein Mann manchmal eben Bedürfnisse hätte.« Er schüttelte den Kopf. »Bedürfnisse? Was zum Teufel soll das heißen? Ich war so wütend. Er sagte, ich solle erwachsen werden. Meine Mutter wisse davon und sei einverstanden, also wäre es nicht an mir, ihn dafür zu verurteilen.«

15. Kapitel

Das Geständnis hatte Camryn nicht kommen sehen. Und sie wusste auch nicht, was sie dazu sagen sollte.

»Das tut mir leid«, flüsterte sie. »Helen ist eine wundervolle Frau, und du hättest niemals in diese Position gebracht werden dürfen.«

»Ich war so wütend.« Er sah sie an. »Sie haben immer davon geredet, wie perfekt ihre Ehe wäre. Mom meinte, Dad wäre ihre große Liebe. Sie hat mir gesagt, ich solle sicherstellen, dass ich mich in jemanden so Wundervolles verliebe, wie sie es getan hat. Und sie hat immer gesagt, dass ich genauso bin wie er.« Um seinen Mund zuckte es. »Er ist der letzte Mensch, dem ich ähnlich sein will.«

»Das hat sie nicht so gemeint. Sie bezog sich auf die guten Seiten, das weißt du. Jeder von uns hat eine dunkle Seite. Es tut mir leid, dass du seine sehen musstest.«

Jake hielt ihren Blick fest. »Später, als wir von der Konferenz zurückkamen, haben wir drei uns zusammengesetzt und über sein Fremdgehen gesprochen. Ich weiß, dass er meine Mom dazu gebracht hat. Sie war so ruhig und verständnisvoll. Sie meinte, das passiere nun mal ab und zu, und auch wenn es ihr nicht gefiele, wisse sie, dass es nichts zu bedeuten hat.«

Er verzog das Gesicht. »Du hast meine Mutter kennengelernt. Sie ist eine stolze, fürsorgliche Frau. Ich muss ständig daran denken, wie demütigend es für sie gewesen sein muss, mit ihrem Sohn über die Fehltritte seines Vaters zu sprechen. Ich habe ihnen gesagt, dass ich es verstehe, und bin gegangen. Doch ich werde ihm nie verzeihen, was er ihr angetan hat. Nicht nur das Fremdgehen, sondern auch, dass sie sagen musste, es wäre für sie in Ordnung.«

Camryn streckte die Hand aus und verschränkte ihre Finger mit seinen. »Sie liebt dich, Jake. Deshalb hat sie diese Dinge gesagt. Sie wusste, wenn du deinen Vater hasst, würde dich das innerlich auffressen. Und das wollte sie nicht. Außerdem hat sie ihn geliebt, das ist offensichtlich.«

»Das tut sie immer noch. Und ich habe keine Ahnung, warum.«

Die Kellnerin kam, um ihre Bestellung aufzunehmen. Camryn entschied sich für einen Caesar Salad und die Pasta von der Tageskarte. Jake bestellte das Gleiche.

Sie versuchte immer noch, zu begreifen, was er ihr erzählt hatte. Doch sie konnte sich nicht vorstellen, zu akzeptieren, von ihrem Ehemann betrogen zu werden. Sicher, jede Ehe war anders, aber für sie wurde damit eine Grenze überschritten. Und Jake war offensichtlich immer noch wütend auf seinen Vater und entschlossen, nicht so zu werden wie er. Er war …

»Deshalb hast du mit Reggie Schluss gemacht«, platzte es aus ihr heraus. »Oh, tut mir leid. Das hätte ich nicht sagen sollen.«

Er zog eine Augenbraue in die Höhe. »Du hast recht. Es war nicht so sehr, weil Iona aufgetaucht ist, sondern weil ich mich eine Sekunde lang fragte, ob ich die richtige Entscheidung getroffen habe. Ich weiß jetzt, dass es sinnvoll ist, Dinge gründlich zu durchdenken, aber in dem Moment habe ich mir Sorgen gemacht, so wie er zu sein. Denn wenn ich mich von beiden angezogen fühlte, wäre ich genauso ein fremdgehender Mistkerl wie mein Dad. Ich wusste nicht, wie ich meine Gefühle verarbeiten sollte, also habe ich das getan, was ich für das Ehrenhafte hielt: Ich habe Reggie das Herz gebrochen.«

»Du hast gesagt, dass du das inzwischen mit ihr geklärt hast«, sagte Camryn. »Weiß sie von …?«

Er schüttelte den Kopf. »Ich habe ihr von Iona erzählt. Dylan ist der Einzige, der von meinem Vater weiß.«

Und doch hatte er es ihr erzählt? Sie war nicht sicher, was sie mit dieser Information anfangen sollte. »Ich werde es niemandem weitersagen.«

»Ich weiß.«

Trotz allem lächelte sie. »Das kannst du nicht wissen. Ich könnte die größte Klatschtante im Landkreis sein.«

Sein sich langsam ausbreitendes Lächeln stellte die seltsamsten Sachen mit ihr an. »Der Landkreis ist ziemlich groß.«

»Flächenmäßig schon, aber was die Einwohnerzahl betrifft … Ich will damit sagen, dass du sehr vertrauensselig bist.«

»Nur dir gegenüber.«

»Wie kommt's?«

»Ich habe keine Ahnung. Vermutlich, weil du ordentlich durchleuchtet wurdest. Laut meiner Mutter soll es sogar einen Background-Check geben.«

Camryn stöhnte. »Stimmt ja. *Projekt: Jakes Braut*. River will sie fragen, ob sie mir ihre Ermittlungsergebnisse über mich zeigen darf. Ich bin gespannt, was sie dazu sagt.« Sie griff nach ihrem Glas. »Erzähl mir von den anderen Kandidatinnen.«

»Es gibt keine. Ich habe meiner Mutter gesagt, dass sie die Idee fallen lassen soll.«

»Haben wir darüber nicht schon gesprochen? Glaubst du wirklich, dass sie das tut?«

Er lachte leise. »Nein. Aber ich habe es wenigstens versucht.«

»Sag ihr, dass du über die Feiertage eine Pause brauchst.«

»Das ist nur eine vorübergehende Lösung.«

Camryn runzelte die Stirn.

»Ja, du hast recht. Ich sollte nehmen, was ich kriegen kann«, stöhnte er.

»Ganz genau.«

Sie sah ihn über den Tisch hinweg an. Er war ein wirklich guter Mann, was wichtig war, aber er war außerdem sexy und ausgesprochen attraktiv. Wirklich schade, dass er sie heute nicht ins Resort eingeladen hatte. Sie hätte ernsthaft in Betracht gezogen, sich eines der über zweihundert Hotelzimmer mal genauer anzuschauen. Oder er hätte sie mit zu sich nehmen können. Das wäre auch schön gewesen. Ihr Haus war etwas problematischer. Ja, die Zwillinge schliefen bei einer Freundin, aber wenn Jakes Auto die

Nacht über in ihrer Einfahrt stünde, würde es in der Nachbarschaft Gerede geben.

Aber das wäre es wert, dachte sie verträumt, wenn ich dafür ein wenig Zeit allein mit Jake verbringen könnte. Vorzugsweise nackt. Es war lange her, und sie war überzeugt, dass er genau wusste, was er im Schlafzimmer tat. Wenn er sie doch nur fragen würde …

»Camryn? Geht es dir gut?«

»Hm? O ja, alles prima.«

»Du warst mit deinen Gedanken ganz woanders.«

»Aber nicht sehr weit weg.«

Sie sagte sich, dass sie eine selbstbestimmte Frau war, die einfach fragen konnte, wenn sie etwas haben wollte. Starke Frauen fühlten sich mit ihrer Sexualität wohl. Sie könnte das tun. Sie sollte es sogar, wenn auch nur, um sich zu beweisen, dass sie …

»Bist du sicher, dass es dir gut geht?«

Sie sah ihn an. »Wollen wir unser Essen einpacken lassen und mitnehmen?«

Er zog eine Augenbraue hoch. »Geht es dir nicht gut? Soll ich dich nach Hause bringen?«

Sie zögerte. Warum war das nur so schwer? Unentschlossenheit breitete sich in ihr aus. Beinahe hätte sie gesagt, er solle ihre Frage vergessen, doch dann wäre sie den ganzen Abend von sich selbst genervt.

Also sammelte sie ihren Mut und sagte: »Ich dachte, wir könnten das Essen mitnehmen und zu dir fahren.«

Er wirkte auf entzückende Weise verwirrt. »Klar. Würdest du lieber dort essen?«

»Irgendwann.«

Ein Herzschlag. Zwei. Drei … Dann weiteten sich seine Augen.

»Zu mir. Um später zu essen«, bestätigte er.

»Ja.« Sie unterdrückte ein Lächeln. »Außer, du möchtest das lieber nicht.«

Sein Arm schoss hoch, um die Kellnerin herbeizuwinken. Als sie kam, sagte er: »Uns ist etwas dazwischengekommen. Können

Sie uns das Essen zum Mitnehmen einpacken? Dazu nehmen wir noch eine Flasche Wein.«

Es entstand ein wenig Hektik, als sie die Rechnung bezahlten und ihr Essen entgegennahmen, und dann stiegen sie auch schon in Jakes SUV. Camryn war erstaunt, dass sie immer noch so ruhig war. Natürlich war da das stetig wachsende Verlangen, aber sie flippte seltsamerweise nicht darüber aus, dass sie so geradeheraus gewesen war.

Sie durchquerten die Stadt und fuhren in Richtung des Resorts, in dem Jake eine Wohnung hatte.

»Ich habe Kondome«, sagte er in die Stille hinein.

»Gut. Ich nehme die Pille, will aber trotzdem, dass wir ein Kondom benutzen.«

»Sehr gern.«

Er hielt sich an die Geschwindigkeitsbegrenzung und bog fünfzehn Minuten später auf die links von Einfamilienhäusern und rechts von Wohnungen flankierte Hauptstraße der bewachten Wohnanlage ein. Seine Wohnung befand sich in dem Haus ganz am Ende. Er fuhr in die Garage und nahm die Tüten mit dem Essen und dem Wein, bevor er Camryn die Tür aufhielt.

»Hier entlang«, sagte er.

Sie betrat seine Wohnung.

Der erste Eindruck waren hohe Decken und sehr viel Platz. Jake schaltete das Licht an, und sie sah einen riesigen Raum mit breiten Sofas und bodentiefen Fenstern, von denen man tagsüber vermutlich einen unbezahlbaren Blick hatte. Links gab es eine Traumküche mit einem dahinterliegenden Esszimmer. Eine Treppe führte nach oben, wo sich, wie sie vermutete, die Schlafzimmer befanden.

»Lass mich eben das Essen in die Küche bringen«, sagte Jake. »Bin sofort zurück.«

Sie hängte ihren Mantel auf und setzte sich dann auf die unter der Garderobe stehende Bank, um ihre Stiefel auszuziehen. Dabei überprüfte sie noch einmal, ob sie mit ihrer Entscheidung weiterhin einverstanden war. Es gab keine Sorgen, keine

Zweifel – nur die Vorfreude und ein aufregendes Kribbeln im Unterleib.

Jake kam zurück, hängte seinen Mantel auf und sah Camryn dann an. In seiner Miene las sie Verlangen und noch etwas anderes. Nicht wirklich Besorgnis, mehr eine Frage. Die Frage, ob sie sich absolut sicher war.

Sie ging zu ihm, stellte sich auf Zehenspitzen und zog seinen Kopf zu sich heran. Dann küsste sie ihn tief und leidenschaftlich. Er reagierte sofort, indem er seine Arme um ihre Taille schlang und ihre Lippen mit seiner Zunge öffnete. Die Lust entbrannte heiß und versprach eine wundervolle Nacht mit diesem Mann.

Camryn ließ ihre Hände über seinen Rücken gleiten, bis sie seinen festen Po erreichte und leicht drückte. Jake lachte an ihrem Mund.

»Diese Seite von dir ist unerwartet«, sagte er und schob den Saum ihres Kleides ein paar Zentimeter nach oben, bevor er Camryn hochhob.

Instinktiv schlang sie die Beine um seine Taille.

»Ich weiß.« Sie schaute in seine dunkelbraunen Augen. »Aber sie gefällt mir irgendwie.«

»Mir auch.«

Er setzte eine Spur aus Küssen auf ihren Hals, bevor er sie wieder zu Boden ließ. Dabei rieb jeder Zentimeter ihres Körpers über jeden Zentimeter seines Körpers. Er war hart und erregt, und Camryns Unterleib zog sich bei dem Gedanken zusammen, dass er sie ausfüllte, ihr Vergnügen schenkte, sie über den Abgrund jagte. Sie erschauderte vor Verlangen.

Als würde er verstehen, was sie empfand, nahm Jake ihre Hand und führte sie daran zur Treppe. Gemeinsam gingen sie nach oben und betraten durch eine Flügeltür ein riesiges Schlafzimmer. Zwei der Wände bestanden komplett aus Glas. Jake ging zum Nachttisch und nahm eine Fernbedienung in die Hand. Sekunden später glitten die Vorhänge zu. Dann schaltete er eine Lampe ein und trat wieder zu Camryn.

Sie streckte in dem Moment die Hände nach ihm aus, in dem er sie an sich zog. Sein Mund eroberte ihren, und der Tanz begann.

Zwei Stunden und drei Orgasmen später verteilte Camryn in der Küche den Salat auf zwei Teller, während Jake den Wein öffnete. Das Knoblauchbrot und die Pasta hatten sie bereits zum Aufwärmen in den Ofen geschoben und den Küchentisch gedeckt. Jake trug eine Jeans und einen Pullover, während Camryn sich ein altes, weiches Sweatshirt und dicke Socken von ihm geliehen hatte.

Sie fühlte sich gut. Das hier war zwar weit außerhalb ihrer Komfortzone, aber auf befriedigende, selbstbewusste Weise. Ja, es gab ein paar Dinge, über die sie sprechen mussten, und ein paar Regeln, die aufgestellt werden sollten, aber zum ersten Mal seit einer Ewigkeit war sie glücklich und fühlte sich ein kleines bisschen wild.

Sie stellte die Teller auf den Tisch und setzte sich Jake gegenüber.

»Du hast eine echt schöne Wohnung.«

»Danke. Der Ausblick ist großartig, und es ist nicht weit zur Arbeit.« Er schenkte ihr ein Lächeln. »Ich kann mich nicht entscheiden, was ich sexyer finde: deine Haare oder die Tatsache, dass du keinen BH trägst.«

Sie fuhr sich mit der Hand durch ihre zerzausten Locken. »Tja, mich im Bett zu wälzen und dich anzuflehen, nicht aufzuhören, hat diesen Effekt.« Sie nahm eine Gabel voll von dem Salat. »Dir machen die Locken wirklich nichts aus?«

»Nein. Sie sind wunderbar. Warum stören sie dich so sehr?«

»Oh, mich stören sie nicht. Aber viele Männer mögen sie nicht.«

»Das liegt daran, dass viele Männer Idioten sind.«

Sie lächelte. »Danke. Das glaube ich auch.«

Leise Musik erklang aus den Lautsprechern, und im Kamin brannte ein Feuer.

»Du hast hier ein gutes Leben«, sagte Camryn. »So ruhig.«

»Manchmal ein wenig zu ruhig.«

Sie sah ihn an. »Interessant. Ich weiß zufällig, dass deine Mutter versessen darauf ist, dich zu verheiraten. Vielleicht solltest du aufhören, dich dagegen zu wehren.«

»Puh, danke für den Rat. Aber zu dem heutigen Abend – geht es dir gut?«

»Es war mein Vorschlag, worauf ich übrigens sehr stolz bin. Ich fühle mich mächtig und habe die Kontrolle.«

»Das sind zwei ausgezeichnete Eigenschaften. Aber wenn ich mich recht erinnere, bist du diejenige, die nicht an einer Beziehung interessiert ist – zumindest nicht, während du in Wishing Tree wohnst. Den Teil wolltest du dir für nach deiner Rückkehr nach Chicago aufsparen. Wie definieren wir also das, was passiert ist?«

Sein Ton war eher neugierig als verurteilend, was sie sehr zu schätzen wusste. Und sie wusste, was er wissen wollte. Gemeinsam essen zu gehen war eine Sache, aber miteinander zu schlafen eine ganz andere. War es nur für eine Nacht? Oder war es mehr? Änderte sie gerade ihre Regeln? Wollte sie eine Beziehung mit Jake?

Sobald sie sich die Frage gestellt hatte, spürte sie, wie sie sich innerlich zurückzog. Nein, keine Beziehung, dachte sie entschlossen. Sie war nicht daran interessiert, sich ernsthaft auf jemanden einzulassen. In wenigen Jahren würde sie wegziehen, also was hätte es da für einen Sinn? Wenn die Sache zu ernst würde, wurde nur einer von ihnen verletzt, und das wollte sie nicht. Aber sie wollte auch nicht, dass das mit ihnen schon wieder vorbei war.

»Können wir das über die Feiertage aufrechterhalten?«, fragte sie. »Sex und Abendessen und Spaß ohne jegliche Verpflichtungen? Und im neuen Jahr sind wir dann wieder einfach nur Freunde.« Sie hielt inne. »Nicht, dass wir vorher Freunde waren. Ich meine, wir waren nicht *nicht* befreundet, aber …«

»Ich weiß, was du meinst«, unterbrach er sie. Sein Blick war unlesbar. »Um das klarzustellen: Du willst, dass wir uns für Sex treffen und andere Dinge miteinander unternehmen, ohne uns emotional einzulassen. Und nach Neujahr beenden wir die Sache.«

Sie legte die Gabel ab, unsicher, was sie an seinen Worten störte. Er hatte nur wiederholt, was sie vorgeschlagen hatte, und das war doch das, was sie wollte, oder? Warum klang es dann so leer und traurig? Lag es an dem *emotional nicht einlassen*?

»Wir würden einander immer noch mögen«, erklärte sie. »Denn ich mag dich und gehe davon aus, dass du mich auch magst.«

Er grinste schief. »Ja, Camryn. Ich mag dich.«

Tief in ihrem Bauch kribbelte es. »Was schlägst du vor?«

Er zögerte einen Moment. »Ich bin offen für deinen Plan. Es könnte Komplikationen geben, glaube ich, aber ich bin bereit, es zu versuchen.«

»Du meinst die Zwillinge«, sagte sie. »Sie dürfen nicht wissen, dass wir einander auf diese Weise sehen. Dann hängen sie nur ihr Herz daran. Das habe ich mit Tinsel gesehen. Wenn ihre Familie auftauchen sollte, würde es die beiden zerstören.«

»Du vergleichst mich mit einem Hund?«

»Aber auf gute Weise.«

Er lachte leise. »Die Pasta ist beinahe fertig. Iss deinen Salat auf.«

»Was ist mit unserem Deal?«

Er sah sie an. »Der ist abgemacht. Ich bin gewillt, mich von dir für Sex und andere Aktivitäten ausnutzen zu lassen, ohne dass die Zwillinge etwas davon erfahren.«

»Danke.«

»Gern geschehen.«

Er stand auf und holte die Pasta und das Knoblauchbrot aus dem Ofen. Während sie ihn beobachtete, sagte Camryn sich, dass es ein guter Abend gewesen war. Sie hatte ein paar unglaubliche Stunden in Jakes Bett verbracht und würde noch ein paar Wiederholungen bekommen. Außerdem brachte es immer Spaß, Zeit mit ihm zu verbringen. Es war die perfekte Win-win-Situation ohne irgendwelche negativen Seiten. Sie wusste, was das zwischen ihnen war, und war stark genug, zu vermeiden, dass ihr Herz in Mitleidenschaft gezogen würde.

Als Dylan gemeinsam mit Greg den Schrank ins Haus trug, ermahnte er sich, aufzupassen. Ansonsten würde er noch etwas Dummes tun, wie gegen eine Wand zu laufen oder über eine Türschwelle zu stolpern. Das würde nicht nur einen möglichen Schaden an dem Möbelstück verursachen, sondern Greg würde außerdem sicherstellen, dass alle in der Werkstatt von seiner Ungeschicklichkeit erführen. Doch sich zu konzentrieren fiel ihm an diesem Morgen schwerer als sonst. Denn als er vor dem Haus seines Kunden vorgefahren war, war ihm aufgefallen, dass River nur ein Stück die Straße hinunter wohnte.

Es war noch früh, kaum Viertel nach sieben. Die Sonne würde erst in gut einer Stunde aufgehen. Auf keinen Fall würde River ihn sehen, wenn sie ihr Haus verließ, um zur Arbeit zu gehen. Nach allem, was er wusste, könnte sie sogar schon in ihrem Büro sein, ohne dass sie sich seiner Anwesenheit in ihrem Viertel bewusst war.

»Ich sollte sie anrufen«, murmelte er.

»Was hast du gesagt, Boss?«, fragte Greg, der gerade rückwärts in die Küche ging.

»Nichts.«

Ja, ich sollte sie anrufen, dachte er noch einmal. Sie hatten sich ein paarmal geschrieben, aber er sollte mehr tun. Er sollte sie offiziell auf ein Date einladen. Er mochte sie und wollte Zeit mit ihr verbringen – und wenn es Leuten so ging, fingen sie an, miteinander auszugehen. Außerdem hatten sie sich bereits geküsst, und das war unglaublich gewesen.

»Boss, können wir den Schrank absetzen? Der ist ziemlich schwer.«

»Was? Ja, klar. Setzen wir ihn ab.«

Er zwang sich, mit seinen Gedanken bei der Arbeit zu bleiben. Gemeinsam mit Greg brachte er die anderen Schränke in die Küche, wo er den Rest des Tages damit zubringen würde, sie aufzustellen. Greg würde später wiederkommen, um ihm beim Aufhängen der Oberschränke zu helfen. Nachdem er mit ihm die Uhrzeit ausgemacht hatte, ging er zu seinem Truck und begann, die nötigen Werkzeuge abzuladen. Auf seinem letzten Trip nach draußen sah er River auf sich zukommen.

Wie immer trug sie einen dicken Mantel sowie Schal, Stiefel, Mütze und Handschuhe. Sie war so zierlich, dass sie in ihrer Kleidung förmlich verschwand. Aber ihr Lächeln war strahlend und traf ihn wie ein Schlag in den Magen.

»Guten Morgen!«, rief sie und winkte. »Ich habe deinen Truck gesehen. Hast du hier einen Job?«

Er zeigte auf das Haus. »Wir renovieren die Küche. Ich habe die Schränke gebaut.«

»Ich wusste gar nicht, dass du in Wishing Tree arbeitest.«

»Die meisten meiner Aufträge kommen aus Seattle, ein paar aus Boise und Portland. Aber ab und zu habe ich auch einen von hier. Komm, sieh dir an, was ich hier mache.«

Sie folgte ihm ins Haus. Der frisch verlegte Parkettboden war mit Papier geschützt. Die neuen Fenster waren schon eingebaut und die Wände gestrichen.

»Im großen Bad ist noch viel zu tun«, erklärte er auf dem Weg in die Küche. »Die Schränke dafür werde ich auch noch machen. Aber wir haben schon mal in der Küche angefangen.«

River nahm ihren Schal und die Mütze ab und musterte die Schränke.

»Die sind aus recyceltem Holz«, erklärte er. »Aus den Toren von alten Scheunen im Pazifischen Nordwesten. Es ist eine Herausforderung, ausreichend Holz vom gleichen Typ für ein so großes Projekt zu kriegen und die Farben so auszuwählen, dass sie dieses Muster hier ergeben.«

Er hatte braune und graue Bretter genommen, um einen zu der Arbeitsfläche aus Granit passenden Look zu schaffen. Der Fliesenspiegel bestand aus schlichten weißen, länglichen Kacheln, aber die Schränke waren der wahre Star der Küche.

»Die sind wunderschön«, sagte River und zog eine Schublade auf. »Wow, wie perfekt das alles passt.«

»Penny ist Bäckerin, deshalb habe ich ein paar Schubladen speziell für ihre Gerätschaften gebaut.«

Er zeigte ihr das Ausziehfach für den Standmixer und deutete dann auf eine Steckdose an der Wand. »Dieser Schrank kommt dorthin. So kann sie den Standmixer mit diesem Mechanismus auf Arbeitshöhe bringen, ohne ihn jedes Mal an die Steckdose anschließen zu müssen.«

Er zeigte ihr auch die speziell angefertigten Schubladen für die Backbleche und Abkühlgitter sowie die Vorrichtung für die Kuchenformen.

River betrachtete den Schrank für den Standmixer genauer. »Ich habe auch einen Standmixer, aber den muss ich jedes Mal hervorholen, wenn ich ihn benutzen will. In meiner Küche gibt es ausreichend Arbeitsfläche, aber nicht annähernd genug Stauraum. Alle meine Backbleche und Tabletts stapeln sich in der Vorratskammer. Ich finde die Ideen großartig, die du hier umgesetzt hast.«

»Ich mag es, Lösungen für spezielle Anforderungen meiner Kunden zu finden«, sagte er. »Manchmal wissen die Leute genau, was sie wollen, aber oft haben sie ein Problem, das ich für sie lösen soll. So wie in diesem Fall.«

Sie sah ihn an. »Du bist sehr talentiert.«

Das Kompliment weckte in ihm den Wunsch, für sie einen Drachen zu erlegen. »Danke. Ich arbeite schon seit der Highschool mit Holz. Damals hatte ich einen Nebenjob in der Werkstatt, in der ich jetzt tätig bin.« Er grinste. »Ich habe damit angefangen, Bretter zu schleppen und Böden zu fegen, und bin dann nach meinem Schulabschluss Vollzeit dort eingestiegen.«

»Es überrascht mich, dass Helen dir nicht angeboten hat, dir die Collegeausbildung zu bezahlen.«

»Das hat sie. Aber ich wusste immer, dass ich diesen Job machen will. Ich habe mit Tischlern im ganzen Land gearbeitet und verschiedene Techniken gelernt. Was ist mit dir? Hast du Computerwissenschaften studiert?«

Sie trat einen halben Schritt zurück. »Ich war nicht sonderlich erfolgreich auf dem College. Mein Interesse lag mehr beim Hacken als bei den Vorlesungen. Die anderen Themen waren interessant, aber wenn es um Computer ging, wussten meine Freunde und ich wesentlich mehr als die Profs.« Sie zuckte mit den Schultern. »Es ist ein Bereich, der sich ständig verändert, und wir waren immer an der Spitze der technologischen Entwicklungen.« Nun lächelte sie verlegen. »Zumindest haben wir uns so gesehen.«

Er wollte mehr darüber hören. Er wollte River irgendwo gegenübersitzen und ihr stundenlang zuhören. Kaffeetrinken, sagte er sich. Er sollte sie auf einen Kaffee einladen. Sie war freiberuflich tätig und konnte arbeiten, wann sie wollte. Und er könnte die Zeit später am Tag nachholen. Seinen Kunden würde das nichts ausmachen.

Es klingelte. Dylan schaute zur Tür und fragte sich, wer das wohl sein könnte. Alle Nachbarn wussten, dass die Besitzer des Hauses während der Renovierung in eine Ferienwohnung gezogen waren.

»Da sollte ich mal nachgucken«, sagte er und verließ die Küche.

Als er die Tür öffnete, stand eine große Frau mittleren Alters vor ihm. Er erkannte sie sofort, auch wenn er sie noch nie getroffen hatte, und fluchte innerlich.

»Wissen Sie, wer ich bin?«, fragte sie und wirkte zugleich nervös und entschlossen. »Ich habe den Firmenwagen vorne stehen sehen, also dachte ich, dass Sie vielleicht hier sind und wir uns einen Moment unterhalten können.«

Dylan hörte, dass River sich von hinten näherte.

»Brauchen Sie Hilfe?«, fragte sie die Frau. »Ich sollte mich sowieso auf den Weg zur Arbeit machen.« Sie lächelte Dylan zu. »Die Schränke sind wirklich wunderschön.«

Und damit war sie weg. So viel dazu, sie auf einen Kaffee einzuladen und ihr für immer zuzuhören, dachte er düster, bevor er wieder die Fremde ansah.

»Wir müssen das nicht tun«, sagte er.

»Doch.« Tränen stiegen ihr in die Augen, und sie rang die Hände. »Sie haben ihn gerettet. Meinen Sohn. Sie haben seine Zahnspange bezahlt. Er hatte solche Schmerzen und wurde in der Schule gehänselt, und nun kann er leben wie jeder andere Junge.

Ich wollte Ihnen danken. Ihretwegen hat sich sein Leben für immer verändert. Ich hätte mir die Behandlung niemals leisten können, und wir haben keine Zahnversicherung. Er hat jeden Tag geweint – wegen der Schmerzen und wegen dem, was die anderen Kinder zu ihm gesagt haben. Das wird jetzt nie wieder passieren.«

Dylan wusste, dass sie es gut meinte und ihre Dankbarkeit von Herzen kam, doch dieser Moment war genau der Grund, warum er seine guten Taten im Geheimen ausübte. Er wollte weder die Aufmerksamkeit noch den Dank. Er wollte ein Problem lösen und dann verschwinden, ohne dass jemand erfuhr, wer er war.

»Keine Angst, mir hat beim Kieferchirurgen niemand etwas gesagt«, versicherte sie ihm schnell. »Ich habe die Rechnungsinformationen nur zufällig auf deren Computer gesehen.« Sie presste die Lippen zusammen. »Sie sollen wissen, wie dankbar ich bin. Wir wissen das wirklich sehr zu schätzen. Für den Rest meines Lebens werde ich mich daran erinnern, was Sie getan haben, genau wie mein Sohn.«

»Ich bin froh, dass ich helfen konnte«, sagte er rau. »Wenn Sie bitte niemandem verraten würden, dass ich es war?«

»Ich werde keinen Ton sagen. Aber Sie sollten wissen, dass Sie in unserem Leben einen großen Unterschied gemacht haben.«

Damit drehte sie sich um und ging. Dylan sah ihr nach. Es freute ihn, dass die Sache gut ausgegangen war, doch er wünschte, die Frau hätte nie herausgefunden, wer er war.

16. Kapitel

»Geht es dir gut?«, fragte River, als sie mit Camryn zu Fuß zum *Navidad Café* gingen, um sich mit ihren Freundinnen zum Lunch zu treffen.

Camryn sah sie unschuldig an. »Ja. Wieso fragst du?«

»Ich weiß es nicht. Du wirkst … anders. Glücklich, aber auf eine Weise, wie ich dich noch nie gesehen habe.«

Camryn zog eine Augenbraue in die Höhe. »Das ist interessant. Ich habe keine Ahnung, was du meinst, aber um ehrlich zu sein, mir geht es großartig. Die Zwillinge und ich haben am Wochenende das Haus geschmückt. In ein paar Tagen bekommen wir unseren Baum. Den beiden geht es dieses Jahr richtig gut. Es ist so viel besser als letztes Jahr, wo wir alle so traurig waren. Es ist wunderbar, wie glücklich sie jetzt sind. Ein Teil davon ist natürlich Tinsel zu verdanken. Sie ist so eine Süße.«

Camryn zeigte quer über den Weihnachtskranz auf die großen Weihnachtsbäume. »Sind sie nicht schön? Ich liebe unsere Traditionen.«

»Ja, die sind wirklich hübsch«, murmelte River und fragte sich, ob es an ihr lag oder ob Camryn sich wirklich seltsam benahm. Nicht, dass sie die Beste darin war, menschliches Verhalten zu beurteilen. Manchmal verstand sie es sogar nicht mal.

Dieser Morgen ist ein gutes Beispiel, dachte sie. Sie hatte es wirklich genossen, so unerwartet Zeit mit Dylan zu verbringen, und wäre gerne noch länger geblieben, aber dann war diese Frau aufgetaucht. Und irgendetwas an Dylans Körperhaltung hatte sie irritiert. Er hatte beinahe schuldbewusst gewirkt, was keinen Sinn ergab. Sie glaubte nicht, dass die beiden einander gekannt hatten. Aber die Frau hatte mit Dylan reden wollen, also musste es irgendeine Verbindung geben.

Vielleicht ging es um die Arbeit, sagte sie sich. Womöglich wollte die Frau über ein Renovierungsprojekt sprechen. In meinem nächsten Leben, schwor sie sich, werde ich mit Intuition für Menschen geboren.

Sie erreichten das Restaurant und traten ein. Paisley und Shaye saßen bereits an einem Tisch. Sie begrüßten einander, dann setzten Camryn und River sich. Camryn musterte Shayes Margarita.

»Tagsüber Alkohol? Das passt gar nicht zu dir.«

Shaye lachte. »Ich hatte heute Morgen meine letzte Prüfung und feiere. Bis Neujahr muss ich nicht mehr zum College.« Sie hob ihr Glas. »Ich habe den Rest des Tages frei, danach werde ich ein paar Zusatzschichten bei *Judys Pasteten* einlegen, damit die anderen Mitarbeiter ein wenig freinehmen können.«

»Gut gemacht«, sagte Camryn lachend.

»Herzlichen Glückwunsch«, warf River ein.

»Danke.« Shaye hob eine Hand. »Ich glaube, ich habe in den Prüfungen gut abgeschnitten, aber das werde ich natürlich erst mit Sicherheit wissen, wenn die Ergebnisse veröffentlicht werden.«

»Du hast das bestimmt super gemacht«, versicherte Paisley ihr. »Ich bin neidisch auf deinen Drink, denn ich muss nachher wieder zur Arbeit. Jake ist ein toller Chef, aber ich glaube nicht, dass er es gutheißen würde, wenn ich betrunken bei der Arbeit auftauche.«

»Ich muss heute Nachmittag auch arbeiten«, erzählte River. »Ich glaube, eine Margarita würde meine Computerfähigkeiten nicht verbessern.«

Camryn seufzte gespielt schwer. »Ich arbeite auch. Du bist leider auf dich allein gestellt, Shaye. Aber lasst uns einen freien Nachmittag planen, an dem wir zusammen feiern. Wir können alle unsere Freunde einladen.«

»Abgemacht«, sagte Paisley. »Also, was gibt es Neues?«

»Nicht viel«, murmelte River.

Camryn nahm die Speisekarte in die Hand. »Bei mir auch nicht. Alles ruhig.«

»Das ist die Pause vor dem Feiertagssturm«, sagte Shaye. »In einer Woche werden wir herumlaufen wie kopflose Hühner.«

River nickte. Ihre Pflichten als Schneekönigin würden mehr werden, das war ihr klar. Letzte Woche hätte sie das noch nervös gemacht, aber jetzt wusste sie, dass Dylan an ihrer Seite wäre. Der attraktive Dylan, dessen Küsse ein wahrer Traum waren.

Ihre Kellnerin kam und nahm die Bestellung auf. Während Shaye sich eine zweite Margarita bestellte, entschieden die anderen sich für Cola und Eistee. Dazu nahmen alle das Tagesgericht – einen Taco-Salat – und eine große Portion Nachos zum Teilen.

Als sie wieder allein waren, seufzte Paisley dramatisch. »Ich kann nicht glauben, dass wir alle so langweilig sind. Ich finde, jeder von uns sollte etwas Schönes passieren.« Sie wandte sich an River. »Ich habe gehört, dass die Leute die Schatzsuche richtig gut fanden.«

»Ja, das habe ich auch gehört«, antwortete River lächelnd. »Sie sind alle draußen in der Kälte herumgelaufen, während Dylan und ich im Museum gewartet haben. Wir hatten Spaß – ich kannte es noch nicht, und es war toll, die ganzen Weihnachtsmänner und Spielzeugeisenbahnen und Bäume zu sehen.«

»Ich war in diesem Jahr noch gar nicht da«, sagte Shaye. »Lawson und ich haben aber eine Liste mit Dingen, die wir unternehmen wollen, jetzt, wo meine Prüfungen vorbei sind, und da steht ein Besuch im Museum auf jeden Fall drauf.«

»Das ist doch ein guter Anfang.« Camryn grinste. »Sorg nur dafür, dass dein attraktiver Mann mit dir auf den Weihnachtsball geht. Du könntest ein Prinzessinnenkleid tragen.«

Paisley schloss die Augen und seufzte. »Darin würde ich gut aussehen.« Sie öffnete die Augen wieder und sah River an. »Wo wir gerade von Kleidern sprechen, was wirst du anziehen?«

»Wozu?«

Ihre Freundinnen starrten sie an.

»Zum Weihnachtsball«, sagte Camryn. »River, du weißt schon, dass das eine elegante Veranstaltung ist?«

River zuckte zusammen. »Nein. Was meinst du damit? Ich dachte, es wäre nur ein … ich weiß nicht … irgendwas.« Um ehrlich zu sein, hatte sie überhaupt noch nicht über den letzten Abend ihrer Regentschaft nachgedacht. Sie war einfach davon ausgegangen, dass es nur Weihnachtsball genannt wurde, aber nicht wirklich ein Ball mit Tanz und allem war.

»Das ist ein formeller Anlass«, erklärte Paisley. »Wir reden hier von Abendkleidern und Männern in Smokings. Wie ein Abschlussball für Erwachsene.«

Nein, dachte River panisch. Einfach nein.

»Das kann ich nicht. Ich kann nicht auf einen echten Ball gehen. Das habe ich noch nie gemacht. Ich weiß nicht, wie das geht.« Ihre Brust schnürte sich zu. »Davon hat mir niemand etwas gesagt.«

Ihre Freundinnen schauten einander an. Dann sagte Camryn mit sanfter Stimme: »Ist schon gut. Du kannst das. Wir helfen dir. Atme einfach ruhig weiter.«

»Ich atme.« Oder so was in der Art. »Erzählt mir, was genau da passiert.«

Paisley holte Luft. »Es ist ein paar Jahre her, dass wir einen Weihnachtsball hatten, also wird das dieses Jahr eine große Sache. Er findet im großen Ballsaal des Resorts statt. Du und Dylan werdet den Tanz eröffnen. Und ich glaube, es gibt etwas zu essen.«

River hatte das Gefühl, dass der Raum sich um sie drehte. »Ich muss vor Leuten tanzen?«

»Nur am Anfang. Die anderen kommen nach ein paar Takten dazu.«

Und sie hatte gedacht, sie würde ihre Regentschaft als Schneekönigin genießen.

»Ich weiß nicht, wie das geht. Ich kann das nicht. Ich habe nicht mal ein schickes Kleid. Ich war noch nie auf einem Ball.«

»Nicht mal auf der Highschool?«, fragte Shaye.

»Nein. Niemand hat mich eingeladen. Ich war eine Außenseiterin und schüchtern. Die Jungs haben mich gar nicht wahrgenommen.« Außerdem hatte sie die Hälfte der Highschool-Zeit damit verbracht, sich von ihren diversen Operationen zu erholen, und damit viel verpasst. Aber das musste sie jetzt nicht vertiefen. Es gab dringendere Probleme.

»Du schaffst das schon«, wiederholte Camryn noch einmal. »Alles wird gut.«

»Das wird es nicht!« Sie musste Geri aufsuchen und von ihrer Rolle als Schneekönigin zurücktreten.

»Okay«, sagte Paisley entschieden. »Wir machen einen Plan. Ich komme zu dir, und wir suchen gemeinsam online nach einem Kleid. Du bist sehr zierlich, deshalb sollte es eines sein, das dich nicht überwältigt. Damit ist ein Problem gelöst. Das Tanzen ist leicht. Bitte Dylan darum, es dir beizubringen. Er weiß, wie das geht.«

Alle starrten sie an.

»Woher willst du das wissen?«, fragte Camryn schließlich.

Paisley lächelte selbstgefällig. »Weil ich eine seiner Partnerinnen war. Ich habe ein paar Jahre lang Tanzunterricht genommen. Helen Crane hat eine Lehrerin für Jake und Dylan engagiert, als die beiden fünfzehn waren.« Sie grinste. »Sie waren darüber nicht glücklich, aber da sie ihr nichts abschlagen konnten, kamen sie aus der Nummer nicht raus. Wie auch immer, einige Mädchen aus unserem Tanzstudio wurden gefragt, ob sie mit ihnen üben wollen.« Sie wandte sich an River. »Dylan kann dir einen einfachen Walzer beibringen. Mehr brauchst du nicht, um den Abend zu überstehen.«

River war übel. »Ich kann ihn nicht bitten, mir das Tanzen beizubringen. Dann hält er mich für erbärmlich.«

»Auf keinen Fall«, erklärte Shaye. »Er wird sich über die glückliche Fügung freuen, dich in den Armen halten zu können. Ich meine, komm schon. Du bist so zierlich und hast diese stacheligen Haare und diese unbewusste Sinnlichkeit. Das macht die Männer wild.«

River sah sie blinzelnd an. »Wie bitte?«

Shaye starrte in ihr Glas. »Ich glaube, ich hatte kein Frühstück. Dieser zweite Drink ist mir zu Kopf gestiegen. Aber du weißt, was ich meine.«

Camryn nickte. »Ich sehe das genauso. Du bist heiß, und ich wette, Dylan steht auf dich. Vermutlich wird er denken, dass du ihn nur bittest, dir das Tanzen beizubringen, weil du eine Ausrede suchst, um ihm näherzukommen. Wie könnte er dem widerstehen?«

»Nein«, sagte River entschieden und erinnerte sich daran, wie sehr sie den Kuss genossen hat. »Ich werde nicht das Risiko eingehen, von Dylan als Trottel angesehen zu werden.«

»Dann bitten wir Jake, es dir beizubringen«, sagte Paisley.

Camryn zuckte zurück. »Tun wir das?«

»Warum nicht? Er kennt die gleichen Schritte und ist ein guter Kerl.«

»Da hat sie recht«, warf Shaye ein. »Camryn, da du zu den Kandidatinnen von *Projekt: Jakes Braut* gehörst, fragst du ihn am besten.«

Paisley und Shaye lachten, während River gerade mal ein angespanntes Lächeln zustande brachte. Sie war immer noch dabei, die ganze Weihnachtsball-Enthüllung zu verdauen. Wenn ich lerne, zu tanzen, wird es vielleicht kein allzu großes Desaster werden, dachte sie. Und womöglich würde es vielleicht sogar Spaß bringen, mit Dylan auf einen Ball zu gehen.

»Glaubst du, Jake würde mir helfen?«, fragte sie Camryn. »Kannst du ihn mal fragen?«

Camryn zögerte kurz. »Klar. Ich rufe ihn an und erzähle ihm von dem Problem. Mit dem Tanzen können wir beide dir helfen, und Paisley findet ein Kleid für dich. Du wirst schon sehen – alles wird gut.«

»Wir haben uns einen Plan überlegt«, sagte Victoria, während sie den Salat fürs Abendessen zerzupfte. »Was Tinsel angeht.«

Camryn fuhr fort, die Paprika zu schneiden und zu den Zwiebeln zu geben, die sie bereits gehackt hatte. »Die zwei Wochen sind erst am Donnerstag um.«

»Das wissen wir.« Lily kam vom Esszimmer herein, wo sie den Tisch gedeckt hatte. »Wir haben jeden Tag beim Tierheim nachgefragt, und bisher hat sich noch niemand gemeldet. Wenn sie also keine Familie hat …«

Die Zwillinge sahen einander an.

»Die Vermittlungsgebühr beträgt zweihundertfünfzig Dollar«, sagte Victoria schnell. »Uns ist klar, dass das viel ist.«

»Aber wir dachten, jede von uns könnte fünfundsiebzig Dollar von unseren Ersparnissen dazugeben«, erklärte Lily. »Der Rest könnte dann unser Weihnachtsgeschenk sein.«

Victoria trocknete sich die Hände ab. »Wir haben auch schon einen Zeitplan ausgearbeitet. Trotz der Schule und allem wollen wir uns so viel um sie kümmern, wie es nur geht. Du hast gesagt, dass es kein Problem ist, sie in den Laden mitzunehmen. Wenn sie also während der Woche bei dir sein kann, übernehmen wir die Wochenenden. Und in den Sommerferien können wir uns noch mehr um sie kümmern.«

Camryn legte das Messer ab. Sie hatte gewusst, dass diese Unterhaltung kommen würde, aber auf noch ein paar Tage Gnadenfrist gehofft. Auch wenn sie natürlich nicht Nein zu ihren Schwestern sagen konnte – die beiden hatten sich schon zu sehr in Tinsel verliebt.

»Das College wird natürlich ein Problem«, gab Lily zu. »Ich werde auf die University of Washington in Seattle gehen und Victoria will nach Kalifornien auf die CalArts. Aber das ist erst in drei Jahren, und bis dahin wird Tinsel sich hier komplett eingelebt haben. Außerdem haben wir überlegt, dass eine von uns sich im zweiten Studienjahr vielleicht eine Wohnung außerhalb des Campus mieten und Tinsel zu sich nehmen kann.«

So weit hatte Camryn noch gar nicht in die Zukunft gedacht, und sie wollte auch nicht, dass die beiden sich darüber Sorgen machten.

»Konzentrieren wir uns erst einmal aufs Hier und Jetzt«, sagte sie. »Wir alle haben uns in Tinsel verliebt, und ich sehe das genauso wie ihr: Wenn sich niemand meldet, nehmen wir sie zu uns.«

Die Zwillinge kreischten vor Freude und umarmten Camryn stürmisch.

»Wirklich? Wir können sie behalten?«

»Das ist so super! Wir haben einen Hund.«

Camryn hielt die beiden ganz fest. Als sie zurücktraten, sagte sie: »Ich werde hundertfünfzig Dollar der Vermittlungsgebühr übernehmen, und ihr legt je fünfzig von euren Ersparnissen dazu. Die Weihnachtsgeschenke lassen wir aus der Sache raus.«

Victoria wirbelte durch die Küche. »Ich habe mit Reggie gesprochen. Sobald die Adoption durch ist, wird sie mir beibringen, wie man Hundekleidung näht. Ich werde Tinsel eine ganze Garderobe machen, so wie Belle eine hat.«

Lily sah nicht überzeugt aus. »Ich glaube nicht, dass ich darin gut bin.«

Victoria winkte ab. »Ist schon gut. Du kannst einen Song für sie schreiben oder so.«

»Nein. Ich will das auch lernen.«

Sie liefen aus der Küche, um Tinsel die guten Neuigkeiten mitzuteilen. Camryn nahm ihr Handy und tippte eine Nachricht.

Jetzt ist es offiziell: Wenn sich niemand wegen Tinsel meldet, wird sie eines der Neff-Mädchen.

Sekunden später kam die Antwort von Jake.

Was für ein Glück die Kleine hat. Sie wird als Neff-Mädchen gut aussehen. Wie geht es dir?

Camryn lächelte.

Gut. Ich habe viel zu tun und Probleme, eine Möglichkeit zu finden, um mich davonzustehlen.

Ein paar Stunden zu finden, um sie mit Jake zu verbringen, stand zwar ganz oben auf ihrer Liste, aber mit der Arbeit, den tausendsiebenhundert Büchern, die sie für Dylan einpacken musste, ihren Schwestern und generell den Feiertagen war sie ein wenig überlastet.

Ich kann geduldig sein. Meine Zeiteinteilung ist ein wenig flexibler als deine. Du musst es nur sagen, dann bin ich da. Morgen ist der erste Keksdienstag. Sind die Zwillinge nicht im Komitee für die Auktion?

Das sind sie. Und ich helfe auch mit. Danach wollen sie mit ein paar Freundinnen zu Abend essen, also hätte ich nach der Auktion bis circa halb neun Zeit.

Sie hielt inne. Ging sie das Ganze zu pragmatisch an? Vorzuschlagen, sich für eine schnelle Stunde Sex zu treffen, war vielleicht nicht Jakes Ding. Sie zögerte kurz, dann schickte sie die Nachricht ab.

Seine Antwort ließ sie laut lachen.

Ich bin dabei.

Super. Ist es okay, wenn wir uns bei dir treffen? Nur für den Fall, dass sie früher nach Hause kommen.

Definitiv. Ich ziehe frische Bettwäsche auf.

Was für ein Mann. Und ich werde unter meiner Jeans einen Tanga tragen.

Du bringst mich um.

Oh, sag das nicht. Für den Sex brauche ich dich lebend.

River recherchierte so viel sie konnte über den Weihnachtsball und die Keksdienstage. Doch trotz all ihrer Bemühungen fand sie nicht viele Informationen – was nicht dafür sorgte, dass sie sich besser fühlte. Beide Veranstaltungen machten sie auf unterschiedliche Weise nervös. Der Weihnachtsball war natürlich nervenaufreibend – das richtige Kleid finden, tanzen, dabei von Menschen beobachtet werden. Aber nach allem, was sie gefunden hatte, konnte der Keksdienstag genauso gefährlich sein. Sie und Dylan sollten die Kekse beurteilen und ein Ranking aufstellen. Doch damit würden sie zwangsläufig die Gefühle einiger Teilnehmer verletzen, und River war nicht sicher, ob sie das konnte.

Um kurz nach eins schickte Dylan ihr eine Nachricht und fragte, ob er sie auf dem Weg zum Resort abholen sollte. Sie sagte sofort zu, es war besser, mit ihm dort anzukommen, als allein. Als der Zeitpunkt näher rückte, schaute sie alle paar Minuten auf die Uhr. Ihre Vorfreude machte es ihr schwer, sich auf die Arbeit zu konzentrieren. Wenn sie doch bei dem Weihnachtsball nur zu zweit wären, schick in Abendgarderobe. Damit könnte sie sich problemlos anfreunden.

Pünktlich auf die Minute betrat er ihr Büro. River bewunderte sein gutes Aussehen und war gleichzeitig entsetzt über seine dünne Jacke.

»Ist das deine Jacke für diese Temperaturen?«, platzte es aus ihr heraus. »Es schneit. Draußen sind minus fünfundzwanzig Grad. Du musst dich warm einpacken.«

Er lachte leise. »Es sind eher minus fünf als minus fünfundzwanzig Grad. Also praktisch Frühlingswetter.«

Dann kam er zu ihrem Tisch, zog sie auf die Füße und gab ihr einen sanften Kuss. Seine Lippen waren kalt, aber das machte ihr nichts aus.

»Hi«, sagte sie.

»Selber hi.« Er zog seine Handschuhe aus. »Guck mal, ich habe sie noch nicht verloren! Wir haben also etwas zu feiern.« Bei seinen nächsten Worten beobachtete er sie genau. »Ich habe dir etwas mitgebracht.«

River riss die Augen auf. »Ich verstehe nicht …«

Er zog einen kleinen Karton aus seiner Jackentasche. »Du schenkst mir ständig etwas, also wollte ich dir auch mal was schenken.«

Er hatte ihr ein Geschenk gekauft? Sofort zog sich ihr Magen zusammen. Ihr Instinkt riet ihr, sich zurückzuziehen und zu sagen, dass sie das nicht haben wollte. Doch das würde er nicht verstehen. Schlimmer noch, sie könnte damit seine Gefühle verletzen. Dylan war ein guter Mann – das durfte sie nicht vergessen. Und deshalb musste sie sich wie ein normaler Mensch verhalten.

Also nahm sie den Karton und öffnete ihn. Darin lag ein knallpinkes Nilpferd. Lächelnd nahm River es heraus und legte es sich auf die Handfläche.

»Bezaubernd«, sagte sie und nahm den kleinen Deckel auf dem Rücken des Nilpferds ab, um zu sehen, was sich dahinter versteckte. »Lakritz?« Sie lachte.

»Magst du Lakritz?«, fragte er angespannt. »Ich war mir nicht sicher. Erst dachte ich an Schokolade, aber das kam mir dann irgendwie zu traditionell vor.«

»Ich liebe Lakritz«, sagte sie und stellte das Nilpferd auf den Schreibtisch. Dann hob sie sich auf die Zehenspitzen. »Danke.«

Sie reichte zwar immer noch nicht hoch genug, um ihn zu küssen, aber er verstand, was sie versuchte, und beugte sich zu ihr herunter. Ihre Lippen berührten einander mit etwas mehr Leidenschaft als bei ihrer schnellen Begrüßung. River legte die Hände auf Dylans Schultern und schloss die Augen.

Er zog sie an sich und schlang die Arme um ihre Taille. River genoss das Gefühl, ihm so nahe zu sein. Wir beide passen gut zusammen, dachte sie. Ihr gefiel seine Mischung aus Verlangen und Zurückhaltung. Er wollte sie, würde sie aber nicht bedrängen.

Nach ein paar Sekunden zog er sich mit bedauernder Miene zurück. »Auch wenn ich nichts lieber tun würde, als dich weiter zu küssen, wir müssen leider los.«

»Stimmt. Heute ist ja Keksdienstag.« Sie lächelte. »Danke noch mal für mein Geschenk.«

»Gern geschehen. Jetzt, wo ich weiß, dass du deine Dankbarkeit mit Küssen zeigst, werde ich dir noch ganz viele Geschenke bringen.«

»Du musst mir nichts bringen«, erklärte sie. »Wenn du mich küssen willst, tu es einfach.«

Das machte ihn für einen Moment sprachlos. Was ein gutes Gefühl ist, dachte River, während sie ihre Stiefel anzog. Nachdem sie in ihren Mantel geschlüpft war, sammelte sie Handschuhe, Mütze und Schal ein.

»Ich bin so weit.«

Dylan lachte leise. »Du weißt schon, dass wir nur auf dem Weg zu meinem Truck und vom Truck ins Resort draußen sind, oder?«

»Das ändert nichts daran, dass es kalt ist. Ich brauche meinen Zwiebellook.«

Er wartete, bis sie die Tür zu ihrem Büro abgeschlossen hatte. »Du hast wirklich noch nie irgendwo gelebt, wo es kalt ist.«

»Ich sagte doch, ich bin ein L.A.-Girl. Zumindest vom Körper her. Ich habe an der UCLA studiert, deshalb ist das hier für mich nicht normal. Aber ich gewöhne mich langsam daran. Ich denke, nächstes Jahr wird es leichter werden.«

»Zumindest wird es kein so großer Schock mehr sein.«

»Ganz genau.«

Sie gingen nach unten und durch den Laden. River setzte die Mütze auf und zog die Handschuhe an, dann wickelte sie sich den Schal um, bevor sie nach draußen trat.

Wie immer war die Kälte für sie wie ein Schlag ins Gesicht. Sie zitterte leicht, als sie neben Dylan zum Parkplatz beim Weihnachtskranz eilte.

»Wie läuft die Arbeit?«, fragte Dylan. »Hast du interessante Leute zu durchleuchten?«

»Nein, nur ganz normaler Kram. Ich suche ab und zu pro bono nach Versagereltern, und das habe ich heute Vormittag gemacht.«

Sie erreichten den Truck, und Dylan hielt ihr die Tür auf.

»Was für Versagereltern?«, fragte er, als er sich hinters Lenkrad setzte.

»Solche, die keinen Kindesunterhalt zahlen. Früher waren das nur die Väter, aber inzwischen gibt es auch immer mehr Mütter.« Sie nahm ihre Mütze ab. »Ich verstehe das nicht. Wenn man ein Kind bekommt, wieso will man dann dafür nicht finanziell verantwortlich sein? Wie auch immer, ich helfe, sie zu finden.«

Er schüttelte den Kopf. »Du bist beeindruckend, River.«

»Bin ich nicht. Normalerweise ist es nicht schwer, sie aufzuspüren. Die andere Sache, an der ich arbeite, ist ein Test für ein Sicherheitssystem. Ein Freund von mir hat Verträge mit mehreren großen Unternehmen. Ab und zu heuert er mich an. Wenn wir mit der Keksverkostung durch sind, werde ich die ganze Nacht daran arbeiten, mich in ihre Personaldatenbank einzuhacken. Da stecken viele gute Informationen drin – Namen, Geburtstage, Sozialversicherungsnummern.«

»Du hackst dich in die Datenbank eines Unternehmens und klaust persönliche Informationen?«

Ups. So hatte sie das nicht gemeint. »Nein, ich klaue nichts«, beeilte sie sich zu sagen. »Ich sehe nur, ob ich Zugriff darauf bekommen könnte. Es gibt eine Testdatei, die ich finden und als Beweis kopieren muss. Das ist alles vollkommen legal und im Sinne des Unternehmens. Es geht darum, Sicherheitslücken aufzuspüren. Wie gesagt, mein Freund hat den Vertrag, und ich bin ein zugelassenes Mitglied seines Teams.«

Er startete den Motor. »Ich habe heute Schränke eingebaut. Unsere Welten sind komplett verschieden. Du bist also eine Hackerin.«

»Nicht mehr.« Sie presste die Lippen zusammen. »Aber das war ich mal.«

Er warf ihr einen Blick zu. »Was soll das heißen? Hast du das mal illegal gemacht?«

Sie versuchte, nicht nervös hin und her zu rutschen. »Ja. Auf dem College – das ich nicht abgeschlossen habe. Das hätte ich dir sagen sollen, als wir uns darüber unterhalten haben. Ich bin nach zwei Jahren abgegangen.«

Nein, ich bin nicht abgegangen, korrigierte sie sich in Gedanken und wünschte, das Lügen würde ihr leichter fallen. »Genauer gesagt hat man mich exmatrikuliert, nachdem ich vom FBI verhaftet wurde.«

Eines musste sie Dylan lassen – abgesehen von einem leichten Verkrampfen seiner Finger am Lenkrad zeigte er keine Reaktion.

»Erzähl weiter«, sagte er ruhiger, als sie erwartet hatte.

River unterdrückte ein Stöhnen. »Meine Freunde und ich haben uns zum Spaß in Systeme gehackt. Es war eine Herausforderung. Ich habe nie etwas mitgenommen oder Schaden angerichtet. Trotzdem ist das natürlich illegal. Vor allem, wenn man in die Systeme der Regierung eindringt. Und vom Militär.«

Er stieß einen Fluch aus. »Ernsthaft? Ich dachte, so etwas gibt es nur in Filmen.«

»Nein, das gibt es wirklich. Wir wollten alle die oder der Beste sein. Eines Tages hat es an meiner Tür im Wohnheim geklopft, und das FBI stand davor.«

Sie erinnerte sich noch daran, wie panisch sie gewesen war. Bis zu der Sekunde wäre ihr nie in den Sinn gekommen, dass sie erwischt werden könnte.

»Sie haben mich verhaftet. Kelsey und meine Mutter haben einen sehr guten Anwalt gefunden, der mir geholfen hat, einen Deal auszuhandeln. Ich habe ihnen alles gesagt, was ich wusste, und ihnen gezeigt, was ich getan habe und wie. Dann habe ich drei Jahre für die Regierung gearbeitet. Im Gegenzug haben sie alle Anklagepunkte gegen mich fallenlassen.«

»Du hast für die Regierung als Hacker gearbeitet?«, fragte er.

»Nein, es ging mehr darum, ihre Sicherheitssysteme zu verbessern. Ich war Teil eines Teams. Sobald ich damit fertig war, habe ich mein eigenes Business aufgebaut. Ich habe Verträge mit mehreren Unternehmen, um Hintergrundchecks für sie durchzuführen. Und manchmal helfe ich den Strafverfolgungsbehörden bei ihren Fällen. Das ist alles legal. Ich mache nichts Fragwürdiges mehr. Das ist es nicht wert.«

Sie warf ihm einen Blick zu. »Ich wollte dir das nicht verheimlichen. Aber es ist schwer, den richtigen Zeitpunkt zu finden, um zu sagen: ›Hey, ich bin mal vom FBI verhaftet worden. Und du?‹«

Ein Grinsen breitete sich auf seinem Gesicht aus. »Das wäre wirklich eine seltsame Unterhaltung. Du hast recht. Wir lernen einander gerade erst kennen. Und was Geheimnisse angeht, ist das ein ziemlich gutes.« Das Lächeln schwand. »Nicht alle Geheimnisse sind schlecht.«

»Ich habe bisher noch kein gutes gehört.«

Kurz glaubte sie, dass er etwas sagen würde, doch er schwieg.

»Also, bist du schon mal vom FBI verhaftet worden?«, fragte sie in der Hoffnung, die Stimmung aufzulockern.

Er lachte. »Nein. Soweit ich weiß, habe ich noch nie das Gesetz gebrochen. Abgesehen von dem einen oder anderen Strafzettel für zu schnelles Fahren.«

»Die zählen nicht.«

Er sah sie an, bevor er seine Aufmerksamkeit wieder auf die Straße richtete. »Du bist wirklich eine Überraschung. Ich wusste, dass du dich mit Computern auskennst, aber ich hätte nie gedacht, dass du eine Hackerin warst. Das ist irgendwie cool. Ich habe mich noch nie von einem bösen Mädchen angezogen gefühlt.«

Um ihre Lippen zuckt es. »Ich glaube, es gibt niemanden, der mich für die Personifizierung eines bösen Mädchens hält.«

»Deine Lebensgeschichte könnte ein Agentenfilm sein. Ich denke, das beweist meine Einschätzung.«

Sie entspannte sich und war dankbar, dass er sich von ihrer Vergangenheit nicht abgestoßen fühlte und sie dafür auch nicht verurteilte.

»Also«, setzte er lässig an. »Erzähl mir von den Tattoos. Böse Mädchen haben immer Tattoos.«

Sie lachte. »Ich habe keines, also kann ich kein böses Mädchen sein.«

»Wie enttäuschend. Aber gut. Dann erzähle ich dir von meinen.«

17. Kapitel

Camryn balancierte oben auf der Leiter und hielt das Auktionsbanner an Ort und Stelle. Victoria stand ein paar Meter entfernt, das Gesicht konzentriert verzogen.

»Kannst du dich ein bisschen beeilen?«, fragte Camryn. »Mein Arm schläft langsam ein.«

»Ich bin mir nicht sicher, ob es gerade ist.«

Lily, die am Fuß der Leiter stand, stöhnte. »Es ist gerade genug. Komm schon, es ist ein Banner für eine Auktion, die in zwei Stunden vorbei sein wird, und nicht der Superbowl.«

»Wenn man etwas macht, macht man es richtig.« Victoria legte den Kopf schief. »Okay, es ist gut.«

Camryn sicherte die Haken auf ihrer Seite; der Hausmeister, der ihnen half, machte das Gleiche auf der anderen Seite. Als sie die Leiter herunterstieg, musste sie sich eingestehen, dass sie ein wenig enttäuscht war, weil Jake nicht vorbeigeschaut hatte. Sie hatte zwar nicht erwartet, dass er helfen würde oder so, aber sie waren nach der Auktion verabredet, und sie hatte gedacht, er wollte sie sehen und …

Auf der letzten Stufe angekommen, spürte sie auf einmal eine warme Hand an ihrer Hüfte.

»Vorsichtig«, sagte Jake hinter ihr. »Du siehst ein wenig wacklig auf den Beinen aus.«

Sofort wurde ihr heiß, und sie musste sich zwingen, sich nicht in seine Arme zu werfen und ihn anzuflehen, sofort ein freies Zimmer zu finden. Aber es waren Teenager anwesend, und die Kekse sollten jeden Moment geliefert werden …

Sie trat auf den Boden und drehte sich zu Jake um. »Du hast mich gerettet.«

»Das schien mir das Heldenhafte zu sein.«

Seine Augen funkelten amüsiert – und mit einem Anflug von Leidenschaft.

Lily kam dazu und umarmte ihn. »Tinsel wusste, dass wir dich am Ende der Auktion sehen, und meinte, wir sollten dich von ihr grüßen.«

»Grüß sie zurück.«

Victoria nahm ihn ebenfalls in den Arm. Camryn ignorierte den Anflug von Eifersucht. Sie würde ihre Umarmungen später bekommen.

»Ist die Deko nicht super?«, fragte Victoria. »Wir hoffen, viel Geld für unser Weihnachtsprojekt zusammenzukriegen. Damit unterstützen wir das örtliche Krankenhaus. Das Thema heute sind klassische Zuckerkekse. Die werden verziert und sind bestimmt alle lecker.«

»Nehmt ihr auch am Wettbewerb teil?«, fragte er.

Victoria schüttelte den Kopf. »Nein. Wir hatten es überlegt, aber die Konkurrenz ist ziemlich stark, und wir haben alle viel zu tun mit Arbeit und Schule und so. Und dann ist da ja noch Tinsel.«

Als sie und Lily sich wieder zu ihren Freundinnen gesellten, wandte Jake sich Camryn zu.

»Den beiden geht es richtig gut«, sagte er. »Darüber bist du bestimmt erleichtert.«

»Ja. Wir haben eine wirklich schöne Vorweihnachtszeit. Nun muss nur noch die Vermittlung von Tinsel an uns bestätigt werden.« Sie hob die Hand mit gedrücktem Daumen. »Noch zwei Tage, bis sie offiziell zu uns gehört.«

»Machst du dir Sorgen, dass ihr Besitzer noch auftaucht?«

»Ein wenig«, gab sie zu. »Aber ich sage mir immer, wenn es passieren sollte, wäre es schon längst passiert, und hoffe, dass das stimmt.«

»Wenn nicht, musst du dich vermutlich nach einem neuen Hund umsehen.«

Daran hatte sie noch gar nicht gedacht. »Ich würde lieber Tinsel behalten.«

»Verstehe ich gut. Ich werde positive Gedanken in diese Richtung schicken. Gehst du am Samstag mit den Mädchen auf die Weihnachtsparade?«

»Ja.«

»Willst du Gesellschaft?«

Ihr Herz schlug schneller. »Sehr gern sogar.« Sie hielt kurz inne. »Vorausgesetzt, du meintest dich.«

Er grinste. »Ja. Warum packt ihr Tinsel nicht warm ein und nehmt sie mit?«

»Das ist eine gute Idee.«

Ein Dutzend Leute mit großen Kuchenboxen in der Hand betraten den Ballsaal. Camryn beugte sich zu Jake.

»Flüchte, solange du noch kannst. Ich schicke dir eine Nachricht, sobald die Auktion vorbei ist und die Zwillinge sich fertig machen, um mit ihren Freunden abzuziehen.«

Er senkte die Stimme. »Du hast bist halb neun Zeit?«

»Ja. Die Mädchen sollen um neun zu Hause sein. Ich habe ihnen gesagt, dass ich noch Besorgungen zu erledigen habe. Tinsel ist gefüttert, und sie hat eine Pipimatte in der Waschküche, also ist sie gut versorgt.«

Camryn ermahnte sich, mit dem Gebrabbel aufzuhören. So detailliert musste Jake nun auch nicht Bescheid wissen. Aber anstatt ungeduldig zu wirken, lächelte er.

»Du kümmerst dich um die ganze Welt«, murmelte er. »Ich habe am Empfang ein Päckchen für dich hinterlassen. Nimm es auf dem Weg zu mir mit.«

»Was ist es?«, fragte sie neugierig. »Das Outfit eines französischen Zimmermädchens?«

»Daran hatte ich gar nicht gedacht. Also nein. Es ist ein Öffner für das Garagentor. Ich werde auf dem Weg was vom Chinesen holen, deshalb wirst du vermutlich vor mir am Haus sein. Die Tür zu meiner Wohnung ist nicht verschlossen.«

»Du lässt mich in deine Wohnung, wenn du nicht da bist?«

Er hob eine Augenbraue. »Warum nicht?«

»Ich könnte schnüffeln.«

»Dafür bist du nicht der Typ. Außerdem habe ich nichts zu verbergen.«

Für seine Annahmen über ihren Charakter und für seine Besonnenheit mochte sie ihn gleich noch mehr.

»Ich könnte nackt in deinem Bett warten, oder ich trage den versprochenen Tanga. Was wäre dir lieber?«

Seine Pupillen weiteten sich ein wenig. »BH und Tanga.«

Vorfreude ließ gewisse Teile ihres Körpers kribbeln. »Dein Wunsch ist mir Befehl. Wir sehen uns dann später.«

»Nichts könnte mich davon abhalten.«

»Du bist zu fröhlich«, murmelte Dylan, als er das Gewicht an der Beinpresse erhöhte. »Es ist gerade einmal sechs Uhr morgens. Was ist los?«

Sie waren im Fitnessstudio des Hotels. Bisher waren noch keine Gäste da, sodass sie den Raum für sich hatten.

Jake stand vor der Spiegelwand und trainierte seinen Bizeps mit Hanteln. »Warum sollte ich nicht fröhlich sein? Ich habe ein gutes Leben.«

»Nein, da ist noch mehr.«

Jake setzte die Hanteln auf der Bank neben sich ab. »Was meinst du? Es ist Weihnachten in Wishing Tree. Das ist immer eine gute Zeit. Ich habe meine Mom gebeten, ihre Suche nach einer Frau für mich aufzugeben, und das hat sie getan.«

»Das kannst du nicht wissen.«

»Bisher ist niemand aufgetaucht, also hat sie mir zugehört.«

Dylan atmete tief ein und dann ganz langsam wieder aus, wobei er die Beine streckte. Das Gewicht war eine Herausforderung, aber er würde es schaffen.

»Für den Moment«, sagte er.

»Einen Tag nach dem anderen, mein Freund. Ich treffe mich heute zum Abendessen mit ihr und werde ihr dann dafür danken, dass sie meine Wünsche respektiert.«

Das kaufte Dylan ihm nicht ab. Bei Jake ging noch irgendetwas anderes vor, das er nicht zugab. »Du triffst dich mit jemandem.«

»Nein.«

»Doch. Das spüre ich.« Aber mit wem? Jake hatte dem Dating abgeschworen, und weder war eine neue Frau in der Stadt aufgetaucht, noch hatte sein Freund irgendwelche Reisen unternommen. Also wer war sie?

»Camryn«, sagte er plötzlich. »Es muss sie sein. Du hast dich ein paarmal mit ihr getroffen und ihren Schwestern mit dem Hund geholfen.«

»Tinsel«, sagte Jake und nahm die Hanteln für eine zweite Runde auf.

»Du magst sie. Also Camryn, nicht den Hund.«

Jake wich seinem Blick aus. »Vielleicht.«

»Nicht nur vielleicht. Also hast du es endlich aufgegeben, der ewige Junggeselle zu sein, und eine Beziehung angefangen?«

»So ist das nicht. Das mit uns ist nur vorübergehend.«

Vorübergehend? Warum sollte jemand das wollen? Dylan suchte auf jeden Fall nach etwas Langfristigem.

»So ist es für mich sicherer«, ergänzte Jake. »Weniger Zeit, um es zu vermasseln. Und wo wir gerade von Frauen sprechen: Wie läuft es mit River?«

»Es ist verwirrend.«

»Ich dachte, du magst sie.«

»Das tue ich ja auch.« Dylan ignorierte das Brennen in seinen Oberschenkeln und wiederholte die Übung. »Sie ist super, aber nicht ganz die, für die ich sie gehalten habe.«

»Auf gute oder auf schlechte Weise?«

Dylan dachte an das, was River ihm erzählt hatte – dass sie mal Hackerin gewesen war und das FBI sie verhaftet hatte. Es fiel ihm immer noch schwer, mit dieser Information klarzukommen. Aber River war so ehrlich gewesen und hatte ihre Fehltritte ohne Ausreden zugegeben. Es war wie damals, als sie ihm gestanden hatte, dass sie im Umgang mit anderen Menschen nicht gut war. Sie hatte weder die Wahrheit geschönt noch versucht, sich zur Heldin der Geschichte zu machen. Außerdem verriet ihr Umgang mit ihrer Skoliose ihm, wie tapfer sie war. Ja, es gab vieles an ihr, das er mochte.

»Auf gute Art«, sagte er schließlich und griff nach seiner Wasserflasche. »Sie hat mir ein paar Dinge erzählt, die meine Sicht auf sie verändert haben. Ich dachte, dass sie vielleicht jemand wäre, der gerettet werden müsste, aber sie ist stark, weißt du? Und in der Lage, schwierige Situationen zu überstehen und mit ihrem Leben weiterzumachen.«

»Aber du magst es, Menschen zu retten.«

Dylan startete seine zweite Runde. »Das stimmt nicht.«

»Das stimmt total, und das weißt du. Es ist interessant, dass du dabei bist, dich in eine Frau zu verlieben, die deine Fürsorge womöglich nicht braucht. Das wird schwer für dich.«

Das würde Dylan niemals zugeben. »Du glaubst, du wüsstest alles, aber das tust du nicht.«

»Ja, klar. Also, du magst sie. Mag sie dich auch, oder hat sie einen guten Geschmack?«

Dylan ignorierte seine Frotzelei. »Sie mag mich. Alles ist gut.«

Jake legte die Hanteln auf die Bank zurück. »Aber?«

»Sie weiß nichts von dem Geld, und ich weiß nicht, wie ich es ihr sagen soll. Gestern hätte ich es beinahe getan, aber dann haben mir die richtigen Worte gefehlt.«

»Du bist ein Idiot und machst dir wegen des Geldes viel zu viele Gedanken. Du bist der Einzige, dem das wichtig ist.«

Dylan warf ihm über den Spiegel einen Blick zu. Jake saß auf der Bank und trank einen Schluck Wasser.

»Okay, Bobbie war es wichtig«, gab Jake zu.

»Sehr sogar.« Als Bobbie von seinem Lottogewinn erfuhr und davon, dass durch kluge Investitionen mehrere Millionen Dollar daraus geworden waren, hatte sich alles verändert.

»Sie war sauer, dass ich das geheim gehalten habe, und wütend, als ich es nicht für sie ausgeben wollte. Das Geld hat alles verändert.« Das war der Grund gewesen, warum er die Verlobung gelöst hatte. »Geld verändert die Menschen.«

»Nicht alle«, erklärte Jake. »River ist nicht wie Bobbie. Sie wird nicht erwarten, dass du nach Seattle ziehst und ihr eine Villa am Meer kaufst.«

»Das kannst du nicht wissen.«

»Nein, aber du bist derjenige, der sie mag, also solltest du es wissen. Glaubst du wirklich, sie wird deswegen ausflippen?«

Darauf wusste Dylan keine Antwort. Nach allem, was er bisher gesehen hatte, war River eine sehr bodenständige Frau. Sie war fürsorglich und hatte einen realistischen Blick auf ihren Platz in der Welt.

»Ich kann es ihr nicht sagen.«

»Wenn du dich weiter mit ihr triffst, wirst du irgendwann reinen Tisch machen müssen. Niemand mag es, angelogen zu werden.«

»Ich lüge nicht«, widersprach Dylan, nur um sich sofort an Rivers Worte zu erinnern, sie möge keine Geheimnisse. »Ich wähle nur sorgfältig aus, was ich erzähle.«

Jake fing seinen Blick im Spiegel auf. »Das ist totaler Unsinn, und das weißt du. Sag es ihr, Dylan. Sag es ihr sofort. Denn wenn du dich noch mehr auf sie einlässt und sie es dann herausfindet, wird sie sauer sein. Und schlimmer noch – du wirst es verbockt haben, obwohl es nicht nötig gewesen wäre.«

Dylan wusste, dass das ein guter Rat war. Er war nur nicht sicher, ob er ihn beherzigen würde.

Pünktlich um sechs Uhr abends traf Jake am *Buon Natale* ein. Als er die Tür öffnete, lächelte er bei dem Gedanken an seinen letzten Besuch hier mit Camryn und an den unglaublichen Abend, der gefolgt war.

Sie ist umwerfend, dachte er. Wunderschön, lustig, sexy. Genau die Art Frau, in die er sich unter anderen Umständen leicht verlieben könnte.

Er nannte der Hostess seinen Namen. »Ich bin mit meiner Mutter verabredet.«

Die junge Frau sah ihn stirnrunzelnd an. »Ihre Gesellschaft ist bereits da, aber ich glaube nicht, dass es sich um Ihre Mutter handelt.«

Das ergab keinen Sinn. Er folgte der Hostess zu einem Tisch, an dem eine hübsche, dunkelhaarige Frau saß. Sie lächelte und stand auf, als er näher kam.

»Jake«, sagte sie. »Ich bin Nora. Es ist so schön, dich kennenzulernen. Auch wenn ich mir ziemlich sicher bin, dass wir uns schon mal getroffen haben. Damals waren wir noch Kinder. Meine Mutter schwört, dass ich dir im Sandkasten mit einem Eimer auf den Kopf geschlagen habe. Falls das stimmt, entschuldige ich mich dafür.«

Moment mal, wie bitte? Er schaute von der Hostess zu Nora und zurück. Die junge Frau zuckte mit den Schultern, legte die Speisekarten auf den Tisch und ging. Nora setzte sich wieder, und Jake tat es ihr gleich.

»Ich dachte, ich würde mich mit meiner Mutter treffen«, sagte er und war sich bewusst, dass er wie ein Trottel klang. »Wer bist du?«

Die Frau lächelte. »Nora. Unsere Mütter sind befreundet. Helen hat das hier arrangiert, damit wir einander kennenlernen. Ich bin gerade zu Besuch bei einer Freundin aus dem College. Als Helen davon gehört hat, schlug sie vor, dass wir zusammen zu Abend essen.« Sie runzelte die Stirn. »Sie hat dir nichts davon erzählt?«

»Nein. Irgendwie hat sie vergessen, das zu erwähnen.«

Er fasste es nicht, dass seine Mutter ihm das hier antat. Er hatte ihr gesagt, sie solle sich zurückhalten, aber sie hatte nicht auf ihn gehört. Schlimmer noch, sie hatte ein Blind Date für ihn arrangiert. *Projekt: Jakes Braut* war immer noch in vollem Gange.

»Tja, wo wir schon mal hier sind«, sagte Nora lachend. »Lass uns den Abend genießen.«

Vor drei Wochen hätte er das vermutlich getan, aber das ging nun nicht mehr. Er konnte nicht mit Nora zu Abend essen, während er und Camryn, nun ja, nicht wirklich miteinander ausgingen, aber so etwas in der Art. Sie schliefen miteinander, und das zählte ja schließlich auch.

Er schaute sich nach einer Ablenkung oder einem Fluchtweg um, während er sich sagte, dass er sich cool geben und zusammenreißen sollte. Er war ein weltgewandter Mann und müsste diese Situation doch meistern können, ohne sich wie ein Idiot aufzuführen.

Als sein Blick zum Fenster glitt, sah er Camryn auf dem Bürgersteig vorbeigehen. Über der Schulter trug sie eine Einkaufstasche, und in der anderen Hand hielt sie eine Hundetragetasche. Ohne Zweifel war sie auf dem Weg nach Hause.

»Entschuldige mich bitte kurz«, sagte er und sprang von seinem Stuhl auf. Dann lief er nach draußen und fing Camryn an der Ecke ab.

»Jake.« Sie war offensichtlich überrascht, ihn zu sehen. »Geht es dir gut? Du hast keine Jacke an, dabei ist es eisig.«

»Ich war im Restaurant.« Er packte sie an den Oberarmen. »Du musst mir helfen. Ich dachte, dass ich mit meiner Mutter zum Abendessen verabredet wäre, aber als ich ankam, saß eine fremde Frau am Tisch. Nora. Ich hatte keine Ahnung. Ich glaube, sie ist eine Kandidatin für *Projekt: Jakes Braut*. Ich weiß nicht, was ich zu ihr sagen oder wie ich die Situation handhaben soll. Außerdem ist da noch die Sache mit dir und mir.«

Er hob abwehrend eine Hand. »Ich weiß, das ist nur vorübergehend, aber ich fühle mich nicht wohl damit, mit dieser Frau zu Abend zu essen, während du und ich …«

Camryn grinste. »… Sex haben?«

»Ja. Genau.« Er warf einen Blick zum Restaurant. »Ich will ihr sagen, was meine Mutter vorhat. Kannst du mitkommen und mir helfen?«

»Und alle Welt glaubt, dass Männer das starke Geschlecht sind.« Sie begleitete ihn zum Restaurant. »Ich habe Tinsel dabei«, flüsterte sie. »Und ich komme mir vor wie Reese Witherspoon in *Natürlich blond*.«

»Du bist viel hübscher als sie.«

Camryn lachte. »Ach bitte. Als wenn ich das glauben würde. Aber trotzdem danke für das Kompliment.«

Er ging voran zu seinem Tisch. Nora schaute auf, als sie ihn sah, doch ihr Lächeln schwand in dem Moment, in dem sie Camryn erblickte. Sobald sie am Tisch angekommen waren, wurde Jake bewusst, dass er keine Ahnung hatte, wie er die Unterhaltung beginnen oder die Situation erklären sollte.

Camryn warf ihm einen Blick zu, der ihm sehr deutlich sagte, für was für einen Feigling sie ihn hielt, bevor sie die Hand ausstreckte. »Hi. Ich bin Camryn Neff. Schön, dich kennenzulernen.«

»Nora Pineiro.« Nora sah Jake an. »Du hast eine Freundin mitgebracht?«

»Nicht ganz.« Er zog Camryn einen Stuhl vor, bevor er Tinsels Tasche nahm und sie auf den letzten freien Stuhl stellte. Die Hündin wedelte kurz mit dem Schwanz, bevor sie sich für ein Nickerchen zusammenrollte.

Camryn sah ihn an, und Jake zuckte mit den Schultern. Er hatte wirklich keine Ahnung, was er sagen sollte.

»Ich bin auch eine der Kandidatinnen«, sagte Camryn fröhlich. »Ich kann mich nicht entscheiden, ob Helen unglaublich süß ist oder mit einem Warnhinweis versehen werden sollte.«

»Du meinst Jakes Mutter?«, fragte Nora. »Was hat sie mit all dem zu tun?«

»Sie will, dass ich heirate und ihr Enkelkinder schenke«, erklärte Jake. »Ihrer Meinung nach nehme ich mir zu viel Zeit, um die Richtige zu finden.«

Camryn nickte. »Sie hat eine Kuppelaktion namens *Projekt: Jakes Braut* ins Leben gerufen und sammelt Kandidatinnen, die er sich anschauen soll.« Wieder lächelte sie strahlend. »Ich war ehrlich gesagt geschockt, als sie mir davon erzählt hat. Ich meine, was sagt man zu so einer Ankündigung?« Sie lachte. »Ich bewundere ihren Eifer, wenn auch nicht ihre Methoden. Du weißt, dass wir durchleuchtet werden, oder? Also digital. Ich kann es kaum erwarten, den Bericht über mich zu lesen.«

Nora schaute verwirrt zwischen Camryn und Jake hin und her. »Warte mal. Das hier ist nicht einfach nur ein Dinner, sondern ich bin eine Kandidatin?«

»Sieht so aus«, erwiderte Camryn. »Ich weiß nicht, wie viele es von uns gibt, aber es ist definitiv ein Wettbewerb.«

Jake unterdrückte ein Stöhnen. »Es ist kein Wettbewerb. Ich kann mir selbst eine Frau suchen.«

»Allen gegenteiligen Beweisen zum Trotz«, murmelte Camryn.

Es fiel ihm schwer, nicht zu lächeln. »Das ist deine Vorstellung davon, mir zu helfen?«

»Ach, ich sollte helfen?« Sie wandte sich wieder an Nora. »Wir sollten einander vermutlich kennenlernen. Wenn alles gut läuft, wirst du hierherziehen, und Wishing Tree ist eine ziemlich kleine Stadt. Wir könnten Freundinnen sein.«

Nora starrte sie an. »Ich weiß nicht, ob du nett bist oder eine sehr kranke, verkorkste Person. Wie auch immer, ich bin raus.«

»O nein, geh nicht«, bat Camryn zerknirscht. »Ich schwöre, ich war nicht gemein. Ich wollte lustig sein, aber das ist vielleicht falsch rübergekommen.«

»Wie auch immer.« Nora sammelte ihre Sachen ein. »Ruf mich nicht an«, sagte sie zu Jake. »Mit euch beiden stimmt etwas nicht.«

Damit stolzierte sie aus dem Restaurant. Camryn sah ihr nach.

»Jetzt fühle ich mich schuldig.«

»Du hast nichts falsch gemacht«, versicherte er ihr. »Das hier geht allein aufs Konto meiner Mutter. Mit der ich sofort ein ernstes Wörtchen reden werde.«

»Aber schrei sie nicht an«, riet Camryn, als sie aufstand und ihren Mantel anzog. »Sie tut nur, was sie für das Beste hält.«

»Das ist es ja, was mir Angst macht.«

Jake musste bis zum späten Donnerstagvormittag warten, um seine Mutter zu sehen. Er war nicht sicher, ob sie wirklich so viel zu tun hatte oder ihm nur aus dem Weg ging. Doch er war entschlossen, mit ihr zu reden, deshalb stand er um elf Uhr vor dem Haus, in dem er aufgewachsen war.

Obwohl er seit fünfzehn Jahren nicht mehr hier wohnte, fühlte es sich immer noch wie sein Zuhause an. Er kannte jeden Winkel. Als Dylan bei ihnen eingezogen war, hatte Helen sein Zimmer genauso eingerichtet wie das von Jake. Das gleiche Badezimmer, der gleiche Schrank, die gleiche Wandfarbe und die gleiche Bettwäsche. Sie hatte sicherstellen wollen, dass Dylan sich willkommen fühlte und nicht wie ein Almosenempfänger, den sie auf der Straße aufgelesen hatte.

Damals hatte er ihre Liebe zum Detail bewundert. Heutzutage empfand er sie mehr als Fluch.

Er betrat das Haus und ging direkt zu Helens Büro. Sie saß hinter ihrem Schreibtisch an ihrem Laptop. Ihre Finger flogen nur so über die Tastatur. Helen liebte alles, was mit Technologie zu tun hatte. Er hatte ihr nie zeigen müssen, wie man ein Handy bediente oder einen Streamingservice einrichtete.

Sie schaute auf und lächelte. »Pünktlich auf die Minute. Ich bin stolz auf dich.«

»Mutter.« Er ging zu ihr und gab ihr einen Kuss auf die Wange, dann setzte er sich auf den Stuhl neben dem Schreibtisch. »Wir hatten einen Deal.«

»Ich habe keine Ahnung, wovon du sprichst.«

»Du wolltest aufhören, nach einer Frau für mich zu suchen.«

Sie lächelte. »Ich weiß, dass ich dem nie zugestimmt habe. Warum sollte ich auch? Das ist eine lächerliche Annahme deinerseits. Ehrlich, Jake, wann habe ich mich jemals nicht eingemischt?«

Auf diese Frage würde er nicht antworten.

»Das Dinner mit Nora war eine Katastrophe.«

»Ja, das habe ich gehört.« Helen musterte ihn. »Wenn du Camryn da nicht mit hineingezogen hättest, wäre es vielleicht besser gelaufen.«

»Und wenn du aufhören würdest, Blind Dates für mich zu arrangieren, müssten wir diese Unterhaltung gar nicht erst führen.«

»Aber ich war mir so sicher, dass du Nora mögen würdest.«

Unter anderen Umständen hätte er das vielleicht getan. Doch im Moment war er anderweitig involviert. Was er seiner Mutter natürlich nicht erzählen würde. Wenn er offiziell mit Camryn ausginge, hätte er keine Probleme, das zu sagen, aber er und Camryn hatten nicht gerade einen konventionellen Weg eingeschlagen.

»Du musst damit aufhören«, sagte er. »Du spielst hier mit dem Leben anderer Menschen, Mom.«

»Was genau meine Absicht ist.« Sie sah ihn an. »Na gut. Über die Feiertage gönne ich dir eine Pause. Ich weiß, dass du auf der Arbeit viel zu tun hast und Camryn mit Tinsel hilfst. Es kann nicht mehr lange dauern, bis sie die Hündin offiziell adoptieren können, oder?«

»Ja, das stellt sich heute heraus.«

Die Augen seiner Mutter blitzten interessiert auf. »Du verbringst viel Zeit mit ihr.«

»Nein«, sagte er ausdruckslos. »Nein. Camryn ist nicht an etwas Langfristigem interessiert. Wir sind nicht zusammen.«

Zumindest nicht so, wie seine Mutter es meinte.

»Sie ist eine bezaubernde junge Frau.«

»Das ist sie.«

»Und ihre Schwestern sind hinreißend. Warum will sie keine ernsthafte Beziehung? Gibt es jemand anderen?«

»Ich werde nicht mit dir über ihr Privatleben sprechen.«

»Du bist nervtötend diskret.«

Er lächelte. »Danke.«

»Und du irrst dich.« Sie tätschelte seinen Arm. »Du machst dir über die falschen Dinge Sorgen. Du bist so entschlossen, keinen Fehler zu begehen, dass du nicht gewillt bist, ein Risiko einzugehen. Was ist, wenn die Liebe deines Lebens direkt vor dir steht, aber du zu viel Angst hast, dich einzulassen?«

»Das ist nicht gerade subtil, Mom.«

»Vielleicht rede ich gar nicht von Camryn.«

»Von wem dann?«

Das ignorierte sie. »Ich will nur sagen, dass jeder eine Geschichte hat, die er sich einredet, und in den meisten Fällen ist diese Geschichte nicht wahr. Du hältst dich zurück, weil du nicht so sein willst wie dein Vater. Das ist deine Geschichte. Aber was du dabei übersiehst, ist, dass du gar nicht wie er sein kannst. Das liegt nicht in deiner Natur. Doch du hast Angst, einen Fehler zu begehen, also versuchst du es gar nicht erst. Deine Geschichte schenkt dir übrigens eine gute Ausrede. Beinahe ein falsches Gefühl von Sicherheit. Und ich glaube, dass Camryns Geschichte genauso sehr ein Schutz für sie ist wie deine für dich. Vielleicht solltest du ihre Geschichte mal auf die Probe stellen. Oder sie zumindest herausfordern.«

Er fluchte innerlich, weil er keine Ahnung hatte, wie seine Mutter zu diesem unangenehmen und möglicherweise akkuraten Einblick in seinen Charakter gekommen war. Es war schon schlimm genug, dass sie sich in sein Leben einmischte, aber noch schlimmer war, dass sie hinter all seine emotionalen Barrikaden schauen konnte.

»Du redest Unsinn«, sagte er leichthin und hoffte, sie damit ablenken zu können.

»Ich glaube, wir wissen beide, dass das nicht stimmt. Aber wir müssen nicht darüber reden, wenn die Wahrheit dich zappelig macht.«

»Sie macht mich nicht zappelig. Ich sitze hier ganz ruhig.«

»Äußerlich ja.« Der Humor schwand aus ihrer Stimme. »Jake, ich liebe dich mehr als jeden anderen auf der Welt. Und das meine ich wortwörtlich. Ich will, dass du glücklich bist. Ich will, dass du jemanden findest, den du lieben kannst und von dem du geliebt wirst. Ich will, dass du die Freude erfährst, wie es ist, sein Herz zu verschenken. Es gibt kein besseres Gefühl.«

»Das will ich auch«, sagte er.

Und das stimmte. Doch als er aufstand und seine Mutter auf die Füße zog, um sie zu umarmen, fragte er sich, wie sie sich gefühlt haben mochte, als sie zum ersten Mal herausfand, dass ihr Mann sie betrogen hatte. Und beim zweiten und dritten Mal. Ihre Liebe war auf die Probe gestellt worden. Offensichtlich hatte sie überlebt, aber zu welchem Preis? Er hatte sich geschworen, niemals so zu sein und seine Partnerin niemals so zu behandeln. Was ausgezeichnete Ziele waren. Doch vielleicht hatte seine Mutter recht. Vielleicht hatte er auf dem Weg angefangen, sich zu sehr zurückzuhalten. Und vielleicht war es an der Zeit, ein wenig mehr von sich und den Menschen um ihn herum zu erwarten.

18. Kapitel

River betrat *Ihr Bücherlein kommet*, ohne zu wissen, was sie erwartete. Dylan hatte ihr eine Nachricht geschickt und sie gebeten, ihn dort zu treffen. Sie war nervös gewesen, was seine Reaktion auf ihr Geständnis anging – dass sie beinahe eine verurteilte Straftäterin geworden wäre –, doch ihm schien diese Information nicht viel auszumachen. Während der Auktion am Keksdienstag war er wie immer lustig und charmant gewesen. Sie hatten zwar gemeinsam entschieden, welche Kekse die besten waren und welche den zweiten und dritten Platz belegen sollten, doch er hatte ihr angeboten, die Ergebnisse zu verkünden, damit sie sich nicht einem Raum voller enttäuschter Bäcker stellen musste.

Die Auktion hatte viel Geld für das Krankenhaus eingebracht, was schön war, und River hatte selbst auf ein paar Kekse geboten, auch wenn sie nicht gewillt gewesen war, ausreichend Geld zu investieren, um den Zuschlag zu erhalten.

Nach der Auktion hatte Dylan sie zum Essen ausgeführt, und an ihrer Haustür hatten sie sich mehrere Minuten lang geküsst.

Ich war kurz davor, ihn einzuladen, noch mit hereinzukommen, dachte sie, als sie ihren Schal abnahm. Sobald eine Beziehung körperlich wurde, fühlte sie sich sicherer. Die Regeln für Sex waren so viel einfacher zu verstehen als die, nach denen Gefühle und Herzen funktionierten. Aber sie hatte gespürt, dass Dylan ein Mann war, der den ersten Schritt machen wollte, also hatte sie ihm schlussendlich eine gute Nacht gewünscht und war allein ins Haus gegangen.

Jetzt schaute sie sich im Buchladen um und hoffte, ihn zu erblicken. Wie immer wimmelte es vor Kunden und verlockenden Angeboten. Es gab eine Ecke für Kochbücher und eine Spielecke für Kinder. Und die Geschenkabteilung war stärker besucht als üblich, vermutlich weil die Feiertage vor der Tür standen.

»Hey.« Dylan kam zu ihr und gab ihr einen Kuss auf die Wange. »Du bist da!«

Er klang erfreut, was sofort dazu führte, dass River sich entspannte.

»Das hatte ich doch versprochen.«

»Ich weiß. Aber du bist eine gefragte Frau. Es hätte ja sein können, dass du ein besseres Angebot bekommen hast.«

Sie grinste. »Das ist nicht sehr wahrscheinlich.« Sie deutete auf die Kunden. »Heute ist hier besonders viel los.«

»Das liegt an dem, was sich hinten befindet.«

Er nahm ihre Hand, und gemeinsam durchquerten sie den Laden. Dann traten sie durch die Hintertür nach draußen in ein großes weißes Zelt, in dem lange Tische standen, die sich unter Büchern beinahe bogen. Von der Decke hingen Schilder, die anzeigten, um was es sich handelte. Es gab Reisebücher und historische Schinken, Bildbände, Kochbücher und Romane.

»Was ist das hier?«, fragte sie. »Ich bin oft hier, aber das Zelt habe ich noch nie gesehen.«

Dylan legte einen Arm um sie. »Das sind die Bücher, die sie auf Flohmärkten und Garagenverkäufen im gesamten Landkreis aufgekauft haben. Die besten Bücher werden für die *Buchgoldgrube* rausgesucht. Hier findest du alles, was du willst, und alles, woran du bislang nicht einmal gedacht hast.«

Er verschränkte seine Finger mit ihren, und gemeinsam schlenderten sie die breiten Gänge entlang.

»Meine Schwäche«, sagte er und zeigte auf einen Tisch mit Comics. »Ich habe sie als Kind schon geliebt. Helen hat mich gut damit versorgt. Jake hat den Reiz nie verstanden.«

»Ich mag Graphic Novels«, sagte River. »Die Zeichnungen erzählen mit so wenigen Bildern so viel.«

Dylan blätterte durch einen Comic, während River sich die Graphic Novels am Nebentisch ansah. Nach ein paar Minuten gesellte er sich zu ihr und griff nach einem Buch, auf dessen Cover eine Frau auf der einen Hälfte an einem Computer saß und auf der anderen einen Superheldinnen-Umhang trug.

»Sieh nur«, zog er sie liebevoll auf. »Das bist du.«

Sie lachte. »Ich bin keine Superheldin.«

»Ich glaube doch. Du bewirkst mit deinem Job viel Gutes.«

Sie wartete, ob er noch mehr sagen würde – vielleicht einen Kommentar zu ihrer Verhaftung durch das FBI –, doch er schaute sich nur weiter um. Okay, dachte sie überrascht. Offensichtlich war ihm ihre Vergangenheit egal.

Nachdem sie ein paar Minuten an einem Tisch mit Reiseführern verbracht hatten, gingen sie weiter zu den Kochbüchern.

»Sag Bescheid, wenn du ein Buch über Desserts oder übers Backen findest«, sagte sie. »Ich suche immer nach neuen Rezepten.«

Er hielt ein spiralgebundenes Buch hoch. »Wie wäre es hiermit: *Feiern mit Wackelpudding*?«

»Bist du der Wackelpudding-Typ?«

»Ja. Ich kann einen tollen Marshmallow-Apfel-Salat mit Wackelpudding machen.«

»Beeindruckend.«

Sie fand ein Buch mit Keksrezepten, das in den Fünfzigerjahren veröffentlicht worden war, und blätterte durch die Rezepte. Gerade hatte sie es auf ihren Kaufen-Stapel gelegt, als Dylan ein weiteres Buch hochhielt.

»Bist du ein Fan?«

Sie betrachtete das altmodische Cover. »Ist das ernst gemeint?« Sie nahm ihm das Buch aus der Hand. *»Das Nancy-Drew-Kochbuch – Hinweise für gutes Kochen.«* Sie schaute Dylan an. »Das ist super!«

»Nancy Drew, hm? Wer hätte das gedacht.«

»Meine Mom hat mir eines gegeben, als ich noch klein war. Ich dachte, dass das nicht mein Ding wäre, aber sie meinte, ich sollte es wenigstens mal versuchen. Tja, und ich war von Anfang an begeistert.« Sie blätterte durch das Buch und lächelte bei einigen der Rezeptnamen. »Detective Burger« und »Geheimgang-Kekse«.

»Das nehme ich mit«, verkündete sie. »Es ist mir egal, was es kostet. Ich muss es einfach haben.«

Er schüttelte den Kopf. »Jetzt habe ich also Ned als Konkurrenten.«

»Woher kennst du Ned?«

»Meine erste feste Freundin hatte eine kleine Schwester, die ganz verrückt nach Nancy Drew war. Sie hat mir ständig erzählt, was sie gerade las.« Er klemmte sich ihren Bücherstapel unter den Arm. »Ned also, hm?«

»Ich habe nie auf Ned gestanden.«

»Bist du sicher? Denn ich will alles über meine Konkurrenz wissen.«

»Von Nancys Freund hast du nichts zu befürchten.«

Sie gingen in den Laden zurück. Dylan holte sein Portemonnaie heraus, aber River bestand darauf, ihre Bücher selbst zu bezahlen. Widerstrebend gab er nach, kaufte ihr dann aber ein halbes Pfund Toffees und ein kleines Windrad in Regenbogenfarben.

»Für dein Büro«, sagte er und nahm ihr die Tüte ab. »Zucker für die Energie und das Windrad für den Fall, dass du den Kopf klären musst, um ein Problem zu lösen.«

»Danke.«

Gemeinsam gingen sie zum *Jingle Café* hinüber, gaben ihre Bestellung auf und setzten sich an einen Tisch. Sobald ihr Kaffee gebracht worden war, öffnete River die Tüte mit den Toffees.

»Hey, das war für später«, protestierte Dylan.

»Ich kann jederzeit mehr kaufen. Und ich habe deinen sehnsüchtigen Blick gesehen.«

»Ich gebe zu, ich mag Süßes«, gestand er und nahm sich ein Stück.

»Wenn du jemals sauer auf mich sein solltest, kann ich dich also mit Keksen zurückgewinnen?«

Etwas Dunkles, Erregendes blitzte in seinen Augen auf. »Kekse funktionieren«, sagte er langsam, als gäbe es noch andere Möglichkeiten.

Wir flirten, dachte sie und hoffte, es nicht zu vermasseln, indem sie etwas Falsches sagte.

»Erzähl mir mehr über deine erste Freundin«, bat sie und nahm ihren Kaffeebecher in die Hand.

Sofort erlosch das Licht in seinen Augen, und Dylan lehnte sich ein wenig zurück. O nein, das war kein gutes Thema.

Er zögerte, bevor er sagte: »Das ist lange her. Es war noch auf der Highschool. Und zwischen uns hat es nicht funktioniert.«

»Ja, ich dachte mir schon, dass ihr nicht mehr zusammen seid«, versuchte sie, die Stimmung wieder aufzulockern. »Das würde unser Treffen hier ziemlich unangenehm machen.«

Er grinste. »Stimmt. Du bist nicht der Typ, der mit einem verheirateten Mann ausgeht.« Dann schwand sein Humor wieder. »Ich betrüge nicht. Ich wäre nicht mit dir hier, wenn ich noch mit Claire zusammen wäre.«

»Ich weiß.« Sie vertraute darauf, dass er ein guter Kerl war. »Erzähl mir von ihr.«

Nach einer kleinen Pause seufzte er. »Das ist keine Geschichte, die mich gut dastehen lässt.«

»Du meinst, so wie vom FBI verhaftet zu werden?«

Er entspannte sich. »Okay, ja. Also, ich hatte für Claire geschwärmt, glaubte aber nicht, dass sie an mir interessiert wäre. Sie tauchte oft da auf, wo Jake und ich auch immer gerade waren, und ich nahm an, dass sie etwas von ihm wollte. Immer wieder habe ich mir gesagt, dass ich meine Schwärmerei vergessen sollte, aber da ich das nicht konnte, habe ich mir einen Plan überlegt. Einen wirklich dummen Plan.«

»Du hast sie entführt?«

Er lachte. »Nein. Ich habe ihr gesagt, ich wüsste, dass sie mit Jake ausgehen wollte, und wenn sie zuerst drei Monate mit mir zusammen wäre, würde ich ein gutes Wort für sie einlegen.«

River runzelte die Stirn. »Das war ein wirklich schlechter Plan.«

»Das weiß ich jetzt auch. Sie hat mich angeschaut, als wäre ich verrückt, und meinte, sie wäre nicht an Jake interessiert. Aber wenn ich mich mit ihr verabreden wollte, würde sie Ja sagen.«

»Sie hat dich gemocht!«

»Ja. Aber damals habe ich mir eingeredet, dass es ihr peinlich wäre, zuzugeben, dass sie auf Jake steht. Dennoch sind wir miteinander ausgegangen, und es war super. Ich habe mich schwer in sie verliebt. Aber ich wurde die fixe Idee nicht los, dass sie eigentlich was von Jake wollte.«

»Warte mal. Sie hat gesagt, dass sie nicht an ihm interessiert sei. Hat sie gelogen?«

»Nein. Das war die Wahrheit. Ich war das Problem. Ich konnte ihr nicht glauben.« Er wandte den Blick ab. »Oder vielleicht konnte ich einfach nur nicht glauben, dass ein so tolles Mädchen an mir interessiert sein könnte. Ich habe ständig darauf gewartet, dass sie mit mir Schluss macht, um mit Jake zusammen zu sein.«

»Das hätte er niemals getan. Jake ist dein bester Freund. Er wäre nicht mit deiner Ex-Freundin ausgegangen.«

Dylan nickte. »Das stimmt. Aber als Sechzehnjähriger war ich weder so klug, noch konnte ich so rational denken. Irgendwann hat Claire dann mit mir Schluss gemacht, weil ich das mit Jake einfach nicht loslassen konnte.«

»Du hast sie verloren, weil du nicht an sie geglaubt hast. Oder an dich.« River dachte einen Moment darüber nach. »Oder konntest du ihr nicht vertrauen? Mit dem Vertrauen ist das so eine Sache. Ich weiß das, weil es mir auch oft schwerfällt, Menschen zu vertrauen. Aber das liegt an mir, nicht an ihnen. Ich habe in meiner Kindheit und Jugend so viel verpasst, dass mir Fähigkeiten fehlen, die andere als selbstverständlich ansehen.«

Er fing ihren Blick auf und hielt ihn fest. »Du hast recht. Ich habe nicht an mich geglaubt. Und ja, es gab auch ein paar Probleme damit, zu vertrauen. Vermutlich, weil meine Mutter mir so deutlich klargemacht hat, dass sie es bereute, mich bekommen zu haben. Ich denke gerne, dass ich heute eher gewillt bin, Menschen Vertrauen zu schenken.«

»Du hast mich nicht verurteilt«, sagte sie. »Du hättest dir Sorgen machen können, dass ich eine Kriminelle bin.«

Er lachte. »Du bist vieles, River, aber nicht kriminell.«

»Siehst du? Du vertraust mir.«

»Du bist nicht kriminell«, wiederholte er. »Das liegt nicht in deiner Natur.« Sein Lächeln kehrte zurück. »Du hast mir Handschuhe gekauft.«

»Was soll das beweisen«?

»Dass du ein Mensch bist, der lieber gibt als empfängt. Das mag ich. Und dich auch.«

»Ich mag dich auch«, sagte sie und hoffte, dass sie bei diesen Worten nicht errötete.

»Kein Interesse an Jake?«, neckte er sie.

»Nicht mal ein kleines bisschen.«

»Genau das wollte ich hören.«

»Triffst du dich noch mit jemand anderem?«, fragte Jake.

Camryn setzte sich auf und starrte ihn an. »Was hast du mich da gerade gefragt?« Sie hob eine Hand, um ihn davon abzuhalten, etwas zu sagen. Dabei musterte sie ihn, um zu sehen, ob er scherzte. Aber er sah unglaublich ernst aus.

»Du meinst, ob ich mit anderen Männern ausgehe?«, fragte sie.

Er drehte sich auf die Seite und sah sie an. »Ja. Triffst du dich mit jemandem?«

Sie setzte sich in den Schneidersitz und zog die Decke bis zum Hals.

»Ich bin nackt. In deinem Bett. Und wir hatten gerade Sex. Warum fragst du da, ob ich mich mit einem anderen treffe? Was ich übrigens nicht tue.«

»Es war nur ein Gedanke. Mir wäre es lieber, wenn du nichts mit einem anderen anfängst, solange wir zusammen sind.«

Sie öffnete den Mund und schloss ihn wieder. Dann sagte sie: »Ich weiß wirklich nicht, was ich darauf sagen soll. Warum sollte ich was mit einem anderen anfangen?«

»Du hast gesagt, dass du nicht mit mir zusammen sein willst. Dass es nur Sex wäre, bis die Feiertage vorbei sind.«

Das hatte sie. Und auch wenn ihr das damals als eine gute Idee erschienen war, musste sie zugeben, dass sie die Konsequenzen nicht ganz durchdacht hatte. Es gefiel ihr, mit Jake zusammen zu sein, und das in ein paar Wochen einfach hinter sich zu lassen würde schwer werden.

»Jake, es gibt nur dich. Ich treffe mich immer nur mit einem Mann zurzeit.«

»Ich auch.« Er grinste schief. »Also mit einer Frau natürlich.«

»Ja, das dachte ich mir.« Sie neigte den Kopf. »Wie bist du auf das Thema gekommen?«

»Ach, es ist nichts.«

Sie wartete.

Er ließ sich auf den Rücken rollen und starrte an die Decke. »Meine Mutter.«

»Oje. Ich glaube, um über deine Mutter zu reden, muss ich angezogen sein. Was hat sie gesagt?«

»Dass ich nicht mein Vater bin und meine Ängste meinem Glück im Wege stehen.«

Diese Aussage enthält ziemlich viele Informationen, dachte sie. Dann griff sie nach seiner Hand.

»Du bist nicht dein Vater«, sagte sie entschieden. »Du bist ihm überhaupt nicht ähnlich.«

»Ist das hier der Moment, an dem ich dich darauf hinweise, dass du ihn nicht gekannt hast?«

»Ich muss ihn nicht persönlich getroffen haben, um zu wissen, dass du nicht wie er bist. Du würdest niemals jemandem, der dir wichtig ist, so wehtun, wie er deiner Mom wehgetan hat. Das liegt nicht in deiner Natur.«

»Das kannst du nicht wissen.«

»Doch.«

Er sah sie an. »Meine Mutter meinte, sie hätten die perfekte Ehe. Sie hat mich angelogen.«

»Sie hat gesagt, was man einem Kind eben sagt, damit es sich sicher und beschützt fühlt. Sie wollte nicht, dass du ihren Schmerz spürst. Außerdem sind die Menschen verschieden. Vielleicht hat sie das wirklich so empfunden.«

»Würdest du es so empfinden?«

»Nein«, gab sie zu. »Wenn mich der Mann, den ich liebe, betrügt, wäre ich am Boden zerstört. Und ich bin mir nicht sicher, ob die Beziehung das überleben könnte.«

»Das sehe ich genauso.«

Sie lächelte. »Weshalb du niemals wie er sein wirst. Erzähl mir eine schöne Geschichte über deinen Vater.«

»Wir haben jeden Sommer einen Roadtrip unternommen. Nur er und ich.« Er lächelte. »Mädchen waren nicht erlaubt. Nachdem Dylan eingezogen war, kam er mit. Mal sind wir zum Grand Canyon gefahren, mal zur Rock and Roll Hall of Fame. Wir waren in Disneyland. Und wir sind immer mit dem Auto gefahren. Zwei oder drei Wochen lang haben wir in Hotels übernachtet und Fast Food gegessen. Wir waren White-Water-Rafting und Angeln.« Sein Lächeln wurde breiter. »Als ich achtzehn wurde, haben wir einen Fallschirmsprung gemacht. Mom weiß nichts davon.«

»Das würde ich ihr auch lieber nicht erzählen«, sagte Camryn. Sie genoss es, seine Erinnerungen zu hören. »Sie wäre fuchsteufelswild.«

»Ich weiß. Wir hatten immer so viel Spaß zusammen. Wir haben uns über alles Mögliche unterhalten und Radio gehört. Er hat nicht ein einziges Mal im Büro angerufen.«

»Du liebst ihn immer noch.«

Er sah sie an. »Es geht nicht darum, was ich empfinde, sondern was er getan hat und wer er war.«

»Er war ein guter Vater.«

»Nicht, wenn er meine Mutter betrogen hat.«

Was stimmte, aber dennoch glaubte sie, dass Jake die falsche Lektion gelernt hatte. Sie beugte sich zu ihm. »Jake, ich weiß, dass du dir Gedanken über deine Reaktion machst, als Iona damals zurückgekommen ist. Aber du hast nichts falsch gemacht. Dir die Frage zu stellen ist nicht das Problem. Du darfst dir fünf Sekunden nehmen, um zu verarbeiten, was passiert. Dir Sorgen zu machen war nicht der Fehler – der Fehler war, Reggie nicht zu sagen, was passiert war, und dir nicht von ihr durch die Situation helfen zu lassen.« Sie hielt inne. »Nicht, dass ich mich angesichts der aktuellen Umstände deswegen schlecht fühle.«

Er drehte sich wieder zu ihr und legte eine Hand auf ihren Oberschenkel. »Ich will dir so gerne glauben.«

»Dann tu es.«

»Iona war ein Fehler. Nicht das erste Mal, aber als sie zurückkam.«

»Sie war nicht die *eine*?«

»Nicht einmal ansatzweise.« Er hielt ihren Blick fest. »Geh mit mir aus.«

»Auf ein Date?« Dateten sie nicht schon – also irgendwie?

»Ja. Aber fang an, wirklich mit mir auszugehen. Exklusiv. Nur du und ich.«

Ihr Herz flatterte vor Freude und Angst. »Du meinst eine Beziehung.«

»Ja. Lass es uns nach Weihnachten nicht beenden. Wir bleiben so lange zusammen, wie wir beide es wollen.«

Jede Zelle in ihrem Körper schrie »Ja!«, aber ihr Gehirn war sich nicht so sicher. Es war fasziniert, interessiert, aber auch besorgt.

»Ich werde trotzdem nach Chicago zurückgehen.«

»Ich weiß. In drei Jahren. Bis dahin kann viel passieren.« Er lächelte. »Vor einem Monat hattest du nicht vor, dir ein Haustier zuzulegen, und jetzt bist du offiziell Tinsels Mom.«

»Stimmt. Wir haben die Papiere und alles.«

Hm, eine Beziehung mit Jake anfangen – also wirklich ein Paar sein und ihre Leben miteinander teilen? Sie war sich nicht sicher. Oh, sie verbrachte wahnsinnig gern Zeit mit ihm. Und der Sex war unglaublich. Außerdem war er gut im Umgang mit den Zwillingen und Tinsel. Er war stark, lustig, ein guter Gesprächspartner und jemand, auf den sie sich verlassen konnte. Unter anderen Umständen wäre er genau das, wonach sie suchte. Aber das hier waren keine anderen Umstände.

»Ich habe wirklich vor, wegzuziehen.«

Sein Blick war intensiv. »Das hast du sehr deutlich gemacht.«

»Also wird das mit uns unweigerlich enden.«

»Das ist der Plan.«

»Und trotzdem willst du mit mir ausgehen?«, hakte sie nach. »Exklusiv?«

»Ja, wir wären ein Paar.«

Warum? Warum wollte er das, wenn er doch wusste, dass es für sie kein Happy End gab?

Bevor sie eine Antwort darauf fand, zog er sie an sich. Sie ließ sich gegen ihn fallen in dem Wissen, dass er sie auffangen würde. Dann presste er seine Lippen auf ihre, während seine Hände anfingen, ihren Körper zu erkunden.

Als sie später wieder aus ihrem Liebesrausch auftauchten, legte Jake sich auf den Rücken, sodass Camryn ihren Kopf an seine Schulter betten konnte. Eine tiefe Befriedigung erfüllte sie. Sie fühlte sich schwach, war aber auch unglaublich glücklich. Noch war sie verwirrt über seinen Vorschlag von vorhin, aber vielleicht machte sie auch eine zu große Sache daraus.

»Wir reden also davon, offiziell zusammen zu sein?«, nahm sie das Thema wieder auf.

»Ja. Ich kann meine Collegejacke für dich ausgraben, wenn du möchtest. Ich bin mir sicher, dass meine Mom sie auf dem Dachboden aufbewahrt.«

»Ich dachte eher daran, dass ich so definitiv einen Begleiter für den Weihnachtsball hätte.«

Er gab ihr einen Kuss auf den Scheitel. »Den hättest du.«

Kurz überlegte sie, ob sie ihm sagen sollte, dass sie nicht vorhatte, sich in ihn zu verlieben. Diesen Schmerz brauchte sie in ihrem Leben nicht. Doch es schien ihr, als wisse er das bereits. Er bot ihr alles, was sie sich nur wünschen konnte, ohne irgendwelche Verpflichtungen außer Treue. Was hatte sie also zu verlieren?

»Ja, Jake«, sagte sie und drehte den Kopf so, dass sie ihm in die Augen schauen konnte. »Ich werde mit dir ausgehen.«

»Das freut mich.«

»Mich auch.« Sie lachte. »Du kannst deiner Mutter sagen, dass sie *Projekt: Jakes Braut* aufgeben kann. Du hast dir eine Freundin zugelegt, und nun hat Helen vorübergehend auch die gewünschten ›sofortigen Enkelkinder‹.«

»Mit deiner Entscheidung hast du sie zu einer sehr glücklichen Frau gemacht.«

19. Kapitel

Paisley rümpfte die Nase. »Ich weiß nicht«, sagte sie und betrachtete River von allen Seiten. »Das ist irgendwie zu …«

»Wuchtig«, warf Camryn ein. »Der gerüschte Rock ist überwältigend.«

River betrachtete ihr Spiegelbild und musste Camryn recht geben. Das schwarze Kleid passte, und wenn sie Schuhe mit hohen Absätzen anziehen würde, wäre die Länge perfekt. Und doch verlor sie sich förmlich in einem Meer aus Stoff, und das war nicht der Look, der ihr vorschwebte. Sie wollte sich auf dem Weihnachtsball wunderschön fühlen. Elegant und sexy. Sie wollte, dass Dylan bei ihrem Anblick der Mund offen stehen blieb. Das waren ziemlich hohe Anforderungen, aber sie war entschlossen, das richtige Kleid zu finden.

Zu dritt standen sie im Brautzimmer des *Mistelzweig-Resorts*. Das Podest in der Mitte und die Spiegelwände machten es zum perfekten Ort, um Ballkleider anzuprobieren.

Paisley trat hinter River und raffte den Stoff mit den Händen, um den Rock schmaler aussehen zu lassen.

River lachte. »Du kannst nicht den ganzen Abend hinter mir herlaufen und dafür sorgen, dass der Rock weniger rüschig ist. Dieses Kleid ist ein definitives Nein.«

»Du hast recht.« Paisley ließ den Stoff los. »Das Oberteil sitzt perfekt. Auch wenn ich kein großer Freund von angeschnittenen Ärmeln bin, sehe ich, dass der Designer ein Gleichgewicht schaffen wollte. Aber der Rock ist einfach zu viel.« Sie zog den Reißverschluss am Rücken auf, bevor sie vom Podest heruntersteig.

»Wie viele haben wir noch?«, fragte River, während sie das Kleid mit den Händen festhielt, damit es nicht herunterrutschte.

»Nur noch eines.« Camryn deutete auf die Kleider, die bereits an der Stange hingen. »Das blaue hat ein *Vielleicht* bekommen. Es ist hübsch, aber nicht umwerfend. Das weiße erinnert zu sehr an ein Hochzeitskleid. Und das hier ist zu mächtig.«

River weigerte sich, sich entmutigen zu lassen. Camryn hatte recht, das blaue Kleid wäre akzeptabel, auch wenn ihm der Wow-Faktor fehlte, auf den sie gehofft hatte. Wenn das letzte Kleid auch nicht passte, würde sie das blaue behalten und sich parallel im Internet auf die Suche machen. Es war noch ausreichend Zeit, um weitere Kleider zu bestellen und per Overnight-Kurier liefern zu lassen.

Paisley schüttelte das feuerrote Kleid aus. »In das hier setze ich große Hoffnungen«, sagte sie. »Sag Bescheid, wenn du Hilfe brauchst, um den Reißverschluss zu schließen.«

Sie und Camryn verließen den Raum. River ließ das schwarze Kleid zu Boden fallen. Sie trug nur einen kleinen Slip und High Heels. Bisher war keines der Kleider so geschnitten gewesen, dass sie einen normalen BH darunter hätte tragen können, und den halterlosen BH hatte sie nicht mitgebracht. Nicht, dass er viel zu halten hätte, dachte sie und lachte leise. Was gut war – zu ihrer zierlichen Figur würden große Brüste nicht passen. Sie war mit ihren moderaten Kurven sehr zufrieden.

Vorsichtig hängte sie das schwarze Kleid zu den anderen, bevor sie das rote vom Bügel nahm. Sie zog die Schuhe aus, öffnete den Reißverschluss und trat von oben in das Kleid hinein.

Der weiche Stoff glitt förmlich über ihre Haut. Als sie die Spaghetti-Träger über die Schultern schob, sah sie, dass der Ausschnitt tief, aber noch akzeptabel war. Der Stil passte zu ihr, und die Farbe war einfach grandios. Sie zog den Reißverschluss hoch und war überrascht, als er auf Höhe ihrer Taille stecken blieb. Neugierig drehte sie sich so, dass sie sich von hinten im Spiegel betrachten konnte.

»Oje«, murmelte sie.

Am Rücken war es noch tiefer ausgeschnitten, beinahe bis zu ihrem Po. Wieder drehte sie sich um und schaute sich im Spiegel an. Das Rot passte zu ihrer blassen Haut und ließ ihre Augen größer und dunkler wirken. Das Oberteil saß, als wäre es für sie gemacht worden. Sie schlüpfte in ihre Schuhe und lächelte, als sie sah, dass das Kleid die perfekte Länge hatte.

»Ich bin fertig!«, rief sie.

Paisley und Camryn kehrten in den Raum zurück.

»Oh, die Farbe gefällt mir«, sagte Camryn sofort.

»Du siehst bezaubernd aus«, erklärte Paisley. »Hübsch genug, um dich hassen zu können.«

Über den Spiegel fing River ihren Blick auf. »Wirklich? Du findest mich hassenswert?« Das war ein schwindelig machendes Kompliment.

»Total«, bestätigte Camryn.

»Kein BH«, sagte Paisley. »Ist das für dich in Ordnung?«

»Ja.« Normalerweise trug sie immer einen BH, aber bei diesem Kleid könnte sie darauf verzichten.

»Du siehst toll aus«, fand Camryn. »Das Kleid ist elegant und sexy. Mir gefällt der schlichte Schnitt und dass es keine Rüschen oder Verzierungen hat. Mit diesen Schuhen musst du nicht mal den Saum kürzen lassen.«

River drehte sich hin und her, um zu sehen, wie der Rock sich beim Tanzen bewegen würde. Doch sie hielt abrupt inne, als dabei ein langer Schlitz zutage kam, der bis zur Mitte ihres Oberschenkels reichte.

»Wussten wir davon?«, fragte sie leicht panisch.

Sie und Camryn schauten Paisley an, die nur mit den Schultern zuckte.

»Ich habe Kleider in deiner Größe bestellt«, sagte sie. »Es gab unzählige zur Auswahl. Ich kann nicht beschwören, dass ich *nicht* von dem Schlitz gewusst habe. Aber ich erinnere mich nicht mehr. Ist das ein Dealbreaker?«

River drehte sich einmal langsam im Kreis, dabei schwang der Stoff auf und zeigte ihr nacktes Bein. Dieses Aufblitzen von Haut war unerwartet, und sie hatte das Gefühl, wenn Dylan es das erste Mal sähe, bliebe ihm wirklich der Mund offen stehen.

»Es ist perfekt«, hauchte sie. Sie würde sich in diesem Kleid sexy und selbstbewusst fühlen. »Ich behalte es.«

Camryn grinste. »Wenn ich du wäre, würde ich es in jeder Farbe bestellen und bei jeder Gelegenheit tragen. Es ist umwerfend. Genau wie du.«

»Ich glaube, es würde seltsam aussehen, wenn ich damit in den Supermarkt ginge«, sagte River.

»Ich weiß nicht«, überlegte Paisley laut. »Vielleicht mit den richtigen Accessoires?«

Sie alle lachten, dann ließen ihre Freundinnen River allein, damit sie sich umziehen konnte. Als sie fertig war, packten sie schnell die Kleider ein, die zurückgeschickt werden sollten, und brachten sie runter zu Camryns SUV. Sie würde sie zu *Schleifchen drum* mitnehmen und am nächsten Morgen wegschicken. Das rote Kleid legte River auf die Rückbank ihres Autos.

Als sie damit fertig waren, gingen sie in die Lobby des Hotels.

»Ich mache mich dann mal wieder an die Arbeit«, sagte Paisley. »Kommt ihr zwei alleine klar?«

Rivers Magen zog sich zusammen. Das Anprobieren der Kleider hatte sie genossen, aber auf das, was jetzt folgte, freute sie sich wesentlich weniger.

Camryn nahm ihr Handy heraus und schickte eine Nachricht ab. »Jake meinte, wir sollten ihm Bescheid sagen, wenn wir fertig sind. Wir treffen uns mit ihm im kleinen Ballsaal.«

Paisley nickte und wandte sich an River. »Du wirst das super machen. Es ist nur ein Tanz, danach kannst du dich entspannen und den Ball genießen.«

River lächelte angespannt und versuchte, sich nicht anmerken zu lassen, wie übel ihr auf einmal war.

Paisley zog sich in ihr Büro zurück, während Camryn sich in Richtung des Korridors wandte. Sie folgten den Schildern zum Ballsaal und traten ein. Camryn schaltete die Lichter an, und Sekunden später gesellte Jake sich zu ihnen. Er hatte einen kleinen Lautsprecher mitgebracht.

»Ladys«, sagte er und sah sie beide lächelnd an.

»Hi«, begrüßte Camryn ihn.

River wollte sich gerade für seine Hilfe bedanken, als ihr der Ausdruck in den Augen der beiden auffiel. Eine starke Energie floss zwischen ihnen – zu zwei Teilen sexueller Art, zu einem Teil etwas, das sie nicht definieren konnte.

Okay, dachte sie und unterdrückte ein Grinsen. Das mit den beiden hatte eine interessante Wendung genommen. Offensichtlich waren sie ein Paar, auch wenn Camryn nichts davon gesagt hatte.

River wartete, bis die beiden in der Lage waren, ihre Blicke voneinander zu lösen.

»River«, sagte Jake und räusperte sich. Er deutete auf den Lautsprecher. »Ich habe ein paar Walzer heruntergeladen, zu denen wir üben können. Das erste Stück auf dem Weihnachtsball war immer ein Walzer, und ich habe mich bei meiner Mutter rückversichert, dass sich das nicht geändert hat.« Sein Lächeln kehrte zurück. »Sie hat so ihre Quellen.«

»Das glaube ich gern.«

»Der Walzer ist ein einfacher Tanz mit einem Dreivierteltakt. Eins-zwei-drei.« Er sah sie an. »Bei drei erfolgt eine Verlagerung des Gewichts.«

Sie stellten sich in einer Reihe auf, sodass Jake von den beiden Frauen flankiert wurde. »Zuerst die Schritte der Damen. Gewicht auf den linken Fuß, dann mit dem rechten Fuß einen Schritt zurück, den linken Fuß danebenstellen und schließen. Dann mit dem linken Fuß nach vorne, den rechten daneben und schließen.«

Er trat ein paar Schritte vor und zeigte es ihnen. »Beim Schließen verlagert ihr das Gewicht und entspannt euch in den Hüften.«

Dann kehrte er zu ihnen zurück. »Okay, Gewicht auf dem linken Fuß, Schritt zurück, mit dem anderen folgen und schließen.«

River gelang es, die Schritte nachzumachen, es fühlte sich jedoch seltsam und unnatürlich an. Sie hatte Probleme damit, das Gewicht im richtigen Moment zu verlagern, und wäre ein paarmal beinahe gestolpert. Jake blieb jedoch geduldig und zeigte es ihr wieder und wieder.

»Versuchen wir es mal zusammen«, schlug er vor und stellte sich vor sie.

»Zurück, seitlich, schließen«, sagte er, während sie sich gemeinsam bewegten. Doch anstatt nach hinten zu gehen, machte River einen Schritt vor und trat ihm auf den Fuß.

»Sorry.« Sie zog sich zurück. »Warum ist das so schwer?«

»Du schaffst das«, ermutigte Camryn sie. »Versuch es noch mal.«

»Wie wäre es, wenn wir es ihr zeigen?«, fragte Jake an sie gewandt.

Camryn lachte. »Ich bin auch erst dabei, es zu lernen. Du bist der einzige Könner hier im Raum.«

»Ich hatte als Teenager ein paar Stunden.«

»Ja, klar. Du bist wie ein echter Profitänzer.«

Wieder war die Energie zwischen den beiden förmlich greifbar. Jake streckte seine Arme aus, und Camryn trat vor ihn. Sie passen gut zusammen, dachte River. Ihr fiel auf, wie Jake Camryn an sich zog.

»Rück, seit, schließen«, sagte er, den Kopf nah an ihrem. »Vor, seit, schließen.«

Ihre Bewegungen waren flüssig. Camryn schien mit ihm zu verschmelzen. Als ihre Blicke sich trafen, hatte River das Gefühl, dass die beiden sie ganz vergessen hatten.

Ein Anflug von Neid packte sie. Das will ich auch, gestand sie sich ein – diese Art von Verbindung. Seitdem sie nach Wishing Tree gezogen war, hatte sie große Fortschritte darin gemacht, sich in die Gemeinschaft einzubringen. Sie hatte Freunde und ein gewisses Gefühl der Zugehörigkeit gefunden. Doch am Ende des Tages war sie immer noch allein. Der Drang, eine Verbindung zu einem Partner zu haben, war in den meisten Menschen stark. Und Camryn und Jake so ineinander versunken zu sehen, weckte in ihr den Wunsch nach einem Mann an ihrer Seite. Jemanden, den sie lieben könnte und der diese Liebe erwiderte. Jemanden, bei dem sie darauf vertrauen konnte, dass er ehrlich war. Jemanden, um den sie sich kümmern konnte und der sich um sie kümmerte.

Sie schnappte sich ihre Handtasche und verließ den Ballsaal.

Auf dem Weg zur Garderobe hielt sie inne, um ihr Handy herauszunehmen. Kurz zögerte sie, dann tippte sie eine Nachricht.

Mir ist das Gerücht zu Ohren gekommen, dass du tanzen kannst. Hättest du Zeit, mir den Walzer beizubringen? Es wäre mir unangenehm, die königliche Familie so spät in der Saison zu enttäuschen.

Sofort flimmerten die drei Punkte auf, als Dylan antwortete.

Für meine Königin tue ich alles. Der beste Ort zum Üben ist vermutlich meine Werkstatt. Ich bin jetzt zu Hause, wenn du Zeit hast?

Dann schickte er ihr seine Adresse.

Bin schon auf dem Weg.

Sie brauchte beinahe dreißig Minuten, um die Bergstraße vom Resort herunterzufahren und die Stadt zu durchqueren. Dabei verließ sie sich auf ihr Navigationssystem, das sie an der Grundschule vorbeiführte und dann noch einige Meilen weiter in südöstliche Richtung. Die Häuser hier waren älter und standen auf großen Grundstücken, die mit vielen Bäumen bewachsen waren. Die Straßenlaternen wirkten bezaubernd altmodisch.

River bog in Dylans Einfahrt ein und parkte den Wagen. Im selben Moment ging die Haustür auf, und Dylan trat heraus. In der Sekunde, in der sich ihre Blicke trafen, wurde River zu gleichen Teilen von Erleichterung und Vorfreude gepackt – eine Mischung, die sie sehr glücklich machte.

»Hi«, sagte er und öffnete ihre Fahrertür. »Hast du gut hergefunden?«

Sie nickte. »Dank meines Navis. In diesem Teil der Stadt bin ich noch nie gewesen. Es ist sehr hübsch hier.« Sie lächelte. »Also bist du nicht der Typ für ein Luxuspenthouse?«

»Ich wollte eine eigene Werkstatt, und hier gab es bereits ein großes Nebengebäude, das ich umbauen konnte. Ich mag es, etwas Abstand zu meinen Nachbarn zu haben.«

River stieg aus, nahm ihre Handtasche und die Tüte mit ihren Schuhen vom Beifahrersitz und schloss die Wagentür hinter sich. Dylan legte eine Hand an ihre Taille und gab River einen leichten Kuss.

»Ich freue mich, dich zu sehen«, sagte er.

»Ich mich auch.«

Er legte den Arm um sie und führte sie vom Haus weg. Sie kamen an einer Garage mit drei Toren vorbei und gingen weiter zu einem großen Nebengebäude. Lichter erhellten den frisch frei geschaufelten Weg, der mit Sand bestreut war.

»Hast du den Weg extra für mich geräumt?«, fragte sie.

Er zog die Tür zu seiner Werkstatt auf. »Es könnte sein, dass ich ihm den letzten Schliff verpasst habe. Du bist bei solchen Bodenverhältnissen immer noch nicht ganz sicher auf den Beinen.«

Gemeinsam betraten sie den weitläufigen Raum, der mit einer hohen Decke und großen Fenstern ausgestattet war. Hier drinnen war es wärmer, als sie erwartet hatte. Ob Dylan nach ihrem Anruf wohl extra die Heizung aufgedreht hatte, damit sie während ihrer Tanzstunde nicht fror?

Als sie Mantel und Schal aufhängte, beobachtete sie ihn, wie er sie beobachtete. Er war ein attraktiver Mann – auch wenn ihr das Aussehen von Menschen nicht sonderlich wichtig war. Aber es war ein netter Bonus. Er war nicht so groß wie Jake, doch seine Schultern waren breiter, und er war stark.

Mit einem Mal blitzte ein Bild vor ihrem inneren Auge auf, wie er sie zu seinem Bett trug – sie hochhob, als wöge sie nichts. Das hat noch nie jemand getan, dachte sie sehnsüchtig. Und auch wenn diese Fantasie nicht sonderlich feministisch war, glaubte sie, dass alle Frauen ab und zu mal von einem Mann von den Füßen gerissen werden sollten.

Aus der Tüte holte sie ein Paar Schuhe mit niedrigem Absatz und tauschte sie gegen ihre Stiefel. Gerade wollte sie sagen, dass sie bereit wäre, als ihr Blick an Dylan vorbeiglitt und sie aufkeuchte.

»Du machst Schaukelstühle.«

An der hinteren Wand stand bestimmt ein halbes Dutzend fertiger Schaukelstühle und daneben mehrere in verschiedenen Fertigungsstadien. Sie alle waren aus unterschiedlichem Holz gemacht – einige ganz schlicht, andere reich verziert.

Sie ging darauf zu und strich mit der Hand über das weiche, glänzende Holz. Dylan folgte ihr.

»Das ist mehr ein Hobby«, erklärte er. »Vor ein paar Jahren hatte ich eine schwangere Kundin, die so zierlich war wie du. Sie hat sich beschwert, dass alle Schaukelstühle für sie zu groß wären und deshalb unbequem. Ich habe eine Weile über das Problem nachgedacht und ihr dann eine etwas kleinere Version gebaut. Sie hat einer Freundin davon erzählt, und dann hat das irgendwie die Runde gemacht.«

Er schob die Hände in die vorderen Hosentaschen. »Ich habe eine Website, über die die Leute mich finden. Ich nehme immer nur zwei bis drei Aufträge auf einmal an. Für mehr hält mich mein normaler Job zu sehr auf Trab.«

»Du hast eine Website? Die muss ich mir angucken.«

Er verzog das Gesicht. »Äh, lieber nicht. Du wirst nicht beeindruckt sein. Im Gegenteil, wenn du sie gesehen hast, wirst du danach wesentlich weniger von mir halten.«

Sie lächelte ihn an. »Ich werde dich nicht aufgrund deiner Website verurteilen. Die Stühle sind wunderschön, und ich finde es großartig, dass du sie machst.«

»Wirklich?«

»Ja, wirklich.«

Sie schauten einander an. River meinte, eine gewisse Spannung zwischen ihnen zu fühlen, fürchtete aber, dass das nur Wunschdenken war. Vor allem weil Dylan sich jetzt von ihr entfernte, zur anderen Seite des großen Raumes ging und eine Musikanlage anschaltete. Sekunden später hallten die vertrauten Klänge des Donauwalzers durch die Luft.

»Oh, ich bin noch nicht so weit, mit Musik zu üben«, sagte sie.

Er kam auf sie zu. »Mit Musik geht es besser. Vertrau mir.«

Er zeigte ihr noch einmal die Grundschritte, die Jake schon versucht hatte, ihr beizubringen. Doch dieses Mal fiel es River leichter, sich zu erinnern, was sie wann tun sollte. Und als Dylan sie in die Arme nahm, gelangen ihr sogar ein paar Schritte, bevor sie über seinen Fuß stolperte.

Errötend zog sie sich zurück. »Ich bin hier drin nicht wirklich gut. Tut mir leid.«

»Du machst das sehr gut. Es braucht ein wenig Übung.«

»Hast du als Teenager wirklich Unterricht genommen?«

Seine blauen Augen funkelten amüsiert auf. »Ja. Jake und ich zusammen. Helen hat darauf bestanden. Uns war das unendlich peinlich, aber dann hat die Tanzlehrerin ein paar sehr hübsche Partnerinnen für uns mitgebracht, was definitiv geholfen hat.« Er zwinkerte ihr zu. »Ich war damals sehr oberflächlich, und von hübschen Mädchen umgeben zu sein, hat meinen Tag erhellt.«

»Und heute magst du keine hübschen Frauen mehr?«, zog sie ihn auf.

»Doch. Aber ich rede nicht mehr so viel darüber.«

Sie lächelte ihn an und trat wieder in seine Arme. Es gefiel ihr, wie sicher er sie hielt und führte, indem er immer anzeigte, was sie als Nächstes tun sollte. Wenn sie einen Schritt nach hinten machen musste, drückte er sanft gegen ihre Hand, und er zog leicht, wenn sie nach vorne gehen sollte.

»Zurück, seitlich, ran«, flüsterte er, genau wie Jake es getan hatte. Nur fühlten sich die Worte bei Dylan wie eine Verführung an. »Vor, seitlich, ran. Atme ganz normal weiter. Entspanne dich. Ich halte dich. Zurück, seitlich, ran. Vor, seitlich, ran.«

Sie tanzten durch die Werkstatt. River versuchte, die Musik zu fühlen und die Schritte anzupassen. Nach einer guten halben Stunde schaffte sie es, den gesamten Walzer durchzutanzen, ohne Dylan ein einziges Mal auf die Füße zu treten.

»Super gemacht«, lobte er sie. »Wir sollten eine Pause einlegen und in ein oder zwei Tagen noch mal üben. Bis zum Weihnachtsball bist du ein Profi.«

Zögerlich nahm sie ihre Arme herunter. »Danke, dass du mir hilfst. Mit dir war das so einfach und unkompliziert.«

»Sehr gern.« Er schaltete die Musik aus und sah River an. »Eines verstehe ich allerdings nicht – wieso kann eine so wunderschöne Frau wie du keinen Walzer tanzen?«

Sie lachte. »Wo hätte ich das lernen sollen? Zumal ich auf keinen der Highschool-Bälle gegangen bin.«

Kurz wirkte er verwirrt, dann klärte sich seine Miene. »Wegen deiner Operationen. Du warst nicht gerade die Neue, aber dennoch jemand, den die anderen nicht jeden Tag gesehen haben.«

Sie nickte. »Es war hart. Ich empfand mich als Außenseiterin. In der Schule konnte ich mithalten, aber darum ging es nicht.«

»Ja, das verstehe ich.« Sein Blick war sanft. »Nach den Operationen hast du dich vermutlich erst einmal nur langsam bewegen können. Vielleicht hast du sogar gehumpelt oder bist ab und zu gestolpert. Noch dazu bist du schüchtern, was die Sache ungleich komplizierter gemacht hat.«

Sie trat einen Schritt zurück. »Ja, so bin ich«, sagte sie leichthin. »Voller Makel und Fehler.«

»Nein.« Er trat vor sie und berührte ihre Wange. »Stark. Entschlossen. Tapfer.«

Die Worte gefallen mir, dachte sie sehnsüchtig. Genau wie die Art, wie er sie ansah.

»Jemand hätte erkennen müssen, was alles dahintersteckt«, sagte er. »Irgendein Junge hätte das wundervolle Lächeln, die hübschen Augen sehen müssen. Dass sie es nicht taten, bedeutet, dass ich mich für die Dummheit meines Geschlechts entschuldigen muss.«

Sie lachte. »Das musst du gar nicht. Und es ist zwar egal, aber Tatsache ist, dass ich meinen ersten Freund erst auf dem College hatte und sich das als Katastrophe entpuppte.«

»Wie das?«

River zögerte, weil sie nicht wusste, wie viel sie sagen sollte. »Er war nicht der, für den ich ihn gehalten habe.« Sie verzog das Gesicht. »Er war süß und nett und fürsorglich, und ich dachte, das wäre echt. Er hat mir kleine Geschenke gemacht – bunte Stifte oder USB-Sticks. Eines Tages schenkte er mir eine wunderschöne Kette. Ich habe mich für so einen Glückspilz gehalten.«

Dylans Miene war neutral. »Du gibst gerne kleine Geschenke, also weißt du es natürlich zu schätzen, wenn jemand diese Geste erwidert.«

Sie nickte. »Und dann war ich wegen irgendeiner Besorgung unterwegs und landete in einem kleinen Geschenkeladen. Dabei trug ich die Kette. Die Besitzerin sah mich und fing an zu schreien. Sie meinte, die Kette wäre in der Woche zuvor gestohlen worden. Sie wusste, dass es ihre war, weil es sich um ein Einzelstück handelte. Sie war so wütend. Ich wusste nicht, was ich tun sollte, also bin ich abgehauen.«

Noch immer erinnerte sie sich daran, wie verwirrt und verängstigt sie gewesen war. Sie war ins Studentenwohnheim gerannt und hatte sich stundenlang in ihrem Zimmer eingeschlossen.

»Ich habe ihn zur Rede gestellt«, sagt sie leise. »Ich dachte, es wäre ihm peinlich oder so, aber er hat nur gelacht.« Sie sah Dylan an. »Er sagte, er wäre ein armer, mittelloser Student. Wie sich herausstellte, waren alle seine Geschenke gestohlen. Er meinte, er hätte das getan, um mich glücklich zu machen.«

Dylan zog sie an sich. »Das tut mir leid. Er war ein Arsch. Ich wünschte, du hättest das nicht erleben müssen.«

River entspannte sich in seiner Umarmung. In seiner Nähe fühlte sie sich immer wohl.

»Ich habe die Kette zurückgegeben.«

»Natürlich hast du das.«

Sie sah ihn an. »Woher weißt du das?«

»Weil du so bist.«

Er senkte den Kopf und küsste sie. Seine Lippen waren warm und fest, und sie spürte einen Anflug von zurückgehaltener Leidenschaft. Als er seine Hände an ihre Hüften legte, gab sie sich ganz dem Kuss hin. Es gefiel ihr, wie die Lust sich langsam in ihr ausbreitete. Sie öffnete den Mund, um den Kuss zu vertiefen, und Dylan reagierte sofort. Sie genoss, was sie taten, doch früher, als ihr lieb war, trat Dylan einen Schritt zurück.

»Ja, das ist keine gute Idee«, sagte er bedauernd. »Du bist eine zu große Verlockung, und ich will nicht, dass das hier außer Kontrolle gerät. Also werde ich dich nicht bedrängen.«

Was süß ist, dachte River, zu gleichen Teilen enttäuscht und verständnisvoll.

»Es ist ein wenig zu früh, um die Dinge auf die nächste Stufe zu heben«, stimmte sie zu, doch dabei fragte sie sich, wie sich »außer Kontrolle« mit Dylan wohl anfühlen würde. Gut, entschied sie. Sehr, sehr gut.

Er wartete, während sie ihre Schuhe gegen die Stiefel tauschte, dann half er ihr in den Mantel. Auf dem Weg zu ihrem Wagen legte er einen Arm um sie.

»Ist es für dich in Ordnung, zu fahren?«, fragte er. »Ich kann dich auch bringen und Jake bitten, mir morgen zu helfen, dir deinen Wagen zurückzubringen.«

»Nein, ist schon gut«, antwortete sie. »Es ist kalt, aber die Straßen sind trocken. Für die nächsten Tage wird kein neuer Schnee erwartet.«

»Und das weißt du, weil du aufmerksam den Wetterbericht verfolgst«, zog er sie auf.

»Ja, das scheint mir hier wichtig zu sein.«

Er öffnete die Fahrertür. Sobald River sich hinters Lenkrad gesetzt hatte, gab er ihr noch einen Kuss.

»Wir üben bald noch einmal«, versprach er. »Du wirst das super machen.«

Lächelnd startete sie den Motor. Sollte ich auf der Tanzfläche erfolgreich sein, hätte ich das nur Dylan zu verdanken, dachte sie auf dem Heimweg.

Camryn zählte das Wechselgeld für den Tag. Die meisten ihrer Kunden hatten zwar ein Konto bei ihr oder bezahlten mit Kreditkarte, doch es gab ein paar, die es vorzogen, in bar zu zahlen. Sie legte die nötigen Scheine in die Kassenschublade und brachte den Rest in ihr Büro, um ihn in den Safe zu packen.

Die Geschäfte laufen gut, dachte sie fröhlich, als sie in den Laden zurückkehrte und die Tür aufschloss. Sie hatte nicht nur das große Projekt für das Resort erledigt, sondern auch alle Bücher für Dylan eingepackt. Er hatte sie am Vorabend abgeholt. Camryn fragte sich immer noch, woher er das Geld für so viele Bücher hatte und wie er die an die Kinder verteilen wollte. Doch sie würde ihn nicht danach fragen, denn es ging sie nichts an.

Kurz überlegte sie, ob River wohl wusste, dass Dylan der geheime Weihnachtsmann der Stadt war. Und wenn nicht, ob sie es ihr sagen sollte. Sie waren befreundet, was etwas bedeutete. Doch sie hatte Dylan versprochen, nichts zu verraten, und außerdem tat er ja nichts Schlimmes. Im Gegenteil, es sprach für seinen Charakter. Trotzdem gefiel es ihr nicht, etwas vor River geheim zu halten.

»Ich hasse es, wenn der Tag mit einem moralischen Dilemma beginnt«, murmelte sie. Zum Glück kamen in diesem Moment mehrere Kunden herein und boten die perfekte Ablenkung.

Um kurz nach elf tauchten Reggie und ihre Dänische Dogge Belle auf.

»Ich dachte, es ist an der Zeit, dass die Mädchen sich kennenlernen«, sagte Reggie lachend. »Außer du glaubst, dass Belle für Tinsel zu viel ist.«

Camryn lachte ebenfalls. »Ich denke, wir sollten definitiv gucken, was passiert. Tinsel ist ziemlich selbstbewusst, also glaube ich, dass sie damit klarkommt.« Sie streichelte Belles riesigen Kopf. »Außerdem bist du das süßeste Mädchen von allen, oder?«

Belle wedelte mit ihrer langen Rute.

Gemeinsam gingen sie nach hinten. Reggie ließ Belle Sitz machen, während Camryn ihre Hündin rief, die im Büro schlief. Der kleine Chihuahua kam herausgetrottet und marschierte auf Camryn zu, blieb dann aber nach ein paar Schritten stehen. Ihr Blick fiel auf Belles Pfoten und glitt dann langsam nach oben. In der Sekunde, in der sich ihre Blicke trafen, sprang Tinsel zurück, als wäre sie von Belles Größe überrascht. Belle sah genauso verwirrt aus.

»Ich glaube, sie wissen nicht, was die jeweils andere ist«, sagte Camryn leise und unterdrückte ein Lachen.

Reggie schüttelte den Kopf. »Ich weiß ja kaum, was sie ist.« Sie zog einen kleinen Pullover aus der Manteltasche und hielt ihn hoch. »Ich habe die Größe geraten, aber ich glaube, der wird Tinsel viel zu groß sein.« Nachdenklich musterte sie den Chihuahua. »Ich werde es noch mal mit wesentlich dünneren Stricknadeln probieren.«

Vorsichtig näherte Tinsel sich der Dogge. Belle ließ sich ins Platz sinken und streckte die langen Vorderbeine vor sich aus. Tinsel kam nahe genug, um an ihren Pfoten zu schnuppern. Belle senkte den Kopf, sodass die beiden einander mit der Nase berühren konnten.

Dann erwachte Tinsels Schwanz zum Leben, und sie ging in die Spielstellung. Sofort sprang Belle auf und rannte ihr nach. Sie liefen im Hinterzimmer herum, bevor sie in den Laden stürmten und im Kreis um die Packtische flitzten.

»Das läuft nicht gut«, sagte Reggie lachend und eilte hinter ihrem Hund her.

Camryn folgte ihr. Sie stellte sich den Hunden in den Weg und nahm Tinsel auf den Arm.

»Und schon ist eine neue Freundschaft geboren«, sagte sie und gab der Hündin einen Kuss auf den kleinen Kopf. »Wir müssen ein Treffen für die beiden vereinbaren, damit sie zusammen spielen können.«

Reggie sah sie seltsam an, bevor sie Belle anleinte. »Das ist eine gute Idee. Und sag deinen Schwestern, wenn sie vorbeikommen und über Hundemode reden wollen, bin ich dabei.«

Camryn wusste, dass Reggie den Zwillingen angeboten hatte, ihnen beizubringen, wie man Hundekleidung näht. »Ich weiß, dass sie jegliche Hilfe zu schätzen wissen. Sie wollen, dass Tinsel superstylish ist. Geht es dir gut?«

Reggie blinzelte ein paarmal. »Ja. Warum fragst du?«

»Ich weiß nicht. Vor ein paar Sekunden hast du komisch reagiert. Als hätte ich etwas gesagt, das dich traurig gemacht hat.«

»Nein, mir geht es gut.« Reggie lächelte, bevor sie Camryn – und vermutlich sich selbst – damit überraschte, dass sie in Tränen ausbrach.

Camryn packte sie am Arm und zog sie und Belle mit in ihr Büro. Als sie saßen und die Hunde damit beschäftigt waren, sich gegenseitig zu beschnüffeln, schob Camryn ihrer Freundin eine Packung Taschentücher zu.

»Sprich«, sagte sie mit fester Stimme.

»Mir geht es gut«, wiederholte Reggie und wischte sich die Augen ab. »Wirklich. Ich bin so glücklich. Letztes Jahr hatte ich Angst, über die Feiertage nach Hause zu kommen, und jetzt lebe ich mein bestes Leben. Alles ist perfekt.« Sie lachte erstickt auf. »Das meine ich ernst.«

»Warum weinst du dann?«

»Ich kann nicht anders. Meine Hormone sind total durcheinander.« Sie schniefte und schaute sich dann um, als wollte sie sichergehen, dass sie alleine waren. »Du darfst es niemandem verraten. Versprochen?«

Camryn nickte und wappnete sich für schlechte Neuigkeiten.

»Ich bin schwanger.«

Diese unerwartete Ankündigung ließ Camryn aufspringen. Reggie erhob sich ebenfalls, und sie umarmten einander.

»Du bist schwanger! Das ist großartig. Ich freue mich so für dich.«

»Noch weiß es keiner«, gestand Reggie. »Ich habe den Test erst vor drei Tagen gemacht. Nächste Woche habe ich einen Termin beim Arzt, um es bestätigen zu lassen. Aber ich bin mir sicher. Doch ich will es Toby erst an Heiligabend sagen. Ich weiß, das ist albern, aber trotzdem. Und meiner Familie will ich es am ersten Weihnachtstag erzählen.«

»Ich werde keinen Ton sagen«, versprach Camryn. »O Reggie, herzlichen Glückwunsch. Du bist bestimmt außer dir vor Freude.«

»Das bin ich. Wir wollen mehrere Kinder haben. Natürlich liebe ich Harrison, aber ich will eine große Familie. Und Toby will das auch.« Sie schniefte erneut und wedelte mit der Hand. »Bisher habe ich noch keine morgendliche Übelkeit, aber die Hormone …«

»Das ist es wert.«

Sie unterhielten sich noch einen Moment, bevor Reggie ging. Camryn kehrte in den Laden zurück, bereit, sich dem restlichen Tag zu stellen. Nur fiel es ihr schwer, nicht an Reggies Neuigkeiten zu denken. Ihre Freundin bekam ein Baby, und auch wenn Camryn sich für sie freute, war sie traurig und sogar ein wenig eifersüchtig.

Sie war beinahe dreißig. Vor zehn Jahren hatte sie angenommen, dass sie in diesem Alter beruflich Fuß gefasst hätte und wenn schon nicht verheiratet, dann zumindest verlobt wäre. Wie Reggie wollte auch sie mehrere Kinder. Die Zwillinge waren unglaublich, und sie war dankbar, sie als Schwestern zu haben, aber es war nicht dasselbe wie eigene Kinder.

Außerdem wollte sie einen tollen Mann, den sie liebte und der ihre Liebe erwiderte. Sie wollte heiraten und eine Familie gründen. Sie wollte ein Haus und Traditionen und Babys. Mindestens zwei. Aber so, wie ihr Leben derzeit lief, würde das niemals passieren. Drei Jahre würde sie noch in Wishing Tree bleiben und dann in Chicago wieder ganz neu anfangen. Sobald sie umgezogen wäre, würde es eine Weile dauern, bis sie sich wieder eingelebt hätte. Und dann musste sie noch jemanden finden und sich verlieben. Wenn sie Glück hätte, wäre sie in fünf oder sechs Jahren verheiratet.

Das ist eine lange Zeit, um auf die Erfüllung meines Traums zu warten, dachte sie traurig. Eine lange Zeit, um ihr Leben auf Eis zu legen, wie River es ausgedrückt hatte. Nur gab es keine andere Option. Nicht mal in der Form eines großen, attraktiven Mannes, der in ihr den Wunsch weckte, es könnte anders sein.

20. Kapitel

River war mit den Sicherheitsüberprüfungen für ihre Klienten fertig und wollte sich gerade aus ihrem Computer ausloggen, als sie aus einem Impuls heraus entschied, sich nach verfügbaren WLAN-Netzen umzuschauen. Sie fand eines mit einem Schlosssymbol für *Schleifchen drum*, was schon mal nicht schlecht war, aber sie war nicht sicher, wie gut Camryns Firewall wirklich war. Zwanzig Minuten später hatte sie sich in das System gehackt und Zugriff auf den Computer ihrer Freundin. Zum Glück lagerten ihre Bankunterlagen auf einem sichereren System, aber trotzdem. Warum nahmen die Leute den Schutz ihrer Computer nie wirklich ernst?

Sie stand auf und streckte sich, bevor sie nach unten ging. Camryn war gerade mit einer Kundin beschäftigt. River streichelte Tinsel, bis ihre Freundin frei war, dann ging sie zu ihr an die Kasse.

»Du brauchst eine neue Firewall«, sagte River. »Ich habe keine halbe Stunde gebraucht, um deine jetzige zu knacken. Jeder, der es erst meint, könnte es genauso schnell schaffen.«

Camryn starrte sie an. »Wie bitte? Du hast *was*?«

»Ich habe deine Firewall geknackt. Du brauchst einen besseren Schutz.« Sie reichte ihr ein Blatt Papier. »Hier sind drei gute Produkte. Such dir eines aus, und ich installiere es für dich. Außer, du willst das selbst machen.«

Camryn fing an zu lachen. »Du hast wirklich Talent, oder?«

»Ja, das kann man so sagen.«

»Wenn die Zwillinge also wissen wollen, was ich mir zu Weihnachten wünsche, könntest du dir einfach meinen Browserverlauf ansehen und es ihnen sagen?« Wieder lachte sie. »Ich meine, so muss ich wenigstens keinen Wunschzettel schreiben.«

River schüttelte den Kopf. »Sag das nicht. Ich spioniere meinen Freunden nicht nach. Ich habe mir nichts angesehen, sondern nur das System getestet. Deine Bankunterlagen sind übrigens sicher. Was immer du da machst, behalte es bei.«

»Wow.« Camryn sah sich die Namen auf der Liste an. »Ich habe keine Ahnung, was ich sagen soll, außer Danke.«

»Ich will nicht, dass dich jemand mit Ransomware erpresst. Wenn das passiert, könnte ich es vermutlich richten, aber es ist immer so ein Ärger, sich mit diesen Leuten herumzuschlagen. Sie suchen nach einfachen Zielen. Wenn dein Computer gut geschützt ist, versuchen sie es woanders. Also gib ihnen gar nicht erst einen Grund, es bei dir zu probieren. Ich könnte morgen etwas früher kommen und vor Ladenöffnung die neue Firewall installieren. Sagen wir um acht?«

»Ja, das passt.« Camryns Miene wurde ernst. »Du wirst mir deine Zeit in Rechnung stellen, oder?«

»Ach bitte. Nein. Das mache ich nicht. Wir sind Freundinnen.«

»Du bezahlst doch auch das Geschenkpapier, das du hier kaufst.«

Das ist ein gutes Argument, dachte River. »Na gut. Ich stelle dir meine Zeit in Rechnung.« Aber mit einem Freundschaftspreis, merkte sie innerlich an.

»Dann sehen wir uns um acht.«

River kehrte in ihr Büro zurück. Es war erst zwei Uhr am Nachmittag, aber sie war mit ihrer Arbeit für heute fertig. Normalerweise würde sie nach Hause gehen und backen oder ein wenig lesen. Aber aus irgendeinem Grund wollte sie beides nicht. Sie war rastlos und angespannt.

Das ist alles Dylans Schuld, dachte sie und drehte sich mit ihrem Schreibtischstuhl hin und her. Der Mann hatte sie geküsst, bis sie atemlos war, und sie dann zu ihrem Auto gebracht und nach Hause geschickt. Er war ein Gentleman, und an den meisten Tagen war das etwas Gutes. Aber im Moment war es das nicht.

Sie schloss die Augen und erinnerte sich noch einmal an ihren gemeinsamen Tanz. Es hatte ihr gefallen, wie er sie gehalten hatte.

Und dass er so geduldig gewesen war. Sie mochte seine Stärke und die kleinen Fältchen um seine Augen, wenn er lächelte. Sie mochte es auch, dass sie ihm vertrauen konnte – er war kein Mann, der Geheimnisse hatte.

Ihr Handy vibrierte. Sie warf einen Blick darauf und lächelte, als sie die Nachricht sah.

Hey, wie geht es dir? Ich kann nicht aufhören, an dich zu denken.

Schnell tippte sie ihre Antwort ein.

Ich habe auch gerade an dich gedacht.

Sie hielt inne und fügte dann an:

Kannst du dir den Rest des Nachmittags freinehmen?

Klar. Willst du was unternehmen?

Ja. Ich bin in zehn Minuten zu Hause. Warum kommst du nicht rüber?

Es folgte eine lange Pause, bevor die drei Punkte auftauchten.

Um … gemeinsam abzuhängen?

Sie lächelte.

Ich dachte, wir gucken mal, ob wir ein wenig außer Kontrolle geraten können.

Die Antwort darauf kam sofort.

Das bin ich schon.

Dylan trat aus der Dusche, und sofort stieg ihm der Duft von Zimtschnecken in die Nase. Grinsend fing er an, sich abzutrocknen. Wenn er nicht schon halb dabei gewesen wäre, sich in River zu verlieben, hätte dieser Geruch ihm den letzten Schubs gegeben.

Sie war unglaublich. Nicht nur wunderschön, sondern auch lustig. Und süß und sexy und ziemlich wild im Bett.

Der gestrige Tag war unglaublich gewesen. Sie hatten es kaum nach oben geschafft, bevor sie einander die Kleider vom Leib gerissen hatten. Beim zweiten Mal hatten sie es langsamer angehen lassen, hatten einander erkundet und sich gegenseitig Vergnügen verschafft. Kurz waren sie zu ihm nach Hause gefahren, damit er ein paar Sachen holen konnte, um die Nacht bei ihr zu verbringen. Dann hatten sie es sich bei ihr gemütlich gemacht. An diesem Morgen, nachdem sie sich noch einmal geliebt hatten, war sie nach unten gegangen, um Zimtschnecken zu backen.

»Diese Frau lasse ich nicht davonkommen«, murmelte er vor sich hin, während er sich anzog.

Doch als er sich die feuchten Haare kämmte, war er sich bewusst, dass es zwischen ihm und der Zukunft, die er mit River vor sich sah, noch einige Probleme zu lösen gab. Genauer gesagt über zwanzig Millionen Probleme.

Er musste ihr von dem Geld erzählen. Musste einen Weg finden, den unerwarteten Lottogewinn zu erklären und wie es ihm gelungen war, ihn durch geschickte Investitionen so anwachsen zu lassen, dass er nun zwanzigfacher Millionär war. Er wusste nur nicht, wie.

Davon zu erzählen war für ihn bisher nie gut gelaufen. Und auch wenn er nicht damit rechnete, dass River so reagieren würde wie Bobbie – die erwartet hatte, dass er ihr von nun an das Leben einer Prinzessin finanzierte –, konnte er sich nicht sicher sein. Das, was sie im Moment miteinander hatten, war so unglaublich, dass er es nicht riskieren wollte, es zu gefährden. Was bedeutete, er würde mit der Enthüllung seines einzigen Geheimnisses noch ein wenig warten. Das war eine riskante Entscheidung, aber da er nicht wusste, was er sonst tun sollte, war es die einzige, die er zu treffen gewillt war.

Jake liebte alles daran, mit Camryn zusammen zu sein – sogar, am Sonntagmorgen früh aufzustehen, um die Zwillinge nach einer Übernachtungsparty bei ihrer Freundin abzuholen. Er hatte seine schläfrige, zutiefst befriedigte Frau im Bett gelassen und sich freiwillig in die Kälte hinausgewagt, um ihre Schwestern abzuholen. Sogar Tinsel, die in ihrem gemütlichen Hundebett lag, hatte kaum den Kopf gehoben, als er sich zu ihr heruntergebeugt hatte, um sie kurz zu streicheln, bevor er ins Bad gegangen war.

Dann hatte er sorgfältig überprüft, ob auch alle Spuren seiner Anwesenheit im Haus beseitigt waren, und hatte den Müll rausgebracht und die leere Weinflasche direkt in den Glascontainer geworfen. Camryn hatte ihren Schwestern zwar erzählt, dass sie und Jake nun zusammen waren, aber es gab keinen Grund, sie wissen zu lassen, dass er die Nacht mit ihr verbracht hatte. Bevor er vom Grundstück fuhr, schickte er Lily und Victoria eine Nachricht, dass er unterwegs sei.

Er fuhr quer durch die Stadt zum Haus ihrer Freundin. Die Schwestern hatten schon Ausschau nach ihm gehalten und stürmten durch die Haustür, sobald er vorfuhr.

»Es ist noch so früh«, klagte Lily und warf ihre Tasche in den Kofferraum seines SUVs, bevor sie Jake zur Begrüßung kurz umarmte. Dann setzte sie sich auf die Rückbank. Victoria tat es ihr gleich und drückte ihn fest, bevor sie sich neben ihre Schwester setzte.

»Unsere Freundin macht heute einen Tagesausflug nach Seattle«, erklärte Victoria. »Hat Camryn dir davon erzählt? Dort wohnt ihre Oma, und sie wollen das Haus für sie weihnachtlich schmücken. Das ist nett, oder? Sie wären schon gestern gefahren, wollten aber die weihnachtliche Lichterparade nicht verpassen.«

Sie lehnte sich zurück und gähnte. »Eigentlich sollten wir um Mitternacht aufhören zu reden und schlafen, aber das haben wir nicht, deshalb sind wir alle todmüde. Ich bin so froh, dass ich keine Hausaufgaben aufhabe.« Sie wandte sich an Lily. »Du hast deine auch fertig, oder?«

»Jupp. Ich habe sie schon am Freitag gemacht. Lass uns unsere sonntäglichen Pflichten ganz schnell erledigen und dann den Rest des Tages auf dem Sofa verbringen und Filme gucken.« Lily beugte sich vor. »Hattet ihr Spaß, du und Camryn?«

Jake hatte es genossen, ihrem Geplapper zu lauschen. Generell mochte er die Gesellschaft der Zwillinge. Sie waren lustig und süß und beteten ihre Schwester an. Außerdem fand er ihre Sichtweise auf einige Dinge sehr interessant. Dennoch kam die Frage ein wenig unerwartet.

»Klar. Wir haben uns was zu essen bestellt und einen Film geguckt.«

Er sah, wie die Zwillinge einen Blick tauschten.

»Machst du ihr an Heiligabend einen Antrag?«, wollte Lily wissen. »Das wäre so romantisch.«

Der SUV schlingerte ein wenig. Jake lenkte ihn wieder auf die richtige Spur und packte das Lenkrad fester.

»Ich, äh, was hast du gesagt?«

»Helen meinte, dass das mit euch gut läuft. Ihr habt einander kennengelernt, und es sei jetzt nur noch eine Frage der Zeit, bis ihr euch ineinander verliebt und heiratet. Victoria und ich finden, ein Antrag an Weihnachten wäre perfekt. Oder auf dem Weihnachtsball. Da sind alle schick angezogen, und es gibt eine Band.«

»Wir haben noch keine Kleider«, warf Victoria ein. »Vielleicht sollten wir mal mit Camryn sprechen, ob wir zum Shoppen nach Seattle fahren können. Ich bin mir nicht sicher, ob wir hier im Outlet-Center etwas finden, das uns gefällt.«

»Wir sind fünfzehn. Sie wird uns keine Kleider für den Weihnachtsball kaufen.«

»Aber wir müssen doch irgendetwas anziehen.«

Jake wollte die Unterhaltung unterbrechen und zu dem wichtigeren Thema zurückkehren. Seine Mutter hatte den Zwillingen gesagt, dass er und Camryn *heiraten* würden? *Seine Mutter*?

Er war nicht mal wirklich überrascht. Natürlich hatte sie das getan, denn so war Helen nun einmal. Sie stürzte sich in sein Leben, schuf Probleme und zog sich dann zurück, um zu beobachten, was passierte. Auf seine Resignation folgte jedoch schnell Wut, als ihm klar wurde, dass es eine Sache war, in seinem Leben herumzupfuschen – aber eine ganz andere, die Zwillinge mit hineinzuziehen.

Was auch immer seine Mutter ihm antat, damit konnte er umgehen. Aber Camryns Schwestern waren noch Teenager. Sie hatten in ihrem jungen Leben schon genügend seelischen Schmerz erlitten und brauchten es nicht, dass seine Mutter ihnen noch mehr aufbürdete.

Darum kümmere ich mich später, versprach er sich und hielt vor der Bäckerei *Die Keksdose* an. Dort kaufte er Donuts und Teilchen, bevor er zu Camryn weiterfuhr. Die Zwillinge trugen die Kuchenplatte, während er sich um ihr Gepäck kümmerte. Drinnen stürmten die beiden Mädchen sofort zu ihrer Schwester und erzählten ihr aufgeregt und durcheinander alles von ihrer Übernachtungsparty.

Jake beobachtete die drei. Sie sind eine gute Familie, dachte er. Dennoch war er immer noch sauer, dass seine Mutter so viel Unruhe stiftete. Doch darum würde er sich kümmern.

»Ich muss los«, sagte er zu Camryn.

Sie riss überrascht die Augen auf. »Ich dachte, du wolltest den Tag mit uns verbringen.«

»Ich bin gegen Mittag zurück. Ich muss heute Vormittag etwas erledigen.«

»Es ist Sonntag. Was kannst du da vorhaben?«

»In die Kirche gehen.«

»Oh. Ich wusste nicht, dass du gläubig bist.«

»Bin ich auch nicht, aber meine Mutter geht, und ich muss ein Wörtchen mit ihr reden.« Und die Kirche war der einzige Ort, an dem seine Mutter ihm nicht aus dem Weg gehen konnte.

Camryn und ihre Schwestern erledigten die sonntäglichen Aufgaben im Haus in Rekordgeschwindigkeit. Die Zwillinge waren nach der langen Nacht müde, bezogen aber ohne zu klagen ihre Betten und kümmerten sich um die Wäsche, während Camryn Rechnungen überwies. Gemeinsam planten sie die Mahlzeiten der kommenden Woche und putzten dann die Badezimmer. Das der Zwillinge war größer, aber sie konnten sich die Aufgabe teilen. Camryn schrubbte ihre Dusche, dann das Waschbecken. Nachdem sie den Spiegel geputzt hatte, wischte sie den Boden. Dabei fragte sie sich die ganze Zeit, worüber Jake mit seiner Mutter reden wollte. Sie hatte ihn schon früher mal aufgebracht gesehen, aber heute Morgen war er das erste Mal beinahe wütend gewesen.

Ich werde es schon früh genug erfahren, sagte sie sich, als sie die Putzmittel in der Waschküche verstaute und die nächste Ladung Wäsche in den Trockner steckte.

Victoria kam mit einem Korb voller Jeans an. »Das sind meine und Lilys«, sagte sie. »Sie übernimmt die Socken und T-Shirts.« Sie belud die Waschmaschine. »Cam, können wir nach Seattle fahren und Kleider für den Weihnachtsball kaufen?«

Camryn unterdrückte ein Stöhnen. Es war nicht das erste Mal, dass dieses Thema aufkam. »Ihr seid zu jung, um auf den Ball zu gehen.«

»Fürs Tanzen ja, aber wir können an unserem Tisch sitzen und alles beobachten.«

An sich hat sie recht, dachte Camryn. *Schleifchen drum* hatte einen Tisch für sie selbst und ihre Angestellten gesponsort. Jetzt, wo sie mit Jake zusammen war, würde sie mit bei ihm an einem der vielen Tische sitzen, die das Resort gesponsort hatte. Also könnten die Zwillinge ihren Platz haben.

»Ich glaube nicht, dass ihr viel Spaß haben werdet, wenn ihr nur zuschaut.«

»Doch! Das wird toll. Wir wollen die Dekorationen und Rivers Kleid sehen. Das wird ein ganz besonderer Abend. Was ziehst du an?«

»Ich habe ein paar Brautjungfernkleider, die dafür infrage kommen.«

Victoria verzog das Gesicht. »Ernsthaft? Welches? Das violette oder das gelbe? Die sind beide ziemlich hässlich.«

»Das ist hart. Sie sind nicht hässlich.«

Victoria starrte sie nur an. Camryn dachte an die bedauernswerten Kleider.

»Okay, vielleicht sind sie nicht gerade der letzte Schrei.«

»Oder hübsch«, ergänzte Victoria. »Cam, komm schon. Wir könnten morgens hin und abends wieder zurückfahren. Oder dort übernachten. Helen könnte sich um Tinsel kümmern.«

»Helen?« Camryn war verwirrt. »Woher weißt du das?«

»Weil sie das gesagt hat. Ehrlich gesagt war es ihre Idee, dass wir alle nach Seattle fahren. Sie meinte, Jake würde mitkommen, und sie könnte uns sogar ein Hotel empfehlen.«

»Warte mal, wann hast du mit Helen gesprochen?«

Victoria beschäftigte sich wieder damit, die restlichen Jeans in die Waschmaschine zu stecken. »Ach, hier und da. Du weißt schon. In der Stadt. Wir haben sie vor Kurzem auf dem Heimweg von der Schule getroffen. Sie hat uns auf eine heiße Schokolade im *Jingle Café* eingeladen. Sie ist echt nett.«

Nett war eines der Worte, die man verwenden konnte. Auch wenn Camryn nichts gegen Helen hatte, kannte sie die Frau nicht wirklich und fragte sich, warum sie Zeit mit zwei Teenagern verbringen wollte. Sicher, Camryn hatte Witze darüber gemacht, dass Jakes Mutter jetzt ihre beiden »sofortigen Enkelkinder« hatte, aber das hatte sie doch nicht ernst gemeint!

Andererseits waren sie und Jake jetzt offiziell ein Paar. Das hatte sie ihren Schwestern gegenüber erwähnt, und irgendwann würde sie es auch ihren Freundinnen sagen müssen. Und offenbar hatte Jake es seiner Mutter erzählt.

»Das ist doch in Ordnung, oder?«, fragte Victoria. »Ich meine, du gehst mit Jake aus, also gehört Helen quasi zur Familie. Außerdem haben wir Thanksgiving bei ihr gefeiert.«

»Helen ist eine bezaubernde Frau. Natürlich könnt ihr Zeit mit ihr verbringen.«

Was sich logisch anhörte, aber seltsam anfühlte. Camryn hatte nicht bedacht, welche Auswirkung die veränderte Beziehung zwischen ihr und Jake auf ihr Leben haben würde.

Um kurz vor zwölf tauchte Jake mit ein paar Pizzas auf. Sie aßen zusammen, dann gingen die Zwillinge nach oben in das kleine Fernsehzimmer, um Filme zu gucken. Camryn zog Jake mit sich ins Wohnzimmer.

»Wir müssen reden«, sagte sie, nachdem sie sich einander gegenübergesetzt hatten.

Um seinen Mund zuckte es. »Das war meine Eröffnung.«

»Meine Schwestern haben Zeit mit deiner Mutter verbracht.«

Sie wartete, doch er schien davon nicht überrascht zu sein.

»Es ist schlimmer, als du denkst«, sagte er. »Sie hat ihnen gesagt, dass wir heiraten würden.«

»Sie hat *was*?«, quiekte Camryn und sprang auf. Dann ließ sie sich wieder aufs Sofa fallen und senkte ihre Stimme. »Heiraten?«

Nein. Darüber konnte sie nicht reden. Heiraten? Sie und Jake waren vor gerade mal drei Tagen übereingekommen, es als Paar zu versuchen. Er vertraute sich selbst nicht genug, um sich ganz auf sie einzulassen. Und sie würde aus Wishing Tree weggehen. Ihre Beziehung hatte ein Verfallsdatum.

»Ich weiß.« Er schüttelte den Kopf. »Sie haben es mir gegenüber heute früh erwähnt. Sie wollen, dass ich dir an Heiligabend einen Antrag mache, weil das so romantisch wäre. Ich habe keine Ahnung, wo sie das herhaben.«

»Sie meinten, sie hätten Zeit mit Helen verbracht. Sie hat sie auf einen heißen Kakao eingeladen, was eigentlich keine große Sache ist, sich aber irgendwie komisch anfühlt.«

»Ja. Es tut mir leid.« Er fing ihren Blick auf. »Ich habe mit ihr geredet.«

»Also deshalb wolltest du dich mit ihr treffen.« Sie entspannte sich ein wenig. Was auch immer los war, sie wusste, dass sie darauf vertrauen konnte, dass Jake die Sache handhaben würde. »Wie war der Gottesdienst?«

»Lang. Danach haben wir uns ausgesprochen. Ich weiß nicht, wie sie davon erfahren hat, dass wir beide zusammen sind. Ich habe es ihr nicht gesagt, und ich bezweifle, dass du dich mit ihr darüber unterhalten hast.«

»Stimmt«, sagte Camryn. »Die Einzigen, denen ich davon erzählt habe, sind meine Schwestern. Sie könnten etwas ausgeplaudert haben, als sie sich mit Helen getroffen haben.« Ja, jetzt, wo sie darüber nachdachte, war es das wahrscheinlichste Szenario.

»Victoria hat mich daran erinnert, dass wir Thanksgiving bei euch gefeiert haben«, fuhr sie fort. »Sie fühlen sich in Helens Gesellschaft wohl und reden gerne, ohne nachzudenken. Ich frage mich, ob sie Helen als die Großmutter ansehen, die sie nie hatten. Außerdem hatte ich seit meiner Rückkehr nach Wishing Tree keinen Freund mehr. Die Vorstellung, dass ich mit jemandem ausgehe, scheint sie zu faszinieren. Helen ist deine Mutter, also bin ich mir sicher, dass sie ihr alles erzählt haben.«

»Das ergibt Sinn«, überlegte er laut. »Ich habe ihr gesagt, dass sie sich zurückhalten muss. Sich in mein Leben einzumischen ist eine Sache, aber sie muss die Zwillinge aus ihren verrückten Plänen heraushalten.«

Camryn spürte seine Anspannung. »Wie hat sie das aufgenommen?«

Er wandte den Blick ab. »Sie hat geweint. Und meine Mutter weint nie.«

Camryn stand auf und setzte sich neben ihn. Dann schlang sie die Arme um ihn. »Es tut mir leid. Ich weiß, wie schlimm sich das anfühlt.«

Er erwiderte die Umarmung. »Das tut es. Ich mag es nicht, sie aufzuregen, aber das hier ist wichtig. Sie kann nicht im Leben der Zwillinge herumpfuschen. Sie hat gesagt, wie toll deine Schwestern sind und wie sehr sie meinen Dad vermisst. Als wir fertig waren, habe ich mich richtig mies gefühlt, und sie hat sich entschuldigt.«

Camryn zog ihn an sich. »Es tut mir leid, dass das alles so kompliziert ist.«

»Ich bin es wert.«

Diese unerwartete Aussage brachte sie zum Lachen. Sie zog sich ein Stück zurück und sah ihn an. »Bist du sicher?«

Sein Grinsen war selbstzufrieden. »Du hast dich letzte Nacht nicht gehört. Ich bin es so was von wert.«

Das war er, aber das würde sie ihm nicht auf die Nase binden.

Sein Humor schwand. »Es tut mir leid, dass meine Mutter sich in das hier einmischt. Ich denke, sie hat jetzt verstanden, was auf dem Spiel steht, und wird in Zukunft vorsichtiger sein.«

»Die Zwillinge mögen sie, was gut ist. Und abgesehen von ihrem *Projekt: Jakes Braut* ist sie eine beeindruckende Frau.«

Er musterte sie. »Geht es dir gut?«

»Ja. Jetzt, wo wir zusammen sind, ist es nur natürlich, dass es einige Herausforderungen gibt.« Sie lächelte. »Aber wie du gesagt hat: Du bist es wert.«

»Du auch.« Er hielt inne. »Mom erwähnte, sie habe den Zwillingen vorgeschlagen, dass wir zu viert nach Seattle fahren, um Kleider für den Weihnachtsball zu kaufen. Ich werde meinen Smoking tragen, aber wenn du Lust hast, fahre ich euch gerne. Wir könnten die Nacht im Hotel verbringen und …«

Er sah sie an. »Was ist los? Du guckst so seltsam.«

»Es ist schwer«, sagte sie und lehnte sich an ihn. »Ich glaube, es würde Spaß bringen, und ich weiß, meinen Schwestern würde es gefallen, aber wenn ich Ja sage, habe ich das Gefühl, dass ich mich und mein Leben von deiner Mutter manipulieren lasse.«

»Manchmal ist es leichter, sie gewinnen zu lassen. Schließlich bist du diejenige, die gesagt hat, dass sie beeindruckend ist.«

»Aber auf Furcht einflößende Weise.«

Er küsste sie. »Kannst du dir anderthalb Tage freinehmen, wenn die Zwillinge schulfrei haben? Ich dachte, wir könnten früh losfahren, ins Aquarium gehen, ein wenig shoppen und nett zu Abend essen und dann am nächsten Morgen zurückfahren. Ich buche für dich und die Zwillinge eine Suite und mir ein Zimmer nebenan.«

Er setzte eine gespielt ernste Miene auf. »Kein heimliches nächtliches Reinschleichen in mein Zimmer. Wir müssen an deine Schwestern denken.«

»Was für ein Moralkodex«, zog sie ihn auf. »Das wusste ich von dir ja gar nicht.«

»Ich kann stark sein.«

Das kann er, dachte sie. Dazu hatte er noch eine ganze Menge anderer guter Charakterzüge. Er war ein solider Mann, was sie jetzt wesentlich mehr zu schätzen wusste als noch vor fünf Jahren.

»Lass mich in meinen Kalender gucken«, sagte sie. »Ich bin mir sicher, dass ich das irgendwie hinkriege. Es wäre nett, mal rauszukommen, selbst wenn es nur für eine Nacht ist. Meine Schwestern würden in der Schule nichts verpassen, und ich weiß, dass ihnen die Veränderung auch guttun würde.«

Wieder küsste er sie. »Nach Weihnachten können wir einen längeren Urlaub planen«, murmelte er an ihrem Mund. »Nur du und ich, irgendwo, wo es warm ist.«

»Das klingt gut. Ich bin dabei.« Sie zog sich ein Stück zurück, um ihn anzulächeln. »Diese Beziehungssache hat unerwartete Vorteile.«

»Und du dachtest, ich wäre einfach nur ein hübscher Kerl.«

21. Kapitel

River wagte sich in den leichten Schneefall hinaus, um zu dem Großhandel gegenüber vom Outlet-Center zu fahren. Sie brauchte ein paar Sachen fürs Büro und wollte ihre Vorratskammer auffüllen. Nach allem, was sie gelesen und gehört hatte, konnten der Januar und Februar in dieser Gegend brutal sein, was Winterstürme anging. Sie wollte nicht riskieren, dass ihr das Toilettenpapier oder das Waschmittel ausging, weil die Straßen vereist waren.

Als sie durch die Gänge schlenderte, stellte sie fest, dass sie alle, denen sie begegnete, anlächelte – was für sie nicht normal war. Doch sie fühlte sich gut. Glücklich und von innen heraus strahlend. Und ein wenig selbstzufrieden wegen der großartigen Nacht, die sie gehabt hatte.

Dylan war ein aufmerksamer und erfahrener Liebhaber mit einer spielerischen Seite, die sie atemlos zurückgelassen hatte. Er hatte die Nacht bei ihr verbracht, was sie genossen hatte, auch wenn es seltsam gewesen war, jemanden neben sich im Bett zu haben. Deshalb hatte sie auch nicht sehr gut geschlafen. Trotzdem, jedes Mal, wenn sie aufgewacht war, hatte sie starke Arme um sich gefühlt, und er hatte sie an seinen warmen Körper gezogen. Er hatte sie gehalten, als wollte er sie nie wieder loslassen.

Sie hatte in die Dunkelheit gestarrt und sich gefragt, ob sie dieses Mal wohl jemanden gefunden hatte, den sie lieben könnte – jemanden, der ihr Herz mit Vorsicht behandeln würde. Sie wollte das, was Kelsey hatte – einen tollen Mann, der sie liebte. Das schien nicht zu viel verlangt zu sein, doch bisher war ihr, was die Männer in ihrem Leben anging, nicht allzu viel Glück beschieden gewesen.

Sie ging zu dem Gang mit den Backzutaten und entschied sich, lieber ein paar Kilo Mehl mehr zu kaufen. So könnte sie, sollte sie von der Welt abgeschnitten werden, wenigstens Brot und Kekse backen. Sobald sie alles gefunden hatte, was auf ihrem Einkaufszettel stand, wanderte sie noch ein paar Minuten zwischen den Regalen herum. Läden wie dieser faszinierten sie immer mit all den interessanten Dingen, von denen sie nie gewusst hatte, dass sie sie brauchte, bis sie sie sah. Sie ging durch die Kinderabteilung und sah süße kleine Kleider aus Samt und Spitze. Auf einem Regal waren bezaubernde Accessoires wie Wildlederschuhe, kleine Handtaschen und sogar ein Sonnenschirm in Kindergröße ausgestellt.

Rivers Brustkorb schnürte sich zu, als sie die kleinen karierten Socken berührte. Sie wollte Kinder haben. Wollte Teil einer Familie sein. Und zwar nicht nur eine Schwester oder Tante oder Tochter, sondern eine Mutter. Sie wollte einen Mann und Kinder und Haustiere und Routinen und Traditionen. Sie wollte ein normales Leben, und manchmal machte der Schmerz darüber, das nicht zu haben, ihr das Atmen schwer.

Sie wandte sich von dem Regal ab. Als sie um eine Ecke bog, stieß sie mit einem anderen Einkaufswagen zusammen und blieb abrupt stehen.

»Tut mir leid«, sagte sie kopfschüttelnd. »Ich habe nicht darauf geachtet, wo ich hingehe.«

»Ist schon gut«, sagte die andere Frau leichthin. »Das passiert mir auch manchmal.«

River schenkte ihr ein Lächeln. Irgendwie kam ihr die Frau bekannt vor. Wishing Tree war eine Kleinstadt, deshalb sah man natürlich immer wieder dieselben Menschen, aber das hier war anders. Eine Erinnerung regte sich tief in ihrem Kopf.

»Sie sind die Frau, die mit Dylan hatte sprechen wollen«, platzte sie dann heraus.

»Was?« Die Frau machte einen Schritt zurück. »Ich weiß nicht, wovon Sie da reden.« Sie klang eher besorgt als überzeugend.

»An dem Haus, das er renoviert. Ich war bei ihm, als Sie um ein Gespräch mit ihm gebeten haben.«

Die Frau riss die Augen auf. »Das war nichts. Ich hatte eine Frage, und, äh, das ist jetzt auch egal. Ich muss los.«

Sie drehte sich um und rannte förmlich den Gang hinunter. River sah ihr nach, nicht sicher, was da gerade passiert war. Was für eine Beziehung hatte diese Frau zu Dylan? Und warum hatte sie solche Angst? Nein, keine Angst, korrigierte sie sich. Sie war eher … angespannt? Besorgt? Was auch immer es war, es war nicht gut. Was bedeutete, es gab etwas zwischen den beiden, über das die Frau nicht reden wollte. War sie eine ehemalige Geliebte? Nein. Das passte altersmäßig nicht. Und sie hatte zwischen den beiden auch keine Verbindung gespürt. Aber was war es dann?

Weil niemand da war, der ihre Fragen beantworten konnte, ging sie zur Kasse. Der praktisch denkende Teil in ihr war der Ansicht, dass Dylan nicht verpflichtet war, ihr alles zu erzählen, was in seinem Leben vor sich ging, und dass sie ihm vertrauen sollte. Der Rest von ihr machte sich Sorgen, dass er etwas vor ihr verbarg, und ihrer Erfahrung nach gab es keine guten Geheimnisse. Im Gegenteil, die meisten von ihnen waren so zerstörerisch wie eine Abrissbirne.

Camryn starrte den Stapel an Geschenken auf dem Tisch in *Joy's Diner* an. Sie und River waren wie jede Woche zum Mittagessen mit ihren Freundinnen verabredet, aber normalerweise gab es da keine Geschenke.

»Schenken wir uns dieses Jahr etwas zu Weihnachten?«, fragte sie und versuchte, nicht in Panik zu geraten. Davon hatte ihr keiner etwas gesagt, und sie hatte auch für niemanden etwas dabei.

»Keine Angst«, sagte Paisley und umarmte sie. »Die sind nicht für dich, sondern für Tinsel. Die Adoption ist offiziell, und aus irgendeinem Grund hast du keine Party gegeben. Was hat es damit auf sich?«

Reggie nickte. »Belle liebt Partys, und jetzt, wo die beiden Freundinnen sind, hätte ich sie mitbringen können. Niemand schmeißt mehr gute Partys mit Hunden.«

»Ich will Belle und Tinsel zusammen spielen sehen«, warf Shaye ein. »Ich habe Schwierigkeiten, mir das bildlich vorzustellen.«

Camryn und River setzten sich, dann holte River ein verpacktes Geschenk aus ihrer Handtasche.

»Nicht du auch noch«, lachte Camryn. »Ich bin überwältigt. Dieser Geschenkestapel ist größer als Tinsel selbst.«

Sie gaben ihre Bestellung auf und halfen Camryn dann, die Pakete zu öffnen. Es gab Pullover und Mäntel in Tinsels Größe, kleine Spielzeuge, gesunde Snacks und ein glitzerndes Halsband. Sobald das Geschenkpapier entsorgt war, fingen sie an, sich über das zu unterhalten, was in ihren Leben los war.

Reggie sah so aus, als wollte sie etwas sagen, hielt sich dann aber zurück. Sie fing Camryns Blick auf und verdrehte die Augen, als würde sie schweigend eingestehen, dass es schwieriger war, ihr Geheimnis zu bewahren, als sie gedacht hatte. Paisley erzählte lustige Geschichten von den Weihnachtsfeiern im Resort und von seltsamen Wünschen der Gäste.

Camryn lachte und genoss die Unterhaltung. Das hat mir gefehlt, dachte sie sehnsüchtig. Als sie letztes Jahr so traurig gewesen war, hatte die Welt sich einfach weitergedreht. Sie hatte mitbekommen, was vor sich ging, aber nicht daran teilgenommen. Jetzt war sie so weit geheilt, dass sie ihr Leben und ihre Freundinnen wieder genießen konnte und sich kopfüber in alles stürzte, was passierte. Noch immer vermisste sie ihre Mutter schmerzlich, aber es war schön, die Freude in ihrem Leben wieder sehen zu können.

»Ich habe Neuigkeiten«, verkündete sie, nachdem das Essen gebracht worden war und es eine kurze Unterbrechung in der Unterhaltung gab.

Alle schauten sie an.

»Jake und ich sind jetzt offiziell zusammen.«

»Seit wann?«

»O mein Gott! Ich wusste, dass da was läuft.«

»Du und Jake? Das ist super.«

Sie redeten alle durcheinander. Camryn wartete, bis sie sich beruhigt hatten, bevor sie sagte: »Er ist toll, und wir haben viel Spaß zusammen. Die Zwillinge mögen ihn, genau wie Tinsel.« Ob sie erwähnen sollte, dass diese Beziehung ein Ablaufdatum hatte? Aber wie sollte sie das erklären, ohne von ihren Plänen, die Stadt zu verlassen, zu erzählen? Und das war ein Thema, das sie nicht ansprechen wollte.

»Kein Wunder, dass er in letzter Zeit so gut drauf ist«, sagte Paisley grinsend. »Du musst mir Bescheid sagen, wenn ihr euch mal streitet, damit ich ihm aus dem Weg gehen kann.«

»Jake würde seine Probleme niemals mit zur Arbeit bringen«, sagte Camryn.

Paisley zog eine Augenbraue in die Höhe. »Du verteidigst ihn. Es muss also etwas Ernstes sein.«

»Es ist schön. Ich mag ihn.« Sie sah Reggie an. »Ist das für dich in Ordnung?«

Reggie blinzelte ein paarmal, als würde sie Tränen zurückhalten. »Ich bin begeistert. Er braucht jemanden in seinem Leben, und du bist wundervoll. Ich hoffe, ihr werdet so glücklich wie Toby und ich.«

Tränen rollten ihr über die Wangen. River und Paisley wirkten erschrocken. »Geht es dir gut?«, fragte River besorgt.

»Ja«, schaltete Camryn sich schnell ein. »Sie, äh, hat ihre Periode. Wir haben vorhin noch deswegen gechattet. Was hat es nur damit auf sich, dass man die immer an den Feiertagen bekommt? Manchmal kochen die Emotionen dann geradezu über.«

Reggie warf ihr einen dankbaren Blick zu.

Paisley nickte wissend. »Ja, Mutter Natur hat einen grausamen Sinn für Humor.« Sie wandte sich an River. »Also, Schneekönigin. Gab es irgendwelche Action mit dem Schneekönig?«

River verspannte sich und errötete gleichzeitig. »Was? Ich? Nein. Bei mir gibt es nichts zu berichten. Dylan ist nett, aber wir sind nur …«

Reggie deutete auf Paisley. »Zieh sie nicht mit Dylan auf. Die beiden sind noch dabei, ihren Weg zu finden.« Sie warf River einen unschuldigen Blick zu. »Offensichtlich verfährt er sich oft, denn ich habe ihn vor Kurzem um sieben Uhr morgens aus deinem Haus kommen sehen.«

Camryn blieb der Mund offen stehen. »Du schläfst mit Dylan? Wow, das ist aufregend.«

River verlagerte unbehaglich ihr Gewicht. »Ich wollte nichts sagen, weil ich mir nicht sicher bin, was es bedeutet oder wo das mit uns hinführt.«

»Zu nackter Action«, murmelte Shaye glücklich. »Das ist so toll.«

»Alle haben jemanden, nur ich nicht«, sagte Paisley seufzend. »Ich brauche einen Mann.«

»Du musst nur was sagen«, erklärte Reggie. »Dann verbreiten wir die Kunde.«

»Vielleicht nach den Feiertagen«, wehrte Paisley ab. »Bis dahin beneide ich euch einfach um euer Glück.«

Dylan hatte keine Ahnung, warum Helen sich mit ihm im *Jingle Café* treffen wollte. Normalerweise lud sie ihn zu sich nach Hause ein oder kam bei seiner Arbeit vorbei, wenn sie etwas zu besprechen hatte. Als er sich dem Café näherte, sah er sie schon mit zwei To-go-Bechern in der Hand auf dem Bürgersteig warten.

Er ging zu ihr und gab ihr einen Kuss auf die Wange, bevor er ihr einen der Becher abnahm. »Wir gehen nicht rein?«, fragte er.

»Nein. Ich habe dich unter falschen Voraussetzungen hergelockt. Wir gehen woandershin.«

»Okay.« Er folgte ihr, als sie die Straße hinunterging. »Soll ich fragen, wohin?«

»Nein. Wir führen nur Small Talk.«

Er grinste. »Gut. Das kann ich. Wie geht es dir?«

»Ausgezeichnet. Ich liebe diese Zeit im Jahr. Es war so lange so traurig, aber diese Adventszeit läuft sehr gut.« Sie sah ihn an. »Wie verstehst du dich mit River?«

Er dachte an die Nacht, die er in ihrem Bett verbracht hatte – worüber er natürlich auf keinen Fall reden würde. »Gut. Sie ist sehr süß, und ich mag sie.«

»Ja, das dachte ich mir. Hast du ihr von dem Geld erzählt?«

Die unverblümte Frage weckte in ihm den Wunsch, Helen nicht so sehr zu lieben. Denn dann würde es ihm leichter fallen, sie einfach stehen zu lassen.

»Darüber haben wir bisher noch nicht gesprochen.«

Helens Augen verdunkelten sich vor Enttäuschung. »Du hast Angst.«

»Nein.« Nicht wirklich. Er war nur … vorsichtig.

Helen seufzte. »Ich bin so wütend auf deine Mutter. Und auf Bobbie. Das waren beides schreckliche Frauen. So, jetzt habe ich es gesagt. Sie waren schrecklich und egoistisch, und du musst den Preis dafür bezahlen.«

Das mit Bobbie verstand er, aber seine Mutter? »Meine Mom weiß nichts von dem Lottogewinn.«

»Ich weiß, und dafür bin ich dankbar. Mir ging es darum, wie sie dich behandelt hat.« Ihre Miene wurde weich. »Du warst so ein süßer kleiner Junge. So warmherzig und fürsorglich. Und ein guter Freund für Jake. Du hast dich so bemüht, es allen recht zu machen, und hattest viele Freunde. Aber diese Frau konnte nur sehen, dass sie ein paar ihrer eigenen Träume auf Eis legen musste. Was hatte sie geglaubt, so Fantastisches in der Welt zu erreichen? Es ist ja nicht so, dass du ihren Plan, ein Heilmittel für Krebs zu finden, durchkreuzt hast.« Sie schniefte. »Sie hatte Glück, dich zu haben, und hat dieses Geschenk nie zu schätzen gewusst.«

Diese Litanei hatte er schon öfter gehört. Wenn er sich als Kind von seiner Mutter zurückgewiesen gefühlt hatte, war Helen oft in eine Tirade ausgebrochen und hatte über sie auf eine Weise geschimpft, die ein Zehn- oder Vierzehnjähriger verstehen konnte. Damals hatte er sich immer sehr geliebt und willkommen gefühlt.

»Ich weiß, dass du verletzt warst, als sie mir erlaubt hat, dein Vormund zu sein«, fuhr Helen fort, als sie um eine Ecke bogen. »Aber ich habe mich gefreut. Endlich wusstest du, dass du gewollt bist und geliebt wirst. Du hattest Stabilität, Struktur.«

Er legte einen Arm um sie. »Du warst sehr gut zu mir. Ich hab dich lieb, Helen. Du wirst immer die Mutter meines Herzens sein.«

»Und du bist genauso sehr mein Sohn wie Jake. Aber du bist trotzdem ein Idiot.«

Dieser abrupte Themenwechsel ließ ihn blinzeln. »Wie bitte?«

»Ein Idiot«, wiederholte sie. »Es ist mehr als zehn Jahre her, Dylan. Es sind sogar fast zwölf Jahre, seitdem du das Geld gewonnen hast. Ich war immer sehr geduldig mit dir. Ich wusste, dass du damit zurechtkommen musstest«, sie malte Gänsefüßchen in die Luft, »›reich‹ zu sein, wie du es nennst. Ich schätze, das Problem ist, dass du kein gutes Vorbild für den Umgang mit Finanzen hattest. Du hast vermutlich mitbekommen, wie Leute versucht haben, Jake auszunutzen, und du hast gesehen, wie deine Mutter nach einem reichen Mann gesucht hat, der sie aushält. Und dann das Fiasko mit Bobbie. Was du jedoch nie gesehen hast, ist, wie eine gesunde Finanzplanung das Leben leichter macht.«

Sie sah ihm direkt in die Augen. »Und genau das will ich für dich.«

»Eine gesunde Finanzplanung?«

»Ja.«

Er war nicht sicher, was genau das bedeutete, wollte aber auch nicht nachfragen. Helen schien eine Mission zu haben, und je eher er sie ihren Plan erklären ließ, desto eher konnte er seinen Rückzug antreten.

»Was du im Moment machst, ist albern«, fuhr sie fort und blieb stehen. »Auch wenn es ein schöner Gedanke ist, jedem Kind in Wishing Tree zu Weihnachten ein Buch zu schenken, steckt dahinter kein wirklicher Plan. Wenn du den Kindern hier helfen willst, dann finde heraus, wer Hilfe braucht, und überlege dir die Schritte, die nötig sind, um wirklich etwas zu bewirken. Und während wir schon dabei sind: Ist Kindern zu helfen deine wahre Leidenschaft?«

»Ich mag Kinder«, sagte er und fragte sich, ob er wohl defensiv klang. »Ich will ihnen helfen.«

»Gut. Aber was ist mit alten Menschen? Oder dem Planeten? Oder Tieren? Liegt dir etwas an Tieren?«

Er verstand die Frage nicht. »Helen, ich kann dir nicht folgen.«

»Ich weiß. Tut mir leid.« Sie presste die Lippen zusammen. »Dylan, du hast mehr als zwanzig Millionen Dollar, und dein Kontostand wächst. Es ist an der Zeit, die Sache ernsthaft anzugehen. Leg einen gewissen Prozentsatz deines Geldes für dich zur Seite, und überlege dir dann, was du mit dem Rest anfangen willst. Anstatt hier und da was zu geben, solltest du herausfinden, was dir wirklich am Herzen liegt, und dich auf dem Gebiet engagieren. Geh strategisch vor. Wenn du unterprivilegierten Kindern der Stadt helfen willst, dann tu dich mit dem Jugendamt und den Kirchenverbänden zusammen. Wenn du Zahnspangen bezahlen willst, dann sprich mit den örtlichen Zahnärzten und Kieferchirurgen darüber, wer diese Hilfe wirklich benötigt.«

»Du weißt davon?«, platzte es aus ihm heraus.

»Ich weiß beinahe alles, was in Wishing Tree vor sich geht. Und versuche nicht, das Thema zu wechseln. Es ist an der Zeit, dass du eine Stiftung gründest.«

»Eine *was?*«

Sie lächelte. »Eine Stiftung. Oder wenigstens einen Fonds.«

Er wusste nicht so genau, wo da der Unterschied war, aber er verstand, was sie sagen wollte. Bisher hatte er das Geld eher zufällig weggegeben – er hatte jemanden gefunden, der Hilfe brauchte, und sie gewährt. Aber die Geschenke waren alle relativ klein, und seine Gewinne wuchsen stetig. Er sollte strategischer vorgehen, so wie Helen es vorschlug. Dazu musste er sich einen Plan überlegen – in welchen Bereichen er am liebsten Unterstützung leisten wollte.

Helen deutete auf das Gebäude, vor dem sie standen – die Kanzlei ihres Anwalts.

»Zwing mich nicht dazu, mich mit Gerald zu treffen«, sagte er und wusste selbst, dass er wie ein Zwölfjähriger klang, der genötigt wurde, Brokkoli zu essen.

»Das tue ich nicht. Wir nutzen nur seinen Konferenzraum.«

Helen warf einen Blick über seine Schulter und winkte. Dylan drehte sich um und sah zwei sehr gut gekleidete Frauen auf sie zukommen. Sie trugen dicke Wollmäntel und hatten Aktentaschen dabei. Ganz eindeutig keine Touristinnen.

»Ich habe mir die Freiheit genommen, einige Leute einzuladen, mit denen ich bereits zusammengearbeitet habe«, erklärte Helen. »Sie können dir erklären, wie ein Fonds oder eine Stiftung funktioniert und was für dich das Beste wäre. Außerdem haben sie Kontakte, die dir helfen können, herauszufinden, was dir am meisten am Herzen liegt, damit du strategisch geben und gleichzeitig deine Zukunft sichern kannst.«

»Schön, dich wiederzusehen, Helen«, sagte eine der Frauen, als sie bei ihnen ankamen. »Du siehst wie immer umwerfend aus.«

»Ich wünschte, das wäre wahr, aber es ist nett von dir, das zu sagen.« Helen lächelte Dylan an. »Okay, gehen wir rein und fangen mit den Erklärungen an. Ich verspreche, den Mund zu halten, während du zuhörst. Später kannst du mich dann alles fragen, was du willst.«

Sie ist wie immer so großzügig, dachte er und wappnete sich für einen Schnellkurs in der komplizierten Welt der Philanthropie. Dabei fragte er sich, wie ein Junge wie er zu einem Problem wie diesem gekommen war.

River stand auf dem Bürgersteig vor einem Backsteingebäude und überlegte, was wohl darin geschah. Sie hatte Dylan und Helen in ein intensives Gespräch vertieft gesehen und gerade zu den beiden gehen wollen, als zwei andere Frauen zu ihnen gestoßen waren. Die vier hatten sich kurz unterhalten und dann zusammen das Gebäude betreten, in dem sich, wie ein Schild an der Tür verriet, eine Anwaltskanzlei befand.

Ob es sich um ein Kundenmeeting handelte? Nur warum sollte das in einer Kanzlei stattfinden? Und warum war Helen dabei? Vielleicht waren die anderen beiden Frauen Freundinnen von ihr und wollten Dylan kennenlernen? Was Sinn ergab – bis auf den Teil mit dem Anwalt. Ein Vertrag würde mit Dylans Arbeitgeber geschlossen, nicht mit ihm.

River ermahnte sich, dass sie das nichts anging, und wandte sich ab, um nach Hause zu gehen. Dabei musste sie ein wachsendes Unbehagen unterdrücken.

Dylan führt nichts im Schilde, sagte sie sich. Ihre Beziehung war noch neu, und sie musste nicht alle Einzelheiten seines Lebens kennen. Wenn sie Fragen zu dem Treffen hatte, könnte sie die ihm später stellen. Er würde ihr alles sagen und sie sich besser fühlen.

Nur wie sollte sie die Frage formulieren? Und selbst wenn sie das herausfände, mochte es ihr nicht möglich sein, das Misstrauen abzuschütteln, dass er Geheimnisse vor ihr hatte. Große Geheimnisse, die alles verändern würden.

Jake war lange nicht mehr mit einer Frau shoppen gegangen. Nicht einmal mit Reggie, sodass das letzte Mal, dass er geduldig gewartet hatte, während die Frau in seinem Leben ein Kleid nach dem anderen probierte, wohl mit Iona gewesen sein musste.

Nicht gerade ein guter Vergleich, dachte er. Sie war furchtbar kritisch sich selbst gegenüber gewesen und hatte von ihm erwartet, dass er sie davon überzeugte, dass sie schön war. Dieses Spiel hatte er nie verstanden. Denn Iona war umwerfend und sich ihrer Schönheit und der Macht, die sie ihr verlieh, nur zu bewusst gewesen. Warum also hatte er ihr ständig versichern müssen, wie gut sie aussah? Schlimmer noch, wenn er nicht enthusiastisch genug geklungen hatte, hatte sie sich geweigert, das jeweilige Kleidungsstück zu kaufen, und den Rest des Tages geschmollt.

Das schien zum Glück nicht Camryns Art zu sein. Bisher hatte sie sich darauf konzentriert, etwas für die Zwillinge zu finden. Die große und eher künstlerisch veranlagte Victoria hatte ein jadegrünes Kleid mit einem mehrlagigen Rock gefunden, der kurz über ihren Knien endet. Es war hübsch, ohne zu übertrieben zu sein, und der weiche Schnitt passte zu ihrer Persönlichkeit. Lily hatte sich für ein weißes, ärmelloses Kleid mit einem etwas kürzeren, bauschigeren Rock entschieden. Nachdem sie sich ein paarmal um die eigene Achse gedreht hatte, hatte sie einen Stuhl vor den Spiegel gezogen, sich hingesetzt und mehrmals ihre Beine überschlagen.

»Du spielst im Orchester und bewirbst dich nicht um eine Rolle als Tänzerin«, hatte Victoria zu ihr gesagt.

»Ich will aber keinen Blitzer riskieren«, hatte Lily erwidert. »Oder zu viel Oberschenkel zeigen. Ein Konzert ist nicht der Zeitpunkt, um sexy zu sein.«

Victoria grinste. »Wir sind fünfzehn. Wann sind wir schon je sexy?«

Jake hielt vorsichtshalber den Mund, denn in diese Unterhaltung wollte er sich nicht hineinziehen lassen. Nach allem, was er sah, hatten die Zwillinge kein Problem damit, sich altersgemäß zu kleiden. Camryn freute sich bestimmt, dass sie nicht versuchten, zu schnell erwachsen zu werden.

Als hätten die Gedanken an Camryn sie heraufbeschworen, kam sie aus der Umkleidekabine. Jake ließ seinen Blick über das eng anliegende Kleid mit dem tiefen Ausschnitt gleiten. Der kurz unterhalb der Knie endende Saum verlieh dem Schnitt eine unterschwellige Sexyness.

Camryn ging an ihm vorbei zum Spiegel, was ihm einen herrlichen Blick auf ihre Hüften und ihren Po bot. Perfekte Kurven, dachte er und erinnerte sich an das Gefühl ihrer seidigen Haut unter seinen Fingern.

Sie fing seinen Blick im Spiegel auf und zog die Augenbrauen leicht hoch – eine stumme Frage, was er von dem Kleid hielt.

»Du bist atemberaubend.«

Sie lächelte. »Okay, das ist ein wenig übertrieben, aber das Kleid gefällt mir. Es ist so anders als mein sonstiger Stil.«

»Wow, das ist sexy«, sagte Victoria bewundernd. Dann wich ihr Lächeln einem Stirnrunzeln. »Aber ist der Weihnachtsball nicht ein *Ball*? Solltest du nicht etwas mit einem langen, fließenden Rock tragen?«

»Davon habe ich auch eins«, erwiderte Camryn und sah erneut Jake im Spiegel an. »Das zeige ich euch als Nächstes. Ich fand das hier nur schön – vielleicht falls ich mal abends ausgehe.«

»Von meiner Seite aus ist das genehmigt«, sagte Jake und lachte leise. »Nicht, dass du meine Genehmigung brauchst.«

»Ich möchte, dass dir gefällt, was ich anhabe.«

»Das tut es.« Ihm gefiel es auch, wenn sie gar nichts anhatte.

Lily und Victoria stellten sich neben sie. Die Zwillinge ließen bereits Anzeichen der erwachsenen Frauen erkennen, die sie einmal werden würden. Ihre roten Haare schimmerten im Licht. Sie waren stark, selbstbewusst und wunderschön.

Das hier, dachte er sehnsüchtig. Das war es, was er in seinem Leben haben wollte. Diese Teenager, die trotz der Tragödien in ihrem Leben innere Entschlossenheit und gegenseitige Liebe zeigten. Sie hatten einen Weg gefunden, um wieder zu leben. Er wollte dabei sein, wenn sie die ersten Schritte in ihr Erwachsenendasein machten. Er wollte derjenige sein, der auf der Veranda stand, wenn sie ihren ersten Freund mit nach Hause brachten. Er wusste, was er die jungen Männer fragen musste und was er von ihnen zu erwarten hatte. Er wollte da sein, wenn sie ihren Highschool-Abschluss machten und sich für ihr College entschieden. Er wollte das Auto beladen und ihnen helfen, ihr erstes Zimmer im Studentenwohnheim zu beziehen.

Sein Blick glitt zu Camryn. Auch für sie wollte er da sein. Noch war sie entschlossen, Wishing Tree zu verlassen und nach Chicago zurückzugehen, doch eigentlich hatte sie hier doch bereits alles, was sie wollte. Sie liebte es, *Schleifchen drum* zu führen. Und er glaubte, dass es ihr schwerfallen würde, den Laden zurückzulassen. Er wollte da sein, wenn sie erkannte, dass sie hierhergehörte. Er wollte, dass sie gemeinsam ihre Zukunft fanden.

Aber wie sicher war *er* sich? War er gewillt, die Vergangenheit loszulassen und darauf zu vertrauen, dass er nicht wie sein Vater war? War er überzeugt, dass er es nicht vermasseln würde, dass er ihr nicht das Herz brechen würde, wie das Herz seiner Mutter gebrochen worden war? Diese Frauen verdienten sein absolut Bestes, und er musste sicher sein, dass er das bieten konnte. Ansonsten war es nur ein Traum, und sie alle würden mit gebrochenen Herzen enden.

22. Kapitel

Eines der Lebkuchenhäuschen war gestaltet wie ein Schloss, mit Türmchen und Fenstern, die aus geschmolzenem Zucker gemacht waren. Es gab Lebkuchenberge und Lebkuchengärten und sogar einen Rummelplatz aus Lebkuchen. Unter anderen Umständen wäre River hingerissen. Doch im Moment fiel es ihr schwer, auch nur so zu tun, als würde sie dieser Wettbewerb interessieren.

Etwas war mit Dylan los. Das wusste sie einfach. Es war ihr nicht gelungen, das Treffen mit Helen und den beiden anderen Frauen zu vergessen. Über eine Affäre machte sie sich keine Gedanken – sie glaubte nicht, dass Dylan der Typ dafür war. Außerdem wäre Helen dann nicht dabei gewesen. Aber irgendetwas ging vor sich, und obwohl sie eine Erklärung verlangen wollte, fürchtete sie sich auch vor seiner Antwort.

Sie bemühte sich, ihre Aufmerksamkeit wieder auf die Lebkuchenkreationen zu richten. Die Teilnehmer hatten hart daran gearbeitet, ihre unglaublichen Meisterstücke herzustellen, und sie war es ihnen als Schneekönigin schuldig, das anzuerkennen.

»Der Sieger muss das Schloss sein«, sagte Dylan leise, während er mit ihr von einem Kunstwerk zum nächsten ging. »Oder der Rummelplatz.« Er warf einen Blick zurück auf den Garten. »Oder das da.«

»Die sind alle wundervoll«, stimmte River ihm zu. »Aber das Schloss vereint eine gute Mischung aus verschiedenen Techniken und hat viele dekorative Details.«

Er schaute ihr in die Augen und lächelte. »Du bist die Expertin.«

Sie hielt seinen Blick fest und rief sich in Erinnerung, dass sie diesen Mann mochte. In seiner Nähe war sie glücklich. Sie hatte es genossen, ihre Beziehung auf die nächste, körperliche Stufe zu heben. Wenn sie ihm ihren Körper anvertraute, sollte sie dann nicht auch darauf vertrauen, dass er ihr die Wahrheit sagen würde?

Sie drehten noch eine Runde zwischen den Wettbewerbern und kamen dann überein, dass das Schloss der Gewinner war und der Rummelplatz Zweiter würde. Geri verkündete das Ergebnis und verteilte die Schleifen. Familien versammelten sich, um Fotos zu machen, und River hoffte, dass niemand allzu enttäuscht war.

»Willst du heute Abend zu mir kommen?«, fragte Dylan lächelnd. »Ich dachte, ich koche uns etwas, und dann können wir noch mal den Walzer üben.«

Das klang nett. Wenn ihr nur nicht so unbehaglich wäre wegen dem, was sie gesehen hatte.

»Du kannst kochen?«, fragte sie, um sich abzulenken.

»Klar. Helen hat dafür gesorgt, dass ich die grundlegenden Fähigkeiten erlerne. Ich mache ziemlich beeindruckende Spaghetti Carbonara, und mein Caesar Salad ist legendär. Soll ich dich um sechs abholen?«

Sie öffnete den Mund, um »Ja« zu sagen, fragte stattdessen aber: »Wer waren diese Frauen?«

Seine Verwirrung war echt. »Welche Frauen?«

»Ich habe dich mit Helen und zwei Frauen vor einer Anwaltskanzlei gesehen. Waren das potenzielle Kundinnen?«

Er starrte sie aus großen Augen an. In seiner Miene waren die Schuldgefühle so eindeutig zu lesen, als hätte er sie offen eingestanden. Er trat einen Schritt zurück und räusperte sich. »Ah, äh, ja, Kundinnen. Sie wollen, dass ich etwas für sie renoviere. Eine Küche. Sie denken an etwas im Farmstil, sind sich aber noch nicht sicher. Auf jeden Fall wollen sie nur natürliche Materialien.«

Sie konnte förmlich hören, wie er sich innerlich ermahnte, nicht weiterzureden. Das Gute war, dass Dylan ein schlechter Lügner war – das sollte sie trösten. Das Schlechte war, dass er sie gerade angelogen hatte.

Schweren Herzens wandte sie sich ab. »Das klingt nett«, murmelte sie, weil sie nicht wusste, was sie sonst sagen sollte. Ihn zur Rede zu stellen war nicht ihr Stil. Sie war zu enttäuscht und traurig. Bisher hatte sie ihn für einen der Guten gehalten, doch das war er nicht. Er hatte gelogen, und dafür gab es nur eine Erklärung: Es musste sich um etwas handeln, was sie nicht wissen sollte.

Sie wollte ihm sagen, dass sie nicht alle Einzelheiten hören musste. Dass sie seine Privatsphäre respektieren konnte, wenn er einfach nur die Wahrheit sagen würde.

»Ich muss arbeiten«, sagte sie und akzeptierte, dass sie nun diejenige war, die log. »Also heute Abend. Ich werde die Nacht im Büro verbringen.«

Er stellte sich so hin, dass er sie ansehen konnte. »River, geht es dir gut?«

»Ja. Ich freue mich nur nicht darauf, die ganze Nacht durchzuarbeiten. Aber das gehört zu meinem Job dazu.«

Sie fing seinen Blick auf und bemühte sich um einen leichten, etwas bedauernden Tonfall, denn im Gegensatz zu ihm wusste sie genau, wie man glaubhaft log.

Camryn, die Zwillinge und Jake trafen weit vor Mittag wieder in Wishing Tree ein. Er bot ihr an, mit den Mädchen Tinsel zu holen, damit sie zum Laden gehen konnte.

Sie kam gerade rechtzeitig, um mit einem Eilauftrag von ein paar Touristen zu helfen, die Geschenke mit nach Hause nehmen wollten. Der Rest des Tages verflog nur so, während sie sich um Kunden kümmerte und Geschenkpapier nachbestellte. Gegen vier Uhr fiel ihr auf, dass sie noch gar nichts zu Mittag gegessen hatte und ihr Kühlschrank zu Hause auch leer war. Leider hatte sie auch vergessen, etwas aus der Kühltruhe zu nehmen, das sie fürs Abendessen aufwärmen könnte.

»Dann bestellen wir eben etwas«, murmelte sie vor sich hin, während sie in eines der Zimmer eilte, in denen eine Verpackungsparty stattfand. Ihre Schwestern würden es lieben.

Doch als sie ihnen eine Nachricht schrieb und sie fragte, worauf sie Lust hätten, informierte Lily sie, dass sie dank Helen etwas zu essen im Haus hatten.

Wir haben den Nachmittag bei ihr verbracht, und sie hat uns mit gebratenem Hühnchen, Kartoffelpüree und gebackenem Herbstgemüse nach Hause geschickt. Ich weiß nicht, was für ein Gemüse das genau ist, aber sie meinte, es schmeckt gut.

Ich hoffe, ihr habt euch bei ihr bedankt.

Natürlich. Wir sind schließlich gut erzogen.

Camryn lachte.

Das seid ihr. Ich bin um sechs zu Hause.

Sie steckte das Handy weg und hoffte, dass die Zwillinge für Helen nicht zu anstrengend gewesen waren. Und dass Jakes Mutter nichts gesagt hatte, was sie und Jake klären müssten.

»Und wenn, kann ich daran jetzt auch nichts ändern«, sagte sie sich.

Es war schon dunkel, und leichter Schneefall hatte eingesetzt, als sie sich auf den Weg nach Hause machte. Als sie auf ihre Einfahrt einbog, sah sie, dass beinahe hinter allen Fenstern Licht brannte. Es machte sie glücklich, zu wissen, dass ihre Schwestern sie erwarteten. Diese Vorweihnachtszeit war so viel schöner als die im vergangenen Jahr, sie hatten viele gute Erinnerungen geschaffen und damit den Schmerz des letzten Jahres gelindert. Der Heilungsprozess hatte endlich angefangen, und dafür war sie dankbar.

Als sie eintrat, stieg ihr sofort der köstliche Duft von gebratenem Hühnchen in die Nase. Sie hörte Musik und Lachen. Tinsel wurde als Erste auf sie aufmerksam und kam angelaufen.

»Hey, kleine Maus. Ich hab dich vermisst.« Camryn nahm die kleine Hündin auf den Arm und drückte sie an sich, während Tinsel sich vor Freude wand und ihr Gesicht mit Küssen bedeckte.

Lily und Victoria gesellten sich zu ihr in die Küche. Beide trugen Jeans und einen Weihnachtspullover.

»Wir haben die Post reingeholt«, zählte Lily an den Fingern ab. »Wir haben den Müll rausgebracht und die Tonnen an die Straße gestellt. Und wir haben Tinsel gefüttert.«

»Wow. Danke. Ihr wart ja richtig fleißig.«

»Ja, wir sind ziemlich großartig«, sagte Victoria. »Der Tisch ist schon gedeckt und das Hühnchen samt Gemüse zum Aufwärmen im Ofen. Es gibt außerdem einen Apfelkuchen.«

»Das ist ja ein wahres Festmahl«, sagte Camryn. Sie setzte den Hund ab, stellte ihre Tasche auf einen Stuhl und zog dann die Stiefel aus. Dabei machte sie sich eine mentale Notiz, Helen eine Dankes-E-Mail zu schicken.

»Wir haben Jake angerufen und eingeladen«, verkündete Victoria. »Er hat noch ein Meeting, kommt aber später auf ein Stück Kuchen vorbei. Er bringt Eiscreme mit.«

»Ihr scheint mein Leben gut im Griff zu haben«, zog Camryn sie auf. »Das gefällt mir.«

Sie setzten sich zum Essen. Ihre Schwestern brachten sie auf den neuesten Stand über alles, was sie seit Antritt ihres Ausflugs nach Seattle verpasst hatten.

»Helen will vorbeikommen, um sich die Kleider anzusehen, die wir gekauft haben«, sagte Lily und nahm sich vom Kartoffelpüree. »Sie meinte, sie würde nicht auf den Ball gehen.« Ihre Miene wurde traurig. »Sie hat ihren Mann vor ein paar Jahren verloren, was sie immer noch traurig macht.«

Victoria nickte. »Sie versteht das mit Mom. Wir haben darüber gesprochen, wie schwer so ein Verlust ist.«

»Das ist er«, sagte Camryn und reichte das Gemüse herum. »Aber dieses Jahr geht es uns so viel besser.«

»Das stimmt.« Victoria spießte ein Stück Kürbis auf. »Helen hat uns am ersten Weihnachtstag zum Essen eingeladen. Sie meinte, es käme nur die Familie, es ist also keine so große Sache wie an Thanksgiving. Lily und ich haben darüber gesprochen, und wenn du auch hingehen möchtest, sollten wir das tun. Wir haben immer viel Spaß mit ihr.«

So weit hatte Camryn noch gar nicht gedacht. »Ich denke, das wäre nett«, stimmte sie zu. »Wir haben noch gar nicht über Weihnachten gesprochen. Ich würde dann aber etwas mitbringen wollen.«

»Wir können mit River sprechen«, schlug Lily vor. »Sie kann so gut backen und uns bestimmt ein paar Tipps geben. Oh, und Tinsel ist natürlich auch eingeladen. Camryn, wir müssen Tinsel einen eigenen Weihnachtsstrumpf besorgen.«

»Hm, das klingt, als müssten wir bald in den Tierhandel.«

»Oder wir könnten etwas im Internet finden«, überlegte Victoria. »Ich habe heute mal geschaut, und es gibt viele tolle Spielzeuge. Ich bin mir nur nicht sicher, was ihr Hauptgeschenk sein soll. Vielleicht ein Bettchen?«

»Du meinst, neben den fünfen, die sie schon hat?«

Victoria grinste. »Sie hatte sich in der Kälte verlaufen. Wir müssen sie verwöhnen.« Sie aß ein Stück Hühnchen. »Wenn wir in dem großen Haus am Wolfsee wohnen, werden wir noch viel mehr Körbchen für sie brauchen.«

Camryn starrte ihre Schwestern an. »Wie bitte? Wenn wir *was*?«

Die Zwillinge tauschten einen Blick.

»Nichts«, murmelte Victoria und trank schnell einen Schluck Wasser.

»Warum glaubt ihr, dass wir in Helens Haus einziehen?«, fragte sie, obwohl sie panische Angst vor der Antwort hatte.

»Na, wenn du Jake heiratest«, erklärte Lily, wich dabei aber ihrem Blick aus. »Ihr seid ein Paar. Und Paare sind verliebt und heiraten. Helen meinte, das Haus wäre für sie sowieso viel zu groß, und sie denkt, dass sie Jakes Wohnung übernehmen könnte und wir vier …«

»Mit Tinsel fünf«, murmelte Victoria.

»Richtig. Wir fünf könnten dort einziehen. Dann bleibt das Haus in der Familie.«

Camryn wünschte, sie hätte sich ein Glas Wein zum Abendessen eingeschenkt. Oder zwanzig. Die Gedanken wirbelten nur so durch ihren Kopf, und sie hatte keine Ahnung, wo sie überhaupt anfangen sollte.

»Jake und ich werden nicht heiraten«, sagte sie schließlich mit fester Stimme. »Wir haben gerade erst angefangen, miteinander auszugehen, und das hier ist alles viel zu viel. Es gibt keine Hochzeit, und wir ziehen nicht in das Haus.« Und später würde Camryn ein langes Gespräch mit Helen darüber führen, dass sie ihre Grenzen weit überschritten hatte.

Die Zwillinge sahen einander verwirrt an.

»Aber du magst Jake«, sagte Victoria.

»Ja. Ich mag ihn sogar sehr. Wir verstehen uns gut. Doch das ist nicht dasselbe, wie sich zu verlieben. Außerdem bleibt er hier, und ich werde in drei Jahren aus Wishing Tree wegziehen, also ergibt es keinen Sinn …«

Zwei Sekunden zu spät merkte Camryn, was sie da gesagt hatte. Ihre Schwestern starrten sie mit einer Mischung aus Entsetzen und Furcht an.

»Du verlässt uns?«, hauchte Lily.

Victorias Augen füllten sich mit Tränen. »Wo willst du denn hin? Und was wird aus uns? Du bist unsere Schwester. Du sollst dich um uns kümmern. Du kannst nicht wegziehen.«

»Ich verlasse euch nicht«, versicherte Camryn ihnen schnell. »Es tut mir leid. Das kam falsch rüber. Ich werde mich immer um euch kümmern. Ich liebe euch, und das wird sich niemals ändern.«

Sie wirkten nicht überzeugt.

»Was hast du dann gemeint, Camryn?«, fragte Lily und wischte sich auch eine Träne ab.

Wenn sie nur die Zeit zurückdrehen und diese Worte unausgesprochen lassen könnte. Natürlich hatte sie vorgehabt, eine Unterhaltung mit den Zwillingen zu führen. Aber nicht so und garantiert nicht jetzt.

Sie legte ihre Gabel ab. »Ihr müsst euch keine Sorgen machen. Es ist keine große Sache. Ich dachte, wenn ihr zwei auszieht, um aufs College zu gehen, hält mich hier nichts mehr in der Stadt, also könnte ich genauso gut nach Chicago zurückgehen und …«

»Nein!« Lily sprang auf. »Was ist mit dem Haus und mit *Schleifchen drum*?«

»Im Moment ist doch noch gar nichts entschieden. Lily, bitte. Ich bin noch am Überlegen. Außerdem werdet ihr beide fort sein, und ihr könnt mich besuchen …«

»Besuchen?«, quiekte Victoria. »Besuchen? Weil wir nicht mit dir zusammenwohnen werden? Wir werden kein Zuhause haben. Sobald wir also achtzehn sind, interessieren wir dich nicht mehr? Du hast die Frage nicht beantwortet: Was wird aus dem Haus? Hast du vor, es zu verkaufen? Wir wollen das Geld nicht. Wir wollen unser *Zuhause*, in dem wir als *Familie* gelebt haben. Mit unserer *Mom*.«

»Das kannst du nicht machen.« Lily fuhr sich mit der Hand über die tränenfeuchten Wangen. »Das geht nicht. Ich dachte, du liebst uns, aber das tust du nicht. Du willst uns nur so schnell wie möglich loswerden. Geh doch jetzt gleich nach Chicago zurück, wenn dir das so wichtig ist. Ich dachte, wir würden dir etwas bedeuten. Ich dachte, wir sind eine Familie.«

Damit drehten die beiden sich um und rannten die Treppe hinauf. Tinsel folgte ihnen schnell mit eingezogenem Schwanz, als würde sie spüren, dass mit ihrem Rudel irgendetwas nicht stimmte.

Camryn blieb allein am Tisch zurück. Ihr Magen brannte, und ein schweres Gewicht hatte sich auf ihre Schultern gesenkt. Das habe ich ja schön vermasselt, dachte sie grimmig. Sie hatte ihren Schwestern wehgetan. Schlimmer noch, sie hatte ihnen Angst gemacht. Nach all dieser schweren Zeit waren sie endlich glückliche, selbstbewusste Teenager, und sie hatte sie um Wochen, wenn nicht gar Monate zurückgeworfen.

»Ich bin so eine Idiotin«, sagte sie laut, als würden die Worte helfen. Doch das taten sie nicht.

Sie ging in den ersten Stock hinauf. Lilys Tür stand offen, aber die von Victoria war zu. Camryn drückte auf die Klinke, doch es war abgeschlossen.

Sie klopfte einmal an. »Ich bin's.«

»Geh weg«, sagte Victoria mit tränenerstickter Stimme. »Lass uns einfach in Ruhe.«

»Es tut mir leid«, sagte Camryn. »Ich habe es echt verbockt, aber das habe ich nicht so gemeint.«

»Wir wollen nicht mit dir reden«, verkündete Lily. »Du bist nicht mehr unsere Schwester. Du bist nur die Person, die das Pech hat, sich um uns kümmern zu müssen.«

Camryn rutschte mit dem Rücken an der Wand hinunter, bis sie auf dem Boden saß. »So ist das nicht«, flehte sie. »Kommt schon, das ist nicht fair. Ich liebe euch. Das wisst ihr.«

»Wir sind für dich nur eine Last«, rief Victoria. »Du hast nie zurückkommen wollen, oder? Du wolltest dein anderes Leben nie aufgeben. Du hasst es, hier zu sein.«

Camryn unterdrückte einen Seufzer. »Es tut mir leid«, wiederholte sie. »Ich habe mich falsch ausgedrückt. Bitte, lasst mich rein, damit wir reden können.«

»Nein«, erklärte Lily. »Geh einfach, und lass uns in Ruhe. Du willst ja sowieso weg, also kannst du genauso gut jetzt schon damit anfangen.«

Sie hörte den Schmerz in ihren Stimmen und wusste, dass sie alles verkehrt gemacht hatte. Sie klopfte noch ein paarmal, wurde aber ignoriert. Schließlich ging sie wieder nach unten und rollte sich auf dem Sofa zusammen.

Eine Stunde später kam Jake. Er sah sie an und breitete die Arme aus.

»Erzähl es mir«, sagte er. »Zusammen kriegen wir das wieder hin.«

Sie stürzte sich in seine Umarmung. Für ein paar Sekunden fühlte sie sich besser, aber dann trat sie zurück und musste ihm gestehen, was passiert war.

»Ich habe den Zwillingen wehgetan«, sagte sie und erklärte, wie sie aus Versehen erwähnt hatte, dass sie Wishing Tree verlassen würde. »Ich war so darauf konzentriert, ihnen zu erklären, warum wir nicht heiraten und in das Haus deiner Mutter ziehen, dass ich nicht darüber nachgedacht habe, was ich sage.«

Er zog sie zum Sofa und setzte sich neben sie. »Du hast ihnen nie gesagt, dass du nach Chicago zurückkehren willst?«

»Nein. Ich wusste, dass es sie traurig machen würde. Ich wollte warten, bis sie ein wenig älter sind und es ihnen nicht mehr so viel ausmacht.«

Er hielt ihren Blick fest. »Dieses Haus und diese Stadt werden ihnen immer wichtig sein. Sie haben das Gefühl, wieder einmal verlassen worden zu sein.«

»Ich weiß«, flüsterte sie. »Aber sie werden wegziehen, aufs College gehen, ihr eigenes Leben führen. Soll ich mein Leben für immer auf Eis legen?«

»Sie wussten nicht, dass du das überhaupt getan hast. Sie dachten, du wärst hier glücklich.«

Da war etwas in seiner Stimme. Sie musterte ihn, konnte aber nicht sagen, was er dachte.

»Ich bin nicht unglücklich«, sagte sie langsam. »Ich mag mein Leben hier. Den Laden und meine Freundinnen.«

Er räusperte sich.

Sie brachte ein schwaches Lächeln zustande. »Und dich.«

»Puh. Ich fürchtete schon, du hättest mich vergessen.«

»Das würde ich niemals tun.« Sie hielt inne. »Aber ich werde trotzdem gehen, Jake.«

»Das hast du sehr deutlich gemacht.«

»Ich will nur ehrlich zu dir sein.«

»Ist dir je in den Sinn gekommen, dass ich der einzige Mensch in diesem Haus bin, der nicht sauer auf dich ist, und du vielleicht ein wenig vorsichtiger sein solltest?«

Sie war nicht sicher, was das bedeutete, dachte aber, dass das hier nicht der Tag für eine brutal ehrliche Unterhaltung war.

»Mir ist ganz übel, wenn ich daran denke, was ich den Zwillingen angetan habe«, sagte sie. »Ich weiß nicht, wie ich das richten soll.«

»Weil es nicht zu richten ist. Du wirst ihnen nicht versprechen können, für immer zu bleiben, doch das ist das Einzige, was sie hören wollen.« Er legte einen Arm um sie. »Sie kriegen sich schon wieder ein.«

»Ich habe sie verletzt.«

»Aber nicht absichtlich. Und du hast dich entschuldigt.«

»Ja. Aber ich glaube nicht, dass das reicht.«

In der letzten Nacht hatte River keinen Schlaf gefunden. Sie hatte sich hin und her gewälzt, bevor sie schließlich beschlossen hatte, ihre Lüge Dylan gegenüber wahr zu machen und ins Büro zu gehen. Dort hatte sie die Alarmanlage des Ladens ausgeschaltet, bevor sie aufgeschlossen hatte, und danach wieder aktiviert. Oben hatte sie dann ihren Computer hochgefahren, vor dem sie nun saß und auf den Bildschirm starrte.

Dylan hatte sie angelogen, was bedeutete, dass er irgendetwas verbarg. Sie wusste nur nicht, *was*. Es könnte etwas Albernes sein, etwas, das ihm peinlich war, aber im Großen und Ganzen nicht wichtig. Oder es könnte etwas wirklich Schlimmes sein. Auch wenn sie wusste, dass sie ihn einfach danach fragen könnte, war sie sich nicht sicher, ob er ihr die Wahrheit sagen würde. Womit ihr nur eine andere Option blieb.

Sie legte die Finger auf die Tastatur und zog sie schnell wieder zurück. Nein, dachte sie. Sie würde nicht recherchieren. So jemand war sie nicht. Sich hinter jemandes Rücken über ihn zu erkundigen konnte niemals die Lösung sein.

Stundenlang rang sie mit sich, bis sie schließlich Camryn unten rumoren hörte. River stand auf und ging hinunter, um mit ihrer Freundin zu reden. Als sie den Laden betrat, rief sie ihren Namen. Camryn drehte sich um, und River wusste sofort, dass etwas nicht stimmte.

»Was ist los?«, fragte sie.

Camryn war blass und hatte dunkle Ringe unter den Augen. »Die Zwillinge und ich haben uns gestritten.« Sie schüttelte den Kopf. »Nein, das stimmt nicht. Wir haben uns nicht gestritten. Ich habe ihnen aus Versehen erzählt, dass ich vorhabe, aus Wishing Tree wegzuziehen, sobald sie ihren Highschool-Abschluss haben. Sie sind total ausgeflippt. Sie haben Angst, dass ich sie verlasse – sowohl physisch als auch emotional. Es ging ihnen so gut, und sie sind so aufgeblüht, und nun habe ich alles kaputtgemacht.«

Sie schlug die Hände vors Gesicht. »Wenn du ihre Mienen gesehen hättest. Die beiden haben doch schon so viel durchgemacht. Sie waren endlich wieder glücklich, und ich …«

River wusste nicht, was sie sagen sollte. »Das tut mir leid.«

»Danke.« Camryn ließ die Hände sinken. »Sie haben sich in Victorias Zimmer eingeschlossen und die Tür nur kurz geöffnet, damit ich mit Tinsel Gassi gehen konnte. Ich hatte halb erwartet, dass sie heute früh weg sein würden.«

»Wo sollten sie hingehen?«

»Weiß ich nicht. Wenn sie einfach nur sauer wären, könnte ich damit umgehen, aber sie sind am Boden zerstört, und das ist meine Schuld.« Camryn seufzte. »Sorry. Ich ziehe dich hier in etwas hinein, was gar nichts mit dir zu tun hat. Lass uns das Thema wechseln. Wie geht es dir?«

»Dylan hat mich angelogen, und das ist schlimm.«

Camryn sah sie überrascht an. »Was? Er hat gelogen? Wann? Bist du sicher? Dylan ist ein echt guter Kerl.«

»Das dachte ich auch«, gab River zu und erklärte dann das geheimnisvolle Treffen und dass Dylan so getan hatte, als wären die Frauen neue Kundinnen.

»Ist dir je in den Sinn gekommen, dass sie wirklich Kundinnen sind und er einfach nur ein Trottel ist?«

»Das waren sie nicht. Da war etwas in ihrer Art … Wie sie gekleidet waren. Man trägt kein Kostüm, um sich mit dem Handwerker zu treffen. Schon gar nicht, wenn man ganz aus Seattle hergekommen ist. Außerdem war Helen dabei, und das Treffen fand in der Kanzlei ihres Anwalts statt.«

»Vielleicht sind es Freundinnen von ihr.«

»Das glaube ich nicht.« River machte einen Schritt auf Camryn zu. »Weißt du etwas, von dem Dylan mir nichts erzählt hat? Gibt es ein Geheimnis, von dem alle wissen, nur ich nicht?«

»Frag mich das bitte nicht.« Camryn wandte den Blick ab.

Rivers Magen sackte ihr in die Kniekehlen, und alle Luft verließ ihre Lungen. »Es gibt ein Geheimnis, und du kennst es. Warum hast du mir das nicht gesagt?«

Camryn sah sie wieder an. »River, reg dich bitte nicht auf. Ich ertrage es nicht, wenn noch jemand wütend auf mich ist. Ich weiß etwas über Dylan, aber ich habe ihm versprochen, nichts zu sagen. Es ist nichts Schlimmes, das schwöre ich. Es ist gut und irgendwie unerwartet. Und es ist definitiv nichts, worüber du dir Sorgen machen müsstest.«

»Erzähl es mir.«

»Ich habe mein Wort gegeben, das nicht zu tun.«

Was River respektierte … wenn auch widerwillig.

»Sprich mit ihm«, drängte Camryn sie. »Sag ihm, dass du besorgt bist und Angst hast. Erkläre ihm, warum du es nicht magst, wenn Menschen Geheimnisse haben.«

»Das weiß er bereits«, sagte River. »Ich habe es ihm Dutzende Male gesagt.« Sie nickte langsam. »Da ist also wirklich etwas …«

»Sprich mit ihm«, wiederholte Camryn. »Ich bin mir sicher, dass er dir alles erzählen wird.«

River nickte noch einmal, dann wandte sie sich zur Treppe. Wenn Camryn ihr nicht die Informationen geben würde, die sie brauchte, würde sie einen anderen Weg finden.

Sie benötigte nur wenige Minuten, um sich in die Datenbank seines Arbeitgebers zu hacken. Schnell fand sie dort die Gehaltsabrechnungen und darauf Dylans Sozialversicherungsnummer. Nachdem sie sich eine mentale Notiz gemacht hatte, dass sie mit dem Unternehmer über seine wirklich lausige Firewall reden musste, kontaktierte sie einige Bekannte mit Fähigkeiten, derer sie sich nicht mehr bediente. Sechs Stunden und ein paar Gesetzesübertretungen später hatte sie einen Ausdruck seines Kontoauszugs vor sich. Das Konto war bei einer bekannten Investmentbank. Doch das war nicht das Problem – das Problem war die Summe, die dort stand und ihr den Atem raubte.

Zweiundzwanzig Millionen Dollar. *Zweiundzwanzig Millionen.*

Sie warf den Zettel auf ihren Schreibtisch und sagte sich, dass es dafür eine logische Erklärung gab. Geben musste. Auch wenn normale Menschen wie Dylan nicht oft solche Summen auf ihren Konten hatten. Wo war das Geld hergekommen?

Ihr erster Gedanke war, dass er es von Jakes Vater geerbt hatte. Doch das Konto existierte seit über zehn Jahren, und Mr. Crane war erst vor gut zwei Jahren gestorben. Es hatte im Laufe der Zeit abgesehen von Zinsen und Dividenden keine anderen Einzahlungen gegeben. Und nur wenige Abhebungen. Lediglich ein paar Tausend Dollar jedes Jahr. Ansonsten hatte das Geld da gelegen und war stetig angewachsen.

Doch wo waren die ursprünglichen drei Millionen hergekommen? Sie wusste, dass Dylan ohne Geld aufgewachsen war. Er war ein Tischler, kein Spieler oder Drogendealer.

Nun hatte sie noch mehr Fragen und immer noch keine Antworten. Das Einzige, das sie mit Sicherheit wusste, war, dass Dylan ihr etwas Wichtiges verheimlicht hatte, und dieses Wissen veränderte alles.

23. Kapitel

Camryn konnte sich nicht erinnern, ihre Schwestern je so wütend auf sie erlebt zu haben. In den letzten zwei Tagen hatten die beiden kaum mit ihr gesprochen. Im Haus war es zu still. Nur ab und zu drang ein Schluchzen an ihr Ohr. Ihr war schlecht, und sie konnte nicht essen. Ihr fehlten auch die Worte, um die Situation zu richten. Mehrmals hatte sie versucht, mit den Mädchen zu reden, doch sie hörten nicht zu. Wenn sie anfing, zu erklären, was sie gemeint hatte, verließen die beiden unweigerlich den Raum.

Sie könnte sie zwingen, zu bleiben – indem sie ihnen ernsthafte Konsequenzen androhte –, doch was hätte das für einen Sinn? Sie wollte zu ihnen durchdringen und nicht erreichen, dass die beiden zwar dablieben, aber ihre Worte ignorierten. Leider hatte sie keine Ahnung, wie sie das bewerkstelligen sollte.

Gegen vier Uhr am Nachmittag rief Helen im Laden an.

»Ich dachte, du solltest wissen, dass die Mädchen bei mir sind«, sagte sie vorsichtig. »Offenbar sind sie weggelaufen. Sie haben mich gefragt, ob sie hierbleiben können, bis sie herausgefunden haben, was sie mit ihrem Leben anstellen wollen. Ich habe Ja gesagt und dich sofort angerufen.« Helen hielt kurz inne. »Das hier ist nicht meine Schuld, Camryn. Ich weiß, dass ich mich einmische, aber ich schwöre, hiermit hatte ich nichts zu tun.«

Camryn nahm das Telefon mit in ihr Büro und ließ sich auf den Stuhl sinken. Das Gewicht auf ihren Schultern wurde schwerer, und ihr Herz pochte heftig unter dem Schmerz, den sie verursacht hatte.

»Das weiß ich«, sagte sie leise. »Das geht allein auf meine Kappe. Ich komme gleich rüber. Können sie bis dahin bei dir bleiben?«

»Natürlich. Auch länger, wenn das hilft. Was ist passiert? Deine Schwestern sind solch fröhliche, lebhafte Mädchen, aber jetzt wirken sie irgendwie … gebrochen.«

»Ich erzähle es dir, wenn ich da bin. Es ist eine lange, dumme Geschichte und ganz allein meine Schuld.«

»Du bist zu hart zu dir.«

»Du weißt nicht, was passiert ist.«

»Das stimmt«, sagte Helen. »Aber ich kenne dich. Ich werde ihnen nicht sagen, dass du kommst.«

»Danke.«

Camryn schnappte sich Tinsel und sagte ihren Angestellten, dass sie für ein paar Stunden wegmüsste. Dann fuhr sie zu dem großen Haus am Wolfsee, wo Jakes Mutter sie an der Tür begrüßte.

»Sie sind oben im Fernsehzimmer.« Helen umarmte sie fest und bat sie herein. »Wir können in mein Büro gehen und reden, bevor du mit ihnen sprichst.«

Camryn wollte gerade sagen, dass sie zuerst zu ihren Schwestern müsste, doch dann fiel ihr ein, dass sie gar nicht wusste, was sie zu ihnen sagen sollte. Also folgte sie Helen den Flur hinunter in ein helles, hübsches Büro. Sie setzten sich auf ein gemütliches Sofa mit einem dezenten Blumenmuster. Tinsel rollte sich in einem Körbchen vor dem Kamin zusammen. Helen schenkte ihnen beiden Tee ein und reichte Camryn eine Tasse.

»Fang am Anfang an«, sagte sie und lächelte aufmunternd.

»Ich habe es vermasselt«, gestand Camryn. Tränen stiegen ihr in die Augen. »Ich habe ihnen wehgetan, und das wollte ich nicht.«

Sie erklärte, wie sie aus Versehen mit ihrem Plan herausgeplatzt war, nach Chicago zurückzuziehen.

»Das hat sie vollkommen unvorbereitet getroffen«, sagte sie. »Jetzt glauben sie, dass ich sie verraten habe und sie kein Zuhause mehr haben. Dabei hatten sie nach dem Verlust unserer Mutter doch gerade ihr Leben zurück! Die Adventszeit war so schön, und jetzt ist alles ruiniert. Schlimmer noch, sie vertrauen mir nicht mehr und fühlen sich nicht mehr sicher.«

Helen nippte an ihrem Tee. »Ich wusste nicht, dass du vorhast, Wishing Tree zu verlassen. Aber das Kleinstadtleben ist nicht für jeden das Richtige. Chicago ist so lebendig. Deine Freundinnen müssen sich freuen, dass du zurückkommst.«

Dieser Themenwechsel war ein wenig verwirrend, aber Camryn bemühte sich, mitzuhalten.

»Die paar, mit denen ich den Kontakt aufrechterhalten habe, freuen sich«, sagte sie langsam. »Die anderen sind irgendwie … verschwunden. Was hauptsächlich meine Schuld ist. Meine Mom war krank, und meine Schwestern brauchten mich. Und als sie dann starb, war alles so schwer. Ich musste mich um den Laden kümmern, und mich regelmäßig bei meinen Freunden zu melden war da einfach noch eine Sache mehr, für die ich keine Zeit hatte.«

»Ja, Fernbeziehungen sind eine Herausforderung«, murmelte Helen. »Du hast früher im Bereich Finanzen gearbeitet, oder?«

»Ja, für eine Investmentfirma.«

»Halten sie den Job für dich frei?«

»Nein. Ich muss mir was Neues suchen, wenn ich zurück bin.«

»Aber du hast noch Kontakte in der Stadt.«

»Ein paar.« Camryn versuchte, es zu erklären. »Ich habe mir das nicht ausgesucht, sondern bin einfach in diese Situation geschubst worden. Ich weiß, das klingt dramatisch …«

Helens Miene war mitfühlend, als sie Camryn unterbrach. »Weil es das war. Du hast deine Mutter verloren, deinen Job, alles, was du kanntest. Mit einem Mal warst du verantwortlich für ein Geschäft und deine Schwestern, während du einen großen Verlust verkraften musstest.«

»Danke, dass du das verstehst.« Camryn zögerte. »Ich will meine eigene Zukunft wählen. Ich will mich nicht einfach mit irgendeinem Leben zufriedengeben.«

»Das ergibt Sinn.« Helen stellte ihre Teetasse ab. »Verzeih mir, wenn diese Frage zu geradeheraus ist, denn ich verstehe, warum du dein Schicksal selbst in die Hand nehmen willst. Aber warum willst du irgendwohin ziehen, wo du niemanden kennst, wozu du keine Verbindungen hast und wo kein Job auf dich wartet? Was genau ist so anziehend daran, nach Chicago zurückzugehen?«

»Da war mein Leben, als sich alles verändert hat. Da kann ich die sein, die ich mal war.«

In der einen Sekunde war sie verlobt, erfolgreich und glücklich gewesen, und in der nächsten hatte sie sich um ihre sterbende Mutter gekümmert und gewusst, dass sie die Vormundschaft für ihre vierzehnjährigen Schwestern und die Leitung von *Schleifchen drum* würde übernehmen müssen. Sie hatte alles verloren, was ihr wichtig gewesen war, und sie wollte es zurückhaben.

»Das bekommst du nicht zurück«, sagte Helen sanft, beinahe, als könnte sie Camryns Gedanken lesen. »Was du vorher hattest, ist lange weg. Du kannst es bedauern und dich fragen, wie es anders hätte sein können, aber du wirst die Umstände von damals nicht wiederherstellen können. So läuft das im Leben nicht. Stell dir vor, ich würde versuchen, einen Mann zu finden, der so ist wie mein verstorbener Ehemann, um mit ihm die gleiche Beziehung aufzubauen. Das ist unmöglich.«

»Ich erwarte gar nicht, dass alles genauso ist«, protestierte Camryn, aber sie fragte sich, ob sie das womöglich doch tat. Denn Helen hatte einen guten Punkt gemacht – wenn sie neu anfangen musste, warum dann dort? Alles, was sich in ihrer Wohnung befand, könnte sie schnell verkaufen. Warum also nicht Seattle oder Los Angeles? Dort wäre sie zumindest näher bei ihren Schwestern. Es gab keinen Ort, an dem etwas auf sie wartete – außer hier.

»Was hast du mit dem Laden vor?«, fragte Helen. »Willst du ihn verkaufen?«

»Das könnte ich nicht. Es ist ein Familienbetrieb.«

»Ohne eine Familie, die ihn führt.«

Das war hart, aber wahr. »Ich muss mit meinen Schwestern reden«, sagte Camryn und stellte die Teetasse ab.

»Ich zeige dir den Weg.«

An der Tür zum Fernsehzimmer blieb Camryn stehen. Es lief ein Disney-Film. *Aladdin.* Sie hörte Robin Williams darüber singen, ein Freund zu sein, und wünschte, sie hätte eine Wunderlampe, die ihre Probleme lösen würde. Doch die hatte sie nicht, und im Moment war sie die Einzige, die alles wiedergutmachen konnte.

Sie betrat das Zimmer. Ihre Schwestern saßen zusammen auf dem breiten Sofa. Lily hatte ihren Kopf an Victorias Schulter gelehnt. Camryn ging zu ihnen, nahm die Fernbedienung und schaltete den Fernseher aus. Dann setzte sie sich auf den Couchtisch und sah ihre Schwestern an.

Die beiden waren blass und wirkten eher verängstigt als trotzig. Camryn sah den Schmerz in ihren Augen – einen Schmerz, für den sie verantwortlich war.

»Es tut mir leid«, sagte sie leise. »Es war so falsch von mir, zu sagen, was ich gesagt habe. Ich wollte euch nie aufregen oder verletzen.«

»Aber das hast du«, erklärte Victoria.

»Ich weiß. Ihr seid wütend und habt Angst, und das geht auf mich.« Sie presste die Lippen zusammen. »Ihr seid meine Schwestern, und ich liebe euch. Egal, was kommt, ich bin für euch da. Ihr seid in meinem Leben immer willkommen. Und ihr werdet bei mir immer ein Zuhause haben.«

Lilys Augen füllten sich mit Tränen. »Aber wir wollen nicht in Chicago leben. Wir wollen hier leben. Selbst wenn wir aufs College gehen, ist das hier unser Zuhause.« Sie richtete sich auf. »Wenn wir mit der Highschool fertig sind, werden wir achtzehn sein. Mom hat das Haus uns dreien hinterlassen. Ohne unsere Zustimmung kannst du es nicht verkaufen, denn wir sind zwei und du nur eine. Und wir werden einem Verkauf nicht zustimmen.«

Camryn lachte erstickt auf, als ihr klar wurde, dass die beiden recht hatten. Das Haus und der Laden waren in einem Treuhandfonds angelegt, der auf ihrer aller Namen lief. Niemand von ihnen hatte Macht über die anderen beiden.

»Ich habe immer gewusst, dass ihr klug seid«, sagte sie. »Aber es geht gar nicht darum, ob ich das Haus verkaufe oder nicht, oder?«

Lily schüttelte den Kopf. »Nein. Es geht darum, dass du uns nicht mehr willst.«

Jetzt war es Camryn, die gegen die Tränen ankämpfen musste. »Das stimmt nicht. Ihr seid meine Familie, und ich brauche euch so sehr. Ich könnte euch niemals im Stich lassen.«

»Warum willst du uns dann verlassen?«, fragte Victoria.

»Ich will euch nicht verlassen. Ich habe versucht, etwas zu finden, das ich verloren habe.«

Die Zwillinge tauschten einen Blick, bevor sie Camryn wieder ansahen.

»Was soll das heißen?«, hakte Victoria nach.

»Ich weiß es nicht. Noch habe ich es selbst nicht herausgefunden. Oder zumindest nicht komplett.« Camryn dachte über das nach, was sie mit Helen besprochen hatte. »Bevor Mom krank wurde, hatte ich eine eigene Zukunft.«

»Und du warst verlobt«, merkte Lily nachdenklich an. »Wir hatten schon über unsere Brautjungfernkleider gesprochen.«

»Ja. Ich war glücklich und hatte Pläne. Dann hat sich von einem Tag auf den anderen alles verändert. Ich liebe euch, und ich will für euch da sein. Aber ich hatte nie eine Wahl. Das ist alles so schnell gegangen. Außerdem haben wir Mom verloren. Ich schätze, ich dachte, wenn ich an den Ort zurückkehre, an dem ich vorher war, würde ich einen Teil dessen zurückbekommen, was ich einmal hatte.«

»Willst du dieses Leben immer noch?«, fragte Victoria.

»Das ist eine gute Frage, die ich mir nie gestellt habe. Ich war einfach davon ausgegangen und hielt es für die logische Entscheidung. Jetzt weiß ich gar nichts mehr, außer, wie sehr ich euch liebe.« Sie atmete tief ein. »Bitte, kommt nach Hause. Wir finden eine Lösung. Ich werde nirgendwohin gehen, ohne vorher mit euch zu sprechen. Ihr habt recht, ohne eure Zustimmung kann ich das Haus nicht verkaufen, aber darum geht es gar nicht. Ihr sollt wissen, dass wir diese Entscheidung und alle anderen gemeinsam treffen.«

»Wirst du hierbleiben, bis wir mit dem College fertig sind?«, wollte Lily wissen.

»Das kannst du nicht von ihr verlangen«, warf Victoria ein. »Camryn kann nicht ihr eigenes Leben für sieben Jahre auf Eis legen.«

»Das sollte sie auch nicht tun.« Lily sah ihre große Schwester an. »Warum gefällt es dir in Wishing Tree nicht?«

»Das tut es. Sehr sogar.«

»Warum bist du dann hier nicht glücklich? Warum ist es nicht genug?«

Das ist eine wirklich gute Frage, dachte Camryn. »Ich weiß es nicht. Manchmal ist es das.« Und manchmal fühlte sie sich allein und verloren.

»Sag bitte, dass du bleibst, bis wir unseren Highschool-Abschluss haben«, bat Victoria. »Egal, was passiert.«

»Das hatte ich immer vor.«

Wieder schauten die Mädchen einander an.

»Wir kommen nach Hause«, erklärte Lily dann.

Camryns Herz wurde sofort leichter. »Danke.«

Sie stand auf. Ihre Schwestern warfen sich ihr an den Hals und schlangen die Arme um sie, und Camryn zog sie fest an sich.

»Ich hab euch lieb«, sagte sie.

»Wir dich auch«, erwiderte Victoria.

»Wirklich.«

Genau das hatte Camryn hören müssen. Sie hatte ihre Schwestern zurück, und gemeinsam würden sie einen Weg durch dieses Chaos finden. Doch der Schaden war angerichtet. Sie hatte ihr Vertrauen stark beschädigt, und auch wenn das wiederaufgebaut werden konnte, würden Narben zurückbleiben. Sie würde lernen müssen, mit den Schuldgefühlen zu leben.

Dylan schaute die Treppe hoch, die zu Rivers Büro führte. Er war alle seine Optionen durchgegangen, und soweit er das beurteilen konnte, blieb ihm nur eine: ihr die Wahrheit zu sagen.

Er hatte River angelogen. Ohne Absicht, aber mit ihrer Frage nach seinem Treffen mit den Finanzplanerinnen hatte sie ihn kalt erwischt. Er hielt sein Geld schon so lange geheim, dass es ihm unmöglich gewesen war, ihr einfach zu sagen, was los war. Deshalb hatte er ihr eine Lüge aufgetischt. Noch dazu eine schlechte. Er hatte die Enttäuschung in Rivers Augen gesehen, die ihn bis heute verfolgte.

»Ich werde es ihr jetzt sagen«, murmelte er und ging langsam die Treppe hinauf.

Er klopfte an ihre Bürotür und trat ein. River schaute von ihrem Computer auf. Jede Hoffnung, dass er die Situation falsch eingeschätzt hatte, erstarb in dem Moment, als er ihre verschlossene Miene sah. River war nicht froh, ihn zu sehen.

»Hi«, sagte er und schloss die Tür hinter sich. »Hast du eine Minute?«

Sie deutete auf den Stuhl neben ihrem Schreibtisch, sagte aber nichts. Er setzte sich und überlegte, wie er anfangen sollte. Höflichkeiten auszutauschen kam ihm nicht richtig vor, also sollte er besser einfach anfangen.

»Die beiden Frauen waren keine Kundinnen«, sagte er. »Das war gelogen.«

»Ich weiß. Das habe ich dir angesehen. Du bist kein guter Lügner.«

Ihre grünen Augen waren undurchdringlich, doch ihr Körper verriet ihre Anspannung.

»Es waren Finanzplanerinnen, die mir helfen wollen, eine Stiftung zu gründen.« Er verlagerte sein Gewicht. »Ich habe Geld, das ich anlegen will. Viel Geld.«

Sie nahm ein Blatt Papier in die Hand und reichte es ihm. »Du meinst die zweiundzwanzig Millionen Dollar?«

Ihre Worte überraschten ihn. »Woher weißt du davon?« Er nahm das Blatt und starrte den Ausdruck seines Investmentkontos an. »Woher hast du das?«

Was für eine dumme Frage angesichts ihres Berufs, dachte er. Dann sah er sie an. »Hast du dich in mein Konto gehackt?«

»Nein. So etwas tue ich nicht mehr, außer, ich habe einen Auftrag dafür. Aber ich habe einen Freund, der mir geholfen hat.«

Wut gesellte sich zu seiner Verwirrung. »Du hast jemanden beauftragt, sich in mein Konto zu hacken?«

»Offensichtlich.« Sie klang resigniert.

»Das ist falsch und vermutlich illegal. So etwas kannst du nicht machen.«

»Ist es nicht ein wenig spät, das zu sagen?« Sie wandte kurz den Blick ab, bevor sie ihn wieder ansah. »Du brauchst eine neue

Firewall für deinen Laptop. Was ist das nur mit den Menschen in dieser Stadt, dass sie glauben, sie müssten ihre Daten nicht schützen? Ihr könnt nicht davon ausgehen, dass die ganze Welt nett ist. Man kann nie wissen, wem man trauen kann.«

»Ja, das sehe ich jetzt auch.« Seine Wut wuchs. »River, du hattest kein Recht, das hier zu tun. Du kannst dich nicht einfach in das Leben anderer Menschen hacken. Das ist falsch.«

Um ihren Mund zuckte es. »Oh, danke für die Aufklärung.« Sie stand auf und funkelte ihn an. »Du hast mich angelogen. Nicht nur, was das Treffen angeht, sondern auch wer du bist.« Sie zeigte auf den Kontoauszug. »Woher stammt das Geld? Was hast du getan, um es zu kriegen? Hast du etwas gestohlen? Oder dich mit einem Kartell eingelassen? Wenn es nicht etwas Schlimmes wäre, wäre es nicht so ein Geheimnis. Die ganze Zeit, in der wir uns getroffen haben, hast du nicht ein Wort darüber verloren.«

»Weil es nicht wichtig ist. Es ist nur Geld.«

»Das Geld ist mir egal. Nicht egal ist mir hingegen, dass du deswegen gelogen hast. Ich dachte, wir wären dabei, etwas zusammen aufzubauen. Ich dachte, wir würden unsere Vergangenheit miteinander teilen und über unser Leben reden.« Sie schaute weg. »Ich dachte, ich würde dich kennen.«

»Das tust du.«

Nun sah sie ihn wieder an. »Nein, das tue ich nicht.« Wieder zeigte sie auf das Blatt, das er noch in Händen hielt. »Das hier ist eine große Sache. Jetzt ergibt auch dein Gerede darüber, wie Geld die Menschen verändert, Sinn. Du hast nicht von Jake gesprochen, sondern von dir.« Sie senkte den Kopf. »Ich dachte, du hättest verstanden, wer ich bin, aber das hast du nicht. Du hast Angst gehabt, dass ich mich verändere, wenn ich von dem Geld erfahre. Du kennst mich überhaupt nicht.«

Er ignorierte den Schmerz, den ihre Worte auslösten, und konzentrierte sich auf seine Entrüstung.

»Du hättest mir nicht hinterherschnüffeln dürfen«, sagte er noch einmal und stopfte den Kontoauszug in seine Manteltasche. »Ich dachte, ich könnte dir vertrauen.«

»Das Gleiche könnte ich über dich sagen. Ich schätze, wir haben uns beide geirrt.«

Diese Aussage traf ihn hart. Doch er fing den Schlag ab und wusste, dass er noch stärker zurückschlagen musste.

»Was ich beschließe, mit der Welt zu teilen, geht nur mich etwas an. Nicht dich. Ich bin mir sicher, dein Deal mit dem FBI beinhaltet eine Klausel, die besagt, dass du nicht wieder gegen ein Gesetz verstoßen darfst. Daran solltest du denken, wenn du das nächste Mal einen Kriminellen anheuerst, um dich in jemandes Konto zu hacken. Im Gefängnis würde es dir mit Sicherheit nicht gefallen.«

Damit drehte er sich um und ging. Er war auf halbem Weg die Treppe hinunter, als er hörte, wie etwas Schweres gegen eine Wand prallte. Dieser Ausbruch von River hätte ihm Befriedigung verschaffen sollen, doch er konnte nur daran denken, dass das, was auch immer da zerbrochen war, nur der Anfang war.

Jake verließ das Meeting und ging zu seinem Büro. Dabei sagte er sich, dass er zufrieden sein sollte – das Resort war ausgebucht, die Gäste waren glücklich, und der Wetterbericht sagte für die Weihnachtstage Schneefall voraus. Doch auch wenn sein Geschäftsleben genauso lief, wie er es wollte, gelang es ihm nicht, eine gewisse Rastlosigkeit abzuschütteln, die ihn nun schon seit ein paar Tagen plagte.

Den Grund dafür kannte er. Seitdem Camryn ihren Schwestern erzählt hatte, dass sie Wishing Tree verlassen würde, fühlte er sich unwohl. Wobei er nicht genau sagen konnte, warum ihn das so störte. Schließlich war diese Information für ihn nicht neu. Camryn war von Anfang an ehrlich gewesen, was ihren Plan anging. Doch dass sie es ihren Schwestern gesagt hatte, hatte irgendetwas verändert, und er wusste nicht, was.

Er bog um die Ecke auf den Flur zu den Büros. Margie, seine Assistentin, hatte den Nachmittag frei. An ihrem Schreibtisch hielt er kurz an, um zu schauen, ob sie irgendwelche Nachrichten für ihn hinterlassen hatte, dann ging er weiter in sein Büro und blieb abrupt stehen, als er die große schlanke Schönheit mit den pechschwarzen Haaren und den blauen Augen am Fenster stehen sah.

»Iona.«

Sie drehte sich um und lächelte ihn an. »Hallo, Jake. Es ist so schön, dich zu sehen.«

So würde ich diesen Moment nicht gerade beschreiben, dachte er. Es war eher überraschend. Womöglich unangenehm. Aber definitiv nicht schön.

»Was machst du hier?«

Sie kam auf ihn zu und gab ihm einen leichten Kuss auf die Wange. »Ich hatte auf eine etwas warmherzigere Begrüßung gehofft. Freust du dich nicht, dass ich hier bin?«

Ihr Parfüm – Jasmin mit einem Hauch von Vanille – umwehte ihn. Er hatte mal gehört, dass Dufterinnerungen zu den stärksten Erinnerungen gehörten, aber anstatt in die Vergangenheit zurückgeführt zu werden, verspürte er den Drang, zu fliehen.

»Warum bist du hier?«, fragte er noch einmal und trat von ihr zurück.

Sie verzog die vollen Lippen zu einem sexy Schmollmund. »Das ist nicht sehr nett von dir. Ich bin es, Jake. Wenn du wissen willst, warum ich hier bin, solltest du deine Mutter fragen.«

Seine Mutter. Warum sollte sie … Er unterdrückte einen Fluch. »Sie hat dich auf die Liste für *Projekt: Jakes Braut* gesetzt?«, fragte er, bevor er sich zurückhalten konnte. Seine Mutter hatte Iona kontaktiert? Was hatte sie sich nur dabei gedacht?

Seine Ex lächelte. »Das hat sie. Ich hatte ganz vergessen, wie charmant sie sein kann. Es hat mich ein wenig überrascht, von ihr zu hören. Früher hatte ich nie das Gefühl, dass sie mich besonders mochte, aber da habe ich mich wohl geirrt. Wie auch immer, ich habe beschlossen, ihr Angebot anzunehmen. Und da bin ich. Bereit, die perfekte Kandidatin zu sein.«

Wieder kam sie auf ihn zu und legte eine Hand an seine Brust. »Erzähl mir alles über den Wettbewerb. Du weißt, dass ich mich gerne einer Herausforderung stelle. Du willst heiraten, und ich stehe der Idee offen gegenüber.«

Er nahm ihre Hand runter und ermahnte sich, ihr nicht zu erzählen, dass *Projekt: Jakes Braut* nicht seine Idee gewesen war. »Unsere Beziehung ist zweimal gescheitert. Keiner von uns will es noch einmal probieren. Also wiederhole ich meine Frage: Wieso bist du hier?«

»Aber ich will es noch mal probieren«, erklärte sie. »Du bist ein Mann, den man nicht so leicht vergessen kann.« Sie legte den Kopf schief. »Komm schon, Jake. Wir hatten tolle Zeiten zusammen. Und wir sind jetzt älter. Reifer. Ich bin mir sicher, dass wir unsere Probleme in den Griff bekommen und einen Weg zu einem sehr, sehr glücklichen Happy End finden.«

Nach über zwei Jahren? Ja, seine Mutter hatte ihr einen Grund geliefert, um herzukommen, aber warum hatte sie eingewilligt? Sie waren mehr als fertig miteinander. Iona tat nichts ohne Grund, also was war es dieses Mal? Eine gerade erfolgte Trennung? Frust darüber, dass es beim zweiten Mal er gewesen war, der gegangen war? Waren ihre Beweggründe überhaupt wichtig?

»Ich kaufe dir das nicht ab«, sagte er. »Es tut mir leid, dass du den ganzen Weg hierhergekommen bist, aber ich mache da nicht mit.«

Sie schien in sich zusammenzusacken. »Jake, sag das nicht. Du bist meine Bestimmung.«

Er unterdrückte ein Lachen. Ihre Bestimmung? Ernsthaft? »Nicht einmal ansatzweise. Wir waren schon vor langer Zeit fertig miteinander. Ich hätte auf dich hören sollen, als du mich verlassen hast. Du sagtest, dass du mich nicht lieben könntest, und das war die Wahrheit. Was du ausgelassen hast, ist, dass du niemanden lieben kannst.«

Sie wandte sich ab. »Das ist grausam.«

»Das sollte es nicht sein.«

Ihr Kopf schoss hoch. »Du machst einen Fehler, wenn du mich gehen lässt.«

»Damit kann ich leben.«

»Ich werde nicht zurückkommen.«

Das konnte er nur hoffen.

Sie wartete noch ein paar Sekunden, bevor sie ihren Mantel und ihre Handtasche vom Sofa nahm und an Jake vorbeistakste.

»Das wirst du noch bereuen«, zischte sie, und in ihren Augen blitzten Zorn und Verachtung auf. »Frauen wie mich gibt es nicht viele. Du wirst mich nie vergessen, Jake, denn ich bin auch deine Bestimmung.«

Damit war sie fort. Er ging zu seinem Schreibtisch und ließ sich auf den Bürostuhl fallen. Adrenalin rauschte durch seinen Körper, als hätte er gerade einen schlimmen Autounfall miterlebt. Iona bedeutete Ärger, und er hatte Glück gehabt, ihren Fängen entkommen zu sein.

Unglaublich, dass sie einfach in seinem Büro aufgetaucht war und erwartet hatte, sie würden wieder zusammenkommen. Er wollte nichts mehr mit ihr zu tun haben. Inzwischen stand er auf einen anderen Typ – eine Frau, die ruhig und lustig war und mit der das Zusammensein entspannt war. Eine, die sein Herz schneller schlagen ließ und auf die er sich freute. Rote Locken waren natürlich Pflicht.

Camryn würde nie aus seinem Leben verschwinden und wieder auftauchen, wie es ihr gerade gefiel. Sie wäre eine Konstante, denn das war ihre Natur. Wenn er ihr erzählte, dass Iona aufgetaucht war, würde sie genauso entsetzt und überrascht sein wie er. Und er würde sich besser fühlen, weil sie es wüsste.

Es war seltsam, dass sie so schnell eine Verbindung aufgebaut hatten. Was als Ferienflirt begonnen hatte, war zu mehr geworden – zumindest für ihn. Ihm gefiel es, sie in seinem Leben zu haben. Er wollte …

Jake stand auf und ging zum Fenster. Dort starrte er blind nach draußen, während die Wahrheit sich langsam und schmerzhaft in ihm ausbreitete.

Er hatte keine Ahnung, wann es passiert war oder wie, aber er war in sie verliebt. Und zwar bis über beide Ohren.

Er wollte sich weiter mit ihr treffen und mit ihr reden und sie berühren. Er wollte gemeinsam mit ihr aufwachen, mit ihr einschlafen und für immer mit ihr zusammenbleiben. Er wollte sie heiraten und die Zwillinge in seinem Leben haben. Und Tinsel, denn sie gehörte ja auch zur Familie. Und in ein paar Jahren wollte er Kinder mit Camryn.

Doch bevor er irgendwelche Pläne machen konnte, packte ihn eine eisige Kälte. Er mochte sie zwar lieben, aber wie sollte er eine Zukunft planen, wenn er sich jede Sekunde in seinen Vater verwandeln könnte? Er wollte Camryn nicht so wehtun, wie sein Vater seiner Mutter wehgetan hatte. Doch wie sollte er das vermeiden? Schließlich war er der Sohn seines Vaters.

Sein Blick glitt zu den schneebedeckten Bergen, als läge die Antwort irgendwo da draußen. Er wollte … Er wollte …

»Nein«, sagte er laut. »Ich werde nicht wie er werden.«

Und mit diesen schlichten Worten kam die Erkenntnis, dass es im Leben immer nur um Entscheidungen ging. Er konnte sich entscheiden, so zu werden wie sein Vater, oder er konnte sich entscheiden, anders zu sein. Ein starker, verlässlicher Ehemann, der das Richtige tat. Er musste nicht betrügen, wenn er das nicht wollte. Er konnte der Mann sein, den Camryn verdiente – wenn sie ihn denn haben wollte.

Und wenn sie in Wishing Tree bliebe.

Denn bei ihrer Entscheidung, zu gehen oder zu bleiben, geht es nicht um Geografie, dachte er. Es ging darum, wegzulaufen, weil sie Angst hatte. Wenn sie nicht gewillt war, sich selbst eine Chance zu geben, würde sie die ihm schon gar nicht gewähren. Was keine sonderlich beruhigende Erkenntnis war, aber leider nun mal der Wahrheit entsprach.

Er hatte sich in jemanden verliebt, der nicht akzeptieren konnte oder wollte, dass es im Leben um mehr ging als darum, vor seinem Schmerz davonzulaufen. Doch er liebte sie. Für immer. Und er hatte keine Ahnung, wie es weitergehen würde.

24. Kapitel

River lag zusammengerollt auf ihrem Sofa, eine Packung Taschentücher neben sich. Sie wusste, dass ihr irgendwann die Tränen ausgehen würden, aber noch war es nicht so weit.

Wie hatte alles nur so schnell so schlimm werden können? Sie mochte Dylan und war davon ausgegangen, dass er sie auch mochte. Doch die Geheimnisse und Lügen und das, was er gesagt hatte …

»Er ist nicht der *eine*«, sagte sie und nahm sich noch ein Taschentuch. »Ich habe mich in ihm geirrt.«

»Er war ein Idiot«, sagte Kelsey ruhig und tätschelte Rivers Rücken. »Er war gedankenlos und dumm. Aber was den Rest angeht, ziehst du meiner Meinung nach voreilige Schlüsse.«

River putzte sich die Nase und hob den Kopf, um ihre Schwester anzusehen. »Du meinst, er ist der *eine*?«

»Das weiß ich nicht. Aber es war ein einziger Streit. Ein großer, aber trotzdem nur einer. Warum wartest du nicht ab, was passiert, bevor du die Beziehung beendest?« Ihre Stimme wurde weich. »Bis jetzt hast du ihn wirklich gemocht. Das ist eine große Sache.«

»Er hat mich angelogen. Er versteckt zweiundzwanzig Millionen Dollar.«

Ihre Schwester zuckte zusammen. »Ja, das stimmt. Und vielleicht solltest du mehr darüber herausfinden, bevor du irgendwelche Schlüsse ziehst. Dylan ist auf keinen Fall ein Drogenhändler.«

»Jetzt vielleicht nicht mehr. Aber das Geld muss irgendwoher gekommen sein.«

»Er ist kein Drogendealer«, betonte Kelsey noch einmal.

River lehnte sich gegen die Sofalehne. »Du hast recht. Bis jetzt hätte ich gesagt, dass er ein wirklich guter Mann ist. Ihm liegt etwas an seinen Mitmenschen. Am Anfang war er so gut zu mir, als ich Angst davor hatte, Schneekönigin zu sein.«

Er hatte sie beschützt und über ihre albernen Scherze gelacht. Und er hatte gesagt, dass sie schön sei.

»Er vertraut mir nicht.« Sie wischte sich die Wangen ab. »Er hat mir erzählt, wie anders die Leute Jake behandelt haben, weil er Geld hatte. Er hat davon gesprochen, wie unangenehm ihm das war. Dabei hat er die ganze Zeit ein riesiges Vermögen verheimlicht.«

Sie hielt inne. »Du weißt, dass mir das Geld nicht wichtig ist. Es geht darum, dass ich ihm alles gebeichtet habe. Das Hacken und das mit dem FBI.« Sie sah Kelsey an. »Das erzähle ich nicht jedem.«

»Ich weiß. Du hast ihm ein Stück von dir gegeben, und er hat einen sehr großen Teil von sich vor dir verheimlicht.«

River nickte. »Es fühlt sich an, als wäre ich die Einzige in dieser Beziehung gewesen. Was bedeutet, dass es gar keine Beziehung gegeben hat. Er hat mir mit dem Wichtigsten in seinem Leben nicht vertraut.« Die Tränen kehrten zurück. »Und auch wenn das Geld mir wirklich vollkommen egal ist, ist es wichtig, weil es ihm etwas bedeutet. Ich dachte, da wäre etwas zwischen uns. Dass unsere Beziehung irgendwohin führt. Aber damit und in ihm habe ich mich getäuscht. Was verschweigt er mir noch alles?«

»Ich bezweifle, dass es irgendetwas ist, das zweiundzwanzig Millionen Dollar toppen könnte.«

»Ja, vermutlich.« River zerrupfte das Taschentuch. »Ich komme mir so dumm vor. Ich war so aufgeregt, was ihn und uns angeht. Er hat mir beigebracht, Walzer zu tanzen. Ich habe gedacht, wie schön es ist, dass ich endlich einen tollen Mann gefunden habe, dem etwas an mir liegt.«

»Warum gehst du davon aus, dass ihm nichts an dir liegt? Ich sage nicht, dass er kein Idiot war, aber dass er wütend ist, bedeutet nicht, dass er dich nicht mag.«

»Muss ich das Thema Vertrauen noch mal aufbringen?«

»Nein, musst du nicht.« Kelsey umarmte sie. »Aber für den Fall, dass du es tust, lass mich dir eine Frage stellen: Wann hätte er es dir sagen sollen? Bei eurem ersten Treffen? ›Hallo, ich bin Dylan

Tucker, und ich besitze zweiundzwanzig Millionen Dollar. Das Geld ist mir unangenehm, deshalb rede ich nicht darüber und niemand weiß etwas davon. Wie gefällt dir Wishing Tree?‹«

River atmete aus. »So klingt seine Stimme nicht.«

»Das ist nicht der Punkt. Wann hätte er es dir sagen sollen?«

»Vielleicht nach dem Sex?«

»Das wäre unangenehm gewesen.«

»Er hätte aber etwas sagen müssen. Er hätte mich nicht anlügen dürfen.«

»Das stimmt. Und er hätte dir vertrauen müssen. Ich meine nur, es ist nicht so leicht, wie du es gerne hättest. Ich habe noch kein Wort darüber gehört, dass Dylan reich ist. Du meintest, dass das Konto schon seit über zehn Jahren existiert. Das geht also schon eine ganze Weile so, und er hat offenbar noch nie darüber geredet. Dass er die Information für sich behält, hat nichts mit dir zu tun.«

»Was nur beweist, dass ich für ihn nichts Besonderes bin und es falsch von mir war, zu glauben, da wäre etwas zwischen uns.«

»River, nein! Das beweist es überhaupt nicht. Nimm nicht immer das Schlimmste an. Bitte. Du magst den Mann. Ich wiederhole mich, weil es so selten ist, dass du jemanden magst. Du achtest so sehr darauf, wen du in dein Herz lässt, und fasst nicht so leicht Vertrauen.«

»Aus gutem Grund«, sagte sie. »Du siehst ja, was dann passiert.«

»Ich weiß. Und wie gesagt, ich bin voll auf deiner Seite, dass er sich idiotisch benommen hat. Aber du solltest vielleicht auch darüber nachdenken, dass er bis vor zwei Tagen ziemlich umwerfend war. Hat er es da nicht verdient, dass du ihn anhörst?«

»Wann soll ich das denn tun? Es ist ja nicht so, dass er den Kontakt zu mir sucht. Offensichtlich ist er genauso über mich hinweg wie ich über ihn.«

Kelsey schüttelte den Kopf. »Ihr seid beide Idioten.«

River presste sich eine Hand auf den Magen. »Das würde mir nichts ausmachen, wenn es nur nicht so wehtun würde.«

»Das ist dein Herz, das bricht.«

»Ich weiß.«

Ein gebrochenes Herz bedeutete, dass er ihr wichtiger war, als sie zugeben wollte. Vielleicht solltest du ihm dann doch zuhören, flüsterte eine kleine Stimme in ihrem Ohr. Und dass er möglicherweise eine zweite Chance wert war.

Aber das würde bedeuten, dass sie ihm nach dem, was er getan hatte, vertrauen müsste. Und River wusste nicht, ob sie das noch konnte.

Die süßen Töne von Lilys Flötensolo schwebten durch das Auditorium. Camryn verlor sich in der Musik und genoss das Gefühl, dass für einen kurzen Moment wieder alles normal war. Beinahe normal, dachte sie und warf Victoria einen Blick zu, die neben ihr saß. Ihre Schwester schenkte ihr ein Lächeln und wandte ihre Aufmerksamkeit dann wieder ihrer Zwillingsschwester zu.

Das ist immerhin ein Anfang, sagte Camryn sich. Vor drei Wochen hätte Victoria sich noch an sie gelehnt und die Melodie mitgesummt; sie hätte ihr ins Ohr geflüstert, wie toll Lily war und dass ihr weißes Kleid einfach perfekt wäre.

Jake, der auf der anderen Seite neben ihr saß, drückte ihre Hand. Er war sich der subtilen Veränderungen in der Beziehung der Schwestern bewusst und unterstützte sie, wo er nur konnte. Wenn er das Problem doch nur aus der Welt schaffen könnte.

Lily beendete ihr Solo, und Applaus brandete auf. Am lautesten war die Reihe, in der Camryns Freunde saßen. River hatte ihr eine Nachricht geschickt, dass sie sich nicht gut fühlte und leider nicht kommen könnte, aber Shaye und Lawson waren da, genauso wie Paisley, Reggie, Toby und Harrison.

Camryn war dankbar für ihre Unterstützung. Das gibt es nur in Wishing Tree, dachte sie reumütig. Hätte das hier vor fünf Jahren in Chicago stattgefunden, wäre sie nicht sicher, ob irgendeiner ihrer Freunde zum Konzert ihrer Schwester gekommen wäre. Was nicht heißen sollte, dass sie keine tollen Menschen waren, aber hier war alles einfach anders.

»Lily ist unglaublich«, flüsterte Helen und lehnte sich über Jake. Sie hatte einen großen Strauß aus roten Rosen dabei, den sie Lily nach dem Konzert übergeben würde.

»Das ist sie.«

Camryn schaute wieder zur Bühne, um dem Rest des Weihnachtskonzerts zu lauschen. Es gab noch fünf weitere Soli, aber keines war so gut wie Lilys. Vielleicht war sie als große Schwester aber auch ein klein wenig voreingenommen. Als die Lichter angingen, standen alle auf und applaudierten. Dann kämpften sie sich zur Bühne durch, wo sie alle Lily umarmten und Helen ihr den riesigen Blumenstrauß überreichte.

»Du warst spektakulär«, verkündete sie. »Ich bin so stolz auf dich, auch wenn ich mit deinem Können nichts zu tun habe.« Helen lachte. »Du bist ein wahrer Schatz, meine Liebe.« Dann berührte sie Victoria am Arm. »So wie du.«

Die Zwillinge umarmten sie.

»Wir müssen jetzt auf eine Party«, verkündete Victoria dann und wandte sich an Camryn. »Du holst uns um elf Uhr ab, oder?«

»Um elf«, wiederholte Lily. »Du hast gesagt, wir dürfen ausnahmsweise mal so lange wegbleiben, weil es eine besondere Party ist.«

Und weil ich immer noch Schuldgefühle habe, dachte Camryn. »Ja, ich weiß. Ich bin um elf Uhr da.«

Die Weihnachtsfeier wurde von den Mitgliedern des Orchesters organisiert und fand in dem Gebäude neben der Eislaufbahn statt. Helen hatte angeboten, die Zwillinge dort abzusetzen, und Camryn würde sie später abholen. Es gab erwachsene Aufpasser, etwas zu essen, alkoholfreie Getränke und keine dunklen Ecken, in denen jemand Unsinn treiben konnte.

»Auf, ihr zwei, lauft los, und habt Spaß«, sagte Helen und gab Jake einen Kuss auf die Wange. »Ich kümmere mich um die Mädchen.«

Camryn sprach noch kurz mit ihren Freunden, dann nahm sie den Mantel, den Jake ihr hinhielt, und zog ihn an.

»Du weißt, dass ich dich fahren könnte«, sagte er, als sie zum Ausgang gingen.

»Sei nicht albern. Es gibt keinen Grund, dass wir beide nachts um elf in die Kälte hinausmüssen. Ich bleibe bei dir, bis es so weit ist, dann hole ich die Zwillinge ab und fahre nach Hause.« Sie unterdrückte ein Gähnen. »Vielleicht kannst du mir einen Kaffee machen.«

»Ich kann noch was viel Besseres«, sagte er augenzwinkernd. »Ich kann dir einen Latte macchiato machen.«

»Noch mehr verborgene Talente. Du weißt wirklich, wie man einer Frau den Kopf verdreht.«

»Hör auf! Du machst mich verlegen.«

Sie lachte immer noch, als sie ihr Auto erreichten und Jake ihr die Fahrertür öffnete. Sobald Camryn saß, beugte er sich vor und gab ihr einen Kuss.

»Bis gleich«, sagte er. »Fahr vorsichtig, die Straßen sind glatt.«

»Du auch.«

Sie folgte ihm zu seiner Wohnung und stellte den Wagen vor dem Haus ab. Dann ging sie durch die Garage hinein. Nachdem sie ihre Schuhe ausgezogen hatte, ließ sie Mantel und Handtasche an der Tür zurück und nahm nur ihr Handy mit, für den Fall, dass ihre Schwestern sie erreichen mussten.

»Zwischen dir und den Zwillingen scheint es besser zu laufen«, sagte Jake und holte die Milch aus dem Kühlschrank.

»Sie kämpfen noch. Aber du hast recht, die Wogen haben sich ein bisschen geglättet. Doch die beiden halten sich weiterhin zurück.« Sie gab eine Espressokapsel in die Maschine. »Ich fühle mich immer noch schrecklich.«

»Hey.« Er stellte sich vor sie und umfasste ihre Taille. »Du musst aufhören, dich deswegen zu geißeln.«

»Warum? Ich habe es so schlimm vermasselt. Ich weiß, es ist nicht hilfreich, den Moment immer wieder durchzugehen, aber ich weiß nicht, wie ich die Sache loslassen soll.«

Er küsste sie. »Komm, machen wir uns Kaffee, und dann erzähle ich dir etwas, das dich für einen Moment deine Sorgen vergessen lässt.«

»Das bezweifle ich.«

»Hab ein wenig Vertrauen.«

Sie lächelte. »Jetzt bin ich neugierig. Schieß los.«

»Du musst dich noch einen Moment gedulden.«

»Kannst du mir wenigstens ein Thema sagen?«

Er ließ ein Grinsen aufblitzen. »*Projekt: Jakes Braut.*«

»Das ist immer lustig.«

Ein paar Minuten später nahmen sie ihre Gläser mit ins Wohnzimmer und machten es sich auf dem Sofa gemütlich. Die Vorhänge waren gegen die Kälte und Dunkelheit zugezogen. Jake griff nach einer Fernbedienung, und Sekunden später flackerte ein fröhliches Feuer im Kamin. Dann legte er einen Arm um Camryn, und sie kuschelte sich an ihn. Sie genoss seine Stärke und Wärme. Er war ein guter, solider Mann.

»Du bist in der ganzen Zeit mein Fels gewesen«, sagte sie. »Dafür stehe ich in deiner Schuld.«

»Ich bin gerne für dich da, aber du hast die Sache allein gehandhabt.«

»Ja, allerdings mehr schlecht als recht.«

»Du geißelst dich schon wieder. Das Einzige, was du damit erreichst, ist, dass du dich miserabel fühlst.«

»Vielleicht habe ich es verdient, zu leiden.«

Er sah sie an. »Ist das nicht ein wenig dramatisch?«

»Vermutlich. Aber es steht mir.«

Er berührte ihre Wange. »Iona war heute da.«

Camryn brauchte eine Sekunde, bis die Worte sackten. Dann rutschte sie ein Stück zurück, um Jake anzustarren.

»Was? Iona? Die, die dich verlassen hat und so umwerfend ist, dass du es ein zweites Mal mit ihr versucht hast? Die Iona?«

Er zog eine Augenbraue hoch. »Sie hat mich nicht verlassen. Das will ich klarstellen. Beim zweiten Mal war ich derjenige, der gegangen ist. Es ist vorbei.«

Sie hörte die Worte und glaubte sie, dennoch war sie überrascht, einen Anflug von Eifersucht zu verspüren.

»Wann war das?«

»Vor ein paar Tagen.«

»Und du erzählst es mir erst jetzt?« Ihre Stimme klang ein wenig schriller, als ihr lieb war. Schnell räusperte sie sich. »Ich meine, das erzählst du mir erst jetzt?«

»Du hattest viel um die Ohren. Ich wollte einen Moment abwarten, in dem wir uns in Ruhe unterhalten können. Wobei, je länger ich darüber nachdenke, umso weniger gibt es darüber zu sagen.« Er nahm ihren Latte macchiato und reichte ihn ihr. »Das ist die Schuld meiner Mutter.«

Das ergab Sinn. »Iona muss auf der Liste stehen. Aber ich dachte, Helen hätte das Projekt bis nach den Feiertagen auf Eis gelegt?«

»Das hat sie. Aber offenbar hat Iona eigene Vorstellungen.«

»Sie war schon immer eine Frau, die sich nimmt, was sie will«, murmelte Camryn und trank einen Schluck.

Er erzählte ihr, wie er Iona in seinem Büro vorgefunden hatte, und dass sie wieder mit ihm zusammen sein wollte. »Ich habe ihr gesagt, dass das nicht infrage kommt. Auf keinen Fall. Ich bin nicht mehr an ihr interessiert. Das erste Mal hätte jedem passieren können. Das zweite Mal geht auf meine Kappe. Aber ich habe aus meinen Fehlern gelernt, und wir sind fertig miteinander.«

»Kein Funken mehr?«, fragte sie und war dankbar, dass ihre Stimme normal klang.

»Kein bisschen.« Er lächelte sie an. »Mein Funkenvorrat ist dieser Tage allein für dich reserviert.«

»Hast du gerade wirklich Funkenvorrat gesagt?«

»Ja. Du lässt mich glitzern.« Er runzelte die Stirn. »Wow, das klingt falsch. Lass uns so tun, als hätte ich das nicht gesagt.«

Sie lächelte und spürte, wie ihre Eifersucht schwand. »Ich weiß nicht. *Ich lasse Jake glitzern* klingt wie ein guter Autoaufkleber.«

»Glitzern ist nicht mal das richtige Wort.«

»Ich bin mir nicht sicher, ob *funkeln* besser ist.«

Er rückte an sie heran und küsste sie. »Ich habe kein Interesse an Iona oder irgendeiner anderen Frau. Das ist das andere, was ich dir sagen wollte. Während ich mich mit dem unerwarteten Besuch meiner Ex herumschlagen musste, hatte ich eine Erkenntnis.« Er schaute selbstkritisch drein. »Das klingt grandioser, als es ist.«

»Ich will es trotzdem hören.«

Er schaute ihr in die Augen. »Ich bin nicht mein Vater. In vielen Dingen ähnle ich ihm, aber ich bin kein Mann, der seine Partnerin betrügt. Das würde ich jemandem, den ich liebe, niemals antun.«

Seine Worte machten sie glücklich. Endlich hatte Jake herausgefunden, wer er war. »Das habe ich dir doch gesagt«, murmelte sie und lehnte sich für einen Kuss vor. »Du hattest ein paar ziemlich ereignisreiche Tage, wie es scheint.«

»Die hatte ich. Da ist noch eine Sache.«

»Welche?«

Er richtete sich auf, rückte ein Stück von ihr ab und hielt dann ihren Blick fest. »Ich bin in dich verliebt.«

Camryn starrte ihn an und wartete auf die Auflösung. Denn nach dieser Aussage musste noch etwas Lustiges kommen, oder? Er konnte diese Worte nicht einfach so in der Luft hängen lassen.

Aber er sagte nichts weiter, sondern beobachtete sie nur und wartete darauf, dass sie … Was? Etwas erwiderte? Doch es gab nichts, was sie darauf sagen konnte. Zumindest nichts Gutes.

»Nein«, brachte sie schließlich hervor und stand wacklig auf. »Jake, sag das nicht. Bitte. Ich mag das hier. Ich mag uns. Du bist wundervoll, und wir haben Spaß zusammen. Ich will nicht, dass sich das ändert.«

Seine Miene blieb neutral. Camryn schoss der grausame Gedanke durch den Kopf, dass sie ihm wehtat. Sie sollte etwas Nettes sagen, aber alles, was ihr in den Sinn kam, war, dass er die Worte zurücknehmen sollte. Denn wenn er es nicht täte, würde sie weglaufen und sich so weit wie möglich von ihm fernhalten müssen.

»Verlieb dich nicht in mich«, flehte sie und rang die Hände. Panik breitete sich in ihr aus. »Das geht nicht. Das solltest du nicht. Wir wissen beide, dass diese Beziehung ein Verfallsdatum hat. So ist es für mich besser.«

»Warum? Du weißt doch noch gar nicht, ob du wegziehst oder nicht. Im Moment weißt du gar nichts. Was ist, wenn alles, was du willst, hier ist?« Er stand auf und achtete darauf, ihr Raum zu lassen. »Was ist, wenn das hier funktioniert? Ich liebe dich, Camryn.«

»Nein! Einfach nein. Du glaubst, Liebe macht das hier besser? Du glaubst, das zu hören macht mich glücklich? Ich kann damit nicht umgehen – weder mit den Gefühlen noch mit den Worten.« Tränen brannten in ihren Augen. »Ich mochte das, was wir hatten. Warum musst du alles verändern?«

Er kam näher. »Lauf nicht vor mir weg. Wir finden einen Weg. Wir haben Zeit.«

Sie musterte sein attraktives Gesicht und erkannte, was auch immer sie gehabt hatten, es war vorbei. »Ich muss los.«

»Camryn, bitte. Wir sollten darüber reden.«

Sie ging in Richtung Tür. »Da gibt es nichts zu reden«, erklärte sie, ohne sich umzudrehen. Sie zog die Schuhe und den Mantel an und stürmte raus zu ihrem Wagen. Auf halbem Weg nach Hause musste sie rechts ranfahren, weil sie so sehr weinte, dass die Straße vor ihren Augen verschwamm.

Ich will weder seine Liebe noch ihn, sagte sie sich. Sie war nicht an etwas Echtem interessiert. Sie hatte nicht mehr gewollt. Und jetzt gab es nichts mehr außer ihrem gebrochenen, leeren Herzen und dem Wissen, dass sie wieder einmal jemandem, den sie sehr mochte, wehgetan hatte.

Dylan warf sich auf das Sofa in Jakes Büro.

»Ich bin so sauer auf sie«, sagte er.

Jake schaute von seinem Computer auf »Und mit *sie* meinst du …«

»River. Zwischen uns lief es so gut. Besser als gut sogar.« Je mehr Zeit er mit ihr verbracht hatte, desto mehr hatte er sie gemocht. Doch inzwischen wusste er nicht mehr, was er denken sollte.

Er setzte sich auf. »Sie hat sich in mein Leben gehackt. Sie hat einen ihrer Freunde dazu gebracht, herumzuschnüffeln, und hat so von dem Geld erfahren.«

»So etwas kann sie?«

»Ja. Aber sie macht es nicht mehr. Also hat sie jemand anderen beauftragt, es für sie zu tun. Sie wusste von dem Konto und wie viel drauf ist. Allerdings hatte sie keine Ahnung, wie es angefangen hat. Sie hat mich gefragt, ob ich mit Drogen handle.«

Noch immer erinnerte er sich an seine Wut. »Sie hat mein Vertrauen missbraucht. Alles war gut, und dann musste sie es kaputtmachen.«

Er konnte es immer noch nicht fassen. Nach all dieser Zeit hatte er endlich jemanden gefunden, der ihm wichtig werden könnte. Jemanden, mit dem er eine Zukunft sehen konnte. Und sie hatte alles zerstört.

Jake kam um seinen Schreibtisch herum und setzte sich in einen der Sessel gegenüber vom Sofa. »Ich verstehe das nicht. River hat einen Freund gebeten, deine Finanzen auszuspionieren? Warum?«

Dylan wandte den Blick ab. »Ich, äh, sie hat mich vor dem Meeting gesehen, das deine Mutter organisiert hat. Das, wo es darum ging, mich darüber zu informieren, wie ich eine Stiftung gründen kann. Als River mich danach gefragt hat, habe ich sie angelogen.« Er rutschte ein Stück nach vorn. »Aber darum geht es nicht.«

Ein Anflug von schlechtem Gewissen stieg in ihm auf, doch er ignorierte ihn. »Sie hatte kein Recht, sich in meine Dinge einzumischen. Ich bin mir ziemlich sicher, dass sie das Gesetz gebrochen hat.«

»Dann lässt du sie verhaften?«, fragte Jake trocken.

»Nein. Ich sage nur, dass das falsch von ihr war.«

Sein Freund musterte ihn. »Geht das nur mir so, oder bist du dümmer als üblich?«

»Hey!«

»Du bist ein Idiot. Ehrlich. Du bringst Schande über unser gesamtes Geschlecht.«

»Du solltest auf meiner Seite sein.«

»Dieses Mal nicht.« Jake lehnte sich zurück. »Also, fangen wir ganz am Anfang an. Du hast diese Frau kennengelernt. Du fühlst dich von ihr angezogen, und je besser du sie kennenlernst, desto mehr magst du sie.«

»Das hat hiermit nichts zu tun.«

»Es hat alles damit zu tun«, widersprach Jake. »Ihr verbringt Zeit miteinander. Versteht euch gut. Du denkst langsam, dass sie eine wichtige Rolle in deinem Leben spielen könnte. Nach allem, was du mir bisher erzählt hast, war sie sehr offen mit einigen dunklen Punkten ihrer Vergangenheit und damit, dass sie sich geändert hat. Sie war ehrlich und vermutlich dabei, sich in dich zu verlieben. Und was machst du? Du verheimlichst ihr ein Vermögen von zweiundzwanzig Millionen Dollar. Und als sie es herausfindet, sagst du eine Menge dummer Sache, die du nicht zurücknehmen kannst.«

Dylan funkelte ihn an. »Das kannst du nicht wissen.«

»Ich kenne dich. Traurigerweise streitest du wie ein Kind und sagst Sachen, die du nicht sagen solltest. In diesem Bereich musst du wirklich noch viel lernen. Es gibt einen Weg, sich produktiv zu streiten. Ich bin mir sicher, dass es irgendwo Online-Kurse dazu gibt.«

»Das ist nicht hilfreich.«

»Doch. Komm schon, Dylan. In dieser Sache liegst du falsch. Du wusstest, dass das Geld ein Thema werden würde. Ich habe dir geraten, es ihr zu sagen, aber das wolltest du nicht, und jetzt ist das Kind in den Brunnen gefallen, und du willst nicht die Verantwortung dafür übernehmen. Also suchst du nach einem Weg, ihr die Schuld zu geben, was bedeutet, dass du sie verlieren wirst und ich mir in den nächsten fünf Jahren – bis du bereit bist, diesen Kreislauf aufs Neue zu beginnen – anhören muss, wie einsam du bist.«

Diese harsche Einschätzung überraschte Dylan. »Das ist nicht wahr.«

Jake sah ihn nur schweigend an.

Dylan wiederholte seine Worte noch einmal im Kopf. »Das ist kein Muster von mir.«

»O doch, das ist es.«

»Es gab keinen guten Zeitpunkt, um ihr von dem Geld zu erzählen. Es ist kaum das Erste, was man erwähnt. Und dann steckte ich auch schon zu tief in der Sache drin.«

Jake schüttelte den Kopf. »Idiot«, murmelte er. »Es geht hier nicht ums Timing oder auch nur um das Geld. Es geht darum, dass du anderen Menschen nicht vertraust. Vollkommen grundlos nimmst du immer das Schlechteste an. Warum würdest du sonst all die verrückten Dinge tun, damit niemand in der Stadt von deinem Reichtum erfährt? Du verhältst dich albern. Würden einige Leute versuchen, dich auszunutzen? Klar. Aber na und? Die Menschen, die wichtig sind, würden es nicht tun. Und der Rest kann dir egal sein.«

Er beugte sich vor und sah seinen Freund eindringlich an. »Du hast es darauf angelegt, dass River versagen muss. Und dann warst du schockiert, als es passiert ist. Das hier geht allein auf deine Kappe. Das Schlimmste ist, dass ich glaube, du bist verrückt nach ihr und wirst es bereuen, sie verloren zu haben.«

Daran wollte Dylan nicht einmal denken. »Sie hat sich in mein Konto gehackt.«

»Das ist ihr Job. Sie hat die Fähigkeiten und nutzt sie.«

»Aber nicht an mir!«

Jake stöhnte. »Du bist derjenige, in den sie sich verliebt, also ja, an dir.«

Dylan erstarrte. »Sie ist nicht verliebt. Warum sagst du das? Du kannst nicht wissen, was sie empfindet.«

»Sie ist still und schüchtern. Du bist in ihr Leben geweht worden und hast angefangen, Zeit mit ihr zu verbringen. Du kennst alle Bewohner der Stadt und verstehst die Traditionen. Du bist für sie da. Ihr geht zusammen aus, lacht, schlaft miteinander, und alles ist super. Sie vertraut dir genug, um dir alles aus ihrer Vergangenheit zu erzählen. Natürlich ist sie dabei, sich in dich zu verlieben. Warum sollte sie nicht?«

»Ich …« Dylan schloss den Mund und suchte verzweifelt nach einer Erwiderung. »Das geht nicht.«

»Warum nicht? Lässt du es nicht zu?«

»Nein, es ist nur …«

Jake sah ihn gezielt an. »Wenn sie in dich verliebt ist und du all diese Sachen gemacht hast, dann bist du noch dümmer, als du dachtest? Wolltest du das sagen? Meiner Meinung nach solltest du dir darüber keine allzu großen Gedanken machen. Die Chancen, dass ihr immer noch etwas an dir liegt, werden mit jedem Tag geringer.«

25. Kapitel

Sorgfältig kräuselte Camryn die Enden des Geschenkbands. Da der Laden bereits geschlossen war und ihre Angestellten nach Hause gegangen waren, konnte sie in Ruhe arbeiten und das letzte Dutzend Aufträge abwickeln. Sie hatte heute schon beinahe achtzig Geschenke eingepackt, denn der »Es sind nur noch zehn Tage bis Weihnachten«-Wahnsinn hatte begonnen. Inzwischen träumte sie schon von Geschenkpapier. Was ihr aber nichts ausmachte. Sie fuhren gute Umsätze ein, und sie mochte es, Menschen zu helfen, Dinge von ihren To-do-Listen zu streichen. Nur irgendwie war sie in den letzten Tagen nicht mit vollem Herzen dabei.

Ihre Laune schwankte zwischen am Boden zerstört und fuchsteufelswild. Das mit Jake war so gut gewesen, und dann hatte er alles kaputtmachen müssen. Sie konnte immer noch nicht fassen, dass er ihr gesagt hatte, er würde sie lieben. Wie konnte er es wagen? Ab und zu allerdings erlaubte sie sich den Gedanken, dass ein wundervoller Mann ihr seine Liebe gestanden hatte und sie nicht gewillt gewesen war, ihm auch nur zuzuhören. Was ihr deutlich machte, dass es ihr noch nicht gelungen war, ihre Themen vom letzten Jahr aufzuarbeiten.

»Hey.«

Sie schaute auf und sah River die Treppe zum Laden herunterkommen. Sie sah so schlecht aus, wie Camryn sich fühlte, und hatte eine Flasche Tequila in der Hand.

»Hi.« Camryn legte die Schere ab. »Geht es dir gut?«

»Nein. Dir?«

»Nicht mal ansatzweise.«

»Das dachte ich mir. Wo sind die Zwillinge?«

»Zu Hause. Sie wissen, dass ich heute länger arbeite.«

River hielt die Flasche hoch. »Hast du Lust, zu Fuß nach Hause zu gehen? Der Alkohol sollte dich warm halten.«

»Sehr gern. Ich muss nur noch ein paar Geschenke einpacken, dann mache ich bei jeder Party mit, die du im Sinn hast.«

River gesellte sich zu ihr, um zu helfen. Sie übernahm das einfache Einpacken, und Camryn kümmerte sich um die Verzierungen. Als sie fertig waren, zogen sie sich in den Pausenraum zurück. Camryn holte Gläser, Cracker und eine Dose Nüsse aus dem Schrank, damit sie nicht auf leeren Magen trinken mussten.

River schenkte ihnen je ein Glas ein. Dann stießen sie miteinander an und nahmen den ersten Schluck. Der Alkohol floss brennend ihre Kehle hinunter. Wenn er doch nur helfen würde zu vergessen, dachte Camryn.

»Nimm es nicht persönlich«, sagte River. »Aber du siehst fürchterlich aus.«

»Ich habe nicht gut geschlafen. Aber du hast auch schon mal frischer ausgesehen.«

Sie schauten einander an.

»Dylan?«, fragte Camryn.

River nickte. »Jake?«

»Jupp.«

Sie tranken noch einen Schluck.

»Willst du zuerst?«, fragte Camryn.

River blinzelte ein paar Tränen fort. »Klar. Er hat mich angelogen. Er hat mir in die Augen geschaut und gelogen. Oh, und ich weiß von dem Geld.«

Camryn seufzte. »Das freut mich. Es hat mir nicht gefallen, dir nicht sagen zu dürfen, dass er der geheime Weihnachtsmann ist, aber ich hatte ihm mein Wort gegeben.«

River starrte sie an. »Er ist *was*?«

Camryn runzelte die Stirn. »Der geheime Weihnachtsmann. Das habe ich herausgefunden, als er mich gebeten hat, tausendsiebenhundert Bücher einzupacken. Die bekommen die Grundschüler der Stadt. Das hast du nicht gewusst?«

»Nein. Darüber hat er kein Wort verloren.« Die Tränen kehrten zurück. »Ich habe ihn gefragt, ob er noch mehr Geheimnisse hat, und er meinte nein. Aber das war dann ja auch gelogen.«

Camryn zuckte zusammen. »Es tut mir leid, dass ich was gesagt habe.«

»Ist nicht deine Schuld.« River schniefte. »Wobei, verglichen damit, dass er ein Multimillionär ist, ist diese Weihnachtsmannsache kein großes Ding.«

»Multimillionär?«, fragte Camryn überrascht. »Woher das denn?«

»Das weiß ich noch nicht.« River trank einen Schluck. »Er hat mit drei Millionen Dollar angefangen. Die sind auf zweiundzwanzig Millionen angewachsen. Was bedeutet, dass er einen sehr guten Finanzberater hat.«

Sie redete weiter, aber Camryn hörte ihre Worte nicht. »Moment mal. Hast du zweiundzwanzig Millionen Dollar gesagt?«

»Ich dachte, du wüsstest davon?«

»Nein, ich wusste nur, dass er der geheime Weihnachtsmann ist. Aber nicht, dass er so reich ist.« Sie versuchte, die Information zu verarbeiten. »Er fährt einen fünf Jahre alten Truck und hat eine ganz normale Arbeit. Dabei besitzt er zweiundzwanzig Millionen Dollar? Ich weiß ehrlich nicht, was ich dazu sagen soll.«

Sie sah River an. »Ich verstehe, dass du aufgebracht bist, weil er dich angelogen hat. Aber warum ist das mit dem Geld schlecht? Du kannst nicht ernsthaft glauben, dass er etwas Illegales getan hat, um da ranzukommen, oder? Vielleicht hat Jakes Dad es ihm hinterlassen.«

»Das funktioniert vom Timing her nicht. Ich will nicht sagen, dass ich vom Schlimmsten ausgehe …«

»Aber das tust du. River, du kennst ihn. Dylan ist ein feiner Kerl und kein Krimineller.«

»Das weiß ich nicht. Ich weiß gar nichts, außer, dass ich ihm meine Vergangenheit erzählt habe. Die ganzen schlimmen, schrecklichen Sachen. Ich habe ihm die Wahrheit gesagt. Habe mich quasi vor ihm nackt gemacht. Er hatte tausend Gelegenheiten, um mir von dem Geld zu erzählen, doch das hat er nicht getan. Und dann hat er deswegen gelogen, was bedeutet, dass es für ihn eine große Sache ist. Er vertraut mir nicht. Ich hatte geglaubt, wir wären dabei, uns zu verlieben, doch da war ich wohl die Einzige.«

Ihre Unterlippe begann zu zittern. »Ich habe mit ihm geschlafen. Ich habe ihm vertraut und war eine Idiotin.«

Camryn stand auf und ging um den Tisch herum, um sich neben ihre Freundin zu setzen. Sie umarmte River. »Du bist keine Idiotin. Sein Herz zu verschenken, das ist niemals dumm.«

Während sie das sagte, fragte sie sich, ob Jake ihr da wohl zustimmen würde.

»Das ist es sehr wohl, wenn der Mann es nicht verdient hat.« Schniefend richtete sie sich auf. »Mir geht es gut.«

Camryn kehrte auf ihren Platz zurück. »Ich wünschte, ich könnte die Situation besser machen.«

»Ich auch, aber das geht nicht. Was ist bei dir los?«

Camryn wollte nicht über ihr eigenes Leben nachdenken. »Ich habe meinen Schwestern sehr wehgetan.«

»Sie sind aber nicht mehr sauer. Ich habe sie vor Kurzem gesehen, und da ging es ihnen gut.«

»Oh, sie tun so, als ob alles in Ordnung wäre, aber ich sehe den Schmerz und die Sorge in ihren Augen.« Camryn nahm ihr Glas in die Hand. »Sie waren glücklich und stark und fühlten sich sicher. Und das habe ich kaputtgemacht.«

»Du bist zu hart zu dir.«

»Bin ich nicht. Ich habe es getan, und ich weiß nicht, wie ich es richten soll.« Sie trank ihr Glas aus. »Jake hat mir gesagt, dass er in mich verliebt ist.«

»Wie bitte?«

»Vor zwei Tagen. Er hat es einfach gesagt, als wäre das ganz normal. Er sagte, dass er in mich verliebt sei.«

Noch immer hörte sie seine Stimme in ihrem Kopf. Ab und zu war sie kurz davor, zuzugeben, von ihm geliebt werden zu wollen. Doch dann erinnerte sie sich wieder daran, dass sie sich auf nichts einlassen wollte. Sie würde wegziehen. Sie hatte Pläne. Und Liebe war einfach zu … Furcht einflößend.

»Ich will nicht, dass er mich liebt«, sagte sie und schenkte sich nach. »Niemand sollte mich lieben.«

»Warum nicht?«

»Ich bin gut darin, allein zu sein. Ich habe den Verlust meiner Mutter überstanden. Ich bin zwar schlecht darin, meine Schwestern zu erziehen, aber ich lerne aus meinen Fehlern und wiederhole sie nicht.«

»Du hast Angst.« River sah sie an. »Aber wovor? Noch jemanden zu verlieren? Dass er dir das Herz bricht? Glücklich zu sein, nur um dann alles wieder entrissen zu bekommen?«

»All das«, sagte Camryn leichthin. »Ich kann ihn nicht lieben.«

»Du begehst einen Fehler«, sagte River geradeheraus. »Du lässt die Angst gewinnen, und das macht dich klein. Du bist aber kein kleiner Mensch. Du bist stark. Warum siehst du das nicht?«

»Ich bin nicht stark. Ich habe Fehler und halte gerade so durch.«

»Schau dir doch nur mal an, was du im letzten Jahr alles geschafft hast. Du hast den Verlust deiner Mutter durchgestanden, du hast gelernt, dich um deine Schwestern zu kümmern, du führst ein erfolgreiches Unternehmen, du hast Freundinnen und jetzt noch einen tollen Mann. Du bist umwerfend.«

Camryn wünschte, das wäre wahr. »Ich kann seine Liebe nicht erwidern. Und das werde ich auch nicht.«

»Du wirst es bereuen, ihn verloren zu haben.«

»Bereust du, Dylan verloren zu haben?«

Rivers Augen verdunkelten sich. »Nein. Ich bereue es, mich überhaupt auf ihn eingelassen zu haben.«

Jake hatte keine Ahnung, wie er seiner Mutter beibringen sollte, was vorgefallen war, ohne ihr das Herz zu brechen. Sie befanden sich in ihrem Büro – dem Raum der Enthüllungen und vieler Kindheitserinnerungen. Sie erzählte ihm von dem Weihnachtsmenü, das sie plante, und fragte, ob er glaubte, dass ein traditioneller Plumpudding eine gute Idee wäre.

»Mom, ich bin nicht mehr mit Camryn zusammen.«

Seine Mutter riss die Augen auf, dann wich alle Farbe aus ihrem Gesicht. »Was? Nein. Ihr habt Schluss gemacht? Was ist passiert?«

Jake wusste nicht, wie er diese Frage beantworten sollte.

»Du weißt, dass wir beschlossen hatten, es als Paar zu versuchen«, setzte er an, wobei er den Sex verschweigen würde. Immerhin war Helen seine Mutter.

»Ja. Das hast du mir erzählt, und die Zwillinge sagten es auch.« Tränen stiegen ihr in die Augen. »Ich dachte, dass es so gut läuft.«

»Das dachte ich auch.« Er überlegte, ob er ihr von Ionas Auftauchen erzählen sollte, denn darüber würden sie auch reden müssen. Doch dann beschloss er, so wenig wie möglich zu sagen. »Ich habe ihr gestanden, dass ich mich in sie verliebt habe, woraufhin sie gegangen ist.«

»Nein!«

Helen sackte in ihrem Sessel zusammen. Jake ging zu ihr und legte einen Arm um sie.

»Mom, du darfst nicht böse auf sie sein. Camryn ist dabei, ihren Weg durch viele Verletzungen und Veränderungen zu finden. Sie hat noch nicht verarbeitet, was mit ihr passiert ist, und deshalb hat sie Angst.«

»Du verteidigst sie auch noch?«

Die Entrüstung seiner Mutter ließ ihn lächeln. »Dass sie mich zurückgewiesen hat, ändert nichts an meinen Gefühlen für sie. Ich bin darüber natürlich nicht glücklich, und es tut weh, auch nur zu atmen. Aber ich liebe sie immer noch.«

Helen zog ein Spitzentaschentuch aus der Hosentasche und tupfte sich die Nase ab. »Dann bist du ein besserer Mensch als ich. Ich bin wütend und will, dass sie bestraft wird. Du hast dich in sie verliebt. Das muss doch etwas wert sein. Glaubt sie, sie könnte einen Besseren finden? Das wird ihr nicht gelingen.«

»Danke für deine Unterstützung.«

»Ich verstehe das nicht«, klagte sie. »Ihr passt so perfekt zusammen. Oh, und die Mädchen. Was ist mit ihnen? Wir wollten doch alle zusammen Weihnachten feiern, und nun ist das zerstört.«

Dieses Mal war ihr Schluchzer echt. Jake zog sie an sich und fühlte nicht nur seinen, sondern auch ihren Schmerz.

»Mom, es tut mir leid.«

»Es ist nicht deine Schuld. Und du hast recht. Auf gewisse Weise ist es auch nicht ihre Schuld. Mit ihrer Mutter und allem, was sie verloren hat … Dieses Leben ist ihr aufgezwungen worden, und sie hat das Gefühl, als hätte sie keine Wahl.« Sie hob den Kopf. »Warum kann sie nicht sehen, wie perfekt du bist?«

Er brachte ein schiefes Lächeln zustande. »Ich bin nicht perfekt.«

»Oh, das weiß ich. Ich meinte für sie. Ihr beide seid perfekt zusammen.«

Das hatte er auch gedacht. Camryn war umwerfend, klug und sexy. Dazu ihre Locken. Und die Zwillinge. Für einen kurzen Moment war er der glücklichste Mann auf der Welt gewesen. Bis er hatte erkennen müssen, dass sie nicht annehmen konnte, was er ihr anbot.

»Du glaubst also nicht, dass es etwas Persönliches ist?«, fragte seine Mutter. »Es bedeutet nicht, dass sie dich nicht liebt, aber einen anderen lieben könnte?«

Bei der Vorstellung von Camryn mit einem anderen Mann verkrampfte sich sein Magen. »Ich bin mir ziemlich sicher, dass es ein allgemeines Problem ist, das nichts direkt mit mir zu tun hat.«

»Gut. Dann müssen wir sie nur überzeugen …«

»Nein«, sagte er sanft, aber entschieden. »Wir werden sie von gar nichts überzeugen.« Er setzte sich so, dass er seine Mutter ansehen konnte.

»Mom, du wirst dich nicht einmischen. Du wirst nicht zufällig bei *Schleifchen drum* vorbeischauen oder ihr über Lily und Victoria irgendwelche Nachrichten zukommen lassen. Camryn muss selbst herausfinden, was sie will. Das können wir ihr nicht sagen. So funktioniert die Liebe nicht.«

»Aber wenn ich …«

»Nein«, wiederholte er. »Versprich es mir.«

Sie ließ sich gegen ihn sinken. Tränen rannen ihr über die Wangen. Er hielt sie fest und versuchte, zu ignorieren, wie klein sie war.

Wenn sie die Welt dirigierte und Ratschläge gab, war seine Mutter riesig, aber in ihrer Trauer wehrlos und zerbrechlich.

»Ich wollte, dass du sie heiratest«, sagte sie mit erstickter Stimme. »Ich wollte Lily und Victoria als Enkeltöchter und in ein paar Jahren ein paar weitere Babys. Ich wollte, dass du glücklich bist und in dieses Haus neue Traditionen einziehen.«

»Ich weiß«, murmelte er und strich ihr über den Rücken. »Das wollte ich auch.«

Mehr, als sie ahnte. So lange hatte er an sich gezweifelt, war unsicher gewesen, ob er der Mann sein konnte, der er sein wollte. Hatte Angst davor gehabt, so zu werden wie sein Vater, hatte seine Gefühle, seine Hoffnung und Träume in Schach gehalten, nur um keinen Fehler zu begehen. Weil die Beziehung mit Camryn nur vorübergehend sein sollte, hatte er sich entspannen können. Sie einfach genossen. Und dann hatte er sich in sie verliebt.

Die Ironie, dass er schließlich sein Herz der einzigen Frau geschenkt hatte, die es nicht haben wollte, entging ihm nicht.

»Wie überleben wir das?«, fragte seine Mutter.

»Wir vertrauen darauf, dass die Wunden heilen. Jeden Tag wird es ein wenig leichter.« Aber es noch einmal versuchen? Jake war nicht sicher, ob er das konnte. Nicht, nachdem er Camryn verloren hatte. Nicht, nachdem er der Liebe so nahe gekommen war, nur damit sie ihm aus den Händen gerissen wurde.

Dylan stand vor Rivers Haustür. Er wusste, dass sie daheim war, denn es brannten mehrere Lichter. Außerdem war er bereits an ihrem Büro gewesen, und da hatte sie nicht aufgemacht.

Seit beinahe zehn Minuten stand er schon hier und überlegte, was er sagen sollte, wenn sie die Tür öffnete. Vorausgesetzt, dass sie es überhaupt tat. Nach allem, was er wusste, beobachtete sie ihn gerade über eine versteckte Kamera und dachte sich, dass sie nie wieder etwas mit ihm zu tun haben wollte.

Im Laufe der vergangenen Tage hatte er nachgedacht. Vielleicht hatte er einen oder zwei Schlüsse etwas zu voreilig gezogen. War es von River falsch gewesen, einen Freund zu bitten, sein Konto zu hacken? Definitiv. Hatte er sich wie ein Arsch verhalten, weil er gelogen und ihr nichts von dem Geld erzählt hatte? Vermutlich. Waren sie beide dem Untergang geweiht?

Das wusste er nicht.

Er steckte die Hände in die Manteltaschen und nahm sie wieder heraus. Dann trat er einen Schritt vor und drückte auf den Klingelknopf. Sekunden später schaute er in Rivers misstrauisch dreinblickende Augen.

»Hi«, sagte er und hielt inne, weil er nicht wusste, wie er weitermachen sollte. »Ich dachte, wir könnten vielleicht reden.«

Sie zögerte so lange, dass er schon fürchtete, sie würde ablehnen, doch dann trat sie zurück und bedeutete ihm, hereinzukommen.

Sie gingen in ihr Wohnzimmer, wo er sich aufs Sofa setzte, während River stehen blieb, die Arme vor der Brust verschränkt. Weder ihre Körpersprache noch ihre Miene waren sonderlich einladend. Dylan sagte sich, dass er das ignorieren und einfach mit seiner Erklärung loslegen sollte.

»Mit neunzehn war ich auf einem Campingausflug mit Jake und ein paar Freunden. Wir haben uns in Montana getroffen und hatten eine tolle Zeit. Auf dem Rückweg haben wir zum Tanken gehalten, und ich habe ein paar Lotterielose gekauft.«

Sie hielt seinen Blick fest, sagte aber nichts, also fuhr er fort.

»Als ich ein paar Tage später nachgeschaut habe, stellte sich heraus, dass ich fünf Millionen Dollar gewonnen hatte.« Er hielt inne und erinnerte sich daran, wie überrascht er gewesen war. »Ich war immer der Junge, der kein Geld hatte. Seit meinem Einzug bei Jake war ich zwar von Wohlstand umgeben, aber nichts davon gehörte mir. Ich wusste, wie es ist, seine Stiefel wieder und wieder zu flicken, damit sie den Rest des Winters durchhalten. Oder so zu tun, als wären meine Hemden nicht zu klein, weil ich immer noch am Wachsen war. Fünf Millionen Dollar. Ich konnte es nicht fassen.«

Sie ging zu einem der Sessel und setzte sich. Vermutlich ein gutes Zeichen, dachte Dylan.

»Ich habe mich für die Barauszahlung entschieden, anstatt den Gewinn über zwanzig Jahre ausgezahlt zu bekommen«, erklärte er. »Nach Abzug der Steuern blieben mir so gut drei Millionen Dollar. Ich habe mit Helen darüber gesprochen, was ich tun sollte. Ich dachte, ich würde meinen Job kündigen, von den Zinsen leben und nie wieder einen Tag in meinem Leben arbeiten.«

»Das hast du aber nicht getan«, sagte sie leise.

»Nein. Ich konnte es nicht. Ich liebe meine Arbeit und war zu jung, um den ganzen Tag nur rumzusitzen. Kurz hatte ich überlegt, woandershin zu ziehen, aber Wishing Tree ist mein Zuhause. Am Ende habe ich mir eine coole Lederjacke gekauft, meinen gebrauchten Truck abbezahlt und den Rest einem Investmentmanager übergeben, den Helen mir empfohlen hatte. Und dann habe ich kaum noch daran gedacht.«

Er stützte die Ellbogen auf die Knie und beugte sich vor. »Ein paar Jahre später war das Geld ziemlich angewachsen. Ich habe mir etwas davon genommen, um mein Haus zu kaufen, und angefangen, in der Stadt Gutes zu tun. Ich habe den Zaun für einen alten Mann bezahlt und die örtliche Tafel unterstützt. Jeden Herbst kaufe ich Rucksäcke und Schulsachen für Kinder, die sich das nicht leisten können. Das mache ich alles anonym, weil ich nicht will, dass man ein großes Gewese um mich macht.«

»Denn du hast gesehen, wie Menschen sich verhalten, wenn sie wissen, dass jemand Geld hat.«

»Ja.«

»Du bist der geheime Weihnachtsmann von Wishing Tree.«

Er verzog das Gesicht. »Hm, schätze schon. Ich sehe mich allerdings nicht so. Ich bin nur ein Mann, der hilft. Ich wollte keine große Sache daraus machen, und ich wollte mich nicht mit dem Geld beschäftigen müssen. Dan, mein Investmentmanager, kümmerte sich um alles, und von Jahr zu Jahr wurde mein Vermögen größer, was mir so unangenehm war, dass ich es nur noch mehr ignorieren wollte.«

Er zog seinen Mantel aus. »Mit fünfundzwanzig habe ich eine Frau kennengelernt. Bobbie. Wir haben uns verliebt und irgendwann verlobt. Ich dachte, sie wäre die eine.«

»War sie es?«

»Nein. Ich wusste nicht, wie ich ihr das mit dem Geld sagen sollte, also habe ich es nicht getan.«

Rivers neutrale Miene bröckelte. »Du warst verlobt und hast sie nicht wissen lassen, dass du zehn, zwölf Millionen Dollar auf der Bank hast? Wie konntest du so ein großes Geheimnis vor ihr haben? Das ist ein Verrat. Du wolltest sie heiraten und Kinder mit ihr kriegen, ihr aber nichts von deinem Vermögen erzählen?«

»Wenn du das so ausdrückst …« Er hoffte, dass sie lächeln würde, doch das tat sie nicht.

»Ich habe es ihr ein paar Monate vor der Hochzeit erzählt.«

River sah ihn an, als wäre er ein Idiot. »Warum hast du so lange gewartet? Sie muss unglaublich wütend gewesen sein. Vermutlich hat sie sich betrogen gefühlt. Die ganze Zeit hat sie gedacht, ihr hättet eine Partnerschaft, doch das hattet ihr nicht.«

»Das hat sie auch gesagt, und ja, sie war wütend.«

Er war nicht sicher, ob dieses kleine Wort Bobbies Reaktion passend beschrieb. Sie war aufgebracht und zornig und verletzt gewesen. Sie hatte ihm vorgeworfen, sie angelogen, mit ihren Gefühlen gespielt und ihr nicht vertraut zu haben.

»Sobald ihre Wut verraucht war, hat sie angefangen, darüber zu reden, was sie mit dem Geld machen wollte.«

»Aber das gehörte ihr doch gar nicht«, sagte River. »Den Lottogewinn hast du vor der Ehe erhalten. Solange du ihn nicht auf ein gemeinsames Konto überführt hattest, hatte sie keinen Anspruch auf das Geld.«

»Das wusste Bobbie nicht. Sie dachte, nach der Hochzeit würde ihr die Hälfte gehören.«

River seufzte. »Also fühlte sie sich noch einmal auf andere Weise betrogen«, sagte sie geradeheraus.

»So hat sie es zumindest gesehen. Sie wollte, dass wir nach Seattle ziehen und ein Haus am Wasser kaufen, schicke Autos. Ich habe ihr gesagt, dass ich an so einem Lebensstil nicht interessiert sei, und als sie darauf bestand, habe ich ihr erklärt, dass sie keinen rechtlichen Anspruch auf das Geld hat. Danach wurde es hässlich.«

Zum ersten Mal an diesem Abend wurde Rivers Miene weicher. »Du hast die Verlobung gelöst.«

»Ja. Das hat sie nicht gut aufgenommen. Sie hat mir gedroht, allen, die wir kannten, zu erzählen, dass ich heimlich Millionär bin.«

River seufzte. »Das wäre schwer für dich gewesen. Musstest du sie für ihr Schweigen bezahlen?«

»Das hätte ich nicht gemusst, aber es war einfacher. Ich habe ihr fünfhunderttausend Dollar gegeben. Dafür hat sie eine Verschwiegenheitserklärung unterschrieben und versprochen, nie wieder Kontakt zu mir aufzunehmen.«

»Das ist viel Geld.«

»Sie war wirklich sauer.« Er sah sie an. »Ich habe die ganze Situation nicht gut gehandhabt. Weder mit ihr noch mit dir. Ich bin nicht gut in diesen Dingen. Ich bin einfach nur ein normaler Mann mit einem ganz normalen Leben. Es ist mir nicht bestimmt, so viel Geld zu haben.«

Er atmete tief ein. »Deshalb habe ich mich mit diesen beiden Frauen getroffen. Um einen Plan zu entwerfen. Helen liegt mir schon länger damit in den Ohren, dass ich eine Stiftung gründen soll, damit ich das Geld auf vernünftige Art verteile und nicht, indem ich mal hier ein Dach und da ein paar Bücher bezahle. Ich habe einen Teil für meinen Ruhestand und für Notfälle beiseitegelegt, und mit dem Rest möchte ich Menschen helfen. Ich weiß noch nicht, wie. Ich muss darüber nachdenken, was mir wichtig ist und was ich in Angriff nehmen will. Ich habe viel gelesen, und es scheint besser zu sein, sich auf eine Sache zu konzentrieren, als kleine Summen an viele Zwecke zu verteilen.«

»Ja, das klingt logisch.«

»Ich wusste nicht, wie ich es dir sagen soll«, gab er zu. »Erst war es zu früh, und dann war es zu spät. Und irgendwie habe ich den Tag verpasst, an dem es richtig gewesen wäre, darüber zu reden. Außerdem hatte ich Angst davor, dass es nach hinten losgehen würde, wenn ich es dir erzähle. Das alles tut mir sehr leid. Ich wollte dir nie wehtun.«

Ihre Augen verdunkelten sich. »Du hast mich angelogen, Dylan. Aber das ist nicht das Schlimmste. Es geht weniger darum, dass du es mir nicht gesagt hast, als darum, was das bedeutet. Und das ist nicht egal, denn du hast dich während einer Beziehung, von der ich dachte, sie wäre uns beiden wichtig, zurückgehalten.«

Nun atmete sie tief durch. »Ich erinnere mich, dass du gesagt hast, wie sehr du es gehasst hast, dass Jake und seine Familie anders behandelt wurden, weil sie reich waren. Und doch verhältst auch du dich anders, weil du reich bist. Ich habe dir alles erzählt. Ich war vollkommen ehrlich. Ich habe dir vom FBI erzählt und von meiner Vergangenheit als Hackerin. Ich habe dir von meinem schlimmen Freund erzählt. Ich habe dir nichts vorenthalten, auch wenn es mich hat dumm dastehen lassen. Doch du hast mir verheimlicht, wer du bist.«

Damit hat sie recht, dachte er grimmig. »Es tut mir leid. Das war nie meine Absicht. Aber ich will dich deswegen nicht verlieren, River. Mir liegt etwas an dir. Abgesehen von diesem riesigen Fehler bin ich ein ganz ordentlicher Kerl. Siehst du das nicht? Kannst du mir nicht helfen, dieses Geldproblem zu verarbeiten, damit wir einen Weg zurückfinden zu dem, was wir mal hatten? Bitte, kannst du mir noch eine Chance geben?«

Sie hielt seinen Blick fest. Hoffnung flammte in ihm auf, erstarb jedoch, als er die Entschlossenheit in ihren Augen sah. River stand auf und räusperte sich, als fiele es ihr schwer, zu sprechen.

»Ich habe offensichtlich einen fürchterlichen Geschmack, was Männer angeht«, sagte sie. »Das muss ich akzeptieren und aufhören, mir eine funktionierende Beziehung zu wünschen.« Sie presste die Lippen zusammen. »Mich auf jemanden einzulassen ist für mich nicht leicht. Genauso wenig wie jemandem zu vertrauen und meine Gefühle zu teilen. Ich erzähle nicht jedem, was ich dir erzählt habe. Ich habe dir alles gegeben, was ich habe. Alles, was ich bin. Ich dachte, das mit uns führt irgendwohin. Doch die ganze Zeit hast du einen wichtigen Teil von dir vor mir verborgen. Ich dachte, das mit uns wäre etwas Besonderes, aber du hast das nicht so empfunden. Du hast nur darauf gewartet, dass ich es verbocke.«

Tränen stiegen ihr in die Augen. »Ich war mit ganzem Herzen dabei, Dylan. Aber du warst das nicht. Ich denke, so kann man es zusammenfassen. Du hast nicht an mich oder an uns geglaubt, und an so jemandem bin ich nicht interessiert.«

Er wollte ihr sagen, dass sie sich in ihm irrte, doch er konnte nicht sprechen. Es war, als hätte River ihm gegen die Brust getreten, und er bekam keine Luft mehr. Sie klang traurig, aber entschlossen. Eiseskälte erfüllte ihn, als er begriff, dass er sie nicht würde umstimmen können.

Sie ging zur Haustür und öffnete sie. Dylan rappelte sich auf und verließ das Haus. Bevor er noch etwas sagen konnte, hatte River die Tür hinter sich zugezogen.

Er stand auf der Veranda und wusste, dass er sie verloren hatte. River war weg, und das war ganz allein seine Schuld.

26. Kapitel

Camryn stolperte durch die nächsten paar Tage und bemühte sich, allen zu versichern, dass es ihr gut ging. Zum Glück wussten nur wenige Leute, dass sie und Jake angefangen hatten, miteinander auszugehen, sodass sie das Ende ihrer Beziehung nicht groß verkünden musste. River hingegen hatte mit besorgten Blicken und Nachfragen zu kämpfen. Dylan war dankenswerterweise von seinen Pflichten als Schneekönig zurückgetreten, und die Zwillinge hatten River beim letzten Keksdienstag als Jury zur Seite gestanden. Die einzige Veranstaltung, die noch ausstand, war der Weihnachtsball, und bisher hatte noch niemand eine Lösung dafür gefunden. Die Schneekönigin konnte ja schlecht alleine tanzen.

»Das ist ein Problem für morgen«, sagte Camryn sich, als sie durch die ruhigen, festlich geschmückten Straßen der Stadt nach Hause fuhr. An beinahe jedem Dachgiebel funkelten Lichterketten. Es gab Schneemänner und Weihnachtsmänner, und hinter den Fenstern erstrahlten Weihnachtsbäume.

Ihr tat alles weh – es war ein tiefer, körperlicher Schmerz, der ihr das Schlafen beinahe unmöglich machte. Sie versuchte, sich einzureden, dass das nur an der Jahreszeit lag – sie arbeitete länger als sonst –, doch natürlich wusste sie, dass es noch einen anderen Grund gab.

Ihr fehlte Jake. Es war seltsam, wie schnell er zu einem so wichtigen Teil ihres Lebens geworden war. Sie vermisste es, ihn zu sehen und Zeit mit ihm zu verbringen. Sie vermisste den Klang seiner Stimme und die Art, wie er immer da war, um irgendein Problem zu lösen. Er war verlässlich und stark, aber auch sexy und lustig. Wenn er sie berührte, ging ihr gesamter Körper in Flammen auf.

Und er war in sie verliebt.

Mit dieser überraschenden Neuigkeit hatte sie immer noch zu kämpfen. Die Panik war inzwischen überwunden, und möglicherweise konnte sie jetzt sogar akzeptieren, dass seine Worte ernst gemeint gewesen waren. Doch was sollte sie damit anfangen? Er liebte sie. Was bedeutete das überhaupt? Dass sie in die nächste Phase ihrer Beziehung eintraten? Wenn sie fest zusammen wären, was käme dann als Nächstes? Eine Hochzeit? Wollte er sie heiraten?

Sie fuhr auf ihre Auffahrt und drückte auf den Garagenöffner.

Schon immer hatte sie gedacht, dass sie irgendwann heiraten und Kinder kriegen würde. Sie hatte sich ein glückliches Leben mit einem Mann vorgestellt, der sie so sehr liebte wie sie ihn. Sicherheit. Geborgenheit. Verbindung. Das alles war ihr wichtig. Und wenn Jake ihr das anbot, sollte sie die Chance dann nicht ergreifen? Denn das Problem war definitiv nicht er und auch nicht ihre Gefühle für ihn.

In der Garage stellte sie den Motor ab. Sie hatte heute lange gearbeitet, und es war schon beinahe neun Uhr. Eigentlich sollte sie hungrig sein, doch sie wollte nur die Schuhe ausziehen, sich auf die Couch kuscheln und eine Stunde irgendetwas Albernes im Fernsehen anschauen, bevor sie ins Bett ging.

Als sie das Haus betrat, wurde sie sofort von einer aufgeregten Tinsel umtänzelt. Die kleine Chihuahuahündin winselte, bis Camryn ihre Handtasche fallen ließ und sie auf den Arm nahm.

»Ich habe dich auch vermisst«, sagte sie und gab Tinsel einen Kuss auf den Kopf. »Wie war dein Tag?«

»Camryn?«, rief Lily.

»Ja.«

Sie nahm ihre Handtasche und trug den Hund ins Wohnzimmer. Dort saßen ihre Schwestern auf dem Sofa. Vor ihnen auf dem Couchtisch lagen mehrere aufgeklappte Fotoalben. Als sie Camryn sahen, sprangen die Zwillinge auf und umarmten sie besonders fest. Erst da sah sie, dass die beiden weinten.

Panik ergriff sie. »Was ist los?«

»Nichts.« Victoria klammerte sich an sie. »Uns geht es gut. Wir haben uns nur alte Fotos angeschaut. Du weißt schon, von Mom und Dad und uns, als wir noch klein waren.«

»Wir sind nicht traurig«, erklärte Lily und wischte sich die Wangen ab. »Wir schwelgen nur in Erinnerungen. Komm, sieh selbst.«

Sie setzten sich alle aufs Sofa, und Tinsel rollte sich auf Victorias Schoß zusammen. Dann blätterte Lily durch die Seiten. Camryn sah die Fotos von der Hochzeit, als ihre Mom den Vater der Zwillinge geheiratet hatte.

»Du bist so süß«, sagte Victoria und zeigte auf die elfjährige Camryn in ihrem hellgrünen Kleid.

»An dem Tag war ich sehr glücklich.« Camryn strich mit der Fingerspitze über den Brautstrauß in den Händen ihrer Mutter. »Genau wie Mom. Wir alle wussten, dass wir eine tolle Familie werden würden.«

Sie blätterten weiter, begleiteten ihre Mutter durch die Schwangerschaft mit den Zwillingen.

»Ihr Bauch war riesig«, sagte Lily mit Erstaunen in der Stimme. »Das muss wehgetan haben.«

»Sie hat sich nie beschwert.« Camryn lächelte. »Ich erinnere mich noch, wie aufgeregt ich war, als ich gehört habe, dass sie Zwillinge bekommt.«

Es gab Fotos von den Neugeborenen, darunter einige, auf denen Camryn die Kleinen im Arm hielt. Dazu fröhliche Bilder von den beiden, wie sie noch unsicher auf den Beinen waren. Seite um Seite voller wunderschöner Erinnerungen, dachte Camryn, bis es für einige Jahre keine neuen Fotos mehr gab.

»Damals ist Daddy gestorben«, sagte Victoria und drückte ihr Gesicht in Tinsels weiches Fell. »Wir waren so traurig.«

Camryn nickte. Sie erinnerte sich an den Schock und an die Tränen ihrer Mutter. Die Zwillinge waren noch zu jung gewesen, um das ganze Ausmaß zu begreifen, aber sie hatten verstanden, dass ihr Vater nie zurückkommen würde.

»War es für dich so, als du deinen Dad verloren hast?«, wollte Lily wissen.

»Nein. Ich war erst drei, als er gegangen ist. Ich erinnere mich an kaum noch etwas aus dieser Zeit.« Oder an ihn, dachte sie. Eines Tages war er einfach weg gewesen.

»Trotzdem.« Ihre Schwester lehnte sich an sie. »Du hast zwei Väter und deine Mutter verloren. Das ist hart.«

Das war es für sie alle gewesen. Doch die Wunden waren verheilt. Sie hatte ihren Highschool-Abschluss gemacht und war aufs College gegangen. Danach folgte der Job in Chicago. Aber den hatte sie auch verloren. Genauso wie ihren Verlobten und ihre Freunde. Eine ganze Serie aus gebrochenen Herzen.

Nein, dachte sie. Es war nur ein Herz, das wieder und wieder gebrochen war. Ihr Herz.

Sie wusste nicht, was dieser Unterschied bedeutete, außer, dass er wichtig war. Dass das, was sie durchgemacht hatte, der Grund dafür war, dass sie nicht von Jake geliebt werden wollte. Sie konnte nicht ruhen, konnte sich nicht niederlassen, konnte nicht mehr vertrauen. Nicht mit all den Narben. Es war, als wäre ihr Herz zu beschädigt, sodass die Liebe keinen Weg mehr hineinfand.

Jake verbrachte ein paar höllische Tage mit dem Wissen, dass er Camryn vermutlich verloren hatte. Von außen betrachtet war er wie immer – machte seinen Job, lebte sein Leben. Er hatte sogar Dylan geholfen, ohne sich anmerken zu lassen, dass sein eigenes Liebesleben implodiert war und ihn blutend und geschlagen zurückgelassen hatte. Doch innerlich kämpfte er mit einem Herzen, das zu Staub zerfallen war.

Er wollte sie anrufen. Er wollte am Laden vorbeigehen und sie sehen. Nur einen Blick auf sie werfen, um sich davon zu überzeugen, dass es ihr gut ging.

Er stöhnte. Okay, das war gelogen – er wollte sie nicht nur ansehen, er wollte sie halten und küssen und von ihr hören, dass sie sich geirrt hatte und endlich zugeben konnte, dass sie bis über beide Ohren in ihn verliebt war. Er wollte hören, wie sie ihn um eine zweite Chance anflehte. Die er ihr natürlich gewähren würde.

Doch die Wahrscheinlichkeit, dass das passieren würde, tendierte gen null. Camryn hatte mit ihren eigenen Dämonen zu kämpfen, und er konnte nichts tun, um ihr begreiflich zu machen, dass sie zusammengehörten. Darauf musste sie ganz allein kommen.

Er richtete seine Aufmerksamkeit auf seinen Computer und das Budget fürs nächste Jahr. Normalerweise war das eine seiner Lieblingsaufgaben. Doch heute fiel es ihm schwer. Camryn zu vermissen, sich nach ihr zu sehnen, war eine herausfordernde Ablenkung.

Er steckte gerade tief in den Berechnungen für das erste Quartal, als jemand an seine offen stehende Bürotür klopfte. Als er aufschaute, war er überrascht, Camryn dort stehen zu sehen.

Sofort stand er auf und ging auf sie zu. Sie war hier. Sie war hier!

Aber ihre wachsame Miene und steife Körperhaltung verrieten ihm, dass sie nicht gekommen war, um ihn darum zu bitten, sie zurückzunehmen. Im Gegenteil, es wirkte eher, als wäre sie hier, weil es ein Problem gab.

»Hast du eine Minute?«, fragte sie.

»Natürlich. Geht es dir und den Zwillingen gut?«

»Ja. Warum fragst du?«

»Du wirkst, als wäre etwas nicht in Ordnung.«

Sie ging zu seinem Schreibtisch. Jake setzte sich wieder, während sie ihm gegenüber Platz nahm.

Kurz sah Camryn ihn an, dann wandte sie den Blick ab. Nach ein paar Sekunden wanderte ihr Blick wieder zu ihm. »Ich muss dich etwas fragen. Für River.«

Das ist nicht das, was ich hören wollte, dachte er entmutigt. »Okay.«

Sie atmete tief ein. »Du weißt, dass sie und Dylan nicht mehr zusammen sind und Dylan sich von seinen Pflichten als Schneekönig zurückgezogen hat.«

Er fluchte innerlich. Nach allem, worüber sie geredet hatten, nach seinem Liebesgeständnis und ihrer Flucht, war sie nun hier, um darüber zu reden, dass Dylan nicht mehr der Schneekönig war? Wut simmerte in ihm, und er wusste, das lag daran, dass er nicht zugeben wollte, wie sehr er litt. Hatte er Camryn so wenig bedeutet? Hatte er sich die ganze Zeit geirrt, was sie beide anging?

Er wollte ihr gerade sagen, dass ihn weder der Schneekönig noch River oder Dylan interessierten. Denn im Moment sah er nur die Frau, die er liebte, ruhig in seinem Büro sitzen und sich anscheinend keinerlei Gedanken darüber machen, dass er ihr sein Herz angeboten und sie es zurückgewiesen hatte.

Doch dann fiel ihm das leichte Zittern ihrer Hände auf, mit denen sie die Handtasche umklammerte. Ihr Gesicht war blass, und sie hatte dunkle Schatten unter den Augen. Ihre Haltung war steif, ihr Atem ging unregelmäßig. Das alles waren Anzeichen dafür, dass dieses Treffen sie genauso sehr mitnahm wie ihn.

»Bittest du mich darum, als Schneekönig einzuspringen?« Er sprach mit einer Leichtigkeit, die er nicht empfand. »Ich bin mir nicht sicher, ob mir die Krone steht.«

Um ihren Mundwinkel zuckte es. »Du würdest mit der Krone gut aussehen.« Sie straffte die Schultern. »Morgen findet der Weihnachtsball statt. River wird da sein, genau wie die halbe Stadt. Ich habe mich gefragt, ob es dir etwas ausmacht, hinzugehen.«

Nun beugte sie sich ein wenig vor und sah ihm direkt in die Augen. »Nur kurz, für den ersten Tanz mit ihr, damit sie nicht allein dort steht. Du würdest nicht mit mir tanzen müssen oder so.« Sie senkte den Blick. »Fünfzehn Minuten. Für River.«

»Du bist eine gute Freundin.«

»Ich weiß, dass es für sie schwer war, Schneekönigin zu sein. Alleine den Ball zu eröffnen, ohne dass jemand da ist, der mit einem tanzt, wäre für jeden schwer. Aber für sie besonders.«

»Wie gesagt, du bist eine gute Freundin.«

Er beobachtete sie, während er sprach. Tief im Inneren verspürte er einen Anflug von Hoffnung. Ja, sie war wegen River hier, aber sie hätte ihn auch per Chat oder Telefon fragen können. Dafür hatte sie nicht extra herfahren müssen. Vielleicht war er der größte Idiot der Welt, aber er konnte nicht anders, als zu glauben, dass sie eigentlich hier war, um ihn zu sehen. Und wenn das stimmte, zweifelte sie vielleicht an ihrer Entscheidung, ihn verlassen zu haben.

»Ich werde da sein«, sagte er. »Um mit River zu tanzen. Aber ich hätte auch gerne einen Tanz mit dir.«

Ihre Augen weiteten sich. »Warum?«

Er lächelte. »Weil du eine wunderschöne Frau bist und ich deine Gesellschaft genieße. Außerdem vermisse ich dich.«

Wieder senkte sie den Blick. »Das, was zwischen uns passiert ist, tut mir leid.«

»Ich weiß.«

Sie sah ihn an. »Wirklich?«

Jake wandelte am Rand der Klippen, starrte in den Abgrund – und sprang. Die Frage war nun, wie hart die Landung sein würde.

»Du magst mich, Camryn. Du bist vielleicht sogar in mich verliebt. Deine Unfähigkeit, mich anzuhören, als ich dir gestanden habe, dass ich dich liebe, hatte nichts mit mir zu tun oder mit dem, was wir hatten. Sondern nur mit dem, was du alles durchgemacht hast und immer noch durchmachst. Du fürchtest dich.« Er hielt inne. »Nein, du hast panische Angst. Ich weiß nicht, ob du meine Liebe je erwidern kannst, aber ich bin mir sicher, dass es dabei nicht um mich geht. Sondern allein um dich.«

Er wartete, unsicher, ob sie ihn auslachen, ihn verspotten oder einfach das Büro verlassen würde. Doch sie tat nichts von allem, sondern schluckte nur schwer und wischte sich eine Träne ab.

»Das mag sein«, gab sie zu. »Ich fürchte mich vor vielen Dingen, und ich versuche, herauszufinden, was ich will und was mir wichtig ist. Aber das ist nicht leicht.«

Er umklammerte die Armlehnen seines Stuhls, um sich zurückzuhalten. Denn jede Zelle in seinem Körper schrie, dass er zu ihr gehen, sie in die Arme nehmen und niemals wieder loslassen sollte. Doch das wäre der falsche Zug. Sie musste den Weg selbst finden und konnte weder gedrängt noch überredet werden.

»Ich habe dir nie wehtun wollen«, flüsterte sie.

»Ich weiß.«

»Ich bin verloren.«

»Du wirst deinen Weg finden.«

Sie lachte erstickt auf. »Das kannst du nicht wissen.«

»Sieh dir nur an, wie stark du bist. Was du alles durchgemacht hast.«

Sie starrte ihn an. »Wirst du auf mich warten?«

Hoffnung wuchs, aber er versuchte, es sich nicht anmerken zu lassen. »Willst du das denn?«

»Ich weiß es nicht«, gab sie zu. »Manchmal ja. Aber den Rest der Zeit denke ich, dass ich das einfach nicht kann.«

Die Hoffnung zerplatzte. Jake löste seine Finger von den Stuhllehnen, stand auf und ging um seinen Schreibtisch herum. Camryn erhob sich ebenfalls und streckte die Hände nach ihm aus. Er schlang die Arme um sie und hielt sie fest.

So blieben sie sehr lange stehen. Er atmete ihren Duft ein, erinnerte sich daran, wie ihr Körper sich anfühlte. Als Camryn sich zurückzog, ließ er sie los, auch wenn er wusste, dass er ihr vielleicht nie wieder so nahe kommen würde.

»Ich muss in den Laden zurück«, sagte sie und sammelte Mantel und Handtasche ein.

Er nickte. »Wir sehen uns auf dem Ball.«

»Danke, Jake.«

»Kein Problem.«

Sie ging zur Tür, und Jake trat ans Fenster, denn er wollte nicht zusehen, wie sie wieder aus seinem Leben verschwand.

Auf halbem Weg zurück in die Stadt begann Camryn zu zittern. Sie wartete, bis sie eine Nebenstraße erblickte, bog ein und hielt am Seitenstreifen an. Dann saß sie da und sagte sich immer wieder, dass sie einfach nur atmen musste. Dass alles gut werden würde. Dass es keinen Grund gab, wegen irgendetwas emotional zu werden. Sie hatte Jake um einen Gefallen gebeten, er hatte Ja gesagt, und das war's.

Nur hatte sie nicht damit gerechnet, wie schwer es sein würde, ihn zu sehen. In seine braunen Augen zu schauen und zu wissen, dass sie beide nicht mehr zusammen waren.

Sie hatte es gemocht, mit Jake zusammen zu sein. Er war so gut zu ihr, und in seiner Nähe fühlte sie sich ... sicher. Nein, dachte sie und starrte durch die Windschutzscheibe. Nicht nur sicher. Geliebt. Was Sinn ergab, denn immerhin hatte der Mann ihr seine Liebe gestanden.

Sie lehnte sich zurück und schloss die Augen. Dabei ignorierte sie die Tränen, die ihr über die Wangen rollten. Er liebte sie. Hatte sie auch nur eine Sekunde darüber nachgedacht, was das bedeutete? Jake, der Mann, der beschlossen hatte, lieber allein zu leben, als zu riskieren, jemanden zu verletzen, den er mochte, hatte ihr sein Herz geschenkt. Irgendwo auf dem Weg hatte er erkannt, dass er nicht sein Vater war – dass er sich ausreichend vertrauen konnte, um sich wieder auf jemanden einzulassen; um die Frau und die Familie zu haben, die er sich immer gewünscht hatte.

Entschlossen richtete sie sich auf und wischte sich die Tränen ab. »Es ist ja nicht so, als hätte er mir einen Antrag gemacht«, sagte sie laut. Doch auch wenn er das nicht getan hatte, wusste sie tief im Inneren, dass es irgendwann darauf hinausgelaufen wäre. Er hatte entschieden, dass sie für ihn die eine war. Und sie war weggelaufen.

Sie hatte einen wundervollen, fürsorglichen, attraktiven, klugen, liebevollen, sexy Mann verlassen, den sie insgeheim anbetete, nur weil sie Angst hatte. Angst davor, noch einen Menschen zu verlieren, den sie liebte. Angst vor dem Schmerz des Verlusts, davor, noch einen emotionalen Schlag abzubekommen. Angst davor, dass sie beim nächsten Mal, wenn ihr etwas Schreckliches zustieße, stürzen und nie wieder aufstehen würde.

»Ich kann das nicht«, flüsterte sie. Dieses Risiko konnte sie unmöglich eingehen. Es war besser ... »Was ist besser? Allein zu sein und mich den Rest meines Lebens zu fürchten?«

Diese Frage konnte sie nicht beantworten, also holte sie ein Taschentuch aus der Handtasche, putzte sich die Nase und startete den Motor. Nach ein paar tiefen Atemzügen setzte sie ihren Weg fort.

In Wishing Tree angekommen, bog sie auf den Weihnachtskranz ein. Es war vier Uhr nachmittags am Tag vor Heiligabend.

Der Laden platzte nur so vor Anfragen von Kunden, die in letzter Sekunde noch Geschenke eingepackt haben wollten, bevor die Geschäfte am nächsten Tag mittags schließen würden.

Als sie die Festgasse in Richtung Prachtallee hinunterfuhr, kam sie an weihnachtlich geschmückten Häusern vorbei. In wenigen Minuten würde die Sonne untergehen, und dann würden all die Lichter um sie herum aufflackern, die sich um Giebel wanden und Weihnachtsbäume in Wohnzimmern zierten. Auf der Veranda eines Hauses waren Dekogeschenke aufgestapelt. Sie erkannte das gewachste Papier, das sie speziell für diesen Zweck verkaufte. Die Idee war ihr im Sommer gekommen, und sie hatte einen Lieferanten gefunden und Anfang Oktober begonnen, es in ihrem Laden anzubieten. Die erste Partie war innerhalb von zwei Tagen ausverkauft gewesen.

Es gab noch andere Veränderungen, überlegte sie, als sie einparkte. Die handgefertigten Designs ihrer Geschenkpapiere hatten anfangs nur einen kleinen Teil ihres Sortiments ausgemacht. Doch jetzt waren sie für dreißig Prozent ihrer Umsätze verantwortlich. Sie hatte eine professionelle Webdesignerin engagiert und verkaufte diese Papiere nun auch online. Im neuen Jahr wollte sie Sets entwerfen, die alle nötigen Materialien sowie Anleitungen enthielten, um wunderschöne, elegante Geschenkverpackungen zu gestalten. Die würde sie sowohl im Laden als auch übers Internet verkaufen. *Schleifchen drum* war schon immer erfolgreich gewesen, aber im letzten Jahr war es gewachsen, und das war allein ihr zu verdanken. Noch wichtiger war, dass sie ihre Arbeit liebte. Sie mochte die Herausforderungen und die Leute, mit denen sie zusammenarbeitete.

Schnell eilte sie zum Laden und gab den Code ein, um die Hintertür zu öffnen. Nachdem sie ihren Mantel aufgehängt und ihre Handtasche im Spind verstaut hatte, band sie sich eine Schürze um und betrat die laute, geschäftige Verkaufsfläche.

Dutzende von Kunden suchten Geschenkpapiere und Schleifenband aus oder warteten darauf, ihre verpackten Geschenke abzuholen. Die Tür zu einem der Partyräume stand offen, und

Camryn sah die Zwillinge Geschenke mit einer Leichtigkeit einpacken, die von vielen Übungsstunden zeugte. Durch die Lautsprecher drang weihnachtliche Musik, und die Lichter an dem Weihnachtsbaum in der Ecke blinkten. Tinsel – festlich gekleidet in einem rot-grünen Weihnachtspullover – kam angelaufen und umkreiste Camryn mit fröhlich wedelndem Schwanz.

Das hier, dachte Camryn, als sie die Hündin hochhob und ihre Nase in das weiche Fell drückte, das hier ist meine Welt. Dieser Ort, diese Menschen. Das ganze letzte Jahr über war sie zu Hause gewesen, ohne es zu merken. Sie war genau da, wo sie hingehörte. An dem Ort, der sie immer glücklich machen würde. In Wishing Tree hatte sie eine Vergangenheit und eine Zukunft. Warum um alles in der Welt sollte sie je darüber nachdenken, hier wegzuziehen?

Sie ging in den Verpackungsraum. Lily und Victoria schauten auf und lächelten.

»Wir müssen mit den Leuten von *Alles außer Weihnachten* reden«, sagte Lily und hielt eine bunte Dose hoch. »Von denen habe ich heute eine Million eingepackt. Ihre gewürzten Nüsse sind als Geschenk sehr beliebt, aber es ist so schwer, sie zu verpacken. Warum können sie die nicht in eckigen Dosen verkaufen? Oder in Tüten? Mit Tüten bin ich super.«

»Der Trick liegt in der Falttechnik«, erklärte Victoria ruhig. »Gib mir die Dosen. Du kannst den Rest machen.«

Camryn starrte ihre Schwestern an. Sie sind unglaublich, dachte sie. Unverwüstlich und liebevoll. In der Schule machten sie sich so gut, und sie hatten viele Freunde. Sie gehörten hierher, und sie mussten wissen, dass sie beschützt wurden und Camryn sich immer um sie kümmern würde.

»Es tut mir leid«, sagte sie und setzte Tinsel ab. »Wegen dem, was ich gesagt habe. Dass ich wegziehen werde.«

Die Mädchen schauten einander an, dann Camryn.

»Das war falsch«, fuhr sie schnell fort. »Ich hatte Angst. Ich hatte so viel verloren und dachte, wenn ich zurückgehe, könnte ich mir ein wenig davon zurückholen. Aber so läuft das im Leben nicht.«

Was Helen versucht hatte, ihr zu erklären.

»Was willst du damit sagen?«, fragte Victoria und umklammerte Lilys Hand.

»Ich werde nicht aus Wishing Tree wegziehen. Nicht jetzt und nicht, wenn ihr mit der Schule fertig seid. Das hier ist mein Zuhause, und ich werde bleiben. Es tut mir leid, dass ich euch Angst eingejagt habe und ihr euch Sorgen um eure Zukunft machen musstet.«

Mehr hatte sie nicht zu sagen. Ihre Schwestern kamen zu ihr und umarmten sie so fest, dass sie keine Luft mehr bekam. Sie erwiderte die Umarmung. Es würde eine gewisse Zeit dauern, bis das Vertrauen der beiden in sie wieder vollständig hergestellt wäre, das wusste sie. Und es war für sie in Ordnung. Denn sie würde es zurückgewinnen und ihnen zeigen, dass sie immer für sie da sein würde.

»Ich liebe euch so sehr«, sagte sie.

»Wir dich auch.«

Tinsel winselte und kratzte mit den Vorderpfoten an Camryns Bein. Sie wollte Teil dieses Moments sein. Lily hob sie hoch, und dann umarmten sich alle noch einmal mit dem winzigen Hund zwischen ihnen.

Nach ein paar Sekunden traten sie zurück und wischten sich die Freudentränen ab.

»Wir müssen uns wieder an die Arbeit machen«, sagte Victoria schniefend. »Diese Geschenke packen sich nicht von allein ein.«

»Aber es wäre cool, wenn sie das täten.« Lily grinste. »Wie in diesem alten Film *Duell der Magier*. Nur waren das da Besen, oder? Oder Eimer mit Wasser? Ich weiß es nicht mehr. Aber wir gucken es nach, wenn wir wieder zu Hause sind.«

Camryn ließ die beiden weiter über ihre liebsten Filme quatschen und kehrte in den Laden zurück, um einigen Kunden zu helfen. Später, wenn sie allein in ihrem Zimmer wäre, würde sie über das nachdenken, was sie in der vergangenen Stunde gelernt hatte – und einen Plan für ihre Zukunft entwerfen. Einen Plan, der des besonderen Mannes würdig wäre, in den sie sich verliebt hatte.

27. Kapitel

An Heiligabend stand River früh auf, um zu backen. Ihre Mutter war am Tag zuvor nachmittags angekommen und wohnte dieses Mal bei Kelsey und Brooklyn. Sie würden sich alle für ein frühes Abendessen treffen und dann zu River gehen, um ihr zu helfen, sich für den Weihnachtsball fertig zu machen. Nach dem Ball würden sie gemeinsam die Mitternachtsmesse besuchen.

Sie spülte die frischen Beeren ab, die sie für ihre Cranberry-Kekse mit Butterglasur brauchte. Dabei überlegte sie, was sie wegen morgen unternehmen sollte. Natürlich könnte sie während des Geschenkeöffnens und des folgenden Brunchs so tun, als hätte sie Spaß und würde die Festlichkeiten genießen. Ihre Mutter und ihre Schwester wussten zwar, dass sie traurig war, aber das war nicht das Problem. Sie würden nichts sagen. Das eigentliche Problem war das Weihnachtsdinner bei Helen.

Jakes Mutter hatte sie alle eingeladen, und da Elizabeth und Helen sich angefreundet hatten und in Kontakt geblieben waren, nachdem Elizabeth nach Los Angeles zurückgeflogen war, hatte sie diese Einladung nicht ablehnen können. Doch natürlich war auch Dylan eingeladen, und sie wusste nicht, ob sie damit umgehen konnte, ihn zu sehen.

Sie hatte erwartet, dass sie weiterhin wütend auf ihn sein würde. Dass sie ihn aus ihrem Herzen entfernen konnte, wie sie ihn aus ihrem Leben entfernt hatte. Sie hatte geglaubt, der Zorn würde ihr helfen zu heilen, und wenn der Zorn verflogen wäre, wäre sie über ihn hinweg. Doch so war es nicht. Stattdessen hatte sich ihre rechtschaffene Empörung zuerst in Wut und dann in Vermissen verwandelt.

Noch während sie sich sagte, dass sie ihm nie wieder vertrauen könnte und er nicht so an ihrer Beziehung interessiert gewesen war, wie sie gedacht hatte, überlegte sie, ob sie ihn vielleicht vorschnell verurteilt und noch schneller den Rückzug angetreten hatte. Habe ich vielleicht insgeheim nach einem Grund gesucht, um das zwischen uns zu beenden, weil ich nicht glauben konnte, dass das mit uns funktionieren würde?, fragte sie sich.

In ihrem ganzen Leben hatte sie noch keine funktionierende Beziehung geführt. Sie hatte sich immer für den falschen Mann entschieden und war verletzt worden. Doch Dylan war nicht so wie ihre vorherigen Freunde. Er war gut und fürsorglich – er ließ seinen Worten Taten folgen und hielt seine Versprechen ein. Er hatte Kindern, die er nicht kannte, Zahnspangen bezahlt und beschlossen, sein Leben nicht zu ändern, als er die fünf Millionen Dollar gewonnen hatte. Er hatte sich so gut um sie gekümmert und immer auf sie aufgepasst. Er war rücksichtsvoll und süß gewesen, und wenn sie die Sache genauer betrachtete, glaubte sie fast, dass ihm doch mehr an ihr gelegen hatte, als sie zugeben wollte. Sie war sich nur nicht sicher – weder was sie betraf noch was ihn anging.

Eines wusste sie jedoch: Mit jedem Tag, der verging, vermisste sie ihn mehr. Und auch wenn sie Camryn dankbar war, dass sie Jake überredet hatte, mit ihr den Weihnachtsball zu eröffnen, wünschte sie sich doch, dass Dylan an seiner statt dort wäre.

Sie gab weiche Butter und Zucker in die Schüssel ihres Standmixers. Während die Maschine beides vermischte, überlegte River, Dylan eine Nachricht zu schicken und ihn zu bitten, auf den Ball zu kommen. Vielleicht könnten sie nach dem Eröffnungstanz reden, und dieses Mal würde sie ihm zuhören. Vielleicht würde sie dieses Mal ein wenig mehr Vertrauen haben. Immerhin war Weihnachten die perfekte Zeit für Wunder.

Sie warf einen Blick auf ihr Handy und schüttelte dann den Kopf. Nein, dachte sie. Sie wollte ihm keine Nachricht schicken. Sie wollte ihn sehen. Also würde sie ihren Mut zusammennehmen und morgen zu Helens Dinner gehen. Je nach Dylans Reaktion würde sie ihn entweder zur Seite nehmen, um über alles zu reden, oder wissen, dass das mit ihnen vorbei war. Doch egal wie, am Ende des ersten Weihnachtstages hätte sie ihre Antwort.

»Ich bin so aufgeregt«, sagte Lily und trug ihr weißes Kleid vorsichtig durch die Hotellobby. »Ich kann nicht glauben, dass wir wirklich auf den Ball gehen.«

»Ich auch nicht.« Victoria hielt ihr Kleid in einer Hand und eine große Tasche mit Schuhen in der anderen.

»Wir werden nicht lange bleiben«, sagte Camryn. »Wir wollen den ersten Tanz sehen und dann ein wenig Zeit mit unseren Freunden verbringen.«

Lily verdrehte die Augen. »Du wirst stundenlang mit Jake tanzen. Seid einfach um elf Uhr fertig, damit wir uns noch umziehen können, bevor wir in die Kirche gehen. Ich glaube nicht, dass wir da in unseren Partyklamotten auftauchen sollten.«

Das Tanzen mit Jake ließ Camryn unkommentiert. Wenn alles nach Plan liefe, würde sie nämlich genau das tun. Aber das stand noch nicht fest. Sie hatte ihn zurückgewiesen – und es gab keine Garantie, dass er ihr eine zweite Chance geben würde. Dennoch würde sie ihm von ihrer Erkenntnis berichten und ihm sagen, was sie für ihn empfand. Denn egal, was passierte, er sollte wissen, dass sie ihn liebte und ihn für einen unglaublichen Mann hielt.

Sie gingen zum Brautzimmer, das Paisley ihren Freundinnen angeboten hatte, damit sie nicht in ihren schicken Kleidern herfahren mussten. Camryn öffnete die Tür und sah, dass Shaye, Reggie und River bereits da waren.

»Ihr seht alle unglaublich aus«, sagte sie und trat mit ihren Schwestern ein.

Die Zwillinge hängten ihre Kleider an den Ständer und eilten dann zu River, um ihr Kleid zu bewundern.

»Die Farbe ist großartig«, sagte Victoria. »Wir könnten kein Rot tragen, aber an dir sieht es umwerfend aus.«

Camryn ging ebenfalls zu ihrer Freundin. »Du bist eine wunderschöne Schneekönigin.«

Rivers Lächeln erreichte nicht ganz ihre Augen. »Danke.«

»Geht es dir gut?«

»Ich glaube schon.«

Camryn senkte die Stimme. »Jake wird da sein. Du wirst nicht allein auf der Tanzfläche stehen.«

»Ich weiß.«

Camryn drückte ihre Hand, dann begrüßte sie ihre anderen Freundinnen. Eine Kellnerin stellte eine Flasche Champagner, eine Flasche alkoholfreien Cidre sowie elegante Champagnerflöten auf die Bar.

»Das Einschenken kann ich übernehmen«, sagte Camryn zu ihr. »Ich bin mir sicher, Sie werden woanders dringender gebraucht.«

»Danke«, sagte die Frau und ging.

Camryn fing an, die Gläser zu füllen. Reggie gesellte sich zu ihr.

»Ich kann helfen«, bot sie an.

Camryn versicherte sich, dass niemand in der Nähe war, und deutete dann auf die Gläser, die neben der Spüle standen.

»In den drei Gläsern ist der Cidre«, flüsterte sie.

Reggie schenkte ihr ein dankbares Lächeln. Dann reichte sie zwei der Gläser den Zwillingen und behielt das dritte für sich. Camryn verteilte die restlichen Gläser.

Paisley hob ihres zum Toast. »Auf meine wundervollen Freundinnen. Frohe Weihnachten. Ich hab euch lieb.«

»Frohe Weihnachten.«

»Wir haben dich auch lieb.«

Sie stießen miteinander an. Camryn trank einen Schluck, bevor sie die Schuhe abstreifte, damit sie sich umziehen konnte. Ihr silbrig schimmerndes Kleid war mit Perlen und Spitze verziert und hatte einen tiefen V-Ausschnitt. Die dünnen Perlenstränge, die als Träger fungierten, erforderten einen trägerlosen BH, den sie bereits zu Hause angezogen hatte. Das Oberteil des Kleides lag eng an, und der Rock war weit und fließend – wie gemacht für einen Ball.

Sie zog Jeans und Pullover aus und stieg in das Kleid. Paisley half ihr, es hochzuziehen und den versteckten Reißverschluss zu schließen.

»Perfekt«, sagte sie grinsend. »Du bist so schön, dass ich dich eigentlich hassen sollte.«

»Ach bitte. Du warst schon immer die hübsche Freundin.«

Paisley lachte. »Stimmt auch wieder.«

Reggie und Shaye halfen den Zwillingen, ihre Kleider anzuziehen. Sobald sie alle fertig waren, machten sie ein paar Fotos. Camryn trank ihren Champagner aus und überlegte kurz, ob sie sich nachschenken sollte, entschied sich aber dagegen. Auch wenn sie sich am liebsten ein bisschen Mut angetrunken hätte, hatte sie das Gefühl, dass es besser wäre, sich dem Abend nüchtern zu stellen.

Um kurz vor sieben betrat Geri das Zimmer und ging direkt auf River zu.

»Gut. Du bist fertig. Das hier ist deine letzte Pflicht als Schneekönigin.« Ihre ernste Miene wurde weicher. »Du hast das sehr gut gemacht, und wir sind alle stolz, dich als Teil unserer Weihnachtstradition gehabt zu haben.« Dann presste sie die Lippen zusammen. »Im Gegensatz zu anderen Menschen, die von ihrer Rolle zurückgetreten sind. Aber lasst uns nicht davon reden.«

»Ja, wir halten uns an fröhliche Themen«, sagte Paisley und legte ihre Arme um die Zwillinge. »Ladys, wir sind großartig. Lasst uns die Normalsterblichen bezaubern, die den Ball besuchen.«

Sie folgten ihr aus dem Raum und den Flur hinunter. Ich schaffe das, redete Camryn sich gut zu. Sie konnte Jake sagen, was sie empfand. Sie war stärker, als sie gedacht hatte, und in einen wundervollen Mann verliebt. Alles in allem hatte sie sehr viel Glück, und es war an der Zeit, dass sie sich entsprechend benahm.

River hatte nicht erwartet, dass der Ballsaal so voll sein würde. Es mussten mindestens dreihundert Gäste sein, die sich alle für die Veranstaltung herausgeputzt hatten. Es gab ein kleines Orchester und eine große Tanzfläche, auf der sie in ein paar Minuten mit Jake einen Walzer tanzen würde. Allein die leere Fläche anzusehen ließ ihr Herz schneller schlagen. Ehrlich gesagt glaubte sie nicht, das durchziehen zu können.

Aber es gab kein Zurück mehr. In der Sekunde, in der ihre Schritte stockten, packte Geri sie am Arm und zog sie in Richtung der kleinen Bühne am Ende des Saals.

»Wir haben keine Zeit für Nervosität«, erklärte sie River streng. »Du wirst das gut machen.«

River war zu sehr damit beschäftigt, ihren Atem unter Kontrolle zu bekommen, um etwas zu sagen.

Sobald sie an der Bühne angekommen waren, ließ Geri ihren Arm los. »Ich habe mich dagegen entschieden, dich die Krone tragen zu lassen. Das scheint mir für einen Ball nicht wirklich angemessen. Außerdem ist Dylan nicht hier, und es wäre seltsam, wenn nur du eine Krone aufhast.«

»Zumal sie nicht zu ihrem Kleid passt.«

Beim Klang der vertrauten Stimme wirbelte River herum. Dylan stand vor ihr und sah in seinem schwarzen Smoking einfach fantastisch aus. Als ihre Blicke sich trafen, schenkte er ihr ein kleines Lächeln.

»Du siehst hinreißend aus«, sagte er. »Aber das hatte ich schon im Gefühl. Doch abgesehen davon denke ich, dass kein Schneekönig den ersten Tanz mit seiner Schneekönigin verpassen sollte.«

Sein Lächeln schwand. »Außer, du würdest lieber mit Jake tanzen.«

Sie wusste, dass er sie mehr fragte, als seine Worte vermuten ließen. War sie noch böse auf ihn? War sie vielleicht gewillt, ihm zuzuhören? War das mit ihnen vorbei, oder bestand die Chance, dass sie es irgendwie hinbekommen würden? Zumindest glaubte sie, dass er das meinte, aber sicher konnte sie sich nur sein, wenn sie mit ihm redete.

Geri funkelte ihn an. »Du bist wieder da? Willst du das damit sagen? Erwartest du wirklich, dass du nach deiner Abdankung einfach hier auftauchen und den ersten Tanz mit River tanzen kannst?«

Er behielt den Blick auf River gerichtet. »Das ist allein ihre Entscheidung.«

»Kannst du uns eine Sekunde geben?«, bat sie Geri.

Die City-Managerin seufzte. »Der Ball soll um sieben Uhr beginnen.«

Dylan griff bereits nach Rivers Hand. »Fünf Minuten«, versprach er.

»Na gut.«

Dylan zog River hinter die Bühne und stellte sich vor sie. Dann nahm er ihre Hände in seine.

»Es tut mir leid«, sagte er schnell und hielt ihren Blick fest. »Vor ein paar Tagen ist mir aufgefallen, dass ich mich nie dafür entschuldigt habe, dass ich dir nichts von dem Geld erzählt habe. Und dass ich die Situation so schlecht gehandhabt habe. Es tut mir leid, was ich gesagt und wie ich mich verhalten habe. Es tut mir leid, dass ich dir wehgetan und dich angelogen habe. Du hattest recht. Indem ich dir nichts von dem Geld erzählt habe, habe ich dir einen großen Teil von mir vorenthalten. Das hat dich glauben lassen, dass mir nichts an dir liegt. Doch das tut es. Ich habe dich verletzt, und ich habe uns verletzt. Das bedauere ich mehr, als ich mit Worten ausdrücken kann. Ich habe nur an mich gedacht und daran, was ich empfinde, anstatt an dich zu denken.«

River spürte, wie sie sich ein wenig entspannte. »Ich habe mich auch falsch verhalten«, gab sie zu. »Ich habe überreagiert und dir dann nicht zugehört. Es war einfacher, wütend auf dich zu sein, als zuzugeben, dass ich Angst hatte, mich in dich zu verlieben und womöglich herauszufinden, dass du mich gar nicht haben willst.«

Sein Blick wurde intensiver. »Ich will dich, River. Ich will *uns*.« Er lächelte selbstironisch. »Außerdem bin ich zufällig jemand, der ungefähr zweiundzwanzig Millionen Dollar besitzt, was mir wahnsinnige Angst macht.«

»Dann solltest du vermutlich eine Stiftung gründen oder so.«

»Ja, das habe ich auch gedacht. Ich habe mich ein wenig schlaugemacht, und wie sich herausgestellt hat, brauchen Stiftungen einen Aufsichtsrat. Darin wärst du gut.«

Seine Aussage überraschte sie. »Du willst, dass ich dich in deiner philanthropischen Arbeit unterstütze?«

»Ich denke, du hättest viele tolle Ideen.« Er warf einen Blick zur Bühne. »Wir sollten vermutlich den Tanz hinter uns bringen. Vorausgesetzt, du willst mit mir tanzen. Du hast nicht auf meine Frage geantwortet, ob du lieber mit Jake tanzen willst.«

Ihr Herz hämmerte wie wild, aber vor Aufregung und Glück.

»Du bist der Einzige, mit dem ich tanzen will.«

Für einen Moment war sie von seinem Lächeln wie geblendet. Dann überraschte er sie, indem er sagte: »Ich bin gleich zurück.«

Damit ging er um die Bühne herum. River folgte ihm und sah, wie er ans Mikrofon trat.

»Guten Abend!«, sagte er, und sofort senkte sich Stille über den Saal.

Geri eilte zu River. »Was macht er da?«

»Keine Ahnung.« Ich habe nichts zu befürchten, Dylan würde mir niemals absichtlich wehtun, versuchte River, sich zu beruhigen.

Er stand auf der Bühne und ließ seinen Blick über die Gäste schweifen. Dann lachte er leise. »Ich bin der geheime Weihnachtsmann.«

Er erzählte von seinem Lottogewinn und dass er nicht gewollt hatte, dass irgendjemand davon erfuhr, weil er fürchtete, es würde alles ändern. Und dass er sich damit geirrt hatte. Denn der einzige Mensch, der sich verändert hatte, war er.

»Ich wurde genau zu jemandem, der ich nie hatte sein wollen«, sagte er. »Ich habe mich über mein Geld definiert. Deshalb erzähle ich es euch jetzt, und ich werde die Konsequenzen klaglos akzeptieren.«

»Wir werden dich nicht anders behandeln!«, rief ein Mann.

»Vertrau uns!«, schloss sich eine Frau an.

Dylan grinste. »Ich werde mich bemühen. Und ich werde weiterhin Projekte in der Stadt unterstützen, aber ich werde auch eine Stiftung gründen. Noch bin ich mir nicht sicher, worauf ich mich konzentrieren will, also lasst mir gerne eure Vorschläge zukommen. Aber jetzt ist es an der Zeit, den Ball zu eröffnen. Ich habe das Privileg, mit der schönsten Schneekönigin aller Zeiten zu tanzen.«

Er nickte dem Orchester zu, das sofort anfing zu spielen. Dann verließ er die Bühne und ging zu River. Sie leistete keinen Widerstand, als er sie in seine Arme zog.

Er senkte den Kopf ein wenig und flüsterte: »Zurück, seit, schließen. Vor, seit, schließen.«

Sie lächelte. »Ich erinnere mich.«

Dann fingen sie an, sich zu bewegen. River spürte, dass alle sie beobachteten. Nervosität und Angst kämpften in ihr um die Kontrolle, aber anstatt ihnen nachzugeben, ließ sie zu, sich in Dylans Augen zu verlieren. Er würde sie beschützen.

Es dauerte ein paar Takte, bis sie sich entspannte. Doch sobald sie ihren Rhythmus gefunden hatte, beruhigte sich ihr Atem, und sie konnte über das nachdenken, was gerade passiert war.

»Jetzt kennt jeder dein Geheimnis«, sagte sie.

Er schüttelte den Kopf. »Keine Geheimnisse mehr. Nicht vor dir. Niemals. Das meine ich ernst, River. Es tut mir leid, und ich habe meine Lektion gelernt.« Er zögerte. »Ich hoffe, du gibst uns noch eine Chance. Ich glaube, wir sind gut zusammen.«

Schmetterlinge stoben in ihr auf. »Das denke ich auch. Ich muss mich ebenfalls entschuldigen. Ich habe dir nicht zugehört und bin zu schnell vom Schlimmsten ausgegangen. Ich hätte nachhaken sollen, als du mir nichts über die beiden Frauen sagen wolltest. Ich hätte verständnisvoller sein müssen, als du mir deine Gründe erklärt hast. Und ich hätte niemals dein Konto hacken lassen dürfen.«

»Wollen wir dann übereinkommen, dass wir einander vergeben und noch einmal neu anfangen?«

Sie lächelte. »Wie wäre es, wenn wir einander vergeben und nächstes Mal, wenn etwas schiefläuft, miteinander reden? Dann würden wir in der Mitte starten, denn ich denke, das ist genau der Punkt, an dem wir gerade sind.«

In diesem Moment wechselte die Musik, und alle Gäste gesellten sich zu ihnen auf die Tanzfläche. Dylan führte River in eine ruhige Ecke. Während die anderen Tänzer an ihnen vorbeiglitten, zog er sie an sich und presste seinen Mund auf ihren. Ohne zu zögern, gab River sich dem Kuss hin.

Später würde sie ihn einladen, gemeinsam mit ihr und ihrer Familie zur Mitternachtsmesse zu gehen. Und nach Weihnachten wollte sie sich mit ihm zusammensetzen und über alles reden, damit sie verstanden, was passiert war, und einen Weg fanden, wie sie es in Zukunft besser machen konnten. Doch für den Moment, diesen wundervollen, glücklichen Moment, gab es nur Dylan und die Gefühle, die er in ihr auslöste.

Er zog sich zurück und berührte sanft ihre Wange. »Ich weiß, es ist zu früh, um dir zu sagen, wie viel mir an dir liegt. Aber ich will, dass du weißt, dass ich das mit uns ernst meine.«

»Ich auch.«

Er lächelte. »Frohe Weihnachten, River.«

»Frohe Weihnachten, Dylan.«

Und dann küsste er sie noch einmal.

Camryn blickte sich suchend um in der Hoffnung, Jake zu entdecken. Sobald sie gesehen hatte, dass Dylan zu River ging, hatte sie sich gefragt, ob Jake überhaupt gekommen war. Dylan hatte ihm bestimmt von seinem Plan erzählt, doch mit River zu tanzen, also gab es keinen Grund für Jake, den Ball zu besuchen.

Nach zehn ergebnislos verstrichenen Minuten musste sie sich eingestehen, dass er nicht da war. Sie versuchte, ihre Enttäuschung zu verbergen, während sie River und Dylan auf der Tanzfläche beobachtete.

Sie sehen gut zusammen aus, dachte sie. Und sie redeten, was ein positives Zeichen war. Hoffentlich würde sich das zwischen ihnen wieder einrenken. Ihre Schwestern unterhielten sich mit Paisley, und sie ging los, um sich zu ihnen zu gesellen. Vielleicht fanden die beiden es doch nicht so interessant, anderen beim Tanzen zuzusehen, und würden früher gehen wollen. Das Letzte, was Camryn wollte, war, den Heiligabend umgeben von Menschen zu verbringen, während sie Jake vermisste.

»Ich glaube, du hattest mir einen Tanz versprochen.«

Camryn schaute hoch und sah Jake auf sich zukommen. In seinem Smoking sah er unglaublich attraktiv aus. Und er war auf den Ball gekommen, obwohl er wusste, dass er für den ersten Tanz nicht gebraucht wurde.

Für eine Sekunde überlegte sie, sich kühl und ungerührt zu geben, doch ihre Gefühle zu verbergen war ja unsinnig, wenn sie vorhatte, sie ihm zu gestehen. Also raffte sie ihren Rock und lief auf Jake zu. Er packte sie und zog sie an sich. Bevor sie etwas sagen konnte, hatte er ihre Lippen schon mit seinen versiegelt.

Sie schlang die Arme um ihn und ließ sich in den Kuss sinken. Um sie herum tanzten die Gäste, doch sie und Jake blieben, wo sie waren, und hielten einander fest, als wollten sie den anderen nie wieder loslassen.

»Ich habe es vermasselt«, sagte sie schließlich. »Jake, es tut mir so leid. Ich hatte Angst davor, zu lieben und dazuzugehören. Deshalb wollte ich wegziehen. Und deshalb konnte ich dir nicht zuhören, als du mir sagtest, dass du mich liebst. Es war zu viel, und ich habe mir selbst nicht zugetraut, damit umgehen zu können. Ich habe mich verhalten, als wäre ich immer noch von all meinen Verlusten gebrochen, und vielleicht bin ich das auch ein wenig. Aber ich bin auch stark.«

Sie presste ihre Hände an seine Brust und schaute ihm tief in die Augen. »Ich will hier in Wishing Tree bleiben. Ich will mich um meine Schwestern kümmern und *Schleifchen drum* führen. Und ich will mit dir zusammen sein.«

Angst zupfte an ihrem Herzen, doch sie ignorierte es. Sie liebte diesen Mann und wollte, dass er das wusste.

»Ich liebe dich«, sagte sie stolz. »Ich liebe dich so sehr. Du bist alles, was ich mir je gewünscht habe, und ich kann immer noch nicht fassen, dass ich weggelaufen bin, als du mir deine Liebe gestanden hast. Ich werde nicht wieder fliehen, das schwöre ich. Ich will, dass wir zusammen sind – du, ich, meine Schwestern und Tinsel.« Sie hielt inne, weil sie fürchtete, vielleicht ein wenig zu weit gegangen zu sein.

»Was ich meine, ist, dass ich gerne weiterhin exklusiv mit dir ausgehen möchte.« Sie spürte, dass sie errötete. »Zu mehr wollte ich dich wirklich nicht drängen.«

Sein träges Lächeln war unglaublich sexy. »Du kannst mich nicht bedrängen, Camryn. Denn ich bin schon da. Ich liebe dich und will all das, was du gesagt hast. Dich, mich, die Zwillinge und Tinsel. Ich will das für immer. Ich will dich.«

Vor Glück fing ihr ganzer Körper an zu kribbeln. »Ich auch.«

»Wissen die Zwillinge, dass du mich abserviert hast?«

»Ich habe dich nicht abserviert«, protestierte sie. »Ich war dabei, meinen Weg zu finden.«

»Aha. Also, wissen sie es?«

Sie schüttelte den Kopf. »Ich habe ihnen gesagt, dass wir beide viel zu tun haben. Sie glauben, dass mit uns alles in Ordnung ist.«

»Interessant. Also warst du nicht wirklich bereit, mich gehen zu lassen.«

Sie lächelte. »Ich schätze, nicht.«

»Meine Mutter wird sehr erleichtert sein. Sie hat mir ständig gesagt, dass du ihr noch nicht für das Dinner morgen Abend abgesagt hast und dass ich das als gutes Zeichen sehen soll.« Er küsste sie. »Du bist da wirklich auf Messers Schneide balanciert.«

»Ich weiß. Aber sobald mir klar wurde, dass ich dich liebe und du auf den Ball kommen würdest, dachte ich, dass wir dann schon eine Lösung finden.«

Er deutete hinter sie. Camryn drehte sich um und sah ihre Schwestern kommen.

»Jake!« Lily rannte auf ihn zu und umarmte ihn.

Victoria gesellte sich zu ihr. »Du hast uns gefehlt.«

»Ihr mir auch.«

»Du kommst doch mit uns zur Kirche, oder?«, fragte Lily. »Camryn meinte, du würdest mit deiner Mom gehen, aber wir besuchen alle die gleiche Kirche, also sollten wir auch zusammensitzen.«

»Das sollten wir.« Er sah sie an. »Ich will übrigens eure Schwester heiraten, aber erst wollte ich sichergehen, dass ihr damit einverstanden seid.«

Camryn wäre beinahe ohnmächtig geworden. Sie hatte darauf gehofft und es vielleicht sogar ein wenig erwartet, aber sie war nicht sicher gewesen, ob er etwas so Festes wirklich wollte. Die Zwillinge kreischten auf und warfen sich ihm erneut um den Hals.

»Ja!«, rief Victoria. »Ja, ja, ja.«

»Auf jeden Fall«, stimmte Lily zu. Dann wandte sie sich an Camryn. »Victoria und ich haben darüber schon mit Helen gesprochen. Wir werden in das große Haus am See ziehen, und sie übernimmt Jakes Wohnung. Wir drei können unser Haus vermieten. Victoria und ich werden unseren Anteil sparen, damit wir beide nach dem College ein Polster haben. Du kannst deinen Anteil so verwenden, wie du willst.«

Jake schüttelte den Kopf. »Ich werde mich noch mal mit meiner Mutter unterhalten müssen.«

Camryn versuchte, das alles zu verdauen. »Vielleicht sollten wir mit der Planung, wo wir wohnen, noch ein wenig warten.«

Die Zwillinge grinsten sie an. »Ja, klar«, sagte Victoria. »Wir reden im Januar darüber.« Sie sah Jake an. »Deine Mom meinte, wir sollen dir sagen, dass sie die ganze Wohnung gestrichen haben will. Das Grau ist ihr zu kühl. Sie mag wärmere Farben. Aber das große Badezimmer ist perfekt.«

»Meine Mutter«, grummelte er mit einem Anflug von Zuneigung in der Stimme. »Okay, ich habe den ganzen Abend darauf gewartet, mit eurer Schwester zu tanzen. Gebt uns eine halbe Stunde, um uns zu vergnügen, danach hole ich meine Mutter ab, und wir treffen uns bei euch, damit wir alle gemeinsam zur Kirche gehen können.«

Die Zwillinge nickten.

Camryn und Jake gesellten sich zu den anderen Paaren und schwebten im Einklang zur Musik über die Tanzfläche.

»Ich bin mir bewusst, dass ich dir noch keinen offiziellen Antrag gemacht habe«, sagte er und lächelte sie an. »Ich wollte auf einen etwas privateren Moment warten.«

Sie versuchte, nicht zu kichern. »Das ist eine gute Idee.«

»Also nicht morgen.«

»Ja, besser nicht.«

»Könntest du vielleicht am Montag früher Feierabend machen?«, fragte er. »Die Zwillinge und Tinsel können bei meiner Mom bleiben.« Er lächelte schief. »Ich habe so das Gefühl, dass sie ihre Pläne dafür gerne ändern wird.«

»Montag wird es im Laden ruhig sein«, erklärte sie. »Also ja, ich kann früher Schluss machen.«

»Dann ist das abgemacht.«

Ihr Herz flatterte vor Glück. »Das ist es.«

Obwohl sie erst weit nach Mitternacht ins Bett gekommen war, wachte Camryn um kurz nach fünf Uhr am Morgen auf. Sie war furchtbar aufgeregt, weil sie den Tag mit Jake, Helen und ihren Schwestern verbringen würde. Die Zwillinge hatten zwar wortreich angekündigt, ihre Geschenke schon ganz früh aufmachen zu wollen, aber Camryn glaubte nicht recht daran, dass die beiden vor neun aus ihren Zimmern auftauchen würden. Was ihnen immer noch ausreichend Zeit für ein Frühstück mit Blaubeerwaffeln geben würde, bevor Jake sie mittags abholen käme.

Sie duschte und zog sich Jeans und einen Weihnachtspullover an. Als sie an Lilys Zimmer vorbeikam, sah sie Tinsel eingerollt auf dem Bett liegen. Die kleine Hündin hob den Kopf und bedachte Camryn mit einem Blick, der eindeutig besagte: »Auf keinen Fall stehe ich so früh auf.« Dann schloss sie die Augen und schlief wieder ein. Camryn lachte in sich hinein, als sie leise die Treppe hinunterging.

Der gestrige Abend war magisch, dachte sie auf dem Weg in die Küche. Sie und Jake hatten einander ihre Gefühle gestanden, er hatte die Zwillinge um Erlaubnis gebeten, sie zu heiraten. Dann hatten sie miteinander getanzt und gemeinsam die Mitternachtsmesse besucht. Sie konnte sich nicht erinnern, wann sie jemals so glücklich gewesen war.

Nachdem sie die Kaffeemaschine angestellt hatte, holte sie die Milch aus dem Kühlschrank und fuhr zusammen, als jemand an die Hintertür klopfte. Sie wirbelte herum und sah Jake auf der Veranda stehen. Schnell beeilte sie sich, ihm aufzumachen.

»Was tust du hier?«, fragte sie. »Es ist fünf Uhr morgens.«

Er beugte sich vor und küsste sie. »Ich lungere schon seit einer halben Stunde in deiner Auffahrt herum«, gestand er. »Ich konnte nicht schlafen und wollte dich sehen, also habe ich darauf gewartet, dass die Lichter angehen.«

Wärme breitete sich in ihr aus. »Du hättest anrufen oder mir eine Nachricht schicken können.«

»Ich wollte, dass du deinen Schlaf bekommst. Und das Warten hat mir nichts ausgemacht.« Seine braunen Augen strahlten vor Liebe. »Ich habe unsere Zukunft geplant.«

Sie grinste. »Wirklich? Und was hast du entschieden?«

»Ich habe nichts entschieden, sondern über etwas nachgedacht. In das Haus am See zu ziehen ist nicht die schlechteste Idee, oder?«

»Es ist groß und wunderschön«, sagte sie. »Kommt es mit Angestellten?«

Das war ein Scherz, aber anstatt zu lachen, nickte Jake. »Keine, die dort wohnen, aber es gibt einen Gärtner und eine Haushälterin, dazu kommt zweimal in der Woche jemand zum Putzen.«

Ihr blieb der Mund offen stehen. »Ich hatte total vergessen, dass du reich bist.«

»Ja, ich weiß«, sagte er selbstironisch. »Mit mir bekommst du das ganze Paket.«

Sie lachte. »Das werde ich im Hinterkopf behalten.«

»Das solltest du auch.«

Der Kaffee war fertig. Camryn schenkte ihnen je einen Becher ein, dann setzten sie sich an den Küchentisch.

»Es ist schön, dass Dylan und River wieder zusammen sind«, sagte er. »Als wir sie gestern in der Kirche gesehen haben, wirkten sie glücklich.«

»Ich kann nicht erwarten, zu hören, was passiert ist«, gab Camryn zu. »Vielleicht erfahre ich heute Nachmittag ein paar Einzelheiten. Sie sind ein süßes Paar.«

»Nicht so süß wie wir.«

Er stellte seinen Becher ab, stand auf und setzte sich wieder. Sie konnte seine Miene nicht deuten, spürte aber, dass etwas nicht stimmte.

»Jake?«

Er sah sie an. »Ich will nicht warten. Ich konnte nicht schlafen, weil ich den morgigen Tag geplant habe. Und es wird episch. Ich rede von einer großen Suite im Hotel und Blumen und einem schicken Abendessen auf dem Zimmer. Du wirst hingerissen sein.«

Sie drückte seine Hand. »All das brauche ich nicht, um von dir hingerissen zu sein.«

»Als ich meine Mom gestern abgeholt habe, bevor ich zu euch gekommen bin, habe ich ihr erzählt, was passiert ist.«

Sie versuchte, ihm zu folgen. »Ich weiß. Sie war glücklich.«

Nun stand er wieder auf und überraschte Camryn, indem er sich auf ein Knie sinken ließ. »Camryn, ich liebe dich. Du bist die unglaublichste Frau, die ich je kennengelernt habe, und ich will den Rest meines Lebens damit zubringen, dich glücklich zu machen.« Er hielt kurz inne. »Ich werde das morgen noch mal tun, in dem Zimmer mit den Blumen und dem Dinner. Aber ich will nicht länger auf deine Antwort warten. Also frage ich dich jetzt: Willst du mich heiraten?«

»Ja«, sagte sie, zog ihn auf die Füße und warf sich in seine Arme. »Ich liebe dich, Jake, und natürlich will ich dich heiraten.«

Er wirbelte sie in der Küche herum, dann setzte er sie ab und gab ihr einen innigen Kuss. Gerade, als es interessant zu werden versprach, zog er sich zurück und griff in seine Hosentasche.

»Du hast die Wahl«, sagte er und zeigte ihr einen Diamantring im Art-déco-Stil. »Der hier gehörte meiner Großmutter, aber wenn du etwas anderes haben willst, ist das für mich vollkommen in Ordnung.«

»Der ist wunderschön«, hauchte sie und blinzelte gegen die Tränen an. »Ich liebe ihn.«

Sie streckte ihm ihre Hand hin, und er steckte ihr den Ring an. Er passte perfekt. »Die Zwillinge werden sich so freuen«, sagte sie und küsste ihn. »Ich liebe dich.«

»Ich liebe dich auch.« Sein Blick ging zur Decke. »Also, was glaubst du, wie lange die beiden schlafen?«

Sie nahm seine Hand und zog ihn zur Treppe. »Ich denke, wir haben mindestens zwei Stunden. Vielleicht sogar drei.«

Sobald sie ihr Schlafzimmer erreicht hatten, schloss Jake die Tür ab und drehte sich dann zu Camryn um.

»Wir geben uns eine Stunde«, sagte er leise. »Nur, um sicherzugehen, dass wir angezogen und unten sind, bevor sie aufwachen.« Dann presste er seine Lippen auf ihre.

Als Camryn sich dem Mann hingab, der ihr Herz erobert hatte, wusste sie, dass heute der perfekte Beginn all der Tage war, die sie gemeinsam erleben würden. Sie war sich sicher, was ihre Zukunft und ihre Liebe anging … und alle Weihnachten, die noch folgen würden.